江湖侠义英雄传

民国武侠小说典藏文库·赵焕亭卷

赵焕亭◎著

（正续编）

中国文史出版社

赵焕亭及其武侠小说（代序）

赵焕亭，民国时期著名武侠小说家，被评论界和学术界称为"北赵"。他本名赵黼章，但发表作品上均写作赵绂章，生于清光绪三年正月初六，卒于 1951 年农历四月，籍贯直隶省玉田（今河北省玉田县）。

据新的有关资料记载，赵焕亭祖上是旗人，隶汉军正白旗，始祖名赵良富，随清军入关，携家落户在距离丰润与玉田交界线不远的铁匠庄。第五代赵之成于乾隆三十六年考中辛卯科武举，于是赵家迁居至玉田县城内西街，由此在玉田生活了一百多年，至赵焕亭已是第十代。

赵家以行伍起家，入清后应有相当经济地位，但无籍籍名。自赵之成考中武举，赵家在地方上开始有了一定名声。之成子文明曾任候选布政司理问，孙长治更颇受地方好评。据光绪《玉田县志》载："赵长治，字德远，汉军旗籍，监生，重义气，乐施济，尤能亲睦九族，世居丰之铁匠庄。悯族中多贫，无室者让宅以居之，捐附村田为义田以赡族。卜居邑城西街，遂家焉。嘉庆癸酉、道光庚子，两值饥，豁全租以恤佃者，计金三千有奇，乡里称善人。"

赵长治的儿子赵大鹏克承家风，再中己酉科武举人，至其孙赵英祚（字荫轩），则一变家风，于清同治九年中举人，同治十年连捷中第二百七十二名进士，位列三甲，曾三任山东鱼台知县，一任泗水知县，还曾署理夏津、金乡等县，任内主修过鱼台和泗水县志。

赵英祚生四子，长子黼彤，附贡（即秀才）。次子黼清（字翊唐）光绪二十年中举，二人似未出仕。三子黼鸿，字青侣，号狷庵，光绪十九年举人，二十一年二甲第七十六名进士，入翰林院，三年后散馆以工部主事用，1903 年复入翰林院，1907 年选任为江苏奉贤知县，但被留省，直至次年年底方才正式到任。辛亥革命爆发，他弃官而走，民国时又担任过常熟县知事。据说他和著名藏书家铁琴铜剑楼主人有交往。赵黼鸿大约于 1918 年去世。四子黼章就是赵焕亭。

抗日沦陷期间，《新北京报》上曾刊登了一篇署名雨辰的《当代武侠小说家赵焕亭先生小传》（以下简称《小传》）。作者自承"与先生为莫逆，知之甚详，因略传梗概"。据该文介绍，因赵英祚长期在山东为官，赵焕亭的出生地实际是济南，玉田系籍贯所在。

赵焕亭在济南念私塾，还和其二哥、三哥一起，拜通家至好蒋庆第和赵菁衫二人为师，学诗和古文。

蒋庆第，字箸生，玉田人，咸丰壬子进士，文名响亮，著有《友竹堂集》。他历任山东武城、潍县、峄县、章丘等地知县，官声很好，甚得百姓拥戴。赵菁衫，名国华，丰润人，进士出身，曾为乐安知县，"以古文辞雄北方，长居济南"，著有《青草堂集》。《清稗类钞》中说他"清才硕学，为道、咸间一代文宗"。赵自署的集句门联很有趣："进士为官，折腰不媚；贵人有疾，在目无瞳。"（赵的左眼看不见。）

赵焕亭的开蒙师父叫赵麟洲，栖霞人，学问好，对教学有独到见解。

兄弟三人在名师的指导下，学业大进，在济南当地读书人中号称"玉田三珠树"。据《小传》所述，赵菁衫看了兄弟三人的习作，曾感叹道："仲、叔皆贵征，纪河间皆谓兴象，且早达。季子虽清才绝人，然文气福泽薄，是当作山泽之癯，鸣其文于野耳。"

果然，黼清、黼鸿二人很快先后中举、中进士，黼章则"独值科举废，不得与焉"。根据赵焕亭在小说中留下的只言片语，他参加过乡试，而且应该不止一次。在短篇小说《浮生四幻》开头，他写道："光绪中，予应秋试于洛（时功令北闱暂移河南）……"

北闱秋试移到河南举行，在清代科举考试历史上是独一无二的，发生于光绪二十八年和二十九年，考试地点在今河南开封。原因是受到义和团运动和八国联军攻占北京等事件的影响，本该于光绪二十六年举行的乡试被迫停办。赵焕亭究竟参加了其中哪次乡试不详，但显然没有中举，之后科举就被清政府宣布废除。

在其武侠小说《大侠殷一官逸事》第十七回中，也有一小段作者的插入语："……原来那四十里的石头道，自国初以来，一总儿没翻修过。您想终年轮蹄踏轧，有个不凹凸的吗？人在车子里，那颠簸磕撞，别提多难受咧！少年时，入都应试，曾亲尝这种滋味……"

据最后的寥寥十几字推测，赵焕亭在河南参加乡试之前，还曾经参加过在北京的顺天府乡试，估计以光绪二十三年丁酉科可能性最大，他当时已经二十一岁，正当年。其兄赵黼鸿、赵黼清分别于光绪十九年、二十年中举，那时他不过十六七岁，一同参加的可能不是完全没有，但应该不大。

无论如何，赵黼章一袭青衿的秀才身份应该是有的，只是两次乡试都不成功，待科举废除，就再没机会了。传统上升之路中断之时，他还不到三十岁，但没有因此而茫然，继续认真读书。《小传》中说他"矻矻治诗文辞如故"，同时大约为践行"读万卷书，行万里路"的古训，"北之辽沈，南浮江汉，登泰山，谒孔林，登蓬莱、崂山，揽沧溟，观日出而归"。游历之余，他还注意记录、搜集山东、河北等地的风土人情、逸事趣闻，老家玉田本地的名人掌故逸事更是他一直关注和搜辑的对象。这一切都为他后来的小说写作积累了大量素材。这些素材和人生经历是上海十里洋场中的才子们所不具备的，也是赵焕亭终成为"北赵"，并与"南向"分庭抗礼，远胜同期南派武侠作者们的一个重要原因。

赵焕亭正式开始投稿卖文的写作生涯，据其在 1942 年《雨窗旅话》一文所述，始于民国初年。文中写道："民国初，颇尚短篇之文言小说。一时海上各杂志之出版者风起云涌，而文字最佳者，首推《小说月报》并《小说丛报》，以作者诸公，如恽铁樵、王西神、钱基博、许指严等，皆宿学名流，于国学极有根底也。余见猎心喜，乃为《辽东戍》一篇，试投诸《小说月报》，此实为余作小说之动机，并发轫之始。"

《辽东戍》刊登于《小说月报》第五卷第二期，时间是 1914 年 4 月。但据目前发现，早在 1911 年 6 月的《小说月报》第二年第六期上就刊有署名玉田赵绂章的短篇小说《胭脂雪》。关于这篇小说，赵焕亭在《辽东戍》篇末自述中是承认的，他写道：

> ……有清同光间，吾邑以诗古文辞鸣者，为蒋太守箸生、赵观察菁衫，世所传《友竹堂集》《青草堂集》是也。予以通家子，数拜楣下，伟其人，尤好拟其文，随学薄不得工，顾知有文学矣。时则随宦济南，书贾某专赁说部，不下数百种，于旧说部搜罗殆尽。余则尽发其藏，觉有奇趣盎然在抱。后得畏庐林先生小说家言，尤所笃嗜，复触凤好，则试为两篇，各三万余字，旋即售稿去，复成短章《胭脂雪》一首，邮呈吾兄于京邸。兄颇激赏，以为殊近林氏。兄同年生某君，则驰书相勖，后时时为之……

赵黼鸿 1907 年离京赴江苏任职，辛亥革命爆发方逃回北方，是否在京无法确定，由此推测，赵焕亭的两篇试笔小说以及《胭脂雪》或许写于 1906 至 1907 年间。只是《胭脂雪》何以迟至 1911 年才发表，且赵焕亭似乎并不晓得此事，令人有些费解。倒是他自承笃嗜林氏小说，连所写短篇小说路数都被赞极有林氏风格，倒是研究赵焕亭包括晚清民国作家作品的一个新方向。

林译小说曾带动鲁迅、郭沫若、周作人等主动了解、学习西方文学，并促进了西方文学名著在中国的进一步译介，在文学史上已有定评。俞平伯先生晚年更认为"林译小说是个奇迹，而时人不知，即知之估计亦不高"。林译小说对于当时青年人的影响，用民国武侠、言情名家顾明道的话说："青年学子尤嗜读之，无异于后来之鲁迅氏为人所爱重也……以为读林译，不但可供消遣，于文学上亦不无裨益。"范烟桥在《林译小说论》中说，民初众人都在模仿林，赵焕亭之言正可为一有力旁证。

关于赵焕亭中青年时期的其他职业信息，目前仅知进入民国后，他曾经有若干机会可以入幕当道要人帐下，但他放弃了。雅号"民国老报人"的倪斯霆先生曾提及，据说赵焕亭民国后曾做过《汉口新报》的主笔，可惜未能找到这份报纸和相关资料，也尚未发现相关的新资料。

自 1911 到 1919 年之间，赵焕亭在《小说月报》和《小说丛报》上共发表小说十七篇，有十余万字。是否同期在其他报刊上有小说刊登，目前尚无线索，但凭这些精彩的"林味"文言短篇小说，"当时名士如武进恽铁樵、常熟徐枕亚、无锡王蕴章、桐城张伯未、费县王小隐、洹上袁寒云、粤东冯武越，皆与先生驰书订交或论文"。

赵焕亭后来稿约不断，小说连载与副刊专栏在京、津、沪等地报纸杂志全面开花，持续二十余年之久，应与结交了这么一大批南北方的著名报人、编辑和文化人有很大关系。

当 1923 年来临之际，赵焕亭进入了小说创作的"爆发期"。

1 月，《明末痛史演义》六册出版。

2 月上旬，武侠小说名作《奇侠精忠传》开笔，此时他已四十五岁。该书直接就以单行本面貌出现，初集十六回初版于 1923 年 5 月，此时"南向"的《江湖奇侠传》第十回刚刚连载完毕，结集的第一集似尚未出版。赵焕亭的写作速度相当惊人。

10 月，长篇武侠小说《英雄走国记》开笔，取材于明末清初的各家笔记，描写南明志士的抗清故事，全书正续编共八集。

自 1923 年到 1931 年这八年间，赵焕亭除了完成上述两部百万字的长篇武侠小说之外，还陆续写下了《大侠殷一官逸事》《马鹞子全传》《殷派三雄》（含《殷派三雄续编》未完）、《双剑奇侠传》《北方奇侠传》（未完）、《山东七怪》（未完）、《南阳山剑侠》《昆仑侠隐记》（未完）、《惊人奇侠传》《奇侠平妖录》（《惊人奇侠传》续集）、《情侠恩仇记》（连载未完）、《蓝田女侠》和《不堪回首》（历史小说）、《景山遗恨》《循环镜》《巾帼英雄秦良玉》等十六部各类体裁的小说，至少五百万字，创作力之旺盛十分惊人。

进入20世纪30年代后，赵焕亭的新作以报刊连载小说为主，多数是武侠小说，少数是警世小说，如《流亡图》。1937年"七七事变"爆发，华北彻底沦陷，遍地战火，赵焕亭的连载就全部停了下来。截至1937年7月15日《酷吏别传》从报上消失，目前已知和新发现的京、津、沪三地报纸上的小说连载共十三部，分别是：

北京：《范太守》《十八村探险记》《金刚道》《剑胆琴心》《鸳鸯剑》；

天津：《流亡图》《姑妄言之》《龙虎斗》；

上海：《康八太爷》《剑底莺声》《侠骨丹心》《鸿雁恩仇录》《酷吏别传》。

以上这些小说多数都未写完即从报刊上消失，连载完毕的几种，如《流亡图》《剑胆琴心》等也没有结集出版单行本。需要单独提一下的是，《剑底莺声》就是《马鹞子全传》，只是在结尾部分做了一点儿删改。

此时的赵焕亭已经年近花甲，岁月不饶人，伴随而来的是精力和体力的持续下降，对于写作质量的影响不言而喻，这一点其实在20世纪20年代的写作大爆发后期就已经有所显现。当然，稿约缠身、疲于写作也同样影响到写作质量。而20世纪30年代全国时局的不停动荡——"九一八事变""淞沪抗战""华北事变"……对于社会的安定造成相当的影响，自然也波及报纸的生存乃至写稿人赵焕亭的生活和写作。

再有一个影响赵焕亭写作状态的重要原因，即赵妻张引凤于1932年夏天去世，对赵焕亭的打击异常大。他曾写了一副悼联，刊登在《北洋画报》上，文曰：

夫妇偕老愿终违何期卿竟先去；
儿女未了事正重此后我将如何？

张赣生先生评此联语"痛极反似平淡，一如夫妇日常对语"，可谓一语中的。赵焕亭本来于1933年开始在上海《社会日报》上一直连载武侠小说新作《康八太爷》，到3月份突然暂停，刊登了一批于1932年10月间写下的文言掌故小品，在开篇序言中更道出了对亡妻的深切怀念之情："则以忆凤庐主人抱奉倩神伤之痛，以说梦抵不眠，复冀所思入梦耳……

以忆凤为庐"，专栏名"忆凤庐说梦"。原来，妻子周年忌辰临近，勾动了他的伤痛，于是停下武侠小说连载，转发"忆凤庐说梦"，足见伉俪情深。但从另一方面看，丧妻之痛对武侠小说创作有着直接的影响，也毋庸讳言。

当北方京、津及至上海一带战事暂告一段落，沦陷区的生活和社会局面也相对稳定下来，赵焕亭与报纸的合作又有所恢复。自1938年至1943年的六年间，他陆续写下《侠隐纪闻》《黑蛮客传》《白莲剑影记》《天门遁》《侠义英雄谱》《风尘侠隐记》《双鞭将》《红粉金戈》《荒山侠女》等九部小说，不过遗憾仍然继续，这些小说中只有《双鞭将》的故事勉强告一段落，聊算是不完之完。其他的均是半途而废，有的甚至只连载数月就消失不见，最长的《白莲剑影记》连载三年多，但从情节看，似还远未结束。

从有关信息推测，"七七事变"前后，赵焕亭已在玉田老家居住，抗战期间似也未曾离开。作为当时知名的小说家，自然经常有人向他约稿。从作品遍地开花的情况看，赵焕亭对于约稿有求必应，或许因此备多力分，造成不少作品烂尾，当然不排除有报方的原因。另外一直流传一个说法，谓那时不少作品实为其子代笔，或许这是造成作品连载未完就遭下架的另一个原因，不过目前没有发现确凿证据，仅聊备一说而已。

1943年以后，报刊上就看不到赵焕亭的作品了。目前仅发现一篇《忆凤庐谈荟·名士丑态》于1946年发表在上海的一家杂志上。同年12月，北京《一四七画报》记者曾发文，征询老牌作家赵焕亭近况。两周后，《一四七画报》报道："本报顷接赵焕亭先生堂孙赵心民来函，谓赵焕亭先生及其哲嗣彦寿君，刻均在玉田，此老仍康健如昔，知友闻知，均不胜欣慰。"

之后的报刊和市场上，再也没有出现赵焕亭的作品，但他在武侠小说史上，已经占据了应有的位置——"北赵"。

1938年金受申《谈话〈红莲寺〉》一文中即出现"南有不肖生，北有赵焕亭"一语，估计这一评语的真正出现时间应当更早，因为针对二人的武侠小说成就，在1928年5月的《益世报》上，就刊有署名木斋的读者发表了《评〈北方奇侠传〉》一文，该作者指出："近时为武侠小说者极多，而以（赵焕亭）氏与向恺然氏为甲。"并认为："（赵焕亭）氏之长处为能以北方方言、风俗、人情、景物，一一撷取，以为背景。盖氏本北人，于此如数家珍，而向来技勇之士，亦以北人为多，故能融合于背景之中，使卖浆屠狗之徒跃然纸上，读者亦恍若真有其人，为其他小说所不易见。其描写略似《七侠五义》及《儿女英雄传》，而卓然自成一家，盖颇具创造之才，非寄人篱下者也。"

对于与赵焕亭齐名的、同为武侠小说"甲级高手"的"向恺然氏"及其小说，木斋却并没有做进一步评价和比较，反而以当时著名的南派通俗小说家李涵秋与赵焕亭做比较，认为"苟取二氏全部著作之质量较之，则赵之凌越李氏，可无疑也"。

从这个角度看，木斋虽然把赵焕亭与向恺然相提并论，但他对赵氏武侠小说特色的评论，可以用之于任何小说。或许木斋心中对于小说类别并无定见，一定要遵循小说上的标签，但从另一方面来说，赵焕亭小说的"武侠特征"与向恺然相比，颇不相同。

简而言之，"南向"偏"虚"，而"北赵"重"实"。"南向"《江湖奇侠传》等小说是玄奇怪诞的江湖草莽传奇故事；"北赵"《奇侠精忠传》等小说则是在一幅幅市井、乡村生活画中，讲述的历史人物传奇故事。

虽然是传奇故事，总的来说，赵焕亭小说中的大部分故事都有所依据而非向壁虚构。《奇侠精忠传》据一部《杨侯逸事纪略》敷衍而成，《英雄走国记》则采明末笔记中人物和故事而成书，《大侠殷一官逸事》来自河北蓟县大侠殷一官生平逸事，《山东七怪》《双剑奇侠传》则依据山东济南、肥城一带真实人物的乡野传闻等。对于情节中涉及的历史事件，他的基本态度也是尊重历史记载，如《双剑奇侠传》中，浙江诸暨包村人包立身率众抗拒太平军，最后兵败身死。赵焕亭基本是完全采用相关笔记记载，连所谓的法术传说也照搬。为了故事情节的充实与好看，他当然会做一些发挥和演绎，比如把包立身这个普通农人改为武艺高强、韬略精通的英雄，同时还有好色的毛病，但这类演绎都不会改动历史事件本身的结果。

而对于不涉及历史事件本身的内容，赵焕亭就表现出化用材料的本领。在《续编英雄走国记》中，有一段谈到广西的"过癞"（俗称大麻疯，一种皮肤病）之俗，当地女子若不"过癞"给男子，自己就会发病，容毁肤烂，于是，很多过路人因此中招，而一个广东公子因女方多情善良，得以免祸。该故事原型出自清代著名笔记《客窗闲话》，发生地本在广东潮州府，"发癞"人也是男方，不惧牡丹花下死而中招。幸得女方情深义重，主动上门照顾，后来无意中让男的喝了半缸泡了乌梢蛇的存酒，癞病豁然痊愈。赵焕亭改变了故事发生地，发病人则改为女方，于是，一方面表现了女子的多情重义，另一方面又展现了男子一家的明理与知恩图报。治癞之方则仍然是那半缸乌梢蛇酒。

"北赵"的重"实"，还体现在小说内容的细节上。举凡山东、河北等地的风景名胜、美食佳肴，或出自前人笔记如《都门纪略》之类书籍，或出自作者往来京、津、冀、鲁各地的亲身经历。就连书中不经意间写到的地方风物，也同样是实景实事。《北方奇侠传》中有一段情节写向坚等几兄弟于苏州城外要离墓前给黄萧饯行。此地风景如画，"左揖支硎山，右临枫泾"，不远处是"隐迹吴门，为人赁春"的梁鸿墓。笔者曾根据上面这段描述向苏州一位熟悉地方文史的朋友询问，他证实苏州阊门外确有支硎山这个古地名，今天见不到小山了，清代曾在那里挖出过古要离墓的石碑。

赵焕亭的长篇武侠处女作《奇侠精忠传》，洋洋洒洒上百万字，以清朝乾嘉年间杨遇春兄弟平苗、平白莲教事为主干，杂以江湖朝野间奇侠剑客故事以及白莲教的种种异术奇闻，历史味道看似浓厚，然而里面有关奇侠剑客的内容所占比例并不算大，平苗和平白莲教的战争与武打场面也有限，倒是杨遇春师兄弟及各色人等的日常生活与交际、各类生活琐事的碰撞与解决则占了相当大的篇幅，农村空气中漂浮的乡土气味仿佛都能闻得到。其他长篇小说如《英雄走国记》《北方奇侠传》《惊人奇侠传》等也莫不如此。

一触及生活内容，赵焕亭手中的笔就显得格外活泼，村夫野叟村秀才，恶棍强盗恶婆娘，还有诸如闲唠家常和赶庙会的农村妇女、混事的镖师之类过场人物，其言语举止、行为谈吐，或粗鄙，或斯文，或虚伪，或实在，展示着世间的人情百态、冷暖人生。比如《大侠殷一官逸事》中，名镖师李红旗的镖车被劫，变卖家产后尚缺几百两银子赔款，以为和北京镖局同行交往多年，这最后一点儿银两多少能得到点儿帮助，结果各位大小镖头该吃吃，该喝喝，拍胸脯的、讲义气话的、仗义执言的……表演了一个够，最后镚子儿不掏，躲的躲，藏的藏，还有捎回点儿风凉话的，把李红旗气得半死。已故著名民国通俗小说研究学者张赣生先生称赞这段文字不让吴敬梓《儒林外史》专美于前，而类似的文字在赵氏小说中也不止一处。

虽名"武侠小说"，而满纸人世间的生活百态与人情勾当，使得赵焕亭小说表现出与大部分武侠小说颇为不同的特色。书中的侠客奇人们更多地表现出"世俗气息"或曰"世情味"，而缺乏"江湖气"。他们活动的地方多在乡村、市镇乃至庙会中、集市上，除了头上被作者贴上个"大侠""武功家"之类的武侠标签外，其日常言语、行为与普通市民、村民并无二致。若说"南向"小说中人物是"江湖奇侠"，那么"北赵"书中人物最多称得上是"乡村之侠"。即使是已成剑仙的玉林和尚、大侠诸一峰、南宫生等，也没有在名山大川中修炼，反而在红尘中如普通人般生活，有当塾师的，有干算命的。《奇侠精忠传》和《英雄走国记》属于赵焕亭小说中历史类武侠，书中正反面人物各个盛名远播，也仍然近似普通人，而无我们常见的武林人面目。

应该说，这样的侠客源自他心中对"侠"的认识。在《大侠殷一官逸事》（1925 年）序言所述："予独慕其生平隐晦，为善于乡，被服儒素，毕世农业。侠其名，儒其实，以是为侠，乌有画鹄类鹜之虑乎？……俾知真大英雄，必当道德，岂仅侠之一途为然哉。"

再如次年所写的《双剑奇侠传》，男主角山东大侠梁森武功大成之后，"恂恂粥粥，竟似一无所能，武功家的矜张浮躁之习，一些也没得咧。……绝口不谈剑术。春秋佳日，他和范阿立有时巡行阡陌之间，俨然是一个朴质村农"。活脱脱是大侠殷一官的又一翻版。

可见，"儒其实"才是赵焕亭认可的"侠"之本质，侠行、侠举只是外在表现。真正的英雄豪杰，必是重操守、讲道德的人物，苟能如此，又不一定只有行侠一途了。他有这样的认识，无疑与前文述及的自幼年即长期接受儒家思想的教育密不可分。其实，在更早的《奇侠精忠传》中，他就是完全按照儒家的做人标准来写主人公杨遇春，一个类似《野叟曝言》主人公文素臣般的完人。其人武功高强，处处以儒家的忠孝礼义廉耻观念要求自己，也教导、劝诫贪淫好色的师弟冷田禄，更像个老夫子，不像个名侠，刻画得不算成功，但"侠其名，儒其实"的观念已经形成，并一直贯彻到后面的作品中。如 1928 年写的《北方奇侠传》，主人公黄向坚事亲至孝，终于学成绝艺，最后万里寻父，同样也是"儒其实"的表现。

就这一点而言，"北赵"之侠或又可称为"儒侠"。"南向""北赵"之别不仅在于两人的地理位置之不同，也在其侠客属性有所不同。

作为"儒侠"的对立面，自然是"恶徒"，武侠小说中不能没有这样的反面角色。赵焕亭自然不能例外。值得一提的是，赵焕亭小说中的不少主要的反面人物并不是一出场就开始作恶，甚至很难说是一个恶人，如《奇侠精忠传》中的冷田禄，虽是名师之徒，但屡犯淫行，品行不佳，但在杨遇春的不断劝诫与行为感召下，心中的善念在与恶念的斗争中，曾一度占了上风，于是冷田禄力求上进，千里赴京，追随杨遇春投军，在平苗战役中立了不少功劳，但最后还是恶念占了上风，彻底滑入邪魔外道中。又如《大侠殷一官逸事》和《殷派三雄》中的赵柱儿，本是聪明孩子，性格上有缺点，虽有师父、师兄的提点、劝告，但终不自省，终于蜕变为真正的淫贼。《马鹞子全传》中的主人公马鹞子，由乞丐小童成长为武林高手，然而不注重品德修养，逐渐热衷功名富贵，不论大节与是非，反复无常，最后羞愧自尽而亡。马鹞子王辅臣是真实的历史人物，最后结局确实如此，小说中发迹前的故事多是赵焕亭的自行创作，讲述了一个武林好汉如何变为热衷功名、三二其德的朝廷走狗的历程。

上述这类角色身上都或多或少反映了人物性格的复杂和多变，赵焕亭或许并非有意塑造这样另类的武林人物，但与同期包括之前的武侠小说相比，大约是最早的，有些角色也是比较成功的。

对于这些角色包括书中的真恶人，其为恶的途径与发端，赵焕亭却处理得很简单，基本归于一个字——淫。恶人无不是好色之徒，也往往由各类淫行，终于走上为恶不归之路。更有甚者，普通人物也往往陷入其中，招致祸端。如此处理人物未免过于简单，只是赵焕亭在这类事情上的笔墨也花得有点儿过多。

顺带一提的是，时下论者都认为"武功"一词用于形容功夫系赵焕亭所创。其实他用的也是成品。清朝著名笔记《客窗闲话》续集里有《文孝廉》一文，其中就有"我虽文士，而习武功"一语。准确地说，赵焕亭的贡献是在民国武侠小说中率先使用而非创造该词的新用法。赵焕亭自己肯定没有想到，这个词竟然成为日后百年间武侠小说作者的必用词语，也成为日常生活中的常用语。

赵焕亭的武侠小说具有其他名家所没有的"世俗风情"，以此似完全可以单独撑起一个"世情武侠"的门户，与奇幻仙侠、社会反讽和帮会技击诸派别并立于武侠小说之林。

作为掀起民国以来武侠小说第一波高潮的领军人物"北赵"，作品无疑极具研究价值，可惜一直未能得到应有的重视。1949 年新中国成立后，直到 20 世纪 90 年代才有零星的赵焕亭武侠作品出版，至今二十多年间，仅出版过四种。

此次中国文史出版社全面整理出版的赵焕亭武侠作品，大部分是新中国成立后从未出版过的，所用底本也尽量选择初版或早期版本，即使如出版过的《双剑奇侠传》《奇侠精忠传》《英雄走国记》和《惊人奇侠传》，也都用民国版本进行校勘，由此发现了不少严重问题。《奇侠精忠传》漏字、漏句和脱漏段落十余处，近 2000 字；《惊人奇侠传》漏掉了大约 15 万字；《英雄走国记》20 世纪 90 年代的再版只是正编。这些意外发现的问题已经在此次整理中全部加以解决，缺漏全部补上，《续编英雄走国记》也将与正编一起出版。

此次出版的作品集中，还有几部作品需要在这里略做说明：

《南阳山剑侠》是赵焕亭写于 20 世纪 20 年代的文言武侠小说；

《江湖侠义英雄传》，又名《江湖剑侠英雄传》，系春明书局 1936 年出版的长篇武侠小说，封面、扉页均未署有作者名字。从赵焕亭所撰序言看，也许另有作者，他则如版权页部分所示，为"编辑者"；

《康八太爷》和《风尘侠隐记》都是未曾结集的报纸连载，也没有写完。为了让广大读者和研究者全面了解赵焕亭 20 世纪 30 年代和 40 年代不同时期的小说特点，特地予以抄录，整理出版；

《殷派三雄》在天津《益世报》上一共连载四十回，未完。天津益世印字馆出版单行本三册，仅三十回。此次出版据报纸补充了未曾出版的最后十回，以示全貌予读者。

笔者多年来一直留意赵焕亭的有关资料，幸略有所得，今效野人献芹，拉杂成文，期副出版方之雅爱，并就教于识者。

是为序。

顾　臻

2018 年 8 月 20 日于琴雨箫风斋

目 录

续　　编

序

　　余读《江湖侠义英雄传》，未尝不废书而叹也，曰：嗟乎！传英雄而系以江湖，作者其有深恫乎？昔齐王设勇爵，汉武诏求奇才异能之士。上之罗致英雄者何如耶？今乃举干城爪牙之选，弃置江湖间，一任其以游侠自见，非唯失士盖多，亦天下治乱所由系也。讵不重可恫耶？

　　今观作者之传诸侠，各有真性情，各有真面目，既已栩栩如生，令人神往，复佐以奇颖之事迹、神妙之笔仗，于深宵风雨磐云如墨时读之，恍惚见刀光剑影，挟风雨以遝至。谁谓自唐人《剑侠传》后无妙文哉？因为弁数语于简端。

民国二十五年四月

赵焕亭识

正　编

第一回

降天灾恶魔出涿郡
避大祸流卒入贝州

　　却说幽燕涿鹿之区，为最古之战场。当年轩辕黄帝战胜蚩尤，就在有熊即位，后来又被夷人姑蟇种占据，不时扰乱边疆。周朝武王之时，始将蟇种驱逐，仍入中国版图，乃为北方的要塞。历朝以来，不知经过多少次大战，本来是兵家所必争之地，夷人要想进中原，先须占此郡，中原要驱夷狄，也须守住涿城，才能徐图进兵。

　　论起那涿郡的地势来，南临河，北靠山，十分险峻，历代人才迭出。不用远说，蜀汉刘备、张飞都是那里生人，再近宋太祖赵匡胤降生于夹马营。据一班星相家推算起来，北方王气汇聚于斯，尚不知有多少惊天动地的大人物一个一个地诞生。究属无稽之谈，不足深信。地方风俗，好勇斗狠，然而却都急公好义，遇事敢为，这也是天性如此，表过不提。

　　单说涿郡城南王家营，乃是一座镇市，也有三五百户人家，都是奉公守法、安居乐业。内有一家姓王名振魁的，家中颇有产业。那王振魁自幼也读过几年书，进了几次科场，无奈命运不佳，总未得中。就有人说，只靠文章是没用的，必须一福二德三风水，四积阴功五读书，那"功名"二字，非同小可。王振魁听了，只是不信。一连又考了两场，仍然名落孙山。心中一气，他便丢掉书本，每日在那《周易》《六壬》《阴阳宅》《地理大全》等书上用起功夫来。果然有志竟成，不上几年，他竟把这几本书的内容看得透熟，背也背得出。后来什么起课、算卦、排八字，弄得无一不精，偶尔有人请他起课问事，居然有些灵验，从此更加用心研究。久而久之，便将堪舆家的本领练个精熟，时常不断有人邀请，远近闻名，人便送他个外号叫赛诸葛。只是他替人家看风水、起阴宅，无不应验，到自己身上，便又不灵了。闹了几年，不要说兴家起业，便是连个儿子还无有，只有一个女儿，因此时常闷闷不乐，暗想：论本领，所看的丝毫不差；论坟地，也改造了十多次，怎的会不应验呢？后来，又推算了好几次，这一回却被他看准了，不上半年，便生一子。这一喜非同小可，到满月，大张筵宴，就有许多亲戚朋友、左邻右舍全都前来道贺，酒席宴前，大众一阵恭维。王振魁酒后大发牢骚，对众亲朋说道："我王某幼读诗书，只恨才高命蹇，未得身入黉门，深以为恨。幸而生得此子，将来虽不能身入青云，总可博得一官半职，也可与我吐气了。"说罢，哈哈大笑。

酒阑席散，时已夜深，贺客告辞。王振魁归寝。

过了几天，便想替他儿子起个名字，思来想去，费了几天心血，才想出一个字来，却是单名一个则字。

又过几年，王则已经六岁，想叫他去读书。哪知王则天生顽皮，成天和邻舍小儿相打，奈他天生蛮力，差不多都吃他的亏，闹得无人敢和他争斗，时常被人找上门来吵个不休。王振魁起初也着实管教了几次，无奈他禀性难移，越闹越厉害，索性连他老子也不怕了。

到他十五岁的时候，更不对了，终日和许多青皮地痞联络，闹得声名狼藉，人人听得他等的名儿，全都头脑疼。王振魁也就不管他了，任他所为。那班匪类每日聚在一起弄枪弄棒，演习武艺，他等学会了拳脚，更是无恶不作。只有王则天生蛮力，习学拳棒，一看就会，不到两三年，所有长拳短打、刀枪剑戟十八般兵刃，件件精通，和他差不多的人，都不是他的对手。因此自以为本领高强，目空一切，又结交了好大的狐群狗党，任意横行。

王振魁一年老一年，见儿子毫无出息，不由得心灰意懒。这天忽得重病，自知不起，忙派人将王则寻来。女儿早已嫁人，也使唤来，临终的时候，对王则说道："为父的一生忠厚，不敢妄作胡为，只是未得功名，乃为一生的恨事。枉盼你可以得一官半职，给我出气，奈你专务下流，看来是无指望的了。但是我做了一辈子风水先生，难道还寻不着片吉地叫儿孙发迹吗？只要依我言语而行，保可如愿，不可违背我的话。"说着，一阵气促，伸手拿出一封信来，上写"照书行事"。再看王振魁时，已是一灵不瞑。呜呼哀哉！向地府阴曹看风水去了。

大家哭了一阵，忙着办理丧事。幸早备好衣衾棺椁，临时不致忙乱。王则打开书信看时，写着："某日某时成殓，所有衣服一概不穿，只将肉身装在棺内可也。"王则便要照书而行。他姊姊第一个先不依道："现放着衣衾为甚不用？精赤条条像什么样子？"

王则道："父亲吩咐如此，怎可违命？"

他姊姊定规不依。争执了半天，由亲族商议，上身不穿衣服，只穿条裤子，料无妨碍。王则等不好再争，只得如此。当日草草成殓，又看信上

4

写："某月某日某时出殡，葬于某处，要等天哭、地乱、鱼打鼓、扁担开花、戴铁帽子人来，再行将棺入穴。葬毕急归，自然无事。"王则便依照日子办理。

那块葬地是在城南地方，有两个村庄，名叫东侯里、西侯里。村头有座关帝庙，村后有座真武庙，他那坟就在当中一块地上，也是他王家自己的产业。表过不提。

单说到了出殡日子，大家全都疑惑，不知道鱼打鼓、扁担开花及戴铁帽的人是怎的一回事。到棺材出村，向坟地而来，天忽下雨，满地泥泞，方明白这就是天哭、地乱两句话。不多时又见几人，一个买了几斤小鱼无处放，便放在鼓内，那鱼还有活的，在鼓内乱跳，打得鼓响，大众知道是鱼打鼓了。有人肩条扁担，上插两只通草花儿，又知是扁担开花了。只等戴铁帽子的人，便齐了。忽地雨越下越大，有人买只铁锅顶在头上，作为避雨之具。大众齐说："戴铁帽子的人来了，快下葬吧！"于是七手八脚地忙了一阵，登时埋好，俱各回家。王则更是跑得快，方才进门，但见疾风暴雨，轰雷闪电，足足响了大半天。

次日天明，有人看见王振魁的坟又高又大，坟前冲成一条小河，从前栽种的松柏早已干枯，近又复活。众人十分惊异，全都说："赛诸葛果然名不虚传，到底有本事。"纷纷议论，到处传扬，四处八方全晓得了。

只是他儿子王则近来越发闹得厉害，索性和许多的强盗结拜，家业变卖一空。母亲依赖女儿过了两年，也便呜呼了。那时正在宋仁宗中年，天下太平无事，各处流匪依然横行，地方官敷衍了事，不肯深究。他等越闹越胆大，后来各据山林，占山为寇，大股小支，不计其数，一时也说不完。王则对于他们颇相交好，却也有些小名气。这群恶魔扰乱世界，天也不能容他们，所以就生出不少的英雄豪杰来收拾他们，这就是报应循环的道理。

列位不必性急，待在下慢慢再叙，此处表明，慢慢交代。

宋仁宗自即位之后，朝中正人在位，政事自然修明。只是难免良莠不齐。内中有个夏竦，居心险诈，想要倾害忠良，只是不得手，便结交内侍太监任守忠、江德明、史昭锡、杨怀敏等，买通宫人张贵妃，互通声气，又和王拱辰狼狈为奸，虽然未尝公然为恶，却引起不少的纠纷。

单说密州安邱有位英雄，姓明名镐，字化基，江湖送号小孟尝，乃是七义士之数，自幼拜凌虚子为师，文能安邦，武可治国，马上步下，无不精通。后来凌虚子赠他一柄昆吾宝剑，削铁如泥，平生行侠仗义，济困扶危，又好结交天下英雄好汉，所以那三山五岳、水旱两路的英雄全都尊重他。

这天正在家中习练拿棒，忽见师父凌虚子自外而入，明镐急忙让到客所，拜见已毕，问起师父从何至此。

凌虚子道："为师与你师伯玄微子云游四海，昨夜在泰山五老峰仰观天象，但见魔星四射，应在东北方。两三年内，必有妖人起事，扰乱宋室江山，这也是天意造定的劫数，不可挽回。所以前来知照你一声，赶紧结交豪杰，将来为国出力，也不枉为师的教训你一场。"

明镐道："小徒无意于功名，师父是知道的。至于说为国除奸、为民除害，却不敢辞。但不知将来何处遭劫？"

凌虚子道："起在涿州，乱在贝州，如今急速进京求名。据你的本事，勉强博得一官半职，将来功成身退，何等逍遥。劝你不必固执，一路留意察访，四海能人甚多，千万不可艺高人胆大。为师的与你师伯约会，今日在五台山相会，就要动身，你快打点吧，为师去也。"说罢，一道青光，早已不见。

正是：

仙家妙术无穷尽，妄使凡夫美慕求。

欲知后事如何，且听下回分解。

第二回

小孟尝夜走赤松岭
霹雳鬼剪径青榆林

却说小孟尝明镐听得凌虚子的吩咐，当下打点行囊包裹，将家事交付老家人明福掌管，到内宅辞别妻室卢氏贤人，腰挎昆吾剑，身骑火烟驹，直奔开封来了。一路上遇山游山，遇岭玩岭，出门十几天工夫，走了不过三五百里路。

这天来到青州地界，日已西沉，仍然催马前进。远远望见一座高山，大约山下必有人家可以借宿，便不管三七二十一，直奔前来。走到山下，才知道并无人家，暗道："今天错过宿头，只好越山而进，或在庵观寺院也可将息一夜。"于是加鞭上山。行至山腰，望见一片松林，黑压压的，心内有些踌躇，倘有野兽，倒觉费手。

事已至此，别无出路。走到林前，下了坐骑，牵马慢慢行走，大半夜的工夫，方才穿过树林，已是下山的路径。远远望见灯火，心中暗道："惭愧！前边必有人家了。"复又上马，不多时，看见一所庄院，急忙向前叩门。里边的人开门，问声："哪个半夜到此？"说着，将门开放。

明镐近前看时，乃是一位年将半百的老叟，手执明灯。连忙赔笑道："小可贪看山景，错过宿头，人马全皆劳顿，欲在贵府借宿一宵，明日早行。"说着，一躬到地。

老者一看明镐仪表不俗，料非歹人，也便说道："敝舍仄小，有屈尊驾，如愿住在此处，只好屈尊一夜吧！"说罢，将明镐让进来。回头关好门，将马牵到后院，将明镐让在客堂，又煎了一壶茶送来。明镐千恩万谢地谈了一会儿，各自安寝。

次日天明，起身告辞，问明路径。那老者道："此地名为赤松岭，再过去就是青榆林，乃是进京的大道。近来听说那条路不大干净，常常发生抢劫客商案件，客官走到那里，须要留神。"

明镐拜谢，上马而行，暗说，自己学会本领，还没发过利市，想来要在这里开张吧！心里想着，不住催马前进。但见路上许多的客商，全是三五成群，结伴同走，料是怕匪徒劫掠的意思了。

正在行走之际，忽见好多人迎面跑来，大喊道："强盗来了，快逃命吧！"

再看那些客商，四散奔逃，也有藏在草内的，也有躲在深坑的。明镐看了，暗暗好笑，紧加一鞭，那匹马飞跑向前。猛见树林内跳出二三十人来，手执刀枪，大呼："留下买路钱来，放你过去！"

明镐哈哈大笑道："我把你们这群瞎眼的草寇，有甚本事，敢在此处抢劫？"

那些人见明镐口出大言，一拥上前，刀枪齐舞。明镐掣出宝剑迎敌，只听当啷锵啷响了一阵，那班人的兵器全部削去大半，齐说："好厉害呀，快请大王来捉他！"说着，一哄而散。

明镐也不去追赶他们，仍然催马前进。正走之际，树林内一声呼哨，跳出一二十人，各执朴刀。为首的大汉身高膀阔，臂粗腰圆，手执连环棍，大喝一声："哪里来的强徒，敢在此处撒野？见了大王爷，还不下马受死？"

明镐执剑在手，喝声："狗头！口出狂言，自来送死，休怪俺无情了！"

那大汉大怒，把棍一横，拦腰打来。明镐用剑架开，觉他有些力气，分开剑路，接二连三地使来。那大汉早已手忙脚乱，一个不留神，被明镐轻舒猿臂，擒上马来。众盗见头领被擒，纷纷跪在地下求饶。

明镐笑道："杀尔等污我宝剑！"那头领也是苦苦哀求饶命。明镐便将他放下马来，问道："你叫何名？为何在此为匪？"

那头领道："小可名叫刘平，青州人氏，江湖上因俺性急，送号霹雳鬼。只因在山西原籍杀伤人命，避罪逃在青榆林为盗。今日遇见好汉爷，请留大名。"

明镐通过姓名，刘平大惊道："我当是谁？原来是岳州的小孟尝明爷！小子无知，但求恕罪。"

明镐道："看你也是一条好汉，为何不求上进，在此为匪，终非了局。"

刘平道："小子要往口北玄豹山李完魁大王那里去，身上无有盘费，所以想抢些油水，预备走路。"

明镐道："我今赠你五十两纹银，赶紧逃生去吧，不要再出丑了。"说着，在行囊内掏出银子，递给刘平。刘平接过银子，叩头道谢。明镐又对众盗说："你等不得在此扰乱客商，各自逃生去吧！"

众人谢了，登时四散。刘平的意思要跟明镐进京，明镐再三不肯，恐他旧性不改连累自己，叫他速投口北玄豹山而去。明镐见他等走净，方才缓缓催马前行。此时众客商知道明镐是位英雄，全都跟在马后。

不多时，便进了一座镇市，早有店小二迎上来，拢住马道："客官，打尖吧？"

明镐点头下马。小二接过去，拉到马棚，领明镐到一间屋子里，因问："客官，要用什么酒菜？"

明镐吩咐："随便拿几样可口的菜，打他一壶酒来。"

小二答应下去，登时之间，便将酒菜送来。

明镐酒饭用毕，小二又来招呼道："客官，今日落店呢，还是上路呢？如今此处出了新闻，你老如无什么要紧的事，可以随息随息，真是白了胡子老掉了牙，也没听见说过。"

明镐道："到底是甚事，也值得这样大惊小怪？"

小二笑道："客官，你老还没听说过，俺这里叫榆林镇。正北上三十五里有座镇市，叫黄叶冈。那里也有三五百户人家，村东有座三官庙，庙内也有道士住持。近来听说三官显灵，神像可以讲话。你老想，那神像乃是木雕泥塑的，怎能会开口呢？起初全都不信，后来本镇人有去过的，据说神像真会说话，所以轰动了四外八方的善男信女，都来进香。现在那里非常热闹，香火大盛，所以问你老不妨前去开开眼，也不枉来此一趟。"

明镐听罢点头，暗想："其中必有缘故，反正没事，倒要探他个水落石出。"正在思索之际，又听院内呼唤店家，小二知道有客人来了，连忙跑出去迎接。明镐站在房门口，打量进来的人，却都是鲜衣怒马、仪表堂堂，年纪都在三十上下，高高矮矮，举止不俗。一行共有七人，就在北上房内安顿行李。小二一面招呼客人，一面将马拉到后槽，自有一番忙碌，不必细表。

明镐看罢那些人，心中沉思半晌："这些人气概超凡，定然有些来历，需要特别注意，以观究竟。"

且不提明镐沉思，再说来的这班人，果然不出明镐所料，乃是行侠仗义的大英雄、济困扶危的大豪杰，都是名扬四海、天下闻名。就是小信陵汪文庆、小平原高灿、小春申张勇、小陶朱周昆、小英布冯元佩、小玄坛胡点鳌、金眼狻猊赵芳，因在小陶朱周昆庄上听说黄叶冈三官庙神像显灵，传信各位英雄来此集会探听实在情形。久闻冀州、贝州一带有许多妖僧恶道，妖言惑众，妄称释迦牟尼佛衰谢、弥勒佛当世，又造出五龙滴泪真经。乡民知识甚浅，十分相信，家家户户都供弥勒佛，诚心参拜，闹得天翻地覆、鸡犬不宁，追究原因，却是宋真宗误信奸臣王钦若的谣言，说什么天书下降，怂恿真宗皇帝封禅泰山。他这一来不要紧，勾起了许多的僧道造出好多的天书，不是老君下凡，便是玉皇转世，什么星君咧，北斗咧，天官咧，合府州县发现了不少。那些愚民更加无知，以为当今皇帝都相信，一定是真有其事，越发死心塌地一心顶礼，弄得举国若狂，无法收拾。都是真宗造下的孽根，表过不提。

单说小信陵汪文庆等七位英雄，当日住在榆林镇，次日一同前往黄叶冈三官庙，住宿无话。天明清晨，俱各起床，梳洗用饭已毕，吩咐店小二备马。

这边明镐早收拾停当，等候他们出店，也就备好坐骑，催马加鞭，直奔黄叶冈而来。一路上但见三五成群、扶老携幼，各执香烛纸马，谈谈说说，十分热闹，不必说，全是往三官庙烧香的。明镐在马上赏玩风景，不知不觉地已到黄叶冈不远了。烧香赶会的人越发来得多，再看那村镇，足有三五里长，三官庙却在村东头略北。这座庙十分雄壮，山门外高搭戏台，两旁做买做卖的排成两列，进庙的人摩肩擦背，甚为拥挤。

明镐见此光景，不能前进，只得下马步行。走到庙旁一座茶棚，早有茶博士来招呼。明镐将马交给他，吩咐好生拴好。茶博士满口应承，说是："客官放心，俺们店后就是马棚，专预备安顿客商车马的。"明镐这才放心，走进茶棚。里边有人看座，明镐拣了一处清净地方落座。伙计泡了一壶茶来，便问："客官打尖吧！"

明镐道："我已用过早饭，稍等一歇，再吃午饭吧。"伙计答应下去。

明镐斟了一碗茶，四下一望，只见许多茶客，三两人一桌，四五人一桌，都是高谈阔论，也有来烧香的，说："三官爷显圣，真能说话，还告诉我，说我兄弟这回必然做官的。"也有在此逛庙的酒色之徒，便将一班烧香的妇女们批评个不了，真是良莠不齐，真假难辨。

明镐无心听那些胡言，心内盘算怎样进庙、怎样打听。正在思索之际，忽见由外边跑进一个大汉，来到明镐的桌前，不问好歹，将茶端起来，一气喝下去。明镐想要问他，早有伙计跑过来拦他，被他一拳打倒，一时一阵大乱。

正是：

满腹怀疑思妙策，无端惹出是非来。

要问来者是谁，且待下回分解。

第三回

醉金刚大闹会仙居
通臂猿误入三官庙

却说明镐见大汉将伙计打倒，不由气往上撞。正要和他评理，忽见跑过一个人来，将那大汉一拉，说声："韩大哥从何至此？"

那大汉回头一看，忙说："老二，可急死我了！"

那人道："有话慢慢讲，先不必急，为什么打这伙计？"

大汉道："这小子不说理，老子从今儿早晨一点儿东西也无吃，大远地跑到这里来，又渴又饿。我问他哪里有茶，这小子对我说：'桌子上凉的现成的，随便喝吧。'我哪里知道上了他的当，喝了人家的茶。人家不答应是小，这有多丢丑哇！老二，你说该打不该打？"说着，又要伸手来打。

那人忙拦道："大哥，是你自己听错了，不好怪他。他叫你喝门口小凳上摆的茶，你为何跑到里边来喝人的茶呢？好了，不必多说！"连忙过来，向明镐躬身一揖道："将才敝友误饮尊驾的茶，又来撒野，望乞海涵。"

明镐见他彬彬有礼，也就还礼笑答道："些微小事，何足挂齿？如不嫌弃，我等同桌而饮如何？"

那人忙道："小可与敝友尚有要事，容日奉陪吧！"说着，一手拉着大汉，另外寻了一张桌子落座。又和伙计敷衍了几句，喊了两壶茶，给大汉斟了一碗，俱各落座，不住地埋怨大汉莽壮误事。

明镐仔细望那大汉，见他身高九尺，膀阔三停，粗眉大眼，口阔鼻高，面如黑锅底，黑中透亮，远望真似半截黑塔。再看那人，五短身材，瘦得不成样子，只是二目神光炯炯，精神饱满，谅非等闲之辈。又见他和那大汉密谈，时而摇头皱眉，时而长叹太息，似乎不甚开心的样子。明镐留心察看他等动静，听大汉不住地喊肚子饿了，那人便唤伙计速备酒饭。

因见明镐仪表不俗，一定有点儿来历，过来招呼同桌共饮。明镐推辞不过，忙走过去。那大汉也站起来招呼，让他上首坐下，二人左右相陪。伙计摆列杯盘，送上酒菜，那人满斟一杯，送到明镐面前。明镐也各斟一杯相让。谦逊了半天，落座攀谈起来，各通名姓，那大汉名叫韩天龙，瘦人名叫杨云瑞，江湖上都已闻名。及至明镐说出名姓，他二人更加敬仰。三人全是好汉，不过没有会面，提起名儿来却都知晓，当下更为亲密。

韩天龙有个绰号叫醉金刚，生来浑浊孟浪，力大无穷，善使一条齐眉棍，也颇了得。杨云瑞绰号叫通臂猿，长拳短打，飞檐走壁，无一不精，善用一种飞蝗石子，打出去百发百中。三个人谈谈说说，天已过午。韩天龙也不会让，只顾自己吃，明镐和杨云瑞谈起江湖之事，长篇大论的，再看他时，已经喝了五斛酒，吃了五斤面饼、二斤牛肉，仍喊伙计添菜添饼。明、杨二人随便用些酒饭，商量一同进庙。杨云瑞抢着会了账，明镐吩咐伙计好好喂马，于是一同出店。来到山门外，见那烧香的人仍如潮来般的拥挤。韩天龙挤到前边，两手不住地分开众人，烧香的人看他样子不好惹，只好躲开他走。他倒扬扬得意地回头招呼明镐、杨云瑞跟着他走，免得被人挤。杨云瑞生怕他惹是非，不住地说："文雅点儿，不怕明兄笑你吗？"他哪里肯听，向前横冲直撞，谁要碰着他，必然叫他臭骂一顿。人家全是为烧香求顺来的，谁和他惹闲气？明镐见他那种举动，只是要笑。

不多时，来到大殿前，里边便是三官神像了。明镐本想走进去看看到底怎样地开口讲话，无奈烧香的人太多，殿门口又摆着几张八仙桌，各有道士把守，当中只容两三人出入，还要挂号、舍香钱、上缘簿，忙乱半天，才能进去。在殿外朝里一望，只闻人声嘈杂，香烟缭绕，看不见什么。依着韩天龙的意思，硬望里闯，杨云瑞阻拦，便和明镐说道："明兄，你看这些烧香的人，不知是哪里来的，这样多。从前由此路过，荒凉得很，不要说人，便是连鬼也难见一个。"

明镐道："此一时，彼一时。据说三官显圣，还不知内容情形，其中必有缘故。"

二人正在叙谈，听得由殿内走出的人纷纷传说，三官爷怎样灵，怎样给药治病，怎样未卜先知。韩天龙听了，更为着急，拉了明镐便向里闯，一连碰倒了三五个人，他头也不回，来到殿门口。只见道士高呼道："三位壮士进殿要挂号。"

韩天龙把眼一瞪道："挂你娘的腿，老子是来看玩意儿的！"

道士喊道："此处是什么地方，也容你来撒野吗？"

韩天龙就要伸手去打，明镐连忙拦住。杨云瑞怕他闯祸，急忙掏出一两银子，上了缘簿，又赔了不是，这才进殿。小道士递过三箍香来，明镐赶紧接过，行近神案前，仔细留神，端详神像。哪知神龛上挂黄幔，全都遮起来，案前摆列供桌，供桌前又摆香案，烧香的人跪下去，叩过头，再朝上望，哪里看见什么？两旁有三五十个道士围护着神龛，远有钟鼓笙瑟许多法器也摆列在两边，闲人哪容你靠近香案？

韩天龙喊道："冤枉，牛鼻子造谣言，挤了一身汗，什么也看不见！"

杨云瑞生怕他惹事，拿话岔开。当时殿内的许多道士听见韩天龙的话，全都向他看。明镐是眼观六路、耳听八方，看出那些道士狞眉怒目，相貌凶恶，皆非善良之辈。正在四下观望之际，忽然走过一位道士来，向他三人打个问讯，口呼："无量佛！三位施主，远来进香，必蒙三官爷赐福，请到丹房待茶。"

明镐道："某等山野村夫，不知礼节，久闻宝观三官神显灵，特来瞻拜，岂敢有扰仙居？"

那道士再三相让，不好推辞，只得招呼杨云瑞、韩天龙等一同前往。道士在前引路，三位英雄在后跟随，穿堂过院，转弯抹角，走过几层殿，方才来到后院。丹房就在西上房，早有小道士打起帘子，道士说声："请！"三位走进去，道士也就跟入，重新施礼，各分宾主落座。小道士献上茶来，道士因问三人名姓。明镐便说了个假名，杨云瑞也是如此，只有韩天龙据实说出名字来。明镐再看那道士，长眉细目，高颧骨，四方口，颏下赤黑胡须，年约五十上下，说话声音洪亮，举动慎重安详。明镐端详了半天，也看不出个究竟，因说："不敢动问仙长大名。"

道士道："贫道自幼在武当山出家，法号冯玄净，也曾周游四海，拜访名山，三十余年足迹遍天下。前年到此，因知道地方上人一心向善，拜佛念经，贫道每日诵经拜忏，为地方求福，果然至诚动天，三官神显圣，这也是黎民之福。三位施主既到此处，就请住在敝观吧！"

明镐尚未答言，杨云瑞插口道："既承仙长美意，本应遵命，奈因尚有俗务在身，一俟料理停当，再来叨扰。"说着，站起来便告辞起身。

一回头，不见韩天龙，又听外边小道士喊道："哪里来的野汉子，任意乱跑？"

杨云瑞知是韩天龙又惹口舌，急忙跑出来一看，果然是他。那冯道士和明镐也走出来，问其所以。韩天龙只是咧着大嘴狂笑。

又见道士指手画脚地说道："这位跑出来，任意乱走，东也张张，西也望望，扒头探脑的，成个什么样子？俺这庙里常有官绅的太太、小姐们来烧香，倘然怪下来，你却吃不起。"

冯道士听罢，将脸一沉，说声："好不识抬举的蠢汉，你也不打听打听，此处岂容你撒野吗？"

韩天龙正要发作，杨云瑞连忙给冯玄净赔礼，一面阻拦韩天龙。明镐也是好说歹劝，一同告辞。冯玄净仍是怒气不息，指着韩天龙喝道："今日看在二位施主面上，饶恕于你。下次再要如此，哼哼，你当心吧！"

韩天龙被杨云瑞拉着，不便动手，却是两眼冒火，望着道士。

三人出了丹房，要想穿殿而过，早有小道士拦住道："请施主们就从后便门出庙吧，各殿烧香的人很多，拥挤不好走。"

杨云瑞是无可无不可，便拉韩天龙向后走，明镐跟随。走出便门，已到庙外，仍回醉仙居而来。一路上不住埋怨韩天龙，说他粗莽误事。

韩天龙道："你哪里知道，这庙内还有女人呢！"

明镐忙道："韩兄不可再说，有话回店去讲吧！"

杨云瑞说声"有理"，登时来到醉仙居。明镐唤伙计将马牵出来，打算回店。

杨云瑞道："明兄还回榆林镇吗？不然就在黄叶冈打店吧，小弟还有要事请教呢。"

明镐道："既然如此，就依吾兄吧！"

不多时，已到街内，杨云瑞便领明镐在李家店内安顿行李。店小二牵马入槽，自有一番照应。三人进房，小二送上茶来，便问："客官们吃饭吧？"

杨云瑞道："此时还早，稍等招呼你便了。"

小二答应退出去。明镐这才问道："韩兄在庙内看见什么女人？"

韩天龙道："你俩和老道谈心，我就溜出来。他那几间房屋甚是奇怪，我明明看着西房内有个妇人一晃，展眼就不见了。起初我以为是官宦的内眷来烧香的，不以为意，及至北上房门口，向里一望，见有三四个标致女子说说笑笑。抬头看见我，全都跑到里间屋里去。我就走进去向里间一望，哪知连个人影儿也没有。正在纳闷，那小道士便跑进来喊我出去，吵个不休，你想气不气?"

明镐听罢，又和杨云瑞说道:"杨兄，看来，此事倒有点儿眉目。至于三官神像显灵，恐怕也靠不住。"

杨云瑞哈哈大笑道:"明兄所见不差，小弟看出不少的破绽，请明兄斟酌。"

正是:

秋风未动蝉先觉，暗送无常死不知。

要知杨云瑞说出什么话来，且听下回分解。

第四回

白发红颜安贫守志
青衫黄袖仗义锄奸

却说杨云瑞听明镐说起三官庙之事，便道："明兄所见不差，据小弟看来，内中情形颇有可疑。今儿我们走进殿内，我便留心，神龛周围遮掩得非常严密。那些道士们面目凶恶，两只贼眼东张西望，尤其是冯玄净，看上去似乎慈眉善目，仔细一看就不对了，满脸杀气，目露凶光。那几层殿也甚奇怪，只怕内藏机关，不然何至于各殿把守得那样严密？那丹房也不像修行之所。"

明镐点头。韩天龙忽然插嘴道："可不是嘛，要不是小道士拦我，必然被我查着。他那屋内并无别的摆设，只有两只木橱，似乎里边有声响。"

杨云瑞点头道："正是如此，今日之事，还要求明兄帮助。"

明镐道："仗义锄奸，分所应为，不知杨兄还有什么事，请道其详，小弟尽力而为，绝不推托的。"

杨云瑞拍案道："果然不愧'小孟尝'三字，如今我便说出来吧！韩大哥与弟都是异乡人，因为在大名府抱打不平，结为好友。上月来到青州，听说此地有位英雄，外号人称威镇八方雷鸣远，专好结交天下英雄。前者传绿林帖，送绿林箭，定于八月十五日中秋节，青州三十二友大结拜，并替小侠诸云龙庆贺。所以三山五岳、四外八方，僧俗隐道、十八路水旱英雄全都得了这个信，预备前来。小弟闻得此信，当日来到此地，到雷府拜见。据说雷鸣远保镖未回，好在日子还远，就住在一家客店。后来遇见韩大哥在酒楼和人厮打，俺俩素不相识，因看他是个有口无心、诚实不欺的汉子，便和他相结，问起来，才知也是闻名来投雷鸣远的。与我同住一店，时常和人吵闹。那天夜里，不知左近什么人家哭声甚惨。小弟打听，乃是姓王的老夫妇二人所生一女，名叫翠姑，前者王老儿患病，母女许下心愿，如病能愈，与三官庙神像挂袍上供。不到几天，王老儿的病好了，翠姑母女十分喜欢，定日来此烧香还愿。不知怎的，翠姑忽然不见，她母亲哭得死去活来，有人将她劝回去。老夫妻两个只有这个宝贝，所以大哭不已。小弟因思此事，其中定有别故，要探个水落石出。韩大哥是个血性人，听了这个信，也陪人家哭了几场，央求我代为打听。明兄你想，这件事必和庙内的道士有关，无奈探听几日，仍无头绪。王老夫妇几次寻死觅活，都被邻舍劝住。今幸明兄至此，可否拔刀相助，岂但王老夫妇感激大德，就连小弟也受惠不浅了。"说着，一躬到地。

明镐道："原来如此！济困扶危乃是吾等分内之事，杨兄纵不相托，小弟也要办的。"

杨云瑞还未答言，只见韩天龙趴到地下就给明镐磕个响头。明镐不明其故，连忙将他拉起来问道："韩兄何故如此？"

天龙道："王老头儿哭得叫人心酸，如果寻不到他女儿，他一定不活了。我也跟他死，省得心里难过。"

明镐笑道："你放心吧，不论上天入地，总要寻了她来就是了。"

杨云瑞道："明兄不必和他多说了，我等怎样下手呢？"

明镐想了一会儿，便道："据某愚见，今夜我等到庙内探探，如有破绽，再为定夺。"

杨云瑞点头答应，便唤店小二预备酒饭。吃喝完毕，谈了半天闲话。天已掌灯时候，打开行李安歇。等到天交三鼓，明镐知道已是时候，再看杨云瑞也坐起来，二人暗暗嘱咐韩天龙："好生在店等候，不可声张。"当下二位英雄俱各换上夜行衣靠，开了后窗，明镐在前，杨云瑞在后，一个箭步蹿到院内。但见各处灯火已熄，都在房里睡着，满天星斗，凉风扑面，二人飞身上房，都是身轻如燕，毫无声息，施展飞檐走壁，展眼之间，已经来到三官庙外。绕到庙后，有棵大树，俱各蹿上树去，望院内一看，静悄悄的，不闻人声。杨云瑞低声告诉明镐，说："这庙内设有机关，须得处处留神。"

明镐点头，正要下去，忽见两条黑影在面前一晃，便已不见。明镐知会杨云瑞："略等片刻再下去，大约有人来了。"其实杨云瑞久闯江湖，阅历已深，他早就看见有人，及听明镐一说，心中暗暗佩服。又等了半晌，并无动作，这才跳到院内，一前一后，顺着墙直奔正北厢房而来。

正行之际，忽听屋内有人说话，立时止住脚步，仔细一听，屋里果然有人，听得说道："师弟，你看师父真死心眼，那个女子不知好歹，看她小小的年纪，怪可惜的。要依着师叔的性子，早就将她宰了。咱师父左右不依，人家既然看不中你，死了那个心不就结了？偏爱听人家骂，还是嬉皮笑脸的。难为他看见我们，就把脸一沉，把眼一瞪，那派威风叫人看见害怕。"

又一个说："你少说话吧，听师叔说，城里的雷鸣远结交了二三十友，都是高来高去、杀人不眨眼的魔君，就是好管闲事，专和俺们作对。师父这件事要被他们知道，有些不好玩呢。你没看见这几天来烧香的人吗？全是外路的口音，高矮不等。师父吩咐，叫咱们格外留神。"

那个笑道："师兄胆子真小，他们不来，还算造化，倘若不知好歹，就凭庙内的机关、师父和师叔们的武艺，管叫他来一个死一个，怕什么呢？"

屋内正在谈话，明镐早已走到房门口。房门紧闭，屋里灯火微明，正要走过去，忽听院内吧嗒一声，知道是绿林之中的问路石，必是有人前来。当下二人飞身上房，趴在瓦垄上，看看来的是什么人。果然不到片刻，由墙外蹿进二人，一高一矮，看不清面目，蹿纵跳跃，精细灵巧，料非等闲之辈。他二人走近房门口，撬开门进了屋。杨云瑞使了个珍珠倒卷帘，脚挂房檐，向内一望，大吃一惊，原来屋内并无一人，将才分明听得里面有人说话，后来又进去两个人，并未看见出来，怎的会无人呢？正然思想，又见木橱一动，橱门已开，里面蹿出一个人，手执明晃晃的单刀，年有六旬开外，精神饱满。见他一个箭步蹿到院内，再一转身，已无踪影。霎时间见木橱内又跑出几个人来，为首的却是个年纪轻的小孩子，大约不满十岁光景，功夫实在不弱，也由屋里蹿出来，飞身上房。后边有几个道士，各执器械，喊声："拿人！"一个个蹿到房上来。

这时候，明镐和杨云瑞已经躲避在大树上，见上房的人忽然"哎呀"一声摔下来，一连摔倒两三个，都是道士。屋内走出冯玄净，喊声："你等不必赶他们了，便宜这两个小辈吧，他的暗器厉害得很！"当时有许多的人，七手八脚将受伤的抬到屋内。

忙乱一阵，明镐低声和杨云瑞说道："方才的一老一少，不知是甚等之人，大约也是侠义，今夜未曾得手，咱俩恐也不能下手，不如回店另想主意吧！"

杨云瑞点头，一同回店。

天已五鼓，此时韩天龙正在屋内等得着急，忽见二人回来，急问王翠姑可有下落。

明镐道："虽无下落，总有头绪了。"便将一切情形，约略说了一遍。

杨云瑞道："看那一老一少能为出众、武艺超群，必是侠义之辈，可惜当面错过。"

明镐道："据某愚见，大约我等行径彼等已知。论起夜行术功夫来，

19

实在令人佩服。"

他等正在议论，忽听店内人声呐喊。韩天龙先跑出来，明、杨二人也跟着出来，只见许多人围着一个老头儿在那里指手画脚地吵个不休。杨云瑞分开众人，走到里边一看，却见店小二直挺挺地倒在地下，那老头儿只是微笑。杨云瑞便问因何至此。

那老头儿道："尊驾不知，小老儿要住此店，不料店小二口出不逊，还要动手打人。小老儿不惯和人打骂，略一还手，他便躺在地下装死，不料此地的人专门欺老，要与小老儿为难，这不是笑话吗？"

杨云瑞正要答言，忽见明镐从人群外挤进来，喝散众人，回头便深深一躬，带笑说道："老丈不必和他们争论了，他等是有眼无珠，看在小可面上，也将店小二饶恕吧！"

那老头儿也笑道："尊驾不知，像我这样年纪，还和他们一般见识不成？实在欺人太甚了。"说着，走到店小二面前，踢了两脚，说声，"滚起来吧！"店小二立时站起来，觉得四肢无力，便也不敢说什么了。

明镐便将老头儿让到自己房间来，杨云瑞和韩天龙也随后跟入。回头店小二泡茶，各分宾主落座。

明镐先问道："请问老丈尊姓大名，因何至此？"

那老头儿哈哈大笑道："到底英雄豪杰行径与凡人不同，要问我的名姓，江湖上也微微有点儿名头。"说着，竖起一个手指来。

这一来，有分教：

英雄侠客聚义青州城，恶道妖僧遁迹红莲寺。

欲知详细情形，且看下回分解。

第五回

江南三侠初会妖道
陕西五义大破机关

却说明镐将老头儿让到房中，问起名姓，才知是江南大侠云中侠葛熊，当下更加钦敬。杨云瑞、韩天龙也互通姓名。

葛熊笑道："我早就知二位在此，只因徒侄诸云龙邀我同往三官庙探问消息，所以未得抽身。"

明镐道："老丈所说的那诸云龙，可是江湖上人称小侠的吗？"

葛熊点头。

杨云瑞惊问道："怪不得功夫这般高妙！他现在何处，可否请来相见？"

葛熊道："此时恐怕不能来，因为他师父派他往云梦山邀请英雄，同破三官庙。因为庙内机关很多，而且十分厉害，再加上几个妖道善用那邪术伤人，等闲是不中用的。二位万不可再去的，实在危险。"

明镐道："表面上也看不出有何形迹，何以如此厉害？"

葛熊道："明兄不知就里，那座庙共有三层大殿，每殿五间，内分三才五行，暗藏八卦，处处有消息。各殿都能活动，转起来，四面八方都是铜墙铁壁，什么千斤闸、滚地板、铁丝网、生铜罩，样样俱全，还有特别水牢，只要他机关一动，等时墙壁就转过来，外面依然不动，怎会看得出呢？"

明镐道："原来如此，但不知庙内有些甚等人？"

葛熊道："说起来也不一定，因为他等各处都有巢穴。现在最有名的，要算滁州的孔直温、贝州的王则、兖州红莲寺的铁罗汉等，手眼甚大，上至朝廷的官员、皇宫的太监都有来往。其余各处的江洋大盗，犯了案便去投奔他等，越聚越多，将来还不知闹成个什么样子。"

明、杨等听了这番话，俱各吃惊。

此时天已正午，店小二开上饭来，几个人便在一起吃过饭。葛熊便要告辞，明、杨再三相留。

葛熊道："我本想和各位住在一处，只为还要等人，咱们后会有期吧！二位千万不可再往三官庙了，单等众人到齐，约定日子，一齐前去便了。"说着，将手一拱，告辞而去。

明镐等送到店外，看着葛熊去远，这才回转房中。

韩天龙道："看不出这个干瘪老头子有甚本事，照我看，一拳便将他打个半死。"

明镐笑道："韩兄千万不可莽撞，须知人不可貌相，海水不可斗量，强中更有强中手，能人背后有能人，古人说的话是不错的。"

杨云瑞道："不必论别样本事，昨夜他等的夜行术实在超群，不然怎敢前去探路呢？"

韩天龙道："等几时我和他试试看，我总不信他有能耐。"

明镐道："日后自然知道，我等暂时不要再往庙内去了，不久请得高人一同前去。"

杨云瑞道："庙里不必去，前后左右可以走走的。"

明镐道："这还可以。"说着，更换衣服，吩咐店小二喂好了马，将房门锁上，一同出店，谈谈说说，就在镇上散步，这且不提。

究竟那葛熊是何等人？诸云龙所说的又是什么人呢？看官不必性急，在下慢慢地表他一番，列位也就明白了。说书的也可趁此喝口茶，润润喉咙。

闲言不叙。那葛熊是江南三侠之一，人称云中侠，自幼练成武艺，遍走江湖，访求名师。如今已是六十五岁。从前结交了风中侠方伯龄，就是诸云龙的师父，还有电中侠周志如，都是行侠作义、久闯江湖，提起来无人不知，专好打抱不平、斩赃官、诛恶霸、除暴安良。绿林中的英雄好汉，哪个不惧他三分？轻易不肯露面。听说青州恶道吴修真召集匪类，抢劫良家妇女，无恶不作，因此要与民人除害，也因小侠诸云龙想闯江湖，所以一举两得，顺便来到青州。也曾到庙内去过几趟，虽然未曾得手，纵有厉害机关，也无可奈何他们。三侠一商量，派诸云龙往云梦山去请神手无敌小霸王张荣和粉面金刚小玄霸高三宝、铁面如来小存孝钟志英。等他三位一到，破这三官庙便易如反掌了。因他三人都是王禅老祖的门徒，能为出众，武艺超群，压倒天下英雄好汉，平素最重义气。接到江南三侠的书信，当日下山，来到青州。群雄初会，十分投机。

葛熊便去知会明镐等，又通知榆林镇上住的小信陵汪文庆等一众英雄，这回节目就叫英雄侠士聚义青州。那时威振八方雷鸣远也回家，得了信，赶着前来会见群雄。内中论年纪，就数方伯龄，他已八十九岁了，其次就说周志如，八十四岁。依雷鸣远的意思，定要请众人到他家中去。方伯龄连忙阻住，他的意思以为雷鸣远是吃镖行饭的，犯不着和那妖道等作对，况他又家住本城，更为不便。雷鸣远也明白这是避嫌的意思，也就不便再请，只派人送了几桌酒席来，聊表地主之谊。照江湖上的规矩，是当领受的，哪知就因为这几桌酒席，几乎将雷鸣远的性命送掉。这是后话，表过不提。

青州城集聚这班侠义，全都是堂堂仪表、举止不俗，而且都全是光明磊落的大丈夫，并无鸡鸣狗盗之辈。只因为民除害，不远千里而来，这是何等的胸襟！像这样的人，只嫌他少，如今我们中国，被那些贪官污吏、败类军阀弄得民不聊生。倘有这种侠客们替天行道，将那害国殃民的贼匪杀个干净，岂不就太平了吗？这不过是在下借酒浇愁，胡说乱道罢了，看官千万不要误会。闲言少叙，书归正传。

方伯龄见云梦山英雄已来，当日大排筵宴，酒席中间，谈论的是古往今来剑仙侠客，慢慢地说到三官庙之事。方伯龄便将庙中的机关细说一遍，究竟从哪里下手，就请小霸王张荣斟酌。

小玄霸高三宝便说道："他那里既有三层大殿，俺弟兄三人各破一殿，请众位齐集方丈，捉拿妖道，最好不可使他漏网，不然他还要害人的。"

方伯龄道："如此全仗大力了。"回头又和周志如、葛熊等说道，"昨天诸云龙去打听，此时庙内只有神机子周慧通和昆仑子王道平两个人。其余都是各处的江洋大盗，咱们这些人足可料理了。"

葛熊道："前者听说峨眉山红莲寺的铁头陀法空尚在庙内，如果有他，却费了手脚。"

诸云龙插嘴道："小侄已探明白，法空来是来的，不过住了两天，便往湖广去了。因为听得那里有个姓梅的女子摆下擂台，比武招亲。那秃驴是个色中饿鬼，一定前去的。"

张荣听得此言，心中一动，暗想："当初临下山时，师父曾说自己和湖广湘潭的梅玉贞有姻缘之分，她如有难，必须搭救。今天诸小侠说的，莫非就是那梅玉贞不成？"又不好问，只得暗打主意。

当日议定，众位英雄更换夜行衣靠，二更动身，在三官庙聚齐。分派已毕，各自去预备。明镐仍叫韩天龙守店，因他性子粗鲁，恐怕误事，哪知他一定要前去。

杨云瑞便说："你要去也无妨，千万不要多口。"

韩天龙点头答应，喜得他手舞足蹈，闹个不了。

霎时天色已晚，各人随带兵刃就要动身。只有韩天龙，他本善使一根八十四斤的熟铜棍，不便带在身上，哪知他也有法子，胡乱弄些柴草，将铜棍当作扁担，挑起来如飞而去。这边众英雄也就分头前往。

那韩天龙恨不能蹿房越脊，天生的两条飞毛腿，跑得飞快，足可日行千里。许多的侠客用起夜行术的功夫还跟不上他，他早跑到三官庙门口。那些赶庙做生意的才将收拾摊柜，庙内的小道士出来关闭山门，见他两只眼直勾勾地向里张望。

小道士便问他道："你是哪里来的?"

他道："卖柴的。"

小道士笑道："你这人好呆，谁家晚上还买柴呢? 你不是昏了吗?"

两句话问得韩天龙闭口无言，担起担子来便跑。跑到庙后无人之处，放下担子，心里想："好晦气，晚饭却未吃饱，夜里还要厮杀。假如肚子饿起来，却怎样呢?"正在想主意，忽见那边有个卖馒首的吆喝而来。他道："有馒首吃也可将就。"等着来到近前，大喊一声："咄! 小子，把馒首给祖宗留下来!"

卖馒首的吓了一跳，看他犹如半截黑塔一般，面目凶恶，定然不是好人，况且又是晚上，庙后又少行人，越想越怕，不由得跪下来，说声："爷爷要什么呀? 小人是赶晚市的，刚打家里出来，没有卖钱。"

韩天龙喝道："胡说，谁管你那些闲事! 快把馒首给我数数，有多少，祖宗全要了。"

卖馒首的哪敢怠慢，一五一十地数了半天，共是八十个，又问放在哪里。韩天龙左右一望，有块石碑倒在地下，便说："放在这儿吧!"

卖馒首的就全数给他放下，一个也无敢留，背起空箱，回头要跑。

韩天龙喝道："小子，别跑!"

卖馒首的可真慌了，央求他说："爷爷，小子只有这空箱和身上穿的两件破衣裳，不值钱的。"

韩天龙道："放屁! 哪个要你的东西? 祖宗给你钱。"说着，掏出一块银子，足有十两，丢给卖馒首的，说声，"你快滚吧!"

卖馒首的才知他是个好人，说："爷爷，不须这些银子，小子找不出的。"

天龙怒喝道："滚你娘的蛋吧! 别和祖宗胡缠了。"

卖馒首的给他磕个响头，欢天喜地地回家而去。

这里韩天龙坐在石碑旁，看着馒首，一个一个地吃下去。不多时天交二鼓，忽见面前有条黑影一晃，把他吓了一跳，掣棍在手，站起身形。猛地有人在他肩上拍了一下，吓得打个寒噤，再一看，原来是杨云瑞，便埋怨道："你这人好无来由，一声不响，把我吓一大跳。"

杨云瑞笑道："呆子，你买这些馒首给谁吃？"

他道："等歇你们打饿了，不是要吃的吗？怎的他们还不来呢，把我等急了。"

杨云瑞道："你真是做梦，人家早就来啦！"用手向东面树上一指道，"不信你看。"

说话之间，果然在树上跳下几个人来，临近一看，却是明镐、汪文庆等几位英雄。

韩天龙惊问道："你们什么时候来的？"

明镐道："你喊住卖馒首的时候，我等就来啦！"

他又问："方老头儿来了没有？"

杨云瑞道："早就进庙去了，此时想来正和妖道交手呢。我们快去吧，去晚了就没得人杀了。"

韩天龙一听此言，拉棍就跑。众英雄跟他前来，走到庙外，一个个蹿房越脊跳进去了。他不会飞檐走壁，心下着急，不管三七二十一，照着围墙连打几棍，只听一声响，那墙便倒坍一大段，连蹿带跳地跑进去，果见众人围着厮杀。他便呐声喊，犹如半天起个霹雳，杀将上去。

原来小霸王张荣等弟兄三人来到三官庙，各破一殿，真正不费吹灰之力，就将那些巧妙的机关、灵奇的消息破个干净。虽然各殿都有人把守，禁不住这三只大虫，展眼之间，已到后殿。此时庙里的道士全都出来厮杀，唯有周慧通和王道平见不是路，各驾趁脚风，逃奔四川峨眉山而去。冯玄净是不肯舍了这座铜墙铁壁的三官庙，所以带领许多有本事的大盗来交战。这一来，有分教：

　　扶弱抑强除巨恶，数年心血付东流。

要问胜败如何，且看下回分解。

第六回

小霸王仗义救烈女
众英雄合力扑群凶

却说众位英雄大战三官庙，究竟这庙内是怎的一回事，必须叙明，叫看官们也知个详细。

原来这座三官庙先前本有住持，不料冯玄净来到此地，想要占住此庙，当下召集许多徒弟和江洋大盗，夜间杀死住持，他等便布置起来。起初派人到各处抢劫，杀人放火，总未破案。又在庙内巧设机关，引诱良家妇女前来烧香，只要略有姿色，便被他等暗陷机关之内，百般侮辱，这也不必细说。

那冯玄净仗着全身武艺，又练会金钟罩，刀枪不入，平日所结交的都是一班飞贼，早就和各处的强盗联合，预备起事，要夺宋朝的天下。时常召集各处的亡命徒和那些能人，各府、州、县都有机关，消息十分灵通。这庙内武艺高强的也不在少数，将这座三官庙布置得如铜墙铁壁，任你本事再好，到此也是无用，风声实在不小。哪知便来了这班英雄侠客，来与民除害，这是他等梦想不到的。前者王翠姑替父还愿，竟被冯玄净关在密室，强行非礼。王翠姑执意不从，几番寻死，都被他们救活，仍是每日哭哭啼啼，吵个不了。依着铁头陀冯三清的意思，一刀将她杀死。冯玄净不肯答应。

这天葛熊和诸云龙入庙，直进密室，正赶上冯玄净要将王翠姑置于死地，却被葛熊打了一石子，直打得他面目青肿，火星乱迸，这一气真是非同小可。要想捉拿老英雄，又被诸云龙戏弄。老少二英雄虽无救得王翠姑，也将冯玄净等吓了一大跳。自那天起，庙内严加防备，恐怕有人前来，各殿多派几人轮流看守。

这夜守大殿的是冯玄净的四个徒弟，被小霸王张荣全行杀死，又将总机关削断，各处的消息全归无用。粉面金刚高三宝破了二殿，铁面如来钟志英破了三殿，一齐来到后丹房。此时冯玄净正和神机子周慧通、昆仑子王道平商量大事，听说有人破了机关，大吃一惊，连忙招呼众人迎敌，和周慧通、王道平各执宝剑，迎将出来。正碰着老英雄方伯龄等大众英雄，便杀在一处。周慧通、王道平二人都会妖术，正要施展，猛见张荣等三人前来，早吓得屁滚尿流，知道今天来的人都是英雄侠客，再杀上去，不是人家的对手，三十六招走为上策。两个人一商量，驾起趁脚风，逃奔峨眉山去了。

这里冯玄净还不知道小霸王张荣等的厉害，督率众人交手，哪知自己的人越杀越少，不上片刻，躺了半院子，全是道士们。此时的冯玄净急得三焦冒火、七窍生烟，狠一狠那柄宝剑，上下翻飞，使出了全身的本领。还有几个飞贼，本事也还了得，勉强迎敌。只有一个铜头狮子唐元力大无穷，手使纯铁大棍，足有一百多斤，他使起来真是风雨不漏，众英雄围着他等厮杀，足有一个多更次。稍为伶俐点儿的，看今夜风头不对，早就溜之乎也。此时只剩冯玄净、唐元师徒两个，还有癞头鼋朱坤、一盏灯高四、九头鸟赵玉英、铁腿胡龙、云里飞李天麟、叫五更郝虎、飞天夜叉卢文清等一班大盗仍想挣扎，如何是这班侠客的对手？展眼之间，朱坤被明镐一剑砍下半个头颅，翻身栽倒；高四被诸云龙砍去右膀，汪文庆接着一刀，早已呜呼。

书不重叙，霎时只剩冯玄净、唐元、卢文清、李天麟等四人，卢、李二人见势不佳，抽空飞身上房。李天麟略慢一慢，左腿上着了葛熊一袖箭，也就顾不了疼痛，连蹿带跳逃命去了。冯玄净见此光景，情知不妙，把心一横，拼着这条老命来与群雄迎战。小霸王张荣看见唐元枭勇，恐怕众人战不下他，正想过来结果他的性命，忽见方老英雄赤手空拳接住唐元的铜棍，用力向怀内一拉，唐元立时闹了个狗吃屎，趴在地下。众英雄刀剑齐下，可怜力大无穷的一条汉子，登时化为肉泥。冯玄净看见，心里一慌，不防备斜刺里韩天龙搂头一棍，急忙用剑招架，不料韩天龙用足十分气力，他哪里架得住？当的一声，竟将宝剑飞在半悬空中去了。这时候要想逃走，如何来得及？高三保一刀削去他的半个天灵盖，又加上韩天龙一棍，打成一个肉饼，这也是他恶贯满盈，该遭此劫。许多小道士见师父已死，哪里还敢动手？全都跪在地下求饶。方老英雄吩咐他们，将地窖密室开放，领出好些妇女们来。

葛熊看了此事，倒觉为难起来，因为天已四鼓，将要天亮，三官庙杀死这许多的人，怎样办法？小霸王张荣等弟兄三人也是这样想。韩天龙他是不管好歹，问明谁是王翠姑，就要立时将她送回家中去。

杨云瑞拦他道："你先别忙，只送她一人去，其余的人怎么开销呢？"

方老英雄想了一想，说道："先打发这班小道士，有家的回家，无家的投友，不可在此久留。这些妇女们命小徒分头送她等回家，好在小徒是此处的人，然后放一把火，将他等火葬就完了。仍请韩英雄将王翠姑即送回家，使她阖家团圆，但是不可漏出我们的事。"

　　众英雄俱各点头称善，回头又命小道士们将死尸抬在一起，搬些木柴引火之物，预备放火，然后叫他们快快回家，好生度日，不可胡为，冯玄净那样的本事也逃不了报应。他等千恩万谢地去了。回头又嘱咐诸云龙，速将这班妇女领回家中，不可走漏消息。诸云龙和韩天龙各办各事，分头而去。然后大家动手，放起火来，眼看着烈焰腾空，火势陡起，这才动身回店。

　　不多时，将一座三官庙化为灰尘。黎民百姓在睡梦中惊醒，也不知何处起火，到天明才知是三官庙，已经烧得片瓦无有，于是议论纷纷，莫名其妙。那班道士的死活也不得而知，只有地保糊里糊涂地说了一声，说是三官庙半夜起火，道士等并无下落，连三官神也一齐烧在里边了。地方官更不深究，就此马马虎虎地了案。只有威镇八方心里明白。

　　单说大众英雄回到客房，方老英雄早将店账付清，老哥儿三个游逛泰山去了。汪文庆等八位英雄因为家中有事，也就告辞而去。此时店内只有张荣等弟兄三人，和明镐、杨云瑞、韩天龙、诸云龙等七位，张荣因为要往湘潭去看打擂，会会那梅玉贞到底是甚等之人，以了自己的心愿。明镐本来是出门寻访天下英雄的，岂能错过机会？又和张荣等十分投机，便将坐骑托付诸云龙喂养，要随他等往湘潭去。杨云瑞也是到处为家，也便愿往。只有韩天龙性情粗暴，张荣恐怕他在路上闯祸，不愿带他去。禁不住他再三央求，只好同去。唯有诸云龙，因雷鸣远给他庆贺，日子已近，不能前往，约定后会有期。

　　这一来，有分教：

　　　　三生石上凭天定，千里姻缘一线穿。

　　要问后事如何，且待下回分解。

第七回

千金女招亲摆擂台
百衲僧下山邀匪首

却说小霸王张荣等六位英雄大破了三官庙，直奔湘潭而来，这也不消说起。再提那梅玉贞摆设擂台，是怎的一回事？

原来梅玉贞的父亲名叫梅殷，幼年曾随太宗皇帝打过高丽，征过北辽、西夏，立了许多的汗马功劳，官封枢密使之职。后来天下太平无事，年岁已高，便告老还家。就在这湘潭地方盖了一所大庄院，享受清闲之福。夫人刘氏安人十分贤惠，无奈年已六十，尚无一子，只生下了这位千金梅玉贞小姐，自幼爱如珍宝，老夫妇喜欢得什么似的。梅老员外闲着无事，就将全身的武艺传授给梅小姐，练得文武双全。后来又有个尼姑，自称铁扇仙姑，来到梅府化缘，看见小姐练习武艺，她就对员外和安人说："你家小姐练的都是冲锋上阵的本事，拳脚的功夫并不高明。要想防身，还是学拳术有用的。"梅员外甚以为然，便命小姐拜她为师，每日习练拳棒。哪知这个尼姑十分了得，不到三五年的工夫，梅小姐就学成了全身的本领。尼姑告辞回山，临走的那一天夜里，又教会小姐一种软功，练起来浑身上下寒毛根根竖起，犹如铁锥一般，休想近得身，并且还刀枪不入。

这位梅小姐学会这些武艺，心中欢喜万分。这年她已十八岁，真是出落得千娇百媚、万种风流，说什么沉鱼落雁之容，也不言闭月羞花之貌，讲不出、画不来的一个美人。常言说男大当婚，女大当嫁，况她家又有钱有势，谁不想对这门亲事？早有许多的媒婆成天价说东道西，又是哪家的门第高、才貌好，如果答应了，真是郎才女貌配对成双。天天总有媒人上门，把个梅员外和老安人头也闹昏了，问起梅小姐来，她却摇头不肯。老安人疼女儿的心盛，暗暗地问她怎样的人可以许配。梅小姐害羞，说不出口来，就写了一大篇。梅员外看了，虽然许可，只怕办不到，老安人就问女儿写些什么。

员外道："女儿的意思，必须要文武双全，才貌出众，能和她比武胜过她的，她才肯嫁呢。"

老安人道："这可难了，哪有不出闺门的千金小姐和那面不相识的人比武呢？不是胡闹吗？万万使不得的。"

员外也无了主意。倒是丫鬟想了摆擂台比武招亲的法子，安人哪里肯依？禁不住梅小姐软求硬吓的，只得应允。便在庄外高搭百日的擂台，各府州县村庄镇市，到处贴报单。那时便轰动了各处的人，也有不远千里而来的，也有想得美妻的，也有略会个三脚猫四门斗来妄想的。到了开擂的那天，果然人山人海，全都奔这梅家庄而来。平常这个庄子虽有几百户人家，却是十分清淡，这时候却变作热闹市场，什么僧俗两道、三教九流、士农工商，各色的人全都到这庄上来。一来要看热闹，二来要看梅小姐的容貌。十分之中，不过有一二分会武艺的，都是自以为本领超群、目空一切，存着一番妄想前来的。不知到了擂台下面，一看形势和那榜文，都倒吸了一口凉气。

你道为何？原来在擂台旁边，钉了一百根梅花桩，要上台比武的，先要走过梅花桩，下面全是碎玻璃和牛耳尖刀，刀刃朝上，一不留神掉下去，就是九死一生。这种本事，考较轻巧灵便，有登萍渡水、踏雪无痕的本领才能走得过，等闲谁敢轻视？所以都摇着头说难难难。这个丫头有意寻人的开心，恐怕一辈子也无人走得过去。

一连十多天，并无一人敢走那梅花桩，不要说比武了。哪知道天下的事，无奇不有，论起武艺来，更是强中更有强中手，能人背后有能人。梅小姐摆擂招亲，巧设梅花桩，将那一班乡下人给吓住了，却引出三山五岳的英雄、四海八方的豪杰，甚至于江洋大盗、山寨称王的一流人也都前来。初起几天，各处的人还未到齐，所以并无动静。十天之后，就大不对了。

那天，来了一人，自称飞山虎朱滔，走过梅花桩，跳上擂台，要和小姐比武。小姐看那朱滔，身长八尺，膀阔三停，面如獬豸，粗眉大眼，十分凶恶，知非善良之辈，又不能不和他比试。当下各站地步，一拳一掌地交起手来。打了五六十个回合，梅小姐卖个破绽，朱滔不知好歹，以为得手，不料被小姐一劈山掌打下了擂台。朱滔满面羞惭，抱头鼠窜而去。台下看的人喝了一声彩，都称赞梅小姐本领高明。

次日，又来了一人，走过梅花桩上台比试。台下的人看得清楚，全都大笑，原来此人生得身长不满三尺，头大脚长，天生的青紫面皮，再配上穿的不蓝不绿的行装，真像个大冬瓜，自称花斑豹郑元辉。梅小姐看他那副尊容，是暗暗地好笑。及至交起手来，他的功夫却也不弱，打了七十多个照面，才被小姐踢下台去。

书要简断。梅小姐一连战败十几位英雄，早恼了飞龙岛的华氏三雄，弟兄三人名震江湖，水旱两路的英雄谁敢不尊敬？老大叫飞天鹞子华元，老二叫云中鸣雁华坤，老三叫燕尾子华方，都练的是金钟罩铁布衫，长拳短打，件件精通。听说梅家庄摆擂，特意前来看看，到底梅玉贞有多大的本事，并非要比武招亲。数日之间，看她战败许多的英豪，未免气恼。老二华坤不和哥儿两个商量，走过梅花桩，上台比武。梅小姐连日得胜，以为天下无敌，未免小视了英雄。不料华坤的武艺竟与众人不同，两个人走了三个照面，梅小姐暗暗吃惊，知道遇见对手了，心下留神。华坤也知梅小姐果然名不虚传，要想取胜，恐怕有些费手，如果被她打下擂台，岂不将英名付于流水？因此更加注意。两个人一来一往，一脚一拳，真是棋逢对手、将遇良才。台下看的人齐声不住喝彩，全都看呆了。直到日已西沉，天色已晚，还是不分上下。早有监台官过来拦住，明天再分高下。华坤也就跳下去，回转店房。梅小姐吩咐收擂回府。

次日天明，梅小姐将到台上，就见华坤又来了，一连打了三天，仍是不分胜败。到四天上，华坤方要上台，忽见一个和尚蹿上台去，连连又上去两个道士，竟用妖术将梅小姐驮起来就跑。当下一阵大乱。

许多的英雄豪杰见此光景，这是有心来抢擂，便都追上去。不料走了无多远，见那一僧二道站在一块山石上施展妖法，那块石头起在空中，直向西北而去。

这一来，有分教：

峨眉山上擒僧道，红莲寺内扫群凶。

要问后事如何，且看下回分解。

第八回

小霸王误走鸡鸣山
燕尾子初探红莲寺

却说那一僧二道将梅小姐抢走，究竟是哪里来的呢？

原来是四川峨眉山上有座红莲寺，寺内有许多妖僧恶道，召集匪类，和滁州孔直温暗通声气。所有各处的盗贼也都有来往，只因孔直温招军买马、聚草屯粮，要想夺大宋的江山。与朝内的奸臣王钦若、夏竦等密通消息，叫他趁西夏国用兵之时，乘势造反。汴梁的人马都调往西夏去了，此时朝内空虚，一定可以成功。又叫他拿出金银财宝，买通北辽，请他发兵，将来得了天下，平分疆土。孔直温听得此信，派人邀请各路的强盗。

这红莲寺的方丈名叫金眼佛慧明，手下的徒弟都会妖术邪法，并且武艺高强。还有三千罗汉兵，也都是个个本领超群，势力着实不小，所有三川两湖、水旱两路的盗匪都听他调度。自从得了孔直温的信，便派人四处八方去请人。

梅家庄来的这个和尚，名叫九头狮子法空，奉命前往湖广一带的。半路上碰见神机子周慧通和昆仑子王道平，是由三官庙逃出来的，和法空都是朋友。说起三官庙之事，恐怕凶多吉少，法空便邀他二人上峨眉山，一同起事，以后可以报仇。他俩正想投奔那里去，当下答应。三个人晓行夜宿，这天来到梅家庄，看见梅小姐长得十分美貌，知道慧明是个酒色之徒，神机子周慧通与二人一商量，就将梅小姐作为进见之礼，于是他三人便用妖术抢了梅玉贞，直奔峨眉山去了。

过了两天，小霸王张荣等弟兄方才赶到，已经是来不及了。他等为何耽搁这许多的日子？因为他等逍遥自在，遇山玩山，遇景逛景，随心所欲，慢慢而行。不料那天贪看山景，错过宿头，乘夜穿山而过，却走错了路。直到了鸡鸣山下，问了樵夫，已经多走百里路。当日在山下寻个客店，休息一会儿，预备次日动身。因走了一天一夜，都觉困乏，便各和衣而卧，只有韩天龙脱个精光，蒙被而睡。

等到天明，店小二来招呼，全都起床。韩天龙也醒了，要想穿衣裳，哪知左寻右找，竟不见了，急得韩天龙怪叫。张荣只当是自己人拿他取笑，问起来，都说不知。

张荣纳闷道："难道说竟有人来偷我等不成？"

高三宝道："昨夜三更后，我听见有脚步声，只当屋里人小解，并未留意。这样看起来，定是外人偷了去，这不是笑话吗？"

众人正在屋内议论，忽听外面有人喊叫卖衣服。钟志英道："不要忙，来了！"

正说着，走进一个人来。众人抬头一看，此人形容古怪，干瘦如柴，似乎是一层皮包着骨头。张荣看见，早站起来抱拳拱手道："我当是谁，原来是三哥，从何至此？"说着，连忙让座，又与众弟兄引见。

众人才知道他是大名鼎鼎的飞天鹞子黄三魁。据他说："已在鸡鸣山隐居十载，不问世事。昨天看见你等到此，所以特来拜访。"

张荣笑道："三哥最好玩笑，别的先不提，快将衣服还他吧，不然他要急死了。"

黄三魁这才将衣裳给了韩天龙。等他穿好起来见礼，众人又是一阵大笑。不多时，店小二摆上酒席来。

张荣问道："我无吩咐叫你开饭。"

小二道："似俺这山村荒店，哪有酒席待客？这是黄爷昨夜派人送来的，说是给众位接风。"

张荣道："原来如此，这却叫三哥费心了。"

当下众人欢呼畅饮起来。饮酒中间，谈论心事，张荣就将要往梅家庄之事说了一遍。

黄三魁道："说起那梅小姐来，拳脚十分了得，除非老弟你去，或能取胜，其余恐不是她的对手。"

高三宝心下不服道："谅她一个女子，有多大的本领呢？我倒要前去领教。"

黄三魁笑道："你弟兄三人的武艺相差不多，我已说过，这倒不必多谈，到那里一看就明白了。"

张荣便邀黄三魁一同前往，他也答应。饮宴已毕，收拾动身。赶到梅家庄，知已出了岔子，别人还可，只有张荣，似乎有什么事。常言说得好，事不关心，关心者乱。那些人早就看出形迹，再三追问他，他才将临下山之时师父嘱咐的话说了一遍。众人这才明白。

黄三魁道："既然如此，少不得愚兄要出马了，你等且住店内等候，我去探听，必有下落。"

张荣拱手道："此事全仗三哥费心。"

韩天龙大笑道："不要假惺惺了，等几时洞房花烛，请黄三哥多吃喜酒吧！"

张荣瞪了他一眼，众人俱各大笑。

黄三魁当日去打听，次明方回。众人忙问："可有消息？"

黄三魁摇摇头，叹了一口气。众人俱各吃惊，便知这事费手。张荣更加着急。

等了半天，黄三魁才说道："众位贤弟非知，现在不比先前，记得愚兄早年走南闯北，不论什么人，也都会过。虽然吃过不少的辛苦，终究能转败为胜。那时讲究一刀一枪，单人独骑。不料这几年来，江湖上大变了样子，差不多都会两手，这也不说，不知什么人传下来一种邪术，什么呼风唤雨、撒豆成兵、驾雾乘云，样样都有。要讲究拳脚，愚兄虽上几岁年纪，也不让人；要讲究妖术，真是丝毫不通。如今梅小姐是被峨眉山红莲寺的妖僧抢去，那里布下天罗地网，任你本事再高，恐怕难以下手，这件事又当怎样呢？"

明镐道："照三哥的说话，难道说罢了不成？从来一正压百邪，听命由天，就是刀山剑树，也要去走一趟，不知众位以为如何？"

张荣等俱各点头答应，收拾停当，便奔峨眉山而来。原来这座山前临四川，后靠两湖，山连山，山套山，周围千余里，山势又十分雄险。那座红莲寺在半山之中，随山势起造殿阁，一层比一层高，天生的石壁又高又厚，不要说人，就连飞鸟也难混入。这几位英雄不顾生死，要入峨眉山。

不日已经来到山下，远远望上去，高耸入云，一眼望不见边。四山周围，并无客店，又无村市，却有好些庙宇，都是残破不堪，无人住持。几位英雄寻了个僻静的寺院，权且休息。好在随身带有干粮，胡乱饮些涧水。等到天晚，张荣就叫韩天龙看守物件，他等换上夜行衣靠，各带兵刃，立时动身，用起飞檐走壁夜行术来。展眼之间，已经来到山顶，远远望着半山里隐隐的一带树林，黑压压、雾沉沉，万籁无声。

杨云瑞忽地跑过去，不多时又跑回来，低声对众人说道："树林内有人，少往前进。"

其实张荣早已看见。钟志英用蛇行术的功夫爬进树林，猛地一个箭步蹿上树尖，真是身轻如燕，毫无声息。四下一望，靠东边树下靠着个人，看不仔细。此时高三宝也走进来，钟志英不知树下是什么人，脚下一用力，又蹿到那边去，再一细看，原来是个死和尚，咽喉中了暗器，流出血

34

来。张荣等也都蹿入，看过明白，就知道有人来探红莲寺。

六位英雄穿过树林，才望见半山里的红莲寺，灯光闪耀，相离尚有三五里远近。正在观看之际，忽见远远的有几条黑影乱晃，便都伏在地下。霎时临近，高三宝打声呼哨，这是江湖上暗号，黄三魁也打了一声。只见面前来了三人，全身夜行衣靠，也打声呼哨，互相招呼，知道都是自己的人。张荣先站起来，正要问话，猛见后面有道红光一闪，张荣知道有人赶来，忙叫那三个人蹿入树林暂避，自己却迎上去。走不多远，看见一个和尚飞奔而来，望见对面有人，他便将手一扬，一支毒药袖箭直奔张荣而来。张荣早就防备，也不躲避，眼看那支箭已近身，才将左手一伸，把那支箭接过来，右手一扬，也将镖箭放出去。那个和尚也有本事，将头一低，便躲过去。哪知道张荣使的是连珠镖箭，厉害无比，放出去就是五支，分上下左右中，怎样地躲避呢？说时迟，那时快，眼看着和尚中了三箭，翻身栽倒。张荣一个箭步蹿过去，想要结果他的性命，再一看，大吃一惊，原来和尚人头已无，只剩了半截身子。张荣暗想："好快呀！大约今夜必有高人，此处不可久停。"

高三宝等已到面前，看见张荣发愣，问其所以。

张荣道："不管他怎样，咱们且奔红莲寺。"于是一齐前进，霎时间已见一带粉墙，不要说，是红莲寺了。张荣头一个先蹿上墙去，后面高三宝、钟志英等也都上去，四下一望，各殿明烛高烧，许多的和尚来往不断，一时也难下手。复又跳至墙外，要想寻个地方暂为躲避，哪知斜刺里跑出几个和尚来，各执器械，大呼："拿奸细！"若依张荣的意思，定要和他们交手。倒是黄三魁老成持重，再三阻拦，拉住几位英雄向外飞奔。后面许多人各执灯球火把，照耀如同白昼，从后追来。

几个人慌不择路，跑了一段，猛见对面水声汩汩，抬头一看，原来是一条大瀑布从山顶泻下水来，波涛汹涌，水势甚大。面前一根独木桥，却又高高拽起，真是前有瀑布，后有追兵。到此危急的当儿，哪里顾得许多？张荣头一个翻身迎上来，蹿进人群，一阵乱砍。也是这班和尚该倒霉，犹如砍瓜切菜一般，登时杀死了十多个。接连着高三宝等都到，众和尚虽会武艺，哪里是这班人的对手？一霎时，躺了一地死尸，连声喊着："好厉害呀！"

早有人投入寺去，不多时，来了三五个大和尚，都是身体肥胖、粗眉恶眼、满脸的邪气，来到切近，大呼："胆大的小辈，竟敢在此撒野！今日遇见贫僧，管叫你等去见阎罗天子。"

张荣听罢大怒，手中刀一摆，奔头一个和尚砍来。只见他哈哈大笑，也不躲避，一刀砍在右肩上，犹如石头一样，休想损他分毫。张荣知道他是金钟罩，刀枪不入，难以力气胜他，撤回刀，要想施展点穴法。不料第三个和尚将袍袖一抖，顿时黑风陡起，飞沙走石，直奔众英雄打来。

这一来，有分教：

山穷水尽疑无路，逢凶化吉有高人。

要知后事如何，且看下回分解。

第九回

凌虚子巧救众英雄
金眼佛逞妖困侠客

却说妖僧施展邪术困住众位英雄，正在危急之际，忽然一道白光由对面山上飞过来。说也奇怪，那团黑气遇着白光，登时风平雾息，露出满天的星斗。众英雄大喜，一个个抖擞精神，杀将过来。

这三个和尚见有人破了法术，十分恼怒，吩咐小和尚："抬过兵刃来！"早有手下的小和尚抬着三件家伙，都有一百多斤，你道是什么兵器？一件是纯钢打造的禅杖，一件是熟铜月牙铲，一件是镔铁齐眉棍，就是这三样东西，叫人看了也吓一大跳。但是这几位英雄是久经大敌的，毫不放在心上。

到底这三个和尚是谁呢？乃是金眼佛慧明的高徒，一个叫生铁佛法净，一个叫金钱豹法云，一个叫金毛吼法真，都会妖术邪法，练就软硬的功夫，俱各有万夫不当之勇。听说庙内有奸细，必然是有本领的才敢到此。慧明便派他三人来迎敌，一照面，法净便挨了张荣一刀，竟然没受伤，却觉着刀势厉害，不如先下手为强，所以用起妖术来。不料又被人家破了，知有能人，妖法也不敢使了，便抄兵器，预备以力取胜。

张荣见他三人使的家伙重，究竟一把刀可有多大的力量，他便情急智生。山坡上现成的松柏树，他便跑过去，寻了一棵略细的，两手抓住，晃了两晃，两臂一用力，喝声："起！"竟将丈八长的一棵松树连根给拔起来。众和尚看见，都惊得目瞪口呆，全说："这棵树生长在山石缝中，连根拔起，至少也有二三千斤力气。"法净等三人看了，也自吃惊。高三宝、钟志英见张荣倒拔松树，也要显显身手，将兵刃插在腰间，每人拣两块一千多斤的山石拿在手中，毫不费力，迎将上来。法净师兄弟三个接住厮杀，其余的小和尚早吓得跑得远远的，哪里还敢近前？

张荣手执松树，照着法净搂头便打。法净急忙跳开，不料被树根绊了个跟头，躺在地下，禅杖掷出多远。法云、法真都跑过来，想要将他扶起来，不料高三宝的大石块随手丢出来，无巧不巧，正碰在法真的身上，任你铜筋铁骨，也禁不住这千把斤的石头，眼看连法净都砸成肉饼。法云见此光景，哪敢恋战，回头就跑。哪知忽见一道白光，和将才破妖术的一样，直向他飞来，他连说："不好！"想要使妖风逃走，如何来得及呢？那白光围他绕了一遍又飞回去。再看法云时，已经身首两分，死尸栽倒。张荣知道是剑丸，必有侠客前来，忙唤众人："速奔对山而来。"那独木桥也放下来了，一个个飞身而过。

走了不上半里多路，看见山坡上盘坐一人，看不大清楚。紧行几步，走到近前一看，原来是位道长，盘膝打坐，闭目养神。只见明镐走过去跪在地下，口称："师父从哪里来？今夜救了小徒的性命。"

众英雄这才明白，是明镐的师父凌虚子，全都过来行礼。

凌虚子才笑道："你等胆子也太大了，倘不遇见贫道，恐怕凶多吉少。幸而慧明没来，不然真危险呢。你等不可在此久留，快跟我来吧！"说着，站起来，顺山坡转了几弯，又穿过竹林，才望见隐隐的一带白墙。走到切近，乃是一座古刹，也是久无人住，已经残毁。

从前峨眉山上的各寺院都有住持，自从慧明等到山之后，把各寺的方丈及住持全都赶走，所以有庙无僧，任其颓坏了。凌虚子将六位英雄领到寺内，那时天已四鼓，就在大殿上谈起话来。

张荣先问道："后山的那个和尚大约也是仙师杀的，不然没得那般快法。"

凌虚子道："起初我也不知是你等前来，只瞧见飞龙岛的华氏三雄夜入此山。因为他等是救困扶危的好汉，焉能袖手旁观？暗暗地就跟着他们。后来才看见你等，更得要帮助防备了。还怕那慧明不肯善罢甘休，谈到武艺，你们却可对付，他如施展妖术，倒有些费手。他曾练过北斗七星，着实有些法术，我也不能除他。"

张荣尚未答言，明镐发急道："师父既然到此，无论如何也要助小徒等一臂之力。这内中关系很大，不怕和他拼了性命，也是要寻他的。"

凌虚子道："你先别着急，为师一人除不了他，自然要想法子。"

明镐道："不知师父有何妙计，请道其详。"

凌虚子道："如今你等杀了他三个徒弟，他是一定恼恨，寺内防范更加严密了。我想请你师伯玄微子来，才能成功。"

明镐道："师伯现在何处，怎能一时就来？"

凌虚子道："上月在五台山约定，同往雁荡山相会。大约他已动身，待我送个信给他，请他明天赶到就是了。"说着，向北方把口一张，只见一道白光，一直往正北飞去。约有半个时辰，那道白光又回来，凌虚子吸入腹内，说道："你师伯得信动身，明天总可到了。"

众人闻言大喜。

原来凌虚子所用的法术就叫飞剑传书，不论远近都可得信，是剑仙侠客所练的一种功夫，年深日久，便能白日飞升，可也不是容易的。众人谈谈说说，天已大亮。杨云瑞想起韩天龙还在山下破庙内等候，要去唤他前来。凌虚子吩咐他："顺便在北山坡石洞内通知华氏三雄，请他们同来，再买些吃食东西，省得多费手脚。"

杨云瑞一一领命而去。

天有卯初的光景，猛见一片白云，从半空中落下两位道长来，都是仙风道骨，举止飘然。

凌虚子忙拱手道："不知二位兄长驾到，恕未远迎。"

明镐等也过来行礼已毕。

玄微子笑道："昨夜正和二弟在泰山顶上观看东海浴日，偏偏你的剑书飞到，真正败人清兴。"

凌虚子道："左右是闲着无事，等将妖僧除了，小弟陪同二兄再行一游如何？"

玄微子道："那却不必了！"回头望见张荣、高三宝等，又笑道，"你们是仙门的高足，何苦久恋红尘，惹出许多的烦恼来？"

张荣道："小侄本不愿再履尘世，因为师父再三地说尘缘未了，终究要走一趟。趁此时下山一行，不久即当回山修练。"

玄微子道："那才是正理呢。"

因问起红莲寺的事，凌虚子约略说了一遍。

玄微子道："当初我在二仙山的时候，见慧明习练五雷正法，因他心术不正，总也没练成功，便练了些左道旁门之术。那时已知他不是好东西，久后难逃天劫。他还不悔悟，如此胡闹，真是自寻死路了。"

正在说话之间，华氏三雄从外面走进来，先与玄微子等施礼，然后和众人相见。明镐看他弟兄三人都是威风凛凛、相貌堂堂，十分欢喜。他等都是闻名未会过面，今日一见，各道仰慕的意思，更加亲热。这就是惺惺惜惺惺，好汉爱好汉，谈论起来，甚为投机。

玄微子道："明贤侄天资颖悟，禀质纯厚，将来是富贵中人，不可错了念头。单等此事一毕，速往汴梁求名，预备替国家出力，落一个名标青史，也不枉你师父教你一场。"

明镐道："数年富贵，不过一梦黄粱，有何意味？小侄早已看破红尘，情愿入山修行，享受清闲之福。"

玄微子笑道："贤侄之言差矣！你想天地生人是为什么？要都照你这意思，还成个什么世界？就让你修仙得道，只不过你一人得了超度，又与他人何干？大丈夫生在三光之下，要轰轰烈烈做他一场，就是死后，也能成神成仙。天上的神仙岂尽是修炼来的吗？"一番话说得明镐闭口无言。

忽见杨云瑞和韩天龙走进，带了不少的吃食东西来。众人便去请玄微子等上坐饮食。

玄微子摇头道："你们只管吃吧，吃饱了好去厮杀，俺等却成年不食的。"

众人这才吃起来，不多时，酒足饭饱。玄微子便叫张荣、高三宝、钟志英等三人在前，华氏三雄和明镐、杨云瑞、黄三魁、韩天龙等在后，到那红莲寺外叫骂，切不可往庙里去，只要慧明出来，这件事就好办了。

众位英雄领命，收拾停当，直奔红莲寺而来。暂且不提。

单说金眼佛慧明，自法空抢了梅小姐来，他是欢喜万分，着实奖励了法空一番。不料梅玉贞知道误中妖僧的邪法，她也不说话，就将运气功夫使出。慧明不知就里，还当她是害羞，笑嘻嘻地想伸手来拉她，不料她身上如同钢针一样，把只手刺得鲜血淋漓，大怒道："你这不知好歹的贱人，既然到此，休想出去，还用这些狗屁功夫，大约不给你个苦头吃，你也不知厉害！"吩咐小和尚："将这贱人打到水牢里去，看她依从不依从！"

旁边就有人说："师父不必性急，暂叫张妈来劝劝她。师父且往方丈室去休息候信吧！"

慧明咬牙切齿地走出去。这里早走过一个五十上下的妇人来，她见梅小姐柳眉倒竖、杏眼圆睁、满脸的怒气，忙赔笑道："你这女子要想开点儿，这庙内不比别处，哪一天不杀几个人？依我相劝，还是从下婚事的好，不然你这条小命可活不成的。"

梅小姐闻听此言，大骂道："你这浪蹄子，好不识羞！偌大年纪，还做这等下贱之事，你还有脸和我来说话，快滚出去！杀便杀，算不了事！"

梅小姐一番话，直骂得张妈满面通红。

正是：

　　深明大义知邪正，视死如归愧须眉。

要问梅小姐生死如何，且看下回分解。

第十回

剑仙侠义分道扬镳
儿女英雄洞房花烛

　　却说张妈被梅小姐骂了一顿，羞恼变成怒，跑到方丈室去告诉慧明，说："梅小姐性情激烈，软求是不中的，必须上硬的才行。"

　　慧明吩咐徒弟："预备风流自在逍遥椅，夜间给她上好架子，不从也得要从。"

　　不料想华氏三雄夜入红莲寺，闹了个翻江倒海，接连着小霸王张荣等一众英雄也来了。打发法云等出寺捉拿，以为手到擒来，毫不费力，后来听说法云等被人杀死，气得他暴跳如雷，立时带领罗汉兵杀出寺来。哪里有个人影？吩咐将法云等三人的尸首成殓起来，又派人向各山搜寻奸细的下落。直闹到天明，也无遇着一个人，只得回寺，命知客僧撞钟击鼓，召集各院的和尚与罗汉兵等齐集大殿，商议防备之策。

　　正在议论之间，听得小和尚跑来报道："昨夜的几个奸细现在庙外叫骂。"

　　慧明闻报，登时带领手下的僧人，各持兵刃，杀出寺来。看见小霸王张荣等正在痛骂，慧明大怒，骂道："哪里来的小辈，竟敢在此撒野？真是太岁头上动土，虎口内拔牙，自来送死。休要怪我！"说罢，掣着禅杖，直奔张荣而来，搂头盖顶就是一杖。张荣用刀架开，一翻腕，照慧明心窝刺来。他便用禅杖招架，两个人大战起来。

　　高三宝、钟志英恐怕张荣有失，上前帮助。早有慧明徒弟飞山虎法通、四眼狼法普、独角蛟法玄、三足蝉法江等一拥而上，拦住厮杀。好一场恶战，直杀了一个多时辰，不分胜败。

　　此时华氏三雄、明镐、黄三魁、杨云瑞、韩天龙等也来到，齐声呐喊，奋勇杀入重围。三千罗汉兵团团围住，竟将红莲寺外变成一座杀人的战场。几位英雄犹如生龙活虎一般，越杀越勇。那些和尚知道张荣等力大无穷、本领出众，谁敢上前？不过远远地围住，呐喊助威。却便宜了韩天龙，你看他那条大棍上三下四，左五右六，横七竖八，见人便打，一棍一个，好不快活。许多的罗汉兵瞧见他如此凶勇，于是乎四散奔逃。他也不追，只向人多的地方打去，被他打了个四零五落。慧明一眼看见，直气得三尸神暴跳、五灵豪气腾空，大喊一声："罢了，今日要不给你们个厉害，你等也不认识和尚爷爷！"说着，便向正北吸一口气，喝声："急！"登时狂风四起，飞沙走石，直向众英雄打来。不料玄微子早在山坡上预备着，见慧明使出妖术，只用拂尘一指，立时风定，又见他将口一张，一道白光直奔慧明而来。慧明抬头看见，心下吃惊，忙将禅杖祭在空中，迎住白光，在空中战起来。众人抬头一看，真似两条电光，一来一往地你缠我裹，十分好看。

正看之间，见对面山坡上又飞出一道白光。慧明用手一指，禅杖立分为二，迎住白光。若论起法术来，一边是内功，一边是外功，各不相下。本来慧明练的功夫实在不弱，足以支持，无奈他心术不正，终究邪不侵正。他自己也明白，然而事已至此，无法逃遁，硬着头皮来拼命，如何能行呢？眼看着他那禅杖向后直缩，越缩越短，急得他汗流遍体。猛地一声响，他那禅杖落地，两道白光如二龙取水，向他身上绕来。此时慧明是危险万分了，不得已，由腹内吐出一粒红丸，拦住白光。这是他数年苦炼的一点儿内丹，今日要想保全性命，所以才吐出来，已经是来不及了。凌虚子又放出剑丸，他哪里还能招架？说声："不好！"人头落地。

这时候，韩天龙不知从什么地方跑过来。他因见慧明被白光围绕，还在里边挣扎，不知是怎的一回事，跑到近前，吓了一跳。原来是慧明的无头死尸栽倒，那粒红丸在他面前乱滚，三道白光仍是绕来绕去的。喊声未毕，忽地红丸钻到他口内去，不知是吉是凶，拨头便跑，来到山坡上，就给玄微子等叩头，大呼救命。

玄微子早知就里，说道："好造化！"

韩天龙没听明白，碰了几个响头，抱着肚子说道："不好了，灶火烧起来，连肠子都烧断，便活不成了，你老人家救救我吧！"

凌虚子等大笑不已。

且不提韩天龙得丹胡缠，再说众位英雄看见慧明已死，更加勇跃，各执兵刃，大杀一阵。那些僧人死的死，逃的逃，剩了几十个人，跑回庙去，紧闭山门。众英雄蹿房越脊，进了庙，又是一阵乱杀，可怜清净佛地，弄得满院都是死和尚。此时张荣另有心事，便唤高三宝等同他搜查。那红莲寺几层大殿，僧房、禅房足有一千多间，一时哪里寻得到？幸而在供桌下搜出一个小和尚，问起他来，方知庙内许多的机关。张荣用好言安慰他，叫他引路，四下搜寻，到底在夹壁墙内瞧见张妈，才究问出梅小姐的下落，另外还有许多的妇女。

高三宝将梅小姐救出，此时众人都在大雄宝殿，当下俱各相见，商量怎样办理此事。明镜回头不见韩天龙，问起众人，都说未见。

黄三魁道："我看见他跑上山坡去，大约是受了伤了。"

明镜心下甚急，要想去寻他，忽见玄微子等领着韩天龙从外走入。

明镜急问韩天龙道："你怎的不留神，受了什么伤，此时可好了？"

韩天龙皱眉道："我自己也不觉得怎样，只是那和尚的红丸作怪，偏偏地钻我肚里去。几位师父也不替我想法子，等它发作起来，必然送命的。"

明镜大惊，回头哀求凌虚子。

玄微子笑道："不要理他，他是得了便宜卖乖。现在许多的正经事还无办，听他胡搅什么？"当下便指张荣说，"你弟兄三人，陪伴梅小姐速回梅家庄要紧，此处的事请黄三魁料理，可以将鸡鸣山的大众迁到此处来。明镜贤侄可往汴梁求名，韩天龙跟我去住两天。"

杨云瑞插口道："小侄愿跟明兄同往汴梁，一来可以陪伴他，二来也可以保护。"

玄微子点头道："这倒可以。只有韩天龙不能去的，惹出是非来，京城不比别处，岂不费周折吗？"

明镜私下问凌虚子道："到底韩天龙是怎的一回事？"

凌虚子就将他巧得慧明的内丹之事说了一遍，又说："他此时丹在腹内，不知运用，必须要苦炼一番，才能用得着。"

明镜这才明白，当日在寺内寻了许多的食物，胡乱吃了些。张荣等三人告辞先行，明镜恋恋不舍，坚约会期。

张荣道："此去多则一月，少则半月，一定到汴梁去一会。咱们后会有期，各自珍重便了。"说罢，便和高三宝、钟志英等保护梅小姐下山而去。

华氏三雄也告辞回飞龙岛，这且不提。

单说玄微子又将明镜唤到近前，嘱咐道："贤侄此番到了汴梁，务须投名应试，一切的闲事，看在眼里，记在心里，少管闲事为要。"

明镜一一答应。只见韩天龙垂头丧气，闭口无言，实在万分难过。玄微子等带着韩天龙，直奔天台山而去。后来那韩天龙练成铜筋铁骨，乘风驾云来去自如，帮助明镜立了许多的功业。所以这段节目，又叫作慧明失内丹，火炼韩天龙，都是后话，暂且不提。

再说明镐，看着他们去远，当晚就在庙内休息。到底黄三魁是老江湖，临睡的时候，甚不放心，就和明、杨二人商议："恐有漏网的妖僧，倘若黄夜前来行刺，又当怎样对付他等呢？"

明镐道："黄兄所虑甚是，我们三人轮流打更，无论如何，今夜是要防备的。"

三人商量了半天，上半夜明镐打更，下半夜杨云瑞打更，黄三魁随时外边巡查。商议停当，各去安睡。果然不出他等所料，三更时分，来了一个刺客，乃是慧明的徒弟，名叫铁爪鹰法乾。从前也是江湖上的大盗，后来拜慧明为师，就在红莲寺内剃度。上月奉命往山西送信去的，回来在半路上遇见红莲寺逃出的人，对他说师父被害，寺院已被人破了。他听了此信，十分焦急，要与师父报仇，就存了个夜入红莲寺行刺的念头。当夜换好夜行衣靠，直奔红莲寺而来。他本是寺内的人，路径甚为熟悉，三更时分，已至寺内。此时明镐虽已安寝，思前想后的，只是睡不着，况且他心绪不宁，更加翻来覆去。忽听房上瓦响，他是久经世故的，心中早就明白了，急忙爬起来，将灯吹熄，伏身来到房门口，果见对面房上趴着一个人，正要知照黄三魁，忽然听见哎哟一声，由房上掉下一个人来。黄三魁也跟着跳下来。

明镐开门走出，点火一照，原来是个和尚，左肩上受了伤，鲜血淋漓，哼声不止。

黄三魁低下头一看，甚为纳闷，便问明镐道："你可发什么暗器吗？"

明镐摇头。此时杨云瑞也从房上跳下来，便问捉住几个。明镐道："只有一个和尚，哪有别人？"

杨云瑞道："我看见两个人，一前一后，怎么只有一个？"

黄三魁恍然大悟道："不必说了，那个一定是自己人。"

正说着，忽听房上一笑，立时下来一人。三人一看，却是小玄霸高三宝，便问："怎的你还未走呢？"

高三宝笑道："我是奉张荣大哥之命来保护你们的。昨天分手之后，在山坡看见几个和尚，他便蹿上大树，听见他们谈话，说是要来行刺，所以派我前来。因为来不及通知你等，故此先用袖箭射伤刺客。"

明镐道："原来如此，那么张大哥呢？"

高三宝道："他们在前途候我，我还要追他们去，速将这和尚杀死，以除后患，我要去了。"说着，飞身上房，登时不见踪影。

黄三魁过来就给和尚一刀，立时呜呼。闹了大半夜，未得安睡，天已四鼓，方各回房休息。

次日天明，明镐和杨云瑞起程，直奔汴梁。黄三魁也就回转鸡鸣山，料理了几日，带领大众，到峨眉山红莲寺。好在有的是山田，各处又有寺院，应用的器具各样都有，于是就大加整顿。后来竟成了一个大山村，这也是后话，不必细表。

黄三魁从前是保镖出身，此际年岁渐老，故此隐居。不时仍有绿林的旧友前来看望他，有时他到各处名山游玩，逍遥自在，十分闲暇，这也不消说起。

到底张荣等下山，到了梅家庄，及明镐进京投考之事，又当怎样呢？

有分教：

　　蛟龙本非池中物，一举成名天下知。

要问后事如何，且看下回分解。

第十一回

古道荒山双雄遇怪
孤村野店小侠除妖

却说明镐、杨云瑞自奉师命，预备前往汴梁赶考，不料半夜里闹起刺客来，幸而高三宝暗来相助，直乱到天明。高三宝告辞，追赶张荣等去了。明镐不敢耽搁，便和杨云瑞辞别黄三魁，直奔汴京而来，一路上不过是饥餐渴饮，晓行夜宿。

这天来到湖南边界，但见山连山，山套山，高山峻岭，一眼望不到边。他二人随遇而安，到处游山逛景，不管昼夜，如今来到此地，更是十分有兴。当下在山坳小店内随便吃了些点心，问起人来，知道此山名大竹山，也是峨眉山脉，和广东交接，也算得是座大山，只是荒僻得很，除掉附近的村庄上几个樵夫每天上山打柴，等闲是无人的。二位英雄全不放在心上，休息了一会儿，立即上山，叵耐山径崎岖，十分难行。幸而他们是会功夫的，连蹿带跳，大半日才到半山。

杨云瑞便道："像这样的山路，却甚累人，无怪乎遇不着人呢。"

明镐笑道："本来此山陡峻，又系僻径，谁肯闲着无事来跑山玩耍呢？"

二人正说之际，听得钟声入耳。

明镐道："好了，山上必有寺院，可以歇息歇息，不然又要睡山洞了。"

杨云瑞答应着，两足用力，走得甚快。不多时，望见森林内露出一段红墙来，展眼之间，已到近前。二位英雄抬头观看，但见庙宇虽不十分高大，却也雄壮非凡，只因年久失修，未免有些残破，山门匾额写着"敕建玉皇庙"五个大字。再向里边望进去，也有两层大殿，看不甚清，也不见什么人。正在狐疑之际，忽见里边跑出两个小道士来，一个提只水桶，一个拿条扁担，又说又笑地走出来。一眼看见明、杨二位英雄，登时回头跑到里边去。便见一个老道士走出来，打稽首带笑开言道："不知二位居士驾临敝庙，恕未远迎，当面恕罪！"

明镐也便还礼。再一打量这老道，不由倒吸一口凉气。只见他年约五十上下，恶肉横生，一部落腮花胡须，根根见肉，二目凶光直露，走起路来两腿带风。

杨云瑞早已看出来，见明镐迟疑，紧走两步，抱拳拱手道："俺弟兄贪游山景，不觉误至宝观，有劳仙驾，心里不安得很。"

道士哈哈大笑，将二人让到东偏房里落座。小道士献茶已毕，各通名姓。原来这道士名叫邵清峰，福建人氏，也看出明、杨二人的形迹绝非等闲之辈，所以也就不十分隐瞒，并说："当初曾在江湖上走南闯北，跑了几十年，如今看破绿林，隐居在这大竹山，倒也逍遥自在。"

杨云瑞笑道："早年曾听人说，有位白狐狸邵子真盗过皇帝的温凉玉盏，不知是尊驾否？"

邵清峰点头答应。

明镐道："原来是前辈的老英雄，失敬得很！"

邵清峰笑道："早岁不知好歹，任意妄为，值不得提起。现在是英雄出少年，像某这样年纪，真是无用了。"说着，小道士摆上酒饭来。邵清峰便让二人上座，仍说："荒山野寺，没可吃的，请二位包涵吧！"

明、杨又谦让了一回。酒饭用毕，日已平西，明镐还要登程。

邵清峰忙拦阻道："天色已晚，上山还有许多路，况且山上又无寺院。近来听说山顶发现怪物，每夜要出来伤人，究竟是什么东西，我可无见过，何必冒险而行呢？"

杨云瑞道："既承道长美意，只是又要打搅。"

邵清峰道："四海之内皆兄弟也，何必客气。正好借此盘桓半日。"当下便吩咐小道士，将床榻收拾干净。

霎时日落西山，小道士点好灯烛，又谈了半晌。

邵清峰便说："就请二位早点儿安歇吧，明早还要赶路呢。"

当下便将他二人让到厢房去。明镐来到屋内，四下一望，安放两张床榻，墙上挂盏油灯，半明不灭，更觉着冷森森的。杨云瑞便在靠窗的一张床上坐下，低低和明镐说道："今夜需要留神，最好咱俩全出去，省得打更。"

明镐点头，等了一会儿，明镐悄悄地吹熄了灯，蹑足潜踪地走出房来，飞身蹿上大殿。杨云瑞也跟上来，二人相离不远。再望丹房里面，还有灯光，大约邵清峰没睡。二人蹿房越脊，登时来到庙外，此时天交二鼓，四下毫无声息，只听得微风习习，吹得树叶响，二位英雄不由得毛骨悚然。正在惊疑之际，忽听山上吼的一声，跟着一团黑气直向寺内。不多时，又见一条黑影蹿进庙来。明镐眼快，看得十分亲切，便和杨云瑞说道："眼见一团黑气，后跟一人，怎的一展眼便不见了呢？"

杨云瑞道："像这样的功夫，现今少见，大约他虽走得快，料在此庙左右。我等去寻来如何？"

明镐答应。二人施展夜行术，就在庙前庙后四下细寻起来。找了半日，半无形迹，正在纳闷，猛听震天价一声响亮，将大殿房角震坍半边。二位英雄急忙来到庙内一看，却见一位小英雄立在天井内。明镐早已看出来，乃是小侠诸云龙，心中十分欢喜，走上前来招呼。诸云龙见是明、杨，也就躬身施礼，口称："二位叔父，因何至此？"

杨云瑞便将已往之事约略说了一遍，因问诸云龙："那黑气和这大声到底是怎的一回事？"

诸云龙道："二位叔父不知，只因滁州孔直温安心造反，要夺宋室江山，势力着实不小。还有一班妖僧恶道助纣为虐，祭炼妖术邪法，将来贻害黎民。小侄是奉了师命来此破除妖法的，这庙内老道邵清峰也是他等一党，练了一种妖法，名为五鬼符，使起来可以拘得五鬼，差遣打探消息，所以滁州有什么事，他这里全都晓得的。我师父昨夜在天台山上看见他这法术，叫我紧跟下来，如能下手，便将他除掉，小侄因此赶来。不料邵清峰知道有人破了邪法，乘隙逃走。方才二位叔父所见的黑气，就是五鬼真形，如今已被小侄剑丸所诛。此害已除，但是邵清峰漏网，以后必要害人的。"

正在说话之间，猛听林谷风生，登时四山响应。

诸云龙道："二位叔父急速躲避，妖道又施展邪法来和我拼命了。"

二人闻言，飞身蹿上厢房，趴在瓦垄上观看。果见由庙外走入一个怪物来，高有丈二，两目如灯，手中似乎拿着兵器，夜里看不大清楚。再看诸云龙时，他却不慌不忙，将口一张，一道白光直向那怪物顶门劈下来。那怪物见不是头，回身想要逃走，哪里还来得及？那道白光将他围起来，快如闪电。不多时，听得怪物狂吼一声，倒在地下不动了。诸云龙也就收回剑丸。明、杨蹿下房来，仔细向地下一看，此物身生茸毛，形如人熊，只是又高又大。

诸云龙道："我想邵清峰必然离此不远，非将他寻得，他是不死心的。"

杨云瑞道："那恶道从前在江湖上营生，已是无恶不作，哪个不知道呢？"

明镐道："为今之计，先到各处山洞内去望望，或者妖道恶贯满盈，应死此处，也未可知。"

诸云龙点头。三个人一同出庙，业已三更向后。那时正是下半月，一弯新月渐渐上升，诸云龙在前，明镐和杨云瑞在后，俱各施展陆地飞腾法，向山上飞来。不多时，已至山顶，觅块平坦地方。

诸云龙先开口道："二位叔父觉得疲乏吗？不如在此休息一刻。"

明镐道："乏倒不觉得，只是那妖道藏在哪里，一时恐怕寻不着他。"

杨云瑞道："这座山又高又大，况且我等山路不熟，在何处寻他呢？"

诸云龙道："小侄昨天已经走了半日，这山陡峻非常，上下甚不容易，也是妖道命不该绝，不然早已将他枭首了。"

明镐点头。

正在谈话之际，忽见半空中金光缭绕，照耀空际，霎时现出三个人来。诸云龙看见，连忙跑过去，跪在地上叩头行礼，口称："祖师在上，小孙诸云龙有礼了。"

明、杨一齐细看，原来是一位老者、一个老尼姑，还有一个幼女。料非常人，也忙过来行礼。

只听那老人笑道："明贤侄，你大约不认识老叟吧？我与你师父同出一门，上月在雁荡山和他相见。"又指着老尼道，"待我与你引见，这位就是蓬莱仙姑。"

明镐也就过去行礼。

老尼笑道："玄微门下，名不虚传，将来都很有作为的。可喜可贺！"

那老者又道："诸云龙的艺术，近来功夫加增，比前大不相同了。今日之事，却有几分把握。"

明镐等不解其故，又不好问，只得唯唯称是。

那老尼也道："论起那怪物来，果然厉害。我等是跳出三界外，不在五行中，本不应多管闲事，唯不忍生灵涂炭，所以约老兄设法与民除害，救此一方的百姓。这功德可也不小呢！"

50

老人笑道："那怪物此时盛不可挡，没有能克制他的。若论法术，只能将他幽囚起来，不能制他死命，将来又将如何发付呢？为今之计，斩草除根，免得后来贻害。这正是我等分内之事，何必客气呢？"

正是：

只缘立志除民害，不惜牺牲苦练功。

若问究竟是为什么事情，待下回交代。

第十二回

诛旱魃初试雌雄剑
传正道欣授五雷符

却说那老人和老尼说了半天话，究竟是怎的一回事呢？看官不必心急，在下慢慢地交代。

原来是湖南安乡县境大旱，一年多不曾落过一滴雨水，合县的黎民百姓急得求神拜佛，哪知毫无灵验。知县周文镜为官清正，爱民如子，今见这般大旱，若再不下雨，不要说田禾干槁，就连井里、河里也都干涸，人民将要生生地渴死。他便斋戒沐浴，诚心祈祷，依然还是无效。实在急得无法可想，他就亲自作了一道表章，在大堂前焚化，自己朝衣朝服，直挺挺地跪在烈日之下。表章上说：

> 一天不下雨跪一天，十天不下雨跪十天，宁肯死在烈日之下，代民受罚，不忍见百姓遭劫。

他虽这么跪了两天，仍然一点儿雨也无下。依他真要跪死在烈日之下，无奈左右的人苦劝，又有几个绅士来劝，他才起来，便贴出榜文去，如有人能求得雨，不惜重赏。后来有人对周知县说："小阳山都天院内有位道士，是陕西人，道法高深，已有二百多岁了，人都称他为活神仙。若能请得他来，可以求得雨。"

周知县听得此信，亲自步行到小阳山来，当面求这位活神仙。原来就是诸云龙的师祖，人称屠龙叟的便是。当下他见周知县这般情形，心中着实不忍，便对他说道："某非不知此处大旱，若有法子求得雨，也不必你来了。"

周知县便跪下去哭道："老师父可怜这一县的百姓，无论如何，也得想个法子。"

屠龙叟见此光景，扶起了周文镜，叹息道："难得贤令如此爱民，老叟只好冒险试试看，做得成功是大家的福气，做不到也是劫数，但是断送某二百多年的道行。贵令须知，此次大旱并非上天降灾，乃是境内出了一个旱魃，厉害无比，所以能克云雾。如今某一人也破不了他，还得请终南山的道友相助，成此大功。某是童阳之身，以火遇先，火受其害，今念贤令如此爱民，说不了与贤令分忧，与百姓除害，应用之物，留字在此，请于三日内预备齐全，以便使用。某去邀请助手去了。"说罢，化道金光而去。

周文镜见他去了，也就回县预备一切。他那字上写好，在城南翠峰山顶搭一高台，所有桌椅全用黑色，台上对放两把交椅。当日一一备妥，只等行事，不表。

屠龙叟来到终南山，请了蓬莱仙姑，并带她女弟子杨栖霞，当夜来到大竹山顶，遇见明镐、杨云瑞、诸云龙等。屠龙叟说明一切，便唤诸云龙先往县衙送信，叫他预备周全，明日施法。诸云龙领命而去。又唤明镐道："这件事还要借重贤任一遭。"

明镐应道："有事弟子服其劳，老丈请吩咐吧！"

屠龙叟笑道："为民除害，也是一件功德。现在诸弟子当中，都没你的根基厚，借你福缘，压制旱魃。某再授你五雷真符，这是天心正法，不可儿戏的。"

明镐听了，立时跪在地下叩头。屠龙叟命他伸出两手，画了两道符，传授真言咒语，单等明日午时三刻在翠峰山下有一洞口，诵念几句咒语。念到有一只遍身烈焰的怪物出来，便向山上飞奔，那怪物必然追赶。等他追到切近，先将左手向他一照，便有霹雳发出，仍向前跑。等他追近，再将右手一照，又响霹雳。跑到坛下，便无事了。

明镐一一答应，心中甚喜。因此得了五雷正法，也是他的缘分。屠龙叟又命杨云瑞拿一黑旗，等那怪物临近，将旗乱晃，自有妙用，杨云瑞也答应了。那时天交五鼓，便一同下山，直奔县衙而来。走到城内，只见家家户户排案焚香，遍插杨柳。及到衙前，早有周县令带领绅士迎接出来，同到官厅，自有一番客气，不必交代。

屠龙叟吩咐给明镐等预备饭食，吃喝完毕，天有已正，一齐出衙伙奔翠峰山。不多时已到山上，一切物件俱已备妥。屠龙叟等上了法坛，便和蓬莱仙姑对坐，命诸云龙、杨栖霞："分立左右，听我喊声下手，赶紧放出剑丸，不可迟疑。"取出一面小黑旗，交给杨云瑞，叫他站在西北坛角。诸事办齐，叫知县等一齐回避，便命明镐引那怪物。

明镐领令，一口气跑到山下，果见一个洞口，他依念起咒语来，念了没两遍，就听得洞内一声狂吼，接着便是一阵呼呼的响声，和火烧房屋相似。明镐仔细一看，只见洞内跑出一个怪物来，足有一丈多高，浑身射出二三尺长的火焰，两目如电光闪烁，血盆大口里伸出二寸多长的四颗獠牙，颈上挂串纸锭，锭上也有火焰射出。明镐回头便跑，一气跑了半里多路，耳内已听得呼呼风声，知道怪物业已追来，不由得两足用力，连蹿带跳地向山上飞奔。又跑了十几丈远，觉得背上似火烧的一般，呼声越发大了，知道怪物临近，默念真言，将左手向后一照，就是一个响雷。急忙回头一望，见那怪物被雷震倒，在地上打滚，身上的火焰也减退了尺多。明镐趁此又跑，跑了半里多路，听得怪物在背后哇哇地乱叫。明镐胆子便壮了许多，一面跑一面回头望，见那怪物身上的火焰又高到二三尺了，行走不像人，仿佛骨节硬邦邦的，不能转移，只能一纵一跳地向前蹿，顶上的红头发披散两肩，十分怕人。相差还有五六丈远近，见那怪物伸出两只手，似乎捉人的样子，两手和鹰爪相似，甚为尖锐。此时明镐觉得火炙得痛不可当，又勉强跑了百十步，又念真言，将右手向后一扬，一声霹雳，跟着一阵倾盆大雨，只见那怪物被雷打倒，滚了一滚，雨点儿打在他身上，就如火上浇油一般，火焰射得更高了，眼看雨止云消。那时明镐离坛只不过有十多丈远近，那怪物口内吐出火来，直向明镐后背乱射。明镐一个箭步蹿上法坛，便躲在屠龙叟的身后。

屠龙叟伸手向怪物一指，一道白光，怪物登时打了个寒噤，便要扑上坛来。蓬莱仙姑一张口，一道金光，怪物翻身栽倒，就地吐出十丈长的火焰，向坛上烧来。屠龙叟喝声："下手！"只见诸云龙和杨栖霞双剑齐下，火焰顿消，半天里一声霹雳，甘霖倾盆而下。这一阵大雨，下了个沟满濠平。

周文镜欢喜无限，将屠龙叟等接到县衙里款待。蓬莱仙姑说是有要紧的事，无工夫在此停留，便带领女弟子杨栖霞自回终南山去了。屠龙叟领着明镐等来到衙内。

次日雨过天晴，露出一轮红日，便取出一封信柬，交与明镐道："你此次往汴梁投考，将来发迹的日子在后，只是孽缘太重，冤家结得许多，天相吉人，终有解救。如今交你一封信，带在身边，等八月十五日半夜子时拆看，自有妙用，迟早不可妄动，切记吾言。"

明镐一一答应。

屠龙叟又对诸云龙说道："你今日可往江南寻你师父去，到那里他自然有事差遣你，马上你就动身吧！"

诸云龙遵命告辞而去，暂且不提。

明镐在县衙住了两天，见无甚事，也就告辞动身。屠龙叟又嘱咐了几句，明镐立即和杨云瑞登程，直向河南进发。一路上两个人谈谈说说，也不觉得寂寞。那明镐是天性淡泊，到处游山玩水，杨云瑞是老江湖，阅历甚深，他二人一搭一档，十分融洽，所以更不冷落。在路上遇着不少的奇怪之事，杨云瑞一见便知，等闲的人也不敢得罪他等，就是那庵观寺院、招商旅店、水陆码头、州县村镇，许多的暗幕，任凭你刁钻古怪，也不能奈何他等。二位英雄是天生侠义心肠，专管世间不平之事，那些土豪恶霸、贪官污吏，被他等除了不少，不必一一细表。

这天来到湖南长沙府地方，明镐觉得身体疲乏，便和杨云瑞商量，早些寻一客店，歇息两天再走。杨云瑞答应。就在长沙城南二十里地方，有座大镇市十分热闹，街中大河，两岸许多店铺，本是水路码头，来往的船只不断，当下就在街北一座赵家店内住下。杨云瑞因问明镐："身上觉得怎样？"

明镐道："这些日子走的多半是山路，对于起居饮食，甚为失当，不过略觉疲乏，其余也不觉得怎的。"

杨云瑞道："如此多歇息两天，大约也就复原了。"

明镐点头，当日无话。

第二天早晨起来，梳洗已毕，明镐便约杨云瑞到街上游玩散心，杨云瑞答应。二人一同出店，来到大街。但见两旁市面十分发达，店内买卖货物，人烟甚多。行了一段，行人依然拥挤不断。明镐本来无甚大病，歇息了一夜，已经复旧如初，此时觉得腹中有些饥饿，便问杨云瑞道："此地酒馆甚多，我们何不痛饮一番？"

杨云瑞也觉腹空。当下便见街旁有一座大酒楼，招牌大字是"醉仙居"。二位英雄走进去，便上楼，早有堂倌过来招呼。明镐吩咐寻个清洁雅座，堂倌带笑言道："二位尊客不知，今天午刻，有人在此请客，楼上的座位全被他包定了去。二位如不嫌弃，就请屈尊在临窗的座上将就将就吧！"

明镐四下一望，这座酒楼十分宽敞，足可容百余人，什么人请客能请这些人呢？倒要见识见识。这是心里的话。杨云瑞也甚惊异。二人就在窗旁落座，随便点了几样菜，烫了两壶酒，便畅饮起来。

正是：

有意栽花花不发，无心种柳柳成荫。

要问这回又有什么事情，且看下回续述。

第十三回

霸王庄有心识豪杰
集贤镇无意遇凶徒

却说二位英雄在醉仙居酒楼开怀畅饮，天将已正，就见由楼下跑上一个人来。看他的装束，却和下人差不多，上得楼来，先向四下里望了一望，便唤跑堂的吩咐道："现在时候已差不多了，四太爷马上就陪了朋友来，你们预备好了没有？楼上的人全给我赶出去，不然四太爷怪下来，你们可吃不了。"

堂倌诺诺连声答应，不敢回说一句。

那人又向明镐桌上望了一眼，似乎很不如意的样子，方才下楼而去。堂倌见他已走，这才跑过来和明镐说道："将才的话二位客官想已听见了，常言说得好：'多一事不如少一事。'就请二位用饭毕，请回尊寓吧！我等说不了，要做生意吃饭，什么事都得吃亏。"

这几句话，在旁人听来，却也十分委婉。不料二位英雄生性好管闲事，偏要看看到底是甚等人。杨云瑞尚未开口，明镐动怒道："真真岂有此理！我等是来花钱吃饭的，为何竟将我等赶出去？再说你这店既挂着招牌，是座酒楼，我们又不是不给钱，一样用钱，一样作客，怎的客人还分大小吗？"

堂倌连忙赔笑道："难怪客官动气，霸王庄三五百户人家，无论大人小孩儿，哪一个不知张四太爷的大名？谁敢太岁头上动土？听二位讲话，又是外路的口音，何必多惹一番闲气呢？"

明镐也就不说什么了。杨云瑞正要开言，忽听楼梯一阵山响。堂倌直吓得面色改变，浑身立抖。展眼之间，跑上三五个人来，一个个歪戴帽子，闪披衣裳，一种不正当的样子，一望而知是不安分的东西。上楼来大呼小喝的，骂堂倌，责账房，闹得乌烟瘴气。正嚷得不可开交，又听一阵楼梯响，走上二三十人。二位英雄留神细看，全都是面目凶恶、身长力大，头里几个人稍微安静点儿，其他人嘴里不住地乱嚷乱叫，忙乱了半响，方始就座。就因为让座位，你拉我扯地吵喊不休，真似要打架似的。落座后，堂倌接二连三地搬上酒菜来。那几个人说菜不好，闹得连店内的老板、账房全都上来应酬，左一个揖、右一个揖地赔不是。

二位英雄看了这种情形，如何看得下去？明镐几次要过来，还是杨云瑞的阅历深，再三阻拦。后来竟打起堂倌来，要堂倌跪着上菜。明镐实在按不住心头火了，正待立起身来，忽见楼梯上走来一个乞丐，走到他等桌子旁边，伸出一只黑手来，似乎是讨钱的样子。不料座上的一个大汉一回手就是一巴掌，打在乞丐的肩背上，接着又是一脚。幸而乞丐躲得快，未曾踢着，听他口中大骂不已。再看那乞丐，只是咻咻地笑个不住，他越笑，座上的人越怒。就有两个下人似的走过来要抓这乞丐，哪知被乞丐三拳两掌，打得东倒西歪，满地乱滚。座上的人全都立起来，将乞丐团团围住。

明镐也就走过来，他的意思是看风使船，如果这班人被乞丐打了，他便不管；倘那乞丐打败，他便过来相助。登时之间，便打在一处。再看乞丐，端的不凡，只见他东挡西拦、腾挪闪转，身体十分灵便，就是这十几个大汉都是力大无穷，却休想占得半点儿便宜，反被乞丐打倒了好几个。明镐看得有趣，连声喊好。哪知他这一喊，偏被旁边的人听见，以为是和乞丐一路的，又见他温文儒雅，欺他是个文人，走过一个人来，伸手要抓明镐。哪知明镐并不闪躲，只一翻手，左足一踢，说声："去吧！"那人便滚出丈把远去，半晌爬不起来。

正在慌乱的当儿，忽听下面一阵乱喊，说声："别放他逃走，一齐拿下！"说着，走上三四十个人来，一个个短衣窄袖，各执兵刃，一拥而上。不料那乞丐望见人多，卖个破绽，说声："再会！"只见他向楼窗口一蹿，早已去得无影无踪。那班人都不会飞檐走壁，只好任他逃走。便将明镐等围起来，全无一些本领，乱砍乱刺地胡闹一阵。本来明镐一人足可以料理他们，但是杨云瑞怎能袖手旁观呢？二人动起手来，不到片刻工夫，都打得东倒西歪，躺满了楼面。那时看热闹的人实在不少，将醉仙居围起来，围了好几层，只是无人敢上来。杨云瑞四下望了一望，便招呼明镐趁热闹打出去。当下杨云瑞在前，明镐在后，就在众人头上飞腾而去。可惜这座酒楼，就此一场打，闹得桌椅不全、锅碗粉碎，一件可用的物件也没有了。掌柜的自认晦气，关门大吉。

说了大半天，打了一大阵，到底是什么人呢？

在下腾出这支秃笔，趁此叙表一番。

此地名为霸王庄，是通京的大路，又是水路码头，生意十分兴旺，只是庄上出了几个土棍，弟兄四人，姓张名大虎、二虎、三虎、四虎，薄有资财，平素欺压良善，无法无天。他弟兄自幼粗野有力，又学了几手拳脚，因此无人敢惹，他等越闹胆越大。新近为争码头，打伤许多百姓，后来惊官动府，他弟兄使用银钱买通官府，居然赢了官司，更是气焰高了几丈。渐渐地结交盗匪，召集亡命，就有绿林下等的人物和他等来往，左右是些偷鸡摸狗的小毛贼，略有声价的，谁肯和他等结交？近来因为滁州的孔直温图谋不轨，到处差人联络一班匪棍，前两天卧牛山上的匪首名叫一盏灯尤通、叫五更胡得海等一干人来拜张家四虎，约定今儿在醉仙楼请客。事有凑巧，偏遇见多事的朋友，闹得不亦乐乎，客也无请好，却吃了大亏。回转家中，查点受伤的，足有二十余人，一面差人去打听是哪里来的这几个人，想法子报仇雪恨。

二位英雄回到店中，知道此处不能久停，当日算清店账，立时上路。走了两天，已过长沙府境。这天住在集贤镇上，用过晚饭，二人闲谈。明镐便说："那天在酒楼上的乞丐，功夫甚是了得，不知为何如此落魄，令人不解。"

杨云瑞笑道："老弟还未知道吗？他一上楼，我已看出他非等闲之辈。大凡修道的人，是游戏三昧、不拘形迹的，恐他是借此避人耳目，故意扮作乞丐模样来试探人的，也未可知。让他再能改扮，也瞒不了我等的眼目。"

明镐点头道："这话甚为有理，不讲别的，只看他临去时的功夫，已是惊人，不只没得声音，那样的快法实在甚少呢。"

二人正在谈论之际，忽听院内店小二吵起来。二位英雄齐至门口观看，听店小二喊道："哪里来的乞丐？不在破庙去睡，偏来住店，还口口声声地要住上房？你也不自己打量打量，什么房屋能容你这脏东西呢？"

又听一人说道："你开店是不是为住客人的？没听说过住店要穿甚行头的。"

二位英雄再一细看，大吃一惊，原来就是在酒楼上相打的那个乞丐。当下便都走出房来，喝退小二。明镐先过来抱拳拱手，带笑开言道："小二有眼无珠，不识好人，尊驾如不嫌弃，请到敝寓一叙如何？"

只见那乞丐立时换了一副面孔，说声："正要请教。"于是明镐在前，乞丐跟着，杨云瑞在后，一同来到房内。让他上座，他也毫不谦让，就坐在上首。杨云瑞呼唤店小二冲茶。说也奇怪，方才那乞丐进店的时候，一副讨厌的面孔，无论何人见了他都要退避三舍；如今经明镐识破行藏，他也不掩避了，虽然衣服褴褛，眉目间英气勃勃，二目有神，有令人不敢轻犯的一种态度，举止文雅，谈吐不凡。自通名姓，乃是陶家庄的陶氏八杰之一。

说起陶氏八杰的根底来，真是无人不知，名传遐迩。说起来，看官也能知道大概，原来就是当初跟着宋太祖平定天下、官封鲁王的郑子明。他原配夫人乃是陶三春，武艺超群，都是她父亲陶洪一手教会的。那时提起陶家拳来，无人不知。后来收了不少的徒弟，拳法传遍天下。

这乞丐名叫陶信，排行第六，江湖上哪个不知陶氏八杰名头呢？这陶信是陶洪的亲孙子，陶三春的侄儿，外号人称金麒麟。只他生性好玩，专在四外放荡，久闻湖南出了一班侠客，他是来拜访的，所以打扮个乞丐。哪里瞒得了这久闯江湖的通臂猿呢？

正是：

从来名下无虚士，英雄到处识英雄。

要问后来又将如何，且待下文分叙。

第十四回

翻江鼍大闹鄱阳市
金麒麟戏耍巡检司

却说金麒麟陶信被杨云瑞识破行藏，自己也就据实直说，不再隐瞒了。明镐也久闻陶氏八杰的名声，只是未会过面。今儿在此相遇，岂可当面错过？当下自有一番客气，不必细表。

登时店小二搬进酒菜来，三位英雄开怀畅饮，这也不必叙述。

饮酒中间，陶信因说在家无事可做，风闻两湖出了许多后辈英雄，十分了得，左右无事，所以出来顺便结交几位英雄，学些本领。不料在两湖地面上走了不少的路，却无遇见一个本事超群的人，只不过是虚有其名，心中甚是懊悔，多此一行。前天在霸王庄遇见明镐、杨云瑞等，知非寻常之辈，处处留心，到了酒楼上，故意和那班土棍相打，借此试试二人的眼力，果然被杨云瑞看破。今天又到店里来，都是有心如此。常言说惺惺惜惺惺，好汉爱好汉，三人越说越投机，真是只恨相见之晚。直饮到月上花梢，天交四鼓，方才俱各安歇。

所有明镐之事，当晚已经说明。陶信也要往开封去，便商量舍陆乘舟，顺便到江宁，再至滁州。明镐因为屠龙叟交给自己的信必须到滁州开拆，为此更得要走一趟，于是招呼小二，去往河下雇好船只。当日，三位英雄上船，正赶上顺风，立刻开船进发。明镐、杨云瑞这些日子只是爬山越岭，何尝安闲过？如今上了船，自与步行有天壤之别了。开头一两天还不觉得怎样，走了三天，已近鄱阳湖界，偏又遇风，这只船便不大安稳了。陶信是不觉得，明镐有些支持不住，却觉头晕，心中也很烦躁。

那天到鄱阳湖岸一座大镇市。陶信已经知道明镐的毛病，便和杨云瑞商量在此住船，多歇两日，顺便到岸上去游玩游玩。明镐巴不得早日停船，正遂心愿。那天船拢了岸，三位英雄一同上岸。镇市却也十分热闹，随便行了一会儿，就在一家酒馆内喊些酒菜，痛饮起来。直饮到日落衔山，明镐更是饮得淋漓尽致，方才会了酒钱，俱各回船。

离河岸里把路，听得人声嘈杂，似乎有千军万马之声。三位英雄俱各紧走几步，来到停船的地方，看见许多人全都立在岸边，像是看什么奇事似的。陶信天生的好动，便往人群中挤进去。明镐和杨云瑞跟着挤到里面，仔细望去，看见一个三十岁上下的人，赤着膊，身体十分瘦弱，两条胳膊犹如两根枯柴，连骨缝里也寻不出一点儿肉来。肋骨一条一条地排列着，仿佛是纱蔽的铁丝灯笼。面上也是瘦得不成样子，只是两只眼珠却是绿莹莹的，甚为有神。见他正然和渔船上的人争吵，那些艄工水手一个个狞眉怒目，各执器械，要与他相打。又听一位年老的水手大声和众人说道："列位请想，俺等一家老小全靠一只打渔船生活，每天餐风饮露，受尽风涛的危险，打得几斤鱼，卖几文钱养活家口。"指着那瘦人说，"这位凭空要来索诈钱文，真是岂有此理！"

那瘦人哈哈大笑道："你只管随意乱说，有谁信你的话？你们每天打渔，要不是我来相助，你等怎能如此容易？满贯用你几文，也不为多。今天你们听了歹人的坏话，硬要不给我钱，还要打架，来来来，怕的不算好汉！"

众水手齐说道："你自己去撒泡尿照照，是不是从土里挖出来的枯骨？真是豆腐进厨房——不是用刀的菜。"

只听那瘦人喊道："你们不要看我瘦，虽瘦，倒很结实。有力的尽管拿刀砍过来，避一避不算人。"说着，将两条柴梗般的胳膊向左右张开，挺着胸膛，等他们砍杀。

那些水手哪里敢下手？全都擎着刀望他发怔。那瘦人气不过，抢了一把又明又亮的单刀来，挺身说道："你们以为我身体瘦弱，禁不起一刀，我就借这把刀砍给你们看看。"旋说旋举起刀来，刀口对准他自己的头额，猛力一刀劈下去。同时将头额往上一迎，只听咻的一声响，和砍在棉花包上一样，并无一点儿伤痕。接连又砍了几刀，才换过手来。周身砍了一遍，将刀往地下一掷道："这刀似块死铁，太不中用了，拾去换糖吃吧！"

那水手连忙拾起来看时，只见刀口全卷过来了。都惊得吐舌摇头、目瞪口呆，半晌说不出话来。

三位英雄看了，也是惊异，知道此人的功夫已练到绝顶。

又听他笑道："你们这种刀，真是截豆腐嫌太钝了，还要拿在手里，不是丢你祖宗十八代的脸吗？"

那班水手无人再敢多说。早有一个年长的过来说道："孙三爷，何必与我等一般见识？你老愿意怎样，我等无不遵命就是了。"

那瘦人笑道："这话你为何不早点儿说？单等将我试验一回，你才出头，这不是有意寻我的开心吗？"

那人道："三爷不知，我是将到街上回来，还是有人去招呼我，不然我还不晓得呢。你老人家穿好衣裳，诸事全看我的薄面吧！"

那瘦人到此，也就没得说的了，一面穿衣裳，一面说："我仍在宾贤楼候你吧！"及至回过脸来，和三位英雄打了个照面。

杨云瑞这才看清，赶紧跑过去行礼道："我早就疑惑是三哥，因为没看见面目，未敢冒昧。不料果是三哥！"

那瘦人笑道："你怎的到此？一别五年，不料在此相会，且随我来！"说着，便向街上走来。

三位英雄在后跟随。不多时，来到一座酒楼门首，那瘦人便向楼上让。

杨云瑞道："不瞒三哥说，俺三人刚才饮毕回船，此时实在不能再多饮了，改日再来陪三哥吧！"

那瘦人笑道："多年老友，异地相逢，岂能当面错过？无论如何，今儿得再痛饮一遭。"说着，将手一扬，三人不好再为推辞，只得上楼，拣定座位。

杨云瑞这才指着明镐和陶信代通名姓，又将那瘦人的名姓说了一遍。原来此人名叫孙玉池，绰号人称翻江鼍，江湖上差不多都知道他，水岸两路的英雄谁不和他有来往？他本是弟兄三人，数他最小，所以人全唤他叫孙三。他也听说陶氏八杰和小孟尝的声名。几人见面，自有一番客套。不多时，堂倌搬上酒菜来。

杨云瑞说道："你我弟兄，并非泛交，实对你说，我等酒已饮得十分饱，如今是陪三哥来的，就请你自己痛饮吧！"

孙玉池哪里肯依？仍然一杯一杯地让。明镐和陶信饮了个大醉，直饮到天交初鼓，方才罢休。孙玉池与杨云瑞也饮到八成醉，四人一同下楼。依孙玉池的意思，一定要请三人到他那里去安歇。

杨云瑞因说："船上还有东西，需要回去看看，明天必然登门叩拜。"

孙玉池便将住处详详细细地说明，方才分手。哪知此地系江西吉安县属，近来时有盗案发生，地方上便不大安靖了。这镇上有个巡检司驻守，手下弓马手倒有百十名。宋朝的制度，知府、知州、知县，一切地方官全带兵的，不定必是文人。此时巡检司因地方不靖，每日带兵查夜，遇有形迹可疑的，必要带回衙去审问，非经正式商家保释，便要解往县里去。

无巧不巧，偏偏在巡检司查夜的当儿，三位英雄都带了酒，走起路来晃晃荡荡的，不料查夜的兵阻住去路，定要检查。陶信把眼一瞪，喝声：

"瞎眼的狗头，你等莫非要欺人吗？"

那些兵丁见他三人是外路口音，年纪又轻，衣服又平常，说话无礼。官场中的势利眼，哪里瞧得起这么三个人物？登时都围拢上来，要捉三位英雄。早有人报知巡检司，他进前来一看，以为三人不是善类，指挥众兵士喝道："且把这几个混账东西捆起来，回头带到衙内，每个狗腿上挖他两个大窟窿。这时候没闲工夫和他们多说！"

众兵丁真个一齐动手来捉，以为是荞麦地里捉乌龟，手到擒来，算不了一回事。哪知连手还不曾沾着三位英雄的身，早被陶信三拳两脚将前面的几个打得屁滚尿流。后面的都吓呆了，不敢上前，只圆睁着眼看。这巡检司平素受人奉承惯了的，不由得心头大起，一连喝声："快捉！"众兵士已经吃过亏，怎敢上前？还是杨云瑞，虽有八成酒，心里到底是明白的，连忙劝住陶信，一面又来敷衍巡检司，左一个揖、右一个揖地赔不是。不料巡检司却摆起官架子来，将那副卷帘式的面孔往下一沉，两只富贵眼向上一翻，大喝道："哪里来的大胆强徒，竟敢拒捕？真是无法无天了，这还了得，快快拿下！"

杨云瑞见他不识好歹，未免也动了气，便说道："依你便怎样？"

巡检司把眼一瞪道："没别的话，跟我到衙门里去。"

陶信仍是要动武，明镐再三解劝。

杨云瑞笑道："跟你到衙门去也无妨，只不许你捆绑。"

巡检司道："那倒可以。"说着，便和众兵丁使了个眼色。

却见许多的兵一个个弓上弦，刀出鞘，围拢上来。明镐看了暗笑。

杨云瑞便和陶信说道："六弟，咱就跟他走一趟吧！"说罢，指着巡检司，叫他在前走，于是一同来到巡检衙门。

正是：

> 只为两次贪多饮，凭空勾出是非来。

要问来到巡检衙门又当如何，且看下文分述。

第十五回

水麓洲陶信访良朋
云霞岭明镐拆柬帖

却说三位英雄来到巡检衙门，当下巡检司传呼升堂。众兵丁将三位带到堂下，只见这公堂上点了两盏蜡烛，十分惨淡，八仙桌当作公案。两旁站立几名兵丁，简直的不成个样子。

三位英雄看了，暗笑不已，站在堂下，面对巡检司，等他问话。就见这巡检司将惊堂木一拍，喝声："跪下！"三位英雄哈哈大笑，只不理他。他便大怒道："你等公然拒捕，必非善类，来到公堂，尚如此傲慢，平日蛮横可知！"便唤兵丁看刑具伺候。众兵丁一声吆喝，拿来板子，向堂下一丢。

此时陶信实在忍耐不住了，跑到公案前，只一脚，便将公案踢翻，把巡检司撞了个大跌。那些兵丁们见此光景，一齐围上来，早有人扶起巡检司，直气得他面目更色，连说："反了反了，这还了得？"

明镐见陶信如此动作，未免担心，也明知他陶家有些势力，然而这些年来，已换了几位皇帝。所谓一朝天子一朝臣，从前的势力，这时能否管用，还未可知。陶信自知袭封侯爵，他陶家不论长幼，都有官职的，便是他自己，也是统制的前程，比巡检司的职分高有十倍，哪里将他放在眼内？踢翻了公案，他便跑上公位，端然正坐地在身上拿出一卷东西来，两手高举，连说："圣旨在此，尔等还不拜驾吗？"

巡检司一见圣旨，早吓得魂灵出窍，跪在地下磕头，口呼："小臣罪该万死！"众兵丁更是慌了手脚，一齐罗拜。

陶信哈哈大笑道："尔等枉生两只狗眼，居然敢向我等无礼，本当奏明圣上治罪，姑念尔等无知，赶快给我滚开吧！"说罢，将圣旨藏好，招呼明镐、杨云瑞，大摇大摆地走出衙来。回头望望，只见巡检司和众兵丁还在那里跪着，俱各大笑。天已三鼓，回船安歇，全不管巡检司衙门里闹了个天翻地覆。

次日清晨，孙玉池便上船来相会，谈了半天，问起杨云瑞等意欲何往。明镐便将来意以及一切经过的情形详细叙了一遍。孙玉池这才明白。又说到小霸王张荣等弟兄三人现在湘潭，不久便往开封。

陶信说道："三哥在此处已久，不知附近可有出色的人物？"

孙玉池长叹道："实不瞒六弟说，愚兄早年闯荡江湖，结交绿林中的豪杰，不知会见多少高人奇士。近几年来，觉得人生朝露一般，毫无意味，打算从此洗手，闭门隐居，永不问世。除了前辈的老英雄及旧友年辈等外，一概不知了。至于此地风俗人情，却是重文轻武，因此更无出奇的人物。近日听说水麓洲地方来了一位英雄，名叫高季子，绰号满天飞。我是听人传说，不知究竟本领如何，据说他还是名门贵胄哩。"

陶信闻听此言，跳起来道："高季子在此吗？这真有兴了。"

孙玉池道："难道六弟认识此人吗？到底是何等人物？"

陶信道："提起此人，大大有名。他乃平西王高怀得之孙，还和当今皇上是表兄弟呢。他是弟兄二人，自幼爱习拳棒，在六七岁的时候，被一道士拐走，至今杳无下落，原来在此。小弟和他最亲近，往时天天行坐不离，犹如手足。他被人拐去，我还哭了几天，为他生了一场大病，至今念念不忘。"回头又对明镐说道，"小弟本想随兄前往汴京，既有此事，我马上要到水麓洲寻高季子去。倘若天假其便，我等一定要到开封走一趟。"

明镐道："多承六弟厚爱，你我后会有期吧！"

陶信听罢，当下告辞。雇了船只，竟往水麓洲而去。搁过不提，后文自有交代。

再说孙玉池见陶信兴冲冲地去了，便约杨云瑞、明镐到酒楼去畅谈一番。杨云瑞想起昨夜之事，仍是好笑。明镐便将昨天怎样戏耍巡检司的事情对孙玉池说了一遍。

孙玉池听了，笑道："办得痛快！那巡检司平日贪赃枉法，鱼肉乡民，我早想给他点儿苦吃，老六这一来，替百姓出口怨气。他本名夏义陶，人都唤他作吓一跳，应该重重办他一下子，不然他旧性是改不了的。"

三人说笑了一阵，就往酒楼痛饮了一番。

一连住了三天，明镐再三告辞，孙玉池哪里肯依？还是杨云瑞说："有要事，中秋以前，要赶到滁州，再耽搁下去，恐怕来不及了。来日方长，相会有日。"

孙玉池见留不住了，只得备办一席酒，送到船上来，直饮了一夜，才分手而行。明镐吩咐船家，兼程急进。因那时已到七月下旬光景了，水手们满口答应，便不分昼夜地趱程而行。正赶上一帆风顺，挂起篷来，不亚如流星火箭，哪消三五日，已到江宁采石矶。将船拢岸，二位英雄上岸游玩了一遭，觉得江南风景自与川广不同，称得起是山明水秀、人杰地灵。

次日，船到江宁城下，分发船钱，打店住宿。一番忙碌，不必细表。

单说二位英雄自到江宁，每日出外搜寻古迹。这天来到狮子山，走到山顶一望，只见长江滚滚、白浪滔滔，对江山如屏蔽，苍松翠柏，青绿无边，实在风景如画。明镐是文武贯通，胸襟何等的潇洒！杨云瑞是如孤云野鹤，到处为家，又结交一班剑仙侠客，看破红尘，今日对这天然的风景，怎不有兴呢？不知不觉地留连忘返，直到红日西沉黄昏时候，才商量着回店，预备明日动身，依着杨云瑞的意思，还要到扬州去走一遭。明镐生恐误了中秋的期限，便说回头时再绕到扬州。杨云瑞是无可无不可。

次早便要动身，当晚早点儿安歇。睡到半夜里，杨云瑞翻了个身，说也奇怪，竟睡不着了。便披衣静坐，闭目养神，听得谯楼正打三更，万籁俱寂。正在调息精神，微闻隔壁房间里有些声息。要是平常人便听不见，他是练功夫的人，对于一切无不细心，看也看得远，听也听得清。平生又爱管闲事，当下侧着耳朵靠近墙壁，仔细一听，似乎是有两个人说话，商量什么要紧的事似的。想要走出房去探探到底是何缘故，略一动转，明镐已醒。他见杨云瑞的行动，知道必有事情，也就下床，蹑足潜踪地走过来，问杨云瑞是什么事。杨云瑞摇头不语，只见他挨近后窗，拔开屈戌，轻轻一推，跟着一蹿，便已来到院内。明镐也跟出来，不亚如两只燕子，毫无声息，来到隔壁房窗，贴近细听。原来是两个差人给人送信，要害什么人。那封信却十分重要，在昨天傍晚的时候，倒是看见两个公差似的人住在店内，是从汴京来的，要往无为州去的。二位英雄既将此事看到眼里，怎能袖手旁观呢？况且往无为州去的路，正和滁州相近，两人一商量，跟他二人一程，要探个水落石出。

次日，这两个公差模样的人出店上路，绝无料到有人在后跟着。当天住在太平县里，进店除吃饭睡觉，并无别的事，也未露出什么形迹。这天夜里，俩人多喝了两杯酒，便高谈阔论起来，这个说："老二，俺俩这趟差事，真正冤枉，一路上和做贼般的，不敢多说一句话。你想俺等在汴京，何等的势力，怕过谁来？无故受此风霜辛苦，真要闷死我了。"

又听那个道："大哥这脾气太大，性子又躁，在公门中混了这些年，仍然旧性不改。你不听人说，为人莫当差，当差不自在，吃人的饭，没法，只好受人的气。就似这趟差事，到底你知道是为什么吗？"

那一个道："我在内书房里接信的时候，就听师爷说了一句，说：'此信活似催命符，将信投到管叫他死无葬身之地。'后来见我走进去，他们便不说了。究竟也不知是何人。"

又一个说道："你是真不晓得的呢，还是装呆呢？"

那个道："我实在不知道，你须晓得底里，不妨告诉我。"

就见那一个向门口张了一张，轻轻说道："欧阳修！"

哪知道他俩这三个字一出口，又被二位英雄听了个真切。明镐回到房中，倒为了难了，有心要跟下两个公差去打救忠良，又恐怕误了大事；不去吧，又恐忠良遭害。正在进退两难的时候，忽见帘栊一起，走进一个人来，抱拳拱手笑道："二位兄长，别来无恙？"

明镐正对门口，看个明白，原来是铁面如来钟志英。杨云瑞见了他，心中欢喜万分，因为有他这一来，不论什么难题目都好解决了。明镐更是欢喜无限，当下让座，道了一番阔别的情形。又问起小霸王张荣和小玄霸高三宝来，方知他二人还在湘潭，不久便要动身往汴京来，约和明镐在大相国寺相会。明镐无不答应，吩咐店小二："搬上酒菜来！"三个人开怀畅饮，饮酒中间，明镐悄悄说所遇之事。钟志英摇头示意，明镐也就不便往下再说了。

吃喝完毕，撤去残肴，小二点上灯来。钟志英向门外望了望，回头才说出一番话来。

正是：

只因立志除奸党，惹得妖邪害正人。

要问钟志英说出一段什么话来，以及许多奇怪之事，都在下文交代。

第十六回

逞毒谋设计害忠臣
遵师谕划策诛刺客

却说钟志英回到房中，便低声对明镐、杨云瑞说道："二位兄长不知，小弟此番前来，是奉师命，关系重要，非同小可。至于二兄所遇之事，小弟尽知。那两个东西由开封往无为州，为何要绕道来江宁呢？其中还有许多的情节，如今也不必细说，久后自然明白。如今最要紧的事，就是请明兄先往滁州栖霞岭去，自然有人招呼，还有许多要事，专等吾兄前去办理。至于此处的事和那个东西，交给我和杨兄，自有对付他的法子。切记这件事关系国家大政，不可大意的。"

明镐也知道这其中关连忠贤奸党两派的事。当夜无话。

次日动身，临走的时候，约定在滁州南门外张家店内见面，便也不敢稍停，匆匆地上路。也顾不了游山玩水，昼夜兼程急进，哪消三五日，已到滁州，就在南门外张家店内安顿行李。只见街市上，大家小户悬灯结彩，不知是为什么事。当晚安歇。

第二天早晨起来，梳洗已毕，唤店小二问道："各家商店悬灯结彩，是为何故？"

小二道："客官不知，只因俺这滁州州官来了一位忠良，黎民百姓欢迎贤父母，所以如此。"

明镐道："州官姓名你可知道？怎知他是忠良呢？"

小二道："提起此人，大大有名，乃是官拜翰林承制、官讳欧阳修大老爷的便是。"

明镐迟疑道："那欧阳修乃是天子的近臣，皇帝十分尊重，况他的官阶也比知州高几倍，怎会外放到此呢？恐不是他吧！"

小二道："千真万真，确是欧阳老爷。究竟怎的调此，却不知其详细。据听人说，因为参奏奸臣，打救韩琦、范仲淹等一班忠臣，被那些奸贼毒计陷害，以致降调来此。"

明镜点头，心中已明白了八成，又问："欧阳修已到任否？"

小二说："尚未到任，大约在这几天总要接印的。各处绅士和许多书吏差役迎候了几天，未见到来。据汴京来人传说，他已出京多日了，不知道是在路上耽搁呢，还是有别的事。"

明镜听罢，挥手令小二退下，他便信步出店，望西南走下来。一边走着，暗自思索："其中定有缘故，否则何以尚未到此？"不多时，已到栖霞岭下。那天已是八月十四日，明日便是中秋，暗想："屠龙叟的柬帖必有妙用，今已相近，不妨取出来看看。"

当下抽出来一看信封，不由吃了一惊。原来当初接这封信的时候，封面并无字迹，如今分明写着"栖霞岭山顶，午夜拆看"几个字。哪敢怠慢？立时上岭。岭虽不高，地面却不小，接接连连，一望无垠，庵观寺院到处皆有，茶馆饭店各地尽是，便拣了个清净酒楼，随便喊了几样酒菜，自斟自饮起来，为的是消磨半天光阴。

真所谓有话即长，无话就短，展眼间已近黄昏。恰巧此处酒馆带客寓，胡乱将就一夜，省得往返跋涉。

次日中秋，便有许多红男绿女来游岭的，十分热闹，各寺院开放山门，烧香拜佛的往来不断。明镜到各处游玩了一阵，不觉天晚，用过酒饭，直奔岭顶而来。这岭虽不甚高，但顶却陡峻，足有三五丈高，等闲人如何上得去？所以上边有什么，全不晓得。像明镜这般高来高去的人，看起来不过一举足之劳，当下他便一纵身上得顶去。说也奇怪，顶上和下边相距几丈，大约无甚两样，哪知真正别有天地，也因轻易无人上来，一切山花野草蔓延甚快，遍地青苔，温软无比，就是一块顽石、一棵枯树，也觉别致，处处引人入胜。明镜看了半天，连连称赞好地方，诚如古人所云，室雅何妨大，花香不在多了。

霎时听得寺院钟声已经三响，连忙取出柬帖来，先向空中拜了三拜，这才恭恭敬敬地启封。却是一首《西江月》词：

　　　　只因五鬼用事，毒策倾陷忠良。招邪引怪乱阴阳，终日欺君罔上。

　　　　今值贤臣被困，贼徒聚集孔庄。奋勇解救莫彷徨，切记兴风作浪。

后写："五雷天心正法，专破妖术邪法，切记切记！"

明镐看了柬帖，心中明白，正在思索之际，忽然一阵微风，竟将柬帖吹到空中去了。明镐大惊，连忙望空叩拜已毕，暗说："孔庄在哪方，却未打听，深更半夜，向哪里问信呢？"正然迟疑，忽见面前一道白光指向西北，知是神仙引路，便施展陆地飞腾法，直奔西北。展眼之间，已见前面有所大庄院，更鼓锣声连续不断。仔细辨别方向，又见白光一闪，落在一所院落。立即飞奔过去，知道是大户人家的宅子，厅堂足有十几层，房屋无数，各房皆有灯光，只有正北大厅上灯烛辉煌，人声嘈杂。当下蹿过去，趴在瓦垄上，听听说什么。里边正在划拳行令，大约有二三十人。

又听有人说："如今将他困住，还是剪草除根为妙，夜长梦多，倒要防备才是。"说话声音洪亮。

还未住声，听得有人哈哈大笑，说："是鱼已入网，插翅难飞。况且机关密布，有谁前来送死？你真是虑得太过了。"说罢大笑。许多人也跟着笑，声震屋瓦。

明镐暗想："柬帖上说贤臣被困，必在此处无疑了。但不知在什么地方？这许多的房屋，寻一夜也寻不完，这便如何是好？"正在为难的当儿，忽见两条黑影在面前一晃。明镐急忙要想躲避，不料黑影直奔了自己面前。他便掣出宝剑，准备迎敌。临近一看，原来是高三宝和杨云瑞，心中大喜。三人一同蹿到僻静屋面。高三宝这才说道："俺俩等你两夜了，怎的你今日才来？"

明镐就将柬帖中的话约略说了一遍。

高三宝道："我当是何事！早知如此，何必叫你一人前来呢？原来小弟也是奉师命为此事而来，不过比你知道的详细。据家师说，此处能人甚多，还有几个妖僧邪道会用法术，师父说自有高人相助。如今看起来，恐怕就是老哥了。事不宜迟，你我赶快行事吧！贤臣现在水牢，已经五日了。"

当下高三宝在前，明镐、杨云瑞在后，直向西北角上蹿来。霎时看见一间屋，孤单单地盖在中央，四外并无房屋，屋内微有灯光，似乎有人看守着。高三宝要过明镐的宝剑来，一个箭步，早到门口。里边两个人正在谈得有趣，冷不防蹿进一个人来，刚要问话，口还没开，就见高三宝快如飞燕，左一个顺水推舟，右一个苏秦背剑，两个死尸栽倒，连声哎呀也无喊得出，明镐暗夸高三宝手脚真快。接着二人也就蹿进，但见高三宝走到一张方桌旁，用手一掀，只听哗啦一声，早露出个洞口来，漆黑黑的看不见什么，却听见水声汩汩。高三宝取出千里火迎风一晃，登时火焰明亮，他便一手执剑，一手持火，顺洞口石阶一步一步地走下去。

杨云瑞关照明镐："守住门口，恐有人来。"说罢，他也随着下去。

足有两丈多深方到洞底，甚为宽阔，靠北有座石门，上有铁锁。高三宝一剑将锁削落，用手推开石门，才知是座大水牢，真有三五亩地方。寻了半天，在东南角上有个人半身落水，仰面朝天，见有人来，破口大骂。

高三宝忙跑过去，低声说道："俺弟兄三人，千里迢迢至此来救你性命的，你别错会了意。"

那人闻听此言，揉揉眼问道："请问壮士贵姓高名，怎知某在此被困？请道其详。"

高三宝道："此时哪有闲工夫叙家常？出了虎口，慢慢再说。"

杨云瑞已将麻绳送下去，那人接住。杨云瑞一用力，便将他提到石岸上。高三宝取出皮兜，叫他坐好不要动，随手提总皮条，像只椅子，背在肩上，走出洞来。明镐看见，摇摇手止住脚步，才听见外面有人说话。在门口便唤道："周三、王六快开门来，祖师爷马上就要来取那狗官的心肺。"说着，推门进来。看见三人，刚要呼喊，早被杨云瑞杀死。接着，后边的那个也走进来，高三宝顺手一剑，也就了结。

后边无人，三位英雄立时蹿出，飞身上房，直奔东南而来。将才奔出庄院，已听得人声鼎沸，灯球火把照耀如同白昼。大约是里边得了信，正然四处寻找呢。三英雄哪还管得许多？用出平生的本领，不亚如飞鸟一般。高三宝身上背着人，你看他蹿纵跳跃，仍然毫不费力，展眼之间，已到栖霞岭顶上。

谯楼正打五更，高三宝在身上解下那人来，趁月色仔细观看。见他年纪不过三十多岁，生得是方面大耳，一团正气，二目奕奕有神，只是在水牢困了几天，似乎十分疲倦，坐在地下，还醒了半晌，方才说道："三位壮士救某性命，五中感激，非语言所能形容。但是如何知某被困，请示一二，并领教高姓大名。"说罢，直望着三位英雄，似乎立等回答的样子。

高三宝道："至于俺等姓名，不必宣露，因你为官清正，嫉恶如仇，和奸臣结下冤仇，他等每想一网打尽。某等专管人间不平之事，斩赃官，诛恶霸，救的是忠臣孝子、节妇义夫。这不过是替天行道，分所应为，绝不望报酬的。但是你此次被难，想也略知底细，以后诸事多加小心，以免误坠奸贼的圈套。话已说明，如今应当怎么处置，一切由你斟酌。俺等再送你一程，大约前途有人迎接你，千万不可露出某等的行迹，要紧要紧！"说罢，将剑交与明镐，用绳将他系下去，一同回转张家店。又给他换好衣

72

服，雇妥一辆行车。次日动身，当天来到徽州，打店住宿，三位英雄这才
告辞。

正是：

  贤愚自古如冰炭，天理循环果不差。

要问救的这人是谁，究竟是怎的一回事，且候下文交代。

第十七回

参奸臣金殿辨是非
遣刺客馆驿盗印信

却说三位英雄救了忠良，送到徽州，告辞而去。

那人是谁呢？看官不要性急，容某抽暇细述。

这位忠良名叫富弼，官拜枢密使之职，在朝为官清正，遇事敢言。论起他的功劳来，大非平常。那时北辽派遣差官，要宋朝割地称臣，贡献岁币，安心激动宋君大动干戈。正赶上西夏赵元昊造反，兴兵犯界，边关告急的本章雪片似的飞来。仁宗皇帝慌了手脚，还仗着一班宿将竭力防剿，几个月的工夫未能平定。征兵调将，催粮运饷，已是忙了个不得开交，哪有余力再和北辽征战？当时人心惶惧，谣言四起。一班奸臣趁此机会大肆活动，幸有寇准、文彦博、韩琦、范仲淹、包极等一班忠良防备得紧，所以奸臣总未得手。

听说北辽要求割地，却都没了主意。富弼自靠奋勇，拼着性命前往北辽，凭三寸不烂之舌，说得北辽君臣俯首帖耳，不过略加岁币，丝毫未得便宜。往返了两次，签订国书，各不相犯，未动一兵，未折一矢，这是何等的功劳！仁宗皇帝封他官爵，他抵死不受，何等的清廉！所以提起他的名头来，真是名传遐迩。

那些奸臣定好圈套，借征西夏的题目，要谋害韩琦、范仲淹二位丞相，说他二人克减军粮，激变军心。仁宗不察，竟要将二人治罪。富弼正请病假，在府休养，闻得此信，朝衣也无顾得穿，仓皇跑上金殿，伏俯见驾。

仁宗将要下旨，见他上殿，停笔问道："卿家不在家内养病，何事见朕？"

富弼当即奏道："韩琦、范仲淹等先朝老臣，忠心耿耿，此次西夏兴兵，亏了二臣随机应变才能遏止逆焰。如今不叙功劳，反信谗言，要加重罪，臣实不解，请万岁鉴察。"说罢，叩头不已。

仁宗已知韩、范功高望重，致遭人忌，想起从前许多的功劳，心中也觉为难，半晌说不出话来。

只见左班中闪出枢密副使夏竦，跪下奏道："韩琦、范仲淹等不顾圣恩高厚，劳师糜饷，措置失当，若不治罪，不足以儆将来，请万岁乾纲独断，依律重惩。富弼和韩、范结党营私，互相援引，言不足信，请即降旨施行。"说罢叩头。

富弼本来有病，如今勉强支持上殿动本，不料竟被夏竦反咬一口，不由得气冲牛斗，怒发冲冠，大声喝道："尔等目无国法，胆大妄为，陷害忠良，欺君罔上。今在圣上驾前，尚敢如此无礼，平日行为概可想见，请圣上将他交三法司问罪。"

仁宗见他等在金殿争论起来，龙心不悦，传旨道："卿等暂且退下，朕躬自有办法。"

那时八千岁德昭已死，如有他在朝，奸臣也不敢如此胆大。自他死后，忠臣便遭难了。天道无私，报应不爽，一来是宋朝气数未尽，二来是仁宗洪福齐天，当八千岁临死的时候，皇驾前去探病，王公大臣、公侯将相都在乾清宫侍疾。

八千岁自知不起，便将亲弟德芳唤至榻前，将太祖所赐的金锏传给德芳，嘱咐道："这是先王的恩赐，上打昏君，下打奸臣，非同小可。你要认清忠奸，不可胡乱使用。今当圣驾在此，你就拜过先帝，再行谢恩吧！"

原来德芳是太祖的第二个儿子，职封晋王，人称七千岁，平日勤劳谨慎，不轻启齿，任你天大的事，他不肯多说一句话的。如今蒙王兄传授金锏，将千斤重担加在身上，不好推辞。当时拜过先王御像，又谢圣恩，登时荣耀数倍。从此之后，每日上朝，一年多的阅历，谁忠谁奸，全都记在心内。

这天夏竦和富弼当廷争论，又见仁宗有意护庇奸臣，不由得动怒。本来他在御座旁公位上，回头唤内侍取过金锏，仁宗和众文武绝不料他要来管闲事的，今见他的行动，俱各吃惊。

仁宗先问道："皇叔有何议论，不妨对朕说明，何必要取金锏呢？"

七千岁怒道："奸臣佞口，颠倒是非，若再姑容，他等要把江山断送了。"

仁宗道："皇叔此言，朕甚不解，哪是忠良，谁是奸党呢？"

75

七千岁也不再说，袖中取出本章，递给内侍，内侍送到御案前。仁宗展开，从头至尾看了一遍。本中所说的奸臣，不一而足，便有王钦若、丁谓、夏竦、陈尧叟等，连带西宫张贵妃并许多太监在内。仁宗看了本章，心中实在为难，若不答应，恐怕惹得七千岁动火，吃不消金镧厉害非凡。若待答应吧，内中关系心爱的美人。踌躇了半天，想个两全之法，带笑言道："皇叔且请回宫，容朕次第收拾便了。"

七千岁怒气勃勃地指着夏竦喝道："你不要邪迷心窍，意图妄想，以后痛改前非，还在罢了，否则小心你的脑袋！"

夏竦直吓得浑身冒汗、屁滚尿流，无头无脑地挨了一顿申斥，真是做梦也想不到，斜刺里插出一棍子。本来他和王钦若、丁谓等商量，今天趁势将满朝忠良一网打尽，所有诡计安排得妥妥当当，有恃无恐。不料半天里起个霹雳，打得云消雾散。就此一来，一班奸臣所定的计划都成泡影了，哪个还敢出头呢？

韩琦、范仲淹轻加申斥；欧阳修降谪滁州知州；富弼忠直可嘉，钦赐人参、鹿茸，褒旨嘉奖；夏竦因多言，降一级，罚俸三月；其余加恩宽宥，一概不问。

这道旨意一下，把那些奸臣气了个发昏。王钦若更是不平，秘密地通知夏竦、丁谓，在他府内商议如何对付之策，再三斟酌，便想到收罗刺客，乘机下手。一面写信私通北辽，一面又通知贝州的王则和滁州的孔直温，叫他们招军买马，聚草屯粮，联络绿林中的强盗，征求武艺精通的好汉。如有特别的人物，急速写信叫他到汴京来，有要事待办。

那时候，贝州王则所结交的，全是一班妖僧邪道，滁州孔直温所联络的，都是一班江湖上的大盗，各处都有机关，消息十分灵通，哪怕几千里路发生了什么事情，哪消几日工夫，各地便都得了信，势力之大可知。夏竦因恨富弼，必要将他治死，方消胸中的恶气，左一个法子，右一个法子，全都不中用。后来滁州孔直温派来了一名刺客，名叫草上飞余洪，是个飞贼，善用鸡鸣五鼓返魂香，武艺也十分了得，来到汴京。夏竦自得此人，十分欢喜，以为有了报仇的机会，便将自己的心事对余洪说了一遍，请他设法。余洪说富弼是朝廷的大官、皇上的心腹，急切不能下手，怕的是打草惊蛇，只好随时留意乘隙下手便了。夏竦是恨不能立刻将他治死，方消恶气，今既无法，只是长吁短叹，无可奈何而已。

过了几天，忽然下了一道旨意，派富弼为京东南路宣抚使，调查民情吏治，钦赐尚方宝剑，准其先斩后奏。富弼奉了旨意，自然是择日出京，前往各府州县认真查访。

这天，草上飞余洪便对夏竦说道："如今有一条妙计在此，请大人派心腹家将，暗地跟随富弼，看他到什么地方，赶紧回来送信，以便下手。"夏竦自然是喜不自胜，当时便派了几名心腹家将，一路跟随富弼出京。每天总有人回府报告，说富弼已到何处。

那天行近徽州，安排馆驿，早有合城的文武官员前来参拜。富弼一一接见，各人问了几句闲话，俱各告辞退去，预备明日南行。不料阴云四合，忽地下起雨来，真是秋雨连绵，一连几日也未放晴。富弼心中闷损不已。

这夜饮了两杯酒，就在灯下观书，直到三鼓，毫不困倦，偶然闻着异香扑鼻，心中纳闷："半夜三更的，哪里来的这种香味？"正在思索之际，又觉头昏眼花，天旋地转，心说："不好！这别是贼人用的什么熏香吧！"想要挣扎跑出室来，哪里还来得及？霎时一跤栽倒，就此昏迷不醒。直到现在，仍是昏昏沉沉，如同做了一场大梦。

原来那夜，余洪由汴京动身，临走的时候写了两封信，叫夏竦派人，一封送到江宁，一封送到无为州。这两封信关系重要，是要请人刺杀欧阳修的，所以明镐等在江宁遇见的两个差人，说是要上无为州，就为此事。不料被高三宝在半路将信盗出，拆看明白，乃是余洪邀请同党水贼浪里钻姜天喜和他兄弟浪里滚姜天禄，在水路预备，如遇滁州刺史欧阳修，顺便将他治死，沉尸大江以灭口。这种毒计却也十分厉害，没想到高三宝早就安排妥当，姜氏弟兄断送两条性命，这也不必细表。送到江宁的那封信也是邀旱路的同党一盏灯何明、叫五更施亮，在采石矶一带等候，预备行刺。偏偏的欧阳修走的是水路，所以也是白费心机，终归光影，也就不去提他。

单说富弼，自那夜被余洪用熏香熏倒之后，人事不知。余洪本打算要盗他的印信，因为寻不着，心中一动，暗想："何不将富弼活捉了去，岂不是绝大的功劳吗？"又想到不能把他背进汴京，所以就将他背到孔家庄水牢内。据孔直温的意思，当夜将他杀死，以除后患。余洪阻拦，因无得夏竦的话，不好鲁莽。一面派人到汴京送信，请示夏竦，一面派人严加看守。及至得了夏竦的回信，叫把富弼破腹剜心，生生治死，正赶上那天是中秋节，不便杀人。那时，孔直温家内窝藏不少的江洋大盗，还有几个妖道淫僧，终日密谋为乱。后文自有交代，暂且不表。

富弼自被掳至得救，始终也不明白是谁来害他，又是谁来救他。几天的工夫，把个钦差公馆闹得天翻地覆，家人富安更是急得魂灵出窍，也未敢传说钦差矢踪，各官员来请见，只推有病。

这天，富弼忽然回转馆驿，富安连忙过来请安，自有一番忙碌。

正是：

打开玉笼飞彩凤，顿断金锁走蛟龙。

要问后来又有什么事情，且待下文赓续。

第十八回

救贤宰古寺戏凶徒
警愚顽厅壁留字句

却说富弼自得三位英雄搭救，回到馆驿，到底不明白是怎的一回事。

高三宝等将他送回馆驿，当日折回滁州。在路上，高三宝便对明镐说道："如今我等所办的事已经如愿以偿，毫不费手，此后到滁州便须防护欧阳公了。"

明镐道："久闻欧阳修乃是当世的贤臣，人所共知，为何得罪奸人，处处和他作对？这真是不解。"

高三宝笑道："这就叫好人难做，还有什么难解呢？自古至今，忠奸两判，势同水火，总难调解的。除非忠臣变成奸臣，或是奸臣变作忠臣，才能成为一气呢，哪里能办得到？"

三位英雄说说谈谈，次日便到滁州南门外客寓。当夜无话。

次日清晨，闻听街上的人纷纷传说，欧阳刺史快来到了，各乡绅士和州衙差役人等全去迎接。三位英雄一商量，也就前往观看。但见许多的人犹如潮涌，有的是接刺史的，有的是看热闹的，轰动了黎民百姓，一个个扶老携幼，都奔官塘驿路而来。三位英雄也便混在人丛中，借便探听消息。大凡行侠作义、武艺高强的人，十分细心，无论什么人，一入他等的眼目，便能知道是甚等人、做什么事，察言观色，百不失一。那高三宝等都是久闯江湖，什么奇人奇事都遇见过，所以今天前来，要察看动作，处处留神，不论看着甚样人，全都注意。

正在观望之际，杨云瑞暗暗地一扯高三宝的衣角。高三宝会意，抬头一看，只见斜刺里走出来两个人，打扮也不十分出奇，只是两只眼不住地四下观望，面带杀气。走起路来二足生风，就知道是会功夫的人。见他二人一面走，一面吞吞吐吐地说些暗语，三位英雄早已看出他俩的形迹，悄悄地跟随。走了一歇，路旁有座茶棚，他等入内，高三宝等也跟进去，只见有人招呼他俩落座，因为相离甚远，听不清楚。那两人坐了不久，喝了两碗茶，起身出去。

高三宝等给了茶钱，也跟出来。说也奇怪，这两人不奔官塘驿路，却向正西山路而行，不时地向后张望。三位英雄恐被看出破绽，商量分道前进，约会在丰山顶上会齐。当下各是分手，只杨云瑞一人和无事一样，跟着他俩走，霎时已到山下。那二人见杨云瑞紧跟不舍，俯耳说了两句，便都站在山下，指手画脚地说些"山坡有树，路径不平"许多无关紧要的话。

杨云瑞来到山下，立即上山，为的是使他等不疑。转了两个山弯，便藏身一块山石的后面，侧耳静听，果然他俩也上山来，一行走，一行说："将才那几个牛鼻子真讨厌，似是外路的人，不知什么意思。"

又一个说："管他呢，横竖无人敢在老虎口上拔牙、太岁头上动土，找不自在，那可怪不得我们。"

又一个说："你今儿没听见谢祖师爷说过吗？如今江湖上出了几位好管闲事的朋友，偏和我们作对。那夜水牢的事就是个样子，倒要留点儿神。"

两个人说着，已经走到半山坡去了，并无瞧见杨云瑞。一来因他藏在大石背后，二来两个人直顾往前走，两旁毫未注意。原来这两人果然是孔直温那边派来要害欧阳公的，中秋夜，水牢的富弼被人救出，知道必有能人，乱了一夜。后来还是住在他家中的两个老道能知过去未来之事，什么呼风唤雨、撒豆成兵，种种的妖术邪法十分精通。一个叫银河钓叟谢明远，一个叫六合散人王九峰，本是嵩山玉清观张慧龙的两个徒弟，只因不守清规，被师父赶下山来，从此无拘无束，更是无恶不作，这也是劫数造定，所以生出这班匪人来。他俩听说孔直温收揽奇才异士，投奔前来。孔直温见他两人能掐会算，法术精通，更加敬重，真是言无不从，计无不听。

当高三宝等救富弼的那夜，正赶上两个人喝得酩酊大醉、人事不省，不然他俩使出妖法来，真有些费手呢。交代明白，不必细表。

后来孔直温给夏竦写了一封信，说是富弼被人救出，幸而风声未漏，俟后再为说法吧。夏竦接得此信，行坐不安，提心吊胆地闹了好几天，他又埋怨余洪："那夜将他一刀杀死，岂不省事？而今是画虎不成反类犬了。"又想到欧阳修虽然贬为刺史，偏偏放到滁州，倘然走漏消息，那还了得？当天就给了孔直温一封信，叫他将欧阳修治死，除去心腹之患。孔直温便和谢明远、王九峰商量如何下手，谢明远的意思，趁他未到任，半路行刺，以免许多的麻烦。

王九峰说："算他阳寿未尽，恐怕不易得手。"

两个人定计，拜星禳斗，用邪术取他的性命。

那天，谢明远便对孔直温说："俺弟兄二人费了几天日夜的手脚，才有一点儿希望，如不能成，那可是天意了。"

孔直温道："祖师爷神通广大，法术无边，谅这小小的刺史，有什么难办呢？"

谢明远叹道："你哪里知道，此人根基甚厚，大非他人可比，也是应天上的星辰下界，怎的容易呢？事不宜迟，你就请众英雄来听命吧。"

孔直温吩咐传集众位英雄速来集会。不多时，那些绿林漏网的大盗陆续进见，谢明远将这番意思详详细细地说了一遍，才唤独眼龙王真、爬山虎秦又雄两个人到丰山土地庙等候："如见有一乘官轿，并无差人，那就是赃官到了，赶紧下手，不可迟疑。我已算过，虽然小有挫折，但是不妨事的，你俩伸过手来。"

王真和秦又雄伸开左手，只见他用银珠笔画了几个圈子，说："这是大力神符，你俩拿刀动手，不论什么人，也招架不住。已是时候了，请二位辛苦一趟吧，回来再排庆功酒宴。"说罢大笑。

王、秦领命而去，他俩奔丰山而来，偏被三位英雄遇见，这也是机缘凑巧。谢明远派走两个人，又唤过山龙冯俊、扫地蛇何英奎、铁臂膊吴二虎、通天柱冯先、小猴子魏明皋等："带领二十名家将，暗藏兵刃，预备官轿一乘，明早赶到官塘口，如有官船经过，立时拦住，就说是滁州衙门内派来迎接大老爷的，船上已有咱们的人，自然能骗他上轿，便抬到丰山土地庙去。因为算来算去，只有那里好下手，别处都不中的。"冯俊等领命去了。

孔直温忍不住问道："祖师爷如此安排，真是周密已极，大约可能得手了吧！"

谢明远摇头道："尽人力而听天命，不过有三五分把握，究竟还不定怎样呢。"

王九峰也说道："他的救星太多，哪里容易办呢？冒险得很。"

孔直温也就不便再往下问了，暂且不提。

单说王真和秦又雄来到丰山土地庙中，十分清冷，庙墙东倒西歪，山门横在地下，连殿上的神像都残破了，半天也看不见个人。他俩转了一歇，就在庙后大石上坐下，直望前面。这时，杨云瑞早就跟了来，后院短墙下有棵枯树根，乱草丛生，正好隐避身体，蹲下身去，看着他俩。不多时，听得山上人声嘈杂，远远地一乘官轿直奔庙来。王真和秦又雄哪敢怠慢？伸手掣出兵刃，闪在一旁。杨云瑞暗说："这两个东西是要行凶，但不知轿内是何人？"正在心中纳闷，要跑过去的当儿，打算这俩刺客，必在暗中动手，绝不敢明目张胆行刺的。哪知道轿子一到，似乎都是商量好的，说时迟，那时快，只见他二人一个箭步蹿过去，到了轿前，不问三七二十一，说声："赃官休走，看刀吧！"猛地两把刀齐下，竟把轿杆批断。却把个杨云瑞急得搓手，连忙纵过去，喝声："大胆的囚徒，青天白日，刺杀官府，这不是反了吗？"说着，一刀直奔王真的头顶砍下去。王真冷不防跳出这么个人来，也算闪躲得急，一偏身，将刀让过，回手还了一刀。杨云瑞急架相迎，不料觉着刀力沉重，竟然架不住，说声："不好！"手中刀早已飞到半天云里去。暗说："这小子力真大！此时手无寸铁，怎能招架？"连忙回头就跑，也顾不了救人了。

秦又雄哈哈大笑道："这样的本事，也要来保护人？自己还顾不了呢，不要走，着秦爷爷的家伙吧！"说着，追上来。此时杨云瑞又急又气，暗想："自己闯荡江湖这些年，虽也碰着好多的能人，都讲交情，并无吃过苦子，不料今天遇见这两个东西，看不出他竟有如此的臂力。"又想，"高三宝和明镐又到什么地方去了呢？究竟还不知轿内的人是死是活。"正在想念之际，忽见秦又雄跑得好好的，摔了个跟头，站起来破口大骂。

原来是明镐在树上，看见杨云瑞的刀被人格飞，心中一急，跳下来拾块石子，随手打出去。秦又雄只顾向前追人，不提防有人暗算，及至石子到了面前才要躲避，哪里来得及？吧嗒一声，正打在面前，登时鼻破血出，翻身栽倒，爬起来用手一摸，见有血迹，气愤不过，大骂："鼠辈不识羞，竟敢暗算老子，非将你等碎尸万段，你等也不知老子的厉害！"骂着，向前追。已离明镐不远，见他让过杨云瑞，阻住去路，不由分说，举刀便砍。明镐用宝剑相迎，只听咯吱一响，秦又雄的刀已被削断，只剩刀把。他大吃一惊，拨回头便跑。明镐等不舍，紧紧追赶。

那时王真也追上来，两个人正撞个满怀。秦又雄说声："好厉害的家伙，咱快跑吧！"王真不知就里，正在发愣，猛听耳旁嗖的一声，知有暗器，急忙低头闪躲。哪晓得他虽躲过，却又着了秦又雄的左肩。是支飞翎袖箭，疼得他站立不住，向前一栽，连王真也撞倒，一骨碌，顺山坡滚下去了。

正是：

> 只因助逆遭天谴，难免身亡命归阴。

要问他俩的性命如何，以及放箭的是哪个，且候下回分解。

第十九回

巾帼英雄拔刀仗义
布衣寒士投笔从戎

却说明镐等正然追赶秦又雄，忽见他俩滚下山去，正在莫名其妙，却见高三宝从石旁蹿出来。

杨云瑞连忙说道："那两个东西在此行刺。轿内是甚等人？我们赶快去望望吧，大约性命休矣。"

高三宝摇手道："这却不必着急，轿内一定无人。"

明镐惊问道："轿子在我面前过，觉得甚沉重，我便紧跟下来，怎说无人呢？"

高三宝笑道："起初我也不知道，后来看见风吹轿帘，略一掀动，却被我看个清楚，乃是好重的块石头。据我看，今儿的事，必有能为出众的人占了上风，这事要候我们办，说不定还误了事呢。"说着，已经来到轿前。

抬轿的早已跑光，连个人影也无了，只将那顶破轿子掼在路旁。杨云瑞跑过去，掀起帘子一看，果然是块大石，已被刀劈去一块。究竟是什么缘故，看官们不必急，下文自有交代。不是在下卖关子，实在此处不能表白，只好请看官们纳纳闷吧。

当下明镐恍然道："这就是了，怪不得那些人不像差役，也非绅董，一个个獐头鼠目、交头接耳的，恐怕他等都是一党吧！"

高三宝点头道："大约是商量好了的，这件事已有能人出头，不劳我等费手。咱们快回店去，大概还有许多新闻哩。"

杨云瑞道："我不解那小子，力气真大，连石头都砍去一块。"

高三宝道："这事倒稀奇得很，无论如何，他绝不能有如此的臂力。我们不妨今夜去打探一番，看看孔家庄上到底有何等人物。"说着下山，回转店房。

将到街上，听得纷纷议论，说是州官不走水路，不由旱路，悄悄地进了衙门，真是人不知鬼不觉，也不知他老人家是什么意思。有的说："最可笑的，那班差役人等预备了好几天，到了还是无接着。"许多的绅士也跟着空跑了这几天，各街上商民人等全都议论这件事。三位英雄知道欧阳修平安无事，已进衙门，便放了心，也就不再打听一切的闲事了。

当日无话，夜间，三位英雄出店，天将二鼓，先到州衙走了一遭，无甚动静，然后出城，直奔孔家庄而来。本是熟路，展眼就到，但见护庄河宽有二丈，水势滔滔，吊桥高拽，两岸垂杨残叶零落，碉楼上人声嘈杂，院墙上巡更的来往不断。三位寻个僻静地方，蹿过院墙，已到庄内，各处房屋鳞次栉比，十分整齐。三位英雄上一次来救富弼的时候，无暇细辨，况在深夜，所以庄内的情形并不十分明了，这一回特为探看而来，处处留心。及至孔直温的住宅相近，抬头观看，形势崇巍，围墙高厚，所占的地方甚大，真是一望无际。里边不断人声，防范甚紧。当下绕到宅后，这才蹿上围墙。原来是他的后花园，楼台殿阁，曲径回廊，假山真石，奇花异草，说也说不尽，看更看不全。估量这座花园，便知他富可敌国。

三位英雄辨别方向，隐约望见水牢，一同落下，就在一座小亭上暂息。刚要说话，听得巡更的人来，连忙下亭，避在假山洞内，等巡更的过去再出来。听见两个更夫又说又笑地自远而近，一个说："咱家太爷近来举动更是奇特，就如发呆一般。今儿晚上，听信两个牛鼻子的话，无论内外人等，不许睡觉，将各处的机关消息全都安好，闹得人连路也不好走了，这是何苦呢？"

又一个说："老二，你可别多嘴，如今外边的对头来了不少，听说白天打发几个人出去，不知去办什么事，全都受了重伤。这还不算，大厅上会闹起鬼来，这不是笑话吗？"说着，走过去了。

三位英雄走出山洞，依着杨云瑞的意思，这地方有的是机关，甚为危险，不如及早回店。高三宝年少好胜，自以为身会绝艺，不怕他龙潭虎穴，也要走一遭。只是听得杨云瑞这么说，不好开口。

明镐便道："不来就罢了，既然到此，总要探听一番，也不枉此一行。"

杨云瑞不好说什么，只得点头。正在商量着到何处去，忽然在西南上发现一条白气，比箭还快，直向这里射来。高三宝知道一定是炼气的高人，既然到此处来，必然有事。暗将二人衣角一扯，又避入山洞，霎时间便见落下一个人来，看不清是甚人，约略身材不高，头上罩块布，见他落地后，抖了几抖，一腾身，宛若飞鸿，直奔前边去了。

高三宝对二人悄悄说道："二兄看见无有，不讲武艺，只看他轻如落叶，快若流星，这轻身的本领，已是登峰造极了。此来必然有事，我等倒要开开眼界。"

二人答应，一同施展飞檐走壁的本领，也奔前厅而来。越一层又一层，直翻过七层厅房，才看见前面大厅上灯烛辉煌，人声杂乱，大约人数很多，究竟不知有多少人。那间厅房是照明三暗九造成宫殿似的，不亚如朝王宝殿。三位英雄伏在对屋瓦垄上，也看得见，又听得真。此时里边酒宴已毕，家丁撤去残肴。再见那些人，有僧有道有俗，高高矮矮，肥肥瘦瘦，老少不一，都是雄赳赳、气昂昂的，各有惊人的本领。

正在说说笑笑之际，忽然一阵风，将当中的巨烛吹灭。那支蜡烛虽然点去不少，仍有三尺多高，粗如碗口，等闲的风不容易吹熄呢。家丁连忙点好，登时满屋通明。就听有人喊声："你们快来看，墙上贴张字条儿，是几时贴的？"众人都走过来望。

有人说："两三丈高的墙壁，无得梯子，谁上得去？"

当下就有个人一纵身，上去揭下来。据他说，糨糊还未干，似是刚贴上的。又听一个声音洪亮地喊道："恶贼如此大胆，竟敢来戏弄我，这还了得？快请二位祖师爷来拿他！"

当下就有人往前边去了，半天不见动静。屋内急喊，又派个人去，登时跑得喘吁吁地回来，说是小二被人杀死在二门旁，登时里边一阵大乱，一个个全都出来。

高三宝暗对二人说："咱们快走吧，恐怕要出毛病。"说罢，各奔后房而来。

走了半天，仍旧未出厅院。高三宝暗急，明镜纳闷，不知是什么缘故。三人复又伏身房脊上，凝凝神，向四面一望，就同下雾一般，昏迷迷，暗沉沉，一丈开外便看不分明。知有蹊跷，也不敢乱跑，俱各闭目定神，半晌工夫，睁眼一看，俱各大惊，原来仍在大厅脊上。高三宝明白是妖道用了什么邪术，明镜、杨云瑞更是着急，商量如何出险。正在迟疑之际，猛见那道白光在前一晃，三位英雄知是引路，立即紧跟白光而行，觉着绕了几个弯子，白光突然不见。再一看时，已到庄墙，三人大喜，急寻原路回店。

次日清晨，高三宝道："此处已有高人前来，大约用不着我们了。明兄奉师命投考，你我不如同往汴京吧！"

二人自是答应。当日算清店账，一同动身，够奔汴京而来。

那日走到凤阳关站，天晚住店，那凤阳关前临淮河四通八达，是一个水陆码头，商业发达，十分热闹。三位英雄用过晚膳，谈起孔家庄之事，明镐笑道："到底仍是杨兄的阅历深，早知身临险地，若依他，咱们岂不少受一番惊吓吗？"

杨云瑞也笑道："说也可怜，我总是艺低才浅，时时惦记。如果有像白光那样的本领，还怕什么呢？"

高三宝道："总以慎重为是，不明白他在何时贴那字条，并无展眼，居然并未看着，真是令人佩服。"

明镐道："厅上那支大蜡烛凭空也吹不熄，大约就在灭烛的一刹那间的工夫，如入无人之境，真是艺高人胆大了。"说着，便各安歇。

不料杨云瑞在夜间竟泻起肚来，一连十几遍。常言说："好汉最怕三泡屎。"幸而他还会功夫，等闲的人早不能动转了。高三宝和明镐见他连走动几趟，便都起来问他身体觉得怎样。他说："泻肚，不妨事的，你俩安歇吧，明日还上路呢。"话虽这样说，气力实在支持不住了。

二人当时给他烧碗热汤，忙了半夜，天快亮了，才稍停止。次日，明镐便唤小二请医生来，自然是开方服药。据说夜间贪凉，又受外感，服两帖药，将养几天就复原了。高三宝和明镐替他煎药服侍，半日不曾走动，吃碗稀粥，体倦欲睡，便和衣而卧。明镐在房照应，高三宝步行出店，顺河堤向东而行。但见往来的船只，穿梭似的，岸上农田业已收拾干净。他是行无所事，信步而行。走了一程，足有三五里，看见靠河岸搭间窝铺，有个老者坐在河沿树下垂钓。高三宝走到近前一望，见他苍白胡须，一尺多长，飘洒胸前，面目慈善，光头顶真可照人，面带笑容，垂下钓竿去，一连钓了几条鱼。一回头，看见高三宝，二人打个照面，只觉他目光如电，寒森森地射人，就知非等闲之辈，连忙过去行礼道："老丈请了！"见他不慌不忙地还礼道："足下至此何事？"

高三宝道："因送敝友赴京应试，路过贵处，特来领略风景的。"

那老者听了，不说什么，自言自语地道："年纪轻的人偏爱多管闲事，及至大祸临头，却又无法可施，真是何苦来呢？"

高三宝听了这几句话，大吃一惊。

正是：

当仁不让称侠士，见义勇为乃英雄。

要问那老者是谁，且待下文再续。

第二十回

凤阳关无意逢高士
鸡鸣镇月夜拜双侠

却说高三宝听了老者几句言语，打动心事，立时下拜道："小子有眼不识泰山，望乞恕罪。"

那老者连忙将他扶起道："老叟不过几句笑谈，足下何必如此？"

高三宝道："小子奔走江湖，于今数载，遇了不少的奇人，只恨当面错过。如今既逢老丈，万望指教。"说着，又叩了一个头。

那老者大笑道："仙门高足，的是不凡，且请起来讲话。"高三宝这才站起来，垂手而立，敬听吩咐。老者道："此处并非讲话之处，寒舍就在前面鸡鸣镇上，不妨到寒舍一叙。"

高三宝道："本应敬从台命，奈有敝友病在店房，实不放心。"

老者道："他是什么病？"高三宝就将杨云瑞的病势并明镐的履历约略说了一遍。老者道："这倒容易，我这里有包草药，你拿去给他服下，管保登时平复。你三个可于今夜同到寒舍来，只记村头有两棵梧桐树，树下柴门便是寒舍了。不便多谈，就请快回店吧！"

高三宝接过药来，又施一礼，这才告辞回店。进门见杨云瑞病体支离，声音细弱，当时问了明镐几句话，知道他的病有增无减。明镐心中暗急，不好说出来，使他心里不舒服。当下高三宝掏出药来，用水冲化，其红似火，其香似兰，不必说吃到腹内，就是闻着这股香味，令人精神陡增。明镐便问在何处买来的。

高三宝摇摇手道："买是买不着的，说起来甚有趣味，等他服下病愈之后再慢慢地告诉你俩。"说着，调和匀，叫他服下去。

不到片刻，听得他腹内如雷鸣一般，据他自己说，觉着这药到腹内，浑身上下，三万六千毛孔无一处不舒服，登时出了一身透汗，便觉身上轻松了。腹中又觉饥饿，唤小二烧几样清爽的小菜，一连吃了几碗饭，吃过之后，一翻身爬起来，笑着说道："我的病到哪里去了？"

二人见此光景，更是无限的欢喜。高三宝这才把得药的事详详细细说了一遍，明镐等这才明白。杨云瑞的意思，立时便要前往。

明镐笑拦道："你忙什么事呢？那老丈既吩咐夜间去，怎好冒昧前往？再说也得让俺俩吃点儿东西，终不然饿着肚皮去谢先生嘛！"说得三人大笑。

唤小二开上饭来，用毕，又闲谈了半天，方才日落西山，还不大黑呢。三位英雄这才问明往鸡鸣镇的路径，出店前往。霎时，一弯新月上升，一路上金风送爽，秋月照山，说不尽的荒凉凄感。走了大半天，远远地望见两棵梧桐树了。

高三宝用手一指道："你瞧那里就是，紧走几步吧！"

已经临近，忽听柴门半启，里边走出个童子来，约有八九岁光景，生得眉清目秀、齿白唇红，举止大方。等三人来到门前，过来笑道："家师命小子来迎三位贵驾，就请进吧！但是走路要看仔细，必须脚踏'卍'字而行，千万别乱走。倘然有伤尊体，不大稳便。"

三位英雄闻听此言，俱各惊讶，只得跟着童子进门，让他在前边走，留神细看，也无动静。果见地下用砖做成的"卍"字路，一步一步地向前走，足有三五丈远方到客厅。却见那老者已在厅门外站着，笑说道："三位降临寒舍，恕未远迎。"

三位赶过去，连忙行礼，入厅落座，各通姓名。才知道老者名字叫韩云，江湖上绰号称他为醉侠，早年曾在关东和宋太祖比过拳脚，七天工夫，不分胜败，后来有人讲和才罢。其实论武艺，宋太祖真不是他的对手，因他有九五之分，只好让他三分。太祖即皇帝位，下了几封诏书，他是决意不肯为官。宋太祖亲自到门，请他帮忙，他这才出去，厮混了几年，三下南唐、平西蜀、灭北汉，立了不少的功劳。那年太祖驾崩，太宗即位，天下太平无事，他才回转故乡。平生只有一儿一女，本领就不必说了，都学会炼气内功，剑丸的变化更为精通，父是英雄儿好汉，强将手下无弱兵，的确一点儿也不错。却只传授一个徒弟，提起此人，看官们是看过《水浒传》和《岳飞传》的，便都晓得此人，乃是《水浒传》上卢俊义、林冲的师父，《岳飞传》上岳鹏举的义父，便是那位陕西周侗周老先生，得了醉侠的绝技，名扬天下。几位高徒，无一个不是武艺超群的，别的书已有专载，不必在下另提，交代明白，仍归正传。

杨云瑞早闻醉侠的威名，只无会过，今竟在此相遇，赶忙又拜谢了赐药治病之恩。醉侠谦逊了半天，见他回手一推，地下高出只木桌来，四张官椅，十分端正，他便笑道："既承三位不弃，远临寒舍，聊具杯酒，以表寸心。只是荒村野地，没得敬客的东西，还望包涵吧。"

三位英雄见他甚为谦虚，心中不安，一齐说道："长者不吝赐教，已是万幸，何敢更扰郇厨，小子等越发感激了！"

当下他一定让三人上座，他等哪里肯依？就在下首各自坐了。展眼之间，杯盘摆好，酒菜也都上来，却不是人送来的，是靠墙有只抽屉，见他顺手一拉，里边热气腾腾的，就是一盘菜。三位英雄全都称奇。

韩云笑道："是这等雕虫小技，何足为奇？不过老叟年迈龙钟，小儿弄来给某解闷的。至于院中的'卍'字路，亦非为防盗而设。近几年来，总有人来请我出门，我便老老实实地对他们说：'富贵比不了皇帝，连太祖、太皇老哥儿两个都请我不动，其余就可想而知。某平生好静，偏不凑巧，忙乱一生，还不是为人做嫁衣裳吗？'那班人听了我的话，有的不来了，有的仍旧来瞎缠，复来更不对了。山上的大盗、绿林的好汉，投门拜访的，不计其数，我是一概不见。近年来孔直温竟派人来邀我，说了一大篇梦话，我更是避之若浼，不料因此结下一个小冤家，不时来骚扰。不瞒三位说，我要认真起来，恐他等讨不了便宜去。小儿怕我惹气，想出这个法子来，不至于伤损他等性命。但是总要处治处治他们，还好这年把无人敢来了。"说着，让酒让菜。

明镐笑道："老丈如闲云野鹤，清高得很。汉朝严子陵也不过如此，将来名传千古，令人钦敬。"

他笑道："这话又说回来吧，因为不好名、不图利，只求安闲自在。至于身后的虚名，更是不消说起。当我辞朝回家的那年，太宗摆酒饯行，问我心中希望什么事，我老实不客气对他说：'我也不希望什么，只求千秋万载之后，不准露出我的名姓，我就感你的大德了。'"说罢，大笑。见他一面说，一面用大杯饮酒，约计一二十斤酒已下肚了，哪知他仍是若无其事。

三位英雄哪里及得他的酒量？不过陪着他举举酒杯就算了。高三宝忽然想起那夜孔家庄之事，只不住问道："请问老丈，这方圆数里地方，可有奇才异能之士吗？"他的意思，借此可以试探口气，就可以知道底细了。

只见他端着酒杯喝干说道："天地之大，无奇不有，十宝之色，必有忠信，何况数里。但不知你问的是什么人？"高三宝就将那夜及白天土地庙的事略说一遍。他听了，也无说什么，只是哈哈一阵大笑，笑过说道："天已不早，就请用过晚饭再说吧！"

三位英雄不好再往下说，用饭已毕，便要告辞。韩云忙拦道："小儿有事未回，三位何必着急？不嫌寒舍荒僻，在此下榻无妨。"说着，他向墙上一推，登时露出个门来，便让三人里边坐。走到里边，早已端放三张床榻，甚为干净，房中陈列许多的古玩玉器，靠窗几盆菊花，十分幽雅。三位英雄又谢了扰，他才到里边去。临去的时候，对三人说："如要用什么东西，只将墙上的铜环一拉，自然有人答应。如要看着什么，不要多管，安心睡觉便了。"

三人唯唯答应，见他走到里边去。

明镐才问杨云瑞道："老丈的行动甚为古怪，杨兄必然知道底细。"

杨云瑞道："早年在江湖上，常听人说醉侠韩云名头高大，本领超群，只无遇见过。听人说他脾气十分奇特，等闲的人休想会面，他如是喜欢谁，便大吃大喝、不拘形迹的。今日对俺三人这番盛意，若在先前，哪怕不名扬天下呢？"

高三宝道："前辈的老英雄轻易难得相会，这是何等的幸遇！大约孔家庄之事，必是他老人家无疑。"

三人正在闲谈，忽听窗外狂风陡起，俱各趴在窗户上向外张望。也看不清什么，风势仍然未息，天上的星斗淡淡无光。就在这万籁俱寂的当儿，猛见两道白光、一道金光在空际闪耀，庭院的树叶纷纷落地，白光似两条游龙，金光若流星闪电，下面有团黑气越缩越小。片刻工夫，又听一声狂吼，真如山崩地裂，登时看见一个大鬼，高有数丈，头大如瓮，两眼似灯，手如鹰爪，浑身毛烘烘的，直奔上房。三人俱各大惊，明镐忽然想起五雷正法："此时不用，更待何时？"想罢，默念真言咒语，对准怪物，只一扬手，就是一个霹雳，震得屋子乱动。

正是：

为求异士来荒镇，偏逢妖物逞焰威。

要问后事如何，且看下回便晓。

第二十一回

述往事杯酒论英雄
留嘉宾清夜除魔怪

却说高三宝、明镐、杨云瑞三位英雄，夜宿鸡鸣镇，深得醉侠韩云破格款待，真是万分荣幸，俱各欢喜无限。

不料天交三鼓，他等尚未安眠，忽然狂风大作，走石飞沙，三位英雄趴在窗户旁向外张望，看见来个大鬼，长大无比，甚为惊人，意思是要奔到上房去。猛见两道白光、一道金光，如游龙绕空，横扫过来，竖扫过去，围着大鬼绕个不休。那大鬼毫不惧怕，把大嘴一张，喷出一团黑雾，将他自身罩在雾里，三道剑光只围着黑雾缭绕，似乎是奈何他不得。两下争斗了半晌的工夫，仍然相持不下。

此时高三宝等暗为着急，只是无法相助，明镐忽然想起五雷天心正法来。当初曾听得屠龙叟说过，此法能镇压妖邪，他也不管能用不能用，急急默念真言咒语，直冲大鬼一扬手，只听半空中起个霹雳，竟将黑雾震散。大鬼翻身栽倒，就在这间不容发之际，突见两道白光向下一绞，金光跟着一刺，再看那大鬼时，已是身首异处。又听见上房一阵笑声，韩云笑容可掬地来到这边，进门先向明镐说道："多谢老贤侄相助，成全老叟的道业，不然恐怕要大费手脚。这还不算，尚不知何年何月何日再遇着机会，始能成功呢。"说罢，大笑。

三位英雄茫然不解，高三宝本是神仙的徒弟，苦修了几年的功夫，对于今夜这件事，也是莫名其妙，刚待要问是什么缘故，韩云摇手道："这事不是一两句话所能说得完的，等些慢慢告诉你们。"说罢，又向上房喊道，"韫儿、馥儿，快过来见三位贵客，藏藏躲躲的，像什么样子？"

只见上房走出两个人来，却是一男一女，男的在前，女的在后，来到客厅，垂手站在醉侠身旁。三位英雄留神细看，男子不过二十岁上下，女子只有十八九岁光景，都生得精神饱满、气宇轩昂，男子似甚文雅，女子却露英风。韩云手指三位英雄，说了名姓，说："这是小儿韩韫玉和小女韩馥玉，彼此都是一家人，所以喊出来拜见。"

他兄妹便向三人行礼，三人还过礼。

韩云这才说："今儿是老叟的吉日，不必拘于俗礼，咱们全坐下，随便谈谈。"

当下俱各落座，连他的小徒弟周侗也喊来坐下，现成的茶水全都饮了一杯。

韩云笑问明镐道："老叟为甚唤你贤侄，你可明白？"

明镐道："小侄不知，请道其详。"

他道："说来这话也长久了。我与你师父本是一派相传，同在嵩山学艺，就数我年纪轻，而且十分鲁笨。你师父和你师伯等根基素厚，不到几年，竟将你师祖的法术学成十之七八，那时可笑我还一窍不通。你师祖打发他等下山行道，急得我什么似的，你师祖常说，照我的根基，配不上做他老人家的徒弟，只怜惜我道心甚坚，胸怀坦白，心术纯正，诚实无欺，不避艰苦，力求上进。说也可怜，修道人所受不了的罪，我都尝过，那种苦况，想起来真正寒心。然而一想到人活百岁终须死，死的味道，恐怕更要苦痛，是以我始终不变心，才有今日。虽蒙恩师的教训，也是自己从千辛万苦中得来的道法。"

明镐听罢，立时站起来，重新施礼道："不知师叔贵驾在此，恕小侄傲慢无礼。"说着，又是一躬。

韩云忙拦住笑道："又来了，不对你说，你怎会知道？还有要紧的话，听我说给你听。"明镐落座。韩云又道："大凡修道的人，平生经过三难，第一是入门难，第二是学成遵守戒律难，第三是临了结果难。有这三样难处，十九未得正果，有的流入左道旁门，有的犯了戒律，身遭天谴。我平生自问，第一、第二两样，还说得过去，就是第三，可有些不容易了。因为需要天地人三个机会都碰巧，才能有圆满的结果，真是千载难逢。如今我是蒙恩师默佑、贤侄相助，机缘凑巧，大功告成，贤侄的功劳占多半。"说着，又唤儿子韩韫玉道："还不赶快代我拜谢吗？这是你做人子应当尽的职分。"

韩韫玉兄妹向明镐行下大礼。明镐忙拦道："论理是小侄当效劳的，若如此认真，折杀小侄了。"

高三宝也在旁说道："从此都是通家，不必多礼，还是两施，较得公平。"

韩氏兄妹见明镐再三相拦，只得各施一礼，重新落座。那时谯楼已打四鼓，韩云又命安排酒饭，登时摆齐。大家入座，开怀畅饮，酒席中间，高三宝问道："老丈所云大功告成，某等愚昧无知，不解玄理，不知可能宣泄否？"

韩云干了一杯酒，道："此时什么话都可以说了，刚才还怕妖魔偷听了去，如今不怕了。说给你们听吧，修道的人到了收场结果，往往十年八年三五十年得不着机会，因而堕入魔道的，古往今来着实不少。什么机会呢？一要天时，对于自己生辰八字，反正都是相生，并无丝毫不利；二要得地，地势方向四面八方，全合自己的生造；三要得人，必须福命深厚，能克得住七十二魔，三样缺一不可。往日我也费尽不少的心力，不是缺这样，便是少那样，总不能十全，也不敢轻于尝试，恐被魔缠，前功尽弃。常说道高一尺，魔高一丈，天下的事，都有种魔力在内。等你将要成功的时候，他便冷不防硬抢了去，享受现成的，更是修道的人第一层难关。今夜本来我并无把握，正值天地二机凑巧，只缺人力，冒险干一遭，凭天由命。不料明镐贤侄竟能成我大功，此后虽不能如大陆神仙，约可长生不老了。"说罢，大笑。

众人这才恍然大悟。

明镐又问道："那个大鬼是何妖物，看见令人可怕。今既斩首，怎样消灭他呢？"

韩云道："那东西是个人魔，大约有千余年了，论道法，我哪里能克得住他？还不亏了你的天心五雷吗？明儿将他用火焚化，把灰顺风一扬，也就完了。"说罢，劝酒劝菜。

不时天交四鼓，杨云瑞到底是病人将好，这一夜的工夫，眼也未合，觉着疲倦。韩云早瞧出他勉强支持了，便叫他在房间里去休息一歇。他也不好推托，告了便，就去安歇。韩云又指着他儿女说道："他兄妹自幼失母，娇养惯了，又仗着小小的本领，时常外边去多事。这也是老叟家教不严，放纵他们去胡闹。"

高三宝道："大凡行侠作义，本以济世救人为旨。小侄临下山时，家师曾再三嘱咐，务要代天宣化，扶弱抑强。今闻老丈教言，不准多事，恐与'侠义'二字不甚合吧？小侄愚鲁冒渎，千乞原谅。"

韩云笑道："足下所言甚是，但这侠客当中，不可一概而论，有的是救忠除奸，专管一切不平之事；有的是只顾潜心修道，不敢干预外事，须量自己的法业，然后以有余补不足。就是上次，他兄妹因欧阳修之事，负气争执，一个是要去斩草除根，一个是要不露面，省得结怨，各有道理。我也不过问，任凭他等去，险些闹个大乱子。若非我亲身前去，恐怕吃个大亏，这不都是自寻苦恼吗？"说罢，大笑。

列位，救欧阳修之事，是在前文。说到此处，将它表明，省得看官们纳闷。

原来欧阳修出京赴任，在淮河口岸雇定船只，顺流而下，不料船上的水手早暗奉孔直温的吩咐，寻个机会害他性命，总未得手。

那天船靠凤阳关，几个水手上岸来，叽叽咕咕商量怎样下手，偏被醉侠韩云听了个清，回家便对儿子、女儿一说，他兄妹两个都要前往搭救忠臣。韩韫玉劝妹子不必出头露面，不料就因此惹恼了韩姑娘，大发牢骚，誓必踏平孔家庄，看看巾帼女子比男子如何。一生气，也不商量，竟自出门。韩韫玉诚恐妹子有失，也就追下来，老韩云更是不放心，也寻下来。就像他父子三人那样的本领，什么事不能办呢？所以几个水手始终没得下手。等到孔直温派人假冒公差来接的时候，韩云安心戏耍他们，三手两脚地弄块石头放在轿内，又用遁术把欧阳公送到滁州城下，人不知鬼不觉，办得多巧妙。就连欧阳公自己也是糊里糊涂的，来到滁州，入衙接印。

韩家兄妹因追赶欧阳公费尽气力，也无追上，并不知是他父亲办的，还以为欧阳修落到孔家庄，甚为着急。及至夜入孔家庄打探消息，杀了几个人，也无问出下落。后来知道欧阳修已平安到任，当夜在孔家庄上闹了个天翻地覆。领着高三宝等出险的，乃是韩馥玉，他等在假山旁看见的，也是韩馥玉，因为是个女子，不便露面。大厅墙上贴字柬的，乃是韩韫玉。后来实在闹得不像话了，两个妖道便使出绝计，暗布天罗地网，这是他等的最高法术，等闲不肯轻用的。那夜逼得他俩没法，才把看家的妙法施展出来，并且还咬破中指，喷血画符，立拘四值功曹、六丁六甲，四面八方地围困。兄妹二人走投无路，因为正神下界，非比邪法，几几乎被人擒住。

老韩云这一惊非同小可，施法救出兄妹，借土遁回家，着实将二人埋怨了一阵。

正是：

强中更出强中手，能人背后有能人。

若问后事如何，且待下文交代。

第二十二回

汴梁城一打玄武擂
相国寺初会惠琳僧

却说上回书说到韩氏兄妹搭救欧阳修被险遭困，韩云救回家来，又将这件事原原本本细说了一遍。高三宝、明镐这才知道详细，当下又称谢了一阵。

那时天已大明，杨云瑞也睡醒，立即告辞回店。韩韫玉又送了一程，各自分手。

三位英雄歇了一天，然后动身上路，不日已到汴京。在城内寻个客寓住下，当日因已天晚，未能出去游玩。次日清晨，用过早膳，更换衣衫，全都打扮得一派斯文，摇摇摆摆，走出店来。但见街市繁华，商业发达，到底天子脚下的地方，与各处城镇大不相同，就是连那小本营生的，也都彬彬有礼，毫无叫嚣浮躁之气。三位英雄暗暗点头，称赞不已。

一路行来，看见一座酒楼，生意接连不断。明镐便问高三宝："可觉得腹中饥饿？不如在此畅饮一杯。"

二人点头，一同上了酒楼。早有堂倌过来招呼，便寻个清洁的雅座落座，点了几样菜，搬上酒来，开怀畅饮。堂倌不住地过来："请问三位客官，还用什么？"

明镐道："酒已差不多了，某等还有事去，不便多饮。"说着又问，"什么地方热闹，可以游玩？"

堂倌笑道："别的地方是没得好玩的，这汴京乃是皇上的家院，无奇不有，现在又有一件新闻轰动全城，倒不可不去开开眼界呢。"

高三宝忙问："是什么事值得这样地纷传？"

堂倌道："客官有所不知，早先太平时候，轻易听不见有相打的，地方官对于有练武的，还要禁止。如今是不对了，自从西夏南蛮各处造反，所有兵将全都武艺生疏，皇上见此情形，勃然大怒：'不会武艺，怎好上阵交锋，不是白白地送死吗？'因此下道旨意，无论公子王孙、皇亲国舅，以及军民人等，一律习武。就此一来，从前会个三脚猫四门斗的，都大发特发，而今连各乡镇俱都设立练武场。前二年头里，时常有比试武艺，争强夺胜，如今大摆擂台，招人比武。就在东城校场旁边，摆下一座擂台，召集英雄好汉，比武较量，已经三天了，看热闹的人山人海。客官如无事，倒不妨去开开眼。"

三位英雄闻得此事，正中下怀，商量一同前去。当下会过酒账，便向校场而来，一路上但见行人如织、车马络绎，虽然往来人多，但是各遵秩序，绝不显得拥挤。

明镐笑对二人说："常闻人言，行人让畔，路无尘纤。今见京都商民全都知礼，果然是圣天子的教化了。"二人四下一望，不住点头。

霎时已到擂台相近，看见台上正在比试，因为离得太远，看不大清，又走近台前，这才看得清楚。比武的两个人毫无家数，瞎打了一阵，不分胜败，便各住手。就有个绅士打扮的走到台前，向台下拱拱手，带笑言道："在下名叫张广禄，自幼好武，小儿张树功更爱练习，因此礼聘教师，名叫满天星卢振声，乃是山东东阿人氏，拳脚功夫十分纯熟。如今欲访名师，摆此擂台，不论僧俗两道，各路的英雄好汉只管上台来比试。"说罢，退回后台。

又见一个大汉，身高八尺开外，膀阔三停，粗眉大眼，恶肉横生，一脸的黑大麻子，叫人见了好怕。说话声音洪亮，言词粗野，口角里不干不净的，有些目空一切的意思。也是因为这两三天里未遇敌手，他便妄自尊大，口出狂言，全不想想，这汴京乃藏龙卧虎之处，什么高人无有？当下便恼了台下一个人，蹿上台来，对卢振声拱拱手，说声："教师请吧！"

卢振声一打量上台的人，五短身材，精神饱满，料非等闲之辈，也就拱手笑道："足下上台打擂，先要到签名处报过姓名、住处，立下生死文书。这拳脚是无眼睛的，倘如受伤或身死，只好自认晦气，不得讹索赔偿。"

那人听了这派话，更是有气，便说："你如打死我，只怪我命短，绝不关你的事，如果要打伤你呢？"

卢振声把眼一翻道："打我一拳，送你白银五两；踢我一脚，白银十两；将我打倒，这教师便让你。"

那人道："这倒有趣。"回身到签名处报过名姓，又在生死状上画了押，这才走过来，各立门户，拉开架子，便打在一处。一来一往，十几个照面未分高下，越打越起劲，登时拳脚交加，十分紧凑，下边看的人齐声喝彩。

三位英雄见他二人的手法也还将就，只不高明，若叫高三宝上去，不消三拳两脚，管保全都打下来。明镐见此情形，毫无趣味。

杨云瑞对二人说："照这样打下去，还有完吗？咱们还是到别处去走走吧！"

三个人无精打采地走出人群，只见两旁许多的茶棚，全用竹竿支架，上铺松柏树枝，远远望去，好似一片青山，倒显幽雅。各棚茶客不少，三位英雄拣了个宽大的茶棚走进去，早有茶博士过来招呼，泡了一壶茶，他等借此探听消息。但见那许多的茶客当中，三教九流、男女都有。

正在观看之际，忽见外面走进两个人来，一高一矮，却都雄赳赳、气昂昂，威风凛凛，相貌堂堂，有一派英气逼人。高三宝向二人使个眼色，他俩也就注意观看。他等寻副座头落座，那高的把桌子一拍，说道："这一趟跑得才冤枉呢，哪里是打擂，简直的是无名小辈闹着玩的！什么玄武擂，就叫他狗屎堆还差不多。"

他正然发牢骚，那个矮子劝道："算了吧，闹什么呢？来也是你，既到此，偏要去会什么相国寺的老方丈，白闹了一鼻子灰。全是你惹的，还埋怨何来呢？"

那高的又道："一不做，二不休，扳倒葫芦洒了油，全不管规矩不规矩了，先打他个落花流水，以出胸中的恶气。"说罢，仍是愤愤不平的。

那矮的只是望他笑。

三位英雄不知这俩人是要打哪个，只有杨云瑞懂得江湖上的规矩，听他说要去拜会相国寺的方丈，大约必有原因。当下一拉二人，起身会过茶钱，步出茶棚。此时又听许多人说："不想教师也不中用，竟被那少年掼下擂台，大约这饭碗是打破了。张家也真丢脸，请得这么个饭桶教师。那少年不知是甚等人？"

又一人说："听他说姓朱，不是本地人。"

三位英雄这才知道有人打破擂台，便也不向台边去了，要想向原路回店。杨云瑞寻个老年人，上前施礼问道："某等从外乡至此，不知此处相国寺里的方丈是哪位和尚？请道其详。"

那老人上下打量了杨云瑞几眼，便说道："提起大相国寺的方丈，名头高大，连当今皇上都迎接他入宫，钦赐法号，非同小可。本地人都知道他叫惠琳禅师，是位高僧，听说在太祖皇帝登基的时候，他就进了相国寺，几十年来，轻易不肯见人。大凡去拜他的人，都看缘分如何，有缘的便见，无缘的休想，不知尊客问他何事？"

杨云瑞支吾了几句，便同明镐、高三宝同行回店。天色已晚，俱各安寝，一夜无话。

次日清晨，杨云瑞对二人说道："我昨天打听相国寺的方丈乃是惠琳禅师，你俩可知道他的来历吗？"高、明摇头，都说不知。他又说道："提起此人，大大有名，当初达摩祖师面壁悟道之后，传了一僧两俗，僧名怀琏，后来得道飞升。这惠琳禅师就是他的徒弟，如今已有一百余岁了，在少林寺内传授武艺。少林派的拳术，天下无敌，今既在此，我等应当去拜望，以免别生意外。"

高三宝道："去是要去的，但是吾兄所言达摩祖师那二位俗家徒弟又是何人呢？"

杨云瑞道："一名张三丰，为南派拳术的祖师；一名景耀峰，为北派拳术的祖师。南派看拳，北派看腿，所以又有南拳北腿之称。"

高三宝道："原来如此，咱们就去相国寺吧！"

当下三位英雄一同出店，来到相国寺。庙宇十分雄壮，佛殿上无数的和尚，都身披袈裟，手执法器，念经的念经，拜佛的拜佛，那种又华丽又庄严的气象，使人油然生敬。高三宝之意，不敢冒昧闯进去，恐扰他们的佛事，三位英雄只得拱立在佛殿旁边。

约莫经过了一顿饭的工夫，功德才做完，那些和尚们各归各的屋子，没一个开口说话的，真显得整齐严肃。当下三人便提步往殿上走来，就在此时，见一个五六十岁的老和尚从里边走出来，迎面看见三位英雄，向他三人念了声佛，极谦恭和气地问道："三位居士从哪里来？至此有何贵干？"

三人连忙打躬道："请恕冒昧，俺等是从远方来的，久闻方丈道法高深，特意专诚参谒的，不知能否见教？"说着，又打一躬。

那老和尚将三人上下略一打量，即笑道："原来三位居士是来拜会老方丈的。"明镜等点头答应。和尚又道："前几天来了许多的人要会方丈，全被拒绝，今日居士等来此，不知是闻名来拜访呢，还是专为会他的呢？"

明镜道："某等久闻老和尚道法高深，特意专诚来拜谒的。"

知客和尚闻听此言，即对三人说道："如此，待老衲去禀报，见与不见，只看三位的缘法如何。"说着，请三人到禅房坐了，他便到方丈跟前去了。

正是：

水浊不分鲢共鲤，水清始见两般鱼。

要问三位英雄能否得见惠琳和尚，且待下回再说。

第二十三回

证前因片言明大道
叙旧谊协力扫凶焰

却说三位英雄来到大相国寺，要会惠琳老和尚，当有知客僧通报进去，杨云瑞见禅房内并无别人，便悄悄地说道："从前在江湖上，闻得这相国寺的名声真是到处夸奖，据说这庙内的僧人都是自幼落发，专门学习童子功的。今儿到此，所见的许多僧人都是温文尔雅，和书生般的，绝看不出他等身负绝艺，恐怕言过其实，也未可知。"

高三宝道："话可不是那样说法，常言说，人不可貌相，海水不可斗量。神龙见首不见尾，等闲怎能露出形迹？就看有大能为的人都是藏头露尾，一时看他不出的。"

明镐等俱各点头。正在闲谈之际，忽见知客僧走入笑道："居士们的缘分真巧，将才老衲进去通报，老方丈正在蒲团打坐，等闲是连眼也不睁的。今天不然，见我进去，还没等告诉他老人家，就开口说：'外边三人，不远千里而来，叫他们进来吧！'居士们想，我们的老方丈是一年半载地不定说一句话，如今似乎知道居士们的行径，就请随俺进去吧。"说着，早有小和尚打起帘子，知客僧在前引路，三位英雄紧紧相随，穿堂越屋，走了半天才到后院。

原来是座花园，虽然无有红桃绿柳、黄菊白梅，各处山石亭台，也还清雅。园门高悬"放生园"的匾额，里边都是各种的生物。三位英雄无心赏观，跟着知客僧又绕了两个弯，才看见两间很矮的土房，两旁种了几棵竹子，疏落有致。

知客僧低声说道："此处就是方丈室了，请随我一同进去吧！"说着，他先进去，三人也就跟入。

究竟不知道老方丈是何等样人，走到屋内一看，俱各惊异。屋内毫无陈设，连桌椅也无有，空洞洞的两间土屋，墙上斑斑驳驳的，高低不平，地下平铺石子。最奇的是，连老和尚座下也无蒲团，只用尖石做成圆形，和蒲团似的，石尖朝上，锋利无比。再看那老和尚时，闭目打坐，若无其事，瘦得只剩一层皮包着骨头，那样瘦弱，偏坐在石尖上。不要说坐，三人站了一歇，觉得刺足，疼痛非常，俱各吃惊，便都使出轻身的本事来，在石尖上悬立，这才不觉得苦了。只见知客僧在石尖上跪了半天，惠琳老和尚略睁睁眼，说声："他们全来了，拿个座物给他们。"知客僧当时立起，往里间抱出三个圆木，放在地上，请三人落座。这其中只有高三宝练过这种功夫，明镜和杨云瑞不过听得人讲究过，却未演习。那个圆木又圆又滑，偏在尖石上，绝不能坚牢。练这种功夫，先要会内功，一口气提住全身，把周身的力量却运到两股，向圆木一坐，两脚向左右一分，脚尖钩住圆木头，方能坐稳，不然休想坐下去。高三宝便依法坐下，他俩也照高三宝的法子，勉强坐下。

约莫一顿饭时，惠琳老和尚才睁开眼向三人说道："你们的功行是很好的，根基也都不薄。此番来到开封，只要你们不去多生事，一定平安无事。明镜居士一帆风顺，将来大有作为，但不可迷了本性，要紧要紧！"

明镜问道："多承玄谕，指示迷途。如今各处不靖，不知有关大局否？再看民心，轻浮暴躁，好勇斗狠，将来如何结果？请示一二，以解愚蒙。"

老和尚道："西北用兵，连年不息；东南有变，事已燃眉，一来是天定劫数，二来是人心所激，天机不可预言，说来也不懂得，久后自明。如有什么为难的事，不妨前来，或者能助尔等，也未可知。无论如何，只不可错了念头，切记切记！言尽于此，请便吧！"说着，闭了眼。

三位英雄起身告辞，将一抬身，那块圆木骨碌碌滚到墙角。知客僧闻声入内，将三人领了出来，说是："摆好素斋，请将就用些吧！"

三位英雄觉得腹中有些饥饿，一同来到禅房，见有小沙弥端上饭菜来，一律净素。他们因几日来都是在酒楼非鱼则肉地吃得有些胃腻，今天一吃这菜蔬，反觉别有风味。用饭已毕，告辞出寺，一路游玩风景，来到南城附近。街市渐渐地稀少，都是官家的府第，一眼望不到边。

正在观看之际，忽见僻巷内大呼救命，声音甚惨。三位英雄急忙跑过去一看，只见是许多的恶奴，围住一个乡人，拳足交加，打得那乡人在地下乱滚，许多人看热闹，无人敢上前解劝。三位英雄看见，心中着实不忍，当下分开众人，上前劝住。就有几个恶奴家丁直奔三位英雄来打，他三人只一还手，登时栽倒好几个。其余的见势不佳，也就不敢过来，只远远地望着。三位英雄再看那乡人时，已经躺在地下，遍体鳞伤，半晌还过一口气来，心里还明白，知道有人救了性命，便向三位英雄大哭道："三位好汉，虽然救我性命，但是小人的货物被他等抢光，家有白发老娘和妻室儿女，全靠我一人养活，每天在河内打些活鱼，进城来卖了，买些柴米回家度日。不料今天来到此处卖鱼，王府的家丁硬将鱼篓抢去，还说我偷的他府池鱼，将我暴打。若非三位好汉前来相救，恐怕被他们打死也无人敢去告官。"说罢，口吐鲜血，又昏过去。

三位英雄一齐大怒道："青天白日，抢物行凶，这还了得？"

四下一望，王府许多家奴远远立着，又有街坊几位年老的过来说道："三位客官和这人可有亲故吗？不然，请不必多管这闲事吧！你们可知道，现在本城有四霸，这王府乃是南城一霸，谁人不知，哪天不打死几条人命呢？"

三位英雄诧异道："京师为首善之区，人文蔚起，物产丰饶，相离皇上很近，打死人就不偿命吗？"

那老者道："杀人偿命，借债还钱，是对我们一班小百姓说的。就说这王府吧，他主人王齐雄，他的妻子是皇太后的侄女，说一不二，一点儿半点儿的小官他还不放在眼上。朝中文武大臣，哪个和他无来往？所以劝三位不用多管吧！现今是势力世界，'道理'二字是讲不通的。某等是好意来劝三位，听不听在你自己。"

三位英雄天生的侠义心肠，哪里还按捺得住？当下对几位老者道："多谢老丈美意，如有知道这乡人家乡住处的，最好派人将他送回家去。王府的事，俺等要和他讲讲理。"说着，明镐掏出一块银子，足有二十余两，掷给乡人道："你回家去，好好养病，某等替你报仇。"

正在说话的工夫，忽见正东府门内出来一群人，头里走的像是主人，后跟许多的打手。原来王齐雄正在府内，家丁报进去说："有个乡人偷盗咱们的池鱼，被看守园门的看见，说了他几句，斜刺里跑出三个人，将我等暴打一顿。大约那乡人偷了鱼，是卖给他们去，如今还在外面大骂。"

王齐雄哪里听过这个，立时吩咐："请教师跟我一同出去看看，到底是干什么的，如此不讲理？"说着，带了一群打手，来到府门外，问家丁道："那三个野小子往哪里去了？"

家丁用手一指，他便直奔过来。几个乡邻老叟早跑得无影无踪。三位英雄知是他主人来了，暗想："一不做，二不休，打他个落花流水再说。"也就迎上去，相离不过丈八。王齐雄大骂道："哪里来的狗男女，竟敢在此撒野，还不与我拿下，更待何时！"

只见那群教师足有二十余人，一拥上前。他等见三位英雄是书生打扮，全不放在心上，跑过来举拳便打。他三人早商量好了，两个人对付打手，一个人擒住王齐雄，给他点儿苦头吃，看他还敢放肆吗？那些打手全不懂把式家数，倚仗人多势众，乱打一阵。不料今儿真晦气，偏偏碰上对头了。

明镐、杨云瑞挽起衣襟，迎上去，一个使凤凰单展翅，横扫一腿，便躺了一地；一个用顺水推舟，连拥带搡地掼倒一群。此时高三宝一个箭步，早到王齐雄的面前。他见来势凶猛，想要逃跑，哪里还来得及呢？被高三宝拦腰一把，和抓小鸡般地提举半空，往下一摔，只掼得他三魂出窍，喊声娘，仍想挣扎爬起来。高三宝一脚踹在腰上，后背朝天，弄了一嘴泥土。许多家丁见主人吃亏，呐声喊，又退回去，全不敢过来。

王齐雄趴在地下，只是哼。因为他的肚子大，高三宝的足力略点一点，也有好几百斤，他如何吃得住？再看明镐和杨云瑞时，已把那些打手打得横七竖八地躺了一地，脚底下明白的，早跑回府去。看那乡下人时，已有人将他扶走，大约是送他回家去了。高三宝这才将王齐雄一翻身，踢了几脚，骂道："你凭什么敢如此无德无天？不过借银匠龚美点儿势力，和他攀亲，本应将你杀死，以除后患，怕你污了我的宝刀。从今以后，痛改前非便罢，不然，定取尔狗命。"说着，用力踢了一脚，说声："滚吧！"这一脚不要紧，将他踹出两丈多远，滚在一泡粪上，弄了一身一脸。早有几个家丁来搀扶他，看三位英雄时，已经走去。从此他大病一场，好了半年，后来旧性不改，仍然无恶不作。

等到明镐坐了开封府，和御史中丞程琳查出他的劣迹，奏明仁宗，将他斩首，以正国法。当时龚美求刘太后讨情，无奈这两个官儿直公无私，连太后的讲情都不留情面，可见是忠臣了。这是后话，暂且不必多提。

正是：

为臣枉法贪私贿，妄受君王雨露恩。

要问后事如何，且候下文再叙。

第二十四回

请名人二打玄武擂
会侠客初上东亭山

却说三位英雄在南城抱打不平，将王齐雄暴打一阵，出了胸中的恶气，又臭骂了一顿，才大摇大摆地回转店房。王府虽有许多的家丁，哪一个敢过来阻拦、自讨苦吃呢？

三人见此光景，只不住好笑，天色将晚，仍寻原路而回，又在酒楼用过晚膳，始各回转店房。店小二应酬了一阵，三位英雄到房内点上灯烛，谈谈说说的，十分快乐。霎时天交初鼓，各自安歇，当夜无话。

第二天清晨，便听得店人纷纷传说，满天星卢大麻子买通刘太后的义兄银匠龚美在此摆下玄武擂，要会天下的英雄好汉。其实他自己的本事，除吹牛拍马之外，一无所长，恐怕栽了跟头，打碎饭碗，于是暗暗约了几个青皮，每天跑上擂台和他厮混，一来可以遮蔽众人的耳目，二来借此耽搁时候，就是有真本领的，也没工夫能上台和他交手。不料昨天来个姓朱的，年纪至多不过十五六岁，上了擂台，三拳两脚，把那卢大麻子打下擂台。张家父子出来交手，也都被姓朱的踢倒。那座擂台将要折毁，忽然昨天北城曹三太爷请了教师，重兴玄武擂。据说他所请几个教师，大非卢麻子之辈可比，预料必有一番热闹。

三位英雄听了此言，立即动身前往。前天已经来过，展眼便到。因为时辰未到，尚无多少人，三人就在台前浏览一番。但见台上另有一番气象，公灯高悬，彩绸挂满，靠台柱写副对联，上联是：

拳打南山猛虎

下联是：

脚踢北海蛟龙

横披"以武会友"四个大字。上下场门各挂五彩的绸帘，正中竖起一块大牌，红底金字，上写"群贤毕至"，两旁摆列着刀枪架子，十八般兵刃，样样都有。这番气概，也觉得冠冕堂皇。

正在观看，只见来的人如潮水般地涌到台下，登时万头攒动，何只两三万人，十分嘈杂。又听东北角上鸾铃响亮，尘土飞扬，众人齐说："三太爷带着教师来了！"

三位英雄注目留神观看，只见二三十匹马来到台前，一个个翻身下马，上得台来，早有人交代一片话。就有几个人打了两套拳，踢了两趟腿。练完之后，接着又来一人，年约三十余岁，中等身材，面如锅底，黑中透亮，扫帚眉，三角眼，蒜头鼻子，四方口，颏下微有两根黄须。浑身皂缎，武生打扮，倒也显得雄赳赳的。走到台前，拱手道："列位乡邻请了，俺乃洛阳人氏，名叫鲍忠，外人送号赛张飞的便是。今蒙曹三爷不弃，聘请至此，欲会英雄好汉，如有上台比试的，俺愿奉陪。"说着，向台下瞟了一眼，在西北角有一人喊声："我来也！"

众人注目看时，那人已到台上，见他身高五尺，体格细瘦，眉眼间带着杀气，也是抱拳拱手地笑道："久闻教师大名，今日前来领教，但望拳脚留情，感激不尽了。"

鲍忠见他身体伶俐，必非平庸之辈，当下也道："既承不弃，且请报过名姓、住处，再来比试。"

那人便回身到签名处画押。原来他叫童如飞，过来两下摆开门户，说声："请！"童如飞过去，便使个泰山压顶的解数，当头一拳。鲍忠早有预备，一闪身，将拳避过，回手还了一拳，直向胸前打来。童如飞左手向外一拦，右手一翻腕，便向鲍忠左肋一掌，只见他左手迎出去，右手一拳，直奔童如飞胸前来，这一着名黑虎掏心。童如飞说声："来得好！"一翻手挡出去，接二连三地拳脚交加，势如急雨。鲍忠知他功夫不凡，处处留心，全仗着迎拦闪躲，展转腾挪，两个人打了一个时辰，未分胜负。台上锣声三响，两下收住拳势，到了未分胜败。童如飞跳下擂台，扬长而去。

三位英雄看见此次与前番不同，看着也起劲。

霎时又出一人，身高八尺开外，面如冬瓜皮，粗眉巨眼，高鼻阔口，颏下红胡须，根根见肉，压耳红毫，有如茅草，两只手真似蒲扇，令人望见害怕。只听他说："名叫江立忠，淮安人氏，绰号人称显门神。"说了一阵，专等有人上台比试。

众人全说："这个人又高又大，必然本领超群，倘在夜间撞见他，真得把人吓一大跳，不见得有人和他比武。"正在谈论，忽见蹿上一人。众人看了，全都好笑，原来是个矮子，身高不到三尺，横下倒不只三尺，头大如斗，浓眉暴眼，手短腿粗，两只脚又肥又大，一似半截短瓮，走起路来，蹒蹒跚跚，报过姓名，就要和江立忠动手。大众都说："高的忒高，矮的忒矮，怎能打在一处？"哪知这矮子十分灵巧，一进身，便拦腰一拳。江立忠只用手一拨，将手一提，想着要将矮子抓起来，不料他更刁狡，一转身跑到江立忠背后，尚未容他转过来，猛地一头撞去，正撞在他左胯上，登时栽倒。台下的人喝了一声彩，矮子见已得手，趁热闹跳下擂台去了。江立忠站起来，气得哇哇地直叫，无精打采地走回后台。

那时，天将午正，三位英雄也觉得肚内空虚，想要寻个酒楼去用午饭，知道沿台的茶棚也有饭馆，当下一同走到一个饭馆，随便喊些小菜，胡乱吃了一顿，会过钞，走出棚来。突见迎面来了一人，走到三人近前，躬身施礼，口称："伯父、叔父们，一向可好？不意在此相遇，真是巧极了！"三位英雄一看，原来是小侠诸云龙。

高三宝便道："你从何处来？你师父现在何处？"

明镐道："此地非讲话之所，我们还是到茶棚里坐谈吧！"

诸云龙道："不知三位叔父可曾用过饭吗？小侄有些腹饥了。"

明镐道："如此，同到饭馆，勉强用些，回来再到酒楼去吧！"说着，来到一家饭馆代茶棚的店内。

三位英雄喊堂倌泡了两壶茶，又给诸云龙要了饭菜，登时全都搬上来。诸云龙便用饭，三人喝着茶，问他何时到此、住在什么地方。他说："自从奉祖师之命，除了旱魃，因为剑丸被魃污了一点儿，每日往各山采药配炼。那天在东亭山遇见玄微子爷爷，问我采药干什么，我便将和祖师破旱魃之事一一禀明。他老人家这才明白，因对我说：'自己的剑丸，关系性命，若非意存邪念，任意胡为，等闲也污不了的。今被旱魃所伤，乃是因功受过，你且跟我来吧！'当时便将我领到一个石洞内，传我口诀，每日练习。费了二十一日之功，又经他老人家相助，始能复旧如初。那天叫我下山，对我说：'你这剑丸，若着你自己去炼，一年半载也难成功，就让你磨去污痕，终有缺点，不能圆满的。今既炼好，急速下山。'命我于中秋前赶到滁州，寻我叔父等。如遇不着，速往凤阳鸡鸣镇双梧桐树韩家去等。再碰不着，就直奔开封，自然遇见的。"

明镐道："果然我等是从那条路上来的，为何未相遇呢？想是走岔了路吧！"

诸云龙道："路倒未曾走错，也是小侄好管闲事，在路上多耽搁了几天。赶到滁州，已近九月，因想爷爷吩咐是中秋前，如今定不在此了。住了两天，往孔家庄去了三次，后来便奔凤阳关鸡鸣镇而去，哪知差一点儿闹个大乱子。"

高三宝道："那里也不是外人，况那韩家父子行侠作义，绝不至和你为难，是怎的回事呢？"

诸云龙笑道："全因小侄少不更事，爷爷既吩咐到那里去，必不是外人。我一时糊涂，好行夜路，半夜三更的我就去了。"

明镜惊问道："他家内尽是机关，无人领路，定要吃亏的，你为何深夜前往呢？危险得很，无遭意外吗？"

诸云龙道："岂只遭险？几几乎丧了性命。我到门前，飞身上房，觉着房子往下沉。我一想不妙，登时蹿到门外梧桐树上去，以为可无事了。哪知连那树上都有机关，身将近树，回头正望院内，忽然觉得身上不自在起来。睁眼一看，原来是丝网四面八方围绕上来，将手足捆在树上，不动犹可，越挣扎越紧，后来索性连气也出不来了。我这才着急，想吐出剑丸，斩断丝网，将一张口，白光才放出去，只见屋内一道金光飞向此树。急忙用白光架住，那才出丑呢，登时将我的剑丸硬逼回来，要无绝顶的功夫，也绝无此力量。那时我才知道，世上能人甚多，就像这偏僻乡野，竟有如此大本领的人，幸是一家，不然岂不要吃大苦子吗？因想着叫唤，一定要以听得见，无奈连口也张不开了，急得我热汗直流。那道金光还在面前晃来晃去的，却不近身，否则头颅早就搬家了。"

三位英雄一齐大笑，又急问道："后来便怎样呢？"

诸云龙道："不多不少，将我捆了一个时辰，浑身骨节酸疼，有如刀刺，心里是明白，喊又喊不出。听着天交四鼓，忽然一阵风刮得树叶响。我一看，原来是位八九岁的幼童到我面前，也不知他怎的东一缠、西一绕，将我放开。我本打算要跑，谁知那幼童更刁，将我抓住，向腋下一夹，飞身下来。拿我自幼练的一身童子功，到那时，也全无用处。他把我夹到一间客厅内，放下来，才看见一位老者，笑对我说：'你小子好大胆量，竟敢夜入我家！你是有心而来呢，还是无意失礼呢？'那时我哪里还敢强？把玄微子爷爷的话对他说了一遍，又说道：'小侄因好走夜路，有犯尊长，请加重办。'那老者听了我这一套话，又笑道：'你师徒每逢拜望尊长，全是在夜间去吗？你这小子要显本事给我看。告诉你吧，此番到了汴京，不可目空一切的。'说着，命幼童安排酒饭。我吃喝完了，告辞出门，仍是由那幼童把我领出来的。前天到此，不知叔父何日来到这里？"

正在说话，忽听外边一阵大乱，当时都跑出来看。

正是：

　　自古艺高人胆大，始知山岳胜峦陀。

要问后事如何，外边发生何事，且俟下文交代。

第二十五回

显身手施威惩丑类
出谕示执法奖群英

却说三位英雄正问诸云龙的话，忽听外边一阵大乱，俱各跑出来观看。明镐会了钞，也同诸云龙到门口一看，只见擂台前人声鼎沸，看热闹的四散奔逃，也问不出是什么事。但听得呼子寻爷、哭喊叫骂，乱成一片，许多的人只顾乱跑。后来才听见人说，擂台上打死人，官府出来抓人，所以吓得人乱奔乱跑。又问是打死摆擂的呢，还是打死打擂的呢？都不大明白。等人散得差不多了，才知仔细。

因为显门神江立忠被那矮子撞个跟头，气得他三尸神暴跳、五灵豪气腾空，无名之火高有万丈。不知何处来个醉汉，喝得醺醺大醉，东倒西歪地爬上擂台，定要打擂。看热闹的大哄，都说他吃醉酒，怎能打擂？不能和他交手的。弹压擂台的武卫禁军的兵士也都阻拦，禁不住江立忠怨气无处发泄的时候，哪里肯听？走过去，把醉汉抓起来，头朝上，脚朝天，骂声："滚你娘的蛋吧！"便朝台下掼去。正撞在台柱上，登时脑浆迸裂，呜呼哀哉。

台下大乱。

江立忠见已闯祸，脚底下明白，早已逃之夭夭。许多禁军们把擂台围起来，搜拿凶手。那些看热闹的人四散乱跑，践踏受伤的不计其数。

诸云龙顿足道："全怪我肚子闹饥荒，惹出这大乱子。"还要往下说，杨云瑞暗扯他的衣角，他才打断话头，四下一望，见有许多的人都很注意地望着他。

高三宝便道："咱们走吧！"说着，回转店房。

明镐又问诸云龙住在何处。诸云龙笑道："不瞒三位叔父说，小侄临出门时，实在大意，未带盘缠，只有随身零用的散碎银两。走了两三天才觉得，懒得回去，只好俭省着用，所以一路上也未落店，不管白天夜里，得睡便睡，睡醒就走，不然怎会半夜三更地到鸡鸣镇上去呢？"说得三位英雄大笑。他又说："前到此，分文皆无，幸而前天打擂，那不开眼满天星卢大麻子被我打了十几拳，踢了十几脚，承他送我二百两银子，这才置买衣服。又听玄武擂重兴，因想叔父们既到此，必然前往的，怎的昨天会无遇见呢？"

高三宝恍然大悟道："怪不得听人说，有个姓朱的少年把卢麻子打了。当时也无留心，朱、诸二字分不清的，哪知是你到此呢？"说着，大家笑了一阵。

店小二过来伺候。明镐问道："你可听说校场擂台出了岔子吗？"

小二把眼一翻道："怎么不知？曹三爷的名声连三岁的小孩子也知道的，打死个把人，有何不了的事。他和曹皇亲是同宗，而且很近的，京城三省六部公卿大臣，哪个都和他有交情。听说那个醉汉自去寻死，怪不得人，明儿请开封府出告示，禁止骚扰擂台，倘有不遵，立拘治罪。"

高三宝道："他的势力可真不小，这就好了，明天又有好把戏看了。"

店小二退出去。明镐便对众人说道："这就叫上有好者，下必有甚言者也，还不知闹成什么样子。"诸云龙道："不去管他，明儿小侄去收拾了他，任凭他怎样吧！"

杨云瑞笑道："你又来了，不记得鸡鸣镇上吃苦子吗？总以慎重为是，不可鲁莽。"

高三宝道："对付那班人是要这样，儆戒儆戒他们，叫他知道厉害，或可稍杀凶焰。"

谈谈说说，天色已晚。用过晚饭，又到附近走了一趟，果然听得街市上人纷纷传说，玄武擂仍然设立，又加上了几府的教师在开封府请了告示，无论军民人等都好上台打擂。三位英雄知道小二说的话是实的，当下回店安歇。次日梳洗已毕，同到校场而来。

那时台上已打过两场，各有胜负，台上果然添了好多人，一场打罢，打擂的吃亏。台上走出一人，威风凛凛，杀气腾腾，远望去似乎像个有本领的，听他报名，乃是病温侯佟瑞全，交代一番，单等有人上台。等了半晌，无人上去，他便面带怒容，口出不逊之语。诸云龙实在忍耐不住了，飞身上台，通过名姓，各立门户。诸云龙过去，先用手一晃，佟瑞全两眼乱看，预备招架。诸云龙哪里把他放在心上，拿他寻开心，当胸一拳，等他招架，早撤回来，左手虚点一下。佟瑞全只顾去挡这边，被诸云龙打了一巴掌，等他拳过来，也不招架，身形一晃，已到他身后，在脊骨上又打一拳。等他转过身时，早又蹿在他背后，说声："滚开吧！"只一飞脚，踹在佟瑞全腰上，登时栽倒。台下齐声喝彩。佟瑞全爬起来，臊得面红过

110

耳，看了诸云龙一眼，溜之乎也。

诸云龙将要下台，忽见走出个教师来，拦住去路，说声："好汉不必走，某来叨教!"说罢，通报姓名，乃是穿山甲何俊峰。诸云龙走过去，使个凤凰单展翅，一掌打过去，何俊峰急架相迎，走了一个照面。何俊峰练的是八仙拳，施展开了，手脚倒还灵便。诸云龙是无拳不通，一招一招地照式破去，十分紧凑。台下看得眼花缭乱，也看不出谁是谁，只见四条腿忽高忽下，两对拳一起一伏，四条臂膀搅作一团，又热闹又好看，不住地彩声回起。诸云龙暗想："要照这样打下去，几时打完?"心中算计停当，故意卖个破绽。何俊峰不知好歹，以为可露了空，趁势进身，用个劈山掌，心想："这下子一定可以取胜。"说时迟，那时快，诸云龙等他掌已临近，一闪身蹿到背后，抓住领头往台上一扯。何俊峰做梦也想不到他有这一着，立即倒地。台下又喝声彩。诸云龙趁势跳下台来，往人群中一钻，已无踪影。

此时台上连败两阵，全都气不过，又无本领，只是敢怒而不敢言。不料内中有个粗鲁人，名叫史雄，外号人称笨牛，粗会几手拳脚，力气却很大，看见诸云龙身体矮小，年纪又轻，以为全身是力也无几百斤，怎的竟被连胜二人?便跑出台来，乱骂一阵。

高三宝气不过，飞身上台，众人齐喝声彩。原来他和别人上台不同，别人是一蹿便上去，他却不然，倒背身转着上去，不偏不倚，脚尖站在台沿，似乎是立不稳的，这也有个招数，名叫风摆荷叶。别人上去，总是尘埃四溅，响声很大;他上去，不亚如燕子翻身，一点儿声音也无有，就是这轻身的本领，已是绝顶，武艺是不要说了。偏偏笨牛史雄不管三七二十一，以为过来一脚，就将他踹下去。哪知道脚刚离地，高三宝一手抓住，向上一带，登时摔个大跟斗，爬起来，翻着眼，直看高三宝。

高三宝道："你看什么，还有认得吗?"

哪知他心里正转念头，在高三宝说话的当儿，冷不防搂头一拳，以为这下子一定打倒他。那高三宝是甚等之人，早已留神防备着，前后左右全都顾到，这就叫眼观四路，耳听八方，等笨牛史雄拳到，高三宝一翻手腕，将他七寸子咬住，向怀里一带，登时又摔倒。史雄真急了，爬起来一阵乱打。高三宝好笑，只好避让他，实在无法，拦脚一腿，又踢了个跟斗。这回可摔重了，仰面朝天的，半晌爬不起来。

高三宝过去问道："你起来再打。"

史雄道："不起来了。"

高三宝惊问："为何不起来?"

他道："起来也是被你打倒，索性省点儿事，躺下凭你怎样吧！"

说得高三宝也笑了，台下听见的人也都大笑。

正在此时，后台又走出一人，身高四尺，五短身躯，骨瘦如柴，满面白斑，一只眼凶光暴露。高三宝知道他绝非善良之辈，立定地位，等他过来。只听他说道："足下武艺出众，本领超群，实在佩服得很，在下要求指教，拳下留情，感恩不尽。"

高三宝听他说得还委婉，也便应酬几句，通过名姓。原来他叫独眼虎丁二郎，是个江洋大盗，闯下大祸，逃到汴京，在曹府当个护院的教师。今见高三宝能为绝顶，想要结交，所以走过来，说得很和平。两下一递手，高三宝便知他拳法不凡，处处留神。论起本事来，五个丁二郎也不成功，因为高三宝时时让他，勉强招架。他自己也明白，只是他会一手绝招，不是师父教他的，是他看见斗鸡，自己悟出来的，被他学会之后，不知打败多少人，无人能破。今儿要想施展出来，等个机会，他便改变拳势。高三宝何等机警，知他要用诡计，不住地留心，猛见他两手一分，身向下缩，要是别人，一定上他的当，必要趁空打进去。高三宝却不然，虽使左手一点，向前一伏身。他以为来了，猛地一头撞来，无论何人，躲不开的，必被撞倒。高三宝见他来势凶猛，躲闪是来不及的，便将肚子向上一迎，撞个正着。丁二郎觉得其软如棉，不似内功，自己这一招，专能破金钟罩铁布衫，不料高三宝这种功夫乃是气功，说硬就硬，说软就软，任你力气再大，也无处使用。所以头撞上去，不但无讨着便宜，反被高三宝在脖颈上打了一拳，打得他魂灵出窍，半晌抬不起头来。高三宝哪里还让他，拦胸又是一拳，立时栽倒。

台下看的人又大声喝彩。这时惊动一个人，要出来和众位英雄作对。

正是：

是非皆为多开口，烦恼都因强出头。

要问此人是谁，众位英雄有无危险，全在下文交代。

第二十六回

挑是非怒激刘太玄
治毒伤三打玄武擂

却说高三宝在擂台上打倒了笨牛史雄，又打伤独眼虎丁二郎，实在是他自己找出来的，不能怪高三宝。然而，这擂台上一连打败了几阵，无论什么人，也要发火。

此时便有一人走出台来，向高三宝拱手道："在下名叫锦毛狮子袁志刚的便是，因见好汉本领超群，欲在台前领教一二，未知能赐教否？"说罢，两眼望着高三宝，似有立等回答的光景。

高三宝向他一打量，只见他高有五尺上下，膀阔三停，臂粗腰圆，手长脚大，两道眉毛过耳入鬓，目长而细，奕奕有神，鼻高口阔，微有几根胡须，一举一动，一站一立，都有家数。高三宝便知此人本领不弱，也就说道："某乃草茅下士，貌不惊众，艺不压人。方才二位有意相让，叫某占了上风。今天不弃，某当奉陪。"说罢，拉开架子。

袁志刚便过来，把拳亮开，二人在台上交起手来。袁志刚的本领十分了得，拳术武功也甚纯熟，因见高三宝打倒丁二郎毫不费事，就知人家有绝顶的功夫。只袁志刚的声名，四外八方都晓得他拳法高妙，这番曹三重兴玄武擂，专诚请他来做台主。当时再三推辞，禁不住众人怂恿，料到自己的功夫颇能打得三五十人，又加近年来不讲武术，大约没得出色的人才，所以勉强应允。不意今日被诸云龙连胜两场，又来高三宝这个顶头货，自己再不出头，数年的威名行将扫地，拼着性命，出来和高三宝比拼。成败在此一举，关系甚大。略想："高三宝既然功夫到此地步，绝不逼人的。"便也略放宽心，一面交着手，一面暗盘算，心说，"若和他一拳一脚地打长了，难得便宜，不如给他个明枪容易躲，暗箭最难防。"原来他会一种暗器，名叫梅花针，百发百中，又稳又准，并且敌人中了暗器，也看不出来。他那种针细如花蕊，却很坚锐，不论打在什么地方，就如蚊虫咬一口似的，全不理会。等到药性一发作，就吃不住了，浑身酸麻，手脚渐渐地不能动了，如此厉害的东西，他也不知伤过多少人。今儿要来暗刺高三宝，却巧极了。

当日高三宝等上山投师学艺，所有各种的兵刃、一切的暗器、各路的拳法，全都学个烂熟。这种梅花针，本是练气功夫用的，一班剑侠大约都会，乃是用气吹，为的是在高山峻岭遇见成群大伙的野兽，一个人防护不来，就将这梅花针吹出去，专刺二目，任他多少野兽，也禁不起的。袁志刚不会气吹，却用装袖箭的法子装入细管，上有小孔，用的时候，只将螺丝一动，那针就直射出去，轻易看不出。他今天更加了一番细心，等到两个人一照面，打了几拳，必然背转身形，另换势子，他等高三宝一回身时，暗将螺丝一推，那根梅花针直飞出去，向高三宝脑门射来。哪知高三宝胆大如天，心细如发，转身时又迎着太阳光，忽见很细的东西又光又亮向他飞来，早已料到八成。那时闪躲是来不及的，只等临近，运内功，由丹田提出一口气来，向那东西一吹，说也奇怪，那只梅花针竟回转，向袁志刚射来。他这才慌了手脚，因为气功比人力来得快，登时射在他面门上，说声"不好"，拨头跑回后台。

底下看的人全都莫名其妙，不知为什么事台主跑了，当时一阵大乱。

高三宝趁此跳下台来，寻着明镐等，一同回店。

来到店内，杨云瑞问他："是怎的回事？"

高三宝就将他使用梅花针之事说了一遍。

诸云龙怒道："这群恶棍，无一个好东西，打擂比武，须要一拳一脚胜人，怎能暗施毒器？高叔父太便宜他了。如遇小侄，定使飞剑取他的性命。"

高三宝笑道："你只知其一，不知其二，以为他既施放梅花针，我们便可用飞剑。照道理是不错的，须知得放手时且放手，得饶人处便饶人，况且袁志刚的拳法，手法不凡，必经名师指点。我等如鲁莽从事，岂不多招冤家吗？"

明镐点头道："言之有理，处世能吃亏能让人，自是忠厚气度，量必要大，始能受益。否则反致招灾，是一点儿不差的。"说得几个人俱都点头，这且不提。

再说袁志刚跑到后台，也无顾得说话，急忙跑回下处，取出药来敷伤，半响将针拔起，登时把个脸肿得和屁股相似。曹三来看他，问起原因，他偏不说自己的不是，反说高三宝暗施毒器将他打伤。

众人都不服气道："这还了得？江湖上的规矩，打擂哪须使暗器伤人呢？咱们大家找他去评理，看他说什么。"

袁志刚忙阻拦道："众位千万可不能去寻他，一来他本领高强，不是他的对手，倘他不讲理，说翻了，打又打不过他，还不是自寻没趣吗？二来我想上华山去请我师父到此报仇，慢慢和他评理，还怕他飞上天去不成？众位如有认识本领好的，也去邀请几位来，帮助帮助。"

众人闻听此言，齐说："有理！不知袁大哥几时动身，几天回来？"

他道："多则六七天，少则三四天，我必回转的。擂台之事，就请曹三爷和各位多关照吧！今儿来不及了，我预备明天动身。"

众人听了，告辞出来。台上挂块"停擂几日"的牌子，俱各分头去安排，也不必表。

单说袁志刚次日清晨便奔华山而来，原来他师父名叫刘太玄，在华山清虚观出家，修炼多年，内外各功已是登峰造极、所差无几了。平日不和外人来往，一心修炼，早年也教了几个徒弟，袁志刚也是其中之一。因为都不能有成，他便懒得教了，几个徒弟慢慢走开，袁志刚便到开封。那时会功夫的很少，他便货卖当时，缺少朱砂，红土为贵，矮子里头拔将军，居然当了几年八十万禁军教师，各处闻名拜他为师的不计其数，万也想不到在擂台上栽个跟头。思来想去，只有请求师父前来报仇，转个面子，不然哪能立足呢？

那天来到华山，半路上遇见两个道童。袁志刚一看，认得是松风、柏秀，忙喊道："两位师弟，一向可好？师父可在观中吗？"

两个道童见是师兄，几年不见了，十分亲热，当下说道："哪阵风刮得师兄到此？俺俩奉命去到山前采药。师父昨天才打云梦山师叔那里回来，现在观中。"说着，三个人已经碰面，见袁志刚面目肿胀得不成个样子，惊问道："师兄面上伤痕，是碰的吧？怎的这样重？还不快快医治！"

袁志刚叹气道："这话说来很长，等见过师父，再来告诉你俩吧！"说着，三人直奔清虚观而来。

到庙外，袁志刚站住，请道童去禀报师父一声，说："我来给师父请安，现在庙外候示。"

两个道童进内禀报，半晌不见出来，等得焦急非常，正想要自己走进去，忽见松风一人面带不快的神气走来说道："师兄改日再来吧，今日不知师父为什么怒气不息的。俺俩到丹房去回话，说是师兄到此，不料师父将俺等大骂一顿，也无吩咐叫师兄进去的话，这便怎好呢？"

袁志刚心下踌躇了一会儿，说道："俺既到此，岂有不拜见师父之理？多费一番手脚，惹得师父动怒，待我自己去吧！"说着，走入清虚观，径到丹房里来，进去给师父叩头。

刘太玄见他进来，施过礼，便问道："你由何处至此，到此何干？"

袁志刚道："徒弟现在开封，因有事赴陕西，打从此处经过，特来给师父请安的。"

刘太玄微笑道："你还好，无有忘记我。面上伤痕哪里来的？"

袁志刚听到这里，跪下去大哭不止，口称："师父救命！"

刘太玄惊问道："你快起来讲，到底是什么缘故？"

袁志刚就将打擂之事藏头露尾地说了一遍，又说高三宝如何不讲道理，施放暗器，将自己打伤，师父如不相信，现在伤还在。

刘太玄听了，半晌也无开口，忽然问道："你今到此，打算怎样呢？"

袁志刚道："至此别无他法，只求师父念师徒之情，与我报仇。"

刘太玄道："他又不到此处来，这仇怎报呢？"

袁志刚道："徒弟也曾和他说，彼此同为闯江湖的，照规矩也不须如此。哪知他自恃武艺高强，目空一切，据他说，不论谁也不放过的，不懂什么叫规矩，并且还有几句话，骂得很难听，徒弟不敢说。"

刘太玄进问道："有什么话不能说呢？你只管讲！"

袁志刚道："他骂我是跟师母学来的艺，不知羞耻，还敢在人前出面呢。徒弟虽不长进，有辱师门，任凭师父处治，无端被他如此辱骂，还求师父做主。"说着，又是一阵大哭。

刘太玄未免动了气，因道："这话可是他说的吗？"

袁志刚道："徒弟怎敢扯谎？"

刘太玄道："好好好，你且回去，我马上就到，问问他为何出口伤人。"

袁志刚见师父已经应允，心中暗喜，只是怀着鬼胎，当日告辞下山。刘太玄又给他敷上药，问："是什么暗器，如此的毒？"

袁志刚扯谎，说他是用吹针。刘太玄道："梅花针乃是剑侠处治野兽用的，竟使出伤人，又用如此的毒药，其心狠毒，可想而知。我倒要会会他！"

袁志刚回到开封，伤已痊愈，便对众人夸口道："我师父名闻天下，可称当今第一流剑侠，要收拾那高三宝等易如反掌了。"说罢，十分得意，同到曹府。

曹三听说请了名人来转面子，自然欢喜，便命将擂台打扫干净。全城的人又都得了信，次日擂台下看热闹的比前加倍。几位英雄更是不要说，早到台下，看看他请来的是何等样人。

116

那天刘太玄已到开封，当时便到擂台上来。

正是：

    江山尚有相逢日，为人岂少对头时。

要问后事如何，几位英雄能否支持，且待下文细述。

第二十七回

解重围师徒成水火
奉训谕兄弟下湘潭

却说刘太玄一时误听袁志刚的谎言，一怒下山，来到开封擂台上。袁志刚倚仗师父在此，料无人敌，当下走到台前，交代一番言语，有意激怒高三宝。不料恼了小侠诸云龙，立即飞身上台。

袁志刚还没尝着诸云龙的厉害，欺他年纪轻，身体小，当下问道："你前日连胜两阵，是俺们有意让你，怎的如此不识抬举？今儿我是要和姓高的分个高下，听我相劝，还是快下去吧，不必讨没趣。"

诸云龙道："你等摆擂，原是叫人来比试的，怎的却指名点姓的，成何规矩？"

袁志刚大怒道："念你年幼无知，再三相让，你竟给脸不要脸，休怪俺无情。"说着，拉开架子，两个人交起手来。

走了十几个照面，未分胜负。袁志刚暗思："这小人拳法精通，长打下去，恐吃他亏，不如用计取他便了。"正在盘算，忽见诸云龙直向后退，相离台边不过二尺。他以为诸云龙力气接不上了，心说："凑巧，再一进步，就将他挤下台去，省费手脚。"立时抖擞精神，拳下如雨，紧急十分。再看诸云龙时，只有招架之功，并无还手之力，倘若一失足，便掉下来。看热闹的都替他捏一把汗。高三宝等看得真切，知非真败，所以不去帮助。

正在此际，忽见袁志刚使出鸳鸯腿，猛向下部踢来。诸云龙不慌不忙，等他腿到，一手捞住，向外一带，说声："滚下去吧！"袁志刚身不由己，从台上跌下来。因他用力过猛，腿踢出去，收不回来，加上诸云龙借他的力气，顺手一带，跌了个发昏，半晌爬不起来。

此际刘太玄见徒弟打败，登时走出台来，拦住诸云龙，要和他比试。诸云龙一看这道士，眉清目秀，齿白唇红，颏下三绺黑胡须，长有二尺，飘洒胸前，更显得仙风道骨，飘然有神仙之态。知非常人，忙施礼道：

"道长请了！"

刘太玄见诸云龙龙彬彬有礼，甚为喜悦，也就打稽首还礼道："居士请了，久闻居士拳术精通，屡次三番地恃强欺弱，今日贫道要领教一二。"说着，立好门户，只等诸云龙过来交手。

诸云龙暗想："看他仪表不俗，本领必然绝顶，倘若和他交手，八成敌不住他。常言说得好，光棍不吃眼前亏，不如用软法子，抽空跳下台去便了。"想罢多时，复又拱手笑道："老仙长不在高山修炼，为何来此多事？摆擂的这些人都非安善良民，小子年幼艺疏，粗知门径，哪里够得上'精通'二字呢？道长不可听过耳之言，来助纣为虐，不怕被人讥笑吗？仍请道长三思。"

刘太玄喝道："不用花言巧语，如有本事，只管过来。否则滚下去，别耽搁时刻！"

诸云龙听了，未免动气，正要过来和他比试，忽见高三宝跳上台来，对诸云龙说道："你且下去歇息歇息，待我陪他玩玩儿。"

原来高三宝看刘太玄定有来历，恐怕诸云龙有失，所以上台。诸云龙趁此机会，正中下怀，说声："偏劳！"跳下台去。

刘太玄见高三宝上来，知道袁志刚是被他所伤，不由火起，怒道："你这人好无来由，贫道要和旁人比试，干你甚事？斜刺里钻出来多嘴，未免欺人太甚了！"说罢，一进身，迎面就是一掌。

高三宝仔细看他的手掌，似肉非肉，似骨非骨，高一条，低一片，根根红筋突起，暗想："不必看他武艺如何，这两手就够吃的。"知是炼成的朱砂掌，专破金钟罩铁布衫。厉害！说软软如棉，说硬硬如铁，掌如钢板，指如尖锥，身上被他戳着，登时就是个窟窿。"今日遇见劲敌，必须多加注意。"心里这么盘算，见他掌到，略一闪身躲开，还了一掌。刘太玄忙架出去。

两个一来一往地交起手来，真是棋逢对手，将遇良材，一个是数年苦练的功夫，一个是仙家传授的武艺，恰好半斤对八两，丝毫不差。在台上走了有百十个照面，不分胜负，就如走马灯相似。台下看的人都望呆了，不住连声喝彩。明镐、杨云瑞、诸云龙等在台下观看，暗代高三宝担心。再看他二人，越打越有精神，自巳正打起，直到酉初，五个时辰未见高下。监擂官看了，也是佩服，传谕吩咐收擂，明日再行比试。只听台上锣声响亮，两下始各跳出圈子，收住架势。两人都是面不改容，气不急促，似乎和无事一样。

刘太玄又对高三宝说道："姓高的，你如有胆量，明儿在云阳山下比试，不知你可敢去吗？"

高三宝道："笑话，不要说云阳山，就是龙潭虎穴，我也不惧。"说着，各自分手。

看热闹的也就一哄而散。

四英雄回到客店，高三宝对明镐等说道："我自出世以来，走遍几省地方，打了也不知多少次数，可说得未逢敌手，就是和我打个平手的，也是百不得一。不料今在汴京碰见刘太玄，不独本领超群，只恐道法更是精通，若非处处留神，必然吃了大亏。今日比试，他似乎只使出六七分本事，已经招架不及。明儿和他约定在云阳山下比拼，恐怕难以取胜，这便怎办呢？"说着，心内着急，面上现出踌躇不安的样子。

杨云瑞道："据我看，那老道慈眉善目，不似行凶之人，不知由哪里跑来和我等作对？明天到那里看，实在无法，俺几人一同下手，或能胜他，也未可知。"

高三宝尚未答言，明镐道："我想三宝弟一人敌不住他。我等齐上，虽然也是个法子，恐怕无济于事。最好能多延几日，我等设法去请人，总能胜他的。"

高三宝道："大丈夫一言出口，驷马难追。既答应他明天比试，任是刀山剑树，我也要钻的。听天由命，任他如何便了。"

正说着，店小二搬上饭菜来。四人用毕，仍想商议个两全之策，只是思来想去，也无两全之计。天晚安歇，一夜都未睡着。

天明起来，梳洗已毕，用过早点，便问店小二往云阳山的路径。据说出南门直奔西南，并无村市，离城约莫四十余里，那里是所荒山，再向西北，走不多路，便是太行山了。听说近来那条路上不大安靖，常有抢劫客商之事，因此都不肯走那条路了。现在十分冷静。

四位英雄听了，不说什么，当下出店，走出南门，直奔云阳山而来。果然半天碰不见人，只有几个樵夫和一群放羊的向那山上去的，余无他人。三四十里的路程，他等是一跑就到，但见山前一处空旷之地，十分平坦，正好是天然的战场。靠左边一带树林，甚为深密，一眼望不见边，那山虽不甚高，倒也是崎岖有致，疏林沿山坡直到山顶。要在往时，有此风景，必要流连一番，如今各人心中都有事，哪还有别的心思？天到巳正，望见三五十匹马直奔山下而来，料是他等来了。高三宝站在空地等候，见他等俱各翻身下马，早有从人接过去拴在树上。

刘太玄抖了抖身上的灰尘，来到高三宝近前，打稽首道："居士来得很早，果未失信。贫道佩服至极，某等一步来迟，致劳久候，诸祈原谅。

但是今儿是怎样的比法呢？请居士吩咐。"说罢，望着高三宝。

高三宝道："既奉道长示谕，怎敢不早来恭候？至于如何比法，还请道长示下，某当奉陪。"

刘太玄大笑道："好大的口气，贫道倒要试试看，咱们还是先比拳吧！"

高三宝答应。两下各立门户，都道一声："请！"高三宝使个双燕穿帘，呼地直抢过去，及至抢到身旁，道士欻然不见。高三宝恐他暗算，急使个旋风，离地足有一丈多高，滴溜溜地旋转下来，只听身后脚步响，知道他在背后，一个鲤鱼打挺，直翻转来。刘太玄果然在后打来。高三宝转过身，他的拳已打空。高三宝望他一笑，不打紧，刘太玄可真急了，使出惊人的本领来，一掌紧似一掌，一拳快似一拳。高三宝觉着前后左右都是拳风，密密层层，把他裹住，裹了个风雨不透，始终没见老道的影子。直像有千万人围住般的，非但招架不及，而且也不知从何处招架起。高三宝这一惊非同小可，没奈何，只好按定心神，展开拳法，也把看家的本事使出来了。你看他侧挡横拦，折脚盘根，兜胸护背，霍霍地跳跃着，呼呼地作响，两只拳头并作一条膀臂，使得好一路拳法，直把前后左右的无数拳风尽行挡住。

只听刘太玄在拳影里喝彩道："好拳好拳，不枉名传南北！"

高三宝虽然听得他的声音，依旧瞧不见他的形影，暗想："照这样打下去，终究我要吃亏的。"正然想主意，觉着拳风一阵紧似一阵，竟有些招架不住起来。暗说："不好！"登时急了一身冷汗。

正在万分危急之际，猛见南山坡上跑过几匹坐骑，临近下马，跑过两个人来，大呼："住手，都是自己人，怎么打得如此热闹？"

当时两下收住拳势，跳出圈子来。高三宝一看那两个人，登时喜不自胜，连忙过来行礼。

正是：

良朋天外忽飞至，解得重围认自家。

要问来者是谁，且等下回分解。

第二十八回

欺忠臣行贿通关节
思雪恨夫妇泄机谋

却说高三宝正和刘太玄在云阳山下比试，高三宝看着招架不住，忽然来了几个救星。看官，你道是谁？

原来是小霸王张荣和铁面如来钟志英。高三宝连忙施礼，明镐等也过来见礼。

张荣一一招呼过，回头笑问刘太玄道："老师兄不在深山修炼，为什么和他打起来？难道大水冲了龙王庙，一家人不认一家人了吗？"

刘太玄道："贤弟，事不怪我，愚兄这大年纪，怎肯出头多事？几年来不和世人通信，贤弟是知道的。前者劣徒袁志刚在开封摆设擂台，不关我事。"用手一指高三宝道，"这位上台打擂，暗用梅花针射伤袁志刚，已非正理，大不该口出恶言，辱骂愚兄，叫我如何忍得下呢？"

高三宝刚要分辩，张荣拦住，又问道："师兄这话，可是亲耳听见的，还是别人对你说的呢？"

两句话问得刘太玄开不了口，半晌说出："是小徒面带伤痕，上山对我讲的。难道说还是假的不成？"

张荣笑道："恐怕不实吧！高兄弟自幼相随，知他性情，等闲从未出口伤人的。再说他也不用梅花针，怎的刺伤令徒呢？"说着，回头便问高三宝是怎的一回事。

高三宝便将打擂之事从头至尾说了一遍，张荣这才明白。刘太玄听了，还不大相信，回头呼唤袁志刚，不料他贼人胆虚，早已溜之大吉，连曹府的一众人等也都去了。刘太玄知是他挑拨的了，登时气得面目改色，大骂："该死的畜生！无端造谣，险些伤了好友！"

当下过来，向高三宝深施一礼道："贤弟千万海涵，让愚兄这一遭，全是我管教不严，收容匪类。俟后捉住他，重重处治。多有冒犯之处，诸希原谅吧！"

高三宝道："老兄说哪里话？彼此都是一家人，别说我没吃亏，就是再怎样，也算不了一回事。"

张荣道："都是一家人，不必再提了。"又将明镐、杨云瑞、诸云龙都叫过来，大家重新见过礼。刘太玄一定要让大众到他观里去盘旋几日，张荣忙拦道："我等还要到开封有事呢。稍迟几天，还要去给师父请安，顺便拜望师兄，再为叨扰吧。"

刘太玄道："既然如此，愚兄先要回观恭候去了。"

张荣道："请便吧。"说着，各施一礼，分手而去。

不言刘太玄回庙，再说大众英雄一路同回汴京。只有张荣等骑马来的，还带着两个跟人，也都骑马，是梅府派来伺候的，遇有甚事，急回送信，这也是郑重的意思。张荣见他四人步行，也就跟着走行，两个跟人在后牵着四匹马，一路上叙说别后的事情，自有一番交代，不必细表。

来到客店，明镐唤小二将马拴到槽上去，好生喂养，然后吩咐大摆酒宴，给二人接风。几位英雄开怀畅饮，直到月已垂梢，始各就寝。次日清晨，梳洗已毕，开上早点来，当时用过之后，商量到外边去走走。忽听院内吵个不清，忙唤小二询问时，才知考期将近，各府州县应考的纷纷入京，这两天来得更加多了，店已住满，依然有人来打店。小二应酬出去，不料今天来得更多，却都是开封附近几县的人多，早几天还怕花费，不肯前来。及至临近，这才来到打店，所以屡次吵闹，把个店主麻烦得什么似的，又不敢得罪他们。店门口贴了几张"客满"的条子，他等全无看见，进店便吹胡子瞪眼睛的，歪缠一阵。

明镐等因这几天只顾打擂之事，把这考试的事全都忘记。如今听说考期已近，究竟还不知是哪一天进场，主考何人、监临何人，全不知道。当下明镐要出去打听，张荣等也要同往，于是一同来到皇城礼部门口。等了半天，才问出一点儿消息，还不知实在不实在。据说九月二十日进场，二十三日出场，礼部尚书薛奎为正主考，文彦博为监临，富弼为阅卷大臣，偏偏派奸臣夏竦为搜检大臣。圣旨已下，皇榜贴在午朝门外，来看的人真是人山人海。

几位英雄在礼部衙门口受了不少的奚落，若依他等的性子，立时打进去，方消胸中的恶气。到底高三宝、张荣等阅历已深，知道世态人情如此，正所谓一朝权在手，便把令来行。明镐是在人屋檐下，哪敢不低头？所以都心平气和地不与计较。闲话少说，最好用糨糊把嘴封起来，免得惹事。

再说几位英雄，打听实信，回到店房来。只见店小二拿个单子往各屋里送，口中不住地说："恭喜老爷们连中三元！"及至送到他等屋中，接过来一看，原来是抄的榜文，考期时候、考场地点、主考官的名姓，以及场内许多官员的名姓，开得清清楚楚的。

明镐笑道："他若上半天送了来，岂不省俺们辛苦一趟，还受许多的闲气。"

张荣道："大约例来都是如此的，我们又无考过，哪里知道呢？"

明镐道："说也惭愧，某幼年虽读了几年书，只是不愿苦守这书本子。后来习武，渐渐地全都忘了。这几年东奔西跑的，不独无看过书，连一字也未写过，此际胸无点墨，荒疏已极，进场去考些什么呢？"说着，面有忧色。

张荣笑道："这两天只顾闲忙，几乎忘记大事。"

众人惊问何事，张荣道："我此次在湘潭，终日无事，因恐钟贤弟太寂寞，于是俺俩每天游山逛景，早晨出门，天晚方回。好在那里山是多的，今天上这个山，明儿登那个岭，换着游玩，倒也消闲自在。重九那天，俺俩正在东山闲眺，忽见一道金光落在山顶上，俺俩跑去一看，原来玄微子老伯驾临，当下行过礼。他老人家便吩咐俺二人赶紧起程赴汴京，说是你等有难，务必于二十之前赶到云阳山下，并言明兄此番考试，必然得意，但是孽缘太重，苦难重重，一时也解不开。不久，说韩老弟就要下山，天相吉人，自然逢凶化吉，遇难呈祥，不可错了念头，自坠天网，要紧要紧！说完话，他老人家就去了。所以我二人兼程急进，恰巧遇见打擂之事，一时便忘记了。"

诸云龙也道："小侄在东亭山修剑之时，每天是韩叔父给我送饭，几次和他讲话，他只笑而不言，也不解是何缘故。等我功成圆满的那天，才对我说，屡次不和我讲话，恐我分心。我因问他在何处，他笑说道：'远哩远哩！'我说跟他去吧，他说不久便相会，使我先来带个信，问候各位叔父。"

明镐道："韩家兄弟肉眼佛心，天真烂漫，善人自有善报，丝毫不爽的。"说着，大众点头称是。

天到掌灯时候，张荣悄悄和高三宝说道："你自来汴京，为期已久，各处地方想都走遍，夜间和钟二弟去走一趟，你看如何？"

高三宝知他专好夜游，不好阻拦，只说："去是无妨，但这京城首善之区，非别处可比，需要留神。俺等自到此后，只有白天出去，夜间还无走过，既然大哥有兴，小弟奉陪就是了。"

三人商量好，也不通知明镐等。天交二鼓，店内落灯，各房住的人俱入睡乡。他三人换好夜行衣靠，轻轻打开后窗户，一个个蹿将出去，直奔皇城而来。一路蹿房越脊，行走如飞，不时听得巡更的锣声震耳，各街市上虽有行人，却都手执灯笼，禁军巡夜的，东一哨，西一哨，接连不断。开封府的三班人役也不住地巡察，防范非常严密，歹人无处藏身。每有窃盗案件，便是飞贼大盗，从无偷鸡摸狗的小贼。

张荣等跑了半天，也不知皇城在何处，只望高大围墙的地方奔，高三宝也不知他要到哪里去。来到一所大院，看那形势，不是各王的宫庭，就是公侯的府第，高楼大厦，殿阁崇阶，一层一层的，望不到边。张荣低问高三宝这是何处，高三宝辨了半天方向，才认出是西城。知道此处公馆甚多，也有府第，不知是谁家。张荣道："且休管他，看看再说。"

正在观看，忽见外边有个家丁，手执公灯引路，后边跟着一个人，一定官职不小。见他来到内宅，丫鬟开门迎进去，听见女人声音问他说："怎的到此刻才进来？"

男的说："可恨富弼老儿和我作对，这回考差，皇上本点我为主考，内侍王守忠总管早就送信给我，所以我将亲戚子侄、至交好友全都填名投考。不料事出意外，昨天圣旨下来，打开一看，却放薛奎老儿为正主考，文彦博老匹夫为监临大臣，我反弄了个小小的搜检官儿。当时一气，便要告病假，今儿一打听，果然是富弼老儿叫他们生事，参我一本。皇上虽无说什么，我这大主考美缺轻轻给弄掉，可气不可气？今夜和师爷商量，想个妙策，把几个老匹夫除了，以报大仇。"

又听女人道："这主考算什么美缺呢？不过几天的工夫，考过就无用了，何至于生这么大气？从前你将拜相，旨意已下，也是被他们从中破坏，硬把圣旨追回去。相爷也未做，我这宰相夫人也消灭了，无见你怎样生气，为这点儿事倒反气得如此呢！"

男的道："你女人家哪里知道？这一任大主考，收无数的门生，将来不论做多大的官，也是我的门生，又体面，又捞钱。宰相哪里及得上呢？"

三位英雄明白是夏竦的府第，听听他有何奸计。又听女的说："既已如此，你打算怎么办呢？"

夏竦道："可恶薛奎老儿，不识抬举，我打算和他商量，将两个外甥、三个侄儿，请他高中，说明送他五千两银子。哪知这老儿不但不答应，当着许多的文武公卿，将我羞辱一场，这口气出不了，我也不做这打脸的官儿了。"

女人道："到底你怎么办法呢？"

夏竦道："好了，不要讲了，早点儿歇息，明儿还去干事呢。此时师爷还在灯下修书，专为此事，有话明儿再说吧！"

正是：

　　只顾东窗定毒计，岂料隔墙有耳听。

要问后事如何，夏竦定下什么奸计，且待下回再说。

第二十九回

盗书信回寓商妙策
留字柬相府诉奸谋

　　却说小霸王张荣弟兄三人，在夏辣府第听他言语，知有奸谋，当下蹿到前面，寻找书房，果见第二进偏房露出灯光。张荣转到后窗之下，叫他俩巡风，使个珍珠倒卷帘，脚尖挂在房檐，身体倒垂而下。向里是两间书房，只见一个年约半百的老头子，伏在案上作书；外间屋里有个书童伏几而卧，睡得呼呼的。等了一刻，见他信已写完，摇头晃脑地读一遍又一遍，似乎津津有味，现出十分得意的神气来。看好，夹在一本书中，打了两个哈欠，便去床上睡了。

　　张荣向前一纵，脚踏实地，悄悄到书房门前，拔出钢刀，拨开房门。书童好梦正酣，又加张荣轻如飞燕，行动声响俱无，到里边取出书信，复将房门替他带好，飞身上房，招呼二人，一同回店。

　　此时天交三鼓，家家户户全入睡乡。三人仍从后窗蹿进去。

　　明镐已醒，轻轻问道："三位贤弟，到何处走了一趟？"

　　张荣过来，低声道："如今探得一件机密大事，你且起来看看。"

　　又将夏辣夫妻说的话重述一遍。明镐连忙披衣起来，在灯下细看那封信。原来是夏辣约他妻弟的，他妻弟现充左卫将军府的兵马使，名叫王从仁。信内叫他买通手下的兵丁，等士子入场之后，各门封锁，就在四下放起火来。因为那考场左右皆有草料堆，是兵部买给八十万禁军用的。火起之后，严守各门，不放一人出入，把几个对头，连各省的士子，一齐烧死，以消心头之恨。

　　明镐看罢，大惊道："不意夏辣如此狠毒，各处赶考的，上千累万，与你何仇何恨，你竟下此毒手？"

　　高三宝便道："你先别气，赶快想个主意，怎样破他的奸谋。"

　　明镐想了半天，说道："这样吧，我将此信誊写，仍请张贤弟再辛苦一趟，把他这原信退回，作为不知。明晚再到有关系的各位大臣府第去送信，说明夏竦的阴谋，不必说破，只想个法子留住他，不放他出去。外边的人知他未出来，自然不敢点火，这样一办，可免多少麻烦！倘如奏明皇上，一时难以解决，岂不误了场期？别的事小，各处的士子千里迢迢到京赶考，扑一个空，有钱的不去管他，那班穷读书人，东拼西凑地弄点儿盘缠，不过希望一举成名，增光耀祖。三位贤弟想想看，我这法子可能用否？"

张荣道："计策十分万全，只不过太便宜了那贼子。"

高三宝道："观前顾后，各方都要虑及，除此恐无别法，就照办吧！事不宜迟，趁咱们未换衣服，早点儿去办好吧！"说着，张荣带好书信，三人重新由后窗户蹿出去。

本是熟路，展眼便到。那时谯楼正打四更，满天星斗，万籁俱寂。来到夏竦的府第，蹿房越脊，展眼行至书房。听了听，里边师爷和书童呼呼大睡。张荣推门入内，把信仍夹在书中放好，走出来，飞身上房，仍由原路而回，人不知，鬼不觉。便是夏竦，做梦也想不到奸计破露。

三位英雄回店安歇，次日天明，六位一同出外游玩。各街市上平添了无数的人，内中赶考的士子居多数，其余的人有买卖客商，九流三教、各项人物都有。汴京名胜都被几人走遍，便也无甚趣味。

张荣在路上和大众说道："幼年曾来汴京一次，因为年轻，走过便忘记了。近几年来闯荡江湖，到处听人盛夸汴京如何繁华，商业如何发达、如何热闹，说得天花乱坠，把座京城形容得如同金银世界，言者兴高采烈，听者津津有味。及至身临其境，全不觉得有什么好玩儿，反觉尘灰滚滚、人声嘈杂，讨厌得很。俗语有句话，叫'闻景别见景，见景更稀松'了。"几句话说得众人点头。

不多时，来到大相国寺的门首，高三宝就将惠琳老方丈之事对他一说，张荣便要进庙拜会。明镐忙拦道："我们今天应办的事情很多，一时没得余暇。好在往后日子很长，过几天再来也不为迟。"

张荣点头。当日，他一众六人，在城内走个遍，文彦博、富弼、薛奎等府第也都认明白，看好路径。天晚回店，用过晚饭，商量仍请张荣等三人前往各府送信。明镐是不便露面的，小侠诸云龙也要同去。

杨云瑞道："此次前往各府，专为送信，又不是去争斗，人去多了反而不便。况且文老丞相等都是忠臣，忽然深夜来了几人，必定害怕，碰巧弄出别的岔子来，我看你还是不去的好。"诸云龙也就不敢再说什么了。

等到天交二鼓，张荣、钟志英、高三宝俱各结束停当，立刻动身，仍由后窗户蹿出去，展眼之间已到文府。三人日间看好路径，立即蹿到院内，仔细一看，与那夏辣的府第大不相同。那文彦博几次拜相，数年来身居显职，位高名重，三人估量着这府第必然富将王侯。及至来到一看，不料竟是一座破宅子，虽然未有颓垣残壁，所住的屋子却都残破不全，统共连前带后，连内宅带客厅，不过十几间。三人暗叹道："堂堂相府，穷到这步天地，平日为人就可想而知了。"

正在赞叹之际，忽见东偏房内露出灯光，一片破竹帘，望到里边很清楚的。见一老人在灯下看书，屋内除几架破书之外，并无陈设，三人料他是文丞相。张荣嘱咐二人在外等候，他自己一人进去。文彦博正然秉烛观书，猛见外边走进一人，又非素识，未免惊愕，就将书放下，问声："你是何人，深夜至此何故？"

张荣连忙过去叩头，说道："罪民斗胆，擅入相府，但是有机密大事，特来禀报丞相的。"说着，在怀中取出夏辣的信稿，并明镜的禀帖和办法，一并取出递给文相，说声："去也！"两足一蹬，早已蹿到天井中，复又飞身上房，招呼高三宝等同往薛奎府第而来。

文彦博接过书信，尚未观看，听他说声"去！"再一抬头，见已去得无影无踪，只觉一阵微风，吹得门帘一动而已。急忙来到门口四下细望，哪里有个人影儿呢。暗暗称奇，忙将书信从头至尾看了一遍，才知夏辣暗定毒计，要害自己和富弼等，及各省赶考的士子。把个老头子气得须眉直竖，暗骂："奸臣大胆！"又将明镜所拟的办法反复看了几遍，暗想："此事只好这样办，倘如奏明皇帝，又要大费周章。"

当夜回到内宅，和衣而卧，只不知那送信的人姓氏名谁，大约定是剑仙侠客一流人了。自己心怀坦白，倒也气定神安，这就叫俗语所说的，为人未做亏心事，哪怕三更鬼叫门了。

闲话少叙，再说三位英雄到薛奎的府第已经三鼓，薛奎已经安眠。张荣将书信放在他的床头，大约醒来，一定看见的；复又出来，直奔六部衙门。原来富弼自从安抚使调升枢密使之后，每日住在衙门，轻易不回私宅。那时他还兼吏部尚书之职，一天忙到晚，闲的时候很少。三位英雄知他住在吏部衙门，翻了几层墙院才到吏部，见他正在检查卷牍，有两个堂吏伺候他，一时向东取书，一时又要阅卷，忙了个不亦乐乎。

张荣等堂吏出房，他就下去，手捧书信等物送到富弼案前。他还当是堂吏呢，因说："我要的是卷宗，你拿书信来何干？"说着，一抬头，才知不是堂吏。刚要问话，张荣已飞身上房，等他追出屋来，早已不知去向。

此时堂吏已将卷宗捧来，富弼知道书信必关重要，急忙藏在身旁，便命堂吏去休息。他俩去后，富弼才将书信从头至尾细看一遍，不由怒发冲冠。

　　正是：

　　　忠奸自古成水火，狼毒成性比豺狼。

要问富弼又当如何，是否照明镐办法，都在下回交代。

第三十回

开考场请旨留夏竦
认字迹文章惊薛奎

却说富弼看过书信，深恨夏竦狠毒。再看所拟的办法，倒也十分周全。

次日早朝，三个人在朝房相会。提起这件事来，富弼的意思仍要与他揭穿。文彦博再三解劝，说是冤家宜解不宜结，当时密议办法，等到仁宗升殿，群臣参谒已毕，文武公卿分班站立，内侍臣一声招呼，有事出班早奏，无事卷帘散朝。当下文彦博密奏仁宗，对于此次考场之事，意见很多。仁宗皇帝一概准奏，降旨施行。此事办理完毕，又议了许多的军国大事，天已巳正，散朝回宫，众文武各归府第。

只有夏竦怀着鬼胎。等到考期已至，忽地奉道旨意，令此次监场考试诸臣，在未散场前皆须齐集场中，不得擅自退出，违则即以抗旨论。还有好多的事，都与自己不利，心下暗恨道："这又是哪个出坏主意？这么一来，我的计策岂不竟失败了吗？"思来想去，忽然想了一条计策，打算到期告假，请人替代，一点儿也不妨事的。只有自己的三个外甥、两个侄儿皆已报过名，亲自跑到礼部，费了不少的唇舌，他说几人尚未来京，恐怕赶不上入场，因此将名取消。诸事办妥，以为千稳万当，绝不致再生枝节了。不料接得妻舅的一封信，说是昨奉差遣，派往陕西押解粮草去，奉命之后，不容时候，已于前天动身了。

夏竦接了此信，大恨道："怎的这般巧法？早也不去，晚也不去，偏在要紧的当儿出这岔子，真正气死人也！"

那时已到十九日，明日就是考期，诸事再重新预备，一时哪里来得及呢？左思右想，一夜也没睡，并未想出法子来。正然着急，又见差去告假的家丁原信拿回，据说此次考场之事全由皇上做主，如告病假，必须见驾，奉旨允许才能有效。夏竦一想，本来自己无病，倘去请假，被皇上察出，先有欺君之罪，那倒不是玩的。如今妙计恐成泡影，不如进场，再看机会。打定主意，也就不去告假了。

次日五鼓，便到考场而来。但见赶考的士子，人山人海地拥来，等他来到公堂，只见文彦博等正在谈话，见了他，全都站起来招呼。上了公堂，各照次序落座，三声炮响，场门封闭。夏竦怀着鬼胎，只觉坐卧不宁，也无人去理他，各人去办各人的公事。

那时，明镐已随众士子入场，领卷寻号，自有一番忙碌。进了号舍，闭目凝神，休养精神，暗想，自己笔墨生疏，如何能望高中？不多时，题目已下，他将题目看了一遍，茫无头绪，伏在几上困着。等到一觉醒来，文思勃发，提起笔来，一挥而就，读了一遍，也倒粗粗过得去。又用一番心思，将不妥的字句删改了去，誊清交卷。三场考罢，先行出场，到店内，自有众人接住，不免地问长问短。他是奔走江湖，受惯风霜之苦，在场三天，毫不觉得什么，绝不似那官宦家子弟，娇生惯养，一点儿委屈也不能受，三天工夫，不亚如生场大病。闲话少说。

这回的考试十分慎重，所有各士子的文卷，薛奎、文彦博、富弼三位老先生不辞辛苦，一一阅看，恐怕考官疏忽，有屈真才。看来看去，看到明镐这本卷子，称得起文辞锦绣，字句珠玑，有一种英气夺人眼目。反复看了几遍，便将卷子递给文彦博，请他看看。他看过之后，也是夸奖，连称奇才。富弼听他二人夸奖，也便凑过来道："什么好文章，可容我赏鉴赏鉴吗？"

文彦博把卷子递给他，他从头至尾看了又看，忽然问二人道："二位可看出，这是什么人的卷子？"

两位老先生反倒被他问住，愣了半天，回答不出。

薛奎又将卷子端详了半天，说道："我看似和昨夜那信上字迹仿佛。"

文彦博闻言，也就特别注意。他们年纪虽老，笔墨的事终瞒不过他们的。富弼笑道："不要看了，这卷子向废纸堆中一丢就完了。"

薛奎惊问何故。

富弼道："如中强盗门生，那不是大笑话吗？"

薛奎争辩道："我等奉旨取士，不过为选真才，像这样文章不取，还取什么人呢？况此人文笔通畅，将来必为公辅之器，不可因小节而误大事。如有干系，某愿独当，绝不有累他人的。"说着，将这本卷子大大地标个"中"字。

富弼的本心，恐怕薛奎不取中他，所以拿话一激，哪知这老头儿反动了真火。

文彦博笑道："薛公所论不差，照文取士，何必虑及其他？"

三位大臣将卷阅完之后，分别弃取，请旨盖玺。九月二十五日放榜，明镐高中第三名，早有公差报喜。众人听说得中，自是十分欢喜，一方面摆酒庆贺，一方面代他置办公服。明镐自己因和张荣、杨云瑞等情如手足，诸事任凭他等布置。他自己拜老师和同年，一连忙了几天。

那天去拜富弼，心想，众同年都说，富公一概挡驾不见。不料他将帖子投进去，听说里边传见，不知是何缘故，只得入内。行礼已毕，富公细看一遍，知道不是他送来的信，但是想起在水牢被难，是他救出的，送到合肥馆驿始各分手。当下屏退从人，问了明镐许多的话，这才告辞回店。见了几位英雄，将富公之事并他问的话说了一遍。

正在谈话之际，忽见店小二跑进来说道："现有富相府的家人，说是奉他老爷之命，送来一桌酒席。"

明镐闻听，急忙迎出去，照应了差官半天，封了两封赏银，写个领谢的帖子。差官拿着回来复命。六位英雄叫小二将酒席搬上来，开怀畅饮。直饮到月上西山，天交四鼓，始各安寝。

次日，明镐又去拜客，一连半个月的工夫，一点儿也未得闲。

这天下雨，外面无得酬应，这才对张荣等说道："愚兄瞎忙了这些日子，反叫兄弟们冷落，将来一入仕途，恐怕比现在还要忙十倍。所以我情愿不为官，落得逍遥自在，闲来无事，和弟兄遨游山水，随遇而安。不料师尊再四逼迫，定要将我送入罗网，哪是我的意思呢？"

张荣道："明兄此言差矣，天地生人，为的是有益于世，大则治国安邦，燮理阴阳；小则代天宣化，除暴安良。再说一人有一人的福气，这是勉强不来的，只求仰不愧于天，俯不怍于人，善始善终，守分安命而已。就似韩家兄弟，一味天真烂漫，哪里想到他会得内丹？俺弟兄修炼一生，也及不上他。由此看来，这不是各人的福命吗？"

一派话说得明镐点头，众人也都称善。话不可重叙。明镐官星发旺，殿试又中了进士，赴过琼林宴，比贡举时更威风了。

忙乱数日，忽奉圣旨，即用知县，立时领凭赴任。那时富弼为吏部尚书，自有一番照应，代他查缺，查来查去，京城附近并无缺额，只有黄河边菏泽县知县出缺，想起那县强盗很多，他有一班侠客朋友，必能助一臂之力。当下将明镐喊来，把菏泽县的民情风俗对他详详细细地告诉了一遍。又说："你先上任去，等京城附近缺出，自然将你调回。诸事你都明白，毋庸再为嘱咐。"

明镐拜谢了，当日领了凭照，回转店房，和众弟兄商量。据他的意思，情愿辞官不做，也不肯与众人分手。

张荣踌躇了半天，说道："明兄身为县令，食君之禄，当报君恩，只是俺等若都随往，诸多不便。如今又难两全，这便怎么办呢？"

杨云瑞道："前在江湖上，听说菏泽地方不大安靖，水旱两路的英雄很多。明兄今为县令，比不了闯荡江湖，处处抱与民除害之旨，免不了要和他等作对。倘一不慎，受患无穷。据我看来，俺们还是一同去，到那里看事做事，总须帮助明兄。如果用不着我们，再行分手，不知张兄意下如何？"

张荣道："别无他法，只好如此了。"

明镐听说众人肯跟他上任，这才欢喜。

正在说笑之际，店小二跑进来说道："今有富相府派人来请明老爷。"

明镐也不知有何事故，当下跟着来人见了富公。

富弼道："忘记告诉你一件要事，你那里属河中府管辖。现在河中府知府乃夏竦一党，名叫王拱臣，到任之后，要留他神的，因他为人心术不正，在京的时候，声名很不好听。前月将他调降河中府，听说到任不久，闹得怨声载道，等他恶贯满盈，再去收拾他。你只管去上任，他也不敢奈何你。"

明镐听罢，拜谢不已。告辞回店，又和众人商量怎样上任。杨云瑞的意思，分头前往，明镐哪里肯依，说来说去地，他想起当日欧阳公之事，便说："咱们还是一路走，给他个冷不防入衙接印，倒也有趣。"

张荣等只好答应。

当日又去置办了一切的物件，买了四匹坐骑，择日起程，任谁也不知道的。六位英雄行无所事地直奔菏泽县而来，左右还不是饥餐渴饮，晓行夜宿。

那天已到县境，天色已晚，尚未寻得镇市，又赶了一程，见前面黑压压、雾沉沉。张荣用手一指道："你看前边，不是村庄，定是庙宇，你我弟兄到那里去借宿吧！"说着，紧加一鞭，那匹马向前飞跑而去。

明镐等也加一鞭，跟上前去。这一来，有分教。

正是：

　　猛虎下山惊鼠辈，蛟龙出水戏虾鱼。

要问后事如何，且俟下文中将各项事情一一交代清楚。

第三十一回

古圣庵诸雄除恶霸
菏泽县士庶感青天

却说六位英雄跟随明镐前赴菏泽县任所，因贪图趱路，错过宿头。好在已来到本县辖境，不论何处都好歇息。不料经过滑县之后，连个村舍也不见了。幸而几位英雄都是久经风霜，全不在意，不过天太晚，人虽不觉得什么，几匹马却有些不老实起来了。

小霸王张荣目力比别人来得快，老远地已经望着前边露出树林，俱各紧加一鞭，几骑马飞跑下去。展眼之间，穿过树林，已见红墙矗立，钟声远透云霄。几位英雄临近，翻身下马，早有两个从人将马接过去。来到山门，抬头一看，匾额上写"古圣庵"三个大字，还有两个小字，渺茫是"敕建"两字。张荣上前叩门。

半晌，走出来个火工道人，开了门向众人一打量，他还未看出是何人，伴伴不睬地问道："深更半夜跑来敲门，是有什么急事哩？"

张荣上前道："某等赴河北公干，贪走一程，错过宿头，欲在宝庵借宿一宵，明日早行……"

还未说完，那道人摇头道："不可不可，非是不容几位借宿，因俺这里是座庵堂，出家的都是幼年女尼，多有不便之处。前边再走三五里，已是迎祥驿了，那里有的是招商旅店，就请快去吧！"说着，就要进去关门。

高三宝怒道："庵观寺院，与人方便，我等又非歹人，何必如此坚拒？不管你尼庵不尼庵，今夜一定要住在此处。"

那道人听了，复又回过身来，大声喝道："哪里来的狂徒，在此撒野！你也打听打听，俺这庵是何等地方！"

杨云瑞生怕争吵起来诸多不便，连忙上前解劝道："不容住就不住，何必动怒？佛门以慈悲为本、方便为门，为念俺等是外方人，深夜奔波，只须檐前盈尺之地，略可容身足矣。今既坚拒，俺等再赶几里路，也算不了什么。"说着，俱各上马，顺大路飞奔而去。

霎时已到迎祥驿。天交二鼓，寻个宽大客寓，进内安歇。店小二将马牵到后槽，搬上饭菜，招呼得十分周到。

用过茶饭，高三宝便问小二道："此处是何村镇，属哪县管辖，村南上尼庵是何情形?"

小二道："此处名迎祥驿，属菏泽县管。若说起古圣庵的事，一时也说不完。如今好了，有位河中府知府的公子，把这庵当作外家一样，日夜在庵里寻欢取乐，谁敢去碰一碰，登时就闹饥荒。"

高三宝道："怪不得呢，有这府太爷的牌子，还怕谁呢?"说罢，小二退出。

高三宝出房方便，诸云龙也跟出来。二人来到后院，商量夜探古圣庵，如有悖逆之事，给他个斩草除根，为地方除一祸患。诸云龙早想前去，二人蹿到院外，施展夜行术的功夫，霎时就到。那时天已三鼓，高三宝在前，诸云龙在后，飞身上了庵墙，用石探路，里边毫无动静，又向各处张望，灯火皆无，只有后房微露光亮，跳下去，悄悄走到窗外一听，声息俱无。暗想："莫非房里无人吗?"

正在思想，忽听东偏房人声吵乱，两人急忙蹿到房上，一个箭步纵到东房，躲到后边。有个后窗户，高三宝便叫诸云龙巡风，他到后窗一扒，窃听里边说些什么。听得里边张罗拿药，又有人要水，全是女子的声音。高三宝深恨看不见里边，在窗上捅个窟窿才望见了。里边三五个尼姑，老少不等，一刻跑到里边去，一刻又跑出来，忙得不亦乐乎。好一刻，看见一个男子，面带怒容，只是全无血色，披着长衣，走出来坐在椅子上，不住地口吐鲜血。又见一个半老的尼姑也从里间走出对男子说道："你的性子也太急了，早就和你说过，那小尼子性躁得很，费了多少唇舌、无限的心机，这才入了套。不料叫你弄得一败涂地，她也自尽了。别的不去管他，这人命关天，我可担当不起，请你想个法子吧!"说着，两只眼望着男子。

那男子又吐了两口血，才说道："死一个人算什么大不了，也值得这样大惊小怪? 可惜费了多少手脚才弄到手，哪知这贱人如此不识抬举，冷不防将我舌头咬下一半。明天怎样见人?"说着，又吐了两口血。

高三宝在窗外听得清楚，大略是知府王拱辰的儿子做出伤天害理之事，不由怒满胸膛。

诸云龙在房上等了好久，不见上来，听得谯楼已击四鼓，恐怕店里人不放心，便想唤他一同回去。正要往下跳，忽见两条黑影飞上殿脊，生怕被人看着，将身隐在瓦垄，向那边张望。只见黑影扑奔此房而来，临近一同落地。高三宝早就看见了，知是自家人，立即蹿上庵墙，跳到外边，两条黑影也跟出去。诸云龙不知是谁，也就上墙，到外一看，原来是张荣和钟志英。二人道："因在店中半晌不见你二人回房，明镜哥哥不放心，也料你俩来此，所以命我二人到此探视。如无甚事，就回店吧！"

高三宝便将里边所行所闻的说了一遍。张荣道："既有此事，我们焉能不管？你的意思打算怎样办呢？"

高三宝道："还有什么说的？将他等一一杀掉，替地方除一祸害。"

张荣道："此处属明兄辖境，尚未到任，杀伤许多人命，况且又牵涉狗子，岂不给明兄惹麻烦吗？"

高三宝道："难道就罢了不成吗？"

张荣思索了一会儿，说道："有了，狗子被人咬去舌头，讲话必不甚清，这是瞒不了人的。咱到庵内，杀死尼姑，取节断舌，放在尼姑口内。留狗子做活口，把这千斤担子搁在他身上，将来也可挟制奸臣。"

高三宝道："那太便宜他了！依我的意思，要给他个厉害，设法将他两耳削去，永远不许他露面。"

张荣道："好便好，不过手段太甚了。"

钟志英道："既已议好，赶快下手吧！天快亮了。"

张荣道："如此咱们分头进行吧！"

诸云龙道："把狗子交给我吧！只削他两耳，管保不伤别处。"

张荣道："最好是不让他晓得，就请贤侄拿他试试剑丸吧！咱们三人分头拔杀尼姑，务要杀净，省得又费手脚。"

当下四人复又蹿到庵内。无巧不巧，那狗子因伤了舌头，无心取乐，倒在床上睡了。五七个尼姑抬个女尸，似乎要掷到后院井中去。三位英雄抽出兵刃，蹿到屋内，就如砍瓜切菜般的，登将全都身首异处。狗子正在睡着，全不晓得。三人又出来，各房搜寻，见一个杀一个，见两个杀一双，一共庵内连老带小，共计十四个尼姑，杀了七对。到了前殿，有狗子带来的一个师爷、两个差人，连火工道人，一并杀个干净。诸云龙也用剑丸削去狗子两耳，待他疼醒，一骨碌爬起来，看见尼姑横躺竖卧地杀了一地，吓得他魂飞天外，顾不得伤痛，跑到外边喊人。无人答应，跑到房内一看，只见几人也都被人杀死，急忙跑到后院，摸着马棚，牵出那匹马来，开了庵门，上马加鞭，如飞地去了。

四位英雄将事办完，寻着半段舌头，放在幼尼口内。又想到狗子两只耳朵无处安排，便放在两个跟人手中，一人一个。事情办完，天交五鼓，当下飞行回店。明镐和杨云瑞还在等候，一见四人回店，这才放心。张荣就将这事一五一十悄悄告诉明镐和杨云瑞，都说办得十分妥帖。又谈了些闲话，天便亮了。店小二已起来，招呼早行的客人上路。六位英雄梳洗已毕，会了钞，命从人备好坐骑，牵出店房，一同上马。走了一站，远远地望见西北上山势崇峨，紧加一鞭，展眼跑到山下。

那时已是打尖的时候，山坡上也有村落店铺。行近村市，下马步行，寻个清雅的饭馆，胡乱用些点心。张荣问堂倌道："此处离菏泽县还有多远？"

堂倌回答："到城内只有四十五里。"

又问："此山何名？"

堂倌说："叫朝云岭，乃是和太行山脉相连，山上有座留云寺，香火很盛，每年三、八两月香市，各处进香的很多。寺内和尚甚多，老方丈已有二百余岁，是位活神仙，山上的景致也还不俗。"

当下，张荣听了，无说什么，出村上路。走着，张荣和明镐商量道："此次上任，我等一同随往，究竟不大方便，听说这朝云岭离城很近，如果有事，朝发夕至，不如分开，请杨兄同诸贤侄随入县衙，俺等在此相候，省得碍眼。"

明镐道："老弟所言甚善，这样吧，你同杨、钟三位留此，高弟和诸侄随我去吧！两个从人我也借用用，不知尊意如何？几位贤弟愿意否？"

众人俱各答应，行到岔路，彼此分手。张荣、杨云瑞、钟志英上了朝云岭，明镐和高三宝、诸云龙、两个从人直奔县城而来。天有午刻，来到一座大镇市，下马寻座酒楼去用午饭。看那镇市，倒也十分热闹，商业店铺很多，行人车马，往来不断。问起堂倌，知道此处名叫刘庄，乃是通京的大道，所以繁盛。正在浏览市景之际，猛听鸣锣开道，许多执事一排一排地走过去，最后一乘官轿，轿内坐位官员，前后顶马围护，倒也威武。因问堂倌："这轿内的官员是哪位，要到哪里去？"

堂倌说："是本县太爷，前往古圣庵验尸去的。"

明镐暗想："怎的如此快法？"

又问堂倌："古圣庵出了什么命案?"

堂倌道："今天早晨,有迎祥驿的地保由此经过打尖,他说古圣庵连男带女,十八条命案,不知夜间被何人杀死的,到县里报案。所以胡太爷听了这个信,快去相验。听说两三天就要卸任,新官还无接印,总是他的干系。看着吧,这件事大有文章呢……"

正要讲下去,忽听有人喊住他。

正是:

　　众口铄金诚可恨,趁机泄露出闲言。

要问堂倌讲出什么话来,内里关系什么事,且待下回分解。

第三十二回

龙击乡民报官相验
雨阻行旅醉泄机关

却说明镝正听堂倌说得津津有味，忽听有人喊住他。原来是账房先生恐怕他多言误事，所以阻止。

明镝道："俺们是外乡过路，往河北营商去的，有此新闻，倒要打听明白。你只管讲，无甚关系。"

堂倌道："俺是不过风言风语地听见人家说，究竟实在不实在，不得而知。从前听说，有位知府的公子，和庵里的尼姑不大干净，这回庵内死的人，恰有他的师爷和他两个跟人，却无他踪迹。所以纷纷传说，这件案子他总脱不了干系的。"

明镝道："原来如此。"

又说了一段闲话，起身会钞，出庄上马而去。在路上，和高三宝商量道："我打算先不去接印，各处走一遭，看看民情风俗，然后再去到任，不知老弟以为如何？"

高三宝道："吾兄斟酌办吧，小弟无不从命。"

明镝大喜。当日走到离城二十余里，有座大镇店，地名交河集，是座水陆交通的码头，镇上也有千余户人家，三条大街，只有临河的一道街最为热闹。明镝等就在街中寻座客寓，安顿马匹。当晚无话。

次日，明镝同高三宝、诸云龙到街市上游行一周，不过看了些来往行人，三教九流，大商小客，携筐挑担，车辆船只，吵吵嚷嚷，闹个不休。明镝见无什么可打听的，便信步出村，向北走下来。尽是一片田地，一望无际，田里只有菜蔬，几个种园的人收拾菜叶。明镝走过去，看他们做话计，顺便打听今年的收成、明年的布置。他们见明镝等几人是外路口音，衣冠齐整，相貌不俗，便也规规矩矩地回答了几句。高三宝听他们言语粗俗，举动蛮暴，心里老大的不自在，见明镝和他们一问一答的，似乎是十分有趣得很，又不好招呼，懒懒地望着旁边的一口井。诸云龙来回走着，看是什么菜蔬。明镜问了半天话，招呼高三宝等往回路走，抬头看见西北上乌云四起，霎时避住太阳，又听那种园的人喊道："快收拾吧，大雨来了！"

明镜等看那块乌云时，虽甚浓厚，不见得有多大的雨，似信似不信的，急忙回店。果然不多时，急雷快闪，大雨滂沱，下了足有一个时辰，已是沟满濠平，路绝人迹，道上泥泞，每有拖泥带水的飞禽走兽各处寻食。明镜和高三宝、诸云龙等闷在店中，万分焦郁。幸而次日天已放晴，路上渐有人行，明镜等立在店门口，观望往来的客商，正然看得出神，忽听店小二唤道："三位客官，不去看新鲜事儿，在此呆立做甚？"

明镜回头问道："有何新奇之事，在哪里？你且说来。"

小二道："说起这件事，从来没听说过。只有村西三里地方，有个小村，不过三五十户人家，叫小张村。昨天打雷，听说劈死了小夫妻两个。"

明镜道："急雷劈人，常有的事，何至如此大惊小怪的？"

小二道："劈和劈不同，早年我也见过雷击死人，浑身青黑，柔软如棉，和去了骨头一般，硫黄气味冲鼻，尸首却完全的。昨儿小张村之事，听说太奇了，门窗关闭得好好的，屋内墙上似是龙爪抓的，东一个爪印，西一个爪印，满屋满墙的。最奇是，男的尸首虽全，周身尽是窟窿，鲜血淋漓；女尸只有下身，上半段完全不见，血流成河。天地间，雷劈人有这样的吗？现在他家去报官，因为路上不好走，还未验过，四外八方的人全去看了。客官无事，何不也去看看呢？"

明镜点头，和高三宝、诸云龙顺大路直奔小张村而来。但见路上的人来往不断，问起来，都是去看奇闻的。三四里路，展眼就到。明镜等跟随众人入内观看，一进门，血腥臭气扑鼻，明镜仔细留神观看，和店小二说的一点儿也不错，回身出门时，不知被什么东西在左肩上划了一下，回头看时，乃是在门闩上插根针，针上还带着很长的蓝线。不以为意地走出来，听众人纷纷议论，全是为这件事。

有的说："这不是雷劈的，明明是龙抓的，不见墙上的爪痕吗？"

有的说："这事倒有些踪影，记得上月，张二郎接他妻子回家，由李庄到此，不是要经过困龙坡吗？张二郎背着包袱，他妻子在后边跟着。走到坡前，他妻子要小解，张二郎放下包袱，在坡下等候。等了半天，不见他妻子前来，当时四下寻找，本来土坡不大，围着绕个圈子，不见形影。暗想：'跑到哪里去呢？'后来在北坡上望见个洞口，大约一定是在里边。他的胆子也真大，立时跑进去一看，他妻子果然在里边躺于地下，口吐白沫，昏迷不醒。他向四下一张望，黑洞洞的，也无看见什么。当时将他妻子背出来，半晌方才悠悠气转。据她说，正在坡上小解，忽然狂风大作，走石飞沙，见个龙首人身的，喝她不该污秽龙地，必要重罚。展眼之间，吓昏过去了，后来的事一概不知，也不知怎的来到洞内。张二郎也是惊异，急忙扶她回家，听他妻子又说：'穿的裙子和裤带不见了。'张二郎便约了几个人，同到坡上去寻，来到洞口，点起火把，进去一照，不过两三丈深，并无一物，那条裙子在角上，裤带却不见了。回家之后，有许多的人劝他父子往坡上叩头赔罪，摆供烧纸，或者能解此仇。不料他父子不信这些事，如今龙神果然寻来，闹成这个样子，后悔也来不及了。"一套话，说得众人点头。

又一人道："那天往坡上去寻裙子，我也同去，看那洞口，似乎新掘的，周围的土还湿着，洞里砌得长短不齐，无甚出奇的地方。那条裙子在西北角上，铺在地下，我都是亲眼看见的，这话是不假。"

众人听罢，益发深信不疑，都说："得罪龙神，致遭此祸。"于是，一唱百和，众口一词，登时传遍各处，全说小张村龙神发威。

明镐听了半天，不置可否，又打听张媳家在哪里、姓什么。有人说，就在村西北三里多地小李庄，她娘家姓冯，她老子叫冯炳，哥子叫冯麻子，父子俩都是刀笔之流，平素刁词架颂，欺压乡民。明镐一一打听明白，便和高三宝等回店。

晚上提起这件事来，高三宝道："我看这件事稀奇古怪，依我看，其中绝非龙神作祟，恐是人做出来的。"

明镐鼓掌道："贤弟所见不差，与我意思相同，但是要探个水落石出，恐非易事。"

诸云龙道："小侄明日到困龙坡，看那洞是何情形。如能寻出头绪来，案子就好破了。"

明镐道："明儿一同去看，到底是何缘故，要说是龙和雷，我是绝不相信的。"

高三宝道："乡民知道什么？最容易瞒过，他等的话都靠不住的。"

明镐点头。当晚商量如何下手打探，预备分头私访，如有消息，急速回店，就是没甚信息，天晚也要回来的。议毕，用过晚饭，小二跑过来，问长问短地瞎缠了半天才退出去。俱各安歇就寝。

第二天早晨，吩咐小二备马，两个从人一同跟去，五七里路，一跑便到。行近坡下，始各翻身下马，寻觅多时，才看着那洞，随身带来火种，点好向里走。无奈两边已经瘀满泥土，只剩丈余一块地方。仔细看了半天，各处有掘刨的痕迹，更断定是人力所为，毫无疑义。出洞口走上高坡，但见周围不过二三亩大小，高有二三丈，四下一望，各村皆在目前，一点儿遮蔽也无有。望西北一看，那李庄也在就近，大约不过百十户人家，竹篱茅舍，颇有乡野的风流。下坡吩咐两个从人："将马牵回店去，我等仍往各处走走，有马累赘。"从人答应，回店去了。

三人缓缓奔李庄而来，行到村内，并无街市，只有村西头有座小酒馆，带卖日用的零物。已有几个乡人在店内闲谈，见三人入内，全都躲避出去，有个小伙计过来招呼，因问："三位客官用什么酒菜？"

明镜一看，屋内安放几张桌子，靠东墙就是炉灶，大约无甚可口的，随便要些小菜，烫了两壶白干，三人对饮起来。看那小菜，有酱豆、辣椒、豆腐干、盐萝卜，又炒几个鸡子、一盘肉丝、一碗氽丸子，这几样菜，算是最上无比的了。据伙计说，自开店至今，卖过不到三次。明镜等暗笑，只好胡乱领了几杯酒。

明镜唤过伙计来，和他一长一短地说些闲话。伙计因他等是阔主顾，格外地巴结，有问必答，只是每每听错，说得驴唇不对马嘴，引得三人大笑。说来说去，问到冯家父子之事，他便向外望了一望，低低说道："还是提别的吧，他父子实在不好缠。"

明镜道："我们因为要打官司，听说他笔下很好，所以要来请教他的。但不知能行不能行？"

伙计瞪着眼说道："什么人都可以求，只有他父子是沾不得的，有名的臭廉疮，沾着就烂。人家是躲还躲不及呢，你们怎的偏自投来？"

明镜刚要答言，只见伙计向外一努嘴道："不必谈他，那不是他来了吗？"说罢，立时跑开。

三位英雄抬头一看，由外面走进来几个人，都是横眉怒目，扭鼻咧嘴，打扮得四不像，走起路来东一冲西一撞的，来饮酒假装三分醉，那一种讨厌的神气，自己以为非常得意。

正是：

　　　欺良助虐成天性，被人唾骂竟不闻。

要问他等来到又当如何，能否探出消息，且候下文再叙。

第三十三回

奸夫淫妇明正典刑
恶霸土豪同罹法网

却说明镐、高三宝、诸云龙等三位英雄，因为小张村张二郎夫妻被龙抓死一案，断定是人做出来的，定要访个水落石出，以明真相。所以不辞辛苦，细细访查。打听冯氏父子，无所不为，恐其中有他等作鬼，因此来到李庄。在小酒店内正和伙计谈论冯氏父子之事，伙计说："他来了！"三位英雄抬头一看，进来的几个人都非善类，因要探他口气，设法破此疑案，故意地说要与别人打官司，只是寻不到个写好状词的。

冯麻子一进门，看见三人衣冠齐整，说话又是外路口音，早就存了个欺生的念头。及至听得明镐说要请人写状子，正对胃口，走过来，大模大样地坐在上首问明镐道："你和什么人打官司？我也不是说句大话，这附近几百里内，无人不知，无人不晓俺父子笔下厉害。"

明镐道："尊驾是否姓冯呢？"

见他把胸脯一挺，竖起大拇指笑道："除非姓冯，那还有第二家吗？"

明镐急忙作个揖道："久仰大名，如雷贯耳。今得在此相遇，真乃三生有幸。"

冯麻子道："好说好说，我看此处非讲话之所，咱们且到里边去谈谈吧！"说着，他向前面领路，三英雄随后跟着。

出了酒馆后门，乃是一所空院，靠西北角上有三间草房，冯麻子掀起门帘，一同入内。里边有两张方桌、几把椅子，靠墙土炕上铺苇席，墙上也挂几幅对联、几张破画，条案上放盏油灯。冯麻子让座。前边酒馆的伙计送了一壶茶来，每人面前斟上一碗，冯麻子这才请问三人姓名，为什么事、和什么人要打官司。明镐胡乱说了几个名字，又说："因合股往湖北营商，前天住在迎祥驿客店，因为下雨难行，多住了两天。进店的那天，将五百两纹银共十包交明柜上，昨天起程，算清店账，取那银子，不料账房先生说夜间失窃，连他店内的几百两银子和旁人交柜的银钱一并失去，有人说在账房内丢失东西，是你自己不小心，应当赔偿人家的。掌柜的说，赔是应当赔的，只是没有本钱，赔不起，如可以对半赔，他去想法子；如不答应，任凭去告状也好。这件事若不经官，恐怕他要刁赖的。听人说，此处冯家父子状词高明，所以前来请教的。"

冯麻子听了，暗暗欢喜，心说："这可是活该，肉包子送上门来。"因说道："原来如此，你们只管放心，一丝一毫也少不了的。"

明镐道："但愿如此就好了，俺等出门做生意，受尽千辛万苦，能赚几何。看那掌柜的十分强硬，明明欺俺外路人。这件事恐不容易办吧！"

冯麻子把眼一瞪道："凭他什么人，少给一文也不中。别说这点儿小事算不了什么，就是人命案子，哪年不玩他几桩呢？"

明镐听他话里有意思，便在身边取出十两银子，递给他道："这点儿小意思，请你买杯水酒吃，等事成功，再为重谢。"

冯麻子一看白花花的银子，心花怒放，假意推辞，口中直说："事还未办，怎好先领重酬呢？"嘴里说着，早伸手接过来，放在腰里了。

明镐说："既蒙允诺，一切拜托，只是这两天，心里为这件事，食不安坐不宁的，每天肚子也不觉得饿。"又指着高三宝等道，"连俺这伙伴也是这样，今天遇见你冯先生替俺出力，非常喜欢，心里痛快，觉着肚子空了，想用酒饭。冯先生如不嫌弃，咱们痛饮一顿如何？"

恰巧冯麻子没吃饭，正中心怀，连说："好好，我去置买酒菜。"

明镐拦住他道："前边现成的酒菜，何必再费事呢？"

早有诸云龙跑出来，叫伙计多配几样菜，多烫几壶酒。说着，在身边摸出五两一锭的银子，叫他拿去买办，多少一并再算。

那乡下人几时看得着银子？当下笑嘻嘻地接过来说道："何用这许多银子？恰好隔壁孙家有两只鸡，买它来，弄给几位吃吧！"

诸云龙道："只要多烧几样，价钱听你算便了。就先烫五斤酒送来吧！"说罢，回到后边，听得冯麻子正在胡吹乱吵地瞎说一阵。

登时伙计端上几样菜，烫好五斤酒，擦抹桌案。他几个入座，畅饮起来。三位英雄存心灌醉了他，套出真情实话，一边是有心，一边是无意。冯麻子量本不大，他三人假意恭维，三五杯酒一下肚，便有些不自在起来，觉着头涨目眩，说话舌头也发挺。三位英雄一递眼色，俱各会意。

明镐先说道："俺等自到贵处，觉得人民朴实，忠厚无欺。那天住在交河集，听说小张村出了新闻，轰动各村，都去看热闹。俺们嫌路上不好走，究竟不知怎的一回事？"

冯麻子听了，把眼一翻道："什么新闻？"

明镐道："就是张二郎夫妻被龙抓的事，难道你无听说吗？"

冯麻子半晌不语，又喝了两杯酒，夹了两箸菜，吃过抹抹嘴，才缓缓地说道："那张二郎的妻子，是我嫡亲妹子，我怎不知呢？"

明镐道："原来是令妹，失言了！到底是怎的得罪龙神，致遭此祸？只听人传说，未得其详。既是和冯先生是至亲，想必得知底细。"

冯麻子道："你等以为真是龙抓的吗？"

这句话说出口，知已失言，见他两只贼眼一翻一转地望着三人。他等仍作无听见一样，低下头饮酒，口中仍不住地说："天上的龙到底是什么样子，可真无见识过。那天无去，失了机会，可惜可惜！"

冯麻子听他等口气，未听出来，才放了心，只是一杯一杯地喝酒，不肯再说下去。

高三宝想了个法子，突然问他道："据说张家的情形众口同声，都说是龙抓的。县官验了尸，也说是得罪龙神，听说已经申详上宪销案。要是人做的，除非神仙有此手段，凡夫俗子哪里办得到？"

明镐又插话道："因为听说案子已经报销，咱们又是外乡人，所以谈谈是无妨的。到底是人是龙，由他去吧，反正我不信人能办此事。"说罢，望着冯麻子。

他此时心里还明白，也知道销了案，料无关系。又听他二人说本事大，不由好胜的心油然而兴，酒又向上直涌，忍不住大笑道："你们还真相信是龙办的，要是别人做的，我许不知，难道说我自己做的事，我还不知吗？"

明镐闻言，假意向他一揖，又恭维道："神机妙算，名不虚传，俺等佩服之极，不知怎的办法，不妨说来听听下酒。"

冯麻子道："因你三位也不是外人，我说出可别对旁人说。"

明镐道："你放心吧，绝不叫旁人知道的。"

他才说道："城西金家庄有位金员外，大儿子金秀中，二儿子金秀文。那秀文和我要好，从前天天在一处玩耍，后来看上我妹子，对我说过几次。因他已有妻室，怕我老子不答应，却不知他早和俺妹子不清楚，碍着自己的关系，不好伤交情。况他家豪富，又结交好多的英雄。前年俺妹子嫁给张二郎，过门之后常常住家，一年工夫，倒有十一个月住在这边。金老二来一次，和我商量一次，实在叫他把我闹昏了，便对他说：'你能将你妻子休了，我再替你想法。'不久，他又来说，妻子已断，不久就休她，催着我想法子。费了好几天的工夫，才想出这个妙策，知道困龙坡是上小张村的要道，叫他唤几个心腹人在坡上挖个大洞，我自有妙用。等他挖好，和俺妹子定计，等张二郎来接，跟他回去，走到坡上小解，藏在洞内，假装昏迷，就说冲撞神龙，好叫他们深信不疑。这事办完，金老二又来催我，我就和他说："单等老天打雷下雨，你得将妻子杀死，只留下段，将我妹子的裤鞋穿好，照样一办，屋子里墙上用针挑些洞眼，只有那两扇门开开容易，再关好闩上门闩，是不好想法子的。也是我出的主意，用针钉在横闩上，出门带好，用线一拉，不就闩好了吗？"

明镐恍然大悟，怪不得那天出门的时候，被针划了衣裳，原来如此。又听冯麻子说："这件事不论他是谁，也看不出痕迹，我说是人办的，你们信不信呢？"说罢，大笑。

明镐等又虚应酬他一阵，赞扬他心思巧。他更得意，又说："现在金老二和他兄长分了家，他老子也不管他的事，他就在东野塘修了一所大宅子，每日和一班好汉们吃喝。我是天天要去的，听说他和滁州的孔太爷都有了交情，不知你们听得说过吗？那孔太爷的声名可真大得了不得，不说别的，你如认得他，凭你走到什么地方，有吃有喝有住处，临走还有盘缠钱。京城的文武官员，也都和他有来往，连北国还常派人来送礼给他呢！"

明镐道："听倒听说，只是未见过。年年东奔西跑，哪有闲工夫？我想这趟回南，一定要去拜他的。"

冯麻子道："世界上有这样的人物，要不去拜会他，真是冤枉。再说你和他往来没得亏吃，无论你做什么生意，他都能想法子的。"

正在谈说，伙计将炖好的肥鸡端上来，现成的馒首，登时吃了个酒醉饭饱。三位英雄告辞，又和他说："准在这二三天内来到府拜会的。"

冯麻子嘴里说话已是不清楚了，还要站起来送，不料刚走了一步，觉着天旋地转，登时摔倒。伙计忙将他扶到炕上去睡了，三人这才来到酒馆前面，掌柜的找出银子，诸云龙又给了伙计，有八两银子，伙计喜得不知说什么好了。三位英雄登时回转交河集，商量赶快去接印，再也不能耽搁了。当日无话。

第二天算清店账，吩咐从人备好坐骑，直奔县城而来。

正是：

　　　天道循环终有报，只争来早与来迟。

要问后事如何，且听下回分解。

第三十四回

入县衙接印传急谕
调兵将擒凶下监牢

却说明镐等一行五人，出离交河集，紧加一鞭，展眼已到菏泽县南门，吩咐从人打听县衙在何处，一直前往。来到衙前，翻身下马，一个从人牵马，一个从人执帖，来到门房，口呼："新任县太爷前来接印。"

门房听得，急忙跑出来，先给明镐叩头道："小的迎接太爷！"

明镐一摆手，叫他进去通报。不多时，只见旧任胡知县带领一群人，大开中门，迎接出来。二人见面，自有一番应酬。那时三班六房、阖衙差役听说新任太爷来接印，登时忙了个发昏。胡知县早就得了交卸的文书，所有的交代——办理清楚。

明镐当日拜印，传见衙中大小人等，预备替胡太爷送行，又命将西花厅打扫干净，请高三宝和诸云龙住在那里。忙了一两天的工夫，才将诸事办理清楚，接着便有许多的状子递进来。明镐贴出告示，晓谕黎民百姓，五天之后放告。

那夜签了两张火票，一张是锁拿冯氏父子，一张是立拘金秀文到案。差役接过两张火票，当堂回道："冯家父子可以拿到，只有金秀文恐怕费手。他家内有许多的教师，等闲的人不敢到他那里去的。"

明镐大怒道："难道说他还敢拒捕吗？"

差役回道："恐他不服，一时捉不着，反误了大老爷的事。"

明镐立即飞调本城兵马都监，带领一哨人马，将金秀文一家，不论男女，全行拿到，倘如放走一人，当受干系。兵马都监郝立奉得火急公文，哪敢急慢，登时调集兵丁，又嘱咐一番，乘夜前往。

明镐退堂，便和高三宝、诸云龙一说，请他二人辛苦一趟，如不费事，也就不必露面。二人答应，换上夜行衣靠，飞奔前往。他二人施展夜行术，早已来到东野塘，等了半天，才见兵马前来，登时将金秀文的宅子团团围住。

此时，金秀文正和几个江洋大盗闲谈，听得人声呐喊，俱各大吃一惊，忽见家丁跑进来说："今有本城的兵马都监郝老爷领兵围困庄院，口口声声要拿大爷。"

那几个大盗还当是来捉他等的，一个个脱掉长衣，掣出兵刃。听说是来拿金秀文的，不关他们之事，略为放心，因说："老二，你只管跟他们去，我们在外边想法子，管保将你救出来。"

金秀文道："我也不知犯了什么事。哪位辛苦一趟，到滁州孔太爷那里，就说我犯了事，请他想法子。"

便有一人说："我正要到那里报信，如此，我先动身吧！"说着，飞身上房，向南飞奔而去。

又有两个说："咱们到独龙岗去，和佟金桂大哥去商量，或是劫牢反狱，或是买通上下，无论有天大的事，你只管去便了……"

话还未说完，外面已打破了门，许多的兵丁各执灯球火把，照耀如同白日，大喊："别放走了金秀文呀！"

几个人也顾不了什么，飞身上房，直向西北跑下去。其实，高三宝和诸云龙已在瓦垄趴好，单看他等如不拒捕，也就不肯多事了，因此任那几个人逃走。不料此处一大意，后来劫牢反狱，把菏泽县闹了个地覆天翻。此是后话，暂且不表。

当夜把金秀文连他一家老小全都拿下，回城交令。那时差人已将冯炳和冯麻子拿了来，他父子平日的名声实在太坏，此次被擒，还不知为何事。明镐立即升堂，差人将冯氏父子带到堂上，去了刑具。明镐问了冯炳几句话，吩咐钉镣收监，又将冯麻子带上来，明镐叫他抬起头来，一见之下，恍惚还认得出面目。这一惊非同小可，登时低下头。

明镐问道："你还有什么好法子吗？且使出来，本县佩服你。"

冯麻子说："事已至此，凭你办吧，左右还不是一死吗？"

明镐怒喝道："你父子所作所为，百死也不足蔽其辜！"

命左右将他拉下，重责一百大板。打得他死去活来，又命将他钉镣，押到死囚牢，小心看守。左右答应，带下去。

正要退堂，闻报金秀文全家拿到，兵马都监当堂交令。明镐勉励了一番，他便领兵回衙。明镐吩咐带金秀文，左右一声吆喝，金秀文大摇大摆走到公案前，一躬到地，口称："生员参见老父台！"明镐问他是何前程，他说身中武学。

明镐把惊堂木一拍，喝道："像你这衣冠禽兽，枉受圣恩！"命左右摘去冠带。

金秀文辩道："生员一不欠粮，二不欠草，不违法，不犯罪，老父台为何开口骂人？"

明镐冷笑道："你做得好事，幸而你身为武秀才，已经如此胆大妄为，要中进士、点翰林，还要欺天呢！你说不犯罪，不违法，本县且问你妻子何在？"

金秀文绝想不到这件案子会破了，所以他的嘴还很硬，佯佯不睬。

明镐喝道："你还不实说吗，张二郎怎样死的？"

他听了这话，直吓得魂飞天外，魄散九霄，面目更色，半晌回答不出。

明镐又把惊堂木一拍，喝声："跪下！"只见他身不由己地跪在尘埃，心里好像有十五只吊桶，七上八下的。

明镐吩咐把冯氏抓过来，左右喝喊堂威。妇人哪里看过？况她心里怀着鬼胎，一步一战地来到案前跪下。

明镐喝问道："不犯法的生员，还有何说？"

金秀文此际只有叩头乞命，一句话也回不出了。

明镐吩咐左右道："将奸夫淫妇给我拉下去，金秀文重打四十大板，冯氏掌嘴一百！"

左右遵命，一五一十地把个金秀文打得学猪叫，一百个嘴巴把冯氏又白又嫩的小脸蛋肿得和猴子屁股般的，连口也不能张了。分别押禁死囚牢，单等回文一到就要处决。

这件案子办完之后，轰动了各村庄镇市，都纷纷传说："新任的县太爷清如水，明如镜，刚到任就破了这奇案，将来不论什么事，是瞒不过他老人家的。"一传十，十传百，不上几天的工夫，就传到汴京。

富弼更为喜悦，见了薛奎、文彦博，大大夸奖一番。

薛奎道："此人有公辅之器，福泽深厚，我等也赶不上他的。"

文彦博笑说："公门桃李，岂有凡才？"说得众人大笑。

不表朝中夸奖，不提黎民称颂。如今不说明镐自到菏泽县以来，真是案无留牍，勤政爱民，每天坐在大堂，遇有告状的，立时判断是非曲直，无不如见。众百姓得了这样的好官，都说百年来也无一个，因此家家供

150

奉，户户焚香，甚至于邻县的人民，每有越境来告状的。差不多各村都修造生祠，成绩如何，就此可见一斑了。

明镜每日除了批阅呈状、审问案件之外，有闲工夫，就和高三宝、诸云龙等谈天解闷，有时夜往朝云岭去探望张荣等。几十里路，施展夜行术，不到片刻即至，走惯了，一似行无所事，来来往往的也颇不寂寞。有时高三宝同诸云龙到各处去游玩，顺便打听些事情，回来便告诉明镜。不上半月，菏泽县属的村庄镇市、大小集户，各处的情形了如指掌。最注意的是庵观寺院，如有不安分的僧道人等，立时勒令还俗，或是驱逐出境。各村镇上的土豪恶霸，明办暗惩，不知除了有多多少少，差不多的，逃的逃，避的避，哪里还敢立足？所有地方上，公正绅耆，十分优礼，一班正人君子，时常请到衙内来，商议一切的政事。对于寒儒贫士，自己捐助廉俸，贴补膏火，哪个不称扬一声青天大老爷呢？这也不消提起。

那时河中府知府王拱辰，官声恶劣。他只会巴结宫里的内侍太监，不时送礼，所以他这官儿借此保住。对于属下，十分刻薄，什么讹诈敲索，各种手段都使得出来。一班文武官员敢怒而不敢言，盼着他早调。自从明镜到任以来，并无送人情给他，又无京城大佬的荐信，暗说："他只凭富弼、薛奎几个老儿维护他，中什么用？早晚寻个错儿参掉他，看他还敢倔强吗？"这是他心里存的念头，无奈自己的儿子不做脸，在古圣庵十几条命案总也未销。

明镜那天去拜他，劈头先请示这件案子怎样办法，问得他张口结舌，左右不得劲儿，更恨明镜有意来罩他，当时敷衍了几句。明镜偏故意挤他一挤，今儿一张详文，明儿一张说帖，都是为这件案子。后来索性说明，要他儿子到案，弄得他东托人西请客地疏通明镜。因此之故，他反多了一个怕惧，每听有人提到明镜的名字，他就惊惶失色的，一似小贼碰见差役，心里只不住地跳。本来案子关系太大，不只丢官而已，寻明镜的过处，真是千难万难，这也不必细说。

有一天，高三宝和诸云龙出北城游玩，直向西北走了半天，远远望见一座高山。前者风闻独龙岗上有绿林啸聚，因为本地面无案子，故此未留意。今儿既到这里，倒要上山探个明白，如果是江湖上一班好汉英雄，也就不去多事；倘有大逆不道的强人在内，说不来，要收拾他们，免得后来贻害地方。两人商量，立即上山。看着那山不大高，走起来很费事，形似磨盘，转过来，绕过去，越走越没路。转了大半天，依然还绕到原处。二人大吃一惊，面面相觑地不解其故。

高三宝道："别跑了，咱们坐下定定神，辨辨方向再走吧！"

两人坐在石上，歇息了一会儿，又望了望山路，细细辨别。要论他俩的目力，月黑天都能见物，不要说青天白日。叵耐这座山实在是天生的曲径，又非人力所能办的。

正是：

开天辟地多奇迹，造化无穷费讨寻。

要问后事如何，且听下回分解。

第三十五回

探贼巢误入独龙岗
怪樵夫泄机玄女庙

　　却说高三宝、诸云龙二位英雄误走独龙岗，转了半天，越走越没路，跑了半天，仍旧还在原处，朝那边望望，山坳仍在眼前。两个人歇了一会儿，辨别方向，认清路径，依旧向前走。哪知不停步地走了半天，望上去，还是那么远近的光景。

　　高三宝便和诸云龙说道："这事太蹊跷了，咱俩脚下虽不算快，像这样不停地走去，日行千里，却非难事。这一眼望得见的山坡，至多到顶上不过三五里路光景，何以走了这一会儿，仍和没走一样呢？然则我们方才所走的路，走到哪里去了呢？"

　　诸云龙笑道："我也觉得奇怪，回头看看来路，山岭的形势大都仿佛，也看不出动身的所在是何处、行走时曾经过了些什么地点。"

　　说着，两人又向四周的形势打量了一会儿，也看不出毕竟曾走了多远，这么一来，倒把两位具绝大本领的侠客弄糊涂了。二人正在纳闷，忽听一声长啸，发出一种可怪的声音，不多时，从东南山坳树林里走出一个樵夫来，担着一担柴，腰间插把板斧，年纪约有六十多岁，一颠一簸地走下来。等到临近，高三宝过去躬身一揖，和颜悦色地说道："老丈请了！"

　　那老人听得有人问话，卸下柴担，上下打量他俩，问道："二位壮士，莫非要想上山去吗？"

　　二人点头。

　　他道："若照如此走去，恐怕走到来年，也到不了顶上。"

　　高三宝忙道："某等正为迷路，敢望老丈指引则个。"

　　老人闻言，先向四下望了一望，见无人迹，这才说道："此山名独龙岗，等闲的人谁敢前来？就连老汉在此山打柴，已经五十余年，不敢乱走一步，毕竟何处起何处止，全不晓得。你俩怎的竟到此处来呢？"

　　高三宝道："多承老丈指教，难道说竟无上山之路吗？"

老人道："有是有的，只不过太麻烦，如无紧要之事，劝你二位就请回吧！近来山上不大安靖，早几天，有村里的人上山去，至今不见下来。昨儿才晓得，由太行山分来一股绿林豪杰，因爱此山形势好，竟然占据，曾和附近各村庄讲明，他等不下山抢劫，村人不许上山。两下都答应了，除老汉一人在此，再也寻不着第二人。"

高三宝道："怪不得一人也看不见，其中有此缘故。老丈何以任意往来，他等不来阻止吗？"

老人道："何尝不禁止？只是他等禁不住我的，一来我年老无依，只靠打柴度日；二来此处山径，只我一人熟悉，任何人也不知道。"

高三宝又道："俺俩因要上山打探消息，今到此处，失迷路径，所以只求老丈指条明路。俺等上山去，如无事马上就下山的。"

老人道："老汉不是不肯告诉你们，山上实在危险得很。近日又设三道关口，无有寨中的腰牌休想过去。再说里边安排许多的机关，一不留神，断送性命。因见你俩仪表不俗，犯不着冒此大险。二位坚意要去，老汉指给你们上山的路径便了。"说罢，用手一指，说，"你们细看，逢白石向右转弯，不可走错，那白石就是上山的暗记。此处乃当初五代时，九龙二虎擒王彦章，大罗神仙摆下的阵图。凡人怎能认识呢？你俩上了山，山顶有座玄女庙，全山的总机关在那庙里，布置得如天罗地网，飞鸟也难过去。话已说完，听与不听，你俩瞧着办吧！到那里冒险，休怪老汉多言了。"说着，挑起柴担，下山去了。

几句话说得两位英雄为难起来，依诸云龙的意思，定要上山，不管他龙潭虎穴，也要探个明白。还是高三宝稳重，因说："今天多跑了许多的冤枉路，现在日已过午，山上没得吃的，不如回去，请了大哥等前来，遇事也有主意，只有咱两个，势力太单。我已觉着有些饥饿，大约贤侄也差不多了吧！"

诸云龙道："我还不觉怎的，叔父既然腹饥，暂且下山，用过饭再商议吧！"说罢，仍由原路折回头来。一路走着，诸云龙说："那老头儿说得果然厉害，据我看，恐怕不确，安排机关，绝不是一两天的工夫就能设妥，还不知山上究是哪班人呢！"

高三宝道："宁可信其有，不可信其无，无论什么事，总以谨慎为主，万万不可冒失的。"

说话之际，已经来到南山坡下。

又走了一程，才见一座小村落，大约不过五七十户人家，街市上冷清清的，半晌见不着个人。街中有座小酒馆，酒帘高挑，飞扬空际。

二人进内，里边十几副座头，只有五六人饮酒。他俩拣个干净地方落座，早有小伙计过来招呼："二位客官，用什么酒菜？"

高三宝听那人说，此处山鸡又肥又嫩，因问伙计："此地可有山鸡？弄两只来。"

伙计笑道："客官来得真巧，将将有人送了两只活的来，就代客官烧来下酒如何？"

高三宝点头，又要了两样别的炒菜。伙计招呼下去，不多时烧好，连酒一同送上来。他俩尝尝，真是又鲜又嫩，鸡片如桃花，不住称赞。

伙计过来说道："要讲这种山鸡，差不多靠山近的地方全都有的。俺这里叫桃花鸡，因为它颜色嫩红，其味清香，火候还要得法，很不容易的。"

高三宝道："好固然好，价钱一定高贵吧！"

伙计向外望了望，叹道："从前每只几分银子，如今涨到一两一只，还买不着。"

高三宝道："这是什么缘故？怎的相差如此之巨呢？"

伙计道："此物产在独龙岗山顶上，吃的是松柏子，不吃别的东西。早先哪天不捉三五只，现在呢……"说至此，又向外望了一望，低低说道，"山上有了成群的强盗，不许人们上山，到哪里去捉呢？碰巧他们寨里捉多了，吃不下，拿下山来卖，讨价总是一两八钱的，无人敢还价，所以贵了。"

高三宝道："原来如此，这也难怪。这处如此贵，别处可想而知了。"

伙计道："别处纵然有此鸡，烧法却不相宜，火候更要考究，所以又鲜又嫩。"

二位英雄夸奖一番，吃毕会了钞，走出酒馆。但见日已西斜，天交申刻。

高三宝道："无论如何，今天是来不及了，咱们回县吧！"

诸云龙也就不好再说什么了。当日回转衙门，明镐方才退堂，正吩咐预备晚饭。忽见二人走进，笑说道："来得正巧，一同用膳吧！"

早有左右人等摆好杯箸，三人入座，用罢，撤去残肴。

高三宝看四下无人，便将前往独龙岗之事说了一遍。

明镐惊道："这件事需要早点儿下手，趁他等巢穴未固之时，当可一鼓攻下。倘若耽搁下去，他等越聚越多，那可就费大事了。"

高三宝又将樵夫说的机关，以及三道关口说个详细。

明镐道："如此声势，恐怕要大动干戈的，最好通知张、杨几位贤弟，请到衙内，大家想个法子。"

诸云龙站起身来，说声："小侄前往朝云岭走一趟，请了三位叔父前来便了。"说罢，换好夜衣行衣靠，一个箭步上了房，蹿房越脊，霎时飞出城来，顺大路施展陆地飞腾法，直奔朝云岭而去。暂且不提。

再说明镐和高三宝，坐在花厅等候，随便谈论些武术，每次往朝云岭，来回至多不过两个更次，如无甚事，不过片刻即能回衙。不料今夜诸云龙自初更动身，直到天交三鼓，还未见他回来。

高三宝因道："这孩子怎的一去不回，莫非有什么事将他留住不成？不然，也该回来了！"

明镐道："三位贤弟在留云寺内，如知愚兄有要事相商，必然立刻动身，绝不迟延的。除非不在寺内，或是云龙没去，不晓得咱俩坐候……"

话还未说完，高三宝跳起来道："了不得了，这孩子恐怕往独龙岗去了。"

明镐惊问道："何以知他往独龙岗去呢？"

高三宝就道："日间遇见樵夫，指明山径，泄露机关，劝俺俩不必上山，也是一番好意。我因只有两人，势单力孤，要想回衙见了兄长，商量一同前往。那孩子火性不退，依他的意思，定要上山，被我死说活劝地才肯回来。今夜怕他是到山上去了。"

明镐寻思一会儿道："此事实在可疑，要说他往朝云岭，这时候也就该回来了。就算他等不在寺内，也当回衙来送信，怎的竟是不闻消息呢？叫人放心不下。再说他明知山上机关重重，绝不是一两个人所能办得到的，量他也不敢自蹈危机吧！"

高三宝在屋内走了几趟，因说："无论如何，叫人不放心。待小弟往朝云岭去一趟吧！如他在岭上，是没甚说的；如他未去，一定奔独龙岗去了。说不了，大家辛苦一趟，救他出险，断无袖手旁观之理。"

明镐点头头，便说："既如此，贤弟早去早回，使愚兄放心。"

高三宝答应，更换衣靠，立时够奔朝云岭而来。屋中只剩了明镐一人，闷坐沉思。

原来明镐自到任以来，除了办公事之外，仍旧和一班侠客往来。这座花厅是在大堂后，靠右边五间偏房。另外一所院落，早先专为预备安顿上司的地方，所以十分雅净，房后便是花园。明镐因为地方清雅，就叫高三宝等下榻，早晚走过来谈谈，吩咐左右人等，这花厅之内，无论何人，非呼唤不准进来，连院子也不许人到，天天只有早晨打扫，还得先禀报过了。安排这样周密，不过是为一班英雄无拘无束的惯了，绝不能受官场的束缚，这也是明镐的一番苦心。表过不提。

这夜，明镐心中有事，坐卧不安，谯楼已打四鼓，还不见他等到来。正在心中焦急的当儿，微闻房上瓦响，知道有人，登时将灯吹熄，揲出宝剑，注目留神地望着房门。

正是：

　　诛凶除暴安黎庶，宵小偏生报复心。

要问来者是谁，且待下文赓续。

第三十六回

追刺客误中金钱镖
斗淫僧初试鸳鸯拐

却说明镐正在花厅闷坐，听得房上屋瓦响动，便知有人，急忙吹熄了灯，擎出宝剑，目不转睛地望着门口。

大凡有本领的，目力耳音，练习得无微不至，料有风声草动，早已留神，不致受人暗算。所以俗语有句话，叫作："眼观六路，耳听八方。"练功夫的，讲究要练手眼身法步，一胆二力三精神，要想在会功夫的跟前使个冷不防、打闷棍、套白狼、背死尸，一切的暗算，休想讨得半分便宜。因为你那里一有举动，他早防备着，何况明镐等一班侠义英雄，耳目之灵便，更是不消说起。又有人驳我道："焉知不是自己的人来呢？"这里边也有个缘故。

张荣等一众英雄，时常来往，对于飞檐走壁的功夫，都已绝顶，断无声音，况且他等要来，一定是五六人，总是从墙外蹿进，从无上过房。绿林中的规矩，到自己家中或朋友家内，必须由下首墙院跳入，不许登屋上房的，这条大有用意。所以明镐今天知是外人，交代明白，书仍旧贯。

明镐在屋内等了一会儿，不见动静，正想要到窗前去望，忽见窗户上捅了个窟窿，伸进香火来。暗说："不好！"知是熏香，忙在身上掏出一块龙脑石来，含在口内，悄悄走近窗户，将香火捻灭，又到门旁一贴，屏息凝气地候着。不多时，果然有人将门撬开，猛然蹿进一人，身穿夜行衣靠，手执明晃晃的钢刀，直奔明镐坐处。因见无人，拨头四下张望。

此时明镐已经到他身后，举起宝剑，搂头劈下。见他将身一偏，让过一剑，挥刀刺来。明镐用剑架出去，一翻手腕，向他前胸刺来，他想用力迎挡出去，刀剑相碰，火星乱迸，只听当的一声，他的刀头落地，手中剩了半段刀，说声："不好！"一个箭步蹿到院内。明镐也就追出来，脚将落地，使了个顺水推舟的招数，宝剑直奔他脖颈砍下去。那时贼人只剩半段

158

刀，迎架也不及了，急忙将身一缩，嗖的一声，削去头巾，还将头皮也削去一块，哪里还敢恋战，飞身上房。

明镐不舍，急追上去，跳到墙外。又见两条黑影一晃，登时都到面前，迎着厮杀。明镐暗想："今天他们来了不少的人，偏巧高三宝等不在，一人敌住他们，还须特别留神。"心里这样打算着，手中的剑是不肯放松，一剑紧似一剑。那两个人招架多时，只不过杀个平手，休想占得半点儿便宜。

正在难解难分之际，又听一声吩咐，大约是招呼他等走的意思。两个人且战且退，明镐紧紧相随，前面有两棵槐树，他俩绕树而走。明镐想要捉住一人，所以也绕过去。就在这一转的时候，忽见一道寒光直奔咽喉而来，说时迟，那时快，明镐知是暗器，将头一偏，只听吧嗒一声，打在树上。

明镐怒喝道："大丈夫明刀明枪，一对一个，使暗器伤人，真乃小人之辈……"

话尚未说完，又听嗖嗖嗖一阵乱响，寒光四射，直奔前胸而来。

明镐只顾躲避上三路和中三路，绝无想到他用的是连环金钱镖，一发五支，这宗暗器，其形似镖，柄圆似钱，发出时有响声，分明是叫人躲避的，然而你一闪躲，必定上当。会用此物的，最少是三支，多者五支，发出去上、中、下、左、右，总有一处打着。今夜明镐也知是金钱镖，特别防范，腿上还中了一镖，不由得怒从心上起，恶向胆边生。虽受镖伤，还能支持，登时取出连珠弩箭，对准敌人，吱吱吱，一连放出九支去。就听得对方哎呀了两声，大约也打中了。想着追过去擒捉，不料浑身发麻，四肢无力，登时一步也不能走了。暗惊道："恶贼一定是用的毒药镖，何以药性发作得这样快法？"心里想着，便坐在地下，盼着高三宝等快来。倘再有贼人前来，自己只好瞑目待死。

正然着急，忽见树上蹿下两人，都是短衣窄袖，手执兵刃。因在深夜，看不清面目，只看见两个都是光头，一晃一晃地直奔自己坐的地方而来。明镐暗说："原来是俩和尚。"自己坐在地下，手执宝剑，等他们来厮杀，想起自己中了毒药镖，不能站立，坐着如何招架呢？心中着急。眼看两个和尚身已临近。

就在这万分危急的当儿，猛见一道白光来到面前，再一细看，却是一人，穿着灰色的夜行衣，虽看不出面目，已知是来帮助自己的。因为他跳到跟前，将自己挡住，相离有两三丈远，似乎是预备迎敌样子，可也无见他使的什么兵器。那时两个和尚已经来到，两个人举刀齐下，只见他两臂一抬，一边迎住一个，在臂下露出白花花的有二尺多长的一根木棍，刀砍上去，听得当的一声，把两个和尚的刀全行架出。又见他左一翻腕，身体一缩，下边用个扫堂腿，把左边的踢了一个跟斗。右边的举刀就砍，略一闪身，一抬腿，也把右边的摔倒。接连三五个照面，两个和尚一连跌了几个跟斗，摔得他俩只是发愕，究竟也不知他使的什么家伙。

就在两下争持之际，前面又蹿过三个人来，一照面，也像两个和尚似的，扑咚扑咚地摔倒在地，有的跌个趴虎，有的摔个跟斗，有的弄个倒栽葱，有的来个仰巴跤。后来几人一齐围裹上来，意思是要给他个照顾不及。哪知他更是不慌不忙，只要你一上前，略一动手，回过来管保摔倒，于是他等刀剑齐下，也有搂头的，也有盖顶的，也有横刺的，上有竖扎的，各认一处。那人将身一纵，离地足有丈八高，他等兵刃全行落空，及自着地，将身向下一缩，手伏地，腿横扫，转了一个圈子，几个人全都栽倒，爬起来，仍是向前厮杀。

书要简断。大战了一个更次，那时天将五鼓，明镐还在那里手执宝剑坐着，腿上的镖伤时痒时痛，此际虽有一人迎住交战，终怕两拳难敌四手，倘有闪失，连自己的性命也难保。心里又难过又着急，又惦念诸云龙之事，毕竟到哪里去了，想起来更不放心。正在胡思乱想，忽然听见西南上有脚步飞跑的声音，连忙抬头细看。飞来几条黑影，身临切近，不由得大喜过望。原来是张荣、杨云瑞、钟志英、高三宝、诸云龙等一行五位英雄。看见明镐在地下坐着，又见前面有人交战，俱各莫名其妙。明镐也来不及仔细告诉他们，只说："愚兄中了毒药镖，面前五个人是刺客，里边穿灰色夜行衣的是自己人。"

张荣听罢，就对杨云瑞道："把明镐背到花厅去，小心保护，不必出来助战，有俺四人，足可收拾他等了。"

杨云瑞答应，背起明镐，蹿过院墙，进了花厅，将明镐放在床上，点起灯烛，再一看他的镖伤，可了不得了，只见伤口直流黑血。

杨云瑞大惊，因问明镐道："此时心里觉得怎样？"

明镐道："心里倒还不觉怎的，只是伤口奇痒难熬。"

杨云瑞也顾不了别的，取块细绸，将镖包住，说声："明兄且闭住了气！"说罢，低头用嘴咬住金钱镖，右手按住伤口，将头猛地一摇，将镖起出来。再看伤口，黑血流得更多了，急忙在身上掏出一包药来，有拔毒膏，有加味七厘散。将膏药用火烘开，贴在伤口，又叫明镐将七厘散服下，又代他包裹伤口，忙了半天，才料理清楚。天已快亮，明镐此际觉得有些神志昏迷，倦然思睡。光景是一夜的工夫，未得合眼，又因镖伤流血过多，面上毫无血色，两眼发直。

杨云瑞见他如此，心中着急，一时毫无主意，好似热锅上的蚂蚁，靠坐不安的。幸而张荣等已将两个和尚捉住，其余那三人，两个受伤，一个逃走。张荣等四人陪着一个穿灰色夜行衣靠的少年来到花厅。杨云瑞辨出面目，喊声："我当是谁，原来是韩韫玉老弟，哪阵风把你吹了来？"

明镐听见，在床上睁开眼，似乎是要说话，无奈又不能开口。韩韫玉过来一看，大惊道："明兄何以至此？"

明镐摇了摇头，用手指指腿伤，又指指嘴，摇摇手，眼又闭上了。

张荣也惊道："这是怎的？"

杨云瑞便将金钱镖拿过来，大家看了一遍。

韩韫玉道："这种暗器，南北只有三人会使，所配的毒药，却非常厉害，名为子午封喉丹。绿林中人，因为此药无解救、太狠毒，相戒不肯使用，怎的又有人用呢？这却不解了。"

高三宝急得顿足道："据韩兄所云，明哥受此镖伤，莫非无救了吗？"说着，哭出来。

张荣也是捶胸顿足的，杨云瑞竟坐在明镐旁边大哭起来。

诸云龙忽然说道："众位叔父先别哭，哭半天中什么用呢？还得想法子。难道说，就这样看着叔父死不成？"

韩韫玉也劝道："云龙贤侄之言有理，大家还得快想法子为是。转眼就到午时，午时一过，就算再有仙丹，恐怕也不中用了。"

张荣道："韩兄非知，小弟此番前来，是几位师叔派来的，曾言明兄福泽深厚，命弟等助他一臂之力，也不枉结交一场。怎的今日竟受此危，我想天相吉人，终当有救，断不能就此伤命的。"

杨云瑞只是呜呜地哭。原来他也有个缘故，因为自己闯荡江湖，已经半世，上无父母叔伯，下无妻男子侄，连个近族的亲人也无有。自遇明镐等以后，出则同行，入则同卧，几个人破除形迹，虽是至亲兄弟、同胞手足，也无他等的亲热。那明镐又是侠肠热血，天性纯真，一片至诚，感化得他一心无二。今见他奄奄待毙，将来所靠何人？想到难过之处，索性放声大哭起来。他这一来，引得众人也都哭泣不止，急得韩韫玉只是撮手顿足，连个主意也想不出来，只是走来走去、长吁短叹的。

正在这个当儿，忽听外边伺候人站在门口高呼："有事请见太爷！"

正是：

　　三军无主兵心乱，忠良遇难有生机。

要问差人何事求见，明镐是否有救，下文便见端的。

第三十七回

代县篆英雄发号令
奉师命豪杰下河南

却说众位英雄正在围着明镐啼哭，忽听门外差人禀见，原来从前明镐吩咐过，无故不得私入花厅，如有紧急之事需要禀报，只在门外高呼。又派张荣带来的两个随从，一名王超，一名周霸，专管把守花厅门房，遇事入内传报。

今日夜间捉住两个刺客，已经交给班房严行看管，一班差役们知道案情重要，便将锁链加镣，全给两人带上。因见已经天明，恐有差错，担不起这干系，班头李玉春前来请示怎样发落。两个刺客在班房管押，终究不是正办，当下来到门房。

王超、周霸已经起来梳洗，见他入内，问道："李头儿起来这般早，有什么事呢？"

李玉春便将要请示的话说了一遍。王、周俱各吃惊道："夜里衙内闹刺客，我们全然不知道。"说着，跑到里边去回话。听得房里哭声不止，不知为了何事，又不敢进去。此际明镐虽然受伤，到底心里还明白，听说差人禀见，便睁开眼，用手指着张荣，拱拱手，意思是请他代办。

张荣点头，走过来，唤王超入内，问他什么事。王超便把班头李玉春请示的话说了一遍。

张荣吩咐道："你传出话去，就说老爷的示谕，暂时将两个刺客钉镣收监，必须小心防护，严加看守。不然便将他等打入死囚牢，亦无不可。"王超诺诺连声，将要向外去。张荣又将他唤住，嘱咐道："今夜老爷因追刺客受伤，正在调治，修养几时就可复原。因为你同周霸是贴近的人，所以有什么事也不瞒你俩，对外人须守秘密，不可泄露。如有官员拜会，只说老爷欠安，一概挡驾不见。其余状词禀帖，自有刑名师爷主持，你可听明白了吗？"

王超答应，说："全听明白了。"当下退出去，吩咐班头李玉春，说：

"老爷传谕，将刺客暂行钉镣收监。"

李头遵谕，自去办理。

此时，花厅内几位英雄，除了难过啼哭之外，俱各束手无策，把个顶天立地的盖世英雄小霸王张荣弄得手足无措，一时说不清怎样好。忽然想起韩韫玉来，大远地跑到此地，又帮助战了半夜刺客，众人只顾啼哭，把他也就忘了。张荣急唤差人，预备酒席，给韩兄接风。

韩韫玉忙阻拦道："彼此都是自家人，何必如此客气。今见明兄的伤势，纵有山珍海味，也难下咽了。"说罢，长叹不已。

张荣道："韩兄到此，辛苦了半夜，无论如何，也要吃点儿东西呀！"

当下吩咐差人去办酒席。又跑到明镐床前来一看，更不对了，面上血色毫无，气如浮丝，大约凶多吉少。杨云瑞和高三宝，一个抱着手，一个扶着腿，抽抽搭搭地哭，两个人的眼睛都哭得肿如桃子般的。诸云龙立在床前，痴呆呆的。钟志英坐在高三宝旁边，望着也是心如刀绞。

不多时，酒席摆好，张荣便让韩韫玉上座，他再三不肯，多次劝说，这才各分宾主落座。又唤众人过来相陪。只有钟志英和诸云龙走来，各敬了一杯酒，俱各落座。他等哪还有心思吃饭，不过要陪韩韫玉，不得不勉强吃点儿。诸云龙看见韩韫玉，想起在鸡鸣镇上之事，不由得脸上红一阵白一阵，搭讪着劝酒。因为各人都有心事，没的事可说，你望着我，我望着你，对着喝闷酒，细想想实在无趣得很，然而又想不出有什么法子可以消愁解闷。

眼看天已将近午时，韩韫玉心里明白，这子午封喉丹，见不得子午，其药极毒无比，六个对时，准死无救。张荣等心里何尝不明白，只不过知道明镐福分甚大，终必有救，今已危急之际，还无一点儿救星。眼看着明镐一时一时地加病，将才还稍微知道人事，认得出人来，这会子索性昏迷不醒，糊里糊涂的，偶然睁开眼，直瞪瞪的，一点儿神气也无有了。看看这个，望望那个，摇摇头，又闭上，一句话也无说。这会子忽然说出话来，细听又都是胡言乱语。韩韫玉听得，急忙站起来看他。张荣等也跟过来，都晓得发生这种情形，毒气将要攻心，性命也就在这一时半刻了。

韩韫玉望望众人，都是眼含痛泪，一个个急得抓耳挠腮，他因说道："病势危急了，这便如何是好呢？"

张荣看着众人，急得说："这样怎办呢？预备后事吧！恐怕无指望的了。"话将说完，对众人大哭起来。一时间哭声大作，真和死了人的一样。

就在这纷乱的当儿，忽听院内大吵起来，几位英雄也不知出了什么事。

张荣先跑出来喝道："何人大胆，竟敢在此吵闹？"

他心里以为是外边知道明镝伤重，此时又听得哭声震耳，必说是老爷已死，无了管束，任意地大吵大闹起来。实在气不过，所以跑出来发作几句。见是王超、周霸和几个差人拦住一人，揪作一团，吵得不成个样子。王超一眼看见张荣站在门口喝喊，急忙跑过来回道："姑老爷不知。"用手指着那群人说，"方才在衙外来了一个老道，又浑又愣，不讲情理。看他像个疯子，来到大堂，直往里闯。值日的公差一拦他，被他推个跟斗，往里就跑。那公差一喊，来了几个人，想把他拉出去，不料他竟跑到此处。俺俩见他那种凶样子，又不认得他，怎能容他进来？当时便想阻拦，挡住门口。哪知跑过来，把俺俩推开，仍然是朝里跑。后边的差人追过来，见他已到此，故而想来将他揪出去，押在班房，等待老爷审问。看他那个样子，力气头很大，十几个人也弄不住，大约绝不是好人。"

正在说着，那边一声喊"呀！"十几个差人，倒了一大片。跑过一个人来，虽是道家装束，身长力大，不亚如天神一般。及至临近，张荣先想过去动手擒捉，猛然一看，咦了一声，大喊道："原来是你！怎的还是这样粗暴呢？"说着，房中的几位英雄也都跑出来看。只有韩韫玉不认识他，其余都认得。你道是谁？原来是醉金刚愣大汉韩天龙。

众人都过来招呼，让他进来。那十几名公差已都站起来，见此光景，都弄得莫名其妙，你看着我，我看着你。张荣就喊王超，叫他们退出去，无得甚事。众人这才退去，白白叫他打了一顿，只好自认晦气。跑到门房来问王超、周霸到底他是何人。

王超笑道："俺俩跟老爷这多日子，也无见过此人。如果认得他，怎的还会打起来呢？"说着，众人大笑。见无什么事，便都各自散去。

再说韩天龙到了房内，也不懂得和人客气，只说了声："你们全来了吗？我明大哥的镖伤，如今怎么样了？怎的不见他呢？"说着，两只眼睛四下乱看，一眼看见杨云瑞和高三宝眼都哭肿，他便问道："你俩还是红眼睛，怎么这样厉害，也不快去治呢？"又一抬头，看着床上躺着一人，看不清面目，急忙跑过来一看，大喊声："明大哥呀，你可想煞我了！"说着，放声大哭。他这一哭，和别人不同，声音又来得大，连喊带哭的，也不知他说了些什么。

杨云瑞过来说道："你先别哭，明兄今夜追赶刺客，误中毒镖，现在已是性命危急，你再一哭，他心里岂不更难过吗？"

韩天龙哭着说道："老杨啊，你还我明大哥来吧！你可知道我来为什么吗？"

165

张荣听他进门的时候开口就问明镐的镖伤，已经明白是为此事而来，大约有救星了，跑过来说道："韩贤弟，你可有法子医治明大哥吗？"

韩天龙道："法子是尽有，管保万无一失，不过请郎中治毛病，还得要去和人家客客气气的。如今我自己送上门来，无人迎接，也不去问他，为什么又揪又扭、缠作一团？想来此地的风俗，请先生全是这样吗？"说得众人大笑。

张荣道："因为不知贤弟到此，不然早就大开中门迎接你了。别的闲话少讲，先把明大哥治好，还要陪着你喝酒呢。"

韩天龙这才在身边摸出一个小瓶来，要碗茶，倒出三粒药来。其红似火，清香扑鼻，不要吃下去，就是闻着这股香味，顿觉神清气爽。见他将丸药放在明镐唇边，用箸撬开口，又把那杯茶也灌下去。不到一刻，他肚腹内咕噜噜地一阵山响，登时睁开二目，一眼看见韩天龙，拉着他的手道："贤弟从何至此？"

韩天龙道："你先闭上眼休息休息，待我治好镖伤，咱们慢慢地再说。"

明镐点头，闭了二目。韩天龙又在身上取出一张膏药来，用火烤开，研碎两粒丸药，敷在伤口，然后将膏药贴上。转眼之间，看那伤口冲出许多的黑水来，流过之后，眼看着伤口缩小，不到一顿饭的工夫，已经复旧如初，膏药落在地下。再看明镐时，面色一阵一阵地更改，展眼之间，红润如初，睁开眼，跳下床来。

众人俱各惊喜非常。

张荣因说："伤势将愈，还是将养将养吧！"

明镐笑道："我自受伤之后，昏昏沉沉，恍如梦寐。服了韩贤弟的仙丹，精神陡增，哪还有什么病呢？"

韩天龙也说道："这丹是师父所配炼，名为九转还阳丹，不怕他人已死，只要尸首不坏，仍能起死回生，何况明大哥受了这一点儿伤？"

明镐看见韩韫玉，急忙过来称谢道："昨夜小弟受伤，若非尊兄救护，早已被他等暗算。"

韩韫玉笑道："明兄何必如此客套，彼此都是一家人，更是不消挂齿了。"说罢，众人见明镐伤已痊愈，无不欢天喜地。

明镐走过来，看见桌上的残肴，便唤从人撤去残肴，另外再摆一桌来，与二位韩贤弟接风。从人答应下去，登时杯盘端上来。明镐便请韩韫玉上座，他再三不肯，又谦让了半天，各分齿序落座。众人烫好了酒，送上来。明镐执壶，各斟一杯。登时之间，酒过三巡，菜过五味，一个个开怀畅饮起来。

正是：

酒逢知己千杯少，话不投机半句多。

要问几位英雄酒席宴前又叙述什么事情，且待下回分解。

第三十八回

谈往事旨酒宴嘉宾
叙未来筵前话奸吏

却说明镐镖伤痊愈，大摆筵席，众位英雄俱各开怀畅饮。

明镐也喝了两杯酒，因问小霸王张荣道："昨夜愚兄自经杨贤弟背到房中来，外边的事一概不知，究竟后来怎样，是否擒住两个？"

张荣用手一指韩韫玉道："幸亏韩兄本领超群，弟等相助，捉住两个和尚，又被高贤弟袖箭射伤两个。只剩一个完全人，他是早就跑了，不然也无便宜。"

韩韫玉笑道："久闻江湖上传说，张、钟、高三侠，武艺绝伦，今夜一见，果然名不虚传。小弟粗知末技，拳脚生疏，张兄过奖了。"

明镐道："韩兄家学渊源，何必如此客气？惟见吾兄对敌时，使用什么兵刃，怎的一照面就将贼人连摔几个跟斗？请道其详。"

韩韫玉闻言，就在身边取出两根木头棍子，有二尺长短，一头有柄，其形似拐，一头有五六尺长的一根皮条，皮条头上拴个铁环。众人看了半天，不知是何兵器。

只听韩韫玉说道："当初家严幼年闯荡江湖，事事不和人家一样，用了几年的苦功才练成这种兵器。据他老人家说，此名鸳鸯拐，专破各种棍棒，也因太祖皇帝的困龙棒无人破得，所以才有这拐来克制。"

众人听罢，俱各称赞道："到底前辈老英雄能为绝顶，兴出一件东西来。不要说使用，连名儿还叫不出呢！"

韩韫玉又谦逊了几句，说道："此番出门，因为河中府之事，想在座诸公早有所闻吧！"说着，眼望众人。这内中关于河中府之事，只有张荣和韩天龙知道仔细，其余却摸不着头脑。又听韩韫玉接着说道："舍妹馥玉，骄傲性成，知道这面，天下的剑仙侠客都要齐集河中府，她竟不辞而别。家严知她必往河中，因她是个女孩儿，到底放心不下，特命小弟前来。不料自入此县辖境，就听得各村市黎民百姓歌功颂德，全都焚香顶礼地祷告，说是明大哥爱民如子。小弟见此光景，十分快活，昨夜是来拜望的，偏巧遇着刺客。胡乱杀了一阵，何幸得遇众位英雄，真乃三生有幸了。"

众人又各谦逊了一回。

明镐劝酒劝菜，又问高三宝道："诸贤侄到底往哪里去了，叫人不放心？"

高三宝道："他实在是往朝云岭去了，只因张兄不在寺内，他本意就要回衙复命，偏偏钟二哥回寺，说：'张兄即刻便回来的，不如等一歇，同到县衙吧！'他因衙中也无甚事，万也想不到疑他往独龙岗去了。及至小弟赶到，张兄将回，正要动身，俺几人一同前来。不料松林大蛇为患，又耽搁了半天，除诛孽畜之后才到衙内。遇见刺客，真是出人意料之外，没得那般巧法。若非二位韩兄到此，还不知要糟到什么地步呢！"说得众人笑了一阵，俱各端起酒杯。

正然要饮，忽听韩天龙在座上哎呀一声怪叫。众人都吃一惊，望着他，见他立起身来，一把抓住明镐，说声："你得赔我。"

众人不解其故，问他什么事、赔你什么。

他说："方才来的时候，好好的一件道袍，被几个差人你一把我一把地将这件道袍揪破，不知何时把个大襟竟撕去一半。"

在他进房来的时候，只顾忙着治病，都也未留神。此时他一喊，众人再一细看，全都大笑，连他自己也忍不住地笑。

明镐道："你先别忙，愚兄给你做件新的，你看好不好？"

他说："新旧不论，这道士的装束，到处人都笑，绝不穿这惹气的东西了。"

杨云瑞道："那更好办了，等吃完饭，再给你换衣裳，这点儿小事，何致于大惊小怪的？"

他道："杨大哥，是你非知，我在山上的时候，受尽了苦楚。就为道袍，时常被师父骂，因为他给我做件新的，不上几天就破坏了。也是天天上树爬山，搬石弄瓦，无一刻闲着，闷得我有气出不来，一连逃跑了两三回。说也奇怪，跑了一夜的工夫，大约逃出来了，天明看看，还是立在洞门口，还以为是跑糊涂了呢。过了两天，仍然不死心，认准下山的路，跑来跑去，又跑了一夜，实在身体疲乏了，寻块大石，躺下便睡。及至醒来，睁眼一看，真真晦气，还是在洞门口，可将我气急了。幸而师父不知道。第三次又想逃走，这一回可跑下山来了，不敢停步，顺大路跑了半夜，远远望见一座高山，想到山上去休息休息，不料走了没几步，一条大蟒直蹿过来，吓得我手足无措，跑到树上去躲避。等到看不见影子，才敢下去，又往前走。刚到山坡，对面一只斑斓猛虎，张牙舞爪地迎来，这一回可将我吓死了，两条腿也奇怪，好像生了根，一步也不能走了。我一想，一定准被老虎吃，无法，躺在地下，一动也不动，等它来吃吧。眼看着那只老虎走过来，吓得我闭上眼，觉着老虎已来到，一股腥气难闻，半晌睁眼看看，那虎在我身旁卧下了，一会儿，闻闻我的脸，闻闻手脚，浑身全闻个遍，只不吃。我还想，冷不防跑他娘的，哪知我的手一动，那虎便将我的手按住，不容我动，它是不叫我跑，一定已经吃饱不饿，等到饿了再吃我。越想越害怕，后悔不应该私逃。正在危急之际，忽见师父在山上下来，我这一喜，非同小可，大呼救命。说也奇怪，那只虎见师父来，一溜烟跑得无影无踪。我爬起来，给师父叩头，师父问我：'你还想逃跑吗？'我说：'可不敢跑了。'师父这才将我领回洞来。我再一看，哪里有什么山？还是在终南山坡上。自此之后，我也不敢逃跑了，只好死心踏地地受这清冷的罪。"

一阵话，说得众人笑不可支。

明镐道："贤弟不知，修道的人应跳出三界外，不在五行中，世上一切的繁华富贵，转眼皆空，有何意味？将来如有机会，愚兄还要去修行呢。"

韩天龙摇手道："大哥千万别想修行，那种苦楚实在难受。不要说别的，就是这饮食一层，已经是不能忍受。每天清汤白水、素蔬菜，想寻一杯酒润润喉咙，不亚为琼浆玉液。当初我一到山，哪里吃得下去？不吃又饿得慌，只得闭着眼，胡乱塞满肚子就算了。你如何受得了呢？"

众人又笑了一阵。

张荣又问他："你怎的知道明大哥受了伤呢？"

他道："前好几个月我就知道，师父命我各山去采药，对我说，将来给大哥预备的，叫我小心。上月药都采齐，师父安鼎炼丹，叫我看火。直炼了七七四十九日，方得成功。临成丹的这天，师父还请了不少的人来，说是有妖魔抢丹，夜间果然来了不少的精灵鬼怪，禁不住师父的法术高，丹未抢成，都受伤逃走。取出此丹，就叫我下山，嘱咐务必今天午前赶到此地，好救明大哥，倘有差错，性命难保。你说我听了这个信，急是不急？所以昼夜兼程急行，恰好今天到此，因为将到午时，恐怕误事，故此冷不防闯进来。可恨差人，他偏打搅，问长问短、揪揪扭扭的。"

众人又都笑起来，各将酒杯饮干。重新又上酒菜，这才谈起河中府的事来。

小霸王张荣先说道："知府王拱辰本来是个大奸巨猾，不识羞耻，近来听说他竟认王钦若为本家叔父，借势互相援引。想那奸贼王钦若私通外国、陷害忠良，先帝在日，竟要将他斩首，后来不知怎的，侥幸留得性命。如今年已老迈，还能活几年，全不思尽忠报国、力改前非，而今越弄胆越大，他这不是老糊涂了吗？"

高三宝大骂道："当初我叔父镇守澶渊，受尽千辛万苦，因他索账不遂，诬奏真宗，说我叔父劳师糜饷，借公济私，昏王不察，将我叔父革职。他老人家一气身亡，临终的时候，大骂王钦若欺君罔上，嘱咐我等日后报仇，这十几年，总无机会。为今他竟自投罗网，报仇有日矣！"说着，喝了一杯酒。

韩韫玉道："据某看来，奸贼等处心积虑，非止一日。现在南有侬智高造反，西有赵元昊犯边，北国屡有责言，乘机思动。皇上分兵调将，筹划万全。外寇易防，内贼难制，真让他等得势，还有世界吗？"

张荣道："此番事情太大，竟将三山五岳多年不问事的侠客们都惊动了，一定必要大费周章的。有的是前辈老英雄划策，我等后生小子，趁热闹而已。昨闻王钦若业已暗至河中，王拱辰现正布置。听说水旱两路的英雄已经陆续前来，所以我昨天到河中去了一天，一来看看那边的动静，二来打听打听自家人来了多少。哪知费了一天的工夫，也没有知道详细，正所谓'水浊不分鲢共鲤，水清始见两般鱼'了。"说毕大笑。

明镐听他们说了半天，仍然是莫名其妙，就是连看官们大约也是不甚明白。因为在下只有一支手管笔，丢下那边，就叙这边，一时忙不过来。又因这部书头绪纷繁，每回必得提纲挈领，有线索可寻，不然就乱了。看官们看半天，依然不明了，还弄得在下手忙脚乱地照顾不过来，便有顾此失彼的毛病。交代明白，书归正传。

正是：

齐东鄙语编评话，呕尽心机述古今。

要问河中府究竟发生什么变故，众侠怎样地救济，全在下文交代。

第三十九回

除奸党大会河中府
审刺客招供敬勤堂

却说众位英雄在花厅开怀畅饮，谈起河中府之事，明镐毫不知情，因问道："如此说来，这件事关系不小吧，敢请韩兄示知一二，以解愚蒙，未知可否？"

韩韫玉道："本来这回事如果闹大了，真是天翻地覆，只不过宋室气数正在兴旺，就有这班山林隐逸、江湖义侠出来帮助。听得家父曾言，此次河中府知府王拱辰不过因恨朝中的一班忠臣处处与他为难，他便丧心病狂，将锦绣山河情愿送给北国，暗中勾结王钦若、丁谓、夏竦、陈尧叟等许多奸臣，交结宫内的太监王守忠等，里应外合，狼狈为奸，私通北国，约期兴兵，召集天下的亡命和那些绿林的强盗、山林的响马，以及水旱两路的英雄，定期起事。明兄你想，现在朝廷可能照顾得到吗？"

明镐听了这番言语，登时急得抓耳挠腮的。再看各位英雄，全都沉吟不语。

张荣道："明兄何必着急，凡事皆由天定，常言道得好：'谋事在人，成事在天。'任凭他费尽心机，背天而行，绝不中用的。况且此次，各处前辈的老英雄都出来相助，早就有个打算，所以局外人不叫知道这回事，就因怕惊骇误事。我们还是饮酒取乐，到时自有办法的。"

韩韫玉道："张兄所言甚是，我等此时不可惊惶，倘有破绽，必然误事的……"

话未说完，就见韩天龙把桌子一拍，大呼道："对了，一点儿不错！"众人都吃一惊，问他何事。

他说："临下山的那夜，听见师父屋里有人说话，我便起来，悄悄地走到窗前偷望。看见屋里好些人，有僧有道，有男有女，有老有少，说说笑笑的。只是他们说的话我全不懂，就听见师父说：'今儿不来，河中府自会相见，绝不误事的。'我正往下听，忽见半空中飞来几条光，五颜六

172

色的，煞是好看，我正呆望，听得师父在屋里喊道：'大胆的韩天龙，竟敢私听机密，莫非你不想活了吗？还不快睡去！'当时我便跑到自己屋里，觉着眼毛凉嗖嗖的，拿过镜子来一照，大吃一惊，原来眉毛剃光，连脸上的毫毛、颏下的须毛也都刮得光滑，你说险不险呢？"说得众人又是大笑。

他又说："今天听张哥和韩哥说的话，师父一定来的，大约还有旁人。因为屋里那些人，只认得两三位，其余全不认得。"

明镐道："但愿如此，省了多少手脚。当初我不愿做官，就是因为食君之禄，当报君恩。比如遇着这样的事，难道我袖手旁观不成？如不做这芝麻大的官儿呢，逍遥自在，愿意管管，随便助他一臂之力；不愿意管呢，躲得远远的看热闹。如今说不了，还得要应酬公事。但是王知府早就恨我当作眼中钉，早晚下我的手，只是没得机会。既有此事，我想也要前去，未知可否，请众位思一万全之策。"

张荣道："明兄此次是一定要去的，王拱辰就借这庆贺元旦为名，召集文武官员，蓄谋起事。他一定有公事来请你前去的。但是你到那里，需要随机应变，看事做事，最好请几位弟兄随身保护，始能万全。不知哪位愿意辛苦一趟……"

话未说完，就见高三宝、杨云瑞、诸云龙三人应声愿往，韩天龙也要去。张荣笑道："恰好四位，就请屈尊大驾，改作随从模样，才能遮掩众人的耳目。"

四位英雄，点头答应。

韩韫玉因说："此处已经预备齐妥，小弟意思，今日先到那里，暗探舍妹的消息，咱们河中府见吧！"说着，在身上取出包裹，更换衣服，打扮为文生公子。他又天生的文质彬彬，无论何人，看不出他是位侠客。

当下告辞起身，众位英雄送到花厅门外，拱拱手，齐说："耳目众多，恕不远送。"

韩韫玉也还礼谢过。明镐一直送到大堂外，还要远送一程，韩韫玉再三阻拦，说声："后会有期，行再相见！"转身而去。

明镐直看着他出了衙门，望不见影子，这才重回花厅，和几位英雄闲谈。

张荣道："事不宜迟，明兄赶紧将公事料理清楚，明天就要动身了。我和钟二弟今夜前往，咱们河中府见吧！"

明镐道："贤弟夜间动身，不妨在此休息片刻。杨、高、韩三位贤弟和诸贤侄忙了一夜，也都休息休息，愚兄想升堂理事。"

张荣道："索性大家都歇一会儿，下午再坐堂吧！想那两个刺客，恐要费事呢!"

明镐点头,当下吩咐从人收拾床榻,便都和衣向床上一歪身,闭目养神,调精理气。一刻工夫,王超跑到门口来回话,说是河中府王大老爷差人来下书,立等回话。明镐一骨碌爬起来,跟着众人也都坐起来了。明镐把王超喊进来,接过书信,拆开一看,果然是王拱辰邀请他到衙欢叙,一来为的庆贺元旦,二来是他自己的寿辰,所以要请一府三县文武大小官员都要到他衙内。

明镐便对王超说道:"你到外边对来人说吧,多多地拜上他家大老爷,就说我一定前去给大老爷拜寿,叫他略等一刻。你把这封信送到师爷那边去,就请他照我的意思复一禀信,交原差带回,快些办去吧!"

王超答应下去。

张荣笑道:"如何?我就知道跑不了你的,他再恨你,反正你是他的属下。若据我看,你此番前去,多备礼物,务使他心里不记挂你才好。"

明镐道:"哪有闲钱应酬奸臣?既然内中关系很大的题目,不得不假意献个殷勤,讨他欢喜,好不疑心。"

张荣又嘱咐韩天龙道:"你到那里,不可鲁莽,你看人家怎样,你便怎样。"明镐道:"只看我眼色行事便了,千万不可胡说乱道的,有失体统,叫人笑话。"

韩天龙点头道:"到那里我把嘴堵起来,管保连屁也不放一个。"

一句话引得众人笑起来。

张荣又道:"方才听韩韫玉说,他妹妹也前来,究竟女流之辈,怎的如此任性呢?"

明镐道:"贤弟有所不知,那女子十分了得,恐怕当今的须眉丈夫也不及她的武艺,着实有本领。"

张荣道:"现在已经不早了,我打算今天和钟二弟赶到河中府。想那韩氏兄妹必有一番举动,到那边也可帮助他们。"

明镐道:"贤弟自行斟酌吧。明日午时,愚兄也就到了,如有什么缘故,早点儿给我个信。"

张荣答应,便和钟志英告辞出衙,直奔河中府。那时府城的黎民百姓悬灯结彩地庆祝元旦,府衙前高搭灯塔,周围四座扎了鳌山,惊动了村厢镇市,扶老携幼、成群大伙地够奔城里来看灯。哪知内里暗藏杀机,乐境翻成苦恼世界,看似阳关大路,哪知坎坷不平,顿叫枉死城中平添无数冤魂,鬼门关上又增几多新鬼,这也是遭劫在数,在劫难逃。表过不提。

再说明镐吩咐从人更换冠带,击鼓升坐敬勤堂。早有值日的差役呈上所收的状词，明镜看过，应准的批准，应驳的批驳，登时办理完毕。又将未了的案子审了几起，应办的办，应罚的罚，也都清楚，这才吩咐带刺客上堂。左右一声吆喝，便将两个和尚带上堂来，见了明镜，立而不跪。左右喝斥跪下。

明镜见他俩倔强，怒把惊堂木一拍，大喝道："大胆的恶僧，横行不法，今日见了本县，还是如此的蛮横。左右，给我拉下去，每人捆打四十大板！"

左右遵命，将他俩拉下去，翻倒在地，每人打了四十大板。要是平常人，早已皮开肉露，鲜血直流，不料这两个和尚若无其事，打完之后，仍旧站立堂上。明镜大怒，正要吩咐用大刑，只见小侠诸云龙从后面走出，伏在明镜耳上说了几句。明镜点头。

诸云龙来到两个和尚的背后，用手一点他俩腿弯，喝声："跪下！"说也奇怪，这俩人身不由己地全都跪下。

明镜冷笑道："让你是铁背金身，今儿也要你钉糟木烂。"

便唤上两个差人，轻轻地吩咐了两句，回头喝打。这一回可不同那一回了，直打得两个和尚一佛涅槃，二佛出世。

明镜喝问道："还不从实招来吗？这不过是小玩意儿，后边厉害刑法尽有，何苦自寻皮肉遭殃？"

这俩和尚自经这一打，心里明白挺不过去，常言说得好："人心似铁非是铁，官法如炉果是炉。"他俩万般无奈，只得说道："愿招。"

明镜道："你等好好讲出真情实话，本县绝不难为你等。既然愿招，从实说来。"

那和尚道："俺俩系师兄弟，我名悟通，他名悟真，自幼在红莲寺出家，拜九头狮子法空为师。早先俺俩奉派往口北玄豹山上买马，回来走到半路上，听说有人破了红莲寺，俺师父也被杀，许多的师叔、师伯们东逃西散，无处安身。俺俩便投奔太行山八面玲珑朱庭弼那里去，蒙他收录，跟随众人踩盘子。上月遇见师叔了尘，他说现在独龙岗追魂太岁马刚那里，叫俺俩也去入伙。自到独龙岗之后，了尘师叔说，现有仇人在此，若不除去，必为后患。和马刚一商量，小算子任元出主意来行刺。马刚因为金秀文之事，被押在监，也想劫牢反狱，知道不好办，便挑选本领超群的前来，定好上半夜行刺，下半夜劫牢。一共来了七个人，因为屋里人多，一时不能下手，后来只剩你一个，由神偷手何九明点起熏香，想熏倒了好下手，俺等有趴在房上的，有躲在墙外的，有爬上树的，以后的事，你全知道了。这回来的七人，俺俩被擒，四个受伤的，只剩一人完全逃走。"

明镐又问:"使用金钱镖的是谁?"

悟通说:"是飞镖姚广明。"

又问:"独龙岗上的机关,是何人摆的?"

悟真说:"是由小算子任元请来的人,不知叫什么。"

又问:"山上共有多少头目,多少喽兵?"

悟通说:"现在有八家寨主、三十二名头目,其余外边跑盘子、做线头的,还不计其数。喽兵共计三千。"

明镐录了供词,吩咐狱卒将他俩离开,不准放在一起,加钉双镣,小心看守。狱卒答应下去,登时上了刑具,押入大牢。明镐也就退堂。

正是:

祸福无门人自招,报应不差半分毫。

要问后事如何,且待下回交代。

第四十回

谈因果仙侠大结冤
戏娼妓丸剑扫眉发

却说明镐退堂之后，更衣来到花厅。

高三宝近着问道："独龙岗的内容十分浩大，恐怕要费周章。"

原来他几人站在屏风后，听明镐问案，知道详细，所以劈头就问这两句话。

明镐道："养痈贻患，难免殃民，想起来，这官儿实在无意思。"

高三宝笑道："若都像你这样居心，管保有官无人做了。"

明镐道："凡人志愿，无一样的，我不欲为，欲为者又不得，你看朝廷争权夺利，排挤倾陷，真是闹得暗无天日。细想想看，人生一世，如梦幻泡影，何苦费尽心思，损人利己，还落得千载骂名？可谓之全无心肝，另有用意了。"

说得几人大笑。又商量明日动身赴河中府，一切各事全都预备停当，礼物果然办得十分丰厚。明镐看着，心里总是过不去似的，这也不提。

次日清晨，又将阖城文武请来商议，兵马司是要去拜寿的，所有掾属，略为位置高一点儿的，谁不想借此逢迎上司？大多数愿去。明镐见此光景，竟是要空城而往，当下便令防御使严雍带领人马把守四门，又派五百马步亲兵驻扎衙内，一个个弓上弦、刀出鞘，遇有风声草动的，立即出发。防御使得令，下去布置。他这才带领高三宝、杨云瑞、韩天龙、诸云龙、王超、周霸，还有几名差役，俱各骑马，直奔河中府。

书要简断，展眼便到。明镐入城一看，三街六市，悬灯结彩，大家小户，点烛焚香，许多的红男绿女、苍叟幼童，齐来看热闹，街上来往行人都拥挤成山。好容易行近知府衙门，远远地就望着一座灯塔，高有数丈，四面鳌山都扎得玲珑透巧，五颜六色的，十分鲜明。明镐无心细看，登时翻身下马，早有差人接过去。王超、周霸跑到门房，递上礼单手本，有人进去禀报。不多时，听得里边传出话来，说声："有请！"

明镐举步走进大堂，高三宝等四位英雄紧紧跟随，穿堂入院，才到得客厅。只见里边已经挤满一屋子人，吵个不停。明镐意思，不愿意进去，怕的是又得应酬麻烦。正想寻个僻静的所在坐坐，忽听里边喊声："大老爷有命，请明老爷到内客厅待茶！"

早见跑过两个差人模样的过来招呼，说："明老爷，随我来！"

当时客厅里许多的人，大小官员都有，差不多够不上到内客厅去。听说明镐小小的县令也请到内客厅，全都注意，一个个探头来看，也有羡慕的，也有妒忌的，说什么话的都有。明镐未曾听见，也无留意，总想内外无甚分别，哪知到了里边一看才知不对。因为邻县几位同寅全都认识，这内客厅里的人，除王拱辰外，一个也不认得，并且也无县令冠带，都是一班大老，共有一二十人，说说笑笑，一见明镐进来，俱各注意。

早见王知府迎下阶来笑道："既蒙厚赐，又劳大驾，抱歉之至，就请里边待茶吧！"

明镐虽然心里不自在，不能不和他周旋，紧行一步，施了一个礼，到里边定要参拜。王拱辰再三阻拦，直说："来到就是了，何必拘于俗礼！"只好行了个半礼。

王拱辰还礼，就和众人知引道："这位就是我常说的明化基明县令。"又指众人道，"这个是某部的侍郎、某部的尚书、某处的知府、某路的宣抚使及镇抚使……"什么左卫将军、右卫将军、六部九寺一台都有。

明镐一一地应酬了几句，觉着自己一个小小的知县，有点儿配搭不上，便和王拱辰说，要到外厅拜会众人。王拱辰也明白他这意思，因说："彼此一家，何必要拘于形迹？稍等一刻，赴过筵席，再到外边去。"明镐也就不好再说什么了。

霎时排上酒席来，众人更衣入座，王拱辰下首相陪。说也奇怪，明镐未来时，他等又说又笑，如今却都循规蹈矩地鸦雀无声，不过互相交头接耳，一似有什么机密般的，倒把个明镐给冷落起来。幸而王拱辰不时地和他说笑，弄得明镐左不是右不是，甚觉为难，恨不能马上离开此地，省得碍他们的眼。有时进来人回话，看看明镐在座便不说了，只附着王拱辰的耳朵细细禀报。只见王拱辰时而摇头蹙眉，时而点首微笑。

半天的工夫，酒完席罢，明镐谢了席，告辞出来，真好似笼鸟飞空，好不痛快。再看高三宝等，也有人照应吃饭，韩天龙面朝外，两只大眼直瞪瞪地朝花厅看望，胡乱饮了几杯酒，吃了几碗饭，见明镐出来，全都跟过去。明镐丢个眼色，说声："到外客厅去拜客。"王超、周霸早明白是走，急忙跑到外边，唤从人备好马，将衣包放在马背上。明镐走到外边，头也不回，上马扬长而去。来到西街高升店，安顿坐骑，这是和张荣约好的在此相会。无奈前厅全都住满，后来店家腾出个后院来，十分宽敞，五间正房，恰好他等住。店小二接过马匹，忙乱了一阵，来到房中。

明镐望望无人，长叹了一口气，说道："自有生以来，也无受过这样的罪。"

高三宝惊异道："大哥此言从何而起？据今儿的样子看起来，那王知府真是将大哥看得重如泰山。我们在下边，全听见人说了，差不多的官儿休想进去。"

明镐叹道："看似座上客，实为阶下囚。"就将为难的情形一说，众人这才明白。

韩天龙道："你还算好，差点儿就得将我闷死，不许开口，也无人和我说话，可恨那些东西们，看见我就跑，似乎我要吃了他的娘似的。"说得众人又笑起来。

正在说笑之际，忽见帘子一起，走进三个人来。众人一看，原来是张荣、钟志英和韩韫玉，连忙让座。张荣问过明镐府衙拜寿之事，他才说外边的情形。据说众侠约集鹳雀楼三层楼上，因为地势高，看得清楚，所约的人陆续到齐，只少水路的几位老前辈，大约早晚也就到了。奸臣方面的布置，十分严密，水旱两路的好汉全都到了，现在只要到鹳雀楼边、黄河岸上一望，船桅上插黑旗的全是一起的，那是他们的暗号。听说这回奸臣那边很有几位高人，曾有一位侠客在鹳雀楼上，看看黄河内停泊的船只，九只倒有八只插着黑旗，一时气不过，吐出剑丸，想要拿他等游戏，意思是要将各船黑旗削去。不料差一点儿惹出事来。那剑的边光又凶又猛，若非道法高妙的空谷禅师，真得吃他的亏。

明镐大惊道："如此说来，两下还有一场恶斗呢！"

韩韫玉道："恐怕免不了一场血战。家父业已到此，他同须菩子在对山顶上闲谈呢，我昨夜就见过了。据他老人家说，这回子事，两下里一名是为河中府之事做引子，其实内里的情形甚为复杂。粗粗地听说，是为当初太祖皇帝陈桥兵变即位之后，三打韩通，那时就有一班侠客们不服气，说太祖不该欺凌孤儿寡妇，韩通为国尽忠，乃是周朝的大忠臣，当时就要打个抱不平。后经陈抟老祖和王禅老祖，以及一班顺天命的侠客出来调处，那边明知宋室当兴，周朝当灭，只不过太祖心太急，以致落个逼孀灭孤的恶名，从此就结下冤。韩通的两个儿子弃家修道，一名韩友忠，一名韩友义，修炼成了剑丸，要和太祖拼命，以报父仇。不料太祖殡天，太宗继位，他的福分更大了。韩氏弟弟几次进宫，终未得手，冤气未伸，直到现在。他俩的本领，据说世界上数起来，不数第一，也数第二，传了些徒弟徒孙，却都是周朝做官的后裔，所以名字上都有个'周'字。这回听说来了不少，照气数推测，赵氏正当兴旺，背天而行，怎能成得了事？左右还不是趁火打劫，借端和朝廷为难。只苦了小百姓，无辜遭劫，令人不忍。"

明镐道："这其中还有这些事情，怪不得神仙也有发火的时候。"

谈论之际，天色已晚，店小二送上灯来。明镐吩咐："开上一桌酒席来。"

小二答应下去，登时杯箸摆列上来。王超、周霸在房里伺候，几个差人在外边吃饭。

张荣道："你们先吃，我去去就来。"说着走出。

酒席摆好，众英雄入座，都不明白张荣到何处去了，只得先饮起酒来。不到一顿饭时，见张荣笑嘻嘻地从外边进来，众人急忙让座。他坐下饮了一杯酒，笑对众人说道："我就知道外边有新鲜玩意儿，果然被我猜着了。"

众人忙问何事，他说："将才到鹳雀楼下去，行经登瀛桥畔，看见好多的公差带领一二百名娼妓，大约是府衙内那些大老们要取乐，便将阖城的娼寮妓舍、画舫船户各家的女子，不分美丑，全行带往府衙。但见那些妓女们有说有笑的，十分快乐，大约进衙，必得重赏，所以一个个乐不可支。正在得意，猛然狂风突起，走石飞沙，眼都睁不开了。无时风过处，天气晴明，再见一群妓女们，不料眉发剃得精光，说尼姑不像尼姑，僧不僧、俗不俗的，叫人见了好笑。那些娼妓哭的哭，号的号，闹了个天翻地覆，究竟也不知是什么人做出来的。"

明镐道："恐怕人力办不到吧！一二百人，一时剃不过来，人力哪有如此快法呢？"

众家英雄齐说："办得痛快！"俱各端起杯来喝干。

忽听韩天龙说道："还不是和我那夜的光景一样吗？一个人没得眉毛，真正难看，何况女人，更加无头发，就像大冬瓜。"一句话无说完，引得众人笑个不了。

高三宝刚喝了一口酒，扑哧一笑，喷了杨云瑞一脸。众人又笑起来。王超急忙取过手巾，擦抹干净。

小二送上菜来，也和众人说："老爷们听过新闻吧，一展眼就剃光了一二百妓女。"

众位英雄知道他也是说的这件事。明镐便问他："此刻怎样了？"

小二说："听说公差禀报王大老爷，每人发给五两银子作为缠头之费。各位老爷们想，这区区的五两银子，中什么用呢？"

韩天龙道："不如一人发给一张度牒，索性让她们做了尼姑，岂不痛快？"众人又是一阵大笑。

展眼之间，天已二鼓，众人吃喝完毕，小二撤去残肴，众人忙着更换衣衫。

明镐也要去，张荣拦住他说："身为县令，到底是朝廷的命官，不比我们，无拘无束的。"

杨云瑞也不愿意他去。

韩天龙道："这样吧，你如闷得慌，我有一幅云帕，你站在上面，升到空中看厮杀，岂不好吗？"

明镐喜道："这倒使得！"

他便掏出幅手帕来，走到院内，让明镐上去，他默念了几句，果然奇怪，小小的一幅毛巾，竟能托起明镐，再升到空中去了。众人这才预备动身，听得街市上一阵大乱，吵闹得如翻江倒海一般。众人俱各蹿出来一看，才知起火，照得满天通红，看方向，似是在府衙前。霎时又听得人喊马嘶，一队一队的兵各执刀枪，齐向府衙跑去，许多的黎民百姓东奔西跑，呼子寻爷的，哭声震天，惨不忍闻。众位英雄看着街市上人多，行走不便，一个个翻身上房，施展飞檐走壁，够奔府衙来了。就是这一来不大要紧，真如飞蛾投火，自投罗网，府衙前安排了天罗地网，来一个，拿一个，来两个，捉一双，这也是一班侠客义士应遭劫难。

原来是两位道术高深的隐逸，一位是黄叶翁，一位是天涯叟，明知天意难违，偏要多此一举，结下深仇。直到现在，各派仍然是互相争胜，各不相下，这部《江湖侠义英雄传》上集，至此告一结束。

下集有仙侠大闹河中府，破独龙岗，三打孔家庄，群侠大闹镇江府，擒混世魔王，一枝兰盗三宝，邵九皋求众侠，宋仁宗开女武科，群侠女齐集汴京，九圣仙姑行妖，陈抟老祖除怪，奸贼定计害忠臣，小霸王大闹万安渡，蔡状元修造洛阳桥，明镐升任开封府，王则造反，大摆迷魂阵，明镐被困，王禅老祖下山，邵康节玄机破敌，众英雄奋勇杀贼，扫平群寇，金殿封王，许多的热闹节目，全在下集中续述。

续　编

第一回

天涯弢叟施法困侠
空谷禅师谈玄解怨

却说小霸王张荣等一众英雄看见起火，知道已经动手，一个个蹿房越脊，够奔府衙而来。一路上黎民百姓呼兄唤弟，叫子寻爷，哭声震天，惨不忍闻。来到衙前，但见灯塔起火，照耀得如同白昼，只见许多的强人掣出兵刃乱杀百姓。几位英雄见此光景，哪里容得，各执兵刃迎上前去乱杀起来，当时一阵大乱。又听得鼓角齐鸣，锣声震耳，知道调了兵来。此时，几位英雄已将一班盗匪杀退，正想要到鹳雀楼去看斗法，等时俱各飞身上房，往前飞奔。不知怎的，一展眼觉着天昏地暗，日月无光，阴惨惨，雾沉沉，分不出东西南北。韩韫玉大惊道："看此光景，定有邪术，我等不可前进了。"一句话说完，听得四面八方鬼哭神号，渐渐声音临近，众位英雄心慌意乱。只有韩天龙学得遁法，现已万分危急，顾不了许多，随手拉着一人，乃是小侠诸云龙，喊声："快闭上眼，跟我逃走。"当下他拉着诸云龙借土遁逃走。

张荣等一阵昏迷，全都从房上跌下去，乃是府衙的大堂。下边早有人等候，一个个都捆绑起来，押入班房。几位英雄到此地步，已是无可奈何，只有任凭处治而已。到班房里一看，已有好些人被擒。仔细一望，内中认识的有飞龙岛的华氏三雄弟兄三个，还有燕南七义、小信陵汪文庆以及陶家庄的陶氏八杰、洞庭湖的水中五龙等众人，也都倒剪二臂。其余不认识的，约有三五十人。大料全是为助义除奸而来的，俱各听天由命，毫无怨言。究竟这班侠义英雄如何被擒的呢？原来是天涯弢叟和黄叶翁两位暗布天罗地网要将世界上的侠客一网打尽，然后再推倒宋室，重扶周朝的后裔登基，以报当年的仇恨。

此时鹳雀楼上许多的高人早已看得分明，只因道术敌不过，等候空谷禅师来到再说。都是什么人呢？乃是玄微子、通幽子、凌虚子、须菩子、崆峒仙子、憨和尚、玄裳女、西冷妇、醉侠韩云、昙宗、江南三侠、屠龙叟等。一班侠客、剑仙正在商量如何对敌之策，忽听空中鹤唳声高，知是空谷禅师来了，全都起身迎接。果见空谷禅师和王禅老祖、陈抟老祖三位大罗金仙同降鹳雀楼。等时香风四起，仙乐悠扬，月白风清，令人心醉神怡。

一僧二道来到楼上，看见众剑侠全都来到，空谷禅师笑对陈抟老祖说道："老衲知道他们在此等候，道兄还要多下一棋，岂不误事吗？"王禅老祖笑道："本来这回事是陈道兄提起的，他自己包揽了，却推给旁人去办，他自己只在榻上醋睡。山人去过几次，见他高卧未起，若非禅兄去惊醒他，这一睡不知要到何年月日才醒呢。"三人说着，鼓掌大笑。笑声将止，突见半空中飞来一只翠鸟。空谷禅师仰面笑道："青鸟使者送信来了。"说着，用手一招，这只翠鸟落在楼栏杆之上。见它口衔书信，玄微子过去接到手中，那翠鸟凌空飞去。当下递与空谷禅师，拆开观看，却是天涯弢叟请他到府衙相会之事。他便和王禅、陈抟二位老祖，各驾祥云齐到府衙而来。后边许多的剑仙侠客也都随后跟至。

霎时已到衙前，天涯弢叟同黄叶翁迎接出来，齐进花厅落座。黄叶翁先说道："不知三位道兄仙驾光临，有失迎迓，望乞恕罪。"空谷禅师笑道："彼此通家，何必客气。只是此次二位的举动未免有伤天和，未知可否能解除嫌怨，言归于好？"天涯弢叟冷笑道："本来这件事俺等是背天而行，仔细想来，王、陈二公的高足以及入门的后辈，处处与我辈为难，每遭凌辱，非只一次，于情理上未免说不过去吧。"王禅老祖道："吾兄此言差矣。想弟等每收一人，必先察其心术行为，量材而用，因资授法，从不敢妄收匪类，致受连累。小徒等敢说一声，都是循规蹈矩，绝不敢任意妄为，这是人所共知的。岂有无故欺人的道理？道兄未免所言过甚矣。"黄叶翁道："今日两下相会，到底谁是谁非，谁真谁假，到要分个皂白的。"陈抟老祖道："是非自有公论，公道自在人心。二翁既欲分析明白，弟等只好遵命。预先说下，不可累及无辜，致多结怨。此外任凭二翁怎样吩咐，弟等情愿奉陪。"

说着，两下里就要动手。众弟子摩拳擦掌，怒目狞眉地望着这边剑仙侠客，似有深仇宿恨，欲得而甘心的气概。那班剑侠却都不动声色，一似无事般的。空谷禅师忙拦住道："今儿各位道友至此，本可化干戈为玉帛，何必定要较量？分什么高下？争什么强弱？老衲乃局外人，为两下免伤和气，三番两次地下山沾染红尘，不过要挽回劫数，以解冤仇。倘若再为争斗，冤仇越结越深，何时能了？凡夫俗子还有个'冤可解，不可结'的道理，难道说修道的人反而寻仇作对起来？这不是大笑话吗？"王、陈二位老祖齐说道："某等再三退让，二翁执意不肯，事到其间，也顾不了许多。然而谁为戎首，自有公论。只知顺天守分，绝不敢恃道欺人，想师兄也鉴及此。"空谷禅师笑道："前事休再提起。从今以后，两下各人约束各人的徒弟，不可妄动无名，致遭天谴，想各位也肯给老衲个脸面。此外诸侠修炼甚不容易，望后努力道业，不可妄生事端。所有一切俗事，自有凡夫料理，毋庸我们多事。就请招呼各位高徒们到此见见面吧。"

天涯弢叟和黄叶翁以及那班弟子们本来这回要报大仇的，不料空谷禅师到此，硬给调和了事。想不答应吧，又惹不起他。论法术，论道行，再有十个天涯弢叟也不中用。再说那王、陈二位老祖，也不是好惹的。况他二人已登天箓，真要奏明玉帝，难免得个背天而行的罪名。左思右想，没得法子，只好忍气吞声，点点头答应。他俩的一班弟子们却都不服气，见师父答应了，他等还敢说什么，真是敢怒而不敢言。可惜数年的工夫，练成不少的法术，到此依然无用，白费了心机，一肚皮的怨气无处发泄。后来只因一念之差，传授一班无赖，正门大道竟变成妖术邪法，凭空里添了无数的左道旁门，扰乱世界，蛊惑愚民。最早发现的就是白莲教，在哲宗初年。其余什么青莲教、红莲教、八卦教、乾坤教、法华教、六合教、两仪教、太极教、老佛门、老君门、神仙门、烧炼门、五道门种种的邪教横行天下，流毒万世，都是他们造下的孽，表过不提。

天涯弢叟和黄叶翁收了天罗地网，将一班英雄放出来。知府王拱辰还莫名其妙，以为他等是投降了，只顾张罗外边的事，派出许多的流星探马，打探北国和西夏发兵的消息。不料想肉包子打狗，一去不回头，急得他和热锅上的蚂蚁似的。内里的事，自有黄叶翁等主持，毋庸过问。合府的马步三军全都调齐，又将四门紧闭。王钦若躲在后堂里，仍然不敢露面，不时地派人出来探听外边的消息。闹了大半夜，杀死无数的黎民百姓，简直的是一团糟，毫无头绪。他本打算勾来北国的人马，里应外合，再引西夏的番兵来，长驱直入，杀进汴京，推翻宋室江山，他便身登九五，将素日和自己作对的斩尽杀绝，以泄胸中的怨气。哪知道北国恨不能有此机会，好取中原锦绣山河、花花世界。然而为何不发兵呢？其中有个缘故，早有玄微子奉空谷禅师之命，派口北玄豹山的八家太保埋伏要路，遇有往北国送信的人，一概拿下，关禁起来。八家太保奉命之后，便在各路要隘派人守好，来一个拿一个，插翅也飞不过去的，所以北国未得着请兵的信。

王钦若和王拱辰望穿了双眼也无一兵一卒到来，知道事机不妙，连忙跑到里边来，想和天涯弢叟、黄叶翁等商量另想别计。不料跑到里边来一看，连个影儿也无了，急得他心慌意乱、六神无主，这叛逆的罪名是吃不起的。当下又到后堂，来和王钦若商酌。到底黄叶翁等到哪里去了呢？原来两下自经空谷禅师解和之后，天涯弢叟撤去天罗地网，将众英雄放出，玄微子也解指地成钢、指水成泥的法术，将黄河两岸的船只全行解放。两下里见面，俱各散去，各处的侠义英雄、绿林豪杰也都各自散去。等时间风吹云散，各归家乡，张荣等自然仍回高升店。

此际王钦若听说北国并无动兵，众侠四散，把河中府闹了个天翻地覆，吓得他灵魂出窍，昏迷过去。王拱辰忙着将他唤醒，立时送他回朝，恐怕再发生别的变故。王钦若经此一吓，又加年岁已老，到汴京无几天，便呜呼哀哉了。空费许多的心机，枉耗无限的金银珠宝，到头来反而将一条老命饶上，这也是报应昭彰，丝毫不爽了。可怜知府王拱辰还想谎报掩饰，希图保全禄位，禁不住风声太大，再加上一起老百姓到汴京告了御状，将他的戏法给拆穿了，落得革职拿问，抄家充军。又在他家中抄出许多的密信，什么私通外国、倾陷忠良、结交盗贼、约期举事等种种的函稿都是真凭实据，连累了许多奸臣俱各革职问罪，大快人心。正是：

莫道苍天无报应，举头三尺有神灵。

要问后事如何，且看下回分解。

第二回

冒大险双探独龙岗
请高人再进河中府

却说明镐那夜乘了韩天龙的云帕，悠悠地起到半空，随意愿到哪里，只要心里想着，立刻来到，向下一望倒也十分清楚。究竟不知道鹳雀楼上的一班剑仙侠客怎样地交锋，便要到那边去望望。不料行近府衙，竟被天罗地网挡住，左突右冲只是走不过去。心中纳闷：明明地望见鹳雀楼高耸入云，黄河白浪滔天，船樯密布，灿如列星，为何绕不过去呢？再看下面府衙前灯塔起火，照得满天通红，街市上死尸狼藉，堆积如山，马步军兵往来乱跑。又看见众英雄纷纷落地，俱各被擒。急得他挫手顿足的，无法下去搭救，心想看看将他等擒到哪里去了，再想法子解救，便在上边跟着，一直解往府衙，更是着急。细望却不见韩天龙和诸云龙两人，暗说方才还见他几人在一处呢，怎的此时又不知去向了呢？或者他俩逃走也未可知。等了半天，忽见半空中祥云缭绕，三花齐放，知道是有道行的高人前来。霎时又见往府衙来，不明白是何用意。候了半晌，望着众英雄全放出来，小霸王张荣等也在其内。不多时祥云上升，金光四散，张荣等出得府衙，直奔高升店而来，明镐在上边也跟着回来。

已到高升店，众人入内。明镐却不能下去，只在半空中转来转去的。时在冬末春初，天气寒冷，又到下半夜，更觉着寒风刺骨，不由得心里着急。偏偏的韩天龙未曾回店，又不好喊，恐怕被人听见。空中有人，还当作妖魔鬼怪，那不更糟了吗？正在为难，忽见韩天龙和诸云龙跑回来，这才放心。不多时，韩天龙站在院内，指手画脚的，不知说了几句什么。觉得身体望下沉，落到尘埃。韩天龙望着他笑道："怎样？空中比下边看得清爽吧？"明镐笑道："好却是好，只不过担心思。"说着，来到屋内。此时店内无人照应，店小二也不知去向。明镐便问张荣今夜的事情可曾料理清楚。张荣便将各事说了一遍，又说现在此处不可久停，我们急回本县去吧。明镐答应，吩咐王超、周霸备好坐骑。众位英雄连夜离了河中府，天明来到本县，叫开城门，够奔县衙，俱各休息一刻。

次日卯正，俱各起来，梳洗已毕。明镐因问韩天龙道："怎么你和云龙未曾被擒？到底跑到何处去了？"韩天龙道："我看事情不妙，不肯一同束手被擒，当时便拉了云龙，借土遁逃走。一时心慌，只顾望前跑，竟跑出二百多里路才停住脚。听云龙说已入西夏国境，催我赶快逃回来，不然凶多吉少。所以又带他跑回来。一来一往，竟跑了五六百里的路程，有多冤枉。"明镐笑道："幸而你能回转，不然将我弄到半空中，还要等一生一世呢。"说得众人笑起来。

正在谈笑之际，忽听王超禀道："王防御使有要紧的事求见老爷。"明镐吩咐客厅相见。他便来到客厅，王防御使进来，交令毕，明镐赞扬了几句。他因说道："卑职奉命防守本城，昨夜三更，来了几个江洋大盗，意思是要劫牢反狱。幸而防备得严密，众三军弓箭精熟，只要望见个影子，等时万箭齐发。闹了半夜，他等知道难以下手，后来便不见动静了。特来报知，请示办法。"明镐道："贵使防范出力，三军奋勇严防，代本县保奏上去，听候升赏。此后仍请贵使注意，务要捉得几名，使他等知道厉害，便不敢前来了。"王防御使答应几声"是"字，又说："卑职分所应为，每夜遵谕防备就是了。"说罢告辞出衙而去。

明镐果然当日拟好详文，保奏上去。不多几日，回文批回，就将他升任了本城的兵马使。那时他感激明镐的恩德，真如重生的父母一般。因他自到此任以来，京中毫无门径，谁肯栽培他？一连十五年，未得保举。如今明镐来了不到几个月，竟将他越级保升，怎不感恩知己，刻骨难忘呢？千恩万谢地来拜明镐，真是感激零涕。明镐念他一片至诚，不住地提拔他，后来竟升到了都统制之职。这是后话，暂且不提。

明镐送走王防御使，回转花厅，便和众英雄商议独龙岗之事。高三宝道："据小弟愚见，先破了机关，此山不攻自破。倘若一味地调兵蛮攻，一时恐难攻下。不知明大哥尊意为何？"明镐道："贤弟所言正合愚意。只是会造机关之人一时哪里去请？"正在踌躇，一眼看见韩韫玉，想起他会布置消息，连忙站起来，一躬到地地说道："此事要求韩兄臂助，不知肯代筹划否？"韩韫玉道："彼此通家，何劳多礼。非是小弟有意推辞，其中甚难下手，总须得了全图，照样筹划，才能可破。小弟虽略通此道，只能凭自己的心思，运用机械可以粗摆几件。如无总图，将从何处插手呢？仍请明兄三思。"明镐道："韩兄之言甚是，但那总图他等必然深藏秘守，怎得到手呢？"不由得为了难，半晌沉吟不语。

小霸王张荣因道："明兄不必为难，小弟想要探他的巢穴，顺便探听摆设机关之人。如有机会，将他总图盗出，也未可知。"明镐道："那里十分危险，我的意思一面调兵攻打，一面打听机关，或可得手。前者听得高兄弟说那山上天生的奇径，已是不易进去。再加上几道关口机关重重，犹如铜墙铁壁般的。一两人去恐难得手，何必要去冒险呢？还是另想良策为是。"一套话说得张荣急起来，因说："小弟自幼履险如夷，就让他是龙潭虎穴，也要去走一遭。"当下高三宝、钟志英、诸云龙、韩天龙都愿前去。

韩韫玉忽道："昨在府衙，遇见飞龙岛的华氏三雄，知他三人住在北关张家店，大料还未走。若能请得三人到此，自易为力了。"明镐大喜，当下修好书信。因想此信派何人送去呢？猛然想起韩天龙遁法甚快，便说请他辛苦一趟，到河中府北关张家店去请华氏三雄，如在那里，务须陪他一同回来。韩天龙答应，回头对张荣等说道："你们可等我回来，咱们一同去，不然我要发脾气的。"张荣笑着答应。他便带好书信，借土遁直奔河中府。这也不提。

众位英雄又谈了半天。天色已晚，还不见韩天龙回来。早有从人摆上晚饭来，霎时吃喝完毕。明镐因对张荣说道："韩贤弟去了多半天，怎的还不见到来？莫非华氏三雄已经动身了吗？"韩韫玉道："昨天听他弟兄三人说还有好多的事未办，一两天恐难动身。问我到何处去，我还说此处事一了即随家父回乡，绝不耽搁的。"张荣因说："华氏弟兄如已走，韩贤弟早就回来了，或者另有别事在身也说不定。韩贤弟的遁法，一个时辰可遁三五百里路。此处到河中，来回不过百十里，岂不是早当回来了吗？再说他急于跟着我们探山，更要回来得快了，恐怕一定有事的。"明镐深以为然。韩韫玉道："张兄今夜既欲前往探山，小弟不才，愿随前往。但是不必去好多人，最多三人，至少二人足矣。"张荣道："如此高贤弟领路，咱们三人去吧。"韩韫玉道："请借明兄的龙泉宝剑一用。大凡要破各种的机关，必须宝刀宝剑，否则削不断线索，岂不误事吗？"明镐答应，抽出宝剑交给韩韫玉。此时诸云龙坐在旁边，一声不响。张荣等正要更换夜行衣裳，霎时收拾完毕，一回头不见了诸云龙。张荣惊道："这孩子好强的心太盛，吃了不少的亏，总是不改。大约他听说不叫他去，不敢说什么，趁人不防，他溜出去了。咱们不可迟延，马上就动身吧。"当下三位英雄直奔独龙岗而来。

果然诸云龙也到独龙岗来。他倚仗全身的本领，目空一切，以为小小的独龙岗算不了一回事，自己单人独骑到那里，破他几道机关，也叫几位叔父看看，到底自己武艺出众。心里这样想，脚下用力，不亚为风驰电闪。展眼之间，已到山下，认准"困龙潜见"白石，向右转。说也奇怪，不知不觉地来到头关。但见这座关依山靠岭，两旁松林密布，越显得峭壁飞崖，崇山峻岭，高耸入云。关上许多的喽兵把守，灯球火把照耀如同白日，刀枪林立，十分威严，刁斗齐鸣，守得和铁桶相似。诸云龙见此光景，恐难进内，当下想了个主意，绕到人少的地方，冷不防蹿进去岂不省事。想着绕到峭壁下，抬头一望足有两三丈高，静悄悄地不闻人声。略知无人，使个"燕子钻云法"抖身形，嗖的一声已经来到峭壁上，果然无人把守，甚为喜悦。再望下看，关内山路崎岖，不易行走。想起那天樵夫说的话，里边机关甚多，不知哪里好走。

正在踌躇之际，忽见两个更夫远远地走来，他便一纵身落到下面，随在更夫身后，听他俩走着闲谈。一个说："昨天大王下山，听说去劫牢反狱，救那两个和尚，直到大天亮才回来，大约是未得手吧。"那个说："今儿听见大寨传出话来，三关加紧防守，不日必有官兵来剿山，所以今儿忙了一天，砍木伐树，布置滚木礌石。我想官兵不来便罢，如果前来，休想讨得便宜回去。咱们打更的，听说明天多派几班人，小心点儿吧。"他俩正说着，忽地一阵风将灯吹熄。两人发急，一个道："好好的来阵贼风吹灭了灯，还怎样走路？处处都是机关，有亮儿照着还分不清楚呢，这便怎好？"那个说："你真罢了的。在山上许多的日子，这几条路，哪天不走他几趟？你只看地上有短木头，说树根不像树根，那就是分路的记号。见木桩向右走，管保万无一失。你不信，跟我走吧。"说着，左一绕右一转地直奔二关而来。

这一下子不大要紧，却成全了小侠诸云龙毫不费事地来到二关。此关比头关人略少，却比头关高得多，远远地听见水声泪泪。诸云龙暗想：山上哪里来的水呢？一面想着，走到临近才知是山上的大瀑布横冲过来，却做了天然的护关河，足有丈八宽，虽不甚深，水势非常之大，冲得小石头乱滚，吊桥高泻。诸云龙又想绕进去，哪知转了一会儿竟是无处可登，心下着急。好容易寻个山坡，一纵身上去，一望仍在关外。他便不管三七二十一的，向关内蹿下去。刚着地，觉着乱转乱动，说声不好，猛地蹿到一棵树上抱住树枝。回头一看，果然是块翻板，幸而自己身手灵便，不然已翻下去了。只听得铃声响了一阵。旁边有房，是就山坡修造的，走出几个人来，有的拿火把，有的拿挠钩，来到翻板前用火把一照，全说翻过去了，看看是什么走兽。早有人将旁边铁链一拉，哗啦一声响，翻板等时直竖起来。再用火把一照，齐喊："怪事，怎的什么也无有呢？"说着俱各回房。

不提喽兵纳闷，再说小侠诸云龙自经此险，处处留神。那时天交二鼓，满天的星斗放光。等到来至三关，却与前两关大不相同了，但见守关的喽兵弓上弦、刀出鞘，灯火齐明，往来如穿梭般的迤逦不断。费尽心机，才得进内寻处冷僻地方细辨路径。再看地下的木桩，不亚如星罗棋布。远远地望见大寨，楼台殿阁，栉比鱼鳞。正当中高挂替天行道的大旗，风吹得响个不住。下面五间大殿形似庙宇，大料就是玄女庙了。因嫌相离太远，望不大清楚，要想蹿上旗杆，四外八方都看得见吧。想罢，一拧身，两脚一抖，蹿到旗杆底下。不料有人看守，大呼有奸细。等时锣声齐亮，金鼓齐鸣，一阵大乱。正是：

　　初生牛犊不怕虎，刀山剑树探机关。

要问诸云龙能否逃出龙潭虎穴，且看下文交代。

第三回

闯三关英雄探虎穴
述旧事侠义隐山林

却说小侠诸云龙蹿到旗杆底下，不料有人看守，喊声有奸细，便将警锣乱敲。诸云龙到此危急的当儿，心中未免害怕，无法可想，硬着头皮，掣出兵刃蹿过去，将刀舞开。展眼之间已杀了四五个，还有两个见势不佳撤身就往里跑。小侠追上一个，一刀杀死。此时里边已得了信，金鼓齐鸣，许多的喽兵各执兵刃跑出来。诸云龙一想，双拳难敌四手，好汉也怕人多，三十六招，走为上招。望了望四下的形势，飞身上房，连蹿带跳，跑到大寨忠义厅上，就在瓦垄上伏身，观看一边的动静。此际大寨里早已得了信，前、后、左、右四大寨的寨主各执兵刃，带领喽兵来到前面。听说奸细已经逃走，四位寨主各照自己的汛地搜查起来。

正在忙乱之际，又听大寨鸣号，各寨的寨主全都够奔忠义堂而来。小侠诸云龙在厅上扒着，看个明白。但见众寨主俱各威风凛凛，相貌堂堂，高的、矮的、肥的、瘦的，长短不一，分班站在大厅两旁，一排一排的喽兵站了半院子，却是鸦雀无声，十分严肃。听得厅上传出号令来，说声大寨主升帐，请各寨的寨主上帐议事，就见那些头领齐上厅来。参见礼毕，追魂太岁马刚端然正坐说道："昨夜劫牢反狱未曾得手，今夜就有人探山，连入三关无人知晓，各处的机关也都无用。胆敢在大寨内杀死五名喽兵，一定是个能为出众、本领超群的人，此刻还在寨内。前、后、左、右四寨主去往各处搜查，尚未回报，不知能捉得住否。军师有何妙计能除此患？"就听小算子任元说道："据我看来，此人定是日间混入的。仔细想来，这三道关口不要说人，就是飞鸟也难飞入。此时既未下山，当然要捉住他，以免揽闹。为今之计，就请各位寨主更换衣衫，先在大寨各房屋上搜起，总无查不着的。"

诸云龙闻听此言，知道此处难以隐身，急望四下一看，墙外有许多的大树，心想何不藏在树上去，他等一时也查不到。想罢刚要起身，觉得后边一阵冷风，便知必有兵刃，连忙向旁边一闪，果见一人在身后用刀砍来，幸而躲得快，不然砍个正着。他见刀一落空，接连又是一刀。此时诸云龙已转过身来，兵刃尚未掣出，一时无法招架，所站的地方又在檐前，略一退后就掉下去。情急智生，说时迟那时快，见刀已奔顶门，相差不过一二寸，你看他略一伏身，顺贼人膀臂蹿过去，一抬腿，说声"去吧"，贼人向前一扑，收不住脚，等时摔下厅来。诸云龙见他落地，正想要走，哪知道贼四面八方围拢来，暗想此处绝非迎战之所，还是走为上策，当时便望无人地方蹿来。

不料各处都有人把守，蹿到这边，脚才落地，面前有人奔来，手执钢刀照头就砍。诸云龙业已掣刀在手，急架相还。无有一个照面，后边的人又追上来。他这时候可真急了，任你本事再大，这房上究非交战之处，况他又是一人。急望四下，西边房上无人，立即卖个破绽，一跺脚，蹿到西房，直向黑暗的地方飞跑。回头看时，追的人也从后面扑奔过来。正在为难的当儿，觉着有人拉着自己的衣袖说道："四下都有人，不能瞎跑，还是跟我来吧。"说话的声音很熟，料是自己人。不知不觉地跟着跑下来，两只脚似乎不曾点着屋瓦，耳边却听得背后有人追赶。起初觉得很近，后来越听越远，知道追的人脚慢落后。只是觉着那人牵着自己的衣袖，头也不回地向前跑。暗道自己是练过童子功的，轻身的本领自信也还不弱，跟着人家跑，觉着自愧不如。

一口气跑了足有十几里路，哪怕是极陡峻的高山，一展眼就翻过山那边去了，跑到一座小山顶上才停步。诸云龙急忙细看，这才认出是韩韫玉，连忙施礼道："今夜幸遇叔父前来搭救，不然定被擒捉。叔父怎的知我到此呢？张、高二位叔叔哪里去了？"韩韫玉笑道："俺三人知你到此，早就前来等候，生怕闯出祸来。你从头关进二关的时候，我已跟你在背后，更夫的灯笼也是我吹熄的，片刻未离你左右，只你看不见罢了。"正在说着，忽见两条黑影自远而近来到近前，原来是张荣和高三宝。韩韫玉急问："玄女厅内如何情形？"张荣摇摇头道："难！难！如不得着总图，此山万难攻破。不可久停，咱们赶快回去再商议吧。"说着，四个人施展夜行术直奔县城。

展眼之间，已到县衙，全都跳进花厅。那时天交四鼓，到房内一看，明镐正陪着华氏三雄谈话。见他几人进来，俱各行礼毕，明镐指着诸云龙说道："你这孩子总是任性，不听人话弄出岔子来，岂不大费手脚，以后万不可如此。"几句话说得诸云龙闭口无言。张荣一抬头不见韩天龙，因问明镐："韩贤弟到哪里去了？为何不见？"明镐笑道："贤弟有所不知，他今天到河中府去请华氏三位英雄，到张家店一问，店小二说三位方才出去，大约无多时就回店的。韩贤弟因想既未动身，不妨等候片刻，见面同来。于是就在掌柜的房内坐下，左也等不来，右等也不来。直到天交二鼓，三位回店和韩贤弟见了面，看了书信，一同到此。他便问你们到哪里去了，告诉他说去探独龙岗，他怕你等有失，连衣裳也不及更换，就借遁术到独龙岗而去。我想必和你们碰着的，怎的你们倒先回来了？"张荣便说道："大哥还不知道呢。"用手指着诸云龙说道，"都是为这孩子，耽搁了许多的事情。俺三人到山下，他已转到困龙墩，蹿进头关。韩兄怕他有失，商量好俺和高贤弟去探玄女庙，韩兄跟着诸云龙，在老人峰相会，分头而行。后来见韩兄救他出险，在峰顶等候，俺等就一同回来了。"

话未说完，就听华氏三雄老大、飞天鹞子华元问道："二位去探玄女庙，里边的情形如何？"张荣摇头道："难得很。幸得明大哥的宝剑带在身旁，否则不死也受伤。"众人听得俱各吃惊，只见华老大望着二弟云中鸣雁华坤和三弟燕尾子华方微笑。张荣又说道："俺俩进了三关，已费了不少的手脚。等到临近玄女庙，知道身临险地，处处留心。里边黑洞洞的，并无灯火。白石台阶十三层，每层宽有两尺。怕有机关，先用剑尖轻点了一下。果有埋伏，就听哗啦一声，那块石阶沉下去。眼看着一转，又冒上来，仍和先前一样，一点儿痕迹也无有。俺俩知道石阶不能走，便想顺阶边的边石扒上去，因为两边的边石都是长有二丈，竖在那里的，下面一对石狮，分别左右。当下试着望上扒，已到上面，觉得石头一动，知有埋伏，急不容缓，我便蹿到窗户，用蛤蟆功紧贴住身，高贤弟却纵到下面石狮顶上。再看那边石已转了个身，不用说，必是翻板无疑。这个机关将完，不料高贤弟立的石狮子又出花头了。但见狮子口内一连蹿出几支箭，向前射去，这才明白石阶的总机关都在这两个狮子上。又望着阶上的甬路，四方四角，足有一亩地大小，却都是方砖铺地，角对角，成列成行，大料下面机关不少。我在窗上贴着用手一摸，是木头的，上半截有窗棂，下半段是石头。最奇的是明明一间大殿，只有两扇大门，门上铜环加锁，两旁都是窗户，上边殿檐伸出足有五尺。俺俩不敢大意，走到门前，先向里边张望，黑漆漆的看不见什么。在路上曾听韩兄说过，大凡消息机关，必有总簧，或在门环上，或在墙壁上，人不留心是看不出的。因见这对门环又光又亮，定是常拉常动的。当下先削去锁，俺俩一人拉一个门环，就听咕啦一响，从上面落下千斤铁闸。我急忙托住，高贤弟闪开。我也向里边躲着，一松手，闸已沉往地底下去了。将推开门，打里边射出许多的箭来。这还不算，门两旁又各伸出一柄大叉，又在两边柱子上。再望里边一探头，见无动静，脚尖点地，试着走进去。刚进了门，忽从上面落下个铁丝罩子来，不偏不倚把俺俩罩在里边。就听一阵铃响，知是捉住人的信号。那时多亏明兄的宝剑，俺俩连忙砍断铁丝都钻出来。想再望里探，猛听人声喝喊捉拿奸细，不能不走了，立时蹿出来，不敢走石阶，又纵到石狮子顶上，这才够奔老人峰。大半夜的工夫，无探得什么消息。后来才知道是诸贤侄闹乱子，里边一定加意防守。再等下去凶多吉少，所以赶快回来。小弟的意思，就请华家贤昆仲设法破此机关。不要说明大哥感激，连弟等也受惠不浅了。"说着一躬到地，华氏三雄连忙还礼。

飞天鹞子华元因道："你我何分彼此，但能效力之处，无不量力而为。这其中有个缘故，待俺说给众位听听。大家思一妙策，破了此山，一来尽了朋友相托之情，二来除了地方黎民大害。"众人齐说："华大兄言之有理，敬聆雅论。"就听他说道："俺等有一师叔，幼年也在江湖上行侠作义，人称蓬莱樵叟邵九皋的便是，在两湖颇有盛名。后来因为收了个不肖的徒弟，把他老人家的本事学会十之八九，不料他竟胆大妄为、无恶不作起来。早先邵师叔也曾教训他好几次，无奈他旧性不改，仍是胡作非为。邵师叔气出一场大病，几乎送了老命，因此一赌气携眷远避。近来听说在河中府一带隐遁，不问世事。若论他老人家的本领，确已登峰造极，尤其擅长机关消息。心思之灵巧，也不是夸口，世界上无第二人。老二粗解机关，也是跟他老人家学的。俺弟兄听了此信后，所以前来寻访。如能遇见他老人家，这件事便好办了。但恐急切寻不着，一时难破此山。最好大家想个法子，只要能破机关，就好下手了，不然慢慢地寻访他老人家吧。不知众位以为如何？"众人正要答言，只见韩天龙肩扛一人从外而入。正是：

打草惊蛇冲虎穴，将计就计出龙潭。

要问韩天龙擒了什么人来，且候下回交代。

197

第四回

定妙策明镐拜奇侠
结丝萝华元为媒妁

　　却说韩天龙肩扛一人回衙，众位见了不解其故，问他是怎样的一回事。他却摇手道："等我慢慢地说给你们听。"说着，向四周望了一望，便将那人放在墙角根。因对众人说道："我昨夜到了山上，什么头关、二关、三关都跑过遍，也不见你们几人。后来又到各寨去打听，都说奸细来了不止一人，竟无捉住，本事真正不凡。我这才明白你们一定回来了，便想回转，又一转念头，已经到此，不探出点儿消息未免可惜。"用手一指捆的那人道，"也是这小子倒霉，被我诓出来，将他嘴堵住捆起来，一路扛回来的。"明镐上前问道："你把他擒来，有什么用处呢？"只见他圆睁着两眼喊道："机关是他摆的，他能破得了。好些人都说只有他能破，别人是不中用的。"众位英雄见他那种神气，认定山上的机关是他布置的了，然而看情形又不对。他这一套话说得华氏三雄也发了愣。明镐便说道："他既能破机关，应当好好地请人家来。岂有这等捆绑擒捉？人家还肯出力吗？快快放开再说。"韩天龙道："请他必不肯来的。"说着，解开绳索将那人放开，又把嘴里堵的东西掏出来。半响，听他哎哟了一声，爬起来望了望众人，不知道这是什么地方，跑过来就给众人叩头，口中不住地说："众位大王饶命，俺是一个喽兵。"明镐问道："你不是会破机关吗？"他说："俺不会破什么机关。"韩天龙过来怒骂道："你小子不要刁，山上全说你会破，你自己也曾说。既会摆，就会破，怎的到此你又不承认了呢？"喽兵这才恍然大悟说："是你老听错了，昨夜俺们所说的不是破埋伏，是下象棋，摆旗式只有俺会摆会破。"韩天龙骂声"晦气"，背了半夜白费事。众人大笑不已。明镐又问："如此山上的机关不是你摆的了，然而你可知何人所摆？"喽兵说："当初布置机关的时候，只有军师小算子任元一人知道，其余一概不知，因为他等每夜动手，不许偷看的。"明镐便唤王超将他带下去，暂且押起来。那时天已快亮，安置床榻，大家休息一刻。

次日天明起来，梳洗已毕，摆上酒席，众位英雄入座。明镐便对华氏三雄说道："请贤昆仲相助，打听令师叔在何处，小弟亲身前往聘请。"华方说道："他老人家性情古怪，时常出去闲游，总是装扮得和乞丐一样，等闲是看他不出的。"张荣道："令师叔迁移到此，可有一定的住址吗？"华元道："哪有一定，大约总在依山傍水的小村内。俺弟兄今日就去访问，如有下落，再为商议。"明镐道："如此多偏劳了。"等时吃喝完毕，华氏三雄告辞出衙，直奔独龙岗一带而去，天到傍晚方回。明镐迎着问道："今日有劳跋涉，可曾探得消息？"华元笑道："幸不辱命，竟能寻着，实在巧极奇极！"说着，从人备上晚饭来，众英雄入座。华元说道："今儿俺弟兄三人到独龙岗一带山林去探访，果然在山后小村内遇着师叔。到他家谈了半天，却未敢说独龙岗之事。因他性情古怪，生恐弄僵了，有误大事。我看明天就请明兄带领一两个人去到那里拜求，或能请得他老人家前来。"明镐道："谨遵台命。"当日无话。

第二天清晨，明镐更换了青衣小帽，带领高三宝、杨云瑞等二人，骑马直奔独龙岗。不料韩天龙听说不叫他去，竟自背众人借土遁先到独龙岗山后。果见有个小村，不过十几户人家，逢人便打听姓邵的哪里住。有人告诉他在靠村西头，有个柴门便是。他到那里，见一老人在门外锄草，跑过去就问声："此地可是姓邵的吗？"这老者上下一打量韩天龙，还当他是山上的强盗。本来他打扮得不道不俗，说话全无道理，并不知请声一声。因此便哄他道："此处无姓邵的，这村里也无姓邵的。"说罢，又低头去锄草，全不睬他。此时韩天龙怒气冲天，瞧着老人似乎是乡下人，全不放在眼内。走过去就在老人肩上拍了一掌，说："你这老儿真刁，我将才问人，对我说的此处姓邵，你怎说没有呢？分明是骗人。当心你的老骨头！"这老人回过头来，向他笑了笑说："你这人好无来由，莫非你欺老不成？实对你说，像你这样子，不要说一个，就有十个八个的，也禁不住我的老骨头。劝你快滚开吧，再来胡缠可要对不住了。"说罢，挺身而立，望着韩天龙。这一来，把他气得三尸神暴跳、五灵豪气腾空。等时卷袖拢衣，伸出拳头来，恶狠狠地说道："你那老骨头，一拳就打碎，看你还夸嘴不！"说着就要动手。

正在此时，忽听见鸾铃响处来了三位英雄，大喊声："呆子休得无礼！"抬头一看，原来是明镐等三人，俱各翻身下马，早有王超接过马去。他三人来在老者跟前，躬身施礼，带笑开言说道："愚弟粗鲁无知，冒犯尊驾，看在小可等面上，不必和他计较。"这老人笑道："算不了回事，三位到此有何公干？"明镐道："特来拜望邵老先生，不知可是此处？"老者等时变了面色，说道："三位见他甚事？他从来不和外人来往的。"说着，不住地上下打量。高三宝抢过来，抱拳拱手笑道："那日小可等在困龙墩迷路，多亏老丈指引明路。早想前来登门叩谢，但是不知尊寓何处，耿耿在心。今日幸得相遇，仍乞赐教。"说着，又是一揖。那老人半晌叹了口气，说声："孽障。"回头说道，"既蒙三位光降，就请寒舍一叙吧。"便领几人进了柴门，走进三间草堂。几人一看，都各惊异。原来在外面看来和乡下的草屋一般无二，哪知道里边却大不相同了，收拾得十分清洁，陈设、古董、玩器又雅致又齐整，墙上挂着琴棋书画，桌椅机凳都有秩序，桌上香炉内焚着檀香，不繁不俗令人起敬。

当下重新见礼，分宾主落座。献茶已毕，几人各通名姓。那老者开口说道："昨日华家兄弟到此，我已明白必有事故。今日三位果然前来，但某年岁老迈，精力已衰，诸事都不能办了。"明镐道："老丈的威名远近皆知，真非后生小子所能及。诸事仍求鼎力，不独小子等感激，即地方上黎民也受惠不浅了。"说着，又施一礼。他道："如此，且请尊驾等回去，仍叫华氏兄弟来，如能相助之处，无不尽力。"几人也就不便再说什么了，当下告辞回衙。王超将马让给韩天龙，一同上马加鞭，风驰电闪而去。一路上听得韩天龙一切之事，几人着实埋怨了他一顿。

回衙后，见了华氏三雄，一说，他兄弟当日又来见邵九皋。晚上回去，见着明镐，便指着韩天龙说道："此事成与不成，就在他身上了。"众人不解其故，都以为因他冒犯邵先生，要他去赔礼。华元便俯在明镐耳旁说道："邵师叔只有一女，名叫金花，今年二十岁，容颜并不丑陋，只是天生的黑面如油，所以人都称她为黑牡丹，武艺十分了得，尚未配人。邵先生昨天看了韩天龙人虽粗暴，心地却正直无私，要想招赘，华氏三雄作伐。如能应允这件婚事，他老人家定然帮助破山。"如此如彼地和明镐说了一遍。明镐大喜道："这倒是意外的奇缘！韩贤弟并无家室，无论如何，总要撮合成功，将来生儿养女，也可成家立业。"韩天龙听得华氏三雄一套话，不由得也想错了，必是要他叩头谢罪。当时怒从心上起，恶向胆边生，把个黑脸气得变紫，更显得油光紫亮。当着众人不好说什么，一赌气跑出去。

明镐见他走出，便将邵老先生要将他招为婿的话和众人说了一遍。大家都十分欢喜，全说定要成就这良缘。明镐又说："韩贤弟有些呆憨，须要善言开导他，不然他任起性子来到有点儿费事呢。"高三宝笑道："明大哥就代他备办一切吧。等等我和他讲，管保成功。"张荣说："你别拉得太满了，还不知道他那性子吗？"杨云瑞说道："这倒不须多虑，婚姻大事是人生最要紧的。我看这样吧，明大哥和张大哥为乾宅大媒，华氏三雄为坤宅大媒。就给他办庚帖、下定礼吧。"众人齐说有理，便叫诸云龙去喊他进来。

出去半天，才把他找了来。一进门，他看见众人都望着他笑，闹得他摸不着头脑。回头看见诸云龙也望着他笑嘻嘻的，便不好意思起来，喝问诸云龙道："你小子笑什么？别跟他们一样，我可不答应你，谁叫你小子是后辈呢。"诸云龙也不说什么，仍是咪咪地笑。他便跑过来要抓诸云龙，说声："你小子真可恶。"哪知道诸云龙连忙跑到明镐身后，还是望着他笑。他更纳闷，心里想他们必定是算计我，因说："小诸有毛病吧，笑断肚肠，无人给你缝。"说得众人又大笑起来。他也不管，搭讪着坐下。

只见明镐问他道："贤弟，愚兄问你一句话，现在你家中还有什么人？"这句话把他问愣了，说道："我家中已经无人，大哥不是早就知道吗？今儿怎的忽然问到这些闲话呢？"明镐道："然则伯母临终的时候对你说些什么呢？"韩天龙道："别的事情我可不记得，只有母亲临终的几句话却还记得。不是也和大哥说过吗？叫我要学上进，久后成家立业，可以成个人家。"明镐道："既然如此，你心中打算怎样呢？"韩天龙本来胸无城府，不想今日明镐问他这些话，一时回答不出，也不知道说什么好了，面上现出忸怩之态。众人见了大笑。张荣笑道："呆子，还有什么藏说的呢？诸事就请大哥做主便了。"只见他仍然发愣，不知如何是好。明镐便正颜厉色地说道："本来你和我虽属异姓，情如手足，这件事毋庸和你商量，但是这婚姻大事关系一生。实对你说吧，邵老先生有个令爱，欲招你为婿，请华元昆仲为媒，托我和你商量。这样天缘凑巧的婚姻哪里去找呢？愚兄大胆，就代你下定礼了。大约你总能体谅老伯母的遗言。"韩天龙听到此处，触动心事，不由得大哭起来。高三宝劝道："喂，呆子，今儿大喜事，哭不得的。"众人又笑起来。杨云瑞过来拉他道："你先别哭，还不谢谢大媒吗？"当下众人又说笑了一阵。等时排上酒宴来，大家推杯换盏，开怀畅饮。饮酒中间，又和他调笑一番，闹得他哭也不是，笑也不是。酒宴已毕，又商量明天下定礼、送庚帖一切手续。一宿无话。

又到天明，华氏三雄先去报知邵老先生，明镐等随后就到。下了定礼，又领韩天龙去认了亲。一切俗文，不必细说。诸事处理完毕，方才议到破独龙岗之事。邵九皋便对华氏三雄说："独龙岗上的机关无甚稀奇。"画出三张图样交给华氏三雄，说是："你们只需照图行事，破他的机关易如反掌。我也不必露面，犯不着和他等结冤。"华氏三雄领命回到县衙，将图交与明镐。明镐道："我是完全不懂，请众位参酌。如用多少人马、怎样破法，吩咐我一声便了。"华氏三雄弟兄仍是谦逊，让韩韫玉主持一切，他哪里肯依。张荣道："这样让来让去的，何时定规？大家参酌便了。"众人俱各点头，打开图样参详起来。正是：

奇才妙策安天下，诛凶除暴保黎元。

要问后事如何，怎的去破独龙岗，全在下回仔细交代。

第五回

五侠客三探独龙岗
除众寇初上终南山

却说众位英雄自得了邵九皋的总图，大家参详了两天，里边的奥妙全部解透。原来这独龙岗上的机关，虽未经邵九皋的手，被他看了几趟，全都记在心里，不过他是不肯多事罢了，其实早就画好了一张总图藏在家中，不料竟用着了。可见天下无难事，只怕有心人了。闲话休提。

这天大家议论好，要去进攻独龙岗。明镐便将本城的兵马使王铎请来，计议了一番。从前各处的乡兵，因天下太平久不临阵，带兵的官员又私吞饷项，克扣军粮，不过留些老弱残兵。不想王铎自升兵马使之后，深感明镐的恩德，时常说当拼命图报。明镐也看出他的意思来，就和他说："你能尽忠报国，尽力主事，便算不枉我一番深意了。"果然，他将本城的三军大加整顿起来，每日操练，军容颇有可观，人数也十成十足。明镐就叫他传令，调齐马步三军听候应用。

当夜众位英雄也都商量好了，韩韫玉担任破玄女庙的总机关，张荣为副。华氏三雄去破三关，韩天龙往来接应。预备火种，等机关一破，便在山上放起一把号火，明镐带领人马立即进攻。其余高三宝、钟志英、杨云瑞、诸云龙等各统一支人马分头进攻，给他个首尾不能相顾。分派已毕，定于今夜前往。当晚，众位英雄结束停当。韩韫玉借了明镐的宝剑，同华氏三雄、张荣、韩天龙等一齐动身。明镐等他们走后，也便传令带领三千人马，拔队出城，缓缓而进。全都人衔枚、马摘铃，一点儿声音也无有。来到独龙岗三里之遥，传令扎住队伍，只看山头火起，奋力进攻。这也不提。

单说华氏三雄等一众英雄来到独龙岗，分头上山，本是熟路，如入无人之境。韩韫玉本来是熟手，看了邵九皋的总图，更是如掌上观纹。来到玄女庙，先将门外的石狮子用剑削去头颅，所有外面的机关总线全行削断，一切的翻板陷坑都成废物。蹿到庙门，一剑将门环砍落，又把上面的匾额削下。总线已断，其余零碎便容易下手了。到里边，蹿到神龛内，用千里火一照，寻着总机关在神像背后，急忙用剑削断，把神龛推倒。只听咕噜哗啦乱响一阵，各处的暗线五零四乱。又在神龛的顶上取得一个方盒子，内有盟单名册，最关紧要，以后明镐诛除各处的烽烟，立下大功伟业，都在这本盟单上寻出来的。随手交给张荣，请他转交明镐。哪知他一疏忽，几误大事。后话不提。

韩韫玉正在破机关的时候，忽听外边有人大喊"捉奸细呀"。韩韫玉着实吃了一惊，因他自己一人在这处处危险的屋内，交起手来有些不便。哪知小霸王张荣在外边逡巡，听得人喊，蹿过来一刀了结。不料大寨已得了信，因前几次探山闹得他等虚了心，一有动静立即鸣锣击鼓。万也无想到，今夜有人来破机关，等时一阵大乱，金鼓齐鸣。张荣站在门口便唤："韩韫玉，快些动手，迟恐不及。"正说着，又见蹿来三个黑影。临近一看，原来是华氏三雄已将三关的机关破完，恐怕韩韫玉一时赶不及，所以一同前来。张荣大喜道："来得正好，韩兄还在庙内，大约尚未破完。"华氏三雄闻言急忙蹿进去，晃着千里火，照得满屋通明。一眼看见韩韫玉在神龛内削线，哪敢怠慢，一起动手，就听唧哧啊咦一阵乱响，各处的分线也都割断，又把上面的消息破完。等时俱各完毕，一同蹿到外面，招呼张荣"赶快走吧"。

话未说完，只见后来灯球火把，来了无数的喽兵。为首的几家寨主各执兵刃，大喝："鼠辈竟敢三番两次地前来搅闹，分明自来送死。"说着已到近前，那些喽兵等时围裹上来，将五位英雄困在当中。四寨的寨主是哪几个呢？便是前寨寨主三脚虎史云、后寨寨主混山狼秦江、左寨寨主大头鬼诸通海、右寨寨主小扇子臧奎，全是能为出众、本领超群，都有万夫不当之勇。当时看见五位英雄堂堂仪表，料非等闲之辈，各抱兵刃迎上来，一场恶战真是棋逢敌手，将遇良材。正在难分难解之际，忽听后面一声喊嚷，犹如半天起个霹雳，来了两员勇将，都是本山的镇殿将军，一个叫金枪将军徐子骞，手使钢枪十分骁勇，一个叫大刀杨顺，手使大砍刀威武无敌。他两个闯入重围，迎着五位英雄厮杀。到底这长枪大戟，与步战不甚相宜，混战了半天，并无得着半点儿便宜。两下里正然拼斗，猛见前山火起，众贼人俱各大惊。这时候，史云已被张荣斩首，诸通海也被华元砍伤，韩韫玉剑刺徐子骞，华坤镖伤臧奎，只剩了秦江和杨顺领着喽兵厮杀。霎时，四山起火照得半天通红。各寨的喽兵分头去救火的救火、迎战的迎战。不料山下一阵炮响，明镐带领马步三军已将头关攻破。

追魂太岁马刚正在大帐和军师小算子任元、国师了尘商议军情大事。

听说前寨有奸细，已派四家寨主并两位镇殿将军去了，大约不难擒获。又听起火的信，不由吃了一惊，急忙分调喽兵去救火，立即升坐大寨，聚众商议。忽然后山粮库、仓房、草料场纷纷起火，各寨的喽兵乱忙乱跑，山上不易得水，一时间人慌马乱，众贼胆落魂飞。明镐趁此时攻破头关，已至二关。喽兵飞报进寨说声："大王，大事不好了，现有无数的官兵打破头关，已到二关，请令定夺。"马刚大惊道："难道说官兵从天而降不成？各处的机关怎的无用？"喽兵又报告各处总线已被人砍断，所以毫无阻挡，竟被官兵攻入。马刚闻报，直吓得目瞪口呆。急得他捶胸顿足，说道："这便怎好？"小算子任元说道："大王先别着急。纵然攻破头关，还有二关、三关可守，再说还有玄女庙的机关尽可支持。常说兵来将挡，水来土填，如今便和他等一死拼拼便了，急半天有什么用呢？"马刚忙道："我此时方寸已乱，就请军师调度吧。"说着，将兵符令箭递给任元。

任元正要派兵，又见喽兵跑来报道："二关已破，三关也在危急。"这个喽兵还未报完，又来一个跪下说："四寨寨主和二位将军全被奸细斩首，玄女庙的机关已破坏无遗。现在几个奸细正在追杀喽兵，请令定夺。"任元闻听此言，知道大势已去，不由得长叹一声道："不意铁打的独龙岗今竟糟蹋到如此地步，真是可惜！"看马刚只有两眼发直，惊得手足无措，国师了尘也是一筹莫展，各寨的寨主面面相觑。听着外面的杀声越来越近，任元急道："终不然就被束手就擒不成？"便叫各寨主及众家好汉，各领喽兵迎杀上去，混战一场，或能得胜。众寨主领令而去，任元便拉马刚、了尘直奔后山去了。这且不提。

单说明镐率三军奋勇攻破三关，已到大寨，华氏三雄等也集合前来。但见死尸堆积成山，血流成河，叫人看了心中不忍。明镐等时传下令去，投降免死。此际各寨的喽兵死的死，逃的逃，十停剩了两三停，全都跪下投降。各寨主稍有点儿本事的都逃走了，其余杀死和生擒的无数。明镐身坐大寨，发出将令，扑灭各处的火，检查贼库，并问贼首是否被擒。各位英雄分头办理，闹了一夜。天色微明，俱各回来交令。所有投降的喽兵一千余名，生擒活捉者五六百名，一切的马匹、衣甲、器械、粮草得了无数，查点各库金银珠宝共有数箱。一一地验明加着封条，全行封锁起来，派人看守。官兵也阵亡了百十余名，受伤的三五百名。只不见贼首马刚并军师任元。又问被擒投降的喽兵可曾见着马刚等到哪里去了，有的说他和任元、了尘共三个人直奔后山而去；有的说他等早已修好了一条地道，由某处山洞直通山下。明镐急命杨云瑞、韩天龙、诸云龙等三人快到后山去追赶。三人领命而去，直到巳正才回来，说他等已由后山逃走，不知投奔

205

哪里去了。明镐无法，只得带领众三军回城，留兵马使王铎查点山寨。

回衙之后，便将剿山的始末写好本章，奏报与朝廷。差官领取本章，星月够奔汴京。不日奉到旨意，说明镐剿办得宜，龙心大喜，听候封赏。所有在事出力的人员各有赏赠，查明申报。其擒捉盗贼，除首领一律正法外，斟酌情节轻重分别拟罪。这天明镐便和众位英雄商量，此次剿山出力的众弟兄，打算奏明皇帝，请封官职。华氏三雄和韩韫玉再三不肯，因说："某等行侠作义，本不愿人酬报，否则何能称得起'侠义'二字。"明镐见他四人真心推辞，也就不好再说别的了。等了两天，华氏三雄告辞回飞龙岛，明镐苦苦相留。又多住了两天，这才动身。临走的时候，明镐取出一千两银子作为路费。他三人固辞不过，只得收下。当日办了一桌送行的酒席，众位英雄陪着痛饮了一回，始行分手回飞龙岛去了。

次日，韩韫玉也要告辞。明镐道："屡蒙臂助，未报分毫。好容易多聚几天，聊尽地主之谊。众弟兄也不能任尊兄飘然而去。"韩韫玉因道："明兄有所不知，自从在河中府与舍妹晤面之后，她说要到终南山，跟了崆峒仙姑去盘桓几日。家严吩咐小弟，务于端阳节前后接舍妹回家。现在为期已近，必须前往。不久后要相晤的，何必在此一时。"明镐见留不住，也便打点了五百两纹银，包在他衣包内，也便分手，直奔终南山而去，后文自有交代，暂且不表。

单说明镐自送华氏三雄及韩韫玉去后，又将一切公事料理一番。闲来便到花厅，和众弟兄闲谈。那天忽然想起一事，就是为金秀文等一案，奸夫淫妇，谋害本夫，并冯麻子父子助纣为虐之事，早已申详上去，为何久未奉到批文，实在不解。顺便和众弟兄一说，此事案情重大，其中必有缘故。张荣便说："何不给文、富二公写封信去，将此案始末根由声叙明白，请他二公代为查问到底是何缘故久未奉到回文。一来顺便问问汴京的情形、朝廷的动静，二来也可找到此案的真相。"明镐闻言大喜。自依张荣的意思写好两封信，派人前往汴京。这一来不要紧，又勾出许多的是非。正是：

奸臣舞弊欺君上，公论难逃有是非。

要知后事如何，发生什么事故，且待下回交代。

第六回

奏盟单奉旨进汴京
送旗伞攀辕留贤令

却说明镐听了小霸王张荣的言语，写好两封禀信，一封给首相文彦博，一封给枢密使兼吏部尚书富弼。两封信写好后，派人前往汴京投递。不日奉到回信，富公的信先到，文相的信后到。两封信的意思却都差不多，大略说：明镐的官声甚好，圣上喜悦，不日就要加封的。所有奸夫淫妇并冯氏父子为恶一案，乃是被刑部尚书夏竦从中舞弊，搁置不奏。现已奏明皇帝，不日定有消息。明镐看了一遍，甚为欢喜，便对众弟兄说了一遍。

忽然张荣哎呀了一声，众人俱各吃惊。明镐不明白他的意思，便问他道："张贤弟何故如此？"张荣恨声道："小弟糊涂，误了吾兄的大事了，这便如何是好？"明镐急道："到底是什么事？绝不要紧，吾弟只管说来。"张荣道："先前韩韫玉兄破了玄女庙，舍死忘生的所谓何故，不过因为里边藏着盟单和名册，费尽千辛万苦，得到手中，交给小弟，叫我转交大哥。不料我竟忘记了，这岂不有误大事？"说着，取出一个方盒来，双手递给明镐，直说，"小弟该死。"明镐接过来笑道："我当为何，原来这点儿小事，贤弟何必如此。想咱弟兄虽属异姓，情逾手足，别说没甚关系，就是丢官罢职，也全不在心上。况且毫未误事，贤弟千万放心，否则就看着愚兄利禄之心太重了。"众人听了明镐一派光明正大的言语，益发钦佩。小霸王张荣也有心要试明镐的度量，果然意气为重，毫无利禄之心，也就死心塌地地跟他建功立业了。

当下明镐破开方盒，见里边有盟单一纸。上面头一名乃是贝州王则，第二名滁州混世魔王孔直温，第三名青州活阎王金凌霄，第四名太湖洞庭山公道大王龚平，第五名登州火龙岛四海龙王胡庭魁，其余各山寨的大王不计其数。再看那本名册，都是水旱两路的英雄、五湖四海的强盗。势力最雄厚要数贝州王则了，他以《五龙滴涎经》愚惑乡民，差不多都入了他的邪教，后文自有交代。单说明镐将盟单看了一遍，便对众弟兄说道："这件事关系很大，愚兄奏明皇帝便了。"当日拟了折稿，暗将张荣、钟志英、高三宝、杨云瑞、韩天龙、诸云龙等六人，武艺超群，在事出力，请旨加恩铺叙得十分完善。又斟酌了几次，才缮正本章，并将盟单名册，另抄一本附奏，打发差人进京呈递。

那一天，弟兄们正在花厅谈话，忽听王超跑进来急禀道："圣旨已下，请爷更衣接旨。"明镐闻言，赶紧换了朝服，吩咐预备香案，打开中门。三声炮响，已将钦差迎入大堂。左右搭过香案，明镐朝上一跪，口呼："小臣明镐参见吾皇万岁。"钦差打开旨意，宣读了一遍。原来是调明镐进京，并带同义士张荣、钟志英等来京面圣，听候升赏，所遗县篆，即交兵马使王铎暂行代理。明镐奉了此旨，一面款待钦差，一面催办交代。又把王铎请来，说明原委，便将县印交给他。回到花厅，与众弟兄商量进京面圣之事。一连忙了好几天，才将诸事办理清楚。又叫韩天龙去辞邵九皋，并说明此次进京面圣，将来能得到个一官半职的，也可荣耀门庭，婚期只好暂缓。邵九皋听说女婿要做官，自然是无限欢喜，亲到县衙面见明镐，当面又嘱托了一番，这才回去不提。

明镐自奉调京的旨意，合县的商民人等闻得此信，大众公议想留明镐，便求见于兵马使和他说明这番意思。王铎对众商民说道："明老爷此次是奉旨征调入京见驾，必有特别的封赏，比不得历来任满调缺的。"大众闻听此言有理，料知留不住他，便督造万民衣、万民伞，牌匾、旗帜送了不少。明镐推却不受，商民哪里肯依，又在衙前立了两通大碑，一面去思碑，一面德政碑。临走的那一天，各村庄的黎民百姓都来相送，在街上摆了不少的饯行酒席。自早晨出衙，已知商民有此一举，叫王超、周霸将马牵到城外去等候，自己同众兄弟步行出衙。但见那许多的黎民百姓摆香设案跪送，自衙门口直到城门口足有八九里路全都跪满，各捧香烛，齐呼"明青天大老爷"，甚至有泣下的。明镐见此光景，心中实在不忍，一边走，一边说："某有何德，能致劳如此的称颂。"每处席上也有饮一杯酒的，也有来不及饮的，长揖道谢。

到城门口时，已是日色西沉，时将天晚，众弟兄暗暗发急。因是百姓的一番厚意，不能不领，直闹到大晚已掌灯，勉强挤出城来，商民还要望下送。王超、周霸在城外等了一天实在焦急，见明镐出城，许多的老百姓在后拥护。如再耽搁下去，不好动身了。急忙分开众人，牵过马去，说声"请爷上马"。明镐也是恨不能早早走开，立即攀鞍认镫上了坐骑，众英雄也跨上雕鞍。明镐向众商民拱拱手，说声"某去也"。拨转马头，紧加一鞭，直奔官塘大路而去。走了一程，回头望望，商民还在遥望。直到看不见影子，方才散去。

明镐在马上和众弟兄说道："看起来做好官也甚容易，想我到任几个月的工夫，无日不担惊害怕，只恐冤枉了百姓，种下孽根。说也可怜，来时一贫如洗，去时两袖清风，却剩得空虚的好名声。细想有何用处？无怪贪官污吏之多了。"众人大笑。张荣道："大哥做了一任知县，落个来去分明。上可对得住皇帝，下可对得住百姓。这就是仰不愧于天，俯不怍于人了。"用手一指韩天龙道，"却便宜了这个呆子，一点儿事也不费，还空得个妻室，久后可别忘记大哥的好处。"几句话说得众人都望着他大笑。他便说道："张大哥近来总是寻我的开心。你就不记得梅氏嫂嫂在红莲寺之事吗？那时我打好主意，等你夫妻拜堂成亲入了洞房，我去藏在床下，单听你俩说些什么。偏巧事不从心，师父将我带到山上去，说什么炼法修道，受了几个月的罪，却便宜了你夫妻俩。今儿还说嘴呢，难道你真不害羞吗？"说得几人大笑了一阵。

那时天交二鼓，来到一座镇市。王超便去打店，当夜住在那里。次日清晨，复又上路。简断截说，不日来到汴京，住在张家店内。明镐便去拜见文丞相和富枢密使。二位见他来到十分欢喜，问了些民情风俗以及外边的情形，明镐一一回答。后来富弼又问及河中府之事，究竟知府王拱辰是何居心，有无勾通外国之事。明镐便把始末根由详叙了一遍，又将自己如何冒险，众侠如何拯救的事也约略说了一番，文、富二公这才明白。富弼恨道："那王钦若奸贼老不知耻，竟敢如此无法无天。怪不得他死了之后，家眷赶紧回籍，怕王拱辰连累，所以如此。无怪先前御史唐介参奏王钦若、夏竦、丁谓等几人，说他们狼狈为奸，营私舞弊。当初我还说他言之过甚，不料竟有此事。王钦若虽然已死，夏竦和丁谓还活在世上呢，俟后须留神。"文老丞相点头称是，又问明镐义士张荣等六人是何出身、本领如何。明镐又将他六人的出身及所会的武艺说个详细。文、富二公齐道："天子此番召见，将要重用贤契。还须要试他们的本事，回去演习礼节，不可失仪，最为紧要。至于圣上问你一切的事，只要择优启奏，斟酌一番便了。贤契英才勃发，总可领悟的，无须老夫等费神了。到召见的那天，仍到此处来，一同入朝见驾，省却许多手续。六位义士也同前来吧，大约一定要召见的。"明镐又称谢一番，告辞回店。

见了众兄弟，便将文、富二公所吩咐的话从头至尾说一遍。说到演习见驾的仪节，别人都好说，只有韩天龙教了几遍，仍是莫名其妙。他自己也着急，因和明镐说道："皇帝不过也是一个人，见见面罢了，怎的还要这样啰唆呢。我是弄不惯的，不想芝麻的官儿，竟这样的麻烦。惹恼我的性子，管他皇帝不皇帝，拉下来和他说说理。凭什么给他磕好些个头，还喊他好听的。动不动的，要杀哪个，便杀哪个，真正岂有此理。"说得众人笑了一阵。明镐好言安慰，劝他耐住性子，就是见这一遭，好，咱们就做官，替他出力；如果不好，咱们辞官不做，乐得逍遥自在，何苦担惊受怕，有什么意思。好容易将他劝住，三五天的工夫，才将朝拜的一切礼节都教会他。

这天已是召见之期，张荣等六人更换衣服，一式的扎巾软折，武生打扮。天明五更，先到文丞相府。文彦博已经起床，将明镐等唤入客厅待茶。不多时，富公也到。明镐领着众兄弟叩见已毕，文、富二公见他等威风凛凛、相貌堂堂，颇有英雄气概，甚为欢喜，当下带领他等入朝。因时尚早，先到朝房坐候。里边已有许多的文武公卿，见文、富二公进屋，全都招呼一一见礼。霎时金钟三响，玉磬三声，众大臣齐到金殿，分班伺候，仁宗皇帝驾座金銮宝殿。早有内侍臣高呼："有事出班早奏，无事卷帘散朝。"吵声未已，文老丞相俯伏金阶，口称："为臣有本启奏。"仁宗皇帝闪开龙目观瞧，见是文彦博，忙呼："爱卿平身，有何本章，容朕细阅。"文彦博奏道："今有菏泽县知县明镐，带领义士张荣、钟志英、高三宝、杨云瑞、韩天龙、诸云龙等六人，在朝门候旨。"仁宗即唤内侍宣召明镐等进见。

内侍臣领旨，传呼出去，说声："万岁有旨，宣召明镐带领六义士见驾。"明镐等闻言哪敢怠慢，连忙走到金銮殿上，一齐跪下，口呼："小臣明镐遵旨带领草民张荣等见驾，愿吾皇万岁万万岁。"山呼已毕，仁宗皇帝闪开龙目细看，一个个虎头燕额、豹背熊腰，十分威武，龙心大喜，伏龙案问道："明镐剿办独龙岗的盗贼，当日怎样的调度，如何交锋，众义士如何出力，一一奏来。"明镐跪爬半步，口称"万岁容奏"。九江马刚等怎的占据独龙岗，任元怎的摆设机关以及玄女庙的消息，三关的埋伏，各寨人马，一一奏明。又将自己如何出兵，张荣等如何破机关，如何奋勇杀贼，从头至尾，细奏一遍。仁宗闻奏，龙心喜悦，说是："卿家为国宣劳，力除顽寇，调度得宜，才堪重用。"正要降旨加封，忽见班中闪出一人，口呼："万岁，慢降旨意，为臣有本启奏。"说着伏俯金阶。正是：

奸佞当朝阻正士，无端起浪又兴波。

要问来者何人，且看下回便见。

第七回

金銮殿奸佞记前仇
挹翠楼义士显奇技

却说仁宗皇帝正要加封明镐的官职，忽见左班中走出一人，伏俯金阶，口呼："万岁，慢降旨意，为臣有本启奏。"仁宗停笔，望下一看，原来是刑部尚书夏竦，当下问道："夏卿有何本章，当殿奏来。"夏竦奏道："明镐前在知县任上，联络河中府知府王拱辰。元日闹事那天，有人亲见明镐去给王拱辰拜寿。变乱的时候，他还在府衙，难免不和王拱辰一气，请万岁明鉴。又据该县的黎民纷纷传说，明镐终日和一群匪类结交，不理政事。独龙岗本无盗匪，也是他激变，厮哄圣上，夸张声势。在他辖境内发生大逆不道的事，地方官理难辞咎。万岁不加诛戮，已是圣恩高厚、大度包容了，岂可妄加封赏？将来此端一开，各县争相效尤，必起他变。请万岁详察。"说罢，叩下头去。仁宗闻奏，沉吟不语。

早恼了富枢密使，立即出班请奏道："万岁休信夏竦一派胡言，明镐功劳甚大，应请万岁加恩。倘若信他的言语，岂不辜负了一班侠客义士？请万岁明鉴。"仁宗还未开言，夏竦又奏道："臣启奏万岁，明镐所带的一班人，都是草茅下士、无能之辈。倘若封官，岂不贻笑外邦。"话未说完，仁宗想个主意，说声："夏卿不必再奏，待朕考试他等武艺，再行加封。"夏竦闻言，也就不好再深说下去了，当时立时归班。只听仁宗传旨道："今日天晚，明日在御花园内考试六人的武艺，再行封官。"吩咐已毕，圣驾回宫，文武公卿也就散朝。直气得富弼面目更色，大骂夏竦奸臣不已。

明镐带领众位兄弟也就回寓。店小二送上午饭来，大众痛饮一番。酒席中间谈起今日之事，俱各愤愤不平。韩天龙更是怒不可遏，喝了几杯酒，勾起满怀的怒意，拍案大骂。明镐知他性发，劝慰了半天，呆子才平了气。张荣因说："明日圣上在御花园内考试我等武艺，还不知如何考法呢。"明镐笑道："左右还不是长拳短打、十八般兵刃而已。大约没得别的花头。"钟志英道："大哥的话固然不错，但是今天奸贼奏本，出班的时候小弟见他目露凶光，暗藏杀气，难免不生出花头陷害我等。"高三宝怒道："人无害虎心，虎有伤人意。量小非君子，无毒不丈夫。奸贼呀奸贼，我弟兄倘若有三长两短，哼哼，定要剥尔皮、抽尔筋，方消心头之恨。"明镐道："贤弟不必如此，吉人自有天相，只要俺等尽忠报国，努力王事，苍天必然默佑。所谓善恶到头终有报，只争来早与来迟了。"弟兄们又谈了半日闲话，俱各安歇，一宿无话。

又到明朝五更三点，众弟兄起床，梳洗已毕，同到文丞相府。见了文彦博，明镐跪拜叩谢。文老丞相谦逊不遑，伸手将他扶起，笑说："贤契不必拘于俗礼，反使老夫心中不安。"明镐因道："今日召见考试武艺，恐怕夏竦又生诡计陷害门生及众义士。诸事仍求老师照应。"文彦博道："贤契只管放心，谅他也不敢欺人太甚。"正在谈话，忽见家丁报道"富公到府"。文老丞相说声有请，等时只见富弼入内，明镐连忙过去。行礼已毕，俱各落座，家丁献茶。文彦博又说起："昨日之事，夏竦处处与我等为难，何苦吹毛求疵？"富弼道："昨晚某到七王府见过七千岁，禀报一切。今儿必然见驾，把他请出来，诸事就好办了。"文彦博听说此言，也甚喜悦。

时辰已到，一行人入朝。早见内侍传出旨意，说是："万岁有旨，驾座御花园挹翠楼。文武公卿去到那里参驾吧。"当下众文武齐奔御花园而来，到挹翠楼下，分班站立。霎时南清宫内侍排班扶辇，拥护七千岁入园而来，众文武都去参见了王驾。仁宗皇帝已经出宫，玉辇推到挹翠楼下。仁宗下辇上楼，七千岁跟着上去，见驾已毕，一旁侍坐。文武公卿一班一班地上殿见驾，分立两旁。仁宗传旨，宣召明镐带领众义士上殿参驾。山呼已毕，仁宗皇帝问道："六位义士有何本领，一一奏明。"明镐代奏道："草民张荣等粗知武艺，博而不精，唯有请旨考试，以博万岁一笑而已。"奏罢，低头下去。仁宗闻奏，心说这个"博"字包括得很广，不用说马上步下，各种武艺都能精通，常听说飞檐走壁这种功夫，颇不容易，不妨试他试他。当下传旨吩咐："六人分试飞檐走壁的功夫，一个一个地练与朕看。"明镐和众家弟兄闻听考试这套功夫，正中下怀，暗想聪明不过帝王，果然知人心意。也是明镐福至心灵，有此"博而不精"的一句话，言外就是无所不通的意思。这话近似夸张，其实他们的功夫真正无不各臻极顶，不算夸口说大话。众位英雄早就商量好了，今日无论如何要显本事，一来对得起文、富诸公引荐的热心，二来可以塞住奸臣之口，三来不枉千辛万苦求师访友练习的能为。有本事不在皇上面前显露，还在哪里求显露呢？表过不提。

众家兄弟领旨去后，自然是张荣为首了。仁宗还以为必然下楼更衣，再行试演。哪知张荣心里早盘算好，安心要逞奇能，口呼："请万岁留神，草民张荣要试艺了。"话未说完，就见身躯一晃，早已无影无踪。仁宗暗暗吃惊，不住地四下观看，毫无踪影。众文武也都惊异，展眼之间，好好的一个人会不见了，本领端的不凡。仁宗正在四下找寻，忽听张荣在对过八角亭上高呼道："万岁，草民在此叩见。"就见他站在亭子顶上，使了一个"童子拜观音"，直跪下去叩头。仁宗惊喜道："果然能为出众，称得起侠客义士。"原来那亭子顶又尖又滑，不要说一个人，便是鸟雀也难立足。仁宗传旨道："好了，下来吧，听候升赏。"张荣说声"谢主隆恩"。但见他向前一扑，犹如一只飞鸟，仍到将才跪的地方，不差毫厘跪下。仁宗闪龙目观瞧，见他面不改容、气不发喘，文质彬彬地伏在地上，不由龙心大喜。

钟志英也是一晃上了对过的一棵梧桐树上。仁宗打算他也上亭子呢，及至一看，却不见他踪迹。听得梧桐树上喊声，方才见他站在又长又细的树枝上，下了一跪。远远地望着树枝不过笔杆粗细，他站在树枝上，一动也不动。仁宗大喜道："身轻如鸟，果是名不虚传了。"唤他下来，听旨封赏。也说声"谢主隆恩"，使了个"燕子穿帘"，嗖的一声，飞到楼上跪下。

高三宝见他二人一个上亭一个上树，便想了个出奇的花样，也见身躯一晃，飘然凌空。仁宗这回可看见的了，他在空中打了个盘旋，越起越高，渐渐地身形不见。仁宗欠身扒出龙案向上望，众文武大臣也都抬头观看，全说他身入云霄。不料听得下面一声"草民参驾"，仁宗一低头，原来他还是在地上，不由得龙心惊喜。到底不晓得他从何处下来，竟是人不知鬼不觉的，这轻身的功夫，已是绝顶了。

杨云瑞论轻身的本领，比较他三人相差甚远，然而飞檐走壁的能为却也不弱。况且和他等相处已久，着实得了不少的益处，本领比从前增加数倍。今日试艺也要显些本事，立时身形一起，早已飞出数丈，在对过垂杨柳上站住身体。朝仁宗叩拜已毕，见他猛地头朝下脚朝上向下一栽，仁宗和众文武都吃一惊，说掉下来了。不料他用两脚夹住柳条，打起秋千来，来回晃了几晃，嗖的一声，蹿进挹翠楼。仁宗喜道："看他骨瘦如柴，两腮无肉，真和猿猴差不多。蹿纵跳跃，恐怕真猴子也无这等的灵巧，可称活猴。"杨云瑞闻言，连忙叩头道："谢主隆恩。"从此以后人人都称道他为"御猴"杨云瑞。本来他在江湖上的绰号为"通臂猿"，如今仁宗皇帝上又称他为"活猴"，这"御猴"的名声天下争传了，表过不提。

轮到韩天龙显艺了，明镐知他呆头呆脑的，生怕闹出笑话来，代他捏着一把汗，众弟兄也都担心。哪知他呆人有呆心眼，因见各弟兄各显本领，皇帝喜悦。他因不会飞檐走壁，却会五遁。仁宗见他面如黑锅底，黑中透亮，两只大眼似对铜铃，不住地东瞧西望，带出几分呆气，身体长大。暗想看他身躯臃肿，不大灵便，对于轻身的功夫，一定平常，就特别注他的意。见他把头一晃，已无踪影，不觉暗暗吃惊。心说看他颠顶样子，居然本领超群，先前几个人虽说动作得快，到底有踪可寻，不料他竟毫无声息，已去得无影无形，真是人不可貌相了。正在想着，见他站立围墙上高呼"万岁，俺在此磕头了"，说着拜下去。展眼又已不知去向，却在假山顶上立着。仁宗心想由挹翠楼到围墙足有一里，跑也会跑会子，今他一晃脑袋就到那边，孙行者一个跟斗十万八千里不过如此了。见他立在假山上，有意寻他开心，吩咐内侍传旨叫他钻那假山洞。以为他身体肥大，山洞甚小，钻起来甚不容易。不料他毫不惧怯，笑嘻嘻地说声"遵旨"。只见他上下左右乱钻起来，一会子东边露出头来，一会子西边露出条腿，引得仁宗大笑不已。钻了半天，仁宗传旨，命内侍唤住他入楼见驾。内侍领旨，喊声未停，他已在地下叩头。仁宗一看，又笑起来。原来山洞内尽是烂泥，弄了他一脸一身，更像个泥鬼一样了。

此时轮到小侠诸云龙。仁宗见他是个小孩子，问起年岁，知他今年十五。偏又生得矮小，看上去至多不过十一二岁。要想法子试他，忽听空中叭啦一声响，抬头一看，却是楼前的百花旗上的飘带被风吹得缠在旗杆上，传旨便命诸云龙去解飘带。这旗杆从底至顶，足有十几丈高。只见他说声"领旨"，身躯向上一起，使了个"旱地拔葱"，嗖的一声已到杆顶，又在那葫芦上叩谢圣恩。仁宗及文武大臣全都替他担心害怕，他却不慌不忙地头朝下栽，都说掉下来了，却见一只脚钩住旗杆，使了个"凤凰单展翅"。仁宗看罢，暗暗地喝彩。又见他一回身，双手抱住旗杆，身体凌空慢慢地解那飘带，左一个圈右一个圈搅个不停，半天的工夫将飘带解开，猛见他将身一纵，在半空中直下来，及至落地，毫无声息。

仁宗看罢，不由得龙心喜悦，立即加封明镐滁州府知府，众义士各封官爵。张荣封为修武郎，钟志英、高三宝封为承宣郎，杨云瑞、韩天龙封为秉义郎，诸云龙封为武功郎，各加御前校尉之职，一俟有功，再行升赏。张荣等当殿奏明，仍随明镐上任，建功立业。仁宗准奏，当即回宫，众文武也便散朝。明镐等谢过文、富二公，也要回寓。忽见南清宫的内侍跑来招呼。正是：

何惧奸臣修宿怨，用尽心机也枉然。

要知又有何事，且待下文交代。

第八回

南清宫打虎得金牌
滁州府接印出示谕

　　却说明镐和众家弟兄俱已升官，正要回寓。忽见南清宫太监跑过来，招呼文、富二公道："千岁有旨，请二位丞相带领明镐和众义士进宫参见。"文、富二公大喜，便喊住明镐，一同来到南清宫。只见秦王德芳竟坐银安殿，俱各上前参拜。七千岁吩咐赐座，早有值班的太监搬过三个座位来。落座已毕，内侍献上香茶。七千岁细看六位英雄，俱各站立明镐身后，雄赳赳，气昂昂，十分欢喜。因问明镐道："听说滁州孔直温包藏祸心，图谋不轨，卿家必知其详。"明镐道："诚如千岁钧谕，那孔直温窝藏江洋大盗，招军买马，积草屯粮，非止一日。小臣早已奏明皇上，一旦总要起事的。"七千岁道："大约他的势派很不小吧？"明镐道："人数虽多，究系乌合之众。结交一班江洋大盗，也有几个好本领的。还有几个淫僧妖道，倚法作恶，终究邪不胜正的。"

　　正在谈论之际，听后宫一阵大乱。七千岁大惊，忙问何事。只见两个太监跑得满头是汗，连急带喘地报道："千岁，不好了，御园内斑斓猛虎咬毁铁栅跑出来了，现在后花园内呢。幸有管园的太监将园门落锁，不然定要跑出伤人的。特来报与千岁调派御林军或禁军，速带弓箭射虎。"话未说完，只见张荣跪禀道："小臣愿效微劳，前往御园擒虎。"七千岁看他弱不禁风，文绉绉的，恐伤虎口，当下甚为踌躇。明镐也禀道："千岁放心，张荣能当此任。"七千岁见他等要去，便吩咐内侍带他前去。又问用何兵刃。张荣道："擒虎无须兵器，只此两手足矣。"七千岁说不信，立时同往花园。到底看他赤手空拳，如何擒法？文、富二公也觉口气太大，一时甚不放心，随着七千岁同登望月楼。

　　上得楼去，园内景致一览无遗，远远地望见假山石后那只斑斓猛虎，正然摇头摆尾地寻东西。听得楼上有人声，只见它吼的一声，扑了过来。相离三五丈远，已闻一股腥臭气。一蹿足有丈八，尾巴搅得地下石子乱飞，两只眼睛如两盏明灯，恶狠狠地望着人流馋涎。此时，小霸王张荣已卸去长衣，将足下靴子蹬了一蹬，一个箭步蹿到楼下。这虎见人来了，吼了一声直扑过来。再看张荣不慌不忙地向旁边一闪，虎便扑空。回过头来又是一扑，他依旧闪开，又扑个空。这只猛虎见两扑未着，怒吼不已，霎时狂风陡起，走石飞沙。常言说"云从龙，风从虎"是一点儿不错的，大凡虎吃人只有三扑，三扑不着便泄了劲，只有这第三扑，实在难逃。见它向后一坐屁股，猛地直扑过来，眼看扑到张荣身上。千岁等在楼上都说不好。再一看，张荣却骑在虎背上，俱各惊异。原来他在虎扑来时，一缩身在它肚下，蹿到背后，纵身骑到背上。从来只有虎吃人，哪有骑虎的，这不成了《封神演义》上的一班神仙？这虎因人未吃得反被他骑上，你看它连蹿带跳地闹个不了。楼上七千岁等看了大喜。

张荣有心弄它玩玩，一手抓住颈毛，腿上一用力，把只虎夹得吼声不止，一时竖起来，一时扭腰，一时拨头。抬抬爪想把张荣抓下，哪里由得它。不多时，把只斑斓猛虎弄得浑身出汗，抖个不停。张荣知它乏力，猛向头上一拳，打得它火星乱迸。因这一拳足有五六百斤的力道，连着用足十分气力，虽无一千也有八百。两三拳打过，这虎伏地不起。再一细看，已是七窍流血，呜呼哀哉。当下抖了抖身上的灰尘，蹿到楼上，跪奏道："小臣失手将虎打死，请千岁恕罪。"七千岁闻言大喜，一伸手将他扶起道："卿真神力，世间罕有。"吩咐太监将死虎拖出去，又命："速排酒宴，聊酬卿等之劳。"笑对文、富二公说道，"敢屈二位降格相陪吧。"文老丞相也笑道："千岁懿旨，怎敢违抗。"说罢，连富公也笑起来。

霎时，太监来报酒席摆在外客厅。七千岁说声"请吧"，便在前边走，后跟文、富二公，最后明镐带领众弟兄同到客厅。只见摆列三席，七千岁一席，文、富二公一席，明镐同六位英雄一席。七千岁亲斟一杯酒，定要张荣饮干，他哪里肯，再三推辞不过，只得跪饮。明镐等又过来谢过七千岁，这才入席，畅饮起来。酒席中间，富公说道："明镐此番上任一定为国除奸，难免动兵，只怕夏竦等从中陷害，诸事还求千岁做主。"七千岁笑道："卿等只管放心，小王自会设法。"明镐又道："千岁还不知道呢，那孔直温手眼甚大，风传与朝臣互通声气，连后宫的太监等都有来往，所以朝廷一举一动，他等尽知。"七千岁惊异道："如此说来，倒要防备他的，小王也闻得太监等时有勾通外人情事，只是无凭无据，怎好启奏。俟后卿家留神，如有风声，给小王一信，奏明皇帝处治他等便了。"明镐连说："谨遵懿旨。"不多时，酒饭用毕。又走过来拜谢一番，便要告辞回寓。七千岁道："卿家稍等片刻，小王还有话呢。"说着起身入内。霎时走出，手执一物，便唤张荣道："小王爱你武艺超群，将来必是国家栋梁。无物可赠，今有老王传留下的丹书铁券免死金牌赠予你。须知此牌非同小可，只有赐给功臣的，你要好好地保存起来，以做纪念。"说着递过来。张荣跪接，双手顶在头上。明镐也拜谢一番。这才出了南清宫，回转客店。明镐对众人说道："今日大家辛苦了，早点儿休息，预备明日上朝谢恩。大约无几天耽搁，就要上任去了。"众弟兄齐声说："大哥所言有理，咱们早些休息吧。"当日无话。

次日早朝同赴金殿谢恩，仁宗已知昨日张荣在南清宫打虎之事，当下又将六人宣上殿来，勉励了一番，各加左右卫将军之职。因对明镐说："卿家此次到任，注意逆贼行迹，免不了动兵，但望勿诛无辜，以慰朕意。"明镐奏道："小臣谨体万岁爱民之旨，绝不敢滥杀，至干天怒。"奏罢，叩下头去。仁宗又嘱咐一番，传旨命他下去，吩咐早去到任，随时启奏。明镐下殿，又到吏部领了凭照，即日出京。众位英雄仍是前往。

这一次比前番又威武许多了，合府的官员、差役人等竟迎出一百多里路，旗锣伞扇，八抬大轿，前拥后护地进了滁州城。入衙接应自有一番忙碌，不必细说。明镐在府衙内特别收拾一所花园来，为的是众弟兄居住。到任以来，比做知县清闲了许多，一切的案件有县衙审理，无用操心，每日只和众家兄弟商议对付孔家庄之事。张荣也曾探了两次。

孔直温早已得信，明白明镐此番前来是为收拾他的，全不放在心上，仍旧和六合散人王九峰、银河钓叟谢明远集议如何除掉明镐。两个妖道终日盘算，总说无有机会，甚难下手。孔直温还当他俩有意推托，心里便有些不快活。此时，追魂太岁马刚和小算子任元、铁罗汉了尘在他家中暂避，听说明镐升任到此，十分吃惊。本来他等是惊弓之鸟，想来铁壁铜墙的一座独龙岗，弄得瓦解冰消。那天便和孔直温说："明镐手下能人甚多，机关消息是靠不住的，趁早调集各处的人马和他大杀一阵。再请北国早日兴兵，里应外合，必能得手。"孔直温笑道："谅他小小的一个知府，能成什么事？大凡成大事，须要顾虑周全，方能得手。否则首尾不全，丢三落四，成何体统。你等只管放心吧，我总可以替你报仇的。"马刚也就不好再说了。

过了几天，听说来了两位英雄，是武当山下来的。一个叫火眼金鸡郭从周，一个叫镇九州岛康为周，是同门师兄弟，被人邀请前来相助的。果然不多一歇，有家丁跑来通报，说是王爷恭请各路的英雄，在聚义厅议论军情大事。马刚等答应，立时更衣，同任元、了尘来到厅上。那时厅上的人已经不少，黑压压的足有二三百人的光景。那座聚义厅非常宽大，是照明三暗九，一起三排，前后左右都有隔扇、屏风，预备将来改作金銮殿的，所以是高大宽敞。马刚等到了厅上，看那些人时，也有认识的，也有不认识的。彼此招呼，都是三山五岳、水旱两路的英雄。内中各处的人都有，全不分僧俗两道，老少村俏无所不有，三三两两地说些外边的情形。

原来这孔直温蓄意为乱，收罗英雄豪杰分为五方，按东西南北中五路，每方各有首领，专管迎送交代等事。另外招了些无业游民，在各处开设买卖、字号，分为上中下三等，以当店为最高，以茶馆为最次，各行各业无所不有，一名是做买卖，其实是专探各处的消息。不怕远在千里发生了什么事，他这里都知道，消息非常灵通。势力越推越广，江湖上谁不知混世魔王孔直温呢。闲话休提。

这天请客，各处的英雄全都来到聚义厅。等了半天，才见他们同银河钓叟谢明远、六合散人王九峰，陪着火眼金鸡郭从周、镇九州岛康为周来到厅上。众人过来见礼已毕，只见他指着郭、康二人说道："众位英雄听了，今有活阎王金凌霄荐来二位侠客帮助我等起事，请各位过来相见，以免将来见面不认识。"说着，又代二人报过名姓。众人一看，这两人都是文雅风流一派，不像练武会功夫的，既是大王吩咐，只好过来招呼。一个个通名姓，自有一番应酬。霎时摆上酒筵，各分宾主落座，大家开怀畅饮起来。聚义厅上灯烛辉煌，照耀得如同白昼。许多仆从人等上菜添酒，忙个不了。

酒过三巡，菜过五味。郭、康齐说道："今承大王垂青，破格优待，某等当效驰驱。唯恐下驷非材，不足以当重任。"孔直温大笑道："二公何必如此太谦，此后全仗大力。你我同心共事，便当脱去俗礼，随便指教，将来借重之处正多呢。"说着大笑。谢明远和王九峰前因孔直温屡次催他想法除了明镐，免为后患，总也无得机会，实在难以下手，今日见郭、康二人，忽然触动心事。两个老道便咬耳朵说了几句，何不如此如此，正合心意，生出一件惊人的大案来。正是：

从来天下本无事，偏有庸人自扰之。

要问想了什么主意，发生何事，且看下回便知。

第九回

聚义厅双雄逞剑术
延英园二女显钢锋

却说孔直温在聚义厅给郭、康二位侠客接风，顺便商议军情大事。忽有谢明远、王九峰两个老道想了个绝户计划，要将明镐治死，当下便斟了两杯酒，站起来到郭、康面前说道："二位侠义远来，贫道借花献佛，敢请领此一杯水酒，仍有要事奉求。"二人不便推辞，各执一杯饮干，齐说道："道长有事只管吩咐，俺俩力能办得到的，无不尽力，以报知己。"说罢，望着两个老道。只听孔直温在旁说道："有事请坐下来商量，何必如此恭敬。"四人闻言俱各落座。

六合散人王九峰说道："二公还不知道哩，上月得到夏尚书的信，说是富弼保荐明镐来做此地知府，专和俺等作对，叫大王留神。后来细一打听，果然明镐带领几位英雄到任。接印不久便出告示，晓谕各县的黎民百姓，如有冤枉屈情等事，赶紧到府申冤，由他做主。不料有人告了大王，说是倚富欺贫，强占田地。那明知府竟签拘票，差付大王到府听审。费了若干的手脚，总算把这案子打消。不时地来寻错头，将来必受其害。想要将他弄掉，恐非易事。今请二公思一妙策，除去祸根，感恩匪浅。"说罢，各打稽首。他俩急忙还礼，不由沉吟半晌。郭从周便道："久闻明镐在江湖上甚有威名，人称'小孟尝'，才兼文武，学贯古今。就是一样不好，听说他常和绿林作对。手下也有几位能人，本领也都了得。俺俩想今夜到他府中探听消息。如能侥幸得手，那是再好无有。否则，另思良策，以除此人便了。"孔直温听罢大喜，连忙也斟了两杯酒递过来，说声："二公先饮下马酒，但愿此去旗开得胜，马到成功。"二人接过饮干，卸去长衣，说声"去也"。只见灯影一晃，二人已去得无影无踪。孔直温甚为惊喜，知道二人本领超群，此去或能得手。众位英雄先甚有藐视之意，今见能为出众，个个心服，都说此番定成大功。

且不言众人纷纷议论，再说弟兄二人出离孔家庄，直奔城内而来。展眼之间，已到城下。飞身上了城墙，施展飞檐走壁，登时来到府衙，听得谯楼已敲三鼓。但见府衙内静悄悄的，一无灯火，二无人迹。听得更夫闲话，才知明镐在花园内安歇。寻了一回，望见"延英园"三个大字的匾额。靠西便门有段高墙，蹿上墙去一望原来是所花园，房屋高大，雅致非常。周围磨砖雕花门墙，一对槟榔纹石鼓，前面黑漆漆大门，里面装着八尺长白粉油漆屏门六扇。走进屏门，左右三开间两处门房，当中乃是青石板砌就的院落，迎面又是一座磨砖雕花门墙。再往里进，便是一顺五开间楠木大厅，帘口一道卷棚，厅后一带冰梅六曲屏风。转过屏风，又是一方青石砌就的院落。迎面便是二厅，也是一顺五开间，极其宽敞。二厅以后，一直到底都是五开间，四面串楼，三进住宅。二厅东壁，开个磨砖砌就的六角门，里边就是花园了。他俩便顺角门直穿过去，但见一条鹅卵石叠成"卍"字回纹的曲径，两旁皆列着"卍"字红栏。便又穿出石径，但见苍松翠竹，层层带碧，红桃绿柳，处处含烟，当中玲珑石堆就的假山，西首一方小池，池中有座小桥，下面碧水涟漪，养着许多的金鱼。他俩走过小桥，又见各种奇花异卉，红白正艳，芳香扑鼻，树上百鸟和鸣。走过去一顺五开间周身楠木雕花的桂花厅，四面种有十几棵桂树。桂花厅西首，又是一座六角亭，亭下栽着几枝芭蕉、数株垂杨。转过六角亭，有一道短短的围墙，中间开个小门，门头上横着一方小额，上写"曲径通幽"四字。进了小门，就是些万岫堆青，千峰叠翠，尽是玲珑石堆成的假山，曲折回环，颇为幽僻。

两人正在观望之际，忽见桂花厅中灯光一闪，里边走出两个人来，急忙藏在假山旁，看是何等人物。原来是韩天龙喝了个醺醺大醉，还抓着杨云瑞不放，定要再豁几拳。明镐和张荣喝住了他，好说歹劝地叫他早去安歇。又说这几天你是无日不醉，每醉总是不省人事。如果有个风吹草动的，岂不误事吗？自明日起，无故不许他饮酒了。便唤王超拿个火，扶他去睡。所以郭从周等看见出来人，直奔住宅而去，桂花厅内依然是灯火闪耀，笑语声喧，便轻轻地走到窗下，俯耳细听一回。里边好几个人讲话，相离甚远，声音又低，听不请说些什么，只得溜到临近的窗前凑上耳朵去听。

事有凑巧，王超、周霸将韩天龙扶到房内去睡，不料半路上呕吐起来，吐过之后，清醒了许多，走到房内向床上一歪便睡了。一觉醒来，想要小解。走到外面，忽然看见桂花厅窗下人影一晃，知道有了刺客，手无寸铁怎去迎敌。一回头看见回廊下许多的花盆，伸手捞起一只，不管好歹直冲人影掷去。只听哗啦一声，正打在镇九州岛康为周的腿上。厅内众人听得一个个蹿到厅外，他俩已经上房。张荣和高三宝紧追上去，诸云龙、杨云瑞绕到后面也跳上厅。他俩见前后都有人追来，郭从周先一张口放出剑丸来迎杨、诸，以为用剑丸取人首级省了手脚。诸云龙见白光已到面前，说声"来得好"，也就吐出剑丸迎住。两道白光搅在一起，不亚于两条蛟龙。康为周见张荣等又追上来，也把口一张放出剑丸来，直到张荣面前。高三宝急忙掣出兵刃迎住白光。你看他蹿上跳下，遮住身体，白光虽厉害，无隙可入，这才知道大众弟兄不是好惹的。一面指挥剑丸，一面留神防范。到底诸云龙的功夫浅，敌不住郭从周的剑丸，渐渐有些支持不住，白光眼看向后缩。郭从周一见大喜，更是指挥剑丸翻腾飞舞，越显得精神陡长，十分得意。诸云龙可慌了，因为剑丸如果退回来，性命也就不保，急得浑身出汗。张荣正要过来帮助，忽见两道黑光迎上前来，将郭从周的白光逼住，两黑一白大斗起来。眼看着两道黑光压住白光，连还击的工夫也无有了。自己明白抵挡不住，再斗下去，恐无便宜。急和康为周丢个暗号，收回剑丸，连蹿带蹦地跑了。诸云龙还要追赶，张荣急将他喊住，说声："穷寇勿追，且寻帮助咱的朋友看看是谁再说。"

刚要四下去寻，听得假山有人笑道："且请到厅中稍候一些，某等即要进来的。"当下张荣等齐进桂花厅。此时，韩天龙正在告诉明镐怎样看见刺客，如何拿花盆丢过来，说着，手足舞蹈直跳起来。张荣等已到厅内，明镐迎着，急问可曾捉得刺客。一句话未曾说完，只见帘子一起，走进两个人来。一式武生公子巾，绣花氅，腰悬宝剑，足蹬追风缘云抓地虎快靴，直生得眉清目秀，齿白唇红，不亚于潘安再世，宋玉重生，头里的略高，后边的稍低。众位英雄看得不胜诧异，暗说不信世上竟有这样的美貌男子。正要招呼，忽听韩天龙大喊道："那不是韩兄吗，从何至此？"喊得众人一愕，再一细看，头一个果然和韩韫玉面庞儿相似，只不过年纪略轻罢了。明镐连忙喝住他，生恐二人着恼。他俩却毫不在意。众位英雄连忙过来让座，一面喊王超献茶。

各分宾主落座已毕，明镐看着年轻的有些面熟，似乎在何处会过，一时想不起来，因问道："不知二位驾临，未曾远迎，当面恕罪。敢问高姓大名，仙乡何处？似与尊驾会过一面，实在眼拙得很，请道其详，以解蒙昧。"只见那年长的笑道："明兄荣升牧尹，未来道贺，仍乞恕罪。适因回里省亲，路过此地，见有两个刺客行刺，俺俩暗地跟下来。幸得遇见众位贤豪，何幸如之。"说罢，拊掌大笑。此时高三宝却看出来了，带笑说道："上月与令兄在河中分手，曾说前往终南山。未知相见否？因何至此？这位是谁？"他这几句话一说，众家兄弟这才恍然大悟。诸云龙连忙过来行

221

礼道："给韩姑姑施礼了。"说着拜下去。

原来果然是韩韫玉的妹子韩馥玉，那一个乃是蓬莱仙姑的徒弟杨栖霞。她俩在终南山相处数日，后来韩韫玉到山寻觅，她二人不忍分离。蓬莱仙姑也看出来两个人的情形，因命她下山，借以阅历世事。于是她俩就改扮男装，一路上游山玩景，倒也逍遥自在。遇见不平的事便挺身相助，着实做了不少的事业，到底无人看出她等是女扮男装。昨天已到滁州，因对杨栖霞说："现在离家已近，不如在此游玩两天。孔家庄混世魔王孔直温久蓄逆谋，终当为乱。只是我父亲再三嘱咐，不叫俺兄妹多事，因为相离很近，恐怕和他结仇。想咱行侠作义，不过为除暴安良，哪里顾得许多呢。咱姊妹在此住几天，看看他形势如何。"杨栖霞自然应允，一连去了两趟，无探出什么消息。今日因游丰山，下山时天已初鼓，她俩全不惧怯，来到城下，看见两条黑影一晃进了城，知道不是强徒定是刺客，就在后边跟下来。见他进入府衙，必是行刺了，便在假山背后藏起来。如果明镐等能擒得住他，就此不露面，否则也好帮助。后来见诸云龙的剑光退缩，有些支持不住了，所以才吐出剑丸相助。

此际被高三宝道破行藏，不好隐瞒，只得将已往之事说了一遍，又指着杨栖霞说明来历。明镐忽然想起跳起来笑道："愚兄真糊涂了，当初祖师诛旱魃之时，不是用她和诸贤侄的剑丸吗？"杨云瑞也笑道："可不是嘛，我还记得杨姑娘在坛上从容不迫的一种神气，令人佩服。"韩馥玉笑道："难怪诸位想不起来，俺等是易钗而弁了，一时哪里分辨得出呢。"明镐道："难得贤妹到此，俟后求教之处正多。想孔直温家不少的妖邪鬼怪，愚兄难以防范的，就请贤妹同杨姑娘，在敝衙稍住几日，未知可否？"韩馥玉听得此言，沉吟半晌方说道："明兄厚意，心感莫名，将来总要相助的，倒不在此一时。此次回家，见过家严，请示他老人家的训谕，再为定规。所可虑者，孔家庄能人甚多，须要加意防范。他等日夜筹划毒谋，实在非同小可呢。"张荣道："今夜若非姑娘相助，真要吃他暗算的，俟后叫人很担心思。"说着低下头去踌躇不语。正是：

　　　　从来明枪容易避，果然暗箭最难防。

　　要问张荣踌躇何事，且俟下文细表。

第十回

称臣献表请将借兵
飞剑传书仙侠大会

却说张荣听了韩馥玉几句，倒有些为难起来。明镐已吩咐王超速排酒宴。等时摆好两桌酒席。韩馥玉不好推辞，只得和杨栖霞坐了一席，明镐同众家兄弟一席，当下畅饮起来。酒过三巡，菜添五道，明镐因说道："孔直温图谋不轨，反行已露。今日探得他与北国去信，请求兴兵相助。许他事成之后，割给燕、云、莫、瀛等十六州地方。北国已经暗派使臣来过几次，要看他内容兵力以及外边的布置，尚未答应。大约候他兵马招齐，有了把握，一定肯动兵的。多此一番变动，不知要费多少事呢。贤妹此番见了令尊，千万代兄请安，禀明一切。无论如何，要请帮助的。"韩馥玉道："此事一定办到，想家兄不日便可到此，那时再为定夺吧。"明镐道："但愿。令兄早到一日，少耽一日心。"韩馥玉道："曾闻家兄言及在镇江扬州一带，略微耽搁便要到此。早听说将来滁州必有一场鏖战的，如今看这情形，为期一定不远了。黎民遭劫，天意难回，不知要闹成什么样子呢。"说罢长叹不已。明镐和众兄弟也是皱眉叹息。霎时酒饭已毕，韩馥玉和杨栖霞告辞出衙而去，众英雄也便安歇。

次日清晨，明镐吩咐差人，邀请都督钟师道、兵马大使严立、都尉姚知方以及兵马曹长吏别将等一班武官到衙会商兵事。不多时各官俱已到齐。明镐换上官服，就在府厅集会。相见之下，见礼已毕，各按职分落座，从人献上茶来。只见都督钟师道说道："不知贵府相请，有何事宜？"明镐道："无事也不敢劳动各位寅兄。本府此次到任，陛辞的那天，圣上言及各路的厢兵老弱幼稚太多，一旦有事，不能临阵。前者进征西夏，用兵日久无功，圣上震怒，对于各路的兵备十分注意。请众位寅兄每日操练人马，以备有事征调。如有器械衣甲残缺不全者，赶紧备文申详，从速添办。北国时有犯边的消息，不可不防。众位寅兄多偏劳吧。"都尉姚知方道："此事不劳大尹费心，卑职等敢不尽力。"明镐道："如此好极了，但愿太平无事，永不动兵那是求之不得的。"钟师道等也都说但愿如此，当下告辞，俱各回衙。

过了两天，明镐单把钟都督请了来，和他说了真情实话，请他务必加紧操练，以便征调。钟师道说："早已听得风传，孔家庄招军买马，聚草屯粮，也曾禀报过几次，无奈历任的长官只求含混了事，所以并无奏报。某是职守所关不敢放松，时常派人打探。他那里如有举动，一定有信的。"明镐大喜道："难得贵都如此用心，你我互为关照吧。"又谈了些闲话，始行告辞回衙，自去操练人马，暂且不提。

再说混世魔王孔直温，自那夜请郭、康二侠行刺不成，十分着急。各处的消息，每日不断。又派心腹家丁前往贝州去见了王则，请他一同起事，否则借给兵将。他这里只等北国的信，何日兴兵犯边，他这里照日起手，先占滁州，再攻金陵以为根本，然后大举进兵汴京，推翻宋室。哪知王则因时机未至，不肯轻举妄动，也叫他暂缓动兵，等着一同起事。孔直温实在等不及了，听说府内的厢兵每日操练，知道逆谋败露，若不先下手，必定事无成。正赶上镇江来了个信，请他于端阳节兴兵，所有镇江各处的兵马全已布置齐妥。每年端阳，长江争赛龙舟，远近看热闹的上千上万。人马混进城去，晚上动起手来，一鼓可下镇江，再攻金陵，便易如反掌了。

孔直温自得此信，欢喜无限，就请谢明远、王九峰两个老道为军师，调度人马布置三军，一切大权全属他俩。他自己称为混世魔王、天下都招讨、兵马大元帅，其余水旱两路的英雄各封大将军之职，各山寨的寨主也有封王的，也有封侯的，文臣武将封了无数。内中只少领兵的大元帅，遍想无人能担重任。恰好北国有书到来，据着已准孔直温的要求，如果得了宋室江山，要他献表称臣，还得年年纳贡、岁岁来朝，以黄河为界，河北各府州县尽归北国管领。此时的孔直温利令智昏，只要北国肯发兵相助，事成之后任凭处置，哪怕做灰孙子，也都肯依，所以满口答应，修好表章，自称南朝小臣，又备了许多金银珠宝，派人送到北国，请他派将兴兵，务于端阳节前赶到，以便起事。北国贪图金银玉帛，也就应允，派了两名番将，一名萧洪宝，一名萧洪球，都有万夫不当之勇，挑选三千人马，扮作黎民逃荒的模样，各藏衣甲兵刃，陆续混进三关，来到滁州。孔直温早就安排妥当，分头招呼，一半潜往镇江，一半驻扎龙潭。那里已有满天飞佟玉手下二千喽兵占据山寨。孔直温便叫他款待番兵，预备起事。所有驻扎镇江的厢兵也被他收买，兵马使江通、总管吴道成早有来往，只要招呼一声，便都打成一气。这个消息早被明镐打探明白，连忙修好本章，派人星夜入京驰奏。

仁宗得了明镐的密奏，大吃一惊。当日早朝，召集文武议论军情大事。那时正和西夏国赵元昊交兵，所有的大将尽行调遣出去，龙心甚为着急。仁宗知道孔直温的手眼甚大，又恐走漏消息，不便声张。散朝之后，单留下七千岁德芳、丞相文彦博、枢密使富弼及范仲淹、欧阳修、赵抃等一班正人君子在延英殿密议，连宫人太监等都打发出去，不准窃听，才将明镐的密奏交给众臣参看，如何对付。当时诸臣看了本章，一时都无主意。监察御史欧阳修密奏道："看孔逆的势派不小，竟敢勾通北国，扰乱中原。况江南为富庶之区，自平南唐之后，数年来未见刀兵。此番逆贼为乱，难免百姓遭殃，生灵涂炭。"仁宗叹道："朕只为祸及无辜，是以踌躇。如果认真办起来，必要兴兵调将，大动干戈，难免地方糜烂。诸卿有何妙计，能免此劫？不妨奏来，以便参办。"富弼奏道："依臣愚见，密降旨意，即着明镐相机进行，以平孔逆，想他必能胜任的。一面再派大将一员，带领三军坐镇金陵，专防北国的人马，着与明镐安筹善策，以遏逆焰，从速剿办，免得蔓延。臣意如此，不知圣意如何？"仁宗闻奏，十分完善，龙心甚喜，因说："诸卿斟酌富枢密的计策如何，如不适用，再想别法。"文老丞相奏道："此计甚为万全，就请传旨照办吧。"七千岁奏道："臣看朝廷的武臣，无人能当此任。只有平南王曹彬之子曹伟，英勇无敌。前平江南，他父曹彬的威名尚在。若派他去，最为相宜。"仁宗大喜。原来曹伟乃是曹皇后之弟，还是仁宗的亲娘舅哩。

当日便下了两道密旨，一道封曹伟为江南诸路讨招使，挑选一万精兵分驻金陵和镇江，三军须要变换行装，扮作黎民赶会的模样，切莫走漏风声，单等端阳佳日，抵挡番兵。一道加封明镐为江南各路安抚使，所有滁州、扬州、镇江、金陵各府州县的军民政事归他一人掌管，与讨招使互商机宜，和衷共济，扫平逆党，以立大功。所有随征的张荣等六义士，加封为副统制之职，效力疆场，立功之后，再行加封。两道密旨修好，当夜分发出去。

此时，平南王曹彬正在汴京，接了这封密旨，连夜进宫见驾。仁宗又暗暗地嘱咐一遍，曹伟领旨出宫。回到府内，悄悄地征调旧部，都是当初跟过曹彬平过南唐的一班老将，闻听又下江南，俱各欢喜，分头召集部下，不日都已预备好，定期出京。因为这回出兵，除仁宗皇帝和几位忠臣之外，其余一概不知，曹伟的军令又非常严肃，并无一兵一卒泄露军机的。到他出发的头一天，又到宫中面见仁宗陛辞。次日，轻骑简从，悄悄地到金陵去了。金陵城内的一班文武官员都打算他是来游玩的，堂堂的皇亲国舅，又是平南王爷，谁不奉承呢？所以到处受人欢迎。这也不消提起。

再说明镐自上密本之后，不久得了密旨，加封他为江南各路安抚使，众位弟兄又都加封为副统制职，俱各欢喜无限。因为是封密诏，不敢声张，表面上仍办知府的事。所有滁州府的官员只有都督钟师道晓得，此外一体不知。于是加紧地预备起来，又到金陵去见曹伟，商量如何办理。后来议定，北国的番兵番将由招抚使曹伟带领众将抵挡，孔直温方面由明镐布置对付。议妥端午节前三日，齐到镇江相会，不必通知镇江的官员，因为他们都和孔直温有来往，一一议好。

当日明镐回到滁州，便和众家弟兄商议如何预备。小霸王张荣道："现在孔直温家中大非从前可比。那天晚上还不是送个信来吗，竟有侠客帮助他，必然有些高人。咱们几个人无论如何绝不是他等的对手，这件事还有些费手呢。"明镐听了，也是为难。高三宝忽说道："此处相离鸡鸣镇不远，何不去请韩老英雄，或能想个法子帮助也未可知。此际我们所虑的就是人太少，不敷分布。大哥以为如何呢？"明镐笑道："贤弟此言提醒愚兄，非将他老人家请来，这事真不好办。说不了我自己亲走一趟吧。"

张荣又道："独龙岗的邵老丈也请韩贤弟辛苦一趟，去请他老人家来吧。"韩天龙忸怩不悦道："怪臊人的，怎好叫我去呢。"说得众人大笑。明镐道："这是为国家大事，有什么害羞的，终不然你不去，还另外叫别人去吗？"话未说完，只见他跳起来喊道："算了吧，这芝麻大的官儿，动不动就打官话咧。什么国家大事小事的，我偏不去。你这能将我以军法从事，推出辕门斩首吗？"一套话说得众人哄堂大笑起来。明镐知他又触动了野性，便笑道："好兄弟，看愚兄薄面，请你辛苦一趟吧。愚兄实在分不开身，要照理说，应当我自己前去的。好兄弟替我辛苦一趟，回来请你多喝两席酒。"说着，左一个揖右一个揖，闹得他不好意思起来，说道："好了好了，我去我去，真缠不过你。你用着人使了，甜哥哥蜜姐姐的，难为你也使得出来，不怕人家笑话。"明镐笑道："自己兄弟们，怕什么笑话不笑话。"

正在闲谈，韩天龙就要动身。忽听外边笑声不止，帘子一起，走进三个人来，说声："呆子，不必去了，你岳父带着你妻室快要到了。"众位英雄抬头一看，俱各大吃一惊，连忙过来行礼。你当是谁，原来是玄微子、通幽子、凌虚子手拉手地进来。众兄弟叩见已毕，一旁侍立。只听玄微子笑道："好了，你等都升官了，呆子也得了副统制之职。今儿特来扰你们一杯喜酒吃呢。"明镐跪禀道："都是师伯和师父的恩赐，弟子等何能何

226

德。"玄微子笑着扶起他来，吩咐俱各落座讲话，自家爷们不必拘礼。

当下分两旁列坐已毕，明镐禀报一切。玄微子笑道："不用说了，早已知道。要你等告诉，保管误了大事。"说着，便向凌虚子大笑。通幽子也笑道："师兄历来嬉笑应世，非只一次了。我在海外得了你的飞剑传书，说得急如星火。我等赶到雁荡山，哪知你却出去云游去了，反叫我等了两天。"凌虚子道："大师兄每每如此的，只有你不思前事罢了。"说着，又对明镐说道，"你且赶紧预备，不日便有许多的仙侠义士陆续到此，全是你大师伯飞剑传书请来的。不管人家忙不忙，有暇或无暇，总要先办他的事。"

话未讲完，玄微子接口说道："老师弟你可别说了，明贤侄是你的徒弟，一切的事应当你办。我替你效劳，一声不谢也罢了，还受你们埋怨，真是费力不讨好了。"明镐连忙过来叩头道："诸位师伯师叔不远千里而来，皆为小侄一人，纵然粉身碎骨，难报涓埃了。"说着叩下头去。通幽子忙将他拉起来道："呆孩子，单信他的巧言花语，他们也是奉祖师之命前来的，不要听他乱讲。"说得几人笑起来。正在谈笑之际，忽听一阵风声。玄微子鼓掌道："好了，他也来了。"连忙迎出来。正是：

仙家妙算多玄秘，海外争传飞剑书。

要问来者是谁，且看下回。

第十一回

桂花厅仙侠叙门派
镇江府僧道起风波

　　却说玄微子、通幽子、凌虚子三位剑仙正在桂花厅谈笑，忽听一阵风响，连忙走到厅外，明镐等也跟出来。玄微子笑道："难得他们一同来到，大料是早有约会，不然无此凑巧。"一句话未讲完，但见空中落下六个人来，有和尚，有道士，有尼姑，有文士，老少不一，形容古怪。只见老尼姑笑向玄微子说道："你好哇，我总打算你一定在雁荡山，累我空跑一趟，不料你却先到。"玄微子笑着说："有话里边再讲，大嚷小叫的像什么样子。"说着，早有人打起帘子，众剑侠鱼贯而入，明镐等也跟进来。

　　落座已毕，明镐等一看，也有认得的，也有不认识的，连忙过去行礼。那老尼笑道："凌虚弟眼光不差，都像这样的弟子，多收几个，也给咱们装装门面。常听关中派夸口，说他门下的徒弟福泽兼全，总讪笑我派的弟子多是寒乞相，如今可堵住他们的嘴了。"说罢大笑。那老和尚道："得了，不必说了。都是为徒弟的事情，累得千里奔波，结下怨仇似海，两派互争雄长，永世也解不开的。细想起来的，我们难逃戎首之罪。"说得众侠俱各叹息。

　　究竟来的几个人是谁呢？看官莫急，小子自有交代。那老尼姑便是蓬莱仙姑，就是杨栖霞的师父，当初与屠龙叟在翠屏山诛除旱魃，明镐等是认得的。和尚是须菩子，乃是空谷禅师的大弟子。道士是铁笛仙，自幼修炼，内外都臻绝顶，论剑术，当世推为第一手。那文士乃是霹雳王，也是一位修炼多年的剑侠。据说他曾亲眼看见五代时五龙二虎擒彦章。李克用进中原扫灭黄巢，也曾助他一臂之力。后来见朱温篡唐，天下大乱，他便遁迹蓬莱，不问世事了。如今是被铁笛仙邀请来的，可知他的道法深浅。其余二人，一人是醉侠韩云，众人是认识的。一位是玄裳尼，看她年纪不过是二十上下，事迹下文再表。交代一番不提。

　　此际九位剑侠有说有笑的。玄微子吩咐明镐预备两筵素席。明镐答应，便唤王超、周霸等赶紧排宴款待仙侠。此时刚过五月初一，离端午节还有五天的工夫。先前，明镐打听孔直温兵多将广，能人无数，料如敌他不过，心下未免着慌。今儿见师伯等忽然来到，也就放了心。玄微子也曾对他说到，北国番兵番将都已来齐，一半在龙潭，一半在镇江，自有曹招讨使应付。镇江的事，是有众位剑仙侠客敌住。只派明镐捉拿孔直温，查抄逆产而已。所以明镐更是放心，当晚便和众弟兄商议，诸事自有众位老人家操心，我等听指挥罢了，乐得快活安闲。众家弟兄也知此番变动比前几次热闹，必有一场凶杀恶战，一个个摩拳擦掌，专等厮杀。

那天，韩韫玉兄妹同了杨栖霞、陕西周侗来到府衙，众人见面自有一番亲热。接着，华氏三雄也到。下午又来了小信陵汪文庆、小平原高灿、小春申张勇、小陶朱周昆、小英布冯元佩、小玄坛胡占鳌、金眼狻猊赵芳等一众英雄，俱各参见了玄微子等一班老前辈，然后便和明镐等招呼。大家见面之下，不胜欢喜，就在前客厅内大排筵席。因为桂花厅已有玄微子等占了，都在一起说笑也不大方便，所以分到前厅。那韩馥玉和杨栖霞二位侠女跟着蓬莱仙姑和玄裳尼攀谈，甚为投机，说说笑笑的颇不寂寞。晚上邵九皋带着女儿邵金花也就来到，英雄见面行礼已毕。韩天龙过来参拜岳父，谈了一些。他父女便到桂花厅来见玄微子，自是互道寒暄，不必细述。当日酒席宴前，各道衷曲，十分热闹。直饮至月上花梢，天交四鼓，始各安歇。只见明镐这边跑到那边，毫无倦容。正所谓人得喜事精神爽，又是仙侠义士大聚会，真是千载难逢的机会，因此更加起劲。

一宵晚景易过，又到明朝。早有从人伺候众位英雄，梳洗已毕，又来鄱阳湖的水中四怪，乃是金钱海马袁英、火眼江猪于凤翔、水底蛟龙刘通、混海泥鳅朱亮。他四人从前在鄱阳湖上行侠作义，和御猴杨云瑞有八拜之交。后来到海外去了一趟，十几年并无音信，都说他弟兄死了，不料今日到此。和杨云瑞相见之下，悲喜交集，又与众人相见。便和杨云瑞叙了半天别后情况，方知他四人在海外求师访友，学会惊人的本领，要在江湖上创立一番事业。今见众人都是当世的英雄，十分欢喜。

大众正在叙谈之际，忽见玄微子和醉侠韩云携手而入，俱各站起身来伺候。只见他二老端然正坐，又叫大家落座听讲。众位英雄依次而坐，鸦雀无声，敬听吩咐。玄微子先开口道："此次仙侠聚会，甚非容易。一来是除暴安良，二来是要使本派的后生新进明白各派的家数、一切的源流。此刻在座的众位，虽然不同门同师，仔细推究起来全出一派，若不解释一番，永久也难明了。对于江湖上的一班英雄，韩老哥尽知底细，可以讲给你们听。对于仙侠所收的一班弟子，我可料知一二，不妨告诉你们。久后不失家传，这是最要紧的一桩事情。从前，师祖降谕也要整理一番，无奈如一盘散沙，不知从何处下手。现在只有你们少数的知晓，俟后再慢慢地想法子。无论如何，总有办理清楚的一天。你等牢牢谨记，此后你等传徒授艺，必要先将这事说给他们牢牢谨记。不然同门同派竟不认识，甚至于连本身的根派都说不上来。数典忘祖岂不是大笑话吗？"说着哈哈大笑。众弟子听了，俱各留神敬听，真有一派严肃静默的神气。

又听玄微子说道："论起剑术来，自古轩辕黄帝时已有此法，不过年代太远，无可查考。历来习剑术的，又无书籍流传，全凭口授，渐渐失了真传。东周列国时代，最讲究剑术，造就了不少的人才。到秦始皇统一天下，荆轲等一班剑侠行刺未成，便把剑术一门悬为禁例，不准人民演习了。当于各时讲究此道的人，不计其数，拳术也在那时流传的。欧冶子造剑削铁如泥，楚国习剑术的更多，至今湖南湖北尚有此风。其次是燕、齐、赵、韩以及吴越各国，也出了不少的剑侠。流传下来，到唐朝越发多了，所以如今佩剑之人遍地皆是。分门分派早有一定，绝不相混的。各派有各派的长处，以剑术分高下，不讲辈数。是以而今的剑侠，老幼不一，各人的资质造就无一样的。俗语常说'师父领进行，修行在各人'是一点儿不错的。远支近派一气相传，却有定而不移的道理。自六朝五代以来，各派并为一家，就是达摩祖师九年面壁的工夫悟出来的。因为无人像他老人家那样的聪明，只学得一星半点儿便自称为一家，雄视四海，所以又复分出支派来。最盛的只有我的峨眉派，还有昆仑派及蓬莱、崆峒派四大派。国初，韩氏兄弟也是昆仑一派的，经他弟兄别出心裁，融化蓬莱、崆峒三派为一家，成了这关中派，就是常常和我们作对寻衅的。目今他那一派十分兴旺，天下盛行，流传最广。于是便良莠不齐，高下不等。不似我峨眉派因人授艺，绝不敢妄收匪人，人数虽少，法术却精。每次争斗起来，总是我师占上风。前者，祖师曾吩咐，我派的门人弟子潜心修炼，努力加工，不过是防备攻击，所以今儿对你们说这一段话。其余的请韩大哥再说给你们听吧。"说着便将醉侠韩云拉过来。韩云笑道："我知道的甚少，这不是作难我吗？索性你全说完了，岂不省事，何必又拖我出来？"玄微子笑道："各人缘法不同，将来全仗你支持我昆仑派呢。你不费点儿心思，谁能替你。"说罢大笑。

韩云道："我也不知许多，就我所经历的、所听讲过的，说给你听听。那达摩老祖在梁武帝时，自西域来到中原，根基素厚。因见佛门弟子只知拜忏诵经，不习武事，所以他老人家将历来剑术拳术中要紧的摘拼起来传授弟子，一来保护佛门，二来强壮身体。佛门护法各寺皆有，便是他留下的。武当山有个道士张三丰，得一秘传创立武当派，天下风行。只是他派中又分内外两种功夫，便又成了几派。而今能绍达摩祖师传授的，只有这南北两支了。南派就是张三丰，北派乃是佟寿峰。这两派同出一门，出手略有不同，南派则拳精，北派则腿熟。这也是各地的气候体格所限制，无可如何的。如今要说南拳北腿，其实同为一派，少林寺的张三丰和佟寿峰等所创立。造就出不少的人才，也都是各分支派。现在简直地成了一人一派，岂非笑话？总而言之，连我昆仑派也是一家，不过久已开派，道数不同而已，其实所练的内外功夫，名虽异而实同。各种武艺皆是如此，深浅精粗只看各人的根基和功夫分出高下。关中派的剑行阴险严峭，每欲致人死的法子太绝。拳术也是如此。你们须留神的两派相争，永结仇怨，生生世世也难解了。所以祖师谆谆嘱咐，力求术精艺进以防攻击。至于剑术拳术一切微妙的法子，可以会意不可以言传。只要功夫到位，自见家境。你们如果有不明白的地方，我可以做个识途的老马告诉你们。古人常说有志者事竟成，真是丝毫不错的。"众弟子听了两位老前辈的话，一个个精神陡长，每日习练功夫，这也不提。

再说玄微子和韩云讲故事给众弟子听，忽见邵九皋从外边正走进来，笑着说道："我当你俩又跑到武当山去看鹤斗呢，原来在此讲正经。"众弟子见他走入，全都站起来，只见他笑嘻嘻地招呼众人落座，指着诸云龙问道："你可知道你师父等三人到何处去了呢？"诸云龙见问，摸不着头脑，说声："好久未见他老人家了，不知到何处去了呢。"韩云插嘴道："在数的诸位，无再比他三人懒惰的，上次河中府大会之时，他等竟无前往，祖师也不查问。这回再不来，未免说不过去了。"话未说完，玄微子接着说道："大哥休怪，上次河中聚会，他三人早在蓬莱岛上对我说了，因采药未了，不克分身，请我在祖师面前禀报一声。这回已约定，在镇江等候。不过你不知道罢了，还来错怪人呢。"正在谈笑，忽见来了一人大喊："快去救人吧，别在此处说风凉话了。"众人抬头一看，大吃一惊。正是：

黄粱梦醒称先觉，仙机妙术少人知。

要问来者是谁，且待下回分解。

第十二回

杭州城二仙救名士
玉峰岭妖狐盗金丹

却说玄微子等正谈江南三侠之事，忽见跑进一人大呼"快去救人吧，别在此处说风凉话了"。众人抬头一看，原来是须菩子。一眼看见玄微子，拉着就走到外边，头也不回，化道金光而去。众弟子不解其意，面面相觑。醉侠韩云心里明白，因对众人说道："你们不必迟疑，他俩去赶要紧的事去了，不久便回。你们就去预备吧，今晚明早要分头往镇江去了。"说罢，和邵九皋同往桂花厅而去。这里众弟子自听了玄微子一套话，俱各谨记在心。

当下明镐吩咐大排筵席，款待众位英雄。桂花厅内备好几席素宴，自然有人照顾。这也不消再提。酒席中间，明镐又问众位英雄，缺少何物只需告诉一声，一边备办。这是明镐细心的地方，恐怕人家大远地到此，倘有个长短不齐的，又不好说，似乎慢待朋友。其实那班侠客做事，思前顾后想得十分周全。又经明镐一提，各人想了一想，齐说不用什么了。当日开怀畅饮，划拳行事，热闹非常。明镐因为内外之事甚多，王超、周霸两个人办不过来，在汴京时已找到李武、薛龙两人，到任之后又挑了马俊、田京、钱禄、赵福四个人，一共八个人在延英园照应一切。这八个人都是忠心耿耿、心地诚实之人，诸事办得十分周全，不用明镐操心的。表过不提。

到底须菩子为何事将玄微子喊走呢？在此交代一番，省得后文累赘。玄微子早先行迹无定，到处云游。近几年来，功行将近圆满，所以寻了个地方驻足，就在雁荡山玉霄峰上。须菩子和他最好的，时常形影不离。他有两个徒弟，一个叫松风，一个叫桐月，留在雁荡山替玄微子看守洞门，不时地也去采药炼丹。每次玄微子出门，总是在洞口画道符，或将拂尘挂在洞口，以防邪魔外道的扰骚。不料这回出门，竟被天台山的一个老狐混进洞内，将玄微子所炼的丹药全行抢去，临走还将松风、桐月给将禁起

232

来。须菩子已知此事，所以拉着玄微子追下来，竟在天台山相遇。玄微子气愤不过，吐出剑丸将老狐狸斩首。不料天台山冲霄洞有位修道的冲霄处士，见老狐修炼多年，心中不忍，用了不少法术将他救活。哪知这老狐记恨在心，投奔贝州，帮助王则为乱。这是后话，暂不必提。

此时杭州有位忠臣，因上本参奏奸臣。仁宗不察，将他降调此处，就是那苏东坡先生。来到这里，气闷不过，看中了妓女朝云，每日行坐不离。又被老狐看在眼内，施法将朝云摄禁山洞。它便化身朝云，想要迷惑苏东坡，吸他元阳，采炼内丹。这苏东坡先生也是天上的衡文星一转，失迷本性，竟上了老狐的圈套。有个高僧佛印，虽看出破绽，只无法术除他。又不能见死不救，无法，成日成夜地诵经拜忏。老狐大怒，这天想要来害佛印。须菩子和他是同门的师兄弟，怎能袖手旁观呢？是以拉着玄微子同来杭州，只将老狐狸的尾巴斩掉，救出朝云，办完之后，才回到滁州府来。一言表过不提。

众人见他回来，都去相问，他便略略地说了一遍。别人都未留心，只有小信陵汪文庆，他本是贝州人，其余的小平原高灿等也是附近几州县的人，已经风闻王则等结交江洋大盗，又借佛教蛊惑愚民，料他居心不善。前几年发生童谣，有云"八目生尊，三教最真。天神为将鬼为兵，不怕武，只怕文"等言，又有"贝州一群虎，怕文不怕武。日夜庆光明，金光立大功"各种谣言。今日又听得玄微子说老狐狸结怨，将来要在贝州报仇，因此甚不放心，便将此意暗暗地告诉明镐，请他问问玄微子，求个解救，以免同罹劫难。明镐答应，一俟此间的事办完，再为请示。

当日用过晚饭，玄微子便对众弟子说道："时机已至，分头动身吧。"晚上便叫华氏三雄同鄱阳湖四侠立即起程，端午日午时齐在江边聚齐，又叫金钱海马袁英等四人暗穿水衣水靠，各藏兵刃，听候调遣。七位英雄立时前往。又对明镐说道，叫他派都督钟师道带兵三千，专等端午日下午围困孔家庄，不准放走一人，兵马使姚知方领兵一千，驻扎凤阳关外，堵截逸匪，其余合城文武，一律严守城池，不得有误。明镐遵命吩咐出去，俱各照办停当。回头请示玄微子还有什么吩咐。玄微子道："一切都是明早的事，你等早去休息吧。"明镐到外边告诉各弟兄，各去归寝。

次日已是五月初四了。清晨，玄微子便出来，叫小信陵汪文庆等一众弟兄前往镇江，在江边一带逡巡，只等明日动手，无论遇着何事，不许多管，看在眼里，记在心里。众弟兄遵命而去。又唤韩韫玉、周侗二人随玄裳尼师伯母，听她调遣。明镐同众弟兄乔装改扮作为赶会的样子，也往江边一带相候。只留下韩天龙和诸云龙二人，等众人走后，才悄悄地对两个

233

人说："如今有件要紧的事派你两人去。今有柬帖一封，藏在身旁，只候端午午时，在金山寺下拆看，照书行事，不得有误。"二人也便去了。众剑仙也就分头动身，各办各的事情前去。这即不提。

单说明镐和张荣、高三宝、钟志英、杨云瑞等五人来到镇江，便走到沿江的一座酒楼，要上去饮杯酒。众弟兄也都觉着腹中空虚，一同登楼。这座酒楼修造得金碧辉煌，可算得镇江第一。楼上横着一幅金漆匾额，上写五个堆金大字，是"江天一览楼"。五人上楼，早有酒保过来招呼。当下拣了一副坐头，正对金、焦二山，随便要了几样肴菜。酒保问明开下去。众弟兄就靠着曲栏杆上，仰观山光，俯瞰江景，觉得胸襟一爽，颇有适意。不多时酒保送上酒菜来，众弟兄入座小饮起来。

正饮之间，猛听得楼梯一阵响，走进几个人来。为首的是个头陀，但见他乱蓬蓬一头黑发直披到眉毛，上束一道紫金箍，有个月牙儿在脑门按定，一双怪眼，两道浓眉，大鼻梁，黑口，穿一件青蓝布缁衣，下拖两只大袖，脚穿多耳鞋，满脸的邪气。后跟五人，一式扎巾武生打扮，一个个狞眉攒眼、恶肉横生，有一派不正的神气。来到楼上，酒保连忙跑过去招呼。几个人也靠栏杆，拣了一副座头，要了许多的酒菜。明镐早已看到眼里，只不则声。这几个人也看着这边的五位英雄，俱各心里会意。但见头陀不管好歹，大酒大肉地痛饮起来。几个人交头接耳，东张西望，似乎是怕人听见的神气。那头陀喝了几杯酒，大声说道："你们就是这样小家子气，有话只管讲，何必鬼鬼祟祟的，叫人气闷。"众人听了他的一番话，仍是低声小语。头陀拍案大怒道："你们这样子，哪配做官呢？我也不是胡吵乱道，要做个国师丞相的，真不稀奇。"众人听他一吵，俱各面面相觑，都说老铁又喝醉了，咱们趁早回去吧，别又闯祸。说着会了酒钱，将头陀架走。临下楼时，又向明镐等瞅了几眼，这才去了。

他等走后，酒保念了声佛。明镐等更明白他等不是好人了。吃喝完毕，会账下楼，又到江边上游玩一番。江岸上有数十只龙舟，皆是彩图鲜明，旗分五色，预备明日斗赛的。来往的商船无数，两岸上的游人说不尽的红男绿女，万人空巷，争来看热闹，扰扰攘攘，融融熙熙。哪知道大好的江山胜景，要变作杀人的战场。众位英雄看了这般情形，十分叹息，然而回天无术，徒唤奈何而已，当日无话。

次日已是端阳令节，大家小户门插蒲剑，案供钟馗，香烛辉煌，氤氲满天。只顾叙明镐这一方面的事，孔直温这边如何布置呢？看官不要性急，一支笔难叙两回的事，只好说了一边说一边，表过不提。再说孔直温，眼看端阳已近，番将番兵都已来齐，各山寨的寨主和水旱两路的英雄陆续都到。当下便请谢明远、王九峰二人主持大事，布置兵马。邀请的一班侠客有郭从周、康为周照应。来了些什么人呢？有铁头僧、蓬莱侠、武当道士、天台叟、薛萝女、红衫客、葫芦老人、玉面哪吒韩鼎州、铁蛋子朱飞、神针慈云尼等二十余人，专为对付一班侠客的，别的事一概不问。番将萧洪宝、萧洪球带领三千番兵，分扎金山左右，打扮得和中原人一样，等闲哪里看得出。镇江府合城文武官员，都被孔直温买通好了。到起事这天，将四门紧关，不放民人出入，分派六千喽兵，打看旗号，攻打各县，得手后杀奔金陵。只要占了金陵，江南各县非宋所有。预备就在金陵建都，创立国号。此际所不放心的，就是明镐等一众英雄，料他镇守滁州，这镇江各属是管不到的，因此明目张胆地为所欲为。

初四的那天，他已来到镇江，就在府衙内暂避。府衙客厅，权当军机处，发挥号令都在那里施行。到底山寨的喽兵们野性不退，来到镇江之后，每日三五成群，各处乱跑，闹了不少的乱子、奸淫妇女等事，不一而足。知府张德一便和孔直温商量，叫他约束手下的人，不可在外惹事，致生意外。孔直温虽和各寨主说了几遍，无奈人多势众，哪里管得了许多，渐渐地发生抢劫明火。当时百姓们觉得今年比往年来的人多，许多的异言异服、稀奇百怪的人，料非好事，有明白的预先搬家奔避。城里城外住满了人，各客栈里早就满坑满谷，拥挤不下了。到初四的那天，更不对了，来的人如潮水一般，客店无处住，也有在庵观寺院下榻的，也有暂借民房的。后来实在无处可住了，夜间便在城上及商店檐下睡了。

端午的那天，正在比赛龙舟，十分热闹之际，忽然四门紧闭，黎民百姓不准入城。两下的剑仙侠客在焦山顶上争斗起来，众英雄也就动手。曹招讨使所带领的官兵，一半在城里，一半在金、焦二山之下，也发作起来。孔直温听说已经起事，早派了许多的探马，遇事快报。等时镇江城天翻地覆，江溃山崩，大乱起来。正是：

只因希图争大宝，无辜百姓又遭殃。

要问胜负为何，以及剑仙侠客谁强谁弱，众英雄如何杀贼，都在下回交代。

第十三回

金山寺外妖道授首
留仙洞内巨凶就擒

　　却说明镐等一众英雄听说城内已经动手，立时也就发作起来。金钱海马袁英、混海泥鳅朱亮、水底蛟龙刘通、火眼江猪于凤翔等兄弟四人换好水衣水靠，听说江内挂红旗的船只都是贼船，上有逆贼的水军，他兄弟四人钻到水内，前去迎敌。一会子听得哭声震地，鬼哭神号，许多的黎民百姓四散奔逃。后边的好多喽兵追杀百姓，不住地大喊说是："各山寨的英雄全都到此，众百姓赶快在门口插旗降顺，否则格杀勿论。"一面喊一面杀，乱抢乱夺的毫无纪律。霎时看见一队一队的官兵，各有将官带领，截杀盗匪，也不知是哪里来的。原来却是曹伟派来的一万精兵，城内一半城外一半。此时众贼人不意官兵从天而降，各顾性命逃走，哪里还敢迎战。此际城内已由曹招讨使占据，知府张德一惊得手足无措。孔直温见势不住，已经逃窜。曹伟下令四门紧闭，搜杀逆党，直杀得镇江城内死尸山积，血流成河。贼人中略有点儿本事的早已越城逃走，江边上众位英雄拦截厮杀。

　　无巧不成书，追魂太岁马刚和了尘僧、小算子任元、神偷手何九明、飞镖姚广明、金眼佛慧明等由城内杀出，打算由水路逃奔到苏州去。刚出了城门，正撞见华氏三雄。华元一声大喝："逆贼哪里去？还不束手就擒吗？"马刚一听，吓得魂灵出窍。当有了尘、何九明、姚广明等迎住厮杀，贼人心慌意乱，如何还能迎敌？何九明被华元一刀杀死。了尘也被华坤砍去半个头颅，眼见归阴去了。姚广明左腿中了华方的袖箭，一瘸一拐地跟着马刚等向江边飞跑。华氏兄弟不舍，紧追相随。不料迎面来了明镐等众人，将他等围住，一阵乱杀。马刚和任元被擒，交给杨云瑞和钟志英二人，押送城内大营去，回头到金山下会齐。姚广明被张荣一刀劈个两半。慧明僧被高三宝削去左臂，跳在江内，冒了两冒，大约也就呜呼。后边华氏三雄追到，见了明镐，会在一处，就往金山脚下杀来。

远远地听见杀声震耳，众弟兄飞跑近前，原来是小信陵汪文庆等正和贼人厮斗，死尸也躺了不少。华氏三雄一声大喊："贼子休得猖狂！飞龙岛的英雄到此。"说着蹿到里边。明镐等也杀入重围。不亚如一群猛虎，只见刀枪齐举，剑铜横飞，真正沾着就死，碰着就亡。直杀得一班贼众只恨爹娘少生了两只脚，跑的跑，伤的伤，等时了结。众位英雄血透衣衫，仍是精神抖擞，还要往各处搜杀。当由明镐阻拦道："穷寇莫追，我等稍微歇息歇息，再往焦山去，看看师伯等胜负如何。"众人点头答应，同到金山寺而来。

　　刚到山门口，看见韩韫玉和周侗由厅里走出，便问外面如何情形。明镐便将杀贼之事约略说了一遍。问他怎的在此，玄裳尼师伯母等在何处呢？韩韫玉笑道说："说来好笑，我随师伯母及舍妹等来到这里，本打算去帮助你们厮杀。不料刚到山下，遇见两个道士，意思是要调笑舍妹。她那种脾气如何受得住，便和道士相骂起来。哪知这两个老道竟会邪术，要非师伯母在此，当下还要吃他亏呢。他俩施展出纸虎豹、纸人、纸马种种妖法，全被师伯母指破。后来知道遇见对头，想要逃走。被舍妹和杨贤妹吐出剑丸，等时了结。我和周贤弟过去一看，在身上搜出许多印信来，什么大王咧、皇帝咧、将军咧、军师咧，足有十几个，还有几支令箭被我抄出来。"说着，掏出来递给明镐，又说，"我看这两个妖道，定与逆贼同谋，但是不知姓名。"明镐大惊道："据此说来，别是谢明远和王九峰两个混账东西吧，果是他俩，再好也无有。"张荣道："我认识两个妖道。"高三宝也说认得。韩韫玉拍掌道："这就是了，定是他俩无疑。未动手时，曾听舍妹说这两个老道似乎见过一面，一时想不起来，因此多看了他两眼。不意他以为有什么心思，所以趁势进前调笑，哪知就此送命。是他不是他还未一定，不妨上去看个明白。此时师伯母与舍妹等已到焦山去了。"说罢一同回头，来到二层山门牌坊下。韩韫玉用手一指，说："就在那边。"众弟兄一看，有几个和尚正在搬尸首哩。众人紧走几步，跑到近前一看，果然是谢明远和王九峰。明镐大喜，说声："谢天谢地，报应分明。"

　　几个和尚同三五个香火道人，正在埋怨，心中不快活，忽见明镐等跑来说出这几句话，疑惑是明镐等害的他，又见众人浑身血迹，各带兵刃，以为不是好人。有两个胆子小的，一溜烟跑到山上去了。众人见了不解其意，正想要问，忽见山下跑来一人，身穿水衣水靠，怀抱峨眉双刺，跑到人跟前喊声"明大哥"，这才听出是水底蛟龙刘通的声音。原来这水衣是包裹身体，连头带脸都蒙起来，只剩两只眼睛，况他又浑身烂泥，真像个水鬼，怎的认得出来呢？明镐知是刘通，便问水中之事若何。刘通道："所有的贼船全都钻毁，杀了不少的水鬼喽兵，生擒了十七名首领，现在江岸大船上。袁哥叫我来问问大哥，这些人怎样交代。"明镐闻言，便对众弟兄说道："如此，咱们下山去看看吧，顺便把贼人交给官营看管便了。"说着，同到山下。

杨云瑞同钟志英也回来了，据说："将马刚等送到府衙，当由曹招讨使传见，问俺俩城外的情形，约略地对他说了一遍。他说城内业已肃清，两名番将俱已生擒，现押府牢。三千番兵死的死亡的亡，生逃者不过数人。而今只有三路的伏兵尚未归队，大约就要回城交令的。只有孔直温在逃，还有一班余党未获。叫俺俩带个口信来，注意查那首犯要紧。"杨云瑞说完，明镐心下迟疑，孔直温料逃不远，究竟藏匿何处，一时颇难就获。当下众弟兄边走边说，已到山下。忽见山旁转出一队官兵，押解着许多的贼犯。明镐等过去一问，知道是曹招讨使部下，左卫将军、平西王高文灿，奉将令带领一千精兵，埋伏在金山下截杀逃匪，是从那条路上跑的皆已斩杀净尽，生擒活捉者无数，现拟回城交令。明镐打听明白，便将袁英等所擒的十五名水寇，托他同解大营交割。高文灿也知明镐是奉密旨，与曹伟同办此案的官员，当时派兵将船上的水寇重新绑好，押回大营去了。

明镐见诸事办理妥协，众弟兄都到一处，查点起来，只不见韩天龙和诸云龙二人。临动身时，见玄微子唤他二人，必有事故，也就不用寻找。袁英等弟兄四人已在船舱内换好衣服，一同上岸，大家便商量要到焦山上去看斗法，都愿前去。正要动身，忽见几道金光落在眼前。大众一看，原来是江南三侠同邵九皋。那江南三侠是谁呢？就是前集大破三清观的老侠客，一个是风中侠方伯龄，乃是小侠诸云龙的师父，一个是云中侠葛熊，一个是电中侠周志如。众位英雄全都认识，俱各过来行礼。三侠一一招呼过，邵九皋便说道："现在你等之事想都办理清楚，两派相争已分胜负，回去再说吧。玄微子师兄曾说吩咐明镐贤侄进城去见曹招讨使，禀报一切，回头赶快回滁州去，因为还有许多要事等你回去办呢。留几个人，押解各犯，一路小心。其时韩天龙、诸云龙二人另有公干，不久也回滁州，各伯师兄师弟们都各四散回山了。"明镐听罢，便托韩韫玉及华氏三雄几人，陪着江南三侠及众弟兄同到滁州去。他自己便带着张荣、钟志英、高三宝、杨云瑞等四位弟兄前往镇江府衙，去见曹招讨使。见面之下，自然互道寒暄。曹伟便说首逆在逃，仍当严缉归案惩办，所有查抄逆产及擒拿孔贼的眷属交明镐去办理，一俟诸事办完，再行启奏，镇江善后事宜，奏请圣旨定夺。商量好，明镐便提出马刚一众贼犯押回滁州，暂且不提。

238

单说韩天龙、诸云龙二人，奉了玄微子之命，来到了金山游玩了一遭。时近午时，取出柬帖，拆开一看，上写着："字谕天龙与云龙：金山古洞候元凶，申未交时贼必至，认清面貌立奇功。"二人看罢，是明白叫他俩捉拿孔直温，立此大功。诸云龙喜得手足舞蹈，看那韩天龙却是低头不语，似乎心中不快活。诸云龙不解其故，因问他道："韩叔父为何心中不快，这件功劳非同小可，你别错会了意。"他道："什么功劳不功劳，人家全去大杀一阵，热热闹闹的，咱俩偏要到这冷清清的地方去，闷也闷煞人了。"诸云龙笑道："叔父你真呆了，哪见得那里冷清清的呢？其实那里比山下还有趣，你不信跟我去看。"说罢拉着他便走。韩天龙便道："你不要骗我，上面写着什么洞咧，我是最怕那种冷静的地方。成年成月地见不着人，连鬼也没得，还热闹他娘个屁。"诸云龙拉着他跑了半天，远远望见那洞前，游人不断。更指给他瞧，道："你看那不是吗，怎说无人呢？快随我来吧，有趣得很呢。"他诧异道："不信这里的山洞也会有人来，怪不得人多了。"

两个人来到洞前，只见门上刻四个大字，是"留仙古洞"。洞门有两个和尚坐守，有往洞里去玩的，给和尚几个钱，买一箍香和一支小蜡烛点着进去。诸云龙悄悄地告诉他道："此时尚早，俺俩去洞内等他吧。"韩天龙道："黑洞洞的，嫌闷得慌。"诸云龙道："柬帖上说是到洞内擒他。如不遵行，他要跑了，咱可吃不起。"他道："扯个谎，就说未见着，谁来对证呢。"诸云龙笑道："叔父别瞎说了，祖师早已算就，丝毫不会错的，怎能瞒得了他老人家？趁早快进去。"他也笑道："和你说着玩的。"

当下二人也给了和尚几文钱，买了两份香烛，走到洞内。只见墙壁上插着好多的香烛，烟气呛人，一似进了痨病院般的，咳嗽之声接连不断。二人见了好笑，弯弯曲曲地走了半天也无走到尽处，一时宽一时窄，转弯抹角，深一脚浅一脚，高低不平。韩天龙走得不耐烦起来，拉住诸云龙大喊道："上了你小子的当，赶快带我出去！我怕塌下来，不是压死也是闷死。"正说着，一伸手捞个空，急喊："你小子跑到哪里去了？"听见他在里边笑，看又看不见，立时追过去，一不留神绊了个大跟斗。正是：

欲立奇功入古洞，黑暗世界眼难睁。

要问后事如何，孔直温是否前来，且等下回再叙。

第十四回

解要犯再试登云帕
抄逆产同往孔家庄

却说诸云龙正在洞内戏耍韩天龙，见他绊个跟斗，怕他着急动气发起蛮性来，连忙过来将他扶起，笑道："叔父不要性急，再往里去还好玩呢。"他发急道："你小子再敢去，我就把你的脑袋揪下来，看你还顽皮不。"诸云龙见他发急，便道："叔父别动气，我不去了。"他道："你小子真可恶，嘴里说不去，你还要跑的。"说着，一把抓住他的脖领，"看你再跑。"诸云龙央求道："好叔父，快放开我吧，我不跑就是了，叫人看见成什么样儿。时候不早，咱要预备了。"他这才松开，说道："别胡闹了，干正经事要紧。"

正在说着，忽见外面跑进几个人。原来由外向里望，看不见什么，由里向外望，却看得清楚了。但见这几人不住地东瞧西望，似乎是很急迫的样子。他俩便躲在转弯的地方，听得有人说："真险哪，要不是跑得快，定然遭擒。不意官兵猝至，也不知是从哪里来的。"又有人说："不必说了，还不是坏在两个妖道身上吗？今见事急便先跑了，似这等人养他何用。费了多少心机，花了多少金银，到头落个有家难奔，有国难投。提心吊胆的，又到何处存身呢？"说着，长叹不已。韩天龙听了，知道定是那班逆贼，无奈他不认识。诸云龙看了半天，才认出孔直温的面孔。绕到身后，只一腿将他踢个跟斗，过去一手按头，一手按腿，不让他动。韩天龙见那几人掣出兵刃来将要动手，这洞内十分仄狭，难以交手，便用得障眼法儿，把几个人遮住。诸云龙早将孔直温捆好，挟在胁下，飞跑出洞。韩天龙紧跟出来。

走到洞外，再看已经无人。原来都听说山下大战，不知为了何事，便各跑回家去了。这一来，却称了韩天龙的意。刚到洞外，听得里边喊嚷，大约是要追出来的。诸云龙急道："叔父，这怎好呢？"他道："不要紧，略施小术，把他们关到洞里再说。"说着，只见他在洞门画了几画，嘴里咕念了几句。说也奇怪，等时听不见声音了。诸云龙道："咱们怎样走法呢？"他道："更好办了，驾云走吧，又快又稳当，还不怕劫差事的。"说着，掏出一块手帕来，铺在地上，便叫诸云龙将孔直温也提上去。他也上去，念了两遍咒语。眼看悠悠起到空中，一直向北，展眼之间，已望见滁州城。韩天龙道："咱到延英园再下去吧，省了费事。"霎时，已到府衙。他便喝声"下"，但觉轻轻落地，毫无声息。

此时园内只剩下钱禄、赵福两人，王超、周霸等已随明镐往镇江未回，留他两人守门。韩天龙等提着孔直温来到桂花厅内，赵福听见人声，跑来一看是他二人。诸云龙便问："可有人回衙？"他道："一个也无回来。钟都督来了几次，要见大老爷，我等回他未曾转来。他甚着急，说有要事请示，问他他又不说给我们。不知大老爷可要回来吗？"诸云龙道："你就吩咐出去，伺候着吧，马上就到。"赵福闻言，立即传出话去。果然，不到一刻，明镐等大众弟兄，押解人犯来到衙门，将各犯分头看管起来。便到花园，一进门，看见韩天龙笑嘻嘻地立在门口。明镐问道："你怎的倒先回来了？诸云龙在哪里呢？"他道："俺俩一同回来的，现在厅内看着案子呢。"明镐闻言不解，暗想案子应交监牢，此地乃是款待宾朋的地方，怎的押起案来？及至里边一看，却是首逆孔直温。这一喜非同小可，便夸奖道："果然是贤弟能办事，立此绝大的功劳，怎样捉住的？"韩天龙便将各事说了一遍，又指着诸云龙道："这小子真顽皮，闹得我昏头昏脑。"众人大笑。明镐便唤王超、周霸，叫他将孔直温押入府牢，加上镣铐，小心看守起来，这是钦犯，须要留意。王超等答传出话去。

这时候，华氏三雄等陪着江南三侠、邵九皋以及众位英雄齐到府衙，明镐等迎入。行礼已毕，诸云龙急忙过来给师伯、师父等叩过头。三侠甚喜，又拜托明镐一番，自有一番的照应。正在吩咐排酒之际，忽见王超进来报道："今有本府都督钟师道钟老爷求见。"明镐刚要推托不见，江南三侠齐道："既有公事请见，必有要务相商。就去请便，别耽误公事。"邵九皋也说他："三人一时也不走，彼此自家人。已有众位贤侄相陪，还愁寂寞吗？再说这两天公事是多的，就去见吧。"明镐道："恭敬不如从命，几位老人家的吩咐，小侄去见他便了。"说着，就叫王超请钟老爷外客厅相见。

当下会见钟师道，听他说："来过三次，未见尊府，只为孔家庄抄查逆产之事。孔逆的家属皆已就获，抄出金银珠宝无数，一一加封落簿，以便查核，一俟抄录清楚，再为呈报。只是逆贼的佛堂内暗设机关，据他家人说，内藏宝物甚多。此外还有夹壁墙、地窟、水牢、地道、暗室好多机关。在夹壁墙抄出良家妇女四十七名，地窟及水牢只有十几具死尸，别无一物。有两个亲兵误入佛堂，触动机关，竟被铡刀一铡两段，因此无人敢进去。现已封锁，专候尊府示谕。"明镐听罢，便说道："贵督为国努力，其功非小，只俟奏明，钦加升赏。所有出力的各员，亦请查明转知。此际只派乡兵将庄围住，无论何人，不许放入。其余人马，即令归队。本府稍暇即当前往查看的，一切偏劳之处，容并道谢吧。"钟都督谦逊一番，这才告辞而去。暂且不提。

再说明镐送走钟都督，回到桂花厅，便将孔家庄机关伤人之事说了一遍。回头便向邵九皋深深一礼，口称："伯父，仍须助小侄一臂之力，以平逆巢。"邵九皋笑道："这点儿小事也值得施礼打躬的吗？明儿老朽陪你们走一趟便了。"明镐大喜。等时排上筵席，江南三侠同邵九皋一席，众位英雄分坐四席，各席上敬了酒，又说了许多道劳的话。众位英雄也就谦让了一番，俗文简断。

当下酒过三巡，菜上五味。明镐便请示江南三侠，此次在焦山比剑，胜负如何。风中侠方伯龄叹道："此次争斗，比上两番愈加厉害了。各以性命相扑，敌方实力不弱。若非霹雳生的孤掌鸣雷和铁笛仙的神笛，几遭失败。就是那样，两下不过杀个平手。后来玄裳尼到了，冷不防放二十四支神针，才射伤他三五人，转败为胜。两边都有受伤的。他那边最厉害的要算铁头僧所练的金刚禅法，虽说是左道邪术，经他苦功修炼，以假成真。红衫客的剑法，也算是超等。武当道士竟能一身练出三支剑来，叫人难防。初交手时，不过和我们一样，吐出剑丸，宛似一道长虹。哪知争斗得难分难解，忽然见他两鼻孔又哼出两道剑光来，幸亏须菩子功候深，不然谁也吃不住他。就是这样，你师父凌虚子左脚被他削去一条肉，通幽子右臂也略受伤，他几人最奋勇，所以吃了亏。不解那韩醉侠功夫练成这样高，就看他那剑光，差不多也要退避三舍。大凡一班剑侠的剑光，只有黑、白、红几样光彩，炼成黄色已非易事。不料老韩的剑光竟成金色，辉煌耀目，宛如游龙。不要说同门中人称羡不已，就连敌人那边也是十分佩服。总而言之，此番侥幸得胜，终究还要报复的，这冤仇是解不开的了。"说罢，长叹不已。众位英雄也是担心，这也不消说起。

当日酒阑席散，鄱阳湖四侠定要告辞，前往浙江访友。明镐再挽留不住，只得送了一程。金钱海马袁英拦道："明兄不必远送了，不久还要前来的。"明镐只得回衙。杨云瑞又送了一程。混海泥鳅朱亮说道："送君千里，终须一别。我等不久要到汴京的，从此路过，必来拜访的。"当下各道珍重而别。

明镐回衙，更换公服，坐堂问事。将马刚等带上来，问了几句，也都招认。又将十五名水寇及许多的从犯带上堂来，问了一遍，也都供认附逆为乱不讳。刑房书吏录了口供，各令画押，吩咐钉镣收监，分押各牢，严加看管。此时钟都督已派人将孔直温的家属解到，明镐吩咐带上堂来，审问一过，也便分押起来。然后才带孔直温上堂，只见他垂头丧气，攒眉苦脸，有一种说不出的难过。明镐把惊堂木一拍，大喝："逆贼胆大妄为，竟敢勾通外国，谋乱起事。今日被擒，还有何说？"只见他微微冷笑道："谋事在人，成事在天。胜者王侯，败者贼寇。左右不过一死而已，还有什么说的。明镐哇明镐，你为何处处与我作对？今生今世斗你不过，咱们来世再见吧。"说完，坐在地上低头不语。明镐因他是钦犯，恐怕皇上要提京审问，故此也不便难为他，就叫狱卒把他带下去钉镣收监。又嘱咐狱卒道："孔贼乃是钦犯，加意防备，不可疏忽。"分派已毕，立即退堂。

又将办理此事的前后情形，起了草稿交给刑名幕友，拟具本章奏明皇帝，候旨发落。诸事办毕，来到桂花厅，陪着江南三侠和邵九皋及一班弟兄们谈谈笑笑，十分快乐。次日华氏三雄告辞回了飞龙岛，江南三侠也便动身，要到河北去访友。明镐一一送出衙门，回头吩咐打轿前往孔家庄。邵九皋及众英雄俱各骑马，展眼便到。早见兵马使严立近前相迎，明镐下轿，问了严立几句话，然后带领众家弟兄进了庄门。

只见孔直温这所宅子十分宽大，大门比府衙头门还要高大。走进去，左一层大厅，右一层大院，竟有十几层。有人说孔直温的住宅好比紫禁城，却非夸口。各层厅房，都是明三暗九的格式，白石台阶十三层，两旁回廊曲径，真似金銮殿。明镐见此光景，暗说如此豪富，天下少有，怪不得要想为乱呢。及至来到佛堂，门口有兵把守，果已封锁。明镐吩咐扯下封条，将门开放，回头笑向邵九皋说道："这件事全仗老姻伯相助了。"邵九皋笑道："老朽理应效劳。"说着，便走进去。明镐在前，众弟兄随后鱼贯而入。但见这佛堂修造得金碧辉煌，佛像庄严，从殿基到屋脊足有三丈多高。正中莲座上的一尊佛像还是坐着的，头顶直冲屋脊。那莲花座有一丈二三尺高，朱漆莲花瓣，一片一片张开来，每片和门板一般大小。香案硕大无朋。佛像两旁排列许多的金漆的木龛，龛内有五百多尊阿罗汉像。一盏琉璃灯高挂，抬头一看，上面是画梁雕栋，墙上画满了佛像，真是工程浩大。正在观看之际，忽听邵九皋咦了一声，众人俱各大吃一惊，齐向他观看。正是：

过眼繁华如梦幻，有谁猛醒食黄粱。

要问后事如何，且看下回分解。

第十五回

探佛堂双侠得宝剑
施诡计群阉换文书

　　却说邵九皋带领明镐等一众英雄，正然观看佛殿。忽听邵九皋咦了一声，便将佛座下莲瓣用力一摇，等时让出一个洞口来，里面漆黑，深不见底。回头吩咐从人，点起火把来。只见他右手执剑，左手举着火把，弯着腰向洞门里走去，明镐、韩天龙紧跟随入。韩天龙也拿着火把随着邵九皋，也是保护他的意思。邵九皋回头，见他高举火把，照得洞内通明，心里知道他意思，便向他一笑，倒笑得他不好意思起来。幸而只有明镐随入，并无别人，不然又得让他们嘲笑一番。明镐是光明正大，毫未留意，哪知道他这闲事。

　　走了几步，只觉凉气袭人，脚下一步低似一步，好像是很平坦的石阶，三十步外才是平地。更行数步，看着一个石门，双扇紧闭。四下一望，周围足有两丈多，四四方方的，只有面前石门，别无别路。邵九皋仔细看了半天，不住地长吁短叹。明镐和韩天龙不解其意，面面相觑。明镐上前问道："老姻丈有何为难之事？莫非此处机关难破吗？或有别故呢？"邵九皋叹息道："要说机关并不难破，只不过看见此处一切的布置，触动了老朽的心事，故而为此。贤侄不要误会，慢慢再详细告诉你吧。请你将韩韫玉及张荣、高三宝等三位请进来，帮助老朽动手。其余且不必来，诚恐人多触动机关，必要伤人的。"明镐答应，出洞见了众位弟兄，说明缘故，便喊韩韫玉、张荣、高三宝各执火把，帮助邵老丈破此机关。

　　三个人应声而入，来到石门前。只见邵九皋伸手在门旁推按几下，霎时石门开放，里边射出灯光来。明镐等以为里边有人，不然点灯做什么呢？邵九皋笑道："此处暗室内藏宝物，必得点着灯，才能出入方便，一定无人的。一切的机关十分灵巧，只要不触动它，绝不妄发的，你们放心吧。"几人听了，这才明白。留神一看，这间地室堂皇高大，仿佛是极宽大的厅堂，横直穿心都有三四丈。四围上下装饰得耀睛夺目，照彻通明，与白昼无异。正中放着一张花梨八仙桌，茶几圆椅无数。下手放张紫檀的木榻，幔帐高悬。左首八扇屏风，房角似有暗门。四围墙壁都是光滑白石，看不出有何机关。

邵九皋走到房角，用手一推，只听得哗啦一声，又露出个洞门来。进去一看，大料和外间相仿，不过略小。上首多了个雕花的佛龛，垂着幔帐。龛前花梨木的香案，案上香烛蜡台之类不一而足。邵九皋端详了一遍，立时蹿上香案，用剑尖撩起幔帐一看，里边供着一尊石佛，约莫有五尺多高，光头赤足，立在一朵石刻莲花上，旁边空洞洞的一无所有。见他进龛，将佛头一搬，眼看着这佛龛向旁边移动，露出一个月牙式的洞口来。用火一照，内里有只木箱。一伸手拉出来，这只箱子长有三尺，宽有尺半，上有三把金锁。当时削去锁簧，打开一看，又有四只小箱子、两只长匣，大料里边必是贵重之物了，便都交给明镐。说道："暗室已尽，别无机关了。"

明镐当着众人打开一看，有盟单、名册、各种契约，连与北国私订的图书也在其内，和朝廷上文武官员来往的密函，不计其数，一只木箱装得满满的。明镐对众弟兄说道："这是要紧的证据，将来奏明皇上，以此为据和北国讲理。他不应该暗与逆贼勾通，扰乱中原，看他有何话说！"说着，又打开那三只箱子，见里边全是些珠宝玉器之类，都是价值连城、世所罕有的宝贝，明镐也一一封点起来。

再把两只长匣打开一看，乃是两柄宝剑。众位英雄见了此物，俱各特别注意。剑鞘花纹斑驳，大约年代久远。掣出一柄来，但见寒光照眼，冷气森森。不用试验，定然锋利非常。再看剑柄上刻着古篆两字，仔细辨认原来是"干将"二字。明镐大惊道："不料这逆贼竟得了这样的宝物，无怪他要为乱呢。"张荣接过去看了一遍。韩韫玉也看了说："此剑却是真的，不要说那一柄一定是莫邪了。"明镐打开看时，果然是莫邪剑。当下望着两柄宝剑，想了半天心思，仍将两剑入鞘装在匣内，连四只木箱一同拿到洞堂。众兄弟迎着，问起暗室之事。明镐略讲一遍，说声："我等回城再说吧。"又把兵马大使严立喊过来，叫他仍将佛堂封锁起来。其余逆贼的仓库派兵守好，单等朝廷派人来查收。严立一一遵命。明镐又叫王超等将六只木箱放在轿内，请邵九皋回衙。

当日回到衙内，韩韫玉见诸事已经办完便要告辞，明镐再三相留，坚执不允，后来留下周侗，这才回转鸡鸣镇。晚上明镐又修本章，将查抄逆宅搜出盟单、契约、图画之类一一奏明。末叙抄出宝剑两柄，本应存库归卷，唯查现在副统制张荣、高三宝等尚无称手的兵刃，恳乞天恩将剑赐予该副统制，以便杀贼立功等语。当夜修好，便派折差送往汴京去了。哪知这一来不要紧，几乎闯出塌天的大祸。

你道这为何？原来是奸臣夏竦自那日听说镇江起事失败，番兵番将俱已被擒，孔直温也被明镐所获，一败涂地，吓得他屁滚尿流，行坐不安。自己因为从前和孔直温密密来往，连这番为乱他也通敌合谋，倘若追究起来，应有灭门之罪，所以非常担心。那天请了丁谓、陈尧叟、孙秀等一般同党奸臣，商议如何设法可免连累。丁谓道："此事闹得太大了，一时怎好遮掩。为今之计，只有买通内侍，暗探消息，一面请求他等设法，或可隐瞒，如能销毁证据，再好无有的，除此哪有别的法子。"陈尧叟也道："此计甚善，闻得圣上办理此事非常严密，除二三人外，朝臣一概不知。他们奏章又系密封启奏，谁敢拆看？内容不得而知，如何下手呢？"夏竦听了两人的言语，想了半晌便道："如此，就依了公之计，办办看。"当下命人去请内宫的总管任守忠和内侍押班江德明火速到府议事。家丁领命而去。

不多时，任守忠和江德明陆续到府。此时丁谓、陈尧叟、孙秀等还未回去。当下相见，就将此一说，请他二人设法。任守忠道："这件事可不大容易，主子近来对我们十分冷淡，每逢谈到朝中大事，便将我们打发出来，所以一点儿风声也不知道。"江德明道："现在主子只信张贵妃的话，除非买通了她，或可下手，不然是难办得很呢。"夏竦道："张贵妃那边也有联络，和总管史昭锡十分契厚，将他请来试试看吧。不过这件事咱们都有关系的，一个弄不好，全要吃苦头的。"几个人听了，默默无言，便又派人去把史昭锡请来和他一说。不料他摇摇头，不敢答应。夏竦便真急了，拿出黄金千两、明珠十双送给史昭锡，说是："些微的小意思，请总管收下，事成之后仍要重谢的。"他推辞道："这事还未办，怎能受此礼物。不是我不肯为力，实在是不好办。这样吧，礼物我不敢收，咱家看着办吧。如办得成，你也别喜，办不成，你也别烦，咱家尽力而为就是了。"说罢，告辞回宫。夏竦又说了许多拜托的话，到底派人将礼物给他送了去。陈尧叟、丁谓也就告辞，任守忠和江德明也回宫去了。临走的时候，几个人又约定，谁得了信，谁要通知大家，每天晚上在夏竦的府内会齐，俱各答应，分头去了。

从此之后，夏竦每日提心吊胆，如坐针毡地过了几天。派出去探事的家丁，接连不断地回来报告说是："曹招讨使已经拜本来京，所擒捉的番兵番将都已招认，说受国王所派来助孔直温的，还招出勾通朝中的官员来，因事关秘密，打听不出有谁。"夏竦听了，更吓得毛骨悚然。又听滁州来的家丁报说："孔直温被擒，家产查封，抄出好些书信证据。明镐过堂讯问孔直温几次，全都招认。明镐拜本来京，启奏圣上请示办法。"夏竦听了，直跳起来。一连请了史昭锡几次，总说无工夫，未曾前来，他更急得走投无路。当晚陈尧叟、丁谓、孙秀等都来打听消息，任守忠、江德明也来了。夏竦便将两下的报告说给几个人听，他等也都着慌了，一时都无主意。任守忠回宫把史昭锡拖了来和他商量。史昭锡便说："咱家今儿看见了明镐的本章和许多的书札，主子总是不离手地看，咱家偷偷立在主子背后，草草地看了几句，说孔逆勾通北国，私结朝臣，只无看着名字。主子今晚就在庆宁宫歇驾，不时地看那本章。你们想个法儿，怎样办呢？咱家如能办得到，无不尽力的。快着办吧，咱家还要回宫伺候主子去，一切就请任总管给咱家个信，可以办的，一定遵命就是了。"说罢，告辞回宫去了。

当下，夏竦等思来想去，直到半夜，丁谓才想出个偷天换日的法子来，就是假造一封信，换出他等给孔直温的信来，只要数目不缺，仁宗一时也看不出来。陈尧叟会仿写石介的字，写出来一般无二。便叫他写封信，就说已和富弼商量好，请北国发兵，一来可以害了富弼，二来可以换出他们的书信。急忙办好，当夜由任守忠带进宫去，交给史昭锡，叫他等仁宗困着了，悄悄寻出书信调换出来，许他黄金千斤、白银万两。史昭锡一时利令智昏，竟上了他们的圈套，依法照办将信换出交给任守忠。任守忠立刻去见夏竦，果是他们写给孔直温的信，如得重宝一般，立时用火焚化。一块石头落了地，以为千妥万安，单看处治富弼了。

第二日天明上朝，仁宗将明镐的本章交给文老丞相阅看，又将那些盟单、书信等一一阅看。忽然发现石介给孔直温的一封信，抽出来一看，乃是富弼约结北国动兵的事。当时龙颜大怒，即将富弼宣上殿来，把书信掷给他，叫他看看。富丞相不知何故，拾起信来看了一遍，不由得吃了一惊。仁宗见他迟疑，更以为真，喝令侍卫将富公的冠带摘卸，传旨推出午门斩首。早有余靖、赵抃、欧阳修、范仲淹等一班忠良保奏。仁宗怒道："似此大逆不道，岂能容得？莫非尔等同谋吗？"一句话说得忠臣闭口无言，不敢保奏。文老丞相也便跪求，仁宗不准，说是这样弥天大罪不加重惩，别的事就不要办了。正要将富公推出去，忽听一声大喊"刀下留人"。正是：

　　　为忌奸邪遭毒计，含沙射影害忠良。

要问来者是谁，且看下回分解。

第十六回

造假旨明镐进汴京
闯宫门贤王闹法场

却说仁宗正要将富弼问罪，忽见班中闪出一人，口呼："万岁，刀下留人！为臣有本启奏。"说罢，跪在金阶。仁宗闪龙目观瞧，乃是龙图阁待诏包拯。仁宗问道："包卿有何本章，当殿奏来。"包拯跪爬半步，口呼："万岁，那富弼身犯何罪？竟要将他斩首。"仁宗道："他勾通反叛，私约北国动兵，还不值得斩首吗？现有证据在此，包卿拿去看来。"说着，内侍把信递给他。接过来反复看了两遍，极极冤枉。仁宗怒道："这封信明明写着他去请兵，还冤枉何来？"他道："万岁请看，这信是石介写的，况那石介早已身死，分明有人假造的，请万岁详察。再说富弼身为宰相，富贵已极，可说一人之下万人之上，他还求什么呢？以时势而论，总让再糊涂的人，绝不肯和反叛来往的。请万岁明鉴。"奏罢，叩头下去。

仁宗闻听此言，沉吟不语，又将那封信看了两遍，心中也犹疑起来。夏竦等一班奸臣见此光景，生怕仁宗追究起来。夏竦立时出班奏道："为臣启奏万岁，那石介是富弼的门生，素来十分亲热。况那石介真死假死尚在两可，不妨开棺相验，便可水落石出。"话未说完，只见礼部尚书薛奎奏道："富弼忠良，屡为群小所忌，此次又以毫无根据之事来陷害他。老臣情愿以一家担保，那石介实在已死。请万岁降旨，赦免富弼无罪，国家幸甚，臣民幸甚！"仁宗听了他等言语，一时也难对付，传旨暂将富弼押在天牢，一俟查明，再行赦放，一面派工部尚书杜衍去将石介的家属押解来京，如实不得已，只好开棺相验。杜衍领旨出京。当即退朝回宫，暂且不提。

再说夏竦等几个奸臣见把富弼押在天牢，十分欢喜，便又商量别计。当日与陈尧叟、丁谓、孙秀、任守忠、江德明、史昭锡三个大臣三个太监聚在一起。夏竦说："这件事不大妥当，那明镐是富弼的门生，闻知此言，定要代他分诉的。倘若他那里留了底稿，一时查出来，恐怕不大稳便。"

丁谓想了半天，跳起来道："一不做二不休，搬倒葫芦洒了油，俺们要不赶快想法子，等到明镐入京，必受其害。大家想个法子一网打尽，省得将来坏事。"陈尧叟道："我想明镐既是富弼的门生，做事又非常精细，倘他真有案底，一朝发现，追究起来连累多人，这便如何是好呢？"史昭锡听了，十分惧怕，深悔上了他们的当。

丁谓道："如今有个法子，如果办成可以一劳永逸了。"众人忙急问他有何良策，说出来大家听听。丁谓指着史昭锡道："只要史总管肯帮忙，这件事就好办了。"史昭锡还未答言。夏竦急道："此事大家都有关系，我想史总管也必为力的。"丁谓笑道："我也知道大家有份，谁也脱不了干净的。"史昭锡也道："只要我能办得到的，无不从命。"丁谓道："如此再好没有了。"便将他所想的法子，写了一大篇字，先交给夏竦叫他看过，众人也都看了一遍。然后交给史昭锡，他便仔细看了，是叫他私窃仁宗的玉章，盖在空白的诏旨上。自有妙用。他说："主子这玉章随身不离，除非睡的时候解下放在旁边，无论几时醒了，先要看看这玉章。"丁谓笑道："就是请你等他睡了，盖好交给任总管就完了，别的事也不用你管了。"史昭锡只好答应，好在内宫空白的诏旨很多，拿了两张藏在身边，到夜间偷偷地盖好交与任守忠。他等便假造圣旨，宣召明镐进京见驾。又造一道行刑的假旨，单等明镐来了一并施行。这且不提。

单说明镐自从拜本入京之后，每日和众弟兄谈谈说说，十分热闹。小信陵汪文庆等一众英雄三番两次要告辞回转，明镐死不肯放，张荣等也再三挽留，勉强留住。邵九皋因为女儿金花随了玄裳尼去，韩馥玉和杨栖霞也一同前去，据说盘桓几天，韩馥玉陪她回来，为此邵老头儿还未走。

过了几天，明镐正和众位英雄在桂花厅内闲谈，忽听差人跑过来报道："圣旨下，请老爷预备接旨。"明镐闻报，赶紧更换公服，排设香案，大开辕门。只听三声炮响，钦差已经下马，高举旨意走到大堂。明镐迎接入内，搭过香案跪听宣读，原来是召他火速随旨入京面圣。明镐接过圣旨供在案上，一面款待钦差，一面打点起身，因为不知召他何事，打算单身前往。小霸王张荣等说："此番圣上宣召，不知为了何事。"问了钦差几次，也说不知。张荣等更不放心了，当下商量着一同前往，如有甚事也好照应，大家齐愿前往。明镐又想衙内无人照管，邵九皋同小信陵汪文庆等在此相候。明镐便将一切的事，托嘱了邵九皋一番，带着张荣、钟志英、高三宝、杨云瑞、韩天龙、诸云龙、周侗等即日动身，真是不分昼夜，赶赴汴京而来。

在路上，张荣问他："何必如此性急？早晚赶到就是了。"明镐道："此所谓君命召，不俟驾而行。既要做官，说不了就要吃辛苦。"韩天龙喊道：

"我是不去见那皇帝老儿了，简直是受罪，跪得人两条腿生疼，又不许东瞧西看，闷也闷死人了。"说得众人大笑。在路非止一日，已到汴京。下了馆驿，正要更换公服去拜文老丞相，忽然来了一群侍卫，拥护着一个太监，大声大喊地进了驿馆。驿丞急忙迎出来，问声："江公公到此何事？"只听那太监喝道："明镐来了吗？还不快来接旨。"明镐闻言大惊，知道外官在馆驿接旨，必是犯了什么罪，自己于心无愧，不解其故，立时出来说了声："下官明某在此，公公何事见教？"那太监把眼一翻，喝道："咱家奉了圣上的旨意，前来拿你。"说着，喝令校尉动手。立时将明镐摘去冠带，捆绑起来。

小霸王张荣等大惊，不敢冒失，又不能看着明镐绑去，走过来要想问问因为什么不问青红皂白就绑起来。不料太监怒喝道："你等是什么东西，莫非还敢抗旨吗？皇上脚底下是有尺寸的地方，岂容你等撒野。"众位英雄哪里受过这个，一个个狞眉怒目似乎要动武。明镐连忙喝止道："你等不可冒失，是非自有公论。等我见过圣上，再为分辩吧。倘若冲撞旨意罪名，可担不起的。"张荣等这才不敢动手，仍然怒目而视的。只见太监取出旨意宣读一遍，说是明镐暗约富弼勾结北番，大逆不道，一候来京即行捉拿，与富弼一同绑赴市曹斩首示众。小霸王直跳起来道："岂有此理。"明镐大呼："张贤弟不可莽撞。"一句话未说完，早有几名侍卫跑过来押着明镐便走，连张荣等一并围在里边。

此时韩天龙可真急了，又见明镐拦住不叫动手，岂不是等死吗？他便想个主意，也不和众人说，跟随众人走，眼看够奔校场而来，他这才着了忙。从前在汴京时，每逢杀人都是在校场。当下念念有词，借土遁逃走，暗想去见皇帝讲理，又怕寻不着他，三宫六院，知他到哪里去了呢？忽地想起南清宫的七千岁来，知道他是皇帝的叔叔，或者有法子可想也未可知。于是便来到南清宫，上次来过，是熟路，所以认识。走到宫门口，不管三七二十一，一直往里便闯。许多的侍卫们上前阻拦他，哪里挡得住他。跑到内宫花园，七千岁正在宫内看书，听得外边吵嚷起来，不知何事，走出来一望，却是韩天龙。只因前番张荣在花园打虎，七千岁看他粗野可笑，十分注他的意，所以一见面便认得他。他也认识七千岁，跑过来也不懂参驾，只会唱个大喏，指手画脚地说了半天。七千岁一句也无听出来，见他急得那种样子，又可笑又可怜，反复问了两遍，这才听明白了。心中纳闷，暗说并无听说去召明镐，怎的竟然来京，其中必有缘故，便对韩天龙说道："你且回去，等我明日见了皇上，问个明白再说。"韩天龙急道："人都绑到法场了，明儿哪里来得及呢？请你救我明大哥。"说着，跪下去碰了两个响头，不由得大哭起来。一面哭着，一面数说："我劝他不

250

要做官吧，偏不信我的话。费了许多事，吃了若干苦，到头落个杀头。这个官儿有什么意思呢？"七千岁闻言更不相信，说是："你别乱说，他也是朝廷的大员，哪有不问是非竟行问斩的。"韩天龙立起来说道："你如不信，跟我去看看去。"说罢，上前拉了七千岁的衣袖，就要往外走。七千岁见他呆头呆脑的，十分好笑。早有侍卫过来喝止他："不可无礼，七千岁御驾也是你随便拉扯的吗？"他这才松手，望着七千岁发愕。七千岁笑道："到底是几个什么人到馆驿去拿他们的呢？"韩天龙指着旁边立的太监说道："和他差不多的样子，许是他弟兄。"又指着旁边的侍卫说道，"又有像他一样的，好多好多，到里边拿出黄纸卷子，也不知写着什么字，就和道士宣卷差不多，都念了一阵子，糊里糊涂地就把我明大哥给绑起来。还不许我们动手，就绑到校场去了。听说还有什么富弼，也不知是谁。我本想去找皇帝老儿评理，不知他在什么地方。一时找不着，过了午时三刻，我明大哥就无脑袋了。又想你是皇帝的叔叔，怎的也不管他，任他胡闹呢。"七千岁听了这番话，知道其中必有别故，连忙唤内侍请过老王的金锏来，吩咐备马，叫韩天龙也乘马，在前引路直奔校场而来。暂且不提。

单说明镐一心无愧来到校场，小霸王张荣等在两旁围护。那班侍卫看见众弟兄狞眉怒目的，深知他等能为出众，武艺超群，惹他们动了性子不是玩的，所以不敢十分太甚。到了校场，喝令犯官明镐跪下。明镐就要跪下去，高三宝一把拉住道："大哥犯了什么罪，见了昏君再说。"明镐叹道："贤弟不可无理。自古道君要臣死，臣不敢不死；父要子亡，子不敢不亡。这也是愚兄前世的冤孽，久后自有公论。众位兄弟为念前情，将我尸首装殓起来送回原籍，关照愚兄的妻子，就算情至义尽了。"说到此处，止不住地泪流满面。众弟兄听了伤心，也都掉泪。

明镐又问道："韩贤弟呢？"众人这才留神，不见韩天龙的踪迹。张荣怒道："还问他干什么呢？不用说，看见大哥犯罪恐受连累，借着妖法逃走了。"杨云瑞道："张兄不可错怪人，他可不是那种脾气。此人必有缘故。"一句话提醒了明镐，大惊道："不好了，呆子此去，必往皇宫见驾，必闯大祸。据愚兄看来，你们也赶快逃命去吧，别跟着呆子受累的。"众弟兄也都醒悟过来，一齐说道："要死，大家死在一处。"正在说着，忽见许多的侍卫又押一个犯官到来。正是：

斩草除根心意狠，苍天报应怎能容。

要问来者是谁，明镐如何得救，且看下文赓叙。

第十七回

七千岁校场打奸臣
宋仁宗金殿诛阉宦

却说明镐在法场上正和众弟兄诉苦，忽见许多的校尉押解一个犯官来。后跟监斩官的大轿，来到法场下轿。明镐和众弟兄留神一看，乃是刑部侍郎丁谓、太常寺正卿陈尧叟和太监又说又笑的。再看那犯官时，却是恩师富弼，更是不解其意。富弼看见明镐也在法场被绑，十分纳闷，只问了一声："贤契几时来的？"丁谓恐怕说穿，便向校尉喝道："快将两犯分开，不可容他乱讲！"就见校尉立时将富弼绑到西边去，两人相隔甚远。丁谓和陈尧叟十分快活，大约这番可将富弼除了，不住地问阴阳官："什么时候了？怎的今日这样慢法。"阴阳官回道："天交巳正，离午时还有一个时辰呢。"陈尧叟发急道："别等午时三刻了，近午时就动手吧。"阴阳官拦道："这却不可，下官担不起这干系的。左右他俩还不是个死吗？让他多活一刻有什么大不了的呢。"两个奸臣闻言，势力却管不着司天监，别看这小小的阴阳官儿，权力非常之大。他手里拿个时晷，是奉旨的，甚为贵重，无论什么大官也节制不着的。所以两个奸臣无可奈何他，便拿眼望望太监。那太监也无法子，只好等时辰。此时张荣等一班弟兄，看着明镐如此下场，一个个心如刀绞，万分难过，然而又想不出什么法子来。

忽然张荣想起七千岁当初赐他一面免死金牌，此际不用还等何时？当下便在身上摸出来，走到明镐面前说声："大哥有救了。"说着就将这面免死金牌给他挂在胸前。众侍卫有认得是免死金牌，上边刻着龙章凤义，急忙报知那两个奸贼。二人闻言大惊，听说有了此牌，今日便斩不了他了，就和太监江德明商量这事怎样办。江太监本是内侍押班，在内侍当中他算最尊贵、最体面的了。因说："这免死金牌听说从前太祖临朝赐给功臣的。自仁宗即位以来，并未听说赐过哪个，这事恐怕其中有诈。"陈尧叟道："管他金牌不金牌，杀了再说。今是骑虎难下，势在两难。"江德明也说："事到其间，也管不了这许多。把他金牌藏起，哪个晓得，谁敢给他证明呢。"商量好，跑过来喝道："哪里来的野人？大呼小叫地搅乱法场。"回顾众侍卫，喝声："给我乱棍打出！"众侍卫答应着，就是不敢过去。

小霸王张荣听他这番言语，知道其中有诈，悄悄地说给众弟兄。明镐也听他的言语不伦不类，十分心疑，嘱咐众人不可动武。张荣哪里还按捺得住，指着江德明骂道："你这奸臣竟敢不遵国法！现有太祖的免死金牌，尚敢抵抗，有心逆旨，老爷和你面见圣上，分个是非去吧。"说着一个箭步蹿到江德明面前，一伸手和抓小鸡似的将他举起来。丁谓、陈尧叟连忙过来喝止："你乃小小的职分，如此大胆难道说就不怕死吗？还不赶快将公公放下来。"高三宝过来问道："这免死金牌是做什么用的？"一句话问得两个奸臣闭口无言。到底丁谓是个老奸巨猾，一转眼想了个主意，带笑言道："既是免死金牌，自然是免去死罪，但是不知真假，你们从哪里来的？一非功臣之后，二无汗马功劳，岂不是假吗？"高三宝道："真假且不必说，见了圣上，自然明白。"陈尧叟道："某等奉旨前来监斩，若不将犯臣斩首，怎样去复旨呢？"高三宝笑道："这有何难，只说他有免死金牌，请旨定夺便了。"

丁谓还要望下说，忽见一匹快马远远地飞奔而来，跑到法场临近，高呼："千岁有旨，刀下留人。"两个奸臣一听"千岁"二字，早吓得魂飞魄散，呆若木鸡。再看跑来的人，却不认得。张荣等一见大喜，原来乃是呆子韩天龙，只见他跑得满头热汗淋漓。此时张荣放下江德明，来问韩天龙："千岁在哪里？怎样请来的？"他便上气不接下气地说了个驴唇不对马嘴。说完，看明镐绑着跪在地上，跑过去不管好歹就把绑绳松开，又过来把富公的绑绳也松放。

正要问他话，猛见一群侍卫拥护着一位王爷飞马进了校场，众人俱各跪在地上叩头。此时丁谓和陈尧叟浑身打战。七千岁吩咐免礼，一旁站立。富弼和明镐一起跪下，叩头道："犯臣富弼、明镐叩谢千岁不斩之恩。"七千岁越发不解，略略问过富公几句话。他说："今日犯臣在天牢跪接圣旨，据说犯臣大逆不道，罪无可逭，着即押赴市曹，明正典刑。来到此处，才知明镐也绑来了。"七千岁便问明镐道："你何日进京？怎的连个信息也无。"明镐便将如何奉旨、如何来京、如何在馆驿被擒，已往之事详述了一遍。七千岁大怒道："岂有此理！这是什么人的旨意？分明是奸臣假造，陷害你等无疑。"张荣过来叩头道："小臣罪该万死，将千岁所赐的免死金牌挂在犯臣明镐胸前，妄想救他一命。不料内侍押班和二位监斩官不问是非仍要行刑，求千岁做主。"说着，叩下头去。

七千岁闻言，气得面目更色，喊道："反了反了，气死我也！"回头再寻江德明时，早已不知去向。问起众校尉来，知他在韩天龙来的时候，趁张荣放下他，众人忙乱的当儿，一溜烟逃走了。不料丁谓和陈尧叟都把罪名推到他身上。七千岁命众人都平身，便问两个奸臣道："奉的谁的旨意来监斩？"丁谓道："今有内侍押班江德明传出来的旨意，命臣等监斩犯臣，臣等也不知是谁。既有圣上旨召怎敢不遵呢？"七千岁冷笑道："倒也推得干净。"指着他手中的金铜问道，"你二人可知小王手执何物？"他俩一起道："先王御赐的金铜，怎的不知。"七千岁道："这上边还刻着字呢，你且念来。"他俩不知是何意，又不敢违抗，勉强念道："上打昏君，下打奸臣，御赐金铜，如朕亲临。"念了一遍。七千岁等时怒容满面，大喝道："大胆的奸贼还不跪下受死，尚有何说。"二贼吓得魂不附体，一齐跪在地下叩头求饶。七千岁咬牙切齿地恨道："尔等不思效忠王室，屡次陷害贤良，哪里容得？"说着把铜高高举起，要向丁谓头上打来。富弼、明镐一同上前解劝道："千岁暂息雷霆之怒，二臣本该打死，不如留个活口，面见圣上办个明白，再行治罪，以正国法。"七千岁怒气不息，走过来拳打脚踢，直打得两个奸贼鼻青脸肿，口呼千岁饶命。富公再三相劝，这才停手。仍是恨恨不已，吩咐侍卫摘去二贼的冠带，押解天牢，听候圣旨降罪。众侍卫一声遵命，立即把两个人的冠带摘下来，推推拥拥地押赴天牢而去。这里七千岁带领富、明二公够奔午朝门，击动金钟玉罄。

仁宗此时正在庆宁宫歇驾，和张贵妃调笑。忽见内侍慌慌张张地跑到宫内奏道："启禀万岁，外边有人击动朝王鼓、催驾钟，请主子登殿。"仁宗闻报大惊，也顾不得穿龙袍、戴龙冠了，吩咐升殿。原来这钟鼓轻易不敢动的，除非有重大的军情、非常的变故，来不及侍奏，才准击鼓鸣罄的。当下仁宗升了宝座，文武公卿也都闻声而至。只见七千岁怀抱金铜，怒容满面地走上殿来。仁宗大惊，忙离御座口呼："皇叔上得殿来，与何人置气？"七千岁气愤愤地说道："皇侄可知祖宗创业艰难吗？全不知臣民付托之重，任凭一班奸宦狼狈为奸，眼见宋室江山断送他等之手，皇侄还不醒悟吗？"仁宗闻言，一时摸不着头脑，问道："皇叔所言何事？所指何人？"七千岁道："富弼忠心保国，明镐为国辛劳，都是有功之臣。今日为何推出午门问斩？"仁宗惊道："明镐还在滁州，此言从何而来？"七千岁道："皇侄降旨召他来京，将到馆驿又接密旨，不问是非，竟然推到法场斩首了。如此大事，还说不知？"仁宗急问道："从未召他入京，怎能误斩功臣？"七千岁更明白是假传圣旨了。当下便将始末根由如此如彼地详叙了一遍。仁宗听罢大怒，传旨先将富弼、明镐宣上殿来，见他二人青衣小帽，狼狈不堪，上殿叩头口称："罪臣见驾，愿吾皇万岁。"仁宗前思后想，万分难过，伏俯金案说道："二卿险为奸人所害，皆朕之过也。若非皇叔搭救，朕怎知其情？千载之下落个昏君之名，全被群小所误。二卿官复原职，且去冠戴，再来见朕，听候升赏。"二臣谢恩下朝。等时穿戴起来，复又上殿参过皇驾，归班侍候。

仁宗这才传旨提丁谓、陈尧叟上殿。霎时二贼抓到，伏俯金阶，垂头丧气地默默无言。仁宗喝问道："尔等奉什么人的旨意，竟敢擅杀国家大臣？从实招来。"丁谓奏道："臣启万岁，今日等在午门当值，见内侍押班江德明传出圣上的旨意，命臣等监斩。既有堂皇圣旨，焉敢不遵？究竟如何情形，臣等实不知情，请万岁详察。"奏罢，叩头不已。仁宗听他二人所奏，也甚有理，喝令左右速拿逆官江德明。左右答应下去，寻找半晌，只不见他踪迹，无奈何启奏仁宗，说是宫内不见江德明，请旨定夺。仁宗明白他是畏罪潜逃，立即传旨通缉，又唤明镐近前，问他剿办孔直温的情形。明镐仍照所上的本章，细奏一遍，将贝州的妖贼王则安心为乱之事当殿奏明，请旨定夺。仁宗安慰一番，命他暂停馆驿，不必回任，一俟查办清楚，再行加封。明镐当殿谢了恩，闪过一边。仁宗又和七千岁说道："今日之事，若非皇叔搭救，岂不误斩忠良？究竟不明白这群逆官是何居心，有意陷害忠臣，竟敢为此大逆不道之事。"七千岁道："这件事必须彻底清查，尚恐不止一人。总而言之，薰莸不同器，忠奸不相容。古人有云'大奸似忠，大诈似信'，只在人君明察以分正邪。自古至今，历代兴亡都关乎用人如何。桀纣虽昏，究其本心也不愿为亡国之君的。"仁宗笑道："皇叔所论甚是，不必远说，此番孔逆之事，还不是个榜样吗？得一明镐，不动声色削去大乱，否则不知闹到什么样子呢。而今大逆就擒，番将授首，省了多少手脚。听说捉拿孔逆的乃是韩天龙，不知可是在皇叔的宫中打虎的人吗？"七千岁想起韩天龙呆头呆脑的实在可笑，不由得笑出来。仁宗问："皇叔为何发笑，莫非此中还有奇闻吗？不妨说来。"七千岁便将韩天龙的履历先说一遍，又把他如何闯宫、如何求救，从头至尾说个详细。仁宗听了，也是止不住地笑个不了。正是：

天真烂漫君王喜，一点忠心透九霄。

要问后事如何，且看下回交代。

第十八回

请功臣赏宴仁寿宫
加官职授权开封府

　　却说宋仁宗听说韩天龙擒贼有功，又复搭救二位忠臣，龙心甚喜，便要传旨召见。七千岁拦道："他等此番匆促来京，衣冠未备。现在大功告成，理应庆贺，不如定个日子大宴功臣，以便预备。"仁宗答应，当殿传出召旨："后日在仁寿宫庆贺功臣，所有文武官员一体赐宴。"七千岁又奏："丁谓、陈尧叟迹近附逆，情有可原，也请加恩免死。"仁宗准奏，削去二人的官职，将丁谓贬为雷州司户，即日出京不准逗留，陈尧叟降为庶民，永不叙用。其余除江德明外，一概免究，予与自将之路。诸事办理完毕，传旨退朝。当晚便留七千岁在后宫侍宴，君臣们十分快活，自不必说。

　　再说明镐带领众弟兄回转驿馆，早有驿丞接住，问长问短地缠个不清。次日到文老丞相府内叩见，文彦博接见之后，着实安慰了一番。谈了一歇，一同去见富公。自遭此次的变故，师生的感情更加厚了一层。想到七千岁救命之恩，无可报答。明镐曾说："受恩深过，不敢言谢。"这个意思就是受了人的大恩，不能以言语相报便算了事的，所以见了七千岁，并不提起相救之事。七千岁也明白他的意思，自是另眼看待，这也不消说起。

　　展眼已到筵席之期，九卿六部文武百官全都上朝叩贺，仁宗龙心大喜。那时招讨使曹伟业已来京，已将办理一切的情形当殿奏明，这天也在筵席之列。早朝已毕，群臣随驾，同到仁寿宫来。早有各宫的太监排好御宴，众文臣武僚分级陪宴。明镐带领张荣、钟志英、高三宝、杨云瑞、韩天龙、诸云龙等一众英雄来到仁寿宫。

　　仁宗皇帝因为注意韩天龙，召见的时候特别地端详他。想起当日在御花园试艺时候，叫他钻假山，弄得浑身上下泥水淋漓，和活鬼差不多，不由得一笑。又想起他闯宫求救，那番忠义之气令人可敬，倒把他那番粗蛮举动反看成天真烂漫，似这样人，绝不会逞机斗智，为此更加爱惜他。不料他经了几番的折磨，长了不少的见识，居然也能循规蹈矩的，毫末失仪。处处地留他的神，见他拘拘束束，手脚无处可放，不时地露出马脚来，惹得仁宗好笑。他见皇帝笑他，一时不得主意，觉着周身不得劲儿，一抬腿一动手都加小心，哪知越勉强越不灵，急得他汗流浃背，苦不堪言。到底仁宗皇帝是个有道的明君，见他如此，殊非待进功臣之理。所以驾到仁寿宫，群臣参拜，山呼已毕，即传旨意："今日之宴不必拘于君臣之礼，无论官职大小，俱要开怀畅饮，尽醉方休。"当有翰林院侍读学士、右正言欧阳修上前奏道："万岁庆赏功臣，诚乃千秋佳话。但不可过于放浪，有失大体。倘被番邦知晓，岂不笑我天朝失礼吗？"仁宗笑道："卿言诚是，不过朕有用意，恐奸臣借口，又生是非，故此传这诏旨。至于小法出入，何必吹毛求疵呢？卿等善体朕意，毋庸再谏。"

当下内侍启奏筵席安排端正，请旨宣召入席，仁宗便命内侍召诸臣饮宴。乐工奏起乐来，真是龙飞凤舞，羽翠明音，珰律铿锵，另有一番太平气象。众文武见仁宗十分有兴，也都欢喜无限。韩天龙哪里见过这样的酒宴，耳听仙乐悠扬，令人心花怒放，宫内的一切陈设，生平也无见过，说不尽的山珍海味、凤髓龙肝，不住地看看东望望西，喜得手足舞蹈，忘其所以。明镐生怕他闹笑话，屡次向他丢眼。起初几次还有效验，瞧见明镐瞪他一眼，等时规规矩矩的。几杯酒入肚，便都不管了，你看他左一杯右一盏地痛饮起来。又加他天生的嗓音大，每一发言声震屋瓦。有的知道他生性如此，有的嫌他粗野，引得众臣大笑。那时七千岁陪着仁宗饮宴，听得笑声，一看知是呆子，也倒好笑。恐怕仁宗怪罪，还代他遮掩说是山野村夫，不知礼节。仁宗也笑道："皇叔说他粗野，朕偏觉他妩媚，一举一动皆出本心，绝无虚饰。像他那样，断无欺君罔上之事，皇叔千万不可怪他。"几句话正对七千岁的胃口。当日直饮到日色西沉，方始散席。众文武又谢了恩，这才各回府第。不必细说。明镐来到馆驿，深怪韩天龙不应那样的放肆，被人讥笑，俟后万不可如此。说得呆子默默无言，心里很不快活。这也无须说起。

那天奉到旨意，明镐拜为体仁阁大学士，兼理开封府正堂。副统制张荣等一众英雄，升授统制之职，并加将军衔。其韩天龙一员生擒逆首，厥功甚伟，着加封为左卫大将军之职。诸云龙助擒孔逆，在事出力，着封为右卫将军之职。俱各望阙谢恩。明镐已接受开封府尹，拜谢七千岁及文、富二公，会同僚，见属下，接印视事，自有一番忙碌，不必细表。

次日早朝，明镐带领众位英雄上殿叩谢圣恩，仁宗又勉励了一番。钦赐龙凤御棍一对，不论皇亲国舅、公子王孙，如犯国法，打死无论。又赐通天犀玉带一条、蟒袍一袭。明镐一一领受谢恩。众位英雄各有赏赐。又将干将、莫邪两柄宝剑，赐予张荣和高三宝佩带，也都谢了恩。张荣等启奏现在臣等蒙圣恩高厚，各受官职，仍愿跟随明镐效力朝廷。仁宗见他等义气深重，当即准奏。

散朝之后，明镐等来到开封府。那时府尹乃是范仲淹，彼此都有来往，就将开封府一切的利弊、办事的手续以及地方上民情风俗，怎样地对付，如何处治，一一详细告诉明镐。据说其中最困难的，时常发生宫娥太监倚势凌人，国戚皇亲欺压良善。幸而从前包龙图做了一任府尹，他是不讲情面的，除了不少的害民贼。那班公子王侯、天潢胄裔差不多的便不敢任意胡为了，不然还要厉害呢。明镐听了范仲淹的一番言语，心里想好主意未说出来，一面谢了范仲淹，一面说："只好看事做事吧，哪有一定的办法呢。"范仲淹交代清楚，自去复旨，接受枢密副使之职去了。表过不提。

光阴容易，又到中秋。那时节滁州住的邵九皋及小信陵汪文庆等业已来京。明镐便与张荣商量把家眷接到京内来住，以便给韩天龙完婚。张荣自是应允，派王超、周霸前往湘潭梅家庄去接梅小姐，又派王信田京前往密州安化去接明夫人。俱各分头而去。便把这番意思和邵九皋商量。邵九皋巴不得早办一日，早了一日心愿，一口答应。那日趁着无人，明镐和韩天龙一说。不料他把头摇了摇，意思是不愿意完婚。明镐诧异，问他什么意思。他说："伴君如伴虎，谁敢保得无事？一人一口的，无论遇到了什么事，说走就走。一有了家眷，便累赘了，又得顾家，又得顾身，弄不好两耽误，何苦自寻圈套？像这样无拘无束的自在逍遥，有多适意呢。"明镐笑道："你这见解真特别。如今我等大非从前可比了，现在我等都是一二品大员，也算得国家肱股之臣了，差不多谁敢陷害我们呢？好兄弟，答应了吧。别让愚兄为难了。"韩天龙这才俯首无词，大约是应允了。便去张罗一切，不和他再说了。一言表过。韩天龙定期完婚，暂且搁起。

花开两朵，各表一枝。再说仁宗皇帝自授明镐官职之后，传出旨意，命将镇江所擒的番兵番将一齐押解来京，预备责问北国为何背约，兴兵扰乱中国。一面又降一道旨意，命将孔直温及马刚、任元等一班逆党就地正法，传首被害的几县。其余附逆各犯分别情节轻重，或徒留，或监禁。其孔逆的家属，一概发往琼州充军。恤赏伤亡的官兵，抚慰被害的百姓。即将孔逆的财产一半赈济滁、镇二府各地方，一半没收入库。从征将士分别升赏。诸事办理完毕，又想起贝州的妖贼王则来，下了一道旨意给河北安抚使贾昌朝叫他严加防范，如有为乱的证据，相机剿办，并将各处的情形，随时启奏。旨意发往河北去了，似此周密，也可弥乱。

不意苍天造劫，在数难逃，凭人力绝不能挽回的。这天早朝，仁宗便和七千岁谈及此事，虽说命地方官加意防备，终是放心不下。又据司天监奏报，西北妖星侵犯紫微，十分猖獗，谅来也是应道此事了。七千岁奏道："风闻王则专以妖术蛊惑愚民，现在江西龙虎山张天师的后裔张乾曜来京参驾，何不宣他上殿，加以封号，请他禳解？或设法破他的妖术，将来剿办，或可省些手脚。"仁宗深以为然，当即宣召张乾曜上殿见驾。

参拜已毕，仁宗便问起河北之事及妖星入垣能否设法禳解，以挽劫运。张乾曜奏道："本来贫道此番入京见驾亦为此事而来。前往华山遇见陈希夷先生，据他说我主洪福齐天，国运正旺，虽有妖魔扰乱，自有高人降服。近来河北江南各地扰乱，说来甚为奇特，乃是三十六天罡收服七十二地煞。照理天罡、地煞，皆是天上的星宿，又是一家，不知如何被一班愚民撞破镇压，以致地煞星临凡降世，玉帝生恐不易收服，所以便派天罡星应运而生。其间许多的因果循环，内关天机，不敢泄露。总之万岁福星照临，遇事逢凶化吉，纵有翻天的本领、出奇的妖术，背天行事也难成功，万岁尽管放心吧。"仁宗闻奏大喜，立即加赐封号张乾曜为澄素先生，另事俸米，命他掌领道教。张乾曜谢恩下殿。

仁宗又想起各府州县时常发生变故，宣召文、富二位丞相商议怎样办法可免变端。富公奏道："钦派各路安抚使，调查民间风俗、几个地方官吏贤否。所到之处，准其人民控诉。遇见贪官污吏，随时惩办。一则可以整顿吏治，二则可知民间疾苦。"仁宗准奏，即命文老丞相、富丞相、范枢密举荐贤吏，以便降旨派往各处。三位忠臣斟酌了半天的工夫，不过只有三五人可当此任。文老丞相恐怕不敷分派，又在官员中选出两位，签写名单交给范枢密。不料范枢密见了名单，用朱笔画了两画。文老丞相笑道："只顾两笔一画，不大要紧。可知道一家人哭起来吗？"范枢密也笑道："我公只闻见他一家哭，便已不忍，勉强举荐了他，不过是怜惜他一家老小哭得可怜。哪知放他到任，却不料百姓遭殃，一路都哭起来了。我公哪里晓得，宁叫一家哭，万不能是一路哭。"几句话说得文公大笑起来。正是：

　　　　万家生佛歌贤吏，一路哭声误小人。

要问后事如何，且待下文分述。

第十九回

访民情秦王赴河北
探消息明镐困临清

却说文、富、范三公奉了仁宗的旨意举荐贤员，可惜一班官员都有官职不能离京，选来选去还差河内、河北、河东三路无人能派，只好奏明仁宗，再行设法。其所挑选的各员，当日召见嘱咐了一番，便命出京。唯有这河内、河北、河东这三路，甚为重要，一时寻不出相当的人来，仁宗甚为纳闷。

次日早朝，群臣参拜已毕，仁宗便将文武百官细细看了一遍，也是无人可派。七千岁见仁宗为难，当即奏道："本来这三路，离京甚近，办事许多的关碍。为今之计，孤愿担任河北一路，那两路呢？"富弼奏道："圣上如不以臣为不才，也愿担任河内一路。尚有河东一路，不如即命明镐前往。开封府尹一缺，仍请酌派大员兼理，此事便可施行了，不知圣意以为如何？"仁宗闻奏想了想，除此并无别法。因对七千岁说道："皇叔年岁已高，恐难受风霜之苦，此路还是酌派别人吧。况且那妖贼王则久蓄异心，皇叔此去犹为危险，不如留京休养吧。"七千岁道："孤系皇吏近派，理应为国宣劳，讲不了'辛苦'二字。要说河北危险，更不必担心，现在开封府几位统制，请得几人同去，又奈何妨呢？就照这样办吧，不可更改了。"仁宗只说："朕侄终是不放心，为了社稷大计，又要劳动皇叔，朕侄心更不安了。"文老丞相奏道："千岁既欲出京，不妨就走一趟。但请早日回京，以安圣上之心便了。"仁宗无可再说，当日降了三道旨意，七千岁、富弼、明镐分别往河北、河内、河东三路。

七千岁下朝回宫，便请明镐进宫商议派何人跟他前往。七千岁自己挑了张荣、高三宝、诸云龙、周侗四位英雄同往河北。明镐回衙和众弟兄商量了一遍，四人也都愿往，立时同到南清宫拜见七千岁，将四人的行李取来，预备随驾往河北去，暂且不提。富丞相派往河内，因鉴于上次的危险，也和明镐要了两个人同去，只得派钟志英、杨云瑞两位弟兄跟随富公前往河内。明镐身边只剩了韩天龙一人。虽说邵九皋和小信陵汪文庆等尚在府内，只是客卿，不便劳动人家，比不得张荣等都是有官职，说不了必要去的。

当下明镐奉命派往河东一路，甚为踌躇，只有呆子一人，他又粗鲁又爱闯祸，反而生出是非来。左思右想的，不得主意。小信陵汪文庆早就看出他为难的意思来了，当下便说："弟等在此多有骚扰，反正也是无事，不如随大哥一行。"明镐道："众位贤弟到此是客，怎好劳动。"小平原高灿急道："大哥如此见外，俺等就不能在此久住了。常言说士为知己者死，况你我意气相投，情同骨肉，何分彼此呢。"众弟兄齐道："此言有理，大哥如有用俺等之处，虽赴汤蹈火，万死不辞，不然就拿我们不当朋友看待了。"明镐被众人说得无话可答。邵九皋也道："明贤侄既有要公，可以从权办理。况且众弟兄如一家人，岂能坐视不管，绝无此理。如用几人，随意请众弟兄帮助，想来无不乐从的。"众弟兄齐说："邵老姻伯言之有理，大哥就请酌派吧。"明镐道："既然如此，就请汪文庆、高灿、赵芳三位贤弟随兄前往河东，衙中之事一切拜托邵老姻伯及张魁、周昆、冯元佩、胡点鳌几位兄弟关照代劳吧。"众人俱各答应。当晚预备行装，明日起程。又命钱禄、赵福备好坐骑，明日就要动身，诸事都安排妥当。一宵易过，又到明朝，梳洗已毕，明镐便带领汪文庆等上了坐骑，出了汴京，直奔河东来了。

书中代表，当初宋朝并无总督、巡抚各官。因未分省，只按照唐朝的制度，分中国为十六路，有时各路钦派采访使、招讨使、安抚使、劝农使、廉访使等种种的名目，权限却和清朝的督抚一般大小。有时比较起来，尚比督抚权大，能有罢免地方官吏的权，也可以先斩后奏。不过几年工夫派一回，并无一定。这番仁宗皇帝励精图治，所以钦放大员，吩咐各路察访官吏，整顿风俗。这件事关系很重大的，表过不提。

再说明镐自出京以来，一路打听官吏贤否，暗察民情风俗，所有河东一带各府州县，不到一个月的工夫，全都走遍。因为他所到之处，乔装改扮不叫地方官晓得，悄悄地打听一番，一切的事便知大概，一一记在簿子上，预备回朝缴旨，奏明皇上的。各处的官吏可说良莠不齐，比较起来，还是好的多坏的少，小其不言的到处都有，也不能太认真，一星半点儿的只好付之不问而已。

这天来到济南府，便在南门外寻一客店住下。当晚明镐便和几位弟兄商量，久闻临清地方有个恶霸，他系当今尚贵妃的叔父，名叫尚谦，倚仗势力欺压良善，打算要到那里去探探消息。韩天龙道："要去一同去，还用商量什么呢？"明镐道："愚兄打算一个人去，因为去的人多了，反被他看出破绽，弄巧成拙，甚为不美。前些日子到那边的时候，你还无看出情形来吗？和人说话，人家总躲避，都听得京内派出钦差打探事情，逢有外乡人口音不对的，都不肯多说话，怕惹是非的。这次再一同去，管保还是打听不出什么来。你等就在此处等，多则三天少则两日，我即回头的。"当日无话。

次日他一人打扮个算命的先生直奔临清而来，走了一天才到，寻个小店住下。第二天早晨出来，在大街小巷走了半天，问明尚谦的府第，便在他门口走过来走过去转了好几遍。尚府的家丁全在门口闲立，见这算命的先生来回几趟不住地朝门里望，就有爱说话的问明镐道："你先生走来走去，只管来回地看，你看什么呢？"明镐趁此机会，赔笑道："管家的有所不知，俺自幼爱看风水，深得其中的奥妙。走遍大河南北，无见贵府这等兴旺的阳宅，看忘了神，不忍就去，所以只是呆望，千乞勿怪。"这家丁道："先生果然看得不错，你且等等，我去报知主人。如果唤你进去相面，得了好处，可别忘了我。"明镐笑道："多谢美意，怎敢忘了管家的好心呢？"这家丁听罢，叫他立在门外等候，飞奔入内。尚谦平日专信风水，听说来了个有本事的，怎能放过？命家丁喊他进来。家丁跑出来，向明镐一招手，说声："先生随我来，我们老爷喊你进去呢。"明镐闻言，立时跟他进内。但见房屋高大，楼阁连云，过了两层大院，才到内客厅。家丁领着向里走，悄悄地嘱咐："多加小心，别忘记将才说的话。"明镐点头。

来到屋内一看，乃是一顺五间大厅。正中一张花梨木的八仙桌子，两旁四把交椅。靠墙花梨条案，上边摆些古玩玉器。东西各有八扇屏风，上首放张花梨靠床。坐着一人，八尺开外身材，一张淡黄色脸，两道疙瘩眉，一双蜂目，颧高耳陷，口阔鼻低，腮下一部短髭不到半寸，身披杏黄罩衫，头戴闹龙扎巾，足蹬粉底官靴，分明是个恶豪的样子。只见家丁过去说声："先生来了。"见他不住地打量明镐，明镐只得过去一揖道："小子粗通相法，略懂堪舆。不知庄主是要看相呢，还是要看阳宅？"尚谦正要开言，忽见跑进一个家丁来，说声："请爷方便一步，有事请教。"尚谦闻言，起身对明镐说道："你且稍后，我到里边说句话便来的。"明镐道："庄主请便。"尚谦便到后宅去了。

明镐不知何事，心中迟疑，暗想看这恶霸和一群恶奴都非好人，今日虽入虎口，定要探个水落石出，也不枉来此一行。正在胡思乱想，忽听见脚步声音，尚谦进来，后跟十几个恶奴，未等明镐开言，勃然大怒道："你也不打听打听，竟敢在太岁头上来动土，猛虎口内来拔毛，分明是天堂有路你不走，地狱无门闯进来。今日休想逃走，来呀，给我捆起来，吊在马棚细细地拷问。"说罢，只见跑过几个恶奴来，不由分说立时将明镐四马攒蹄捆好。明镐大惊，不住地说："何事冲犯庄主？念我外乡人，饶恕一次则个。"尚谦冷笑道："我饶你，你却不肯饶我。"说着，吩咐家丁将他吊起来拷打。几个恶奴便将明镐抬到马棚，高高吊起，各执皮鞭不管好歹一顿苦打。这一顿皮鞭，直打得明镐一佛出世，二佛涅槃，浑身上下鲜血淋漓，半晌还不过气来。无奈何咬定牙关，紧闭二目，任他等打足。打了有一顿饭的工夫，方才住手。一群恶奴围着他，不见尚谦哪里去了，到底不明白所因何故。众弟兄还在济南，一时怎能来到？倘若人不知鬼不觉地在此丧命，实在冤枉，越想越难过。走过一个恶奴来，举起皮鞭便打。明镐发恨骂道："大胆的恶奴，今日将我痛打，倘有一日，我再和你算账！"恶奴冷笑道："你还想活命吗？除非再世为人吧。如今对你实说，叫你死个明白。今有京中的江德明公公，现在避此，和俺家爷有八拜之交，被你这狗官害得他上天无路入地无门，几次要寻你报仇，被俺家爷劝住，不料想你送上门来。这也是你自投罗网，休怪旁人。"说着，一连又打了十几鞭子。明镐咬牙忍痛，心里这才明白，便想脱身之计。

等时天晚，可怜明镐自早晨吃了点心，水米未进，又遭这种毒打，遍体鳞伤，腹中饥饿。纵让你有冲天的本事，到此也无用，只有听天由命，瞑目等死而已。直吊了一夜，到次日清晨，听家丁说要将自己送到县衙去。昨夜微闻知县已经来过，不知他们怎样商量，心想倘真送到县衙，总可想法子的。果然不大的工夫，进来几个恶奴，将他拽下来，仍是倒剪二臂，抬到后门，有辆牛车，放在里边，两旁四个人把守，一直来到县衙。明镐还以为必要过堂审问，哪知问也不问，来了几名差人将他搭到大牢来。狱卒开放牢门，差人交代明白，自去回话。狱卒便将明镐上了刑具，放开绑绳，领他到一间黑屋子里，推到屋里，把门锁好，一声不响地去了。此时明镐一天多未得吃饭，又加浑身是伤，丝毫气力也无有了，勉强挣扎想要寻块干净地方困一歇，不料将站起来，眼前金花乱迸，头重脚轻，两腿一软，等时栽倒在地，昏迷过去。不知过了多少时候，听得耳旁有人呼唤，睁开眼睛一看，但见面前站着一人。正是：

蛟龙出水鱼虾戏，虎豹离家鸡犬欺。

要问来者何人，可否救得明镐，且待下回再续。

第二十回

醉狱卒结义泄奸谋
病钦差请兵擒恶霸

却说明镐昏迷半晌，听得耳旁有人呼唤。睁眼一看，原来是位五十多岁的老人家，看他的样子似乎也是犯罪的。听他说："先生醒来了吗？"说着，伸手将他搀起。明镐还带着全副刑具呢。靠窗有条木凳，扶他坐下来，又给他端过一碗茶，送到口边，说是："你且喝茶，稍停吃点儿东西，别总困在地下，身体吃亏的。"明镐深谢他的美意，饮过茶，见他提个饭篮，内有馍馍和咸菜，两碗米粥，端来一口一口叫明镐胡乱吃了些。

等时身上有了些气力，只觉浑身疼痛，便和老者闲谈起来。方知这老者名叫李兴，人称好老儿，在南门内开个豆腐店。因欠了尚谦的利钱，定要将他女儿翠姑抵偿欠款。李兴不肯，被他送到县内，打了一顿板子押在监牢。有人说和，叫李兴将女儿送给尚谦，官司便可了结。李兴执意不答应，所以还在监牢中受罪。明镐听了，甚为有气。李兴又问明镐因何得罪尚谦。明镐不便露实，支吾了一阵。二人同被一人陷害，同病相怜。明镐又问李兴道："你家中还有何人？为何不去府衙上控呢？"李兴叹口气道："再休提起，小老儿只有老夫妇俩人，女儿翠姑只有十六岁，就因欠下恶霸的利钱，要我女儿抵押，俺老夫妇就这一个宝贝，所以不答应。先生你说去上控，那才是白说呢，就让你告御状，也不中用。恶霸手眼着实大得很！"明镐又道："风闻各路派了安抚使，专查贪官污吏、土豪恶霸，你为何不去告他一状？"李兴道："我也听见这个信，老伴前几天来送饭，对我说过。一来无人敢写这张状子，二来不晓得钦差几时来。说不定告得准告不准，大约他们官官相护，绝不肯为了一个小百姓伤了他等的面子，还不是白费事吗？"明镐低头想了想，说道："可惜没得笔砚，不然我便给你作张状子，等那钦差。如你等不及，也可到开封府去击鼓鸣冤，那边我有两个朋友，写封信去准能帮忙。"李兴闻听此言，趴下去磕个响头，说是："若能如此，你便是我的大恩人了。我夫妇今生今世不能报答你，到来世

264

变鸡变狗也要报答你的恩。"明镐连忙扶起他来，说道："老丈何必如此，太言重了。"李兴起来便跑出去，不多时拿了笔砚纸张来。明镐就在木凳上，两只手上有手铐，只好并在一处，写起状子。

正写了一半，忽见狱卒醉醺醺地跑过来，一看明镐带着全副刑具，仍然是笔飞墨舞，写得满纸云烟，不住地夸奖道："不想你这算命的先生，写得这笔好字。为甚不去考试，偏要做这短命的算卦生意呢？"明镐闻言，停了笔说道："我何尝不想上进呢？只因进京考试，缺少盘费，借着算命混两个钱，以便到京。"狱卒道："你有这样的本事，不愁没官做。今儿我有句醉话，说出来你可别气。"明镐道："有话但讲何妨。"狱卒道："我自幼好交朋友，不务正业。父母亡故之后，好好的一份家产，被我弄得精光。每日和一班狐朋狗友结党成群地大赌而特赌。就是一样，我每逢喝醉了酒，不论天大的事，我也敢办，就因此闯下大祸。有位知县官儿，爱财如命，不问有理无理，只看银子分上分官司的输赢，弄得怨声载道，谁敢惹他。偏偏那天我又喝醉，他正坐着轿子去拜客回来，我便不管三七二十一，站在街心拦着轿子大骂。那狗官喝呼差人抓我，我跑到轿前，一把便把他拖出来，拳头巴掌打了一顿。那狗官狂呼差人，不住地喊'反了反了，岂有此理'。许多的差人将我捆住，送到衙内吃了好些苦子。幸而本地商民都恨狗官，被我一顿臭打，替他们出口气。我可倒了霉，几乎没叫他把我整治死。不久狗官滚了蛋，本地商民等新官上任，联名具保，才将我减了罪名，监禁十年。罪满之后，便充当了这牢头。人也老了，不中用了，无出头的日子了，几时死了算完。今儿看你有此本事，我想和你亲近亲近。别看我是个牢头，志向还想巴结巴结。也不是喝醉了说酒话，你不信问问李好老儿，便知道我的人性怎样了。"唠唠叨叨说了一阵，酒气熏人，一歪屁股坐在木凳上。

只听李兴说道："真的呢，先生。你别看这胡武是个牢头，今年六十岁的人了，他这牢头和别人不同，遇有被屈含冤的人来吃官司，他却好心照应。连我也是受他的好处，不然早被他们算计了。"明镐暗想，何不趁此想个脱难的法子，当下满口答应，说是："既蒙你老哥看得起我，你说怎样便怎样吧。"胡武听了直跳起来道："真的吗？你要答应，咱们三个拜把子吧。"说着，里溜外斜地跑出去，拿个香炉烛台来点上香烛，给明镐开刑具，全卸下来一件不留，说声："咱们跪下磕头就算数。"一手拉着李兴，一手扯着明镐，齐拜下去。磕过头，起来说咱今年六十岁，李兴说五十八岁，明镐道："我最小了，今年整三十岁。"胡武笑道："如此说来，我还是个大哥呢。弄了半天，你叫什么？"明镐假说叫赵文。李兴道："今儿咱三人既然结义，乃是生死弟兄，将来有福同享，有祸同受，谁也不须忘记谁的。"胡武道："那是自然的，还用你说吗？"

说着，见他打了个寒噤，立时面目更色，酒也醒了，背过身来，说了声："我是老糊涂了，怎的和死人拜起兄弟来？"不料李兴听见，急问他："你说的什么话？"明镐也听见了，十分吃惊。胡武天生的心直口快，不会说谎，叹口气道："到如今不能不说，不得不讲了，尚谦深恨赵贤弟不过，和大老爷商量好了。刚才把我喊进去，给我二十两银子。说是尚皇亲托他将你二人害死，重重有赏。明日五更便要回话的，这便怎么好呢？"李兴急道："总得你想个法子救他呀，还讲什么交情呢？"只见他急得满头是汗，搓手顿足，半晌说道："无别的法子，我开放狱门，你俩一同逃走就是了。反正我已是六十岁的人，离死也不远了，拼这老命不要，救你二人逃命。不过将来如有出头日子，要想想老哥哥为你俩很不容易。弄杯水酒，买串纸绽焚化焚化，不枉一个头磕在地下。"说着大哭起来。

从来至性感人，至情动物，何况那明镐又是性情中人，虽说并非真心和他结义，叫他这一来，可真激动了满腔热血，只不住掉下英雄泪来。当下说道："二位老哥先别哭，听我一言。"胡武和李兴眼泪汪汪地望着他，听他说道："二位真打算我叫赵文吗？"胡武惊道："你不是赵文，是哪个呢？"他道："实对二位说吧，我乃钦派河东按察使、监理开封府尹明镐的便是。"他俩一听此言，全都一愣，齐说："有何为凭呢？"明镐便在内衣里边掏出一颗金印，说声："二位不信，请看这印吧。"他俩一齐跪下来道："小人等有眼不识泰山，请勿怪罪。"明镐连忙扶起二人道："已经结义，誓为生死弟兄，讲什么大人小人呢。赶快想个法子救我出狱，有什么事再慢慢地议。"胡武道："那么你既是钦差，行辕打在哪里呢？"明镐道："在济南府，你可知道临近哪里有驻兵吗？"胡武想了想道："临近几县都和尚谦有来往的，除非济南府新任知府吕海，吕大老爷和他无来往。"明镐发急道："济南到此百十里路，现在我又受伤行走不便，一时哪里来得及呢？"说罢，顿现焦急之色。

胡武道："我年轻的时候，有名的飞毛腿，带起马铃来，一天能走三五百里。如今老了，不知能行不能行，试试看。你且修好文书，交给我马上动身。我将狱门钥匙交给你，如果今夜四更无信息，你俩偷开狱门先逃出去避避再说。如果我能带了人来，那是再好无有的了。"李兴道："就是这样，事不宜迟，那就赶紧办吧。你去换衣服，带上马铃铛，在城里不可跑的，恐怕露出形迹来。三弟快修书吧。"此时明镐也无了主意，腿脚伤势甚重，走路都有些费事，什么蹿房越脊、行走如飞更不消说起了，咬牙切齿急忙修好书信，内盖印章。书中不过说自己现在临清县监牢被难，请贵府火速派两千马队，一千围困尚谦的府第，内有钦犯江德明及尚谦，务须拿获，勿使漏网，这一千马队保护官轿，就令胡武假扮钦差，速行知照南门外小客店内统制韩天龙、汪文庆等一同来县迎接，千万于今夜三更赶到，因恶霸尚谦五更要我身死，切要切要。写好了又在信封写明知府吕海亲拆。胡武已经换好衣服，见他身穿窄衣短裤，足蹬布底跑山洒鞋，脖颈套着一挂马铃铛，头上罩块青布，拴个大布疙瘩，在脑后摇来摇去的，半尺多长的花白胡须挽了好多的结，为的是跑起路来不碍手脚。明镐将信交给他，又嘱咐道："无论何时到衙，你便击动堂鼓便了。"胡武应声晓得，接过书信，急忙出离狱门。

那时天将正午，你看他出得城来，撒开两条飞毛腿，直奔济南大路而来。起初不大随意，跑过了三十里路，腿也跑顺了，越跑越快，不亚如快马一般。剪断截说。来到济南南城内，才交申刻。不到三个时辰，竟跑了一百多里路，也算得是飞毛腿了。跑到府衙前，击得堂鼓山响。差役人等跑来问他时，见他一跤摔倒在地，上气不接下气地用手指着心口。早有差人会意，解开衣服取出书信来。此时吕海已坐大堂，差人呈上书信，连忙拆开，从头至尾看了一遍，大吃一惊，立时派人一面通知南门外的韩天龙等众人，一面快请兵马都监与合城的武官来。差人知有急事，不消一刻全都来到。无的可说，照书行事。

此事韩天龙、汪文庆已得了信，也到府衙来。问明此事，急得韩天龙直跳，关照知府："快点三军，俺几人先去临清等候。"霎时，人马已齐。先派兵马都监卢炯带领一千马队去擒江德明和尚谦，又派总管督带一千铁骑拥护钦差的大轿，内坐牢头胡武，风驰电闪地直奔临清。韩天龙取出登云帕，让汪文庆、高灿、赵芳等上去，连他四人，喝声"起"，等时起在空中，也向临清飞来，哪消一个时辰，已到城内，认准监牢落下去。

那时天已掌灯，明镐和李兴闲谈，两人提心吊胆的，不知胡武此去如何。正在着急，忽见半空中落下几个人来，明镐一见大喜。李兴还当是天神下界呢，吓得跪下去叩头不已，明镐拉住他说明原委，他这才明白。韩天龙见明镐脸上也有伤痕，气得他咬牙顿足，大骂恶贼。明镐便问他府衙派兵之事。他说人马已经出城，大约不久也要到的。明镐恨道："可恨知县甄卫棠竟和恶霸明通一气，说不了，尚方宝剑要开利市了。"韩天龙道："如此，我把他抓来如何？"明镐道："这却不必，反正人马就要来的，大料他也跑不出手去，只怕恶霸尚谦和逆官江德明，倒不能让他等逃走的。贤弟可先到他府中隐住身形，看好二贼。但等人马一到，将他二贼擒住，较为妥当。"韩天龙道:"大哥在此,我不放心。"明镐笑道:"有汪贤弟在此,怕什么的呢?因你有法术,随意可避,不比别人,你就去吧。"见他十分不快,临走的时候嘱咐汪文庆等:"小心保护大哥要紧,倘若有什么风声草动的,先把大哥背了走。我去捉那两个王八羔子,以报此仇。"明镐笑道:"你只管去办你的事吧,人家比你想得到。"说着,见他一晃便不见踪迹,原来他借土遁到尚谦家中来了。明镐便和汪文庆等闲说了一阵。只见李兴的妻室张氏送了晚饭来,李兴跑出来悄悄地对她说了一遍,叫她另买些酒菜来。他妻子听得这个信,也是乐不可支,三步并作两步地去了。哪知她的酒菜还无买来,济南府的人马已到。

知县甄卫棠听说钦差来了,直吓得魂不附体,急忙冠带,慌了手脚,只穿了一只靴子,乌纱帽也倒着戴上了。跑出大堂,听说钦差大轿停在狱门口,他还纳闷怎的不到大堂上来,却到那狱门口去呢。正在迟疑,忽见轿子已到大堂。他急忙跪接道:"下官不知钦差驾到,恕无远迎,当面恕罪。"说着,磕了五七个响头。不听见有人还言,抬头一看,不知什么时候,钦差已高坐在大堂上了。公案旁高悬尚方宝剑,两旁兵将围护着。急忙又跑到大堂上,仍然跪下磕头,跑得吁吁带喘。明镐喊他抬起头观看,他这一看不要紧,早吓得魂灵出窍。正在此际,听得外边人喊马嘶,许多的将官拥着江德明和尚谦到来。兵马都监卢炯上堂交令。明镐吩咐将尚谦带上堂来,左右一声吆喝,立把恶霸带到,正是冤家见面更是眼红。明镐一声断喝:"拉下去打一顿板子!"打得他皮开肉绽鲜血直流,问了几句话,不由分说请过尚方宝剑,参拜过了,连知县甄卫棠一同绑出斩首。把江德明打入囚车,预备解京。正是:

善恶到头终有报,只等来早与来迟。

要问后事如何,且看下回再续。

第二十一回

一枝兰内宫盗三宝
四侠客汴京访群雄

却说明镐将恶霸尚谦和知县甄卫棠斩首之后，黎民百姓莫不欢喜，都称赞明青天不置，就此一举，既除恶霸又斩赃官，免了地方上的大害。明镐便将此事的原委一一叙明，预备拜折启奏。次日忽听差役报道，江德明畏罪自尽，业已身死。明镐亲去查验，见他扼断喉管而亡，弄得囚车上鲜血淋漓的。当下将看守的差役责罚了二百板子，折子上又将此事列入，说那逆宦江德明畏罪自尽，请旨加臣处分。修好本章，即日拜折，专人送往汴京去了。诸事办理完毕，在库中取出二千两银子，犒赏三军，打发他等拔营回转济南去了。不过留下三百人、防御使一员作为护卫。自此河东各府州县，听说钦差铁面无私，不怕权贵，全都奔到行辕来喊冤，每日升堂问案，办了许多的离奇案件。

忙碌了好几天，忽然想起胡武和李兴来，虽然早已寻好房屋，派人伺候，未曾去过。昨日听说胡武因劳伤吐血，更是放心不下，趁着闲暇，叫钱禄、赵福跟随来看胡武。那时李兴已将妻女搬来住在一处，有些势利眼的人，见李兴和钦差拜过把子，都来巴结。有的送份厚礼，有的送些银钱，有的扯连亲戚，有的结交朋友，直闹得门庭如市。正所谓穷立街头无人问，富在深山有远亲了。后来，索性各处的官吏都来和他联络，托他运动门路。一个乡下老实人，一旦竟至如此地位，真是梦想不到的事。此际他已安享富贵，便有些趾高气扬起来。到底胡武久在衙门，阅历见识比他强得多，见那有些不三不四的人来送礼，他便和李兴说："老二，你不可这样瞎来。当初你吃官司的时候，有谁来看顾你？如今见你有势力了，非亲即友。倘若传在老三耳朵里去，他可不喜欢的。"李兴道："我也无找他们，全是自己来的，推又推不出去，叫我有什么法子呢？"他俩正在谈心，听说钦差大人到，李兴连忙跑出来迎接。此时吓得那些乡下人，躲的躲藏的藏，不敢露面。

只听明镐笑道："胡大哥这两天好点儿吗？我很不放心，又因公事忙，也未来看他。"说着已到屋内，只见胡武在炕上躺着，勉强坐起来，面目发青，全无血色。明镐心里明白他这病是难好的，不由一阵心酸，几乎掉下泪来。因问道："这两天可好点儿？前儿送来的人参吃了没有？那是当今皇上赐我的，外边买不着。"胡武微笑道："多承厚意，我这病是难了。如念前情，请你把我这老骨头装敛掩埋，来世报答你吧。"明镐笑道："好好地养病吧，何必多虑。前天我已上本，保举做个官儿，慢慢地享福吧。"回头又嘱咐李兴道，"如缺什么，到我那里去取，我已关照过了。"李兴点点头答应。正在说话，李兴的女儿翠姑端了三杯茶来，放下茶盘，口称："叔父在上，侄女参拜。"说着恭恭敬敬地拜了几拜。明镐还礼已毕，看她虽是荆布钗裙，却也落落大方，绝无小家子气，生得十分俊俏，不由得夸奖了几句。当下告辞回衙。过了几天，胡武便呜呼哀哉了。一切的衣衾棺椁办得十分考究，寻块吉地立上石碣，择期安葬已毕。

　　那天忽然奉了诏旨，调他急速进京。问起钦差，才知皇宫发生了盗案。在四质宝藏库窃去三宝，一件是郊天戴的平天冠，上有一百颗珍珠、十颗避尘珠，一件穿珠走金线滚龙袍，一条通天犀玉带，名为三宝。因为重九佳节预备登高，那天又是大朝之期，尚衣监内侍杨怀敏开库取出，以备圣上更换，不料竟已被人窃去，墙上还画着一枝兰花。圣上闻奏大怒："何物小丑，敢来禁内行窃？还留下记号，这胆子太大了。"当日传旨，命枢密使饬知京城文武官员严缉归案。现在把一个开封府闹得天翻地覆，毫无影响，所以圣上想起你来。明镐闻得这个消息，哪敢停留，连夜赶回汴京。临走的时候，关照李兴，叫他收拾收拾，前往开封，不必在此地住了。李兴自然没口子地答应，拼挡一切，带了妻女也赴汴京。这且不提。

　　单说明镐在路非一日，来到开封府，入衙之后天色已晚，不便去朝见。次日五更，上朝见君，奏明此番调查河东的情形，又将在临清如何被困，江德明如何定计，如何关在监牢，如何派人调兵，如何处治尚谦、甄卫棠，后来江德明如何自尽，原原本本地奏了一遍。仁宗安慰一番，只说太便宜了逆宦，未得讯问口供，与何人同谋，渐渐地说到皇宫失窃。明镐叩头请罪，仁宗道："卿家远在河东，不知京中之事，何罪之有？可恨汴京空有四十万禁军，竟容大盗如此猖獗。皇宫内都敢来偷，民间就可想而知了。那些禁军月费巨饷，究竟有何用呢？必须要切实整顿一下子。"明镐叩头道："诚如圣谕，仍得加意训练以备不虞。今请训示，臣须入宫查验。看看他从何而入，怎样窃去的，以便下手侦缉。"仁宗道："查赃验盗，乃是卿的职分，就在今日查验一番吧。"明镐领旨下殿，回到府衙，便请邵九皋、汪文庆等一同入宫。

来到宫门，早有太监引路直奔四质宝藏库而来。到库门口，尚侍监杨怀敏过来说道："贵府今儿入宫验盗，不知几时能破此案？主子深怪咱家不当心，贵府请想，这一定是那江洋大盗，高来高去的飞贼，怎能防备法子？请贵府出个主意，咱家担不了这干系的。"明镐笑道："待下官验过来踪去迹，破案哪有一定呢？"说着，库门三道大锁已开。明镐同邵九皋、汪文庆等众人入内。但见这座库，横宽足有十几丈开阔，高有三丈。靠墙铁柜，柜上全有金锁封条，编好的号码，自第一号到一百号，据说都是历代的珠宝玉器，哪一件都为无价之宝。铁柜上面，一排木阁也都有封条金锁，编着号头。

明镐仔细看了一遍，灰尘遍地，只有天字第四号木阁旁边一无尘埃。明镐便问杨怀敏道："贵监当初进库之时，怎样的情形呢？封条动无动，金锁开未开？"杨怀敏道："咱家进库的那天，毫无形迹。只道三宝在天字第四号木阁，原封未动，封条和锁也无动过，及至打开阁门，才知三宝失踪。贵府想这库如此之高，窗棂都是铁的。不要说是个人，就是猫狗也难入内。究竟这贼是从哪里进来的呢？"说着用手一指东墙道，"贵府请看，上边画枝兰花，离地足有两丈多高，莫非他搬个梯子来上去的吗？不然一点儿粘连也无有，立在哪里呢？终不成还悬在空中么。"明镐抬头看了一遍，心里也是纳闷，暗想此人的功夫已是绝顶，这案子恐不好办。

回头一望邵九皋，见他背着身体，似乎有什么心事似的。当下不便动问，过来悄悄地问他道："老姻丈可看出来有什么形迹来，到底从何而入呢？"邵九皋点点头，领着明镐走到西北墙角，望上一指道："从此处进来的。"明镐抬头仔细一看，果见几根木椽似经动过的，别处的木椽满布尘灰，只有此处的四五椽子光滑明净，好像擦拭过的，再细一望，微微地透出阳光来，心中佩服邵九皋的眼力真好，到是老前辈，经历得多见识广。当下便对杨怀敏说道："下官查验过了，要去上殿复旨。请你派人速将这库角上几根椽子换下来吧，都锯断了，以防将来再来第二次。"杨怀敏唯唯答应。明镐自去上殿复旨，奏明贼人由库顶锯断木椽进库，今已查出痕迹，请旨给限擒贼。仁宗道："此贼盗去三宝，想已远走高飞。日期近了，哪里擒得着呢？如今就给你一个月的限期，查得三宝并将贼人擒住便了。"明镐叩头谢恩下朝。

回到开封府，不由得为难起来。因想贼人盗去三宝，必然远走高飞，到哪里去寻，到哪里去找呢？圣上给了一个月的期限，已是恩施格外，倘若办不着，下面子是小，如何去复旨呢？思来想去，如坐针毡。小信陵汪文庆等也是着急，只是无法可想。那天晚上，明镐独自一人正在内书房批阅文件。忽见邵九皋走进来就给明镐跪下，吓得他还礼不迭，直说："老姻伯何必如此？岂不折杀小侄吗？快请起来，有话好好说。"讲罢，连忙搀起他来。只见邵九皋眼含痛泪说道："贤侄快快将老朽绑起来，送到皇帝面前治罪吧。"明镐急道："到底老姻伯是为什么事呢？请对小侄说，总好想法子的，拼着小小的前程，绝不使老姻伯受一点儿委屈的，有话请讲当面吧。"邵九皋叹口气道："贤侄情深意厚，老朽便对你实说了吧。前者在孔家庄破那机关之时，贤侄料还记得，你可知是什么人摆的吗？"明镐沉思半晌，摇头道："这却不知。"邵九皋道："就是我那不成器的小徒办的。"明镐恍然大悟，暗想怪不得一进门时听得他咦了一声，后来又见他长吁短叹的，原来有此缘故。因说道："那里又无写名字，怎知是他摆的呢？再说已是过去的事了，无人追问，还提他干什么呢？"邵九皋道："都怪我平生性情古怪，眼眶子太大，只收一个徒弟。偏他不争气，这不是报应吗？从前他在两湖一带胡作非为，逼得我立不住脚，无奈何携家远避，落得眼前干净。不料他竟跟了我来，又闯下这灭门之祸，他分明是要我的老命，一定前世结下冤孽，今生寻找来了，还有什么说的呢？此时老朽只求速死，两眼一闭，任他去胡为。"明镐听到此处，心里明白盗三宝的一定是他无疑了，当下安慰道："常言说一人做事一人当，亲父子还顾不了呢，何况师徒？老姻伯只管放心，小侄管保无事就是了。如今最好是想个法子，劝他回心转意，献出三宝，小侄再托人关照，或可免罪，说不定还须得些好处呢。"邵九皋道："派人去到飞龙岛请华氏三雄来，大家商量个法子，或可擒得着他。贤侄不知，那小子性情比我还坏，他要有心和人为难，必定遂其所愿，才肯放手。他是个不讲交情的，所以我这老面子，三番五次地被他糟蹋完了。"明镐道："在镇江和华氏兄弟分手时，华老大曾说到口北回来，仍来汴京的，派人到飞龙岛恐遇不见他弟兄的。"邵九皋踌躇道："这话我也听见了，谁知他等几时来呢。"正在说话，忽见钱福进来禀道："花厅上众位老爷请大老爷过去，说有朋友来了。"明镐闻言，便同邵九皋直奔花厅而来。正是：

千里有缘来相会，嘉宾莅止定良谋。

要问来者是谁，且听下回分解。

第二十二回

于凤翔泄机开封府
邵九皋寻徒紫霞宫

却说明镐同邵九皋来到花厅，走进来一看，却是金钱海马袁英、混海泥鳅朱亮、水底蛟龙刘通、火眼江猪于凤翔四位英雄，当下见面自有一番亲热。叙了些别后的情形，问起杨云瑞来，知道他跟富公查办河内去了，大约不久便回来的。明镐吩咐摆酒，早有差人过来伺候。

等时之间，酒菜排好，众位英雄入座，俱各开怀畅饮，说不尽的划拳行令，推杯换盏好不热闹。明镐便问："此番赴闽，可遇什么新闻，得些什么消息？"金钱海马袁英说道："此次赴闽访友，可说是白跑一趟，一无所遇。江湖上的朋友一天不如一天，早先大家还顾情面，讲交情重义气。现下可不对了，一班后辈不懂规矩，本事却甚平常，牛皮吹得很大。不管长辈不长辈，见面就要冒犯，动起手来准是栽跟头，然后这才请教，何苦多此一举。正所谓初生牛犊儿不怕虎，眼看着把闯江湖的规矩弄得毫无价值，败坏完了，真正可惜。"说罢，长叹不已。混海泥鳅朱亮因对明镐道："大哥的面容消瘦了许多，足见为国宣劳。这官儿不是容易做的，但不知有什么为难之事，怎的总是双眉紧皱的呢？"一句话说得众人都向明镐注意。明镐便将宫内失宝之事说了一遍，现在真是大海捞针，无处下手，因此行坐不安。四位弟兄听了，袁英望着朱亮，刘通看着于凤翔，似乎有甚心事。到底于凤翔心直口快，因说："宫内丢的可是冠袍玉带？"明镐道："正是那三宝。于贤弟怎的知道？可有什么消息吗？"于凤翔道："说出来很长的，我的嘴又笨，请袁二哥说说吧。"袁英笑道："你的嘴虽说笨却很快的，说出来收不回去，拉出别人替你，真是何苦。幸而明大哥和在座的都是一家人，不然人家要笑你的。"明镐插嘴道："彼此都是知己，这样才是正理。几位兄弟大远地跑了来，替愚兄出大力。咱们是来日方长，愚兄也就不客气了，请袁二弟说说吧。"

袁英指着于凤翔道："都是在他身上发现的。前者自滁州和大哥分手之后，直奔闽江而去。一路上遇了不少的可歌可笑、可恨可叹的事，顺便也做了几次惊天动地的案子，杀了几个赃官，除了数名恶霸，也都没甚关系，好在明大哥是自家人，不见得将俺弟兄捆绑起来，献给朝廷归案的。"说罢一笑，众位英雄也都大笑。明镐也笑道："这倒好，自己都招认了，省得动大刑。"说得众人又复大笑一阵。袁英饮了一杯酒，明镐亲自执壶来满酒，他哪里肯依，到底还是韩天龙抢过杯来，拿起酒壶斟得十满十足，差不多酒出来了。袁英谢过，一饮而尽。于凤翔道："先别打酒官司，等他说完一起算吧。"

只见袁英又道："在闽江住了几天，实在无意思，俺等商量回京。启程之后，都说仍走原路太乏味了，反正无事，绕两湖走吧。当下经过多少地方，左右不过是饥餐渴饮，晓行夜宿。那天来到陈州，离京也近了。一路听说大哥调升开封府正堂，官声很好。俺等喜不自胜，到此便可见面，省得再往滁州去。"又指着于凤翔说，"他也不是怎的发了游山的心愿，硬拉着俺几人同游嵩山。因想那嵩山居五岳之中，必有大人物在山上居住修炼，说不定能会见几位，也可增长见闻。那天便向嵩山进发，到山下盘桓了几天，并未见出奇人物。打算再游一天，即下山到汴京来。哪知于凤翔兄弟每日辛辛苦苦爬山越岭，各处的山岩石洞，他都要走走，闹得人又累又乏。这夜走到半山，几个人在一块岩石上坐着休息，我和朱亮弟睡着了，于凤翔兄弟要到松林去出恭，叫我们等他。不料一等也不来，二等也不来，直到俺们一觉醒来，已是斜月降落，大约天有四鼓。刘通弟便说于老五还无回来，俺几人大惊，等时向松林内搜索遍了，也不见他踪影，不知出了什么岔子。正要分头去寻，忽见他已由半山飞下，手中提过包裹。问其所以，他说方才出恭看见两个夜行人，一前一后飞奔上山，他便跟在后面。原来后山山坳中有座庙宇，游山的人等闲走不到的。那庙四面都是松林，遮掩得十分严密，远远地望去一片青山，树木丛杂，哪知里边有座庙呢？那两人进庙，老五也跟进去了。见那庙里还有两个和尚、一个头陀、四五个道童。这两个夜行人直到禅堂。老五在后窗户上扒着偷看，见那人在身上解下包袱，不知包的何物。他俩附耳密谈，听不见说什么。说完便笑起来，把包袱放在桌子上，两人一同到后院去。老五想戏耍他们，把包袱偷来，直到我们坐的地方来。等他说完，打开包袱一看，乃是一顶平天冠、一件滚龙袍、一条玉带。"明镐急问道："禁宫所失的正是这三宝，好了，竟被于贤弟盗回来了，可喜可贺。东西在何处呢？"

袁英笑道："大哥先别急，听我说下去，事情还很多呢。"明镐道："请讲。"袁英又道："俺们当时见了此物，都说是庙内神像穿的。刘四弟说：'不对，你看这顶平天冠珠子放光，虽在深夜，我们坐的地方照得通明。'听他的话，果然都留神起来，龙袍和玉带也非平常之物。正在纳闷，忽见山上飞下几个人来，三个和尚、两个俗家，都是短衣窄袖，手执兵刃，似乎要和人厮杀般地跑到近前。先有一个俗家指道：'那不是吗，珠子还放光呢。'我们一听，定是本主寻来了，深怪老五多事，我和朱兄弟走过去和人家招呼，通起名姓来。和尚叫九头狮子法空、金眼比丘悟缘、莽头陀沙净，两个俗家一个叫一枝兰马云峰，一个叫醉尉迟秦明，说起话来都很漂亮，也知道俺弟兄是江湖上的朋友。马云峰和秦明一定邀我们到庙里去盘桓几日，我看到他俩倒还正派，所以同他等走下山坡。来到庙前，天已大亮，那座庙虽说年代已久，修理得却也十分齐整。山门上横块匾额，上写'紫霞宫'三个金字。里边有的是苍松翠竹，甚为幽雅。当日承马云峰等款待住了五日，每逢问他这冠袍带履是怎样的一回事，他总是吞吞吐吐地拿话支吾，还问了我们好几次到何处去，是否要往开封。我也没对他说实话，只说了个浪迹江湖、随遇而安的话，至于一定到哪里，可无一定，因此马云峰也不追问了。今日听了大哥的话，才知还有这些事，哪里知道呢？"

明镐道："当时原物交给他了，可知他还向哪里去吗？"袁英道："我们动身的那天，他和秦明还在庙内，据说十一月二十四日要往登州火龙岛，去会四海龙王胡庭魁。说是那天五湖四海的英雄、三川八寨的豪杰全要去的，关照俺弟兄不妨去走一遭，多会些江湖上的朋友。我问他是因什么事情要请这些人。他说是有两桩事，一来是四海龙王胡庭魁的六十大寿，二来要重定绿林中的规矩，也可以算计算计绿林中还有多少人。从此之后，大家要遵守规章，不准胡作非为，如有不去的，将来不许再吃江湖上的饭，这也是几位老前辈想出来的主意。俟后三年一小会，五年一大聚，如有收了徒弟，也须到会期当众说明，上了册子，可以闯荡江湖，到处有人接济，不然犯了事无人管的。"明镐道："这就是了，一定他等去赴会，借此显出本领，全不顾犯了灭门之祸，罪在不赦。如今大家想个法子，怎样办法，两下的面子全得顾着。"袁英道："这有什么说的，大家前往嵩山，将他捉住归案便了。"明镐回头再望邵九皋时，忽然不见踪迹，因问韩天龙道："邵老姻伯哪里去了，何时去的？"韩天龙道："大哥和袁二哥说话的时候，他说出去方便，无见回头。"明镐急道："不好了，他老人家定往嵩山去了。如今无法，就请韩贤弟赶紧追下去，保护他老人家，兄等随后便到。"韩天龙闻言，等时出来，借土遁往嵩山去了。暂且不提。

当下众弟兄便问明镐这是什么缘故，明镐便将此事的始末根由说了一遍，众弟兄这才明白内里还有这许多的弯子。小信陵汪文庆道："想邵老丈本领超群，此去必然将马云峰捉住。况且他又是师徒，那马云峰绝不敢违抗的。大哥还犹豫何来？"明镐叹道："贤弟不知其中，他师徒的关系早已断绝，如果邵老丈管得了他，也不至于携家远避了。此去侥幸能捉住他的，是无的可说，不然邵老丈绝不生还的。袁贤弟等远路到此，还无休息片刻呢，就请暂为休息。俺弟兄火速追上去，倘若弄出岔子来，愚兄的罪更加重了。"袁英等四位英雄齐道："大哥说的哪里话来，弟等一路到此，早已歇够了，还休息什么呢？况且俺四人数年以来在海外学艺，昼夜不停，不懂得什么叫作日夜，咱们就一同走吧。再说我们也识得路程，省得一番麻烦。"明镐哪里肯依，再三阻拦，不让他四人去。于凤翔发急道："大哥这样便是不拿我们当朋友看待了。今儿这件事，都是我们弄出来的。倘若邵老英雄有个三长两短，将来绿林之中晓得，我们就太不懂交情了。"朱亮、刘通也说："大哥就不必拦着了，让我们走一趟吧。到那里先和他讲交情，如果姓马的是朋友，自然能够拿着三宝，同来开封束身归罪，也算是个汉子。如果他不讲道理，说不了就和他动手。先问他目无尊长、藐视前人，该当何罪。他连师徒之情都不顾了，咱们还和他讲什么义气呢？"小信陵汪文庆等听了这番言语，一齐鼓掌道："言之有理，这几句话又冠冕又堂皇，料有点儿人心的人，无有听不进的。事不宜迟，咱们就走吧。"明镐道："袁贤弟代兄前往，见了马云峰，和他说如果他能献出三宝，束身认罪，愚兄担保他无事便了，说不定还须有好处呢。如今圣上爱才如命，不怕有一技之长，都得着好处。何况他本领超群，更是拿得稳的。"袁英答应。众位一齐脱去长衣，那时天已初鼓，一个个蹿上房去，出了开封府，施展飞檐走壁，顺大路直奔嵩山而来。

此际开封府内只剩下明镐一人，因为有事要等众位弟兄回来得个信，以便明日上朝奏明，然而此事究竟落个什么结果却无把握。心里盘算，那马云峰生性倔强，恐怕难以理喻，动起手来，纵然他本事再大，也禁不住人多，料想也不至于吃他亏的。正在思索，忽见一道白光直奔门面而来，说声不好，急忙一低头，只听吧嗒一声。正是：

　　　张梁毕竟何为者，含沙射影总成空。

要问明镐是否受伤，来者又是何人，且俟下文交代。

第二十三回

杨栖霞神针伤刺客
韩馥玉盗宝警顽徒

  却说明镐在花厅思索马云峰的事情，时已三鼓，想回内书房阅卷，查出那道上谕，明儿如何启奏。站起身来，刚要呼唤钱禄、赵福，只见窗外飞过一道钢镖，明晃晃地直奔自己门面打来。看官，这要遇着寻常人等，立刻呜呼哀哉。明镐是能为出众、武艺精通的人，一举一动无不留神，真是眼观六路耳听八方的。大凡练功夫的人，全是十分机警，不必专心演习，自然而然地处处精细，所以好本领的轻易不受暗算。今夜，明镐一起身时，已经听得屋瓦微动，心里已是惊异。果见钢镖飞来，说时迟那时快，眼看已到面前。说声不好，急忙一低头，竟将那镖给躲过了。听得吧嗒一声，抬头一看，那镖钉在明镐背后的墙柱上，入木一寸多深，你说厉害不厉害。

  明镐脱去长衣正要出来，听得外边吧嗒一声，是瓦落地响，哎呀一声，是有人栽倒。连忙走出房门，见是赵福拿根门闩坐在地上，手抚脑袋不住地喊疼。钱禄拿根铁尺，手持灯笼扶起他来。明镐便问他何事吵嚷。赵福道："大老爷不知，方才来了刺客，在房上跑。我正在墙根蹲着出恭，见他一扬手，一宗白晃晃的东西直奔花厅飞去。当时我一急，手中又无兵刃，寻得这根门闩，想搬个梯子上房去捉刺客。不料被他打了一瓦，也不知跑到哪里去了。"明镐大笑道："好了，你且点起灯笼，招呼几个人来，四下寻寻。"赵福答应，正要去招呼人，忽见房上蹿下一个人来，直到明镐面前轻轻地落下，一点儿声音也无有。赵福当是刺客，不管好歹，举起门闩搂头便打。明镐刚要禁止他，哪还来得及，眼看门闩直向那人头上落下来。只见她不慌不忙一闪身，便将门闩躲过，一抬腿将赵福踢了个大仰巴跤子，门闩掷出去好远，半晌爬不起来身。只听得明镐说声："我当何人，原来是杨小姐，请里边坐吧。"她道："请派两人到墙外，把刺客捆起来再说。"明镐大喜。当下命钱禄、赵福带领几名家丁，开了西便门，果见有一大汉躺在地上直哼，急忙跑过去倒剪二臂，五花大绑，推推搡搡来到厅外。钱禄、赵福进去回禀，明镐吩咐暂且将他押起来，明天升堂审问。钱禄、赵福答应下来，将这刺客送往大牢监禁。

当下明镐见是杨栖霞，让到厅内，家丁献上茶来。明镐问道："杨小姐从何处到此？怎的知道这里闹刺客呢？"杨栖霞道："起初也不晓得，因我和韩馥玉、邵金花二位姐姐跟着玄裳尼师伯母去住了几天。邵家姐姐几次要回家去侍奉老父，因为他老人家上了几岁年纪，这两年又不遂心，所以她很不放心的。师伯母对她说邵先生现在开封，不久便有一场灾难，到那时必须前去救应，此际赶到滁州，也遇不见他老人家了。邵家姐姐听说老爷子有灾难，更是急得不知怎样好，幸而韩馥玉姐姐好说歹劝的，才勉强等到今天。前几日里，一天总要闹几遍，无一天太太平平的，实在闹得人心也烦了。今儿早晨，师伯母对俺三人说，快到嵩山紫霞宫庙前西面松林内等候，晚上必须赶到的，至于有什么事，到那里自然明白，不便多说。俺姊妹也不知甚事，大约关系很重要的，立时动身，傍晚时赶到，藏躲在松林内，到底看看什么事情。果然不大的工夫，远远地走来一人，不住地唉声叹气，似乎极其伤心般的。因为在夜间看不清面貌，见他来到一棵松树前，从身上解上根带子来，拴在树枝上就要上吊。韩家姐姐眼快，你猜是谁，原来却是邵老丈。把邵家姐姐吓得直哭，抱住他老人家，千爹爹万爷爷地连哭带喊。看见我们三人还疑是做梦呢。韩姐姐便将奉了玄裳尼师伯母的吩咐对他说了一遍，当时他便叫我火速到此处来捉拿刺客，迟恐不及。我也不敢深问，只得飞奔到此。究竟我还不知谁在此处呢，因想既是他老人家派我来，一定认得的。刚刚到此地，还未停足，看见刺客蹿房越脊，远远地奔来。我便跟在他背后，见他放出一镖打在墙上，下面已有响动。他想趁空再放第二支镖，无防备被我打了一掌，吓得他往外便跑，蹿到墙外又中了我的绣花针，摔倒在地，一时他也跑不了的，所以进来告诉你。"明镐道："原来如此，幸有小姐前来相助，不然要被他暗算。但不知邵老英雄等在何处？事情办得怎样了？"杨栖霞道："大料也快回来的，因邵姐哭求他老人家回来，现在已有四鼓了。"

正在说着，忽见邵九皋同韩馥玉、邵金花一齐走进。邵九皋在身上摘下个包袱来，递给明镐道："这件功劳全是韩贤侄女办的，老朽不敢冒功。"明镐连忙双手接过来，放在桌子当中，谢了邵九皋及韩馥玉。邵九皋笑道："贤侄预备的房子，可曾收拾出来没有。"明镐道："早已办理齐妥，就在花厅后面。仍旧是府衙的房子，不过分了几座院子，种了些花竹，添了些器具。今日已将仆妇丫鬟上下人等，也都喊来了。老姻伯何故问及于此?"邵九皋道:"如此好极了,因为韩侄女等大远地到此,终不成还去借店住房么。既然收拾好了,喊个人陪她们过去,两下都方便。"明镐答应,便唤钱禄、赵福喊两个仆妇丫鬟来,陪着三位小姐去到内宅安歇。钱禄等遵命而去。霎时来了两个年长的仆妇,手持灯笼进来一一请安,一前一后地陪着韩馥玉、邵金花、杨栖霞等三位小姐直向内宅去了。表过不提。

再说花厅内的明镐见韩馥玉等都到内宅去了,因问邵九皋道:"老姻伯此去马到成功,但不知令徒肯来投案否?"邵九皋闻言,长叹道:"那小子性情仍然未变。此次见我前去,起初他还不十分倔强。回来说到这冠袍玉带之事,他便旧病复发,直瞪着两只眼望着我道:'依师父的意思怎样呢?'老朽仍是和颜悦色地劝他道:'现在明公为开封尹,皇上十分看得起,又是奉旨承办此案的,只要俺师徒束身归罪,献出三宝,他总设法出脱我们的罪名。'他听了我这几句话,等时变了脸,说什么:'好汉做事好汉当,绝不连累别人。三宝是我姓马的盗来的,不日送到火龙岛给四海龙王胡庭魁做寿礼的。如有本事能将三宝盗回,没的话讲,我就到开封府投案,不然没此便宜的事。师父大老远地来了,不必回去,就此嵩山住几天,同往火龙岛吧,这件事再休提起。'贤侄想想看,他这几句话不是拿刀子扎我的心吗,哪有脸面在人前说话呢?正想要走出来,见他喊过姓秦的去,伏在耳旁鬼鬼祟祟说了一阵,姓秦的便出去了。那时已有小和尚拉开桌子,端上酒菜来,他还让我吃饭呢。我气愤填胸,看也不看,对他说:'饭已吃过,难以下咽了。你如念师徒之情,跟我同到开封认罪,一来免了灭门之祸,二来也能顾全我的老面子。'他听了这两句,等时直跳起来,大声喊道:'师父顾全面子,徒弟的性命狗屁也不值了。你老人家还迷糊着做梦呢?我已派人夜入开封行刺,管保要了姓明的性命。如果不信,少时便见。从此不提三宝的话,咱是师徒如旧,你老人家要我怎样,无不遵命。倘若再提此事,休怪无情。'这几句话简直的是决裂了,我过去想抓住他,不料一缩身,竟入地道而去。几个秃驴过来劝我,都是些不入耳之言。贤侄你想,自己的徒弟都管不了,还有何颜偷生人世。当时我一跺脚,头也不回走出紫霞宫,一边走一边打算,无脸再见贤侄之面,不免寻一自尽,或能感动畜类的心。因此跑到松林,解下带子来,只在树枝上拴了个扣。正在要伸脖子,不想韩小姐等同我女儿赶到,问知其故。我怕贤侄受他暗算,晓得杨小姐道法高深,当即请她前来保护,以防不测。韩小姐只身入庙,也不知她用何法,竟将三宝盗出。因为想到马云峰说过,能将三宝盗回,他便前来认罪。正要到庙里去和他讲理,忽见袁英等弟兄四位带领众家英雄赶到。我想这更好办了，因问：'韩小姐将三宝盗出来，他等知道吗？'韩小姐说是在四层地穴石箱内取出来的，石箱上盖块石板，足有三五千斤重，非使机关不能开放。她已将机笋扭断，无有三五十人，一时难开石箱。况且那地穴曲曲弯弯，许多的埋伏，便是寻也要寻半天哩。我听了此言，便和众家弟兄想了一条妙计，我不露面，去对他好说，今夜盗出三宝来，大料他便没得讲了。好在三宝已经盗出，吓也把他吓住了。我便同韩小姐和小女回转府衙，明儿自有回信的。"

明镐拜谢道："老姻伯高情厚意，替小侄出此大力，将来怎样报答你老人家呢？"邵九皋笑道："老朽也是因人成事，出了什么力呢？况小婿天生呆呆，久后全仗贤侄提携，那便是照应老朽了。"邵九皋说到此处，明镐忽然想起韩天龙来，当下便道："韩贤弟诚实不欺，称得起是正人君子。几次打救小侄，他出的力最多。当初师伯玄微子曾说过他的福分最大，人所难及，将来必能做一番大事业的。但是方才派他去接应老姻伯，因为他会法术走得很快，怎么老姻伯无遇见他吗？"邵九皋也迟疑道："怪不得，我心里还纳闷，别人都去接应我，偏偏不见他。我还以为他想不到此，也不怪他。照贤侄说来，他应当比别人先到嵩山。据我看，他一定走错了路，或是出了别的岔子吧。"明镐道："如今大非从前可比了，他所会的法术足可自卫，别人及不上他的，这一层倒不用虑的。只他生性懈怠，太好顽皮，遇见什么事情，总要闹出笑话来的。大料他迎不见老姻伯，也就要回来的。现在天已快亮了，老姻伯辛苦了一夜，歇息歇息吧。"邵九皋道："还不觉得怎样，再等一歇，众家弟兄也要回来了。贤侄打开包袱看看就请收好吧，还要复旨去呢。"当时打开包袱一看，果见天平冠上的夜明珠照得满屋通明，不讲别的，就这一颗珠子已价值连城。通天犀的玉带四周镶满珍珠宝石，毫光四射，滚龙袍金线穿珠也放出五彩的光华，好不惊人。正是：

富有四海非虚话，奇珍皆落帝王家。

要问后事如何，马云峰是否就擒，韩天龙又出何事，都在下文发表。

第二十四回

明大义马云峰报案
错路途韩天龙救危

却说明镐和邵九皋把三宝看了一遍，不住地称赞道："果然是无价之宝，无怪贼人动心。"邵九皋笑道："老朽也不是无见过世面的，自幼闯荡江湖，足迹遍天下，平日所见所闻的着实不少。就像当初，南蛮进贡奇珍异宝的，也不在少数，我们也曾劫夺过几次。因为南唐霸占大江南北，由南方来的各国不论金银财宝，它是一股脑儿独吞，说不定连使臣都给害死，所以我们落得抢现成的。说起来，南唐的宝物可就不少，从无这样的宝贝，足见还是见得少呢。"说罢大笑。明镐立时拿到内书房，和印信放在一起锁好，嘱咐家丁人等内书房左右不可离人，说着又回花厅来。

忽见小信陵汪文庆已回，明镐将要问话，只见袁英等弟兄四人也从外边进来。明镐抱拳拱手地说是："弟兄们多受辛苦，愚兄心中实在不安。"袁英笑道："大哥总是这样文绉绉的，有多腻人。索性大大方方的倒好。这样一来，闹得我们也是不安的。"明镐笑道："如此下次愚兄就不客气了。"于凤翔急道："闹了半天闲白，正事一点儿也无提着，误多少事。"袁英道："就你爱发急，偏偏那张嘴不做脸，说又说不周全，还好管闲事，真是何苦呢？"几句话说得他扶起嘴来，引得众人大笑。

袁英道："商量办正事吧，别胡闹了。"明镐便问事情如何。袁英道："马云峰也来了，我本打算请他到里边来坐，他却执意不肯，定在班房等候升堂投案。看他倒是个朋友，大哥如能有法子，最好救下他来，将来也是个好臂膀。"明镐道："愚兄本想如此，先替他脱了罪名，然后再说，但是怎样请他来的？"袁英道："一点儿事也无费，邵老丈早已打好了草稿，等他和韩小姐等下山，我们便商量俺四人先去，看他怎样讲法。请汪兄等七人藏在松林，如说不好，动起手来再行露面，省得他疑心。俺弟兄四人到了庙内，法空喊出他来，见面之后说起这件事情来。他不知我们的底细，意思还要请俺们帮助他劫牢反狱，救出秦明。因说派他到开封来行刺，不见回去，定然遭擒。到那时候，我不能不说了，便对他说：'姓秦的朋友只要在开封失事，总好想法子的，只是听见一个消息很不好的。'他便问俺什么消息。我说：'现有开封府派了不少的人来，要拿盗御宝的大盗，现在庙外，我等有一面之识，当时劝住。两下都是朋友，这件事怎样办呢？'他听此言，等时把眼一翻，说道：'无论什么人来，姓马的一概不惧。既是你们四位的美意，要与两下里讲和，承情不过。如有人能将三宝盗回，姓马的自然跟他到案，不然休想。'我听了这番话，心里早打好了主意，对他说道：'如此不可反悔的。'他道：'大丈夫一言出口，驷马难追。'我便喊于老五请汪兄等进庙，假意指引了一番，才说出要盗宝的话。

"哪知汪兄比我更伶俐，就和他约日子。他一开口便说限三天为期。汪兄说：'太远了，就在今夜到明天为止，如果盗不回三宝，任你送给姓张的也好，送给姓李的也好，管保久后不来追问此事，一笔勾销。倘若今夜盗出来，怎样讲呢？'见他哈哈一笑，说是：'众位如能这样，虽将姓马的粉身碎骨，情愿认输。'汪兄说声：'好！就是这样吧。请你看守好了，我们要动手了。'他绝无想到已盗出来，若无其事地说声请吧。汪兄便走出来，仍回松林。我还骗他说：'你要当心的，来的几人非同小可。俗语常说来者不善，善者不来。'他摇摇手道：'听他说大话来吓我哩。不瞒几位，别说他们只有七个人，就是七十人，也不中用的。'到底法空心思周密，说道：'这话不可大意，看他几人都有点儿意思，总要防备防备才是。'他笑道：'怎的你也乱谈起来？他等不知在什么地方，我去给他们领路哇。'一句话提醒了几个人，知道总门就在这屋子里桌子底下，别处无路可通，所以他甚为放心。

"等到天交四鼓，忽然他笑道：'快到时候了，不想在此得遇高人，真是梦想不到的。'他这话分明是讥诮我们的意思，正要和他分辩两句，忽听得汪兄在窗外呼唤，我便出来胡乱说了两句话。我进去对他说道：'人家说三宝已经到手了，可惜把你造的石板笋头给扭断了。据说四道暗室机关很巧妙的，就是那块石板竟有五千六百八十斤重。现在人家已将包袱送到开封府去了，问你怎么样，将才说的话答应不答应？'他听了我这几句话，等时变了颜色，三个秃驴也是你看着我我望着你的，半晌无言可答。我又紧跟两句道：'你如不信可以去看看的，人家对我这么说的。我也不知道什么三道暗室、四道埋伏的。'他想了想便道：'这还看什么呢？大丈夫说话出金似玉，无别的，跟你们同到开封领罪便了，请你们替我上了刑具吧。'我便说道：'你这是何苦呢？刑具是给小人戴的，俺等是好汉子，说一不二，要走咱就走，陪你到开封一行。如能设法之处，仍当效力的。'他道：'多谢美意，我犯的是灭门之罪，只是独自一人，无家无室，无门可灭，这却便宜我了。咱们就动身吧，别让好朋友多心。'我便道：'何必如此急？早晚赶到就是了。小弟陪了你们半夜，无别的，讨杯水酒吃吧。'马云峰道可以，当下便叫小和尚宰鸡杀鸭。好在法空等三人也是荤素不拘的，所以庙内很方便，一切荤腥都有。霎时之间摆好酒菜，几个人开怀畅饮。那时我不住地拿话试探马云峰，他只是若无其事般的。吃喝完毕，起身来到衙门，我想请他花厅来坐，他却不肯。我也嘱咐过差役人等要好好地照应他。我们的事到此算交代了，只看大哥怎样办吧。"

明镐道："他既如此，愚兄一定想法子救他，实在不行，拼着这顶乌纱不干了，绝不让他受委屈的。"众人闻言，都称赞明镐义气。袁英又问道："那么秦明怎么办呢？"明镐道："自然一齐救他们的。"说着，便喊钱禄、赵福，叫他将刺客提到班房，去了刑具，让他和姓马的等在一处便了。钱禄、赵福答应下去。明镐才问袁英："可曾见着韩天龙否？"他等都说未见。明镐十分纳闷，暗想这呆子又跑到哪里去了呢。

书中代表，那韩天龙自奉明镐之命，去接济邵九皋，到底翁婿之情甚重，十分开心。出了衙门，便借土遁直向西南而去。不料阴错阳差的，他竟走错了路，直到西岳华山过去，有座小华山，方才收住遁法。走上山来，天有初鼓。这小华山是和陕西交界的地方，偏偏又是僻路，轻易无人走过，晚上更是无人了。他心里很着急的，忽见半山有座小庙露出灯光来，心中大喜，以为到庙里问路总有人知道的。正然思想，猛听山下一片杀声，暗想深更半夜的什么人在此厮杀，别是他们动起手来了，急忙顺着声音跑下来。走了不到半里路，迎面一骑马飞跑而来，口中不住地喊救命。后面灯球火把，也有骑马的，也有步行的，从后面紧紧追来。韩天龙迎住马头问道："哒！你小子是人呢，还是强盗呢？快说实话，老子救你。"那人闻言，立时滚鞍来到跟前，喊了声："那不是韩老爷吗？快救夫人、公子要紧，你看强盗追下来了。"韩天龙这才看明白。原来是王信，先前明镐派他和田京去到安化迎接家眷，去了许久不见回来，却在此处相遇。那时追来的人已经临近，顾不得问他话了，当即迎上前去。

只见许多的喽兵，各执灯球火把拥护一人，大约是个头领。见他骑在马上，手持大砍刀，耀武扬威地喊声："牛子留下买路钱，放你过去。"说着，已离两三丈远。王信已经上了山坡，藏在一块大岩后。韩天龙听说要买路的钱，大笑道："你小子是哪里来的？敢和老子要钱。"早有喽兵说："将才一个骑马的，被他放过去了，他们必是一起。"那头领喝道："将才那骑马的牛子到哪里去了？你这黑炭竟敢拦某去路，你是不爱活了。"说罢，催马抡刀，照着韩天龙顶门劈下。韩天龙手无寸铁，急往旁边一闪躲过去，大怒道："你小子真不知好歹，敢来砍老子。不给你个厉害，你也不认识老子。"只见他用手一指，喝声"住"，竟将那贼首连人带马的用定身法定住。许多的喽兵正要过来，韩天龙见他们人多，在囊中掏出几片纸来，喝了声"疾"，等时变了好些虎豹，张牙舞爪地冲过去，吓得那些喽兵拨回头就跑，只恨爷娘少生了两条腿，霎时逃得精光。韩天龙收回法术，拾了一把刀，见那贼首还在马上直瞪着两只眼，心里明白，就是不能动，也不能开口。

此时王信骑马下山，便对韩天龙说道："韩老爷，先去救夫人和公子要紧。"韩天龙道："他们在何处呢？"王信道："就在前面树林外大路上呢。"韩天龙道："你看好了这些贼子，我去打救他们。"说着，大踏步穿过树林。远远地听得田京呼喊："贼人，休得无礼。"韩天龙急忙跑到近前，见有许多的喽兵围着两辆车子指手画脚的，听不清说些什么。韩天龙过去手起刀落，先杀了几个喽兵。刚才有看见韩天龙的，知道厉害，喊声："这小子会妖术邪法，咱们快跑吧。"等时四散奔逃。韩天龙又追上去杀了几个。田京见他前来，心中大喜，连忙喊道："韩老爷别追他们了，保护夫人、公子要紧。"一面喊着，一面禀报孟夫人，说韩老爷和大老爷有八拜之交，情如手足。

正在说着，韩天龙跑回来，问了田京，知道孟夫人和公子在车上坐着呢，过来问道："嫂嫂受惊了。"孟夫人知他和丈夫是结义的弟兄，即便说道："叔叔辛苦了，愚嫂并未受惊吓的。多亏了田京和王信左说右劝的，无奈那般贼强盗十分蛮横，定要抢劫行李车辆。若非叔叔前来相救，险遭不测。"田京又道："请问韩老爷，那贼首追赶王信去了，不知曾相遇否？"韩天龙道："我要不是遇着他，还不知道这件事，贼首已被我擒住。为什么不住店，偏要在深夜赶路呢？倘有差错，你俩担得起这干系吗？"田京急道："都怪王信，白天路过于家镇时，听得有人说道上不太平，又无村落，不如住下，明早随大众启程，免得担惊受怕的。王信不依，他说多赶几里是几里的，这样耽搁下去，何时得到开封呢，不由分说催着车马趱路。直到太阳西沉不见村市，他才慌了手脚，悔不听人家的话。业已走了很远，断不能再折回去，只好硬着头皮，提心吊胆地向前进。夫人不住地问前边可有镇市，早点儿落店吧。他还支吾着说再走一程就有镇市了。远远地望着这座山，还当是村市呢。他说好了，前面有村市了，赶快几步吧，哪知道此却是座山。正在迟疑，强盗来了。若非韩老爷在此，一定要闹乱子的。"韩天龙刚要答言，忽听锣声震耳，山下来了一伙盗贼。正是：

不听人言贪趲路，凭空闯出是非来。

要问后事如何，且待下回庚续。

第二十五回

指明路四好汉归正
破妖坟七千岁请贤

却说韩天龙赶散了喽兵，正和田京说话。忽见西南角上，人喊马嘶，灯球火把照耀得如同白昼。韩天龙知是强盗的同党，便命田京催赶车辆前行。他自己迎上去，只见二三百喽兵拥护着三个头领，各骑战马，手执兵刃，狂呼乱叫地跑来。韩天龙见来的人多，便想个主意，要用法术将他等吓退了，以免惊吓夫人和公子。当下迎上去大呼道："你们这群不知死活的狗强盗，莫非前来送死吗？"只见为首的一个头领滚鞍下马，上前招呼道："好汉不必动怒，我等身为强盗也是出于不得已。俺等四人结义，誓同生死，好汉将四弟张武捉住。俺等情愿死在一处，就请将俺三人也一同斩首吧。"说着几个人俱下坐骑，掷了兵刃，一齐跪下。韩天龙天生的吃软不吃硬，见此光景，倒闹得没了主意，暗想看他几人很重义气，何不收服他等，将来也可帮助。想罢，即上前扶起为首的来说道："我看你等都是豪杰，为什么不图上进，偏来做这杀头的勾当？"三人齐道："早有此心，恨无门路。"韩天龙道："现在开封府明大老爷衙内正在用人。如你等愿意改邪归正，我便引荐你们到开封府去当差，将来得个出身，也可增光耀祖。"三人齐拜谢道："倘蒙好汉提携，情愿执鞭随镫。况且明大老爷乃是大忠臣，人人皆知，跟着他老人家，当个小卒也是荣耀的。"韩天龙道："如此你们就去收拾收拾，遣散喽兵，叫他们去做个小生意，不可再当强盗。你们叫何名字？"他等自通姓名，却叫史魁、杜英、董刚，连将才那个张武共四人。原来他等就在这小华山上，招聚了三五百名喽啰，打家劫舍，无所不为。韩天龙问明一切，嘱咐他等到开封府，只要问韩天龙大老爷就有人招呼你们，务须烧毁山寨，免得再有人来啸聚。此时王信也在当下，便对韩天龙说："拖车辆的马匹一日未得草料，不得行走了。"史魁道："山上有的是现成的马匹。"便喊喽兵快去套两辆轿车，几匹快马，并带些干粮食物，派了四名得力的喽兵，一同护送车辆。诸事办理完毕，韩天龙也要了一匹快马，立时动身。这才知道此山乃小华山，离嵩山有七百里之遥。自己想起来，实在好笑，不料将错就错地救了明镐的家眷，只不放心邵九皋怎样。

在路非止一日，这天已到汴京，进了开封府衙。韩天龙急忙跑进去，见了明镐和众位弟兄，说明走错了路并救护家眷、收服史魁等，前后情形细说了一遍。明镐称谢了一番。那时张荣的家眷已到，早有仆妇丫鬟人等将孟夫人和公子秋官迎接入宅，众弟兄一一见过。韩天龙问起邵九皋之事，才知道三宝已经盗回，已经奏明圣上，马云峰和秦明不但无加罪，反都赏了校尉之职，在开封府当差。杨云瑞和钟志英也回汴京，富弼又已拜为宰相。

当时朝中，忽然降下一道圣旨。说是楚王元佐的女儿瑞云郡主，精通武艺，本领超群，马上步下，十分了得。楚王奏明仁宗皇帝，特开女子武科，专选天下练武的女子来京考试，如中选的，也授官职，或赠诰封。明镐奉得这道旨意，便和众弟兄说明，此番圣上开这女科不过要选几位巾帼英雄，大约梅小姐、韩小姐、杨小姐、邵小姐等总可得个一官半职的。邵九皋道："天下之大无奇不有，看着吧，此番必定有些奇人。大家开开眼，多认识几个人。"当下就说笑了一番。暂且不提。

这日大朝之期，文武百官齐集庙堂。参驾已毕，内侍臣高呼："有事出班早奏，无事卷帘散朝。"喊声未毕，钦天监监正胡宿奏道："贼茨犯帝座甚急，应在河北各路。辅星枢位被侵，恐于亲王不利。请万岁降旨，命各亲王注意。"仁宗闻奏，踌躇道："别的亲王都无关系，只有皇叔德芳到河北去了。久无奏报，不知现在何处，甚不放心。"正在犹疑，却见中书省参知政事吴育手捧本章跪奏道："今有七千岁由河北涿州送本章，请万岁御览。"当有内侍接过本章，放在龙书案上，打开观看，内中奏的是自到河北经过各府州县，所有文武官员贤愚不等、良莠不齐，一切的弊政也都奏明，应增的增，应减的减。又说行至涿州附近，见有一处民坟茔修造得虽不违法，内中布置有关社稷，请派钦天监来察查。其余黎民百姓迷信佛教，妖术横行，竟是旁门左道，并无正派，将来国家必受其害，也须事先预防。仁宗看罢本章，便与众大臣议论此事，都说七千岁年高望重，不可久在外边受苦，最好另放大员查访河北各路，请七千岁早日回京，以免被妖人暗算。仁宗准奏，一面派工部尚书贾昌朝为河北安抚使，一面派钦天监司正李周去查涿州的坟墓，如无关重要，不必开棺相验，省得惊扰百姓。又降一道旨意，请七千岁克日回京，商办军国重务。诸事办毕，当日散朝。

287

哪知七千岁此时在涿郡等了几天，不见诏旨下来，十分急躁。又打听得那所坟茔是王则的父亲临死的时候看好的。愚民百姓都是些乡下人，不懂深浅，也不知七千岁是何等样人，信口乱说的，造了许多的谣言，说当初葬坟的许多奇事。又说常听见坟内人喊马嘶，似乎有千军万马般的。七千岁听了，一一记在心内，等不及朝旨了，便到州衙见了知州，命他举荐个阴阳先生。那知州张知节见七千岁忽然私访到此，甚为惊慌，款待得十分丰盛。因说有位风水先生隐居西山，不知姓名，人称水晶先生，轻易请不动他。如千岁要叫他看风水，最好王驾亲往西山一行，或者他可下山。不然他无一定的住处，往何处去寻呢？七千岁闻言，想到国家为重，说不了亲身去走一遭。

　　那天到了西山，无巧不巧在半山里遇见水晶先生，说明来意，请他下山一行，如何破此妖坟。水晶先生因感七千岁的厚意，不好推辞，答应着："请驾先回，明日即到州衙拜见。"当下七千岁回城。次日他果然带了两个小童一同来到衙门。张知节接进去，见了七千岁，说了些闲话，出城来看王家的坟墓。在路上，他便对七千岁说："早就知道那所阴宅不利国家，但他虽然用尽心机，天意难违，终是无所用。"七千岁点头。来到坟上，他便指给七千岁看哪里是龙头，哪里是龙尾，指着坟前的关帝庙说，他用关公为先锋，又指着后边的真武庙道，用真武帝君为合后。两边的两座村庄，东边的叫东侯里，西边的叫西侯里，水晶先生说他是用二侯守门。七千岁大惊道："他如此地布置，怎样破他呢？"水晶先生笑道："容易容易，只要将坟扒开，剖棺露尸，自然不能成事了，因为他还少一条玉带。倘若在坟前开一条河，那可了不得了。如今坟前虽有个池子，却是死水，中甚用呢？"七千岁闻言，即命知州派人刨掘坟墓，把棺材扒出来，只见已经有水。水晶先生惊道："不料这老贼也甚狡猾，竟要借地宫之水飞上天去。"吩咐赶快开棺。当时工人哪敢怠慢，斧凿齐施，霎时便将棺材劈开。再一看，那尸首遍体生鳞，面目如生，只碍着那条裤子褪不下去，然已卸下一半，再到脚下，便可成龙飞上天去，王则便可成其大事。不料天大的事业就误在这一条裤子上，这也是天意。当下，水晶先生喊工人寻些木柴，连棺带尸首一同焚化。回头便对七千岁说道："这就好了，妖坟已破。千岁马上回京吧，朝中有许多的大事，专等回驾办理呢。"七千岁便劝他入京听候封官接职。他笑了笑，说声："多承厚意，后会有期吧。"拱拱手，带着小童回西山去了。七千岁见他不受谢意，不慕官职，叹息道："高人也！"

　　当日破了此坟，哪知王则在贝州，就在这天，因马失前蹄将他左臂摔断，医治了好几个月仍然不好，到底只剩了一条臂膀。表过不提。单说七千岁破坟之后，了却一桩心事。过了几天，才得朝旨，知道又派了贾昌朝为河北安抚使，请他即日回驾。因想着许多的日子，虽然办了不少的事，边关上如何情形，还未十分深悉。现已到此，相离甚近，何不到三关去走一趟，看看那边的形势如何，北国近日有甚举动。打定主意，又在涿州歇了两天，便带领张荣等四位英雄到三关而来，但见黄沙迷目，野草萋萋，另有一番凄凉的景况，与南方大不相同。就是乡镇都有土围碉楼，称得起五步一城，十步一寨。因为北国的番兵不时地出来劫掠，杀人放火时常发生。那时各地方的边帅一眼开一眼闭，总以为这点儿小事犯不着轻启衅端，又碍着自己的职守不敢奏报朝廷，怕受处分。这一来，便将一班不安分的番民给宠起来了，不时地越境生事，抢夺商民的金钱财帛。

那天七千岁等行近雄州，那里已是边界，又叫瓦桥关。看见一伙番兵追赶许多的中原客商。七千岁气愤不过，便叫张荣等去救那伙商民。四位英雄迎上前去，哪消一刻工夫，把三五十名番兵杀了个一干二净。周侗大笑道："番奴臭脓包，无一点儿本事，还敢出来生事，这不是送死吗？"说得几人大笑。七千岁也大笑道："怎的番兵这样不禁杀？莫非纸糊的不成。"张荣道："那不多和豆腐一样，觉着毫不费力，就像砍瓜切菜般的。"七千岁大笑。又叫诸云龙喊过那些客商来，问他们为何如此怕那番人。有一个年老的说道："几位客官不知俺们这里的规矩，是只许番兵杀百姓，杀了白杀。倘若杀死一个番人，叫边帅知道了，轻者是抵偿，说不定还要灭门呢。今儿承你们几位救了俺等性命，你们却闯下大祸了。杀了这些番兵，倘然边帅得知，那还了得。我劝你们几位赶快回南吧，少时便有巡边的兵士们到来，那时可走不了。"说完这话，便和一群商民四散飞奔去了。七千岁怒道："不知番奴如此无礼，地方官也太懦弱了，怕他们做甚呢？"正说着，忽见东南角上尘头大起，金鼓齐鸣，一队人马直奔此处跑来。正是：

只缘媚外图贿赂，不顾国计兴民生。

要问来了何处的人马，且看下文交代。

第二十六回

查阅边关君臣叙旧
大开武场巾帼争雄

　　却说七千岁在边关，见番人猖獗，甚为不忿，当命张荣、高三宝、诸云龙、周侗等四位英雄上前迎战。三五十名番兵怎样禁得这四只猛虎，霎时杀得干干净净一个不留。七千岁见了大喜，正要回转瓦桥关来，忽见东南上来了一支人马，打着大宋的旗号，金鼓齐鸣，军容整肃。七千岁暗暗夸奖，到底北兵疆盛，便命张荣迎上去招呼他等前来参驾。

　　张荣哪敢怠慢，飞步迎面而来，相离已近，高呼道："来将听者，现有南清宫七千岁王驾在此，传命领兵的官员前去参驾，不得有误。"喊罢，单看他等的动作。原来这支人马乃是镇守瓦桥关三路都总管兼知雄州李允则的部下，早已得了汴京的密报，说是七千岁奉旨查边，不日即到。那李允则也是先朝的老将，从前在真宗朝，寇准大战澶渊，御驾亲征之时立了不少汗马功劳。后来与北国讲和修好，两下罢兵，宰相毕世安挑选边帅守将，便以马知节知定州、杨延昭知保州、李允则知雄州、孙全照知镇州，为边关四帅，每人统带十万精兵各管一路。从此北国不敢动兵，历年来各帅亦未更动。自仁宗即位之后，各加都总管之职，也未调人。那李允则年已六十，精神矍铄，时常操演人马，派兵巡边。听说七千岁出京，要到边关上来，便传集各营的将官说明一切，吩咐各将留神注意，如遇王驾立时回报，众将领命而去。

　　今天乃是左营的兵马都监周凯领兵巡边，听得一群商民说有番兵越边抢劫货物，立时催兵到此。今闻张荣一阵招呼，当派探马回城报知元帅，一面滚鞍下马，跑到七千岁面前躬身道："瓦桥关都总管李允则部下、兵马都监周凯甲胄在身，不能行礼，祈七千岁恕罪。"七千岁见他全身披挂，盔甲鲜明，十分威武，心中甚喜，因道："周将军免礼。"周凯谢过千岁，站在一旁，许多的营官、哨官也都前来参驾。七千岁一一慰劳一番，因问周凯边关一切的情形，北国有何举动。周凯便将番兵时常生事，元帅不欲因小故妄动干戈，一切的事情大略说了一遍。

正在问答之际，忽听炮响三声，正南上尘头大起。七千岁惊问何事，周凯道此乃李元帅前来接驾。正说着，前锋已到，一个个滚鞍下马，口称："接驾来迟，千岁恕罪。"七千岁命张荣去传旨，一概免礼。张荣飞奔而去。不多时，只见旌旗招展，刀剑如林，众三军排队而来。帅字旗下拥护着一员老将，全身披挂，外罩蟒袍，二尺多长的胡须迎风飘洒，好不威严。等到临近，下了战马，来到七千岁面前打躬道："老臣李允则参驾，愿千岁千千岁。"七千岁连忙过去，拉住他的手道："澶渊一别，不觉数年。将军须发也白了，可见光阴真似箭。"李允则道："当日在澶渊保护王驾时，千岁不过几岁，如今也长出胡须来了。老臣思念先王，无日不泪染征袍。"说着，眼圈又红了。七千岁想起当初之事，也觉黯然神伤。李允则便命推过龙辇来，请七千岁升辇。他道："这辇是当初赵王乘坐的，老臣保存至今，不想又用着了。"七千岁上了辇，四位英雄跨上坐骑紧随辇后。

不多时来到城内，但见那些商民全都跪接王驾，家家挂彩，户户焚香，十分热闹。七千岁大喜，暗想不料边关竟有如此太平气象，足见将帅得人了。当下来到帅府，七千岁下辇。李允则请王驾升坐，他便带领大小将官一起跪在阶下。参拜已毕，七千岁传命，无论文武官员、商民人等一概免行大礼。李老元帅遵命，吩咐出去。七千岁便和李允则叙述往日的情形，君臣们十分欢洽。又谈到政事民情风俗，李允则一一奏明。七千岁着实奖谕一番，传谕赐给合城大酺三日。

书中代表，这大酺是怎的回事呢？原来就是每人赐给二斤肉、二斤酒，大吃大喝，除非皇帝才有这种权限。因为七千岁是当今皇叔，又是奉旨查边，就如皇帝一样，所以下了这道旨意。真是万众欢呼，齐歌圣德，这也不提。七千岁在瓦桥关住了几天，那三关元帅都得了信，齐来参驾，要求王驾到各关一行。七千岁恐怕耽搁日子，一一辞谢。又降懿旨，边关一带俱各免征赋税三年，又将各种杂税减轻了一半。黎民百姓无不欢呼鼓舞，颂扬恩德。七千岁临动身的那天，许多的百姓扶老携幼齐来送驾，俱各安慰了一番。当日起驾，不日已到汴京，入宫见了仁宗，奏明一切。仁宗着实感激，因说："皇叔此次查办河北，办了许多的大事，全关系社稷的大计。只是一路风霜，有伤御体。朕侄日处深宫，心甚不安。"七千岁又问朝中一切的政事，仁宗大略说了一遍。七千岁听说要开女武科，心中不以为然。诏旨已下，不好再说什么。

回到南清宫，张荣等四位英雄也来面辞，要回开封府。七千岁当面奖励了几句，命他等听候升赏。张荣等谢了恩，回到开封府衙和众兄弟相见，自有一番欢乐。张荣听说梅小姐也来到，更是欢喜，朋友夫妇大团圆。明镐又定了日子，给韩天龙完婚，好不热闹。真是人得喜事精神爽，月到中秋分外光。众弟兄兴高采烈，以为人生到此，也算称心如意了。一个个高官厚爵，娇妻爱女，妻财子禄样样俱全，人生一世，不过富贵名利，能遂心愿也就罢了。只有这老天，偏不叫人十分满的，想法子弄得你家破人亡、妻离子散，天道忌满就是这个道理。日中则昃，月盈则亏，是一点儿也不错的。明镐等一众英雄闯荡江湖，行侠作义，受尽了风霜劳碌，慢慢地得遇机缘，才有今日，哪知这祸患便伏在这满字上面了。这是后话，暂且不提。

再说那楚王元佐，乃是太宗皇帝的长子，自幼面貌一似太宗，威武庄严，凛然不可侵犯。太宗也十分欢喜他，要想立为皇太子。当太宗贬御弟秦王光美时，元佐力救。后来光美一死，元佐从此发狂。重九日饮得大醉，纵火自焚其宫。太宗大怒，将他贬为庶人，均州安置。宰相宋琪率百官三上表章，请留元佐，太宗才答应了，命他居于南宫。真宗皇帝即位之后，复封涪陵郡公，历封楚王。自仁宗即位，他仍是皇叔，只有一女，就是瑞云郡主，自幼爱练拳棒，后遇武当山的一个老尼姑，自称是一炁仙姑，拳脚的功夫很好，瑞云郡主便拜她为师，学了五年长拳短打，马上步下无不精通。楚王元佐因为无儿子，爱逾拱璧，所以郡主说一是一。自她师父去后，每日仍然练习武艺，自以为天下无敌。那天便和楚王说，要他奏知仁宗开科考武，单要女子。楚王甚觉为难，自古至今也无此例。禁不住软求硬说，撒娇逞痴地闹得楚王无法，趁着七千岁不在汴京，奏请仁宗降旨。仁宗也无成见，便答应了他，下了一道旨意，考取天下的巾帼英雄。后来文武百官上本谏阻，无奈诏旨已下，一时收不回来。仁宗甚为后悔，七千岁听得此信，大不如意。那天邀请文彦博、富弼、范仲淹、韩琦、明镐等一班忠良，在南清宫议论此事。富弼开口便说："楚王听信郡主的乱言，谎奏圣上下了诏旨。如今各府州县都已奉旨赶办，一时怎能挽回？"七千岁道："这件事，皇帝非出本心，铸此大错。卿等斟酌良法，必有以善其后。这就是不咎既往、慎之将来的意思。"范仲淹道："诚如千岁的钧意，如今安筹善后的办法，尚可挽回一二。据臣愚意，武科不妨开选，用人须加仔细，事如得人，未始不能办好。"明镐道："此际京内，平添了无数的英雄，向后越来越多，难免不生是非的。近日调查所得，何止三五千人，便有各府的公子不时去惹事，若不先预防，将来发生意外。"七千岁道："这件事明卿去酌量办理吧，明日奏降谕旨便了。"明镐答应。当下议论纷纭，莫衷一是。文彦博道："此时各无一定的主意，不如回去各拟办法。请千岁择善而行，以免纠纷。"七千岁大喜道："就是这样吧。"

当下众臣俱各回府，自去拟稿不提。

单说明镐回到府衙，见了众位英雄说知此事。小霸王张荣道："既然此番开取武科非出皇帝的本意，大约无甚意味，心想不让贱内去应试，免得出丑。"明镐道："这却不必，贤弟妇本领超群，就是在男子当中也是少有的。负此奇才异能，不在此时一显好身手，岂不枉费数年的苦工？拟愚兄的意思，去仍只管去，不过要见机而作便了。"正在说着，忽见韩天龙自外边跑入，怒容满面，坐在旁边一言不发地生闷气。众弟兄不解其故。明镐问道："韩贤弟与何人置气？"见他欲言不言，面有惭色，高三宝早就看出来了，便向张荣做了个鬼脸，引得众人大笑。此时邵九皋尚在当下，见此情形，不明其故，立即起身出来。韩天龙这才指手画脚地说道："今儿我回去，正遇见明嫂和张嫂还有韩、杨二小姐在一处闲谈。见我进去，张嫂劈头问我一句可知道几时开考场。本来我不知道，回答不知，哪知张嫂便发怒说咱弟兄枉为当世的英雄，全不想身为女子，学会一身武艺有什么用处。如今天子特开女子武科，乃是千载难逢的机会，增光耀祖全在此时。怎的你们也不去打听打听，以便早日预备？竟是全不放在心上，真正岂有此理。闹得我无言可答，不料旁边的韩小姐又发起议论来，什么木兰代父从军、曹大家代兄续汉史，我是一句也不懂。几只母老虎发起威来，真够人吃的。尝听说雌狮发威吼声咆哮，今日之下的情形，我是领教过了。你们不信去看看去，管保你吓得大气也不敢出。幸而我跑得快，说不定还要动手打人呢。"一阵话，说得众人哄堂大笑，把个高三宝笑得抱着肚子。到底明镐年长两岁，当时喝住众弟兄。又问他道："从前你和弟妇说过此事否？"他道："说是说过，当时不过作笑谈。哪知她竟认起真来，每日和张嫂深更半夜地练功夫。原来她们是有心应试，早就商量好了。那天我还说一个妇道人家出头露面的，成个什么样子。不料她却不以为然，当时便顶了我几句，我无和她分辩，以后也就不说此事了。她却天天地追问，实在气愤不过，便骗她道皇帝说了，不考了。打那天到今日，弄出这个笑话来，还求大哥做主。"明镐也不便说什么，众弟兄你一言我一语地嘲笑起来。正在说笑的当儿，忽见王超、周霸跑来报道圣旨下，请爷更衣。正是：

能者多劳勤政事，宦海风波声势凶。

要问有何旨意，请看下文再说。

293

第二十七回

张尧佐猎艳相国寺
蒋秀英私下少华山

却说明镐闻得圣旨已下，急忙更换公服来到大堂。早有差人摆好香案，大开中门，三声炮响迎接钦差到堂。明镐跪迎山呼道："臣明镐愿吾皇万岁万万岁。"钦差打开圣旨，宣读了一遍。原来是派明镐督饬众位英雄，巡查京城，保护各府州县投考的女子，不论皇亲国戚、公子王侯，不得借端调戏，以重法纪，着开封府尹明镐督率统制张荣等随时查察，遇有发生上项情事或经人指控，一体依律加罪重办，不得隐蔽姑容，以肃国纪而整风化等。中使宣读已毕，明镐望阙谢恩，接过旨意安放起来，钦使告辞回宫。

明镐换了衣服回来，便和众位英雄商议，如何查巡。张荣道："据我看来，此事有些难办。旨意说得光明正大，等到闹出是非，办理不善，就是处置失宜。"明镐道："话可固是这样说，难道说还能不办吗？总之事在人为，看事做事不可一概而论的。"钟志英道："既然七千岁也说过肯与做主，如今又奉圣旨，还怕什么呢？诸事畏首畏尾，管保一事无成。最好请大哥先出张告示，把这奉旨办理的意思写在上面，稍知自爱的便不敢胡作非为了。然后俺等分班出去巡查，如果遇这等的事情酌量着办，两下的面子都要顾全。不然激起公愤，击动登闻鼓，让皇帝晓得了，那可就太不成话了。"明镐大喜道："钟贤弟之言有理，就是这样办吧。自明日起，众弟兄分二人为一班各城巡查，愚兄去拟告示。"当下诸事办理。

一宵易过，又到明朝。本来考期定的是十一月朔日，在校场举行。此时刚到九月底，各处练武的女子陆续来京，连送考的一起总有三五人，这一来人数可多了。也有来看热闹的，这女子考试，自唐朝武则天举行过一次，考的是文章诗赋，已是千古罕有的旷典。而今竟考起武来，岂不是更是奇闻吗？所以那一班浮滑子弟、坠马王孙全都闻风而来，也有借此猎艳的，总而言之人的心思各有不同，既然前来，便有妄想，这是毋庸掩饰的。汴京的一班天潢贵胄，要算秦、晋、楚、赵各王府势力最大，子弟们自是良莠不齐，却都碍着七千岁是宗人府的寺正，专管不规矩的小辈们，他是不顾情面，照律施行。国戚当中要算曹、刘、向、李各府，其余的王妃的家亲远支近派不计其数。名门望族要数韩、吕、王、李几大户，后辈们都循规蹈矩的，不敢生事，到底是世代书香门第，家教森严。这也不消说起。

如今有一户人家，早先也是破落户出生，自从将女儿献到宫中，深得宠幸，由嫔妃升到贵妃，除皇后之外就要数她了，在仁宗面前说一不二，等时门第便高起来了，就是那张贵妃的父亲张尧封。他是弟兄二人，兄长名张尧佐，依仗侄女的势力，自称国伯丈。从古至今也无这个名目，他想得出。平生好色，家中已有三妻四妾，他还不知足，时常在外边拈花惹草的，闹出不少的笑话。因他有势力，等闲谁敢惹他，越闹胆子越大，渐渐地抢夺良家的妇女，无恶不作起来。这番听说大开女科，正中了他的心愿。每日和门客姜知臣到各处乱跑，寻花问柳，狼狈为奸。

这天看着明镐出的告示，便和姜知臣说道："老姜，你看小明又打官话呢，放屁不臭活见鬼。"姜知臣笑道："管他呢，这不过是个官样文章，吓吓乡下人罢了，难道说他还敢干涉咱们吗？"张尧佐大喊道："他一个小小的府尹，算得什么？几时惹着我，管教他卷行李滚他的蛋。"说着望前行走，来到大相国寺前。对过有座河南第一楼，是茶馆带卖酒菜，生意十分兴隆，茶酒客人络绎不绝，一天到晚总是满堂。乃是一个有名的土豪开的，名字叫作吴成，外号人称南霸天，在汴京数一数二的，上至王孙公子，下至花儿乞丐都有朋友，和张尧佐是盟兄。张尧佐每天必到他店里来一趟，风雨无阻。靠栏杆一间雅座，是特为他预备的，推开窗户，可以望见相国寺的山门，借着饱看那些烧香的。有的是红男绿女，燕瘦环肥，俊的俏的，高矮大小，长短粗细，评头品足，任意玩笑。差不多都知他张家势力大，谁敢说个不字，只好是惹不起躲得起，给你个不照面。

今儿他同姜知臣来到第一楼，问声："堂倌，掌柜的呢？"账房先生说："将才出去，就要来的，张爷要有事，请等一刻吧。"他便同了姜知臣往雅座走来。忽见对面桌子上坐着一个美貌的郎君，年约十八九岁，头戴一顶洒翠的包巾，白银抹额，身穿湖色的杭罗大氅，水绿丝绦，腰挎宝剑，足蹬粉底官靴，两道蛾眉，一双杏眼，鼻似垂珠，唇红齿白，说什么顾曲周郎，不亚似悲秋宋玉，风流潇洒，难画难描。暗想不信世间会有这样的美貌男子，止不住地魄荡魂飞，两只眼直勾勾地望着，也不走了。姜知臣在后喊道："我的爷看着什么了，值得这样出神？"被他一喊，这才醒悟过来，打讪着说无见什么。说着来到雅座，堂倌送上一壶茶来，便问："张老爷还用什么？请吩咐一声。"他道："现在不用什么，等歇招呼你们便了。"堂倌答应，自去照应生意去了。他便对姜知臣说道："老姜你看见外边坐的那个人么，我不信世间竟有这样的美貌男子，女人见了怎不喜欢？可恨我这老脸，却生得这样丑陋。老天爷也太不公了，俊的那样俊，丑的这样丑，何不均匀均匀呢？"姜知臣笑道："大爷怎的丑？不过就是脸上有几粒麻子，面皮略黑，鼻子稍尖，嘴嫌略大，耳朵却小，眉毛太粗，眼睛一大一小，除此之外显不出难看，哪有别的毛病呢？"他笑道："好了好了，人的丑俊全靠面目，叫你这一说，无一点儿好地方了，还夸奖不丑呢，亏你讲得出来。"姜知臣也笑道："何在乎丑俊，只要有权有势，什么事都好办。俗语常说有钱使得鬼推磨，真是不假。"

正在说着，忽听外边有人吵嚷道："你这酒保何太欺人，俺喊了半天酒菜都无送来。人家晚来的，却在那里大吃大喝。你是欺俺外乡人，真正可恶。"说着，拍桌子打板凳，吵个不了。他俩趟出来一看，乃是靠南边一张桌子上有两个人。一个是身长八尺膀大腰圆，头戴壮士巾，鬓插守正戒淫花，面如蟹盖，紫中透亮，红眉毛，豹眼睛，颚下一部短红胡须，犹如一团乱草，上身穿蓝缎小袄，蓝缎兜裆滚裤，腰系皮挺硬带，足蹬抓地虎快靴，身披牡丹花大氅。另一个身长不满三尺，横着倒有二尺半，头戴罗丝软盔，中插茨菇叶，面如冬瓜皮，两道扫帚眉，一对三棱眼，高鼻梁四方口，十五根黄胡须上七下八的，上身百扣青缎中衣，下穿青缎兜裆滚裤，腰系丝銮带，足穿追风压云跑山鞋，身披青缎绣花大氅。旁边放着两个包裹，一长一短煞是好看。高个子不住地骂堂倌，矮子不住地劝。只见堂倌跑过来，把眼一瞪道："你无长眼吗？生意多照顾不过来，什么东西也敢在此大呼小叫的？你也不打听打听。"这矮子一听这话，转过脸来问堂倌道："打听什么，我们来吃饭是照顾你生意，怎么说出这样无用的话来？"堂倌道："哪里来的野小子，谁去请你来的呀，此处就这个规矩，不愿意吃快滚，别废话。"只见那大汉大骂一声："放你娘的狗屁，分明欺人。"一面说，一面跑过来就给堂倌一个嘴巴。堂倌哪里吃得住，翻身倒栽，大喊道："你们快来呀，这两牛子竟敢打人。"喊声未止，跑上十几个人来，各执棍棒一齐喊道："在哪里呢？别让他跑了。"说着，都要过来动手。

只见那个美男子站起来，忙拦阻道："你们这是干什么？做的是生意，不是开的打架场，凡事都有个理管着。"此时挨打的那个堂倌抚着脸跑过来说道："那俩野小子不讲理动手打人，不能饶他的。"美男子喝道："先怪你自己不好，大家都听见了，你不应该出口伤人，还怪别人何来？"姜知臣也从雅座出来，把众人喝下去，吩咐快把人家要的酒菜送上来。众堂倌见他这样说，不敢不听，等时全跑下去。姜知臣过来，带笑和那美男子说道："下流东西们不知好歹，任意胡言惹得尊兄动气，看小弟薄面，饶恕他等吧。"说着一揖。美男子也还礼道："彼此都是外乡人，其实不算什么。"张尧佐也跑过来，趁话搭腔套起交情来，一定邀他到雅座来，彼此各通名姓。原来那美男子名叫武俊卿，外号人称玉面专诸，乃是淮安人氏，要到湖北投亲，路过汴京，听说开考女科，借此观光的。张尧佐假意殷勤和他联络，当下喊了一桌酒席，武俊卿推辞不过，谢了扰，和他痛饮一番。

　　外边这两个人是谁呢？原来是少华山的两位寨主，一个叫半截瓮甘雄，一个叫显道神蒋兴，都有万夫不当之勇，占据少华山招军买马，聚草屯粮，手下三千喽兵。只因蒋兴有个妹子名叫蒋秀英，外人送了个绰号叫一串珠。她在山寨听说汴京开了女子武科，便和母亲说要下山来投考。蒋兴再三阻拦，她母亲也就不叫她来应试。不料她竟带了紫电、青霜两个丫鬟，私自逃下山来。蒋老夫人大惊，深怪儿子不该阻拦她，如今她一个女孩儿家私入汴京，倘有好歹这老命也活不了。蒋兴虽然是个强盗，事母至孝，见母亲这样着急，便约甘雄一同下山寻找妹子回去。到了汴京，寻找好几天，毫无踪迹，十分焦急。甘雄便劝他道："现在考期已近，等到开场那天，咱们在场门口等候，一定会遇见的，此时干着急有什么用呢？"蒋兴闻言有理，料放宽心。今天来到第一楼饮酒，不料被堂倌一顿臭骂，他是性如烈火，哪里还按捺得住，打了堂倌一掌，几乎闹出乱子，深感那美少年帮助。想等他出来，谢谢人家。甘雄恐他还要闯祸，好说歹劝地将他拉走。暂且不提。单说张尧佐将武俊卿让到雅座里来，要了一席酒，想要将他灌醉，强行非礼以称心愿。你看他左一杯右一盏地劝个不停，这武俊卿早就看出他不安好心，暗暗地防备。正是：

　　　　醉翁之意不在酒，各人心事各人知。

　　要问后事如何，且看下回分解。

第二十八回

文颦卿酒楼惩淫徒
张乾曜金殿施神术

　　却说张尧佐殷勤劝酒，武俊卿杯到酒干，喝了半天，毫无醉意。张尧佐暗暗着急，心想着这样倒要把我喝醉了，便和姜知臣丢了个眼色说："老姜别只顾自己，你也劝劝武兄。"姜知臣会意，过来便和武俊卿划拳行令，闹了个乌烟瘴气。张尧佐再看武俊卿时，只见他眼含秋水，脸晕红霞，恨不能一口吞下去。等时之间，忽见他玉山倾倒，趴在桌上打起呼来。张尧佐正中心怀，把姜知臣打发出去，他要想强行非礼。姜知臣笑道："大爷真是个急色儿，不能颠倒鸳鸯，依然是望梅止渴。"张尧佐也笑道："你不要管我，我只要和他睡在一处，便死也甘心。你快去吧，别耽误我们的吉日良辰。"姜知臣笑着去了。

　　他还探出头来望了望，此时楼上的酒座差不多要散完了。回转来将门一带，悄悄地来到武俊卿跟前。刚要伸手去扶他，嘴里是不三不四地胡言乱道。不料武俊卿故意如此，他俩说的话全都听见，想今天教训教训这奸贼。等他伸过手来一拉武俊卿的手，被他拢住，一抬头喝道："狂奴竟欲为何？"张尧佐绝不想他有这一招，当时倒吓了一跳，又想他一个年弱的书生无甚气力。想到此处，反笑嘻嘻地说道："你别嚷，咱俩去到床上困一歇，给你好宝贝看。"武俊卿见他这样涎皮赖脸的样子，不由怒冲斗牛，手里一吃劲。张尧佐喊声："哎哟！快松手，骨头断了。"武俊卿哪里容他，翻手一拧，他便站立不住，跪了下来，叩头求饶。武俊卿笑道："这样的无用，也想寻花问柳。今日遇见少爷，不给你个厉害，你还是不改。"说着抽出那柄宝剑来，嗖的一声将他左耳削去，鲜血直蹿，这才一松手，咕咚一声摔倒在地，立时疼得晕过去了。武俊卿插好宝剑，开了门，立即下楼而去。姜知臣等了半天，以为得了手，赶快跑到雅座一看，吓得他魂飞魄散。那张尧佐躺在地下直哼，弄得浑身的血迹，连忙将他扶起来，问其所以，他却只是摇头。看了半会儿，才知少了一个耳朵，在地下寻起来，撕块布给他包好。喊了顶轿子，将他抬回府去，一面打听姓武的下落，一面延医调治不提。

看官，你当那武俊卿是真男子吗？她乃淮安文鞏卿的便是，实在是个千娇百美的女子，练就全身的武艺，十八般兵刃样样精通。自幼许配苏州的小陶朱周昆为室，后来父母双亡，跟随叔父文礼臣度日，好在广有资产，田产丰富。她和周昆是表兄妹，她的姑母是周昆的母亲，亲上做亲，更加一番亲热，自幼两小无猜，长在一处厮混。前者，她到苏州去看周昆，听说他到镇江又往滁州，跟随小信陵汪文庆等一班弟兄到贝州去了。曾闻师父说过，将来贝州必要大乱，因此甚不放心。又听说开考女子武科，正中下怀，便改扮男装来到汴京投考，然后再往贝州。哪知道小陶朱周昆也在汴京呢？一言交代明白，暂且不表。

眼看考期已近，各州府县来京应试的女子实在不少，都往礼部报名挂号，等候入场。这一来把天下的巾帼英雄全都聚在一起，不料惊动了一个老妖狐，自称九圣仙姑，在贝州王则那里行妖作怪，蛊惑愚民，收了不少的徒弟教给他们练那妖术邪法，以备起事，什么呼风唤雨、撒豆成兵、乘云驾雾、御风凌空一切的法术全都学得差不多了。内中她挑了十二个伶俐的女子，作为十二门徒，法术十分了得，不许呼名唤姓，只称她们为大仙姑、二仙姑、三仙姑等名目。听得说汴京大开女子武科，却打动她的心事，知道四海之大，必有许多的奇才异能之士，何不趁此机会收罗人才，帮助成了大事，推倒宋室江山？打定主意，便和王则商量要来汴京一行，收些英雄好汉。王则甚为踌躇，因说："现在不比从前，出了一班剑仙侠客处处和俺们作对，火烧红莲寺，大破三关庙，坏了俺们不少的巢穴。近来又将独龙岗焚毁，可惜混世魔王孔直温经营数年败于一旦。自他失事以后，我终日提心吊胆。况且汴京藏龙卧虎，什么高人无有，恐怕画虎不成反类狗，岂不被人笑话吗？"九圣仙姑笑道："你真罢了，这样小胆还成什么大事，你可知我非他人可比？恼一恼，玉皇大帝也叫他搬搬家，何况是人间的凡夫俗子呢？"王则又说："我也知道仙姑法术无穷，不过此去多加小心就是了。"仙姑说："不消虑得。"

当日便带领十二名大弟子来到汴京，住在三圣庵内。老尼姑问她还是来投考呢，还是来观光呢？她说："无一定的主意，临时再说吧。"老尼姑说："要是去投考，先到礼部去报名。还得预备几身衣服，因为不许尼姑进场的。"九圣仙姑怒道："这是什么道理？难道尼姑不算人吗？"老尼姑说："俺们出家之人，跳出三界外不在五行中了。倘若贪图繁华富贵，还出什么家呢？"九圣仙姑听得她言讲有理，也就不好说别的了，便去买了几身衣服叫弟子们换上，都打扮得花枝招展，娇艳动人。她自己装成半老夫人的样子，又去托人到礼部报了十二个假名字，单等到期入场。

那时旨意已下，派七千岁为正考官。文老丞相为副，其余的富弼、范仲淹、韩琦、包拯、余靖、蔡襄、欧阳修、明镐等人都派为分房典试官，奸臣夏竦等也都派为监试官，单等考期入场。本来仁宗皇帝打算亲临考试，后经司天监奏报说妖星冲入紫微垣于帝座不利，阴气太盛恐犯阳纲，说得仁宗犹豫起来。忽听黄门官报道："龙虎山天师府澄素先生张乾曜前来见驾。"仁宗传旨宣入。张乾曜来到金殿，单手当胸，口称："万岁在上，贫道稽首。"仁宗道："先生不远千里而来，多受风霜劳苦。"当下便命内侍搬过龙墩，赐他座位。张乾曜谢座已毕，奏道："贫道此番下山，与我主圣驾很有关系的。"仁宗惊问道："却是何故？请道其详。"张乾曜叹道："天机不可预泄，与考场有关。无论如何，我主不可入场的，久候便知分晓。"仁宗答应，只是不解何故。当日散朝，张乾曜仍就在火神庙打下公馆。

你道天师为何要住火神庙呢？这其中有段缘故，因为当初张天师路过山东曲阜，孔圣人迎接他入城，一位圣人、一位天师并马而行。走到半路上，遇见一个屠户手提一挂肠子，在马前经过。张天师勒住了马，在马上和屠户打稽首，等他走了好远，这才催马前进。孔圣人便诧异道："你是堂堂的天师，怎和屠户这样的客气，岂不有失官体？"张天师道："你道他是何人，他乃火德星君，奉玉帝敕旨来烧圣人府的。"孔圣人闻言大惊，求他想个法子解救。他想了一会儿道："法子是尽有，不过我逆天而行，说不定他还要寻我生事的。然而见危不救非礼也，你去招呼府中人等，今日不准动火，再寻十二个属龙的幼童，各执柳枝蘸着水围着府院来回洒洒，不可停手，只要一过午时三刻就无事了。"孔圣人立时照办，果然脱了这场火劫。哪知不好了，听说各处的天师府起火，烧得片瓦无存。皇上闻得天师府被烧，发下库银立时修造。不料刚修好，又起火咧，烧了修，修了烧，一连好几次。皇上便问张天师是何缘故。张天师便将得罪火德星君之事说了一遍，从此不叫皇上再造了，所到之处公馆便打在火神庙内，将马拴在火神像的脖颈里，带领一班法官们也是住在火神庙，任意糟蹋，临走的时候将山门拆毁，历来就是这样。直到清朝，在下亲见天师府在火神庙内，问起深明典故的父老们，据说这么一段事情，所以直写出来。看官们如果不信，一问便知不是在下胡造乱纂的了，闲话休提。

展眼已到考期先一日，仁宗早朝驾坐金銮殿，文武百官参拜，山呼已毕。张乾曜上殿见驾，启奏道："请万岁斋戒沐浴，传旨汴京八十万禁军一律弓上弦，刀出鞘，在各街上巡行。文武百官也都齐集朝房，单等夜子时，星斗出全，请驾升殿。由万岁带领众文武焚香礼拜上苍，默佑除了妖怪，以安社稷，不可视为儿戏的。"仁宗见他如此郑重，料非虚假，传旨照办。张乾曜又取出一道灵符，递给七千岁道："请贤王入场之后，把这道符贴在演武厅门口，不可有误。听见外边有任何声音，不可妄动，要紧要紧。"七千岁也是莫名其妙。

当日散朝，明镐回转开封府衙，见了众位英雄，便将今日之事说了一遍。邵九皋慨然道："人言张天师道法高深，果然名不虚传。"明镐惊问何故。邵九皋道："天机岂可泄露，再说老朽道术轻微，只不过粗知皮毛而已，其中的奥妙一概不知。"明镐道："大料此番开这武科，天意人心都是不以为然。小侄等食君之禄当报君恩，至于成败兴亡，唯有听天由命。"邵九皋道："尽人力而听天命，自古皆然。不见当初诸葛亮孔明先生未出隆中，已知三分鼎足，何必还要辛辛苦苦地六出祁山呢？就是可知者天命，不可知者人事。看他上方谷火烧司马父子，以为天心向汉，尚可有为，哪知一阵大雨，将六百年的汉室江山也给浇熄了。如此看来成事在天，这句话是一点儿不错的了。"明镐和众兄弟俱各点头称是。小霸王张荣道："看着情形说不定场中要闹乱子的，赶紧去拦下韩小姐等，不必去考了。"邵九皋道："那倒不必，只是关照她们不可多事便了。就是连你们，今夜跟随明镐侄去，也不可轻离左右的，切记切记。倘若闹出岔子来，可救不了你们，慎之慎之。"众位英雄闻言，俱各悚然。当日无话。

次日五更上朝，见驾领旨，齐到武场而来。那时各处投考的女子们都在校场外等候，远远地望去真是人山人海，何止几万人，却都是一班女子，打扮得花枝招展，香粉气香闻数里。七千岁等来到校场下轿，进了演武厅，众文武官员也都归班落座。打开花名册一看，头一名便是瑞云郡主。七千岁闷闷不悦，想要发作她一顿，又想她是个女孩儿家，知识浅陋，娇生惯养地长大成人，只怪楚王元佐全不想这事当办不当办，听了女儿的话，欺奏圣上，凭空惹出许多的是非。事已至此，只好由她去了。当下便用朱笔一点，早有人传呼出去。忽听众人一声呐喊"郡主来也"。正是：

逞娇恃宠显绝技，引出妖狐乱乾坤。

要问后事如何，只待后文便见。

第二十九回

梅玉贞绝技胜群女
蒋秀英比武占鳌头

　　却说七千岁点过瑞云郡主的名字，中军官传出令去，早见西南角上跑出一匹马来。众官员抬头观看，只见那瑞云郡主头戴一顶紫金冠，斜插两支雉尾，粉额朱颜，柳眉杏眼，樱桃小口，雪白银牙，耳挂一对八宝珠环，身穿大红湖绉平金迭翠的罩袍，内衬杨妃色湖绉绣花密扣紧身短袄，紧束一条淡黄结线排绦，左挎鸳鸯宝剑，右配剑壶，下穿一条品蓝素缎百褶裙，内衬湖绉洒花扎脚裤，三寸金莲，脚尖儿微踏葵花宝镫，白马雕鞍金辔紧绒丝缰，真个是说不尽的千娇百媚、万种风流。众人见了齐声喝彩："好位俊俏的郡主。"

　　见她马到演武厅前，翻身下了坐骑，轻移莲步，来到阶前施礼道："王叔在上，侄女瑞云有礼了。"说罢，道个万福。七千岁虽然心中不快活，不能不勉强应酬她说声："侄女已知一切规矩，一一试演上来。"瑞云郡主说声遵命，自去预备。原来这回考试，因为她等都是女子，只须报明会甚武艺，使用什么兵刃，或马上或步下均可。先试箭法，分为上中下三等，然后再试武艺，末后赛武比试，不用真刀真枪，点到为止，用根棍子头上捆扎棉花蘸了石灰水，比试起来看身上的白点以定高下。写得明明白白，高挂校场门外，所以来投考的全都看清楚。当下瑞云郡主领命下厅之后，结束停当，先试弓箭。你看弓开满月箭似流星，嗖嗖嗖一连三箭皆中红心，把守的兵士敲得金鼓山响。众人看得明明白白，齐夸好箭法。监试官注明。她又演了一套枪法，不要说是武艺超群，便将她取列上等。书不可重叙。

　　一名一名地考下去，自晨至午，也考了一二千人。其中高下不等，也有箭法高妙、武艺平常的，也有三箭不中、刀枪纯熟的，媸妍不一，丑俊皆有，俊的貌似天仙令人魂摇魄荡，丑的形似夜叉令人胆落魂飞。七千岁和众考官说一阵笑一阵，直考到晚方始收场。不过才考了有少一半。次日清晨，重新又考。直考到第三日，梅小姐等的名字方始点着。七千岁等也不知是张荣的家小，接连考下去。韩馥玉、杨栖霞、邵金花等一一考着，俱各是箭法高超、武艺精奇。梅玉贞的箭法更为出众，她用的是连珠箭法，皆中红心，透过箭靶。七千岁见了暗暗称奇，便和众官员说道："这梅玉贞的箭法，不要说女子当中罕有其匹，恐怕当世英雄好汉，连那一班老将官们也无出其右的了。想不到一个女子练成这样的绝技，可惜生为女子，不能报效皇家。"明镐趁此当儿说明一切。七千岁这才晓得是张荣的妻子，不住地夸奖道："这一对夫妻真难选得，将来定能辅佐丈夫立功的，可喜可贺。"文老丞相也道："怪不得见她几位虽是貌比姮娥，眉目间一股英气勃勃，于美貌之中显出凛然不可侵犯的样子，这就无怪其然了。"众人点头。当日考完了弓箭武艺，便要比试刀枪了。又将花名册打开，分出上中下三等来，每班中选取一百名，不分名次先后，只列等级，梅小姐等几位都在上等。

次日清晨齐集校场，这回考试比先前人数却少得多了。许多落第的女子，奉旨加恩，各赐纹银廿两、锦缎一匹，勒令回籍，不得在京逗留，便也去了不少。附近各处的尚未动身都来看热闹，把一座大校场围了个水泄不通。眼巴巴地望着人家兴高采烈地比武，那时节哭的笑的乱作一团，这也不消说。

当时演武厅传出将令，各中式的女子，分等较量不得越级。只见三班女子分立东西南三面排好，演武厅上金鼓齐鸣，下边众人也各催坐骑比试起来。要说瑞云郡主的武艺本来不弱，要和这班行侠作义、闯荡江湖的奇女子们比较，可就大有天渊之别了。第一层她是金枝玉叶，虽然每日练习，到底这马上的功夫不大熟悉。这班人是长枪大战，每日舞惯了，格外来得起劲。当下俱各披挂整齐，预备动手。只见上等班中飞出一骑马来，却是瑞云郡主。今日打扮却和昨日不同，怎见得？今天比武较量换了盔甲，只见她头戴凤翅金冠，金龙抹额，身穿一副黄金锁子连环甲，内衬盘龙蜀锦战袍，左带雕弓右插羽箭，战裙下露出窄窄的金莲，穿双大红绣花小蛮靴，手擎银杆长枪，座下逍遥宝马。一马来到校场当中，只等人来比武。只见上等队内飞出一骑马来，只见她头戴雉冠，身穿金叶鱼鳞甲，内衬水红绣蟒战袍，三寸金莲穿一双绣花战履，手使一杆雪白梨花枪，骑桃花宝马，也生得柳眉杏眼、玉齿朱唇，来到厅前下马，报过姓名乃是文擘卿，要与瑞云郡主比试。两人各用棉花包好枪尖，蘸了石灰水，在演武厅大战起来。一个是丹凤梳羽迎将朝阳，一个是青鸾展翅乱落飞霞。这一个枪刺出苍龙取水，那一个枪迎去怪蟒翻身。直杀得赵瑞云鬓添翠黛，再杀得文鞚卿咬碎银牙。四围看的人齐声喝彩，厅上众考官极口赞扬。两个人大战了一百余合，演武厅上鸣金始各住手，当下不分胜负。查点身上的白点，瑞云郡主多了十几点，便算输了，俱各归班休息。

霎时金鼓又鸣，上等班中又飞出两匹坐骑，一个叫胡凤云，一个叫薛银花。战了半天，胡凤云输了，各归队伍。剪断截说，上中下三等全都比试完毕，七千岁在花名册上一一注明，某等某人箭法如何、武艺如何，比试的结果全各写得清清楚楚，查封起来。要数蒋秀英武艺最精，连胜了十几个人并无对手。只有梅玉贞等无与她比，这是什么缘故呢？原来这也是小霸王张荣的意思，因为七千岁夸奖了一番，已是显了本领，何必再与人争上下呢？况且七千岁必然保奏，倘若皇帝召见起来，岂不又多了一番麻烦吗？因此回家之后便和梅小姐等商量，说明这番意思。梅小姐见丈夫说出这番为难的情形来，她是无可无不可的，便答应不去比武。

只有韩馥玉天生的争强好胜，一定还要较量一番，分个高下。张荣便说："要是去比武，拿得稳可以独占鳌头，到那时皇帝必然召见，封授官职，你便如何呢？"韩馥玉摇头道："官是不做的，皇帝也不见的，好好的人，为甚要给他磕头礼拜的，那是为什么许的呢？"张荣笑道："这却有来，你既不肯为官，又不见驾，何苦多此一举，为什么放着现成的人情不做，偏要去弄个抗旨欺君的罪名背在身上？据我看来，有点儿犯不着吧。"韩馥玉想了半晌说道："这事倒难呢，不去比武吧，心里实在不甘，要去比武吧，内中还有这点子啰唆，这便如何是好呢？"说罢沉吟不语。杨栖霞笑道："到底姐姐也有为难的时候啊？这事有多好办呢，也犯不着如此为难，多一事不如少一事，就依张大哥的意思，去不怕去的，只要不和她比武，不就了结了吗。"几句话说得张荣鼓掌道："好哇，杨贤妹的话是一点儿也不错，就是这样吧。"

刚要起身，梅小姐又问道："前几天不是说什么张天师的李天师的说考场出岔子，这两天不是太太平平的，一点儿事也无有吗。可笑一朝的人王帝主也信这无稽之谈，吓得什么似的，到底可有什么乱子呢？"张荣也便犹豫道："可不是呢，闹得人们心慌马乱的，将才明大哥上朝去了，大半快回来，问问他有什么情形再说吧。"当下来到前厅，又和众弟兄说笑了一阵，才见明镐回衙。大家弟兄都凑上去，问他朝中可有什么信息。明镐便将仁宗皇帝明日一定要到校场看众女子比武，亲定优劣的事说了一遍。原来仁宗执意要去，七千岁和众文武谏阻不住，恐怕要出事情。七千岁派人去请张天师，据他的法官说天师在火神庙作法魂魄离窍，真神去到三十三天灵霄宝殿参见玉皇大帝，临打坐时，已经嘱咐左右法官，一概不得惊扰他的，已有两天，只剩明儿一天了，元神自会回来的。七千岁尚不相信，亲自到火神庙，果然见他在神龛中盘膝打坐，二目紧闭，玉露低垂，足有两尺多长。七千岁见此光景，无法可施。圣上也曾派中使宣召张天师，哪知他还是依然入定，中使回朝奏知圣上。七千岁仍是拦阻于他，仁宗不大痛快，立即回宫。

七千岁传呼文武百官，暂且不散班，在朝堂商议如何设法。"看这样子，皇帝明日定要前往校场，众卿有何妙计，以免变生意外。"众文武闻听此言，俱各面面相觑，因为这件事无头无脑的，从何处下手？关系却非常之大，谁无担得起来。当下明镐慨然道："天子有百灵相助，大将军有八面威风。虽是无稽之谈，其中却有至理。而今圣意难回，只好筹思善后。但据司天监奏报妖星冲入紫微垣，恐于我主御体不利，而张澄素先生也说妖魔扰乱。到明天将八十万禁军一齐围护校场，众文武公卿都在演武场保驾，外贴张天师的灵符，内有臣等护卫，大料也不至于发生什么事。臣乃一孔之见，仍祈千岁斟酌。"七千岁想了半会儿，还是无得好主意。富弼也说："除此恐无别法，就请七千岁传旨，令八十万禁军预备好了，朝中一律前去护驾。"文老丞相叹道："圣上何从知道，就是由内廷到校场这走一趟，耗费无限的国帑。所以先哲有云一动不如一静，又云吉凶悔吝生乎动，一点儿也不差的。"七千岁道："耗费金钱还是小事呢，但愿苍天默佑，祖宗显灵，不发生变故，乃是求之不得的了。"众文武官员齐道："但愿如此。"七千岁回头，又对明镐说道："贤契回衙关照众位英雄，明日保护御驾，这重任别人担不起来。回来对他们说，单等考试完毕，如无意外发生，小王奏明圣上，酬封官职便了。"明镐再拜辞谢道："臣等受圣恩涵育，千岁格外提拔，虽粉身碎骨，难报降恩于万一，况且此事又是分所应为而为呢。千岁体臣愚意，得效微劳，万勿提及封赏，否则他等也是推辞不受的。"七千岁笑道："国家酬庸盛典，大公无私，绝不能因一二人辞谢，就不行赏了的。贤契不必再说，回衙叫他们去预备吧。"当下这才散朝，七千岁进宫奏知仁宗，喜得他笑口常开，心花怒放。正是：

　　　　不顾社稷付托重，偏蹈危机虎穴行。

要问后事如何，到底发生什么意外，看过下文便晓。

第三十回

张天师作法火神庙
老妖狐施邪演武厅

却说明镐回转开封府衙，见过众家兄弟，便将今日所讲的事情对众人说了一遍，就请明日清晨随驾前往校场，专为保护圣上的御体，别的事一概不必管。众英雄闻言都去准备，暂且不提。

再说那老妖狐九圣仙姑在三圣庵内，白天出去打听，晚上在一处集议。先前本打算劫驾，劫驾不成便行刺。后来见仁宗未到校场来，妖狐不死心，她想到皇宫去行刺。不料各宫门上都有正神守护，不让她进去。此计不行，不得不变更计划。因见中试的女子们一个个能为出众，本领超群，便想收取，有此一班人马，何愁大事不成。当下便和十二名大弟子商量，说明自己的意思，看她们有什么法子。大仙姑道："吾师道法无穷，想弄这二三百个女子，还不是易如反掌么。"老妖狐笑道："容易是很容易的，你们今夜不要睡，看为师作法。我要旋转乾坤，翻江倒海，大闹他一下子。"众弟子俱各欢喜，单等子时作法。

霎时谯楼已打三更，师徒走出来一望，但见满天星斗，毫光四射，万籁俱寂，鸡犬不闻。正在观望之际，忽见正南方一道红光直冲霄汉。老妖狐大惊道："这是哪一个呢？"立即袖占一课，心中早已明白。众弟子便问道她是何缘故。她微笑道："我当是谁，原来是江西龙虎山的张乾曜到此。"大仙姑惊问道："久闻张天师家传秘法，奥妙无穷，此来不知于俺师徒有妨碍否？"老妖狐大笑道："管他呢，他不过是张道陵的后辈儿孙。就让张道陵亲身到此，我也不怕的，何况是他。不过多费一番手脚罢了，这有什么呢。"说着，她便作起法来。等时天昏地暗，星斗无光，许多的精灵鬼怪全都现形，听她吩咐。这妖狐本来有五千年的道行，经过多少劫数全被她逃避，道行一天深似一天，妖法便一天大着一天的。她在夜间布置好了，只等明天行事。

展眼之间已是五更鼓，仁宗驾坐金銮殿。七千岁和文武百官上殿参驾，议了几桩军情大事，天便亮了。仁宗传旨摆驾，早有太监人等推过金銮宝辇来。仁宗升辇，七千岁坐的是银龙辇，其余的文武百官全都骑马，拥护着仁宗众星捧月般的来到校场。只见那八十万禁军，一个个弓上弦、刀出鞘，把一座大校场围了个水泄不通。一见天子驾到，齐呼万岁，声闻数里。仁宗下辇，上了演武厅。但见那些中试的女子们，俱各是全身披挂，盔甲鲜明，另有一派威勇的气象。仁宗皇帝见此光景，龙心甚喜，当下传旨叫她们比武。内侍臣传呼下去，这里鸣金击鼓，只见一对一对地比试起来。真是落花飞舞，急雨摧蕉，倏高倏低，忽起忽落，犹如走马灯似的，看的人眼花缭乱，目眩神迷，好不热闹。大战了一个多时辰，全累得香汗侵肌，娇躯带喘，俱各下了坐骑，带到演武厅前，参见圣驾已毕。仁宗便问七千岁道："皇叔你看她们这样地乱杀一阵，怎样分出高下来呢？"七千岁奏道："因为此事筹思了几次，是用石灰为记，以白点的多少定为优劣。"仁宗笑道："这倒很有趣，又不伤人，竟能分出高下，怪不得她们身上白一块花一块的呢，原来如此。"说着，监考官呈上名单来，注明某人身上的白点若干。仁宗传旨暂各归队，听候封赏。

正在和七千岁商量怎样地升赏，忽见狂风陡起，走石飞沙，伸手不见掌，对面不见人，半悬空中似有千军万马之声。只剩演武厅上还能看着人，向外一望下雾般的。仁宗大惊，回头再看七千岁和文武百官，都吓得面无人色。只有明镐带领众位英雄紧立仁宗背后，霎时听得外边鬼哭神号，好不惊人。仁宗这才明白张乾曜说的妖魔为乱，但不知是什么妖魔。正在这惊魂不定的当儿，猛听见空中大声喊道："下边的天子听着，吾神乃六丁六甲，值日功曹是也。今奉九天玄女娘娘之命，来收三百女子。她等是王母瑶池的群花，私下凡尘，今当归位。尔等不必惊疑，分告她等的家属，吾神去也。"刚才说完，又听得天崩地裂般的响亮。等时黄沙飞扬，只在演武厅方圆左右，忽忽地山响。仁宗见此情形知是妖魔作怪，当下率领百官，跪在厅内祷告。将拜下去，突见一个怪物，长有十丈，青脸红发，巨齿獠牙，眼似明灯，血盆大嘴，浑身的红毛，两手似爪，在演武厅外滋滋地怪叫，吓得仁宗魂不附体。见它猛地伸出长爪，要来抓仁宗。明镐一急，忽然想起五雷天心正法来，默念了两遍真言咒语，便向那怪物一扬手，半天起了个霹雳，把那怪物打了个跟斗。此时仁宗立起来，躲在明镐的身后，见那怪物一声怪叫，爬起来又要伸爪。韩天龙过来，两手向它一张，二雷齐发。眼看着那怪物浑身起火，烧得它乱跳乱叫，不一会儿躺在地下不动了，大半是烧死了。

此时演武厅外仍然是鬼哭神号，吵个不了，只是不敢进来，因为门口贴着张天师的神符。少时风势暂杀，外边的情形渺渺茫茫地看着，就见正东方空中一位道长披发仗剑，似乎是调遣兵将。细一看原来是张乾曜，左右八个法官，也都披发执旗、指东画西的。又看西边半空中有个道姑，但见她头戴九梁道冠，身穿鹤氅，右手拿把宝剑，左手拿柄拂尘。两旁十二个女道士，各执法器，不用说便是那老妖狐和她那十二个大弟子了。若说两下比起法术来，张天师哪里是她的对手呢？他不过仗着祖传的秘法，能调天兵天将。那老狐是根深蒂固，妖法无穷，她哪里把张天师放在心上。张天师自己也明白敌不过她，只靠请神召将。老狐毫不畏惧，直闹了两个多时辰。虽然她能战胜张天师，都是也奈何他不得。不由得心中大恨，眼看已成之事，被他这样一来给搅散了。此时便有救星来了，你道是谁，原来是王禅老祖和陈抟老祖。

那天王禅老祖正在洞中打坐，忽然心血来潮，掐指一算，大惊道："这还了得。"连忙下了蒲团，带上葫芦宝剑，足驾祥云来到华山。只见清风、明月两个道童正在洞门外玩耍，便问他："你师父何在？"清风说："在洞中打睡未醒。"王禅老祖来到洞内，寻回他的元神，这才一觉醒来，揉揉眼笑道："正在好睡，你又来打搅。"王禅老祖道："汴京妖狐为乱，我们快去除妖。"陈抟老祖道："张乾曜已经前往，还用得着我们吗？"王禅老祖道："你不记得上次在斗牛宫玄元老子祖师讲经的时候，吩咐你我顺便到汴京城灭妖的吗？一定张乾曜办不了，所以祖师才有此命。咱俩又离此处相近，怎能不去呢？"陈抟老祖笑道："将才我就看见了，不过和你说笑语呢。"说着，便将斩妖剑和装魔袋带在身上，走出洞来，驾起祥云直奔汴京而来。

远远地就望着好些小妖围着校场乱吵乱跳的，演武厅上真龙出现，在空中张牙舞爪的。张天师元神透出泥丸宫，似乎有些慌张的样子。再看那老妖狐面带杀气、端然正坐的，校场内妖雾迷蒙，黑风四起。王禅老祖便施放一个掌心雷，将妖雾冲散，陈抟老祖放出斩妖剑来，但见霞光万道，瑞气千条，把校场四周围的小妖杀了个干干净净。老妖狐正想要算计张天师，听得一阵鬼叫，睁眼看时乃是陈抟老祖放出仙剑杀了她不少的子孙。再一细看，王禅老祖也来了，暗想一个敌一个，还不知怎样的，何况他俩都来，又看带着法宝，大约难以取胜，还是三十六招，走为上策，当下驾起妖风，带了十二名徒弟跑回贝州去了。当她要跑的时候，陈抟老祖的斩妖剑已经到她头上。这剑厉害无比，不见血不肯回头，竟将老狐狸的左腿刺伤。二位老祖见她逃走，便从后面追下来，直追到她的巢穴。她也顾不了众徒弟了，钻到洞内大气也不敢出。二位老祖这才回山，暂且不提。

再说汴京演武厅上的众君臣，仁宗此时听得雷声，如梦初醒。再望演武厅外，黑雾全消，依然红日当空，空中的张乾曜和那老道姑也不知道哪里去了。那些中试的女子，全都呆立在一处。地下不少的死狐狸，俱各身首异处，骚臭难闻。再看厅内的众文武，尽皆面无人色。只有明镐和韩天龙二人仗剑立在门口，张荣等一众英雄各执兵刃站立身后，一个个雄赳赳、气昂昂的。还有一班官员因为职卑位小，相离御驾很远，却都抱作一团，躲在墙根墙角。仁宗看了好笑，细想起来都是自己一时的高兴惹出这些事情来，便和七千岁说道："众女子已经考试完毕，命礼部照名填榜，各赐总管的俸禄。"传旨已毕，摆驾回宫。来到校场门口一看，才知道许多的兵将中了毒气，也有死的，也有伤的。仁宗后悔不迭，回宫之后，将一条明犀玉带捣碎，配制药品，赏给文武百官及禁军们服用。哪知就此一来，七千岁因此得病，昏迷不醒，文、富二位丞相也病倒了。正是：

只为任性，不听忠言。
贤王良相，疾病缠绵。

要问后事如何，且看下回，许多热闹节目，都在下回叙明。

第三十一回

醉金刚花园打淫徒
蔡门客毒谋害正士

却说仁宗皇帝自考试武科回宫之后，深悔自己孟浪不信人言，几乎闹出大乱子。又闻七千岁因此染病，心中更觉不安，亲自到南清宫去了几趟。七千岁一来年岁已高，二来为国辛劳，再加上这意外的惊吓，因此病势日增。仁宗虽是着急，只是无法可想。

这天早朝，张乾曜上殿见驾，陛辞回山。仁宗着实慰劳一番，又问到底是何妖物作怪，竟有这等的厉害。张乾曜奏道："乃是多年的妖狐，如果施展妖法，可以将汴京踏成平地。幸而有华山陈抟和王禅师兄弟二人前来，才将妖狐吓跑的，不然还不知道闹到什么样子呢。"仁宗闻言大惊道："这妖怪好大的邪术，那陈抟是否在太祖时候封过他为希夷先生的吗？"张乾曜道："正是此人，早已修成正果，位列仙班。只不过他每念太祖的好处，时常不断地下凡，替朝廷办了很多的大事。他是不肯留名的，因此无人奏闻罢了。好在他等早将名利二字置之度外了，倘若照朝廷的制度论功行赏，一桩一桩地说起来，很有可观哩。"仁宗点头称善，因问七千岁及文、富二相的病有无妨碍。张乾曜说："是灾难，大概无妨的，只是北方妖氛四起，暗隐杀气，恐将不利于社稷，然而这也是气数。陛下修德，或能感动天心挽回劫数，也未可知。"奏完一切，当日回转龙虎山去了。

不提仁宗自经此次的变故，便将明镐看得很重，意思是要升他高官厚爵，因他无甚的功劳，只好存在心里，待机而行，这也不在一时。明镐自那天在校场看那光景，合众弟兄都捏着一把汗，后来幸喜无事。回衙之后，许多的差役人等因在演武厅外沾染毒气，生病的不少。众弟兄当中，只有一枝兰马云峰和醉尉迟秦明两个人官卑职小也在厅外，免不了同受传染，生起病来。此外，钱禄、赵福、田京、王信等也都病倒，其余鄱阳湖四侠和小信陵汪文庆等一众弟兄，未曾前往，幸免此劫。所以那文鼙卿也未相遇，后文自有交代。连梅小姐等几人也都生了一场大病，足见妖狐的毒气很厉害了。明镐听说七千岁和文、富二公都生起病来，每天必去看望一遭。众家弟兄在衙无事，不断地到外边走走。只有韩天龙生性粗莽，时常惹事，遇见一星半点儿的小事情，他也要管，索性连偷鸡摸狗的小贼，也都抓到府衙里来。明镐说了他好几次，叫他少管闲事，哪里肯听。从前总是三三两两地一同走，后来无人同他一路，只剩一人，哪知正趁了他的心愿，省得麻烦。

这天他又独自一人出来，穿上旧日的道袍道冠，打扮得不僧不俗。任谁看着他这种样子，也要好笑，他却扬扬得意，大摇大摆地步出东门。本来无一定的去处，信马游缰，走到哪里算哪里。原来开封四城，只有东门外最冷落，都是王侯的花园别墅或家庙祠堂，因此这条路上往来的人很少。韩天龙大早地跑出来，走了半天，肚子觉着饿了，暗想前面一定有饭店的，不料直走到金鸡铺才有饭店，离城已有四十余里了。跑到饭店里胡乱吃了些，会过账，要想回城，偏偏地下起雨来。暗道：今天真晦气，跑了半天腿，挨了半天饿，又碰上下雨，只好在饭店里暂避一些，等晴了天再走。哪知越下越大，直到天晚，方才雨止。

走出饭店，正要回转，忽见一男一女形色张皇向前飞跑，不住地四下望，似乎是怕人的样子。韩天龙暗想，这二人鬼鬼祟祟的，一定无好事，不免跟上去听听。想罢，便使个隐身法，隐住身体，走到男子跟前，听他说道："早就喊你快去，你偏不肯。弄到这时候，国舅发了脾气，你可吃不了。"那女人便道："你别说鬼话了，有什么要紧的事情，不过又是糟蹋人家女孩子罢了。"那男子道："管他呢，咱们只为的赚钱，别的事情一概不问。"韩天龙听他俩人说话，知道并非好事，便一直地跟下去。

见他两人出了金鸡铺，向西北走下来，无多远来到一所大花园门首。两人进去，韩天龙也跟进去了。只见院内放着一辆太平车，两头黄牛吃草，旁边坐着一个老年人。再一细看，大吃一惊。你道是谁，原来是临清的李兴。当初曾和明镐在监牢内拜过把兄弟，韩天龙也见过几次面，所以认得。明镐也曾嘱咐过他，叫他到开封来住，好久不见到来，怎的今儿在此？甚为纳闷，当下现形，上前来招呼他。李兴上了几岁年纪，哪里还认得出来，况他又是这种装束。他说了半天，李兴才听明白，只知道是开封府的人，到底还不知是何人。正要答话，忽见跑出两个恶奴来，一眼看见韩天龙，大喝道："你这瞎眼的狗头，这是什么地方，任意乱跑，还不滚出去吗？"韩天龙怒道："金銮殿上许我走来走去，你这里莫不成是天宫吗？"两个恶奴闻言大怒，过来伸手就打，被韩天龙三拳两脚全都跌倒，爬起来指着韩天龙骂道："好打好打，你这小子如有胆量，你可别跑。"说着，往后跑去。韩天龙又问李兴因何到此。李兴说："现在带了家眷到开封府去，在此地下起雨来，就有此地看花园的人叫俺在此避避雨。俺便拽了车，她娘两个到后边去了，这半天还不见出来。"韩天龙发急道："你认识哪一个？"他道："一个也不认识的。"韩天龙顿足道："糟了糟了，糟到底了。"正然着急，忽见后边跑出十几个人来，各执棍棒，也有拿铁尺的，大喊道："别放走了野杂种。"

韩天龙见他人多，脱了道袍，一伸手揪断一棵桃树，足有碗口粗细，拿在手中迎上前去，不容分说动起手来。他等如何是韩天龙的对手，无一会儿工夫被他打得东倒西歪，底下明白的早就跑了。末了被他抓住一个人，大喝道："将才那个母女二人现在何处？对我说实话，饶你的狗命，不然我就打得脑袋揪下来。"说着，就动手揪头发，吓得这恶奴屁滚尿流，央求道："大爷饶命，我告诉你就是了，他母女现在后边荷花亭内呢。"韩天龙将恶奴放下，对他说："你好好地带我去，你要跑，就要你的命。"说罢，便向李兴一招手，叫他一同跟着到后边去。果在荷花亭内寻着，却见将才在路上遇着的那女人正在谈话，旁边还有几个恶奴仆妇丫鬟人等。韩天龙不问好歹闯进去见人便打，把一班下人们打得滚的滚，爬的爬，一个个鼻青脸肿的。李兴过来再三解劝，他这才住手，便叫李兴赶快领她母女上车动身。临走的时候问明恶奴，方知此地乃是张国丈家的花园。韩天龙全不管是谁，押着李兴的车辆直奔城门而来。

走在半路上，又遇见张家的几十名恶奴各跨坐骑拥护着张尧佐，走出城来正好撞见，就有两个恶奴指点着说话。韩天龙全都看见，心想久闻这老贼胡作非为，早想找他算账，不料寻上门来，定要给他点儿苦子吃再说。想着，已经临近，见张尧佐用布缠着头，还说他是害头风，哪知是被文豹卿削了一只耳朵去。旁边一个酸文假醋先生，不用说，就是那姜知臣了。只见他一马当先拦住去路，指着韩天龙喝道："你是何人，胆敢搅闹国舅的花园，难道你不怕死吗？"韩天龙骂道："放你娘的臭狗屁，你拿国舅吓唬谁。"张尧佐闻言大怒，喝令恶奴将他抓过来。喊声未停，几个恶奴下了马，一齐跑过来。韩天龙用个定身法，都给定住，过来把张尧佐拽下马，这一顿打比挨文豹卿的那一剑还难过，直打得他口吐鲜血，两眼翻白，韩天龙这才住手。再找那姜知臣时，不料他趁空跑了。韩天龙说："便宜了这狗头，下次遇见一起算账。"回头喊了李兴，赶了车子赶快走。将到城门，韩天龙才给几个恶奴撤了定身法。揉了揉眼，再看张尧佐时，已是遍体鳞伤，躺在地下，哼声不止，赶紧把他搀起来，扶上了马回府而去。

本来张尧佐不知此事，因有看守花园的回去送信，说是来个乡下人带着女儿，长得千娇百媚、万种风流。张尧佐本是好色之徒，虽然耳朵的伤还未愈，听见此信，怎肯不来？正要动身，又有两个恶奴跑回去说："有个野小子闯进园门，乱打乱闹，禁止不住他，请爷快去吧。"所以他便喊回姜知臣，带领恶奴骑马而来。万也无想到有人敢打他，偏就碰上这位爷连骂带打的，着实教训了一顿。回家又不好说，真是哑巴吃黄连，有苦说不出。

再说韩天龙押着李兴的车辆来到府衙，早有人招呼一切。他便领着李兴一家人来见明镐，说明一切，众位弟兄全都动气，齐说张尧佐不是好东西，竟敢欺侮到咱们头上来，这还了得。明镐便命人将李兴等家眷搬到后宅去，另外分给他一所院子居住，回头便劝众弟兄道："那张尧佐本非善类，人所共知，但是他侄女张贵妃十分有宠，皇帝信他的话，说一不二，是以无人惹他。再说他也不知李兴和我有瓜葛，何必多事呢？慢慢地等，他总有一天恶贯满盈，犯在我们的手里，再惩治他也不迟。"明镐不过这样说以平众人之怒，不意无等得找他，他却找到头上来了。

原来张尧佐挨了韩天龙一顿打，心实不甘，派人打听那黑炭团是何等人，却被姜知臣打听出来是开封府的人办的。这仇不好报了，谁人不知哪个不晓，明镐和一班朋友是皇帝的红人呢。张尧佐不死心，定要报仇雪恨。那时有个才子名叫蔡京，久不得志，暂住在他府中管理书札，不过混碗饭吃罢了，无人看得起他。张尧佐受此重辱，尽夜寻思报复，只是无有方法。那天深更半夜的他跑出来散步，看见蔡京在灯下端坐读书，走过去问他读的是何书，他说是《太公阴符经》。张尧佐便和他谈了半天，见他应对如流，逸趣横生，因此便十分器重他，把个姜知臣却丢在脑后了。两人日加亲密，形影不离。蔡京又会一种特别的本事，就是善于拍马吹牛，有人说他是在《太公阴符经》读悟出来的。据说这部《太公阴符经》，从古至今不知造就出多少的英雄豪杰，要文有文，求武有武，只要你专心钻研终究得到好处的，像那孙膑、庞涓、苏秦、张仪等人都是读的《太公阴符经》，结果各有不同，这就是天分资质的区别。后来范曾、张良、萧何、韩信等人，又不相同，一来在人的心术邪正，二来看功夫的深浅。不料蔡京竟学出这套功夫，后来封侯拜相位极人臣，安享四十余年的富贵，全靠这部《太公阴符经》得来的好处，你道效力大不大呢？此是后话，暂且不提。张尧佐既与蔡京如此的亲密，早将心腹之事对他说明，叫他想个法子。好在他的好主意是无有的，坏主意是成千累万的，取用不竭，不然将来他怎的误国殃民呢？当时听了张尧佐的话，眼珠子一转，计上眉梢，便

313

俯在张尧佐的耳朵上说何不如此如此，管教他死无葬身之地。张尧佐大喜，便去依计而行。正是：

　　　　谗慝居心害正士，暗施毒谋鬼神惊。

　　要问蔡京定下什么计策，且看下回分解。

第三十二回

贪赌赂宵小乱朝纲
坠网罗忠良贬岭表

却说仁宗皇帝素日以来心绪不宁，一因七千岁等抱病，二因考中的武女们都未陛见谢恩。后来一打听才知道，连瑞云郡主也染妖毒，全皆病倒，实在又悔又恨，不该多此一举。哪知从此京城一带，谣言蜂起。黎民百姓全都说夜间有妖物出来伤人，就和席帽仿佛，其大无比，有块黑云拥护着，又能变为狗狼一般，专吃人家的小孩子，闹得全城不静，老早地就关门闭户，预备刀枪，轮流守夜，无人敢在夜里行走。虽经官府出了几个辟谣的告示，依然无效，把个开封府弄得鸡犬不宁。仁宗也听得这种消息，深知怪由人兴，孽由自作，便下了一道诏旨赏格，如能查得兴妖作怪的人封官授职，闹了几天毫无影响。明镐下令不论商民人等，夜间不许关门，倘有被妖伤害或有别的损失，都由官府负责赔偿。一面暗派众位英雄和一班干役各处明察暗访，如有造谣生事者立即拘捕。又过几天，谣言渐息。

这天仁宗来到延庆宫，见张贵妃眼含痛泪、愁眉不展的。仁宗问她何故，她只是摇头不语。后来逼急了，这才说出来她伯父张尧佐被人打伤，削去一只耳朵，现今卧病在床，奄奄一息。仁宗惊问道："有谁这样的大胆，竟因何故？"张贵妃跪在地下哭道："此事只求皇上做主，臣妾一家老少的性命全在他等手中。"仁宗忙将她扶起来，急问道："到底是哪一个呢？说得不明不白，真正闷死人也。"张贵妃道："臣妾的伯父年岁已高，因在东门外修造一所花园，作为他修养之地。前几天有开封府明府尹手下的人，带领不少的狐朋狗友，在花园饮酒作乐，乱吵乱闹。"仁宗听到此处，鼻子里哼了一声，张贵妃便住口。仁宗问道："你只管说下去呀。"她道："臣妾说破了嘴唇，万岁只不理会，有何意思呢？"仁宗道："只要你说得有道理，朕便给你做主就是了。"张贵妃又道："前天有个姓韩的到花园来关照，叫园丁收拾清楚，他们要大请客。那天正值臣妾伯父的诞辰，因恐有人送礼拜寿的，所以清晨就避往花园去将息。当时园丁回答他说家主在园养病，请他们另借别处的地方。不料就此触动他的怒火，大骂一顿愤愤而去。园丁报知伯父，知道他等仍要回来的。正要避开他们，忽听园门敲得震天价响，园丁跑出来一看，拥入三五十个彪形大汉，不由分说进门就打，把花园全行捣毁，打伤十数名家丁，寻着伯父一顿暴打，直打得他口吐鲜血，绝气身亡，这才住手。不知哪个狠心的临走削去耳朵，对家丁们说，倘若奏知圣上，管教你全家性命同见阎罗，说罢一哄而散。万岁明鉴，伯父那样的年纪，还禁得住如此糟蹋吗？臣妾今日归宁方知，一家人只有哭泣的当儿，哪里敢说个不字？谁不知他等高来高去，都是杀人不眨眼的魔君，万岁救臣妾一家性命吧。"连哭带诉地又拜下去。

仁宗将她扶起安慰道："你莫信一面之词，朕深知他等行侠作义，奉公守法，乃是当时的英雄豪杰，绝无此等行为。或者卿家中人看错了吧，朕想万不会有此等事情。"张贵妃道："万岁日处深宫，只靠他等一班同党胡说乱道，究竟事实如何，万岁都未目睹。别的事或者传闻有误，受伤的人现在还有口活气呢，还不是死人口中无对证的事，浑身上下的伤痕，少了一只耳朵，这都验得出来的。如万岁不信，可以叫人抬上来看看，真假自见。"仁宗忙拦道："算了吧，如此一来事情越闹越大了。明日早朝，朕召明镐一问便知。"张贵妃摇手道："万岁千万不可，倘被他那一班强盗知晓，臣妾一家的性命何人担保？这不过是作为闲谈，臣妾受恩深重，就让再吃大些的亏，绝不提起只字的。"仁宗道："好了好了，明儿再说吧，朕自有办法的。"当夜便睡在延庆宫。这一夜的工夫，张贵妃奏起枕头上的本章来，有软有硬，有刚有柔，把一个聪明圣智有道的明君闹得翻来覆去的，一夜未得合眼。你说有多厉害吧。

天明五鼓，早朝升殿。临出宫的当儿，张贵妃又灌了许多的米汤，一来是蔡京的阴符妙策，二来是张贵妃的心辣嘴甜。当时仁宗升了御座，群臣参拜，山呼已毕，便宣明镐上殿。此时张贵妃暗藏龙阁后窃听。明镐参过御驾，仁宗劈头便问道："统制韩天龙还是那样的粗暴吗？卿家也要管教他。现为朝廷的大臣，遇事总须和平，不可鲁莽。将来外邦闻知，堂堂的天朝上国，用了野人做高官，这不是大笑话吗？"明镐闻言，一时摸不着头脑，又见仁宗的神情和往昔不对，或者呆子闯了什么大祸，或者仁宗听信谗言，心里不甚明白，口中只说："为臣遵旨。那韩天龙人虽愚鲁，心地诚实，或是出言不逊，有伤官体，为臣回衙，传万岁的恩旨，教训他便了。"仁宗道："朕不怪他别的，遇事可以则以，毋庸十分认真。就像各皇亲国戚吧，有时候朕还容让他们，恐为小事致伤和气。卿等也须善体朕意，不必苛求，这话卿还不明白吗？"明镐听到此处，知为张尧佐之事，立即奏道："请万岁降旨，治臣督饬不严、御下无方之罪。臣实有负圣恩，罪该万死。"说罢叩下头去。仁宗道："说过去便算了，不过关照他们，俟后知过必改。朕也不肯深究，两下消除意见，同心辅保朝廷。朕今日作为两下的调和人，谁也不许记谁的仇，再事报复的。"明镐叩头谢恩，口呼："圣恩高厚无以复加，臣虽粉身碎骨也难报答了。"仁宗又安慰了一番。明镐下殿，仁宗传旨摆驾南清宫，去看七千岁的病，见他仍是昏迷不醒的，仁宗问了狄后几句话，这才回宫。

明镐回转府衙，便将今日之事说了一遍。众弟兄都说是奸妃的诡计，俱各愤愤不平。明镐又嘱咐韩天龙一番，俟后要谨慎，冤家越结越多，官途越加危险，早晚洁身告退，以免祸患。韩天龙哪里听得这些话，只说："当初谁要做官来着？还不是怎样来怎样去。我可先说明了，倘有那一天，大哥到哪里，我便跟你到哪里。家眷之事就请大哥安排，跟嫂嫂去便了。"邵九皋听他这番言语，心中十分难受，眼圈一红，几乎落下泪来。杨云瑞忙拿话岔开道："这都是好好的，说出这种倒霉话来。算了吧，事情很多的，放着事情不办，却来说闲白，有什么用处呢？"张荣也道："杨兄言之有理，到什么时候说什么话，况且造化弄人，不由人算的。"邵九皋长叹道："老朽有几句不知深浅的话，说出来千请勿怪。"高三宝道："老姻伯有话请讲当面吧，小侄等无不遵命的。"他望了望众人便道："大凡天道忌满，月盈则亏，人事何常两样呢。诸位数年以来，连走绿林、闯江湖及入仕途，所行的无非顺境。尤其是这两年一切的事情，可说是称心如意了。但是人心须存保持之道，'满招损，谦受益'一定不易之理。此后恐生枝节，逆境渐渐临头了。奉劝诸位，时存退一步想，以免将来不可收拾。这是老朽察天时、观人事，潜心修养会悟出来的肺腑之言。今日推诚相告，至于信与不信，随尊便罢。"明镐忙道："老姻伯金石良言，敢不铭诸座右。亦知宦海风波，起伏无定的，一俟有机，便当急流勇退，以免日后担心。"张荣也道："常听人说伴君如伴虎，如今想起来，实在有意思呢。"当下你一言我一语地谈论玄机，哪知祸患已到眼前了。

你道为何？原来贝州的王则存心为乱，已非一日，近来被明镐连破几处巢穴，去了他不少的膀臂，因此恨之刺骨，每要陷害他，只是未得其便。此时他已买通了夏竦、孙秀、赵积、吕惠卿等一班奸臣，又勾结内侍阎文应、史昭藩、杨怀敏、王守忠等一众奸宦内侍。好在他有的是金银财宝，俗语常说有钱买得鬼推磨，况且那班奸党们只知要钱不要命，所以朝廷内事无大小，仁宗的一举一动，他那里都知道的。早晨发生的事，晚下他就知信，你看消息快不快呢？现在他手下的人马着实不少，都劝他早日起事，他便请九圣仙姑商量。老妖狐因在汴京吃了大亏，也要急于报仇，就给他择定明年正月元旦，断澶州的浮梁作乱。一面通知河北的各府州县的众门徒从速准备，一面召集亲信人等集议办法。有人献计，如要起事，必先除了明镐，不然要吃他苦的。这一着正中了王则的心事，备办金银珠宝给夏竦等一班奸臣，叫他除了明镐，还要重谢，因此他等昼夜地用心。正巧内侍史昭藩来了，说出张贵妃怎样地要除明镐。孙秀听了，想出一条毒计来，也无合众人说，只附在夏竦耳边说了半天。夏竦拍掌道："好计好计，小明哪小明，管教你死无葬身之地了。"当下便去分头预备，暂且不提。

再说张贵妃，自在金銮殿窃听仁宗嘱咐明镐之后，便派人到家中去送信，叫他父亲张尧封明日早朝奏知圣上，就说伯父伤势沉重，只呼替他伸冤，请万岁定夺，宫内女儿再想别法，定要将明镐制死，方消心头之恨。张尧封得了信，便和哥哥说明，就请蔡京当夜修了一道本章，预备上朝奏明陷害明镐的。不料天明五鼓，张尧封怀了本章上朝房来，走到丹凤门外，突遇两个刺客将他刺死，把头割下来挂在丹凤楼右脊上。一班守宫门的侍卫们，听得外面大喊有贼，跑出来看时张尧封的无头死尸倒在地上，血肉狼藉，刺客早已无踪。宫门外发生此事这还了得？又知他女儿是皇上的爱人，平常谁敢动他一根毫毛，如今弄得身首异处、血肉模糊的，这个干系可真担当不起。立时击动登闻鼓，仁宗立刻升殿，把守宫门的侍卫将军和禁城羽林军、神武的各总管上殿奏知此事。仁宗闻言大惊，立刻亲到丹凤门外来一看，见那张尧封的尸首有身无头，躺在血泊中惨不忍睹。有内侍望见楼脊上挂着人头，搬个梯子上去摘下来合在尸首。内侍又在他怀中翻出奏折来，已染血迹。当有内侍打开，仁宗从头自尾地看了一遍，不由得疑心起来。奏折上是说明镐横行无忌，欺君罔上，纵容属下殴伤皇亲，又复巧词卸责，实在罪不容诛，本章上说得委婉动听，凭谁看了也要动心的。仁宗看罢，回转金殿，一面传旨将尸首好好地装殓起来，正要宣召明镐上殿。忽见张贵妃由屏风后哭着出来，跪在仁宗面前："求万岁做主，与臣妾父亲报仇雪恨。"一边说着一边哭，直哭得玉容憔悴，欲诉无声，等时便晕过去了。正是：

　　杯弓蛇影随心现，血口喷人害正人。

要问后事如何，且待下回表白。

第三十三回

张统制大闹万安渡
蔡知府修造洛阳桥

却说仁宗皇帝见张贵妃哭晕过去，急命内侍将她唤醒，扶往延庆宫去将养。她执意不肯，定要求仁宗传旨，杀了明镐和他一班弟兄们，替父亲抵债。仁宗发急道："当场并无捉住凶手，知道是谁呢？岂可胡乱杀人，卿且回宫，朕自有办法。"张贵妃无奈，哭哭啼啼地回转后宫去了。

仁宗立时宣召明镐上殿，怒问道："卿家职居府尹，本负纠察之责。今在朝门发生此案，足见平日缉捕不力，你自己说该当何罪吧！"明镐奏道："微臣疏于防范，有亏职守，仍请万岁发落。"仁宗冷笑道："你倒推得干干净净，你可知现在很有重大嫌疑吗？"明镐闻言大惊失色，叩首道："臣罪该万死，万死犹轻，为臣自幼读诗书，深明大义，断不敢为此大逆不道之事。请万岁详察。"仁宗不等他说完，命内侍将张尧封的血本递给他看，明镐从头至尾看了一遍，又奏道："其中所言尽是虚假，完全捏词妄奏，有意陷害臣不义的。"仁宗怒道："任你再能巧辩，事实俱在，难以掩饰的。"说着，喝令护卫将明镐推出午门斩首。左右一声答应，早跑过一群如狼似虎的侍卫们，将明镐冠袍带履摘的摘脱的脱，等时刨个干净，上了绑绳推到午朝门外，专候行刑的旨意，就要斩首。

此时文武百官，由范仲淹、韩琦、欧阳修、包拯、赵抃等带领，跪求仁宗饶恕明镐的死罪。仁宗怒气勃勃地喝道："此等目无君上大逆不道的臣子，留他何用？将来说不定敢刺杀朕躬呢，卿等怎的还来替他保奏？"包拯奏道："明镐奉职无状，罪诚有之。若说他刺杀张尧封国丈，一无对证，二无实据，不能说是他办的，请万岁明察。"仁宗沉思一会儿，说道："虽无凭据，事出有因。是他也罢，不是他也罢，总之将他斩首，死而无怨，卿等不必再奏了。"范仲淹和欧阳修又解说了半天，仁宗仍是不准。因嫌朝臣啰唆，传旨高悬尚方宝剑，如有再来保奏明镐的，一律同罪。这一来不要紧，文武百官都不敢上本保他了。旁边喜坏了夏竦等一班奸臣，一个个趾高气扬，面现得意之色。气得许多的忠臣干膨肚子，只是无法，面面相觑。

哪知天无绝人之路，正在仁宗刚要吩咐行刑官的当儿，忽见南清宫七千岁的世子英国公惟宪怀抱金锏走上殿来，高呼刀下留人。仁宗见了大惊，忙问道："御弟为何阻拦行刑？"英国公惟宪奏道："父王有本叫臣以口代奏，据说明镐系有功之臣，无论身犯何罪，不可斩他。等父王病体痊愈，审查明白再行依法治罪，就请万岁降旨，先赦明镐，带他去见父王问话。如万岁不准此本，金锏可不容情。"说着，把锏双手高高举起。仁宗发慌道："御弟慢动手，赦免明镐便了。"

刚要写旨，屏风后又走出张贵妃来，跪在金殿逼着仁宗传旨将明镐问斩。仁宗还未开口，只听英国公惟宪唤道："奸妃不守国法，私出后宫，你目中还有祖宗的法度吗？万岁饶恕得你，这金锏饶不得你。"说罢，便要举锏打她，吓得仁宗走出龙座，上前拦挡赔笑道："御弟息怒，看在朕的分上，恕她这一遭吧。"说着，一手托住惟宪的右膀，一手暗向张贵妃乱摇，示意叫她赶快躲避。张贵妃见风头不对，连皇上都惧他三分，何况别人？又知金锏打死人白打的，强也强不过去，只好趁空逃到后宫去了。

这里仁宗下诏赦了明镐。他自料此次必死无疑，万无想到又这一来，上殿谢恩已毕，就跟惟宪到南清宫而去。当下夏竦等暗暗顿足着急，失此机会可惜，便和孙秀又商量了一个法子，齐奏仁宗说："那明镐死罪饶过，活罪难免。请万岁乾纲独断，将他贬到边远的地方去。叫他即刻起解，派人押赴任所，以正其罪而伸国法。"仁宗答应，当殿拟好诏旨，将明镐贬为岭南泉州南安县刺史兼职兴武军，克日就道，不准逗留。这道旨意一下，真正迅雷不及掩耳。夏竦等又用了手脚，逼着明镐动身上路，急不容缓。明镐已是死里逃生，便也不计官职的大小，只将家事托付了邵九皋关照一切，又请小信陵汪文庆等回贝州去，异日再会。他七人无法可想，当日告辞回贝州去了。后文自有交代。

当明镐到南清宫见七千岁时，诉明自己冤枉，并将张尧佐不法的事情一一说明。七千岁深恨他兄弟倚势为恶，慢慢地和他算账，嘱咐明镐赶紧破此血案，一来洗刷罪名表明心迹，二来堵住奸人的口。明镐还说："用心缉查，终能水落石出，不料奉旨贬往闽南，无暇再缉办这事。"南清宫也无工夫去了，只好写封禀信，留下诸云龙和周侗二人保护王驾。临走时，又嘱咐他二人："诸事小心在意，如今不比从前，外边的仇家太多，处处和我们作对，一个不留神就中奸计。我等远在万里，无法打救你们的。留你俩在京，早晚也可照应家眷，不时来走走。"二人点头答应。此际，一枝兰马云峰、醉尉迟秦明两人的病还未好，也便安慰一番，叫他二人好好地养病，不久仍要回京的。仍要留鄱阳湖的四侠在京等候，金钱海马袁英说道："俺们那边有朋友，道路又熟，左右是闲着无事，一定要去的。"明镐不好再辞，打点行装，只带了些随身的衣服，带着张荣、钟志英、高三宝、杨云瑞、韩天龙等，还有鄱阳湖四侠，共计九位英雄，又带了王超、周霸一同前去。其余钱禄、赵福等六人侍候家眷。直到傍晚，才料理清楚。

不料中官催迫上路的，已来五六次。末了被韩天龙大骂一顿，都知他敢打国舅，什么人不敢打呢，因此抱头鼠窜而去，不敢再来催了。次日清晨动身，一路上不过是饥餐渴饮，晓行夜宿，不必细表。这天来到任所，接印视事，另有一番忙碌，连县印兴武军的事全都接收清楚，将一切的情形并到任的日期写好本章，又给七千岁和文、富各公分别写了禀信，以及平安家书，派了专差飞驰进京去了。明镐自到任以来，不过是兴利除弊，办了许多事情，治理得境内路不拾遗、夜不闭户，合境的黎民百姓无不感激明公的恩德，这也不在话下。

久闻邻对晋江县城东北有个万安渡，那里临江很近，平日商民来往，要在那个地方过江。那条长江绝海而济，水势汹涌，非常的危险，船只时常闯祸。等闲的人情愿绕道走，不肯冒险渡江的。只有弟兄二人，一名翻海龙江俊，一名翻海蛟江杰，水旱两路的本事十分精通，自幼撑船为业，因此起家，手下收了三百个徒弟，从此独霸一方，无人敢惹。在万安渡有两只船，专渡来往的客商，渡资任意增收，谁敢和他争竞？又不许旁人摆渡，所有过江之人全都乘坐他的渡船，忍痛多出渡资，俱各敢怒而不敢言。历任的地方官吏又都受他兄弟的贿赂，明知不问。他兄弟霸占万安渡十几年的工夫，本地上有两句谣言，说是"不怕江海风浪与波涛，只怕江家两条篙；四海龙王住在水晶宫，江大江二住朝廷""敢抗皇粮不纳税，少了渡资推下水"，种种的歌词一唱百和。江氏兄弟听得还以为人民怕他，甚为得意。

哪知偏偏被这好管闲事的明镐打听出来，暗说这还了得，全不问管得着管不着，硬要除此恶霸。便和小霸王张荣等几位兄弟一商量，都说必须除此二人，与地方除害。请着鄱阳湖的四侠，同到万安渡来，果见两岸许多的人民客商等船过渡，江边虽停泊了好多的船，不敢渡人。张荣等来到渡口，等了半天，船仍未来，心甚着急。韩天龙跑到停船的地方，招呼了半天，连个人来睬也不睬，不由得大怒，骂不绝口。再看那船上的人，只不作声。有个老年人过来劝他道："这位客官大料不是此地人吧？"韩天龙把眼一睁道："怎么？此处专会欺负外乡人吗？"老人道："不是这样，俺这里过渡，只有江家的两只船渡人，别的船不许渡的。"韩天龙道："这是什么缘故？莫非他有官府的告示？"老人道："无有。"他道："或有皇上家的旨意？"老人道："也无有。"他怒道："一无告示，二无明文，他凭什么不许别人卖渡？"老人道："此地就是这个规矩。"用手一指对岸，有几间高大的红砖房屋，说道："那就是收渡资的账房，到那边一问就明白了。"韩天龙也就不再说了。

只见两只渡船已经拢岸，上船下船的拥挤不堪。韩天龙跟着张荣等也上了船，人已上齐，水手把篙一点，船已离岸，直向上流撑去，快到江心才转舵，顺流向岸摇来。但见白浪滔滔，波涛汹涌，水势甚急，看了令人害怕。不多时船已到岸，下船的人齐奔红砖房屋而来。临近一看，好似商店的门面一样，一排几张桌子，里边坐的立的足有二三十人。过江的商民一个个拿着银子，交给柜台上的人才敢过去，无不长吁短叹。及至张荣等几人，走到柜前问声："渡资多少？"就有一个豪奴似的人指着墙上贴的字条说道："你无生着眼睛吗？故意多话。"说着，瞪了几人一眼。张荣耐着性子，看字条上写"渡资每人纹银一两，一半修造龙王庙，一半为香金。"张荣怒道："岂有此理，谁给你们定的规矩？天下也无有如此的大价。"话未说完，早就蹿出一个高大的汉子，伸手就是一掌，照张荣面上打来。他便闪身躲过去，上边一扬手，下边一腿，把那大汉踢个跟斗。听得一声喊打，跑出十几个人来，围着几人动手。都是笨家，如何敌得住这班侠客？只不过三个照面，打得他们滚的滚，爬的爬，四散乱跑。平素这班人专会狗仗人势、狐假虎威的，敬光棍，欺乡人，抱胖腰，搂粗腿，打软汉，骂瞎子，无恶不作，无所不为。不料碰着顶头货了，却都脚底下明白，回头跑得飞快。众位英雄是一不做二不休的，索性大闹起来，全都蹿进柜台，逢人便打，见物就摔。可怜那边的摆设，霎时打个一干二净。韩天龙打得性起，连桌椅板凳都给他拆毁，还要拆屋子，张荣等拦住。

正在热闹当儿，忽听外边一阵大乱。许多看热闹的跑得好远，齐声喊："阎王来了。"众位英雄蹿到外边，只见来了一群人，各持刀枪棍棒。为首的两个大汉，一例青绉扎巾，中插茨菇叶，面如重枣，发似朱砂，恶眼凶眉，隆鼻大嘴。一个红胡须，年纪略大，一个紫胡须。一个使两把狼牙锯齿钢刀，一个使一对虎头双钩。身长都有八尺开外，膀阔三停，走起路来好像一对开路鬼，不用说是江氏弟兄了。后跟三五十人，却是他的徒弟。两下一对面，只听红胡子喝道："哪里来的野人？敢在太岁头上动土、虎口内拔毛。"众弟兄齐喝道："大胆的恶豪，欺压良善。今日奉命来拿你

322

等。"说着，掣出兵刃动起手来。张荣迎住江俊，高三宝战住江杰，其余众弟兄和他一班徒弟杀在一处。论说江氏弟兄本领着实不弱，无奈遇上张、高二位，他俩就不行了。三五个照面，江俊的钢刀被张荣削断一柄，江杰又被高三宝削去头巾，披头散发，弟兄二人俱各吃惊，暗说不好，再若恋战恐怕性命难保。正在想要逃走，又听金鼓齐鸣，来了无数的官兵。他俩一想，再不快逃，性命休矣，于是各卖一个破绽，齐到江边蹿到水中去了。此际鄱阳湖的四侠见他兄弟入水，也就跟着下去。正是：

只凭武艺欺良善，难免今朝遭祸殃。

要问二人性命如何，且俟下回再叙。

第三十四回

偿夙愿诚心感天神
约反期谋泄杀官吏

却说江氏兄弟在岸上战不过张荣和高三宝，卖个破绽跳到江中去了。等闲的人是不敢轻易攒入江内的，因为水势汹恶，潮流又急，不深悉水性的人，禁不住两三个浪头，管保打得不知去向。江氏兄弟负此绝技，以为岸上战他不过，入水即可逃生。哪知这鄱阳湖的四侠在海外数年，不论大洋大海，视同家常便饭，何况这长江呢？

他弟兄两个伏在江心，打算等官兵去后再行上岸。不料"金钱海马"袁英和"混海泥鳅"朱亮入江之后，寻了一会儿，已经望见他俩。他俩却看不见袁英等，因为他弟兄二人只能看得三五丈，再远就看不清楚了。袁英等能望下十几丈远，所以先看见他。四侠渐渐地围上来。若论本事，他俩敌袁英一人还差不多，哪里还吃得住这四人呢？在江内战了两三个照面，江俊左膀被袁英峨眉刺划伤，只剩一只右臂。江杰被火眼江猪于凤翔三尖两刀钩，钩住了右腿，水底蛟龙刘通过去揪住头发擒上岸来。等时袁英将江俊刺了个穿心过，拉着死尸也就上岸。到江边一齐上去，刘通把江杰捆好，袁英把江俊的尸首掷到岸上。此时，张荣等一班英雄正和泉州府的总管李云说话。原来明镐打发张荣等前往万安渡查探，已经备好文书，派人送到泉州府去，说这晋江县万安渡恶霸如何横行，如何硬索渡资，商民不堪其苦，现已派统制张荣、高三宝等前往查办，请贵府派兵协助，除此地方大害等语。

这时候泉州府的知府名叫蔡襄，字君谟，乃是闽江仙游人氏。自幼家甚豪富，因他父母好行善事，把一份很大的财产全给施舍完了。等到蔡襄记事的时候，已是一贫如洗。他在七岁上便丧了父亲，幸他母亲欧阳夫人将他抚养成人，延师教读。苍天报应善人，所以他读书非常的聪明，真可称得起过目成诵。又写得一笔好字，到现在还有名，就是相传宋朝的苏、黄、米、蔡四大家，他就是其中之一。仁宗皇帝爱惜他写的字，一切的碑文差不多全出他手，就因为不肯书写温成皇后父亲的碑文（按张贵妃死后赠温成皇后，此事载于《宋史·蔡襄本传》，《资治通鉴》七十六卷《宋仁宗纪》中亦载之，并非任意假造，一阅便知），得罪了张贵妃，要降他的官职，于是他自己便要求这泉州知府的缺，仁宗就放了他。他为何要这缺呢？其中有段缘故，看官别嫌麻烦，待在下掉回头去，接着前文续述一番吧。

当蔡襄中了状元回家祭祖，许多亲戚们都来拜贺，十分热闹。谁不说是他祖宗的德泽、他父亲一生为善的报应？蔡襄自己也是欢喜无限。只有他母亲欧阳夫人闷闷不乐，后来再三地追问，欧阳夫人才说："往日求子心切，曾对天许愿，如叫蔡门有后，不绝香烟，愿修万安渡的长桥。许愿之后，就生了蔡襄，如今又中状元，想起未曾还愿。欲造此桥，工程浩大，哪有这些银钱？所以不乐。"蔡襄闻言之后，安慰母亲一番，因说："将来做了大官积下银钱，先造洛阳长桥以了心愿，趁此时大贬小的当儿，做这一任知府，足可修造此桥。"自到任以来，也曾派人估量过，据说两岸相离三百余丈，如欲造桥，须得三百六十丈长，工程浩大，一时哪有这笔款子，暗暗地着急。也曾听说江氏兄弟横行霸道，欺负良民。正要除掉这两个恶霸，恰好明镐有文书前来请兵协助。在汴京时二人有来往，知他手下的能人甚多，心中甚喜，暗想请他帮助造桥，定无不肯的。当日派兵马总管李云领兵一千，去助张统制等擒拿恶霸。一面修了回书，叫原差带回，一面亲到南安县来拜明镐。

二公相会叙了些阔别之情，后来才说明来意，要修洛阳桥以偿凤愿，请求明镐帮助成此善举。明镐慨然允诺，因道："此桥如果修成，一来地方上商民便利，二来可偿太夫人的愿心。某能相助之处，无不尽力而为。"蔡襄当面谢过，说起："工程十分浩大，一时筹款甚难，这件事仍不能办。"明镐想到这层意思，也迟疑不决的，想了一会儿便道："这样吧，某名下的俸金全数相助，至于兄处能凑多少，集个成数出来，究竟还差几何，再想法子便了，就请吾兄回去兴工吧。"蔡襄闻言立时跪下，磕了个头。明镐急忙将他扶起来说："吾兄这是何意？岂不折杀小弟也。"蔡襄道："寅兄急公好义，果然名不虚传。怎不令人佩服得五体投地呢？再说这是代家慈叩谢，理应如此。"明镐道："你我关系属通家之好，俟后再休如此。就请回府禀明太夫人，代弟请安。定个开工的日子，以便小弟前去监工。"蔡襄道："这却不敢当，请派两位统制督饬监理便了。"说着欢天喜地地告辞而去。

一会儿张荣等回来，告知明镐大闹万安渡的情形，怎样地生擒江杰，

325

怎样地刺死江俊。现将一切未完的手续，都交给地方官了。明镐奖谕了一番，谢了鄱阳湖四侠，就将泉州府的知府蔡襄要造洛阳桥请求帮助，将俸银施助的话，从头至尾对众弟兄说了一遍。又说："现在虽然就要动工，但是工程浩大，需要巨款，一时哪里办得来呢？"当下张荣忽然说道："款项倒有一笔，计算起来，还怕用不尽呢。"明镐急问道："款在何处，人家有答应吗？"张荣道："就是江氏兄弟的财产，都是搜刮商民身上的，如今仍把它修造此桥以济行人，天理人情，十分公允。大哥何不叫蔡知府拿来使用呢？也省得为难了。"一句话提醒了明镐，听了大喜。立时修封书信，派人送往泉州府来。此时蔡襄已到府衙，见了欧阳老夫人说明一切，老夫人也是欢喜，便去招工承包，克日兴工。接到明镐这封信，更加喜悦，即日派人查封江氏的财产，抄出许多的金银珠宝，计算起来，修桥的款项足有十分之七，相差无几，便由蔡襄捐俸凑足，晋江县的知县招人承办，动手修桥。

但是俗传有段神话，乡民至今传说，不免叙出来，看官们也开开心。相传蔡状元修造洛阳桥之时家贫无资，昼夜焚香祷告，求苍天默佑，偿母心愿。孝心感动玉帝，派南海大士和吕祖二仙下凡相助。南海大士将鱼篮变作花船，大士变个美女，善财童子变个仆妇，把船泊在岸边，勾引许多的王侯公子、走马王孙齐来赏玩。大士对他们说，如有人用白银一锭打中船上的彩球，将身许配与他。当时轰动了一班寻花问柳好色之徒，都想得这美女，争着拿银子来打彩球。哪知大士用了法术，几天的工夫一个也无打着，反积了好多的银子。又经吕祖用个点石成金的法术，将岸旁的岩石变成一座金山。

那天蔡状元在此经过，听得三三两两地传说花船的美女十分俊俏，如能打中船上的彩球，即便嫁他，旁边的金山作为陪嫁的妆资，可惜无此福气，枉费了几锭银子，连边也未沾着。蔡状元闻言近前观看，果然真有此事，暗想自己堂堂的状元公，怎能娶配这烟花的女子，岂不被人笑话，决意不打。后经人劝道："她有许多的金银，可以修造洛阳长桥，看在银子的分上，何妨试他一试。"蔡状元一想，倒也有理，拿锭银子照准彩球打去，不料打个正着。全都代他贺喜，齐说："到底府尊他的福分大，既得美女又得金银。"羡慕他的也有，嫉妒他的也有。蔡状元派了家丁将金银搬送回家，直搬了一天才各搬净。那船上的女子，因问蔡状元道："你看我是甚等之人？"蔡状元道："你不过是个烟花的妓女，有何稀奇？"她笑道："实对你说吧，我乃南海大士，奉了玉帝的勅旨，下凡助你一臂之力的。"蔡状元笑道："岂有此理，看你分明是个妓女的装束，怎能污蔑南海大士呢？"她道："你如不信，抬头观看。"说罢，那只船悠悠地起在空中，霎时不见，云端里头显出大士的真像来。蔡状元这才相信，立时望空拜谢，急忙跑回家去报知欧阳老夫人，也便拜谢了一番，就拿这金银来修造洛阳桥的。这是父老们相传如此，而今各地梨园排演成戏，又名《天下第一桥》，也采这段故事加入戏内。究竟蔡状元修桥用的哪笔款子？好在泉州府的洛阳桥下，有蔡襄亲手写的碑文，至今尚存，到那里一看便知分晓。史书上也明明白白地载着，并非在下胡拉乱扯的。表过不提，书归正传。

当时晋江县的知县奉命招工，人是有的，都说水深流急桥桩难下，只要有人下得桩，便好动工修造了。知县便将此事报告蔡襄，蔡襄贴出榜文征求有桩之人。当天便有位老者揭了榜文，据说此老乃是天上的太白金星所变化的。蔡襄听说有人揭榜，请他入府，问他怎的下桩。那老者道："在下是自有法子，但是无桩，如何下法？"蔡襄又请问他："这桩到何处去寻？"老者道："你且更换青衣小帽，出得南门自有机遇，但是要求得三人同意柱，方始有用呢。"蔡襄点点头答应，换了衣服步出南门，走了半天也未见着什么。正在纳闷，忽见路旁有三个乞丐，一个瞎子，一个跷脚，一个烂黎头。但见他三人坐在太阳底下，捉身下的白虱。一边捉一边放在一杆八尺长的细竹筒内，只是又脏又臭，远远地闻着那股气味实在难闻。暗想怎的这等邋遢呢，捉住身上的虱子不将它治死，却放在竹筒内干什么呢？又想管他们做甚，既然未遇机缘，不如回去吧。正要转身，忽然想起那老者曾说要求三人同意柱，看这三个乞丐有点儿意思，或者是真人不露相，真有来历也未可知，不妨试试看。

想罢，走到三人面前，双膝跪地说道："小子蔡襄，因母亲许下心愿要造洛阳长桥，只是无有桥桩难以动工。望求三位长者指条明路，以便求得三人同意柱，早日完工，感激大德无极矣。"说着，只是叩头。三个乞丐笑道："奇事奇事，俺等弄成这种怪相，衣食不周，哪里还有工夫管你这些闲事。"蔡襄只是苦苦地哀求。那烂黎头道："你瞧他怪可怜的，把桥桩给他吧。"瞎子和跷脚说："给他给他吧。"说着，便将那盛白虱的竹筒递给蔡襄，道："你且将此物拿回去吧。"蔡襄道："如何用法呢？"跷脚用手一指说："你瞧那旁的人会使。"蔡襄回头一望，并无一人，再看三个乞丐时，早已无影无踪，十分惊异。抬头望天上一看，但见三朵祥云上立张果老、汉钟离、铁拐李三位大仙，急忙拜谢了。

跑回家来，将竹筒交给老者，便将遇见神仙之事说了一遍。老者笑道："正是此物，今日得着，正好下桩了。还要请你换上公服，同到晋江

327

县衙内去见知县。问问他工人招齐了无有，顺便还需办一件大事呢。"蔡襄哪敢怠慢，换好冠袍，带着老者一同坐轿来到晋江县衙门口。知县连忙迎入，就在大厅上落座。蔡襄问起所招的工人如何。知县道："工人业已招齐，只等钧府下桩，就好动工了。"蔡襄回头问老者道："请问老丈何日下桩？"那老者踌躇道："下桩不难，但要通知四海龙王一声，请他知照鱼兵虾将别来兴风作浪，方好下得桩呢。"那知县闻言摇头道："别的差事好派人去投文，这茫茫的大海，文书怎的投下海去呢？"蔡襄也道："是呀，但不知何人下得海，哪个下得海？"

正说着，忽见一个差人跪下道："下役夏得海。"蔡襄喜道："你可下得海吗？"差人道："小人正是夏得海。"蔡襄便对知县说道："既下得海，就请贵县办封文书叫他去吧。"说着，告辞回府。知县送出衙门，看他上了轿才回堂来，立时备好一封文书，便命那个差人去下海投文。差人一听，吓得惊魂皆冒，叩头哀求道："下役上有高年的老母，下有未成年的幼儿，只靠小的一人养活。倘若送命，将来所靠何人呢？请老爷派别人去吧。"知县怒喝道："方才府台老爷在此，你自己承认的，怎的又来推托？"差人急道："小的名字叫夏得海，不是去下海呀。"知县不容分说，把文书掷下来喝道："你如好好地前去，还在罢了，不然活活地将你打死。滚下去！"说完，打鼓退堂。

差人无奈，拾起文书，含泪回家诀别母妻。来到海边，饮得大醉，一头撞入海内，自料必死。哪知他是避水鼋转世，非他入海，才能达到水晶宫。四海龙王接了文书，一面立即复了回文，一面传谕龙子龙孙、鱼鳖虾蟹一切的水族，全往万安渡保护造桥下桩，止住狂澜恶浪汹涛，一面派龟丞相款待夏得海，吃了个酒醉饭饱，送他上岸。一直跑到县衙，呈上四海龙王的回文。知县果见是真的，立时报知蔡襄。蔡襄大喜，重重地赏了夏得海，请老者去下桩。据说夏得海在水晶宫内，蒙龙王款待，百戏杂陈，十分热闹。这不过是谣传，究竟有谁见来。在下编这部《江湖侠义英雄传》，虽是小说，可以东偷西借地乱写一阵，在下不敢这样，总求事出有据，方敢编入。以上修造洛阳桥的一段故事，一半得之闽地传闻，参考古籍，一半检查史乘，旁搜杂说，本有闻必录之旨，寓劝善惩恶之心，请看官原谅则个。

闲话少说，书归正传。看那龙王的文书上面写着一个醋字，不解其故。那老者道："此乃是告诉你下桩的时期，将醋字拆开，岂不是二十一日酉时吗？"蔡襄闻言，恍然大悟，忙择定二十一日酉时下桩，备办停当。到了那天，果见是风平浪静、海不扬波，连个潮头浪头也没有。蔡襄大喜,就请老者下桩。见他在竹筒内抓个白虱望江内一掷,等时冒上一根桩来。霎时之间桩都下好,也便升空而去,原来是太白金星。蔡襄拜谢一番,约会明镐及众弟兄来监工程。常言说得好,有钱好办事,七手八脚,搬石运砖,桩上横架石梁,不日便造成三百六十丈长的洛阳桥,又在两岸种植松柏树木以庇道路,竟有七百里的远近。等到大功告成,亲手写出此事的原委,刊刻石碑,立在桥旁。到如今福建省泉州府东北二十里,有座大桥跨江而过,就是这座洛阳桥,又名万安桥。一言表过不提。

单说河北贝州的王则原约定明年元旦日断澶州的浮梁,因起为乱,所有河北的三十六州都有他的党羽。不料有个徒弟写信送投北京留守贾昌朝的,被他误送到北京兵马指挥使马遂那里去了。马遂见书大惊,将下书人捉住,连夜派人解往汴京。半路上被他党徒劫去,密报王则,知事已泄,等不及元旦了,就于冬至日起手。正是:

养痈贻患谁之过,黎民遭劫苦难言。

要问后事如何,且看下回分解。

第三十五回

骂逆贼三忠臣尽节
举元帅七千岁闯宫

　　却说贝州的张知州得一乃是夏竦的亲戚，早和王则有来往，知道事机泄露，便和王则商量先期动手。想到州库里金银存储很多，足够犒军之用。只是库匙在通判董元亨手中，必须和他说明，方好行事。州吏张峦、卜吉本为王则的谋主，因献计道："现在城中的文武官员高下不一，等冬至那天，请张知州约集合城的官员进谒天庆观。那时派将领兵围困天庆观，如肯投降，叫他在盟书上签名盖印，再放他出来，不然全行杀死，以除后患。"王则点头，当即照办。

　　到冬至日清晨，张知州得一邀集文武官属人等前来天庆观进香，霎时全行到齐。猛听一声炮响，三千贼兵将天庆观团团围住，众文武大惊失色，只有张知州心里明白。但见闯进几名贼将，全身披挂，手执兵刃，将众官员全都上绑，便和通判董元亨讨取州库的钥匙。这位爷破口大骂，逆贼长逆贼短地骂个不休。贼将起先不住地好言劝慰，见他越骂越有劲，不由得俱各动怒，立时一剑将董通判杀死，回头便喝问众官员道："你们看见了无有？快打主意，投降免死。"当下，也有屈膝投降的，也有叩头乞命的。却恼了二位忠良，一位是司理王奖，一位是节度判官李浩。两人大骂无耻之辈："平日食君之禄，当报君恩，今日竟忍辱降贼，不如禽兽也。"又对众贼将骂道，"尔等皆是朝廷的子民，为何竟敢行此大逆，难道不怕罪灭九族吗？"便有贼将过来劝降，被他俩大骂一顿，直骂得闭口无声。早恼了张峦、卜吉，吩咐快将他俩开刀，留着必为后患。跑过几名贼兵来，将二人推到观后斩首。可怜二位忠良，就因骂贼尽节。后来事平之后，仁宗闻知当日骂贼不屈的情形，深为嘉奖，下诏赠官给谥，封他后辈的官职。这是后话，暂且不提。

　　那时兵马都监田斌与提点刑狱田京指挥手下的兵卒和贼兵混战起来。两人手下只有一百多名兵丁，哪里敌得住几千贼众，只得且战且退，手下的人越杀越少。当时街市上的商民早已闻信，立即大乱。小信陵汪文庆等一众弟兄听见此信，大吃一惊，各带兵刃跑出来一看，街下已是乱得不成个样子了，黎民百姓叫苦连天，满街上尽是死尸，堆积成山，惨不忍睹。猛听见南街喊杀连天，几位英雄跑过去一看，见官兵正战贼兵，渐渐地支持不住了。兵马都监田斌手挥宝剑，直杀得浑身是汗，血染征袍，贼兵贼将声势浩大。小信陵汪文庆等蹿将过去迎住贼兵，一场恶战，杀死许多的贼兵，但是仍然不退，后面直向前攻。田斌、田京等见有人来相助，奈是人少，恐难取胜，一声招呼"赶快退到南城来吧"。

当下且战且走，小信陵汪文庆等也是杀着向后退。来到南门，却见城门关闭，传令上城，缒城而出。南关有座骁健营，屯扎三千人马。田斌等即到营内传令紧闭营门，一面招呼小信陵汪文庆等。他等素有往来，甚为投契，今日救得他等性命，千恩万谢的。一面查点花名册，就在大帐点起名来，凡是不在营内的，必然降贼无疑，立即除名。挑得二千精兵，下令好好地把守营门，如有贼兵来攻打，尽力抵御，将来都有好处的。众兵丁俱各遵命，分班把守营门。田京暗到各营查访，查出几个贼兵的内应，当即斩首，号令辕门。各营的兵丁见此光景，尽皆慑服，从此不敢再生异心，就此保住了南关，始终未被贼兵攻破，功劳着实不小呢。表过不提。

那时王则已经占据了州衙，撞开库门，取出金银犒赏三军，就在衙前竖立桅杆，上挂佛旗，都是早先预备好的。州衙改称东平王府，建立国号为安阳。这部《江湖侠义英雄传》就是借平安阳王则为目的，并无别的用意。他又改元为得圣元年，所有旗帜号令皆照佛号宣布，又将各城楼改为一楼一州，上写州名，补授徒弟为知州。每面立一名总管，专管守城，内部也照佛号封官授爵。另外又设左右二丞相、四国师、八大朝臣、四路总元帅、十二大将军，其余的六部九卿，分官授职。后宫也分三宫六院七十二妃，却不用太监宫娥，也不用内侍总管，一律用妇女侍候内宫，宣传诏旨统称才人，却分品级高下管各事。表面上看来，倒也有条不紊的，其实内中情形乱七八糟、一无秩序。想他处心积虑，也有十好几年才有今日，总算大非容易了。

可恨当时的地方官吏遇事因循，养痈贻患。当初王则在涿州穷得无容身之地，逃荒来到贝州自卖为人牧羊，后来夤缘得充宣毅军的小校。借着会些妖术邪法，又遇着各府州县俗尚妖幻，使出聪明的心思，假造些五龙经、滴泪经等种种的妖符。后复造出诸图谶书，声言西天释迦如来佛衰谢，弥勒佛当世，自己谬称是弥勒佛一转，特来度化人民的。一班乡民知道什么真假，全都相信拜他为师，争着做他的门徒。不到几年的工夫，徒弟收了几十万，老妖狐又来帮助他，便存心为逆，要图大事。要在那时候将他擒捉，不费吹灰之力，哪里还有今天呢？无奈地方官见不及此，有的还来拜在他门下为徒，因此势力越来越大，一旦爆发便不可制止了。糟蹋无数的黎民百姓，耗费无限的国币钱粮，都是那群吃人饭不做人事的狗赃官们弄出来的，你道该不该杀？

此际有人前往汴京告变。仁宗坐朝，闻得王则起事大吃一惊，连忙宣召七千岁上殿议事。众文武百官都知道河北三十六州同起为乱，王则的势力十分浩大，开封离河北只隔一道黄河，倘他杀过来，汴京甚为难守，因此人心惶惶，谣言四起。那时七千岁大病将好，尚未复原，闻得这个消息也甚着急，当下上殿参见了仁宗，一旁落座。仁宗便将河北奏来的本章递给七千岁。他接过来看了一遍，因问仁宗："此事打算怎样地办？"仁宗便道："此时也无别法，只好调兵遣将前往征剿。除此之外，哪有别法可想？"七千岁奏道："河北距京只有一河之隔，胜则无的可说，倘若败挫，汴京摇动，关系匪浅呢。"仁宗道："皇叔所奏甚是，朕当慎重从事。"七千岁的意思是注重在明镐身上，别人难当此任，见仁宗绝口不言，也就不便提起，大病初愈，身体仍有些支持不住。仁宗恐他过于劳动了，便说："皇叔玉体尚未复原，就请回宫将息吧。如有军国大事，再请商量。"七千岁下朝回宫，仍然是不放心，密密地派了几名内侍打探朝廷的消息以及仁宗所办的事情。外边的事情便请富弼、范仲淹、韩琦、欧阳修等一班忠臣，如有内廷诏旨、外臣的奏章，随时到宫报告。是以七千岁虽然身在南清宫，朝内朝外的事一概瞒不了他。他又派诸云龙星夜驰赴岭南，调明镐领众弟兄火速来听候任用。诸云龙领命，不分昼夜飞奔泉州去了。

这天仁宗为讨伐王则之事，自晨至午尚未退朝，传旨文武百官举荐贤良，以平大逆。而今，朝内忠奸两党势均力等，各不相下。奸臣一方面，又联络了后宫的嫔妃、侍从、太监人等，对于仁宗的一举一动等，他尽皆知晓，遇有一星半点儿的小事情，倒也常占优势。这番几个奸臣却都受了王则的大批金银，请他等保奏河北安抚使贾昌朝为大元帅。因他们是一党，有了元帅的大印便可征调各路的人马，弄个里应外合，推倒宋室江山，迎立他为大皇帝，都成了开国元勋，裂土分茅，封官赏爵，全封为一字并肩王之职，何等的威风。因此使着劲地运动，众口一词地保荐贾昌朝为大元帅。

后宫的一切人等，上自皇后，下至嫔妃，平日都受过贾昌朝的贿赂，时常在仁宗面前说好话。仁宗屡次要重用他，也是为了这个缘故。前者拜为参政知事位居首相，他是心满意足了。不料被一班御史、台谏寻事参奏，今日你一本，明日他一本，把仁宗皇帝弄得莫名其妙起来。有一天，与副相吴育因议论不和，在金銮殿上争论起来，吴育请旨："将臣等交御史台拟罪。"仁宗犹豫不决。御史中丞高若讷上言："大臣喧争为不肃，倘被外邦闻知，岂不被人讥笑。"仁宗无法，当即降旨贬贾昌朝为河北安抚使，坐镇北京。宋朝的北京乃是大名府，为通汴京的要路，驻有重兵，所以派贾昌朝前往。吴育也贬为许州府知府。这还是七千岁阅边时候的事。如今河北暴动声势浩大，必须命将出兵，实在无相当的人才。夏竦等齐奏道："贾昌朝坐镇河北，威望素著，若拜他为大元帅，指挥就近的各路人马平贼甚易，倘换别人，一时也来不及的，请万岁降旨。"仁宗想了半天，说道："此事关系社稷存亡，非同小可，卿等且退，容朕思之。"当下传旨散朝，仁宗回转后宫。

用过午膳，又到延庆宫来。张贵妃迎住，设法引逗仁宗欢笑。仁宗因为心中有事，行坐不安的。张贵妃问道："万岁今日为何不乐？"仁宗就将王则造反之事说给她听。其实她早已知道，故意地装着大惊道："既然如此，要赶快地派兵征剿哇。"仁宗道："就是无有将才，怎能轻易动兵？"她急道："常言说救兵如救火，耽搁一天是一天的变化。据臣妾的愚意，就近各镇派一人前往。若延迟下去，等贼兵布置好了，可就大费周章了。河北安抚使贾昌朝兵多将广，叫他进兵岂不省事，还犹疑什么呢？"仁宗踌躇道："恐他办不了此事吧。"张贵妃道："办得了办不了，谁也不能预定，总比无人管好。此时先派他攻打一阵试试看，如不能办，再更换他未晚。"仁宗一想也对，立即写道旨意，吩咐内侍赶紧交给枢密使递发，不可延误。

内侍领旨，手捧诏旨来到枢密院。此时的枢密使正是夏竦，副使是高若讷，本是同党。接到此旨正中心怀，急速遣派钦差赶赴大名调贾昌朝来京。不料被七千岁闻得此信，怒不可遏，手持金锏，命小王英国公惟宪搀着来到枢密院。只见钦差刚把诏旨拿出来，被七千岁抢过去，看了一遍，便唤夏竦、高若讷出来。吩咐道："从今以后，无论什么诏旨，未经孤家过目，敢发出去，要你们的脑袋。"二贼唯唯答应，口说："谨遵懿旨，下次不敢递发了。"

七千岁气冲冲地来到延庆宫门。守宫的太监拦道："万岁有旨，无论何人，不准入宫的，千岁不见上边挂着尚方剑吗？"原来这也是张贵妃想出来的主意，大料此旨出去，必然有人阻拦，还要扣宫见驾，所以弄出这个玩意儿，派两名太监把守宫门。偏偏这个太监还未尝过七千岁的家伙。那个是老太监，远远地就望见七千岁父子来了，怀中抱着个黄澄澄的东西，一定是那话儿。暗想要不拦他，万岁怪罪，如要拦他，他发了性子，打死白打，进退两难，便想个三十六招，走为上策，溜之大吉。及至七千岁来到门口，只有他一人说出这套话来。七千岁不由分说搂头一铜，到底上了两岁年纪，气力不加，虽然打着，只在肩上。这太监一看，吓得屁滚尿流，撒腿就向宫内跑去。正是：

只为社稷不顾命，三番两次闯宫门。

要问后事如何，且看下回分解。

第三十六回

登台拜帅克日出兵
斩将夺城先期败敌

却说七千岁父子气吁吁地闯进延庆宫，太监挨了一铜，跑往宫内奏报仁宗去了。等他父子进了宫门，仁宗早已降阶相迎，赔笑道："皇叔不在南清宫养病，急急忙忙地跑来何事？"七千岁怒道："你贵为天子，全不念祖宗付托之重，轻信谗言。我不忍见太祖太宗得天下之不易，断送你手。今日进宫，求你先把我明正典刑，早日得见先帝，任你如何败坏，我全不问了。"说着，老泪纵横，大哭起来，不住地口里"太祖""太宗""先帝"数个不停。仁宗大惊道："皇叔何出此言？朕何尝不以社稷为重呢？且请宫中来坐下，这大年纪也吃不住地。"早有太监搀扶七千岁进内落座。

七千岁从怀中取出诏旨，递给仁宗道："此人万万不能用，你无见几处的盟单上面都有他的大名吗？"仁宗道："事出暗昧，不可据信。"七千岁道："宁可信其有，不可信其无。现放着人一定能办此事，你偏不用。拿着宗社之重来试着玩，这是轻易尝试的吗？"仁宗搔首道："那么皇叔意中看谁能当此重任呢？"七千岁道："我现在年岁已经是风中之烛，无几天了，再多管这一回事。以后紧闭南清宫，任你天翻地覆，我是绝不过问的了。"仁宗道："只求有益于国家，朕是毫无成见的。皇叔只管说来，即刻便下诏旨。"说着，便命内侍取过文房四宝来，将空白诏旨打开。仁宗提起笔来，望着七千岁。只听他说："并无别人，就写明镐吧。"仁宗听了明镐二字，好似兜头一盆冷水，由头凉到脚下，拿着笔管两眼发呆。七千岁道："怎么此人还不能用吗？"仁宗赔笑道："不是，现在既用明镐，朕侄有件事要求皇叔答应才好。"七千岁道："只要用明镐，别的事都好商量。"仁宗道："张贵妃的生父张尧封被人刺死，打算身后给他点儿虚荣以安幽魂，特与皇叔商议。"七千岁道："这却可行，随便你办吧。"仁宗闻言大喜，当即写了三道诏旨：一是封明镐为体量安抚使、兵马大元帅；一是封张尧封为郡王，并赐金井玉葬；一是封张尧佐为太师，并其子弟一门显贵。七千岁看了三道诏旨，有言在先，不好再说什么了，要在平日，是万万不行的。仁宗也明知道，趁今天的当儿，把这桩不了的事情俱已解决，如释重负。七千岁又道："我已先派人去调明镐，大约就快到了，明日早朝就宣麻吧。"原来皇帝拜帅，不是小事，先期筑台，用黄麻布写诏宣告天下，然后祭太庙，拜祖先，焚化表章，上达天庭，因为轻易用不着这大元帅的。当日仁宗将诏旨交给七千岁，预备明日早朝宣布，只候明镐到京了。七千岁辞驾回宫。仁宗也便喊出张贵妃，拿出两封恩旨给她看。她心中不知是甜是苦，总算称了心愿，这也不消说起。

单说明镐在岭南，那天得了七千岁的诏命，知道王则已经动兵，迫不容缓。和韩天龙商量，请他再用登云帕一次，以便火速进京。他点了点人数，连鄱阳湖的四侠正好十一人，再加上王超、周霸却有十三人了。他便说："分乘二帕，一边六个人，一边七个人，今夜可以赶得到。"明镐大喜，就请他施法，也就顾不得拜别同僚、办理交代了。只留给泉州知府蔡襄一封书信，派人送去，说明奉诏入京进征王则，请他派员来署理各事。

当日上了登云帕，明镐和鄱阳湖四侠连韩天龙六个人乘了一方，那一方是张荣、高三宝、钟志英、杨云瑞、诸云龙、王超、周霸七个人。只见韩天龙念念有词，喝声"起"，两块手帕冉冉升空，直向正北方飞来。韩天龙嘱咐他们紧闭二目，不可开视，因为这一次要用催云咒，快得非常。众人闻言，俱各闭了眼，只听耳旁呼呼的风声，听他不住地喊："过了湖广了，过了江南了，过了大江了。"只是无人敢睁开眼看。天已傍晚，听得韩天龙说："已到河南境了。"众人大喜。忽听得远远的杀声震耳，明镐惊问道："贤弟这是到河北处了？怎的有喊杀之声呢，别是到河北了吧？""绝不是河北，我也听见喊杀连天的，不然咱们住下看看？好在离京很近的了。"明镐道："既已不远，落下去看看何妨呢？"韩天龙闻言，忙念收云咒，落在一座山坡上。

众弟兄睁开眼一看，见座高山，因为天晚，一时辨不清方向。到底明镐灵性来得快，大声说道："这不是少华山吗？"一句话提醒了众兄弟，都说："是的，是的。"韩天龙忽然想起一桩事情来，便说道："从前王信、田京等保着家眷，曾在此山遇盗。"用手一指前面的树林道："我就在那地方和强盗大战。"明镐也道："你不是还保举四个盗贼首领，改邪归正投奔开封府吗？怎的好些日子未见他等前往呢？"韩天龙搔首道："当初是那样定规的，或者他们变了卦也说不定。"

正在说着，忽见跑过来几匹坐骑，后跟着许多的喽兵，似乎是打败仗，后边有人追赶般的。众弟兄一齐上了山坡，迎住去路。等到几匹马跑到临近，韩天龙一声吆喝："何处的强人，敢在此处骚扰？"马上的人听见声音，齐喊道："来者敢是开封府的韩大老爷吗？"说着，全都下马过来行礼。韩天龙一看，认得他们四人是张武、杜英、史魁、董刚，便问道："你等不是说要投奔开封府么，因甚未去？"张武叹道："韩爷不知，俺弟兄四人那天就要遣散喽兵，忽然河北来了几人和我们商量，说是东平王王则不日起事，叫我们归顺于他，都封为大将军之职，另外供给粮饷军器，叫我们尽量地招兵，有多少用多少。俺弟兄几人一商量，何不假意投降，将来起事，俺们便到开封府去报功，因此便答应了他。果然不几天，送来几万两银子，又有军符印信、旗帜、军器等物。据说在冬至日动手，命俺等预备出兵。当时假意应允，一面修书派人投到开封报告此事，不料下书人空去空回，说是明大老爷已往岭南了。又问韩老爷呢，说也一同前往。闻知此信，进退两难，因想俺等虽然占山为盗，也是迫于不得已，绝不肯背叛国家，落得骂名万载。所以他几次派人来调俺出兵，俺只故意推延。不料他派来一支人马，打着贼人的旗号，两个带兵的大将，一个叫显道神蒋兴，一个叫半截瓮甘雄，也是收的强盗，叫俺合兵前往。俺等不依，被他杀得大败。"说着，一指后面尘头起处："就是他俩追下来了，韩爷相救则个。"韩天龙尚未答言，明镐上前说道："本帅就是开封府的明某，今奉圣旨调进汴京，领兵征剿逆贼的。几位义士深明大义，且回山寨集合喽兵，听候本帅的将令。"张武等一听，连忙跪下叩头道："不知元帅到此，小人等多有冒犯。"明镐拉起道："你等就去回山，召集部下前来听令吧。"四人得令上马去了。

霎时，蒋兴、甘雄等领兵赶到，众位英雄掣出兵刃拦住去路。小霸王张荣喝道："何处的狂徒，胆敢在此撒野。可知明大元帅在此吗？"蒋兴道："哪里有什么元帅，你来吓谁？"张荣道："看你二人也是当世的英雄，为何甘心从贼？岂不知上为贼父贼母，下为贼子贼妻，落个万代的臭名。何不弃暗投明，将来不愁无出头之日。今有开封府的明镐大老爷，现拜为领兵大元帅，进京引见，由此路过，真乃千载难逢的好机会。从不从，你们自己斟酌吧。"两人齐声问道："是否江湖上人称小孟尝的明爷吗？"张荣道："正是此人。"两人闻言俱各下马，跑过来问声："哪位是明爷？"明镐应道："在下便是。"只见两个人跪下叩头道："久仰大名，今得相遇，真乃三生有幸也。望乞提携则个，纵然随鞭执镫，情愿相从的。"明镐连忙扶起道："明某何德何能，敢劳二位仰望。"

正说着，忽见张武等带领喽兵，各执灯球火把从后山转来。明镐大喜道："来得正好。"当下想了一条妙计，便对众弟兄说道："有此一支人马，

337

可从西路进兵，仍打着贼兵的旗号，由此渡河攻打真定。我想贼兵必不防备，以为是自己的人马。到一处占一处，过一城占一城，就在贝州城下会齐。这场功劳不小，我看请杨云瑞带同袁英弟等四位辛苦一趟吧。愚兄到京之后顺便奏明，不知几位贤弟意下如何？"杨云瑞、袁英齐道："既是大哥吩咐，理应效劳。"明镐大喜，便问蒋兴、甘雄道："二位手下现带多少人马？"两人齐道："马步三军共有五千。"明镐回头唤过张武等四人吩咐道："今日全是一家人，你等五千人马合兵一处，暂时不用更换旗号，要听杨、袁等五位英雄的指挥将令。今夜就在山下扎营，明日拔寨齐到黄河两岸候令。你们到那里，大约圣旨也就到了。至于封什么官职，现在不可预定，总之我管保大小都有个官儿。"又对蒋、甘说道，"你们听明白了吗？事不宜迟，暂且合兵一处，杨贤弟等权做一军之主吧。"众人俱各答应。又问韩天龙道："咱们还能入京吗？"他道："只要大哥事情办完，有什么不行的呢。"明镐道："如此你就施法吧。"此番只有八人，便立在一块登云帕上。韩天龙喝声"起"，却又冉冉升空直向开封来了。蒋兴、甘雄齐道："俺的爷，乘云驾雾这不是活神仙吗？"张武、杜英等道："法术多得很呢，这不过是小玩意儿罢了。"杨云瑞道："今日下午，俺等还在岭南泉州呢，不上两个时辰已经到此。"蒋兴惊异道："一万多里路，便飞也无这等快法呀。"杨云瑞道："仙家妙用，玄奥难测。"他等听了，吓得吐出舌头，半天缩不回去。杨云瑞传令合兵一处，扎下大营，预备明朝拔队。蒋兴、张武等一声"得令"，便给杨云瑞等造起中军大帐，然后各自安营去了。暂且不提。

再说明镐等来到开封府，下了登云帕，回转内宅更衣。邵九皋等相见自有一番亲热，不必多叙。当晚明镐便到南清宫来见七千岁。七千岁听说他们已到，暗暗惊异道：往返不过三天，绝无此快法，或者他等闻信动身，半路遇上诸云龙也未可知。一面心疑，一面说声"有请"。霎时，果见明镐同了张荣、钟志英、高三宝、韩天龙、诸云龙等上前参驾。叩头已毕，七千岁命内侍看座，问起："贤契莫非前知吗，何以如此之快？"明镐道："为臣今日下午才得着恩驾的信，因请韩天龙略施小技，所以赶奔前来。"七千岁惊问道："岭南到此万里，便是诸云龙怎的也有这等快法呢？"明镐道："因他会剑术，借剑光遁法瞬息千里，两日的工夫还嫌慢呢。"七千岁喜道："天生这般异人，真乃国家之福也。"又将已往之事对明镐说了一遍，叫他明晨见驾。明镐闻言，叩头称谢道："屡蒙恩驾打救性命，已是报答不完。又蒙保荐不次之封，俺明镐虽粉身碎骨也难报称了。"七千岁忙将他扶起道："贤契忠心为国，效力皇家，报功酬庸，理应如此。"又叫内侍取过诏旨来。明镐又望阙谢恩，三呼万岁，这才接过诏旨。七千岁又说道："大元帅的盔甲公服，孤家已代你备好，省得再费手脚了，等歇派人送过去吧。"明镐千恩万谢地告辞回衙。众人全来贺喜，自有一番俗文。

次日早朝见驾，仁宗宣召上殿，安慰一番，择日登台拜帅，好不威风。明镐身穿盔甲，另有一派威严的气概。校场内高搭将台，文武百官拥护仁宗上台，祭了天地山川，捧过元帅大印。明镐谢了恩，拜过印，钦赐尚方宝剑、军符令箭，一一接受。仁宗起驾回宫，明镐登台点将。正是：

　　十万貔貅听号令，男儿到此是英雄。

要问何日兴兵，且待下文表白。

第三十七回

夏枢密减兵扣粮草
张先锋斩将立奇功

却说明镐登台拜帅，克日便要出兵，奏明仁宗，请派十万雄兵，听候调遣。仁宗降旨命枢密院挑选精壮。不料枢密使夏竦和副使高若讷全都受了王则的贿赂，商量发给明镐老弱残兵，故意地延迟时日。哪知文彦博老丞相早已看破机关，便到南清宫报知七千岁，说他拨给明镐的兵尽系老弱，不能迎敌。七千岁大怒，等明镐点将阅兵的那天，同到校场一看，果然都是些老弱不堪、盔甲不全的废兵，便唤明镐同到枢密院来。七千岁把夏竦等大骂一顿，他们却推说不知，都是兵部派遣出去的。七千岁也就不和他们多说了，传令在八十万禁军之中挑了十万雄壮的人马，叫明镐加紧操练。明镐自然是加紧地操演三军，日夜不停，大操了三日。这禁军本是熟手，操起来甚为容易。

那天登台点将，预备后日出兵。一面奏明仁宗，一面派出流星探马。回衙之后，便和邵九皋说起："诸事皆备，只少一位军师，老姻伯意中可有人吗？"邵九皋笑道："巧极了，现有老朽的族弟名叫邵雍，字尧夫，精通天文地理，隐居五岩山。今有故友司马光、吕公着等请他来京一游，昨日来拜望我的。"明镐大喜道："邵尧夫先生为当世的大贤，谁人不知？若得此人为军师，吾无忧矣。"当日备了聘书，亲去请了几次，又加邵九皋在旁吹嘘，始允暂往一行，说明不受官职，明镐不敢相强，只得以师礼相待。

次日便是出兵的日期了，来到校场，众三军排开队伍，旌旗耀目，盔甲鲜明，真正是人雄马壮、将勇兵强。三声炮响，明镐全身披挂上了将台，取过一支令箭，派张荣带领五千人马为前都先锋官，钟志英、高三宝为副先锋，逢山开路，遇水迭桥，一路抢关夺寨，先立头功，不得有误，违令者斩。三将接过令箭，说声"得令"，带领五千人马，风驰电闪地去了。又派左卫大将军总管王信带领五千人马为左翼，右卫大将军总管石全斌

340

带领五千人马为右翼。二将接过令箭，点齐人马拔营而去。又派韩天龙为运粮官，带领三千人马，督催各路的粮草。其余的大小将官，随同本帅进兵。众将领令各去预备。当日祭了帅旗，大炮三响，拔营起队，浩浩荡荡杀奔河北来了。

仁宗皇帝亲自带领文武百官，在十里长亭践行。明镐饮了三杯皇封御酒，谢过圣恩。仁宗说声："但愿元帅此去旗开得胜，马到成功。"明镐道："托庇万岁的洪福，早日削平小丑，以答厪注。"说罢，即刻登程。仁宗也回汴京。明镐又派差官拿了文书封授蒋兴、甘雄、张武、杜英、史魁、董刚等六人为指挥使。杨云瑞加授都总管之职，袁英等四人也封为统制，火速进兵。差官遵令而去。

再说先锋官张荣等带领五千精兵杀奔河北，渡过黄河，一路杀上去抢关斩将，如入无人之境。一直攻到贝州城下，在南关扎下大营。兵马都监田斌、提点刑狱田京等见有救兵到来，心中甚喜，便去参见。张荣接住，问了些城内的情形。据说妖术十分厉害，别的倒也平常。张荣便对二将说道："多亏二位保持南关，得以不陷，不日元帅大兵到来，定有封赏的。"二人齐说道："为国尽忠，理当效力，何敢云功？"当下又谈了些军务，告辞回营。张荣嘱咐道："元帅大队人马就要来到，务请小心守住大营，不可与贼兵交战，等元帅到此，合力攻城便了。"二人答应回营。

王则听说兵临城下，有些发慌，暗想明镐远在岭南，怎的有这样的快法，当日召集贼将集议。九圣仙姑笑道："小小的明镐何足为奇，十万雄兵只消一阵。"当有两员贼将厉声说道："常言道，兵来将挡，水来土填，不用仙姑的法术，凭俺等一刀一枪的也要生擒明镐，活捉邵雍，有何惧几？"王则闻言一看，乃是左右镇殿二位大将军，一个叫雷万春，一个叫武天庆，都有万夫不当之勇。王则便道："全仗众位出力，取得宋室江山，将来裂土分茅，都有份的。"说着，吩咐大排筵席，开怀畅饮，暂且不提。

再说明镐不日来到贝州城下，传令在南关外安营下寨，炮响三声，扎起大营。张荣、田斌等都来参见元帅。当晚城中下来战书，明镐批准来日会战。正和军师邵雍在中军大帐议论军情，忽见传令官进帐报道："启禀元帅，营外有一汪文庆自称系爷的故友，现在营外候令。"明镐闻报吩咐有请。不多时，小信陵汪文庆入营，明镐降阶相迎，一同入帐。落座已毕，谈了些别后的情况。明镐因问道："贤弟在城多日，贼中的情形必然熟悉，请道其详。"汪文庆道："王则无甚本事，只仗妖术。有个九圣仙姑厉害无比，门下十二个大弟子都能呼风唤雨，撒豆成兵。此外有四国师，护法佛了尘、宣法佛了凡、行法佛了然、广法佛了空四个妖僧，还有前殿真人李修真、后殿真人马道玄、左殿真人黄清玄，右殿真人邹子羽四名邪道为四殿真人，张峦、卜吉为左右二相国，雷万春、武天庆为左右镇殿大将军。东路都元帅为朱明，西路都元帅为冯元庆，南路都元帅为王伯章，北路都元帅为刘奎，这叫四路元帅。其余的王侯将相、文武公卿不计其数。手下人马据说不下百万之数，可都散居各处。此刻城内所有的主力兵有二十余万，内中宣毅军居多数，全是久战之师，曾在边关出过力的，因被长官屡次扣减军粮，激而生变。河北一带的骁健营同受此等痛苦，再加上连年荒旱，灾民遍野，地方官不但不抚恤，反而横征暴敛，简直的是有意激变民心，以致铤而走险。大哥不可轻视他等，此时上下一心，反抗朝廷，最好请圣上降旨安抚百姓，或者特别加恩，使他等有自新之路，解他等的团结，内部涣散，自可事半功倍了。倘若一味地诛剿，仍恐此拿彼蹿，弄成不了之局，转为流寇，倒不好收拾了。尧刍之见，不知大哥以为然否？"明镐尚未答言，邵雍在旁边鼓掌道："正本清源，全在于此，元帅必须依计而行，可操胜券的。"明镐叹息道："本帅何尝不是如此居心呢，兵凶战危，绝不敢滥杀无辜、致遭天谴的，就请军师拟稿，奏明圣上吧。"当下又谈些闲话，明镐又托他："在城内为内应，打听有何消息，或用飞箭传书之法，或是众位贤弟来营都可。愚兄吩咐五营四哨的军校兵卒，遇有贤弟等前来，不可阻挡。本意写几纸文书，因恐带在身上不便。"汪文庆答应一切，当夜告辞回城去了。

　　一宵易过，又到明朝。明镐传令四更造饭，五更兵临城下，预备与贼兵决一死战。中军招呼下去，霎时中军炮响，元帅升坐大帐，众将上帐，参见已毕，两旁侍立。明镐传令道："列位将军听着，今日初次与贼兵见阵，务要奋勇当先，胜他一阵，以挫锐气。各营多杀白鸡黑犬，刀枪箭镞上都要蘸了鸡狗血。大营已备许多的喷筒，专为破他妖术的。各营成立唧筒队，临阵当先，以防贼人施展妖术。"众将得令，分传部下各营，立刻成立唧筒队。明镐又拔一支令箭，吩咐左翼都总管王信、右翼都总管石全斌各带一万精兵埋伏两翼，以备贼兵冲突。二将领令埋伏去了。又派醉尉迟秦明带领五千精兵，分布西南各山上，多插旗帜，以为疑兵，其余埋伏在要路以便劫杀贼兵。秦明领令去讫。明镐自带五万人马，随队出营夜战。

　　当下天明，兵临城下，排列阵式，只等贼兵出城交锋。听得城内炮响三声，许多的贼兵拥出城来，两阵对圆，射住阵角。但见贼兵队内旌旗招展，推出一辆龙凤逍遥辇来，左右四大元帅、两员镇殿大将军保护，四国师、四真人全在辇后紧紧跟随。见王则头戴九龙平天冠，身穿黄缎盘全的龙袍，足蹬无忧履，左手拿把拂尘，右手抱定玉如意，坐在辇内来到阵前，传令请明元帅答话。听得宋阵内大炮三声，旗门开处，明元帅全身披挂，众将左右相随，来到阵外。王则在辇内拱手道："明元帅请了。"明镐应声"请了"。王则便道："元帅可知，天下者，非一人之天下也，唯有德者居之。今者昏君在位，奸臣当道，陷害忠良，生灵涂炭。孤家乃弥勒佛转世，不忍百姓遭殃，是以兴兵，吊民伐罪。元帅要知时务，马前归顺，不失封侯之位。倘若执迷不悟，一旦玉石俱焚，悔之晚矣，请元帅三思。"明镐闻言，怒骂道："妖贼王则牧羊小人，朝廷何负于汝？全不思食毛践土之恩，竟敢妖言倡乱。今在本帅面前，尚敢信口雌黄，乱言惑众。我劝你下马受缚，本帅有好生之德，或可免死。还敢率众抗拒天兵，罪难轻恕。哪位将军与我擒拿此贼？"

喊声未毕，只见先锋官张荣应声而出，说道："末将除此妖贼。"说着，舞动方天画戟，催马来到阵前。早见贼兵队内一员大将跃马抡刀，迎住张荣喝道："来将通名受死。"张荣道过名姓，喊声："尔且通名，好上功劳簿。"贼将怒道："你老爷乃是安阳国东平王驾下，威武大将军冯章是也。"张荣摇起方天画戟，喝声："着爷的家伙吧。"一戟分心刺来，冯章忙用大刀迎出去。觉着张荣这杆戟甚重，震得两臂酸麻，心下未免着慌，不上三五合，被张荣一戟挑下马来，枭了首级。两阵上一声呐喊，金鼓齐鸣。张荣正要回队，听得马后鸾铃响，又来一员贼将。张荣喝令："报名上来！"那贼将道："俺乃东平王驾下，大将军吴刚是也。休走，看枪！"说着，一枪刺来。张荣忙用画戟用力向外一磕。吴刚说声"不好"，撒手丢枪，掷出好几丈远去。张荣又一翻画戟，刺了个穿心过，等时死尸栽下马来。

王则见张荣连杀二将，怒道："此子猖狂太甚，何人将他擒来？"话未说完，只见两员大将兵马而出，王则一看，乃是都指挥使樊郊、宋武两员勇将，一个使三股托天叉，一个使门扇大刀。来到阵上通过姓名，二将双战张荣。张荣哪里将他等放在心上？你看他那杆方天画戟上下翻飞，不亚如出水的蛟龙，迎刀架叉毫无惧色，大战了三四十个回合不分胜负。张荣杀得性起，大喝一声，刺樊郊于马下。宋武的大刀略慢一慢，也被张荣刺死。明镐见他连杀四将，三军精神陡长，鞭梢一指，一齐冲杀过去。贼兵到底是乌合之众，怎能敌如狼似虎的官兵，直杀得大败而逃。贼众将保护王则且战且退，来到城下，放了吊桥，贼兵败回城去。官兵直追到城下，明镐传令鸣金收兵，打得胜鼓回营。众将俱来报功，明镐一一上了功劳簿。这一阵计杀了十余员贼将、二万多贼兵，夺获器甲马匹无数。明镐大喜，正在查点人数，忽见军师入帐。

正是：

神机妙算人难测，袖里阴阳胜敌兵。

要问军师进帐何事，且待下回再说。

第三十八回

罗汉队计施虎豹图
父子兵大破火牛阵

　　却说明镐正坐大帐，刚要传令犒赏三军。忽见军师邵雍匆匆地进帐，附在明镐耳旁说了几句。明镐大惊，当下击动聚将鼓。众将听得鼓声，齐来大帐参见元帅。明镐便对众将说道："今日胜了贼兵一阵，本应犒赏三军。方才军师进帐说道，适有怪风吹动帅字旗，他袖占一课，算出贼兵今夜必来劫营，所以特来请众位进帐听令。"众将齐应道："既然军师妙算无疑，此乃国家之洪福，末将等敬听吩咐。"明镐传令，命张荣、钟志英带领一万精兵埋伏大营左翼，高三宝、诸云龙带领一万精兵埋伏大营右翼，王信、石全斌各统本部人马埋伏营后，马云峰、秦明各带精兵五千埋伏路侧。只等贼兵败退，截住厮杀，不得有误。各营唧筒队准备乌犬白鸡血以及一切的秽物，单等贼人施展妖术时施放。众将只听中军炮响，奋力冲杀出来，务将贼兵斩尽杀绝，以便早日成功。众将得令埋伏去讫，传令各营拔队，退兵十里屯扎，留下空营，仍要灯火齐明，悬羊击鼓，扎草为人。诸事安排停妥，吩咐周侗带领炮手，单等贼兵入营中计要退兵时，再放连珠号炮。周侗得令去了。霎时各营安置完毕。明镐吩咐各营退兵时，须要人衔枚、马摘铃，悄悄地行动，不得惊惶，违令者斩。各营遵命而退，就在十里外另扎大营。明镐便请军师邵雍在大帐饮酒，因说专候众将来报功了。说罢，二人相视而笑，暂且不提。

　　单说王则日间大败入城，查点起来，伤了无数的兵将，不由怒道："明镐这等的可恶，必须生擒活捉，破腹剜心，以消心头之恨。他手下的将官却十分威武，可惜竟无一人胜他。"话未说完，只听一将喊道："大人何必长他人之锐气，灭自己的威风。况且胜败兵家之常事，何足介意。末将不才，情愿擒得张荣献于大王。"王则一看乃是左卫镇殿大将军雷万春，尚未答应，只见左相国张峦奏道："雷将军既欲立功，何不今夜令他前去劫营？想宋兵胜了一阵必不防备，或可得胜。"王则大喜道："相国之言甚是，不知雷将军肯辛苦一趟否？"雷万春道："大王有令，怎敢不去，但恐末将一人太单吧。"王则道："那是自然，怎能叫你一人前往呢？"当下又请四位国师一同前去，又派朱魁、杨顺、孙兴、王雄四员大将各带一万精兵，雷万春自领本部三万人马为中军。结束停当，天交二鼓，开放城门，杀奔宋营而来。

远远地望见宋营内旌旗招展、钩斗齐鸣，暗想今番宋兵中计也。朱魁、杨顺在前，孙兴、王雄在后，雷万春居中，来到营前呐一声喊，拔开鹿角，一齐杀入。到得中军大帐，见悬羊打鼓，空无一人，知道中计，急忙传令后队变为前队，赶紧退兵。哪里还来得及呢？只听得连珠炮响一声，左有张荣、钟志英，右有高三宝、诸云龙各领人马杀来，将贼兵冲为两段。朱魁、杨顺来战张荣，白天见他连杀四将，知道厉害，虚迎了几合，拔马便走。钟志英迎住，枪挑朱魁落马，杨顺也被张荣一戟刺死，众贼兵早已慌乱，四散乱逃。雷万春迎住高三宝、诸云龙厮杀。护法佛了尘知宋兵有备，众贼兵只顾逃走无心应战，宋兵耀武扬威地追杀围裹上来，再不施展法术，恐难闯出重围，急和三人说明，一齐作起法来。等时天昏地暗，星月无光，四个妖僧架起趁脚风，逃回城去。唧筒队见此光景，便知是妖术邪法，全不知妖人在何处，只照贼兵多的地方喷出鸡犬血和秽物，喷得贼兵贼将遍体淋漓，尽是秽物。说也奇怪，霎时天明地净，依然星斗高悬。

此时，雷万春战住高、诸二将，你看他舞开溜金铛，上下翻飞，毫无破绽。眼看手下的兵越杀越少，孙兴又被乱箭射死，王雄不知去向，四国师踪影全无，宋兵越围越多，任你本事再大也难取胜，卖一个破绽杀出重围，直向正北逃去。高三宝等也不追赶，与张荣合兵一处，传令投降免死，这才给贼兵留下一条生路，齐声："情愿归顺皇家。"说着，跪了一地。张荣等吩咐收了他等的军器盔甲，站在一处，听候元帅发落，不准难为他们。正说着，只见王信、石全斌也都来到，生擒贼将王雄一名，投降的贼兵无数。当下将营内的死尸全行掩埋，收拾干净，只等元帅回营。不多时，马云峰、秦明等领兵回营，据说贼将雷万春只剩了二百人败回城去，劫得器械、马匹、旗帜不计其数。众将合兵一处，明镐也就到营。那时天交五鼓，众将上帐报功，明镐俱各上了功劳簿，传令众将各回大帐休息。计点此次生擒上将王雄一名，杀了朱魁等三名，下等的将校生擒二十余员，杀死五十余员，投降的贼兵约有三万，杀死两万多，其余的军械、马匹、旗帜、盔甲不计其数。即日修本入京报捷，暂且不言。

再说雷万春回得城去查点人马，只剩了一百八十余名，自己还中了两

346

箭。当夜参见王则请罪，王则安慰道："此非将军之过，乃是孤家一时失算，以致折了许多的人马。将军且去养伤吧，明日孤家再想法子便了。"雷万春无精打采地回帐，自去医治箭疮不提。次日王则升殿，文武臣僚、僧道将帅上殿行礼已毕。只见他咬牙切齿地大恨道："不料明镐如此可恶，昼夜两战，伤亡十几万人马。照这样弄下去，几十万人马禁不住两三仗，被他杀个精光。孤家还做什么皇帝呢？"右相国卜吉奏道："小胜小败何足挂怀，从前汉刘邦被楚霸王连胜七十二仗。后来垓下一败，弄得国破家亡。现在仙姑、国师、真人等法术无边，胜他的日子在后头呢。大王不可灰心，打起精神来想法子。"

正在说着，忽听黄门官报道："今有龙门山红狮佛慧净等三位佛爷，带领罗汉队前来参驾。"王则闻报大喜，吩咐有请。少时只见来了三个头陀。王则降阶相迎，拱手道："不知法驾到此，有失迎迓，仍乞恕罪。"三个头陀齐道："洒家等慢来一步，致令宋兵猖狂。不消一阵，管教他等死无葬身之地。"说罢，来到殿上和众人见过礼，大摇大摆地落座。王则问道："三位法师练的法术如何？"三个头陀齐道："业已练好，今日就下战书，约期和他会战，到两军阵前再分高低。"王则道："明镐兵雄将勇，足智多谋，不可轻视他的。"他等笑道："不是洒家夸口，就让他是大罗金仙，也难逃此厄也。"王则喜道："但愿如此。"当下修了战书，派人送到宋营约期会战。差人得令去讫。

原来这三个头陀一个叫红狮佛慧净，一个叫白象佛慧明，一个叫金吼佛慧聪，都会妖术。在龙门山上收了五百名徒弟，全是年轻力壮的少年人，跟他三个头陀练会长拳短打，马上步下，十分了得。他三人别出心裁，收了些狼豹虎豹各种的野兽，用符咒拘住，只伤敌人，名为虎豹图。五百名徒弟名为罗汉队，预备和宋兵决一雌雄。也是宋营合遭此难，明镐得了王则战书，批准来日会战，哪里知道有这群和尚、野兽呢？

到了第二天，明镐领兵出营来到阵前排开队伍，只等贼兵出来交战。等了半晌，忽见城门开处，拥出一群光头的和尚来。明镐还当是妖术，暗令唧筒队准备好。猛听得炮响一声，吹起画角来。明镐和众将都迟疑道："这是什么玩意儿？"角声未住，忽地跳出一群虎豹来，宋兵一看，早已慌了手脚。明镐急忙吩咐："放唧筒队，这是妖人的障眼法，不必怕他。"哪知唧筒队虽放出去，野兽依然不退，张牙舞爪地扑过来逢人便吃，众三军早已乱跑起来。明镐才知是真的，拔转马头向后便跑。张荣等一班众将也是急向后逃，大小儿郎只恨爷娘少生了两只腿，没命地奔逃，杀声震地，哭声动天，令人听了毛骨悚然。五百罗汉军各执戒刀，犹如砍瓜切菜一般，苦了宋兵在前的被虎豹吞食，落后的被和尚斩杀。

明镐不顾性命地跑，罗汉队督着野兽紧追，足有二十余里的光景。回头望望，罗汉队依然不舍。猛见前面旌旗招展，却打着贼兵的旗号。明镐大惊道："前有敌兵，后有野兽，吾命休矣。"张荣等也就赶到，听说前有贼兵拦路，大恨道："与其送于虎口，何如杀上前去和他等拼了命吧。"正要催马杀上去，忽见跑来两骑马，来到明镐近前，拱手道："元帅受惊了，且往后边去休息。待末将等迎上去，见机行事便了。"众将一看，原来是蒋兴、甘雄二将。本来他等由西路渡河，杀奔贝州而来。路上稍有耽搁，是以落后。今日将到贝州城下，听得流星探马飞报元帅和贼兵交战。杨云瑞又派几路探马打听胜败的消息，后来听说城内冲出罗汉队带领许多的野兽，杀得宋兵大败。杨云瑞大惊，立即传令仍打贼兵的旗号迎上前来见机而行。所以蒋兴、甘雄二人先到，接着杨云瑞带领大队人马也就来到，早已得信放过宋兵，迎上前来。

红狮佛慧净等正然追赶宋兵，忽见闪出自己的人马，不知真假，急命罗汉队收住虎豹图，上前问明是何处的人马。罗汉队内击动大鼓，只听得咚咚咚一阵鼓声响亮，一群野兽虽已拨转头来，不料平日所用的符咒被秽物冲破失了效用。这一来不要紧，不管和尚与罗汉逢人便咬，遇人便吃。五百罗汉队一齐呐喊："野兽疯了，快打开虎豹图来吧。"白象佛慧明和金吼佛慧聪急忙打开一张画图，再一看时急得顿足，却也被秽物冲破了。说时迟那时快，突见一只金钱豹子扑倒慧明，三爪两口早已归西，慧聪也被咬伤左腿。幸而慧净跑得快，不然也就断送在虎口了。五百罗汉队被虎豹咬伤了一大半，有的被杨云瑞等拦住杀死，逃回城去的只剩了二三十人，那群虎豹便散奔各山去了。至今河北一带山岭上不时发生野兽伤人的事情，就是那时留下的遗种。表过不提。

再说明镐，虽然伤了万八人马，所幸除了大患，收集队伍，查点人数，好在张荣等一班大将并未受伤，只丧了几员指挥使和副统制等，却也无关要紧。当下重立大营，派张荣、高三宝、钟志英等分兵三万扎营于左，杨云瑞及鄱阳湖四侠分兵三万扎营于右，王信、石全斌带领本部二万人扎营于后，自己驻扎中营，又分给田斌、田京等一万人马紧逼南关扎营，共扎五座大营十八万人马，好不威风。

这且不言，当日慧净扶住慧聪败回城去，见了王则十分伤感。王则见他狼狈的情形，倒也不好再说别的，只得安慰了一番，令他且回后帐休息，怒恨道："不料明镐果然了得，此人不除，终无安枕之日了。怪不得孔直温、马刚、生铁佛、冯玄真等一班人命丧他手呢。"说罢，忧形于色，愁眉不展。忽听一人上前说道："大王不要忧烦，某有妙计破明镐了。"
正是：

　　妖术邪谋成幻影，出奇制胜学田单。

　　要问那人是谁，又定了什么妙计，且看下文便晓。

第三十九回

借宝镜妖狐现原形
掘地道壮士献城阙

却说王则正然发愁，听得有人献计，抬头一看，乃是右卫镇殿大将军武天庆。因问道："将军有何妙计杀退宋兵呢？"武天庆道："末将昨阅兵书战策，见有火牛大阵，昔日田单被困孤城，曾用此计攻破燕兵八十万。今日情形正合，现在隆冬腊月，转瞬已到新年。单等元旦那天，宋营必然庆祝令节，若施此计，可破明镐。"王则踌躇道："此计好却是好，只是哪里有许多的牛呢？"武天庆道："末将为此事，早已收买耕牛千头，每日练习。只求大王允许，将来扣还牛价便了。"王则大喜道："将军真乃有心人也，就去办吧。只要能退宋兵，孤家无不答应的。"武天庆得令自去预备。

王则又和国师、真人议论军情大事，因说："九圣仙姑自那日去炼什么混元一炁阵，日久未成功。据说城内各处贴了不少的榜文，惑乱军心，说是只擒孤家一人，余众一概不究。有能生擒孤家的，千金重赏，万户封侯，闹得人心惶惶。许多的百姓夜间缒出城去，照此弄下去，人民逃光了，只剩孤家和卿等，还成个什么国家呢？想个法子禁止住才好。"左相张峦奏道："据臣看来城内必有奸细，为今之计，传旨令合城的商民人等伍伍为保，一人逃走，五家悉斩。如有隐匿奸细不报者，五家全行问罪。这个法子是叫他等自己看守自己，都有牵连拉扯，他等便不敢逃了。"王则闻言有理，当即传旨照办。又令羽林军专查奸细，随便哪家都可以去搜查。这一来，更闹得鸡犬不宁，小信陵汪文庆等一众弟兄也就不好容身了，陆续出城，只留汪文庆一人看家打探消息。听说武天庆训练火牛阵，只是不知日子，慢慢地打听。所有各处的榜文也是他等贴的，撕去了再贴，矮的地方容易撕毁，索性贴得高高的。一般黎民百姓时有逃出城去的，自经张峦的五五法施行之后，以为可以止住，哪知一逃便是五家，闹得也无法可想了。

王则派人带些金银珠宝到汴京去运动一班奸臣，只是七千岁和文、富二相查得紧，无法作弊。只有明镐一切的奏章，全给搁压起来，不代他奏明。他所用的粮草军饷故意地延迟不发，有心误他的事。所以韩天龙到京催粮，他不肯发，后来见了七千岁，逼着发了一批。那时北京留守贾昌朝想要动手，有个兵马都指挥使马遂处处掣肘，一时又除不了他，也是无法可想。王则终日闷坐愁城，一筹莫展，又战了几次，仍是损兵折将，无占得半点儿便宜。那些妖僧邪道专恃妖法，因怕唧筒队的秽物，都不敢施展。王则见此光景，每日纵酒取乐。有一天接到北京留守贾昌朝的一封信，说是派马遂前来说降，务要将他杀死，他好动兵相助。果然，不日马遂拿了榜文入城招降，王则吩咐将他斩首。后来仁宗知道马遂被害，便赠为宫苑使，予谥立传，却不知是被贾昌朝所害，表过不提。

残冬已过，转瞬新年。元旦的那天，两下都停兵不战。武天庆预备晚上施用火牛阵，便调兵遣将忙个不了。汪文庆此时尚在城内，见贼兵召集队伍，不由得心疑，各处去打听，直到傍晚，才探明白是要用火牛。这一惊非同小可，急忙要到大营去送信，无奈城上贼兵往来不断。好容易得个空子跳出城去，天已初鼓，隐隐地闻得贼兵起队，急得他热汗直流。跑到营门口，也顾不得和门军说了，一直跑到大帐里来。守营的兵士无看清楚是谁，紧紧地追来直喊有贼。汪文庆来到大帐，见明镐正和众将大排筵席开怀畅饮呢，见他进来说声："来得正好，只缺你一人。"见他气喘吁吁地一脚把桌子踢翻，众弟兄俱各大惊。明镐急问道："贤弟这是何意？"只见他还过一口气来大喊道："赶快传令退兵吧，城内火牛已出发了。"说完这句话，面白如纸，上气不接下气。明镐大惊，好在众将全在大帐，立时传令起兵。哪里还来得及呢？

明镐上了马，只听城内一声炮响，拥出无数的火牛来。牛角上绑着尖刀，牛尾灌了松香，用火点着，那牛烧得尾痛，上前飞跑而来。明镐领着人马向后奔逃，跑得慢的被牛扎死。后边贼兵的大队紧紧追来。一气跑了十几里，背后的火牛越发追得近了。正在危急之际，猛听连珠炮响，迎面来一支人马，打着宋营的旗号。明镐惊异道："又是哪里的人马呢？"临近了一看，有杆大旗，旗上写着"世袭定国公兵马指挥使陶"十一个大字，这才恍然大悟，是陶家庄的陶氏八杰带领父子兵来勤王的，也顾不了招呼，带领败残人马跑过去。只见陶家庄的义兵各持火枪排成队伍，等那火牛逼近，一齐开枪打中牛鼻。这些牛着伤，负痛拨回头来便跑，反把贼兵冲得五零四落、四下散逃。陶家庄的义兵追上前去，从背后掣出大砍刀，一阵乱杀，直杀得尸积如山，血流成河。武天庆身受重伤，丢盔弃甲，只剩了十几个人败回城去。陶氏八杰督兵直追到城下，方才鸣金收军。

351

明镐召集三军仍在原处安营扎寨，一面请陶氏八杰入营一叙。这弟兄八人乃是陶仁、陶义、陶礼、陶智、陶信、陶忠、陶孝、陶廉。内中只有陶信和明镐、杨云瑞等前在鄱阳湖相聚了数日，十分亲热，其余在河中府群侠大会时也曾见了一面。今日意外相逢，各道衷曲，在中军大帐畅谈起来。明镐便问陶信道："自在鄱阳一别，无日不思念吾弟。怎的知道愚兄今日有难，前来搭救呢？"陶信笑道："其实俺弟兄也不知吾兄有难，只听说王则为乱，声势浩大。俺弟兄家在河北，恐有贼兵骚扰，所以练起义兵来。这三千人却都姓陶，并无外姓，不过是要保护家乡。那天有陈抟老祖和家父有一面之识，到庄探望，才知大哥挂了元帅印，今有火牛之厄。俺家有祖传的火枪队，专破火牛阵的，因此操练起来，预备来搭救吾兄的。"明镐闻言，不胜感激。当晚就留陶氏八杰住在大营，三千义兵另扎大寨，吩咐军政司供给粮米。一面查点今夜伤亡的人数，死的有两千余人，受伤者一万余人。还好在汪文庆先来送信，不然恐怕全军覆没也未可知呢。这还算不幸中之大幸，表过不提。

　　次日清晨，明镐升坐大帐，召集众将议论攻城之事。张荣道："看这贝州城垣高厚，如用云梯仰攻，徒损三军，甚难得力。"明镐道："本帅也是虑及此。"因问邵雍道："不知军师有何妙计否？"邵雍长叹一声道："凡事都有个定数，任你用尽心机也难逃过这个数字的。某昨夜偶观天象，破贼尚非其时。不但如此，将星昏暗无光，恐于主帅不利。当下袖占一课，知元帅有七日之灾，灾难圆满，自有机会破得此城。"说罢，望着明镐出神。明镐道："大丈夫为国捐躯死而无怨，还计较什么灾难呢？"正在说着，只见陶信进帐说道："昨夜忙碌，忘了一件大事。"说着，掏出一封简帖来递给明镐道："这是陈抟老祖临行的时候叫我交给大哥的。据说遇有急难，再行开看。"明镐接过拜谢了。只见上面并无一字，不解其故。张荣急问邵雍道："元帅乃一军之主，时刻不能相离的，不知可有解救否？"邵雍道："要有救星，也不算是数了，七日的灾星别无危险。"

　　正说着，忽见传令官进帐报道："启禀元帅，今有贼人前来下书，现在营外候令。"明镐吩咐传他进帐，不多时进来下书人，呈上书信。明镐拆开一看，原来是请明镐破阵的。当下批准来日观阵，打发原人带回。明镐便对众将说道，"果有妖人摆下混元一炁阵，约我去破，大约必是邪术无疑。军师算就，我有七日的灾难，这是逃不过的。"再看那封简帖，忽然现出字迹来，上写"入阵日拆看"。明镐道："这就难怪了，活该造定的灾难，怎能避免呢？"当下又对邵雍说道："本帅入阵，就请军师代理一切。"又对众将说道："众位要听军师的调度，违令者斩。本帅明日匹马单枪去闯妖阵，生死尚难预料。但愿早日破城，虽死无恨了。"说罢，潸然泪下。张荣等一班弟兄也都下泪。邵雍道："元帅不必伤心，灾满自然有救。众将也不必如此，定数难逃的。"

当日众将出帐，明镐写了几封信请军师代发。次日拆开简帖一看，有一字条上写"灵符两道，赐尔明镐，前心后胸，注意贴好，七日灾满，机缘凑巧，擒逆除奸，封官授爵"八句言语，下属"希夷"二字。明镐知是保护身体的灵符，当空叩谢了。卸下衣甲，前后心贴好灵符，传令抬枪带马。等时披挂整齐，上了坐骑，手持火尖枪。众将前后拥护来到阵前，远远地望见阵内阴风惨惨，有鬼哭神号之声。一团黑雾把一座混元一氪阵罩得无影无踪，只露阵门上写"混元一氪大阵"，内里旌旗无数。正在观望，忽见阵门开处，走出九圣仙姑。只见她头戴鱼尾九梁巾，身穿无缝八卦仙衣，面如满月。仔细看上去，一时似年幼的美女，一时像苍老的道婆，变幻无常，喜怒不一。左手拿柄拂尘，右手拿把宝剑，座下四不像。身后十二个大弟子，各穿法衣，紧紧地跟随。明镐看罢多时，大喝道："阵摆完否？本帅今日前来破阵了。"九圣仙姑笑道："果然你不失信，竟敢前来。也是你自投罗网，休怪仙姑无情。"明镐大喝道："妖妇休得胡云，看枪吧。"说着，一枪刺去。九圣仙姑也不招架，兜转四不像走进阵来，说声："休得猖狂，如有本事，且到阵中来比试。"明镐回头吩咐众将道："众弟兄且回营去，本帅进阵去也。"说罢，催马入内。

刚到阵中，转了两三个弯子，不见九圣仙姑的踪迹，暗想且到中央去看个明白。正要前进，忽听山崩地裂一声响亮。等时天昏地暗，日月无光，伸手不见掌，对面不见人，许多的恶鬼奇形怪状的，扑奔明镐而来。猛地觉得身上放出毫光来，那些鬼怪便不敢近前，只远远地围着闹个不了。明镐大怒，紧一紧手中枪，催马进前，也分不出东西南北，一味地乱撞。只听九圣仙姑在旁笑道："你不投降，还待何时？"明镐只不言语，定定神，辨辨方向，却见四下黑雾笼罩，周围身体丈余开外似是墙壁般的。霎时觉得遍体酸麻，昏于马上，泥丸宫现出一只黑虎来，这就是明镐的星象。九圣仙姑虽然妖法无穷，道行甚深，只难伤他。当下出阵来，对众将笑道："你们还等什么？赶快抬棺材来收尸吧。"众英雄闻言大怒，各拍马向前想要和她决一死战。正是：

大功未成身先死，长使英雄泪满襟。

要问后事如何，明镐怎样得救，都在下文收束。

第四十回

破妖邪证明星宿碑
除奸逆结束仙侠传

却说众位英雄要想与狐妖决一死战，不料她退进阵去紧闭阵门。众人无奈，齐回大营，见了军师说明一切。邵雍道："众位放心，元帅只有七日之灾，到时自有解救。今且整顿三军，等候破城吧。"众将无精打采地各自回营。陶氏八杰见明镐陷在阵内也甚着急，只是无法搭救，徒唤奈何。

晚上邵雍召集众将吩咐道："今日元帅陷于阵中，军事仍须进行的。"众将齐道："且听军师将令。"邵雍便对小信陵汪文庆说道："今夜就请汪公带领众位入城一行，顺便挑选精兵三千混进城去。最好于夜间爬上城墙，或用绳索引上，埋伏城内。单等第七日夜间连珠炮响，砍开城门，分头放火，自然有兵接应。"众将得令去了，当夜系人入城，一千余名精兵埋伏起来。次日邵雍又传令攻城，暗派兵丁在南关外掘挖地道，不上三天工夫，已经通到城内，三千精兵也都入城。第六日，韩天龙运粮到营，交割完毕，问起来才知明镐陷入阵内。当时他便要去闯阵，被邵雍好说歹劝地拦下，众将也都说只剩明日一天了，何必去冒危险呢？好歹劝住他，这也不提。

此时城内是何等情形呢？趁此代表一番。王则自九圣仙姑摆好混元一 歪阵困住明镐，几次地催促九圣仙姑害他的性命。妖狐总是支吾搪塞，不肯下手，明知害他不得，因此王则十分不乐。又听探马报道，北京留守贾昌朝准于闰正月元宵日动兵，派人来索粮饷。王则闻此消息，自是喜悦，搜刮了十万金银押送前去。又得了河北连州、德州、齐州等处的信，也便不日兴兵，只候除了明镐，方好动手杀了州官，集合三州的人马，渡过黄河，杀奔汴京，请派亲信的大员督兵前进。王则便和众文武一商量，便请前殿真人李修真等四位真人前往，四人奉命星夜赶奔连州。王则见此光景，以为大事可成，又写一封密旨下往汴京，告知夏竦等一班奸臣，大兵

354

不日可到城下，约他为内应，设法献了城池，捉住昏君，推倒宋朝的天下。他这封信扬扬得意，哪知全是说的梦话？你看他每日排宴，开怀畅饮，无饮不醉，醉了便杀人，闹得人心惶惶，上下解体，手下的人马今日也逃，明日也跑，所剩只有万余人，还能成甚事呢？

一天一天地过去，展眼已到七天。此时宋营内大小将官齐集中军大帐，听候调遣，不知如何搭救元帅。正在着急，忽然空中来了王禅老祖、陈抟老祖二位大仙，众将迎接入帐。张荣、钟志英、高三宝等弟兄三人参见师父，见礼已毕。陈抟老祖笑对邵雍道："贫道暂借元帅大令一用吧。"邵雍道："但凭仙道吩咐。"当下王、陈二仙并坐帅位，传令道："张荣、钟志英、高三宝、杨云瑞、袁英、刘通、于凤翔、朱亮八位将军各带二千人马，分四路杀入妖阵。听得空中雷声，再行入阵，杀到中央将台下会齐，不得有误。"八将领令去讫。又唤陶氏八杰各带五千人马，分为四路进攻贝州城，八人领令而去。又令汪文庆、高杰、张魁、周昆、冯元佩、胡占鳌、赵芬七位将军由地道入城，指挥城内的精兵砍开城门，分头放火，七位将军得令而去。又令诸云龙、周侗领兵二千埋伏北门外离城五里地方截拿余党，二将领令去了。又命马云峰、秦明带兵二千埋伏西门五里地方，二将领令下去。又令石全斌、田斌、田京领本部人马，入城搜剿余党，严拿漏网的逆党，三将领令而去。又命王信领兵二千在东门外埋伏截堵逆党，王信一声得令去了。又命蒋兴、甘雄、张武、杜英、史魁、董刚也由地道入城查抄逆党。诸将派完，只剩韩天龙。王禅老祖对他笑道："你且跟我二人走吧。"

当下众将全都出兵，二位老祖带领韩天龙起在空中，直奔妖阵而来。霎时已到，陈抟老祖取出一面镜子交给他道："你在空中望好，妖人向何处逃走，你便用此镜照住她，不得有误。"韩天龙点点头答应。此时张荣等八将已经领兵来到阵外，二位老祖双手齐放，猛听半空中起个霹雳，震得妖雾四散。张荣等呐声喊："分头杀入阵来。"老妖狐正在将台作法，被雷震得发昏，抬头一看，才知二位老祖入阵，等时慌了手脚，东奔西蹿地想要隐形逃避。无奈韩天龙在空中看得十分清楚，拿镜子照住她，走到东，东也有个影子，走到西，西也有她形象。王禅老祖大喝："妖狐不现原形，等待何时？"老妖狐还想借遁藏形，不料被陈抟老祖一个掌心雷打个跟斗，就地一滚现了原形，却是一个狐狸精。王禅老祖念动真言咒语，命黄巾力士将老狐锁在华山玉皇阁前石井内。然后喊下韩天龙来，要过镜子，对他说道："此镜乃九天玄女娘娘处的照妖镜借来用的，如无此镜，依然擒不住妖狐的。"又递给他一粒丹药，说是给明镐服的。又叫他今夜三更时分，在东门外二十里地方有座土地祠，到那里去捉王则。说完，驾起祥云回山去了。

张荣等八将领兵杀到将台下，将老狐的十二名弟子全都拿住，在西北角上陷坑之内救出明镐。见他双眉紧皱，气息奄奄，韩天龙便将老祖赐的丹药给他服下。说也奇怪，不到一刻儿工夫，竟已精神倍长，复旧如初。众将见了大喜。只是那匹马已倒在陷坑之内，又寻了一匹坐骑，韩天龙扶住回营。望见城内各处起火，杀声震天。张荣等知已动手，领兵杀上去。贝州城门大开，跑出许多的贼兵来，被他等杀的杀，捉的捉，逃了有限的几人。明镐回到大营，军师邵雍接住，说明一切的事情，明镐大喜道："如此说来，贝州已经攻下了，还在此处做什么呢？"立即传令拔队入城，进得城门，但见尸如山积，血染街房。众官兵正在搜杀余党，明镐便到王府升坐大殿，只等众将来报功，一面出榜安民。不多时众将纷纷来报功，明镐吩咐军政司一一上了功劳簿，下令所有人马仍到城外扎营。直忙了一天，诸事才办清楚。查点生擒前知州张得一，伪相国张峦、卜吉，伪将军雷万春、朱明、冯元庆等，杀死的不计其数。其余王侯将相、文武公卿活捉了一百余名，投降的贼兵四万余名，军械、粮草、兵器、衣甲、旌旗，执事堆得满坑满谷，却不见了王则。

韩天龙忽然想起陈抟老祖吩咐他的话，当下告知明镐，急借土遁，奔东门外土地祠而来，果然在那里捉住王则还有四国师等人。因被王信赶得无路可逃，便藏在土地祠内等天明再走，不料呆子赶来，将他捉住。随后王信领兵也来到，即将王则等捆绑起来，一同回城。明镐大喜，当夜修好告捷的本章，露布传到汴京。仁宗览奏大喜，文武百官叩贺。不想夏竦仍想奸计，一面通知贾昌朝叫他伏兵黄河岸，劫夺囚车，一面奏报仁宗道："风闻明镐所擒的并非真盗，据说王则已逃到北番去了。"仁宗当即降旨，命明镐班师回京，务须将王则及从犯人等一并解京。明镐不知其故，打好囚车，将王则等一干人犯装入囚车，押解进京。哪知邵雍早就算出奸贼有此一举，当下暗暗通知明镐和众将，又打造几辆囚车，寻个貌似王则的人装到车内先送入京，暗派张荣、高三宝、钟志英、诸云龙四位将领领兵一千扮作商民暗随囚车，如有抢劫者即行拿下。四将遵命而去。

这里定期班师回京，真正是鞭敲金镫响，人唱凯歌还，一路上浩浩荡荡地前进。不日来到汴京，在城外扎营。张荣等四将也便赶到，据说果然在黄河北岸有人抢劫囚车，全行拿来一个也未逃得，还搜出两封要紧的信来。明镐一看，却是夏竦给贾昌朝的信，那一封是王则给夏竦的信，当下大喜道："奸贼三番两次地害我，今朝看你还有何说？"当下便将王则等一

356

案犯人押解开封府大牢内，一面带了书信来到南清宫。七千岁着实安慰了一番。明镐将信交与七千岁道："夏枢密每次与臣为难，此番平贼，若非千岁在朝监察一切，定要为他所误，因又寻出他扣减军粮及搁压表章一切的证据。"七千岁大怒道："这还了得？朝廷容留此人，必误国家大事。"因叫明镐暂且回营，明日率领众将早朝见驾，听候升赏吧，奸臣的事情孤即入宫奏明便了。明镐回营，七千岁入宫见了仁宗，屏去内侍，怕他等暗通消息，将夏竦、贾昌朝互相勾结的信给仁宗看过，又将他各次扣减军粮、搁压奏报的事一一奏明。仁宗大怒道："不料奸贼竟敢如此大胆，若非皇叔奏明，将来必误国家的大事。"立即传旨，将夏竦革职拿问，监禁天牢听候问罪。夏竦做梦也想不到有此一失，这也是报应循环，天理难容的了。

次日乃是仁宗庆历八年春闰正月初一日，仁宗驾坐垂拱殿受贺，文武百官庆贺。山呼已毕，黄门官奏道："大元帅明镐带领众将，现在丹凤门外候旨。"仁宗传旨宣召上殿。内侍臣传呼出去，明镐来到垂拱殿上见驾。山呼已毕，仁宗慰劳了一番，当殿传旨：明镐加封为扫北王，世袭罔替，并授为检校太尉仪同三司上柱国、端明殿大学士兼枢密使之职。张荣、钟志英、高三宝、杨云瑞、诸云龙等封为忠武侯，并加左右卫大将军之职。韩天龙特封为忠勇公，另加太尉之职。其余分为功劳大小，亦各授为都统制及都总管、都指挥使之职，并封三代。邵九皋不愿为官，着赐黄金千镒、彩缎百匹。军师邵雍也不为官，着封为康节先生，并赐尚书的俸禄。在朝出力的文武各员均加三级，并在端明殿大排筵宴庆功。将贝州改为恩州，永着为例。王则凌迟处死，知州张得一斩首示众，并查抄家产，妻子充军。贾昌朝革职为民。夏竦发往崖州充军，永不叙用。

当日众人谢恩的谢恩，授职的授职，好不热闹。正巧天师张乾曜由龙虎山进京见驾。仁宗宣召上殿，在宫中赐宴。说起王则之事，张天师笑而不言。等到半夜，天上星斗出齐。张天师便对仁宗说道："万岁请看天象。"君臣出殿来到观星台，张天师指着天上的星斗数给仁宗听，那是紫微垣，那是文曲、武曲、天罡、地煞一切的星象。又取出一纸碑文，据说是当年在栖霞山仙人洞内得来的，上面的字迹全是古篆。他便说这是天罡、地煞各星名，此番乃是七十二地煞为乱，三十六天罡平凶，苍天造定的劫数，人力不可挽回的。仁宗这才明白。此后天下太平，这部书至此暂告结束，其余尚有小霸王张荣等许多的事情，另编他书再叙，名为《百撺图》，系各英雄闯江湖，走绿林，除暴安良，抑强扶弱，皆属行侠作义之事，容当再编，在下暂且告别。

图书在版编目（CIP）数据

江湖侠义英雄传／赵焕亭著. — 北京：中国文史
出版社，2019.3

（民国武侠小说典藏文库·赵焕亭卷）

ISBN 978 - 7 - 5205 - 0950 - 3

Ⅰ．①江… Ⅱ．①赵… Ⅲ．①侠义小说 - 中国 - 现代

Ⅳ．①I246.5

中国版本图书馆 CIP 数据核字（2018）第 276229 号

点　　校：清寒树　付　优

责任编辑：卢祥秋

出版发行：**中国文史出版社**

社　　址：北京市海淀区西八里庄 69 号院　　邮编：100142

电　　话：010 - 81136606　81136602　81136603（发行部）

传　　真：010 - 81136655

印　　装：廊坊市海涛印刷有限公司

经　　销：全国新华书店

开　　本：720 × 1020　1/16

印　　张：24　　　　　字数：430 千字

版　　次：2019 年 3 月第 1 版

印　　次：2019 年 3 月第 1 次印刷

定　　价：76.00 元